Ullstein

W0051732

ÜBER DAS BUCH:

›Leutnant Ramage‹
Auf allen Weltmeeren ist die britische Marine in blutige Gefechte mit
Napoleon und seinen Verbündeten verstrickt. Nicholas Ramage ist Leutnant auf Seiner Majestät Fregatte »Sibella«, die vor der italienischen
Küste von einem französischen Linienschiff gestellt und mit mörde-
rischem Feuer manövrierunfähig geschossen wird. Als einziger überlebender Offizier übernimmt Ramage das Kommando über die verbliebene
Mannschaft, die er im Schutz der Dunkelheit aus der Gefahrenzone führen kann. Nun setzt er alles daran, die geheimen Befehle, mit denen die
»Sibella« ausgelaufen war, doch noch zu erfüllen. Er rettet eine Handvoll
italienischer Adliger, darunter auch die bezaubernde Marchesa di Volterra,
vor den napoleonischen Schergen. Doch muß er sich im britischen Flottenstützpunkt Bastia auf Korsika vor einem Kriegsgericht wegen des Verlusts
der »Sibella« verantworten. Fast fällt er einem heimtückischen Komplott
zum Opfer, aber Nelson durchkreuzt mit einem neuen Befehl alle Intrigen.

›Die Trommel schlug zum Streite‹
Nicholas Ramage erhält 1797 von Admiral Nelson den Befehl, die vor den
Rebellen gerettete Marchesa di Volterra (siehe UB 22268) mit seinem Kutter »Kathleen« sicher nach Gibraltar zu bringen. Er soll sich dabei in kein
Gefecht verwickeln lassen. Aber aufgestachelt von der kampflustigen Marchesa, in die er sich verliebt hat, stellt und beschießt er eine spanische Fregatte. Zwar gewinnt er den Kampf, muß aber zulassen, daß die Marchesa
von einem aufkreuzenden englischen Schiff an Bord genommen wird. Noch
schlimmer: durch Verrat gerät er bald darauf in spanische Gefangenschaft.
Mit falschem Paß kann er fliehen und sich nach Cartagena durchschlagen,
wo er Einblick in die Pläne des spanischen Admirals für eine große Land-
schlacht gegen die Engländer gewinnt. Nun kommt es darauf an, seine
Landsleute rechtzeitig zu warnen und die schöne Marchesa wiederzu-
finden...

DER AUTOR:

Dudley Pope entstammt einer alten Waliser Familie. Seine zahlreichen
historischen Seekriegsromane beruhen auf eigenen intensiven Forschun-
gen, besonders über die Seekriegsgeschichte der Nelson-Zeit. Am bekann-
testen wurde er mit seiner Ramage-Serie.

Dudley Pope

Leutnant Ramage
Die Trommel schlug zum Streite

Die Seefahrten des
Leutnant Ramage

Zwei Romane

Ullstein

ein Ullstein Buch
Nr. 23533
im Verlag Ullstein GmbH,
Frankfurt/M – Berlin
Titel der Originalausgaben:
›Ramage‹
›Ramage and the Drum Beat‹
Aus dem Englischen von
Eugen von Beulwitz

Umschlaggestaltung:
Theodor Bayer-Eynck
Illustration:
Silvia Christoph
Alle Rechte vorbehalten
© 1965, 1967 by Dudley Pope
© Übersetzungen S. Fischer Verlag,
Frankfurt am Main
Printed in Germany 1995
Druck und Verarbeitung:
Clausen & Bosse, Leck
ISBN 3 548 23533 6

Januar 1995
Gedruckt auf alterungsbeständigem
Papier mit chlorfrei
gebleichtem Zellstoff

Vom selben Autor
in der Reihe
der Ullstein Bücher:

Leutnant Ramage (22268)
Die Trommel schlug zum
Streik (22308)
Ramage und die Freibeuter (22496)
Kommandant Ramage (22538)
Ramage in geheimer Mission (22760)
Ramage – Lord Nelsons Spion (22794)
Ramage und das Diamantenriff (22861)
Ramage und die Meuterei (22917)

Die Deutsche Bibliothek –
CIP-Einheitsaufnahme

Pope, Dudley:
Leutnant Ramage: zwei Romane/
Dudley Pope. [Aus dem
Engl. von Eugen von Beulwitz].
Frankfurt/M; Berlin: Ullstein, 1995
(Ullstein-Buch; Nr. 23533)
ISBN 3-548-23533-6
NE: GT

Dudley Pope

Leutnant Ramage

Roman

1

Ramage war ganz benommen und suchte vergeblich
die Gedanken zu erhaschen, die ihm durch den Kopf
schossen. Das Ganze war wohl nur ein böser Traum,
noch ein Weilchen, und er erwachte wie immer in der
Sicherheit seiner Kammer. Im Augenblick allerdings
schien es, als wäre sein Geist völlig von seinem Körper
getrennt und schwebte frei wie ein Wölkchen Rauch
durch den Raum. Ein gräßlicher Lärm umgab ihn wie
unaufhörlicher Donner. Davon wurde er allmählich
wach, aber er öffnete nur zögernd und widerwillig die
Augen, es wollte ihm gar nicht gefallen, aus seinem
wunschlos glücklichen Dahindämmern in das harte,
grelle Licht der Wirklichkeit zurückzukehren.

Zugleich aber war ihm doch nicht ganz wohl zumute;
er fragte sich, ob er sich etwa verschlafen hatte und
nun zu spät zum Wachwechsel erscheinen würde. Die
Unruhe verwandelte sich bald in ernste Besorgnis, als er
gewahr wurde, daß der unaufhörliche Donner das Feuer
feindlicher Breitseiten war, das nur zuweilen durch
das heisere Gebell der eigenen Zwölfpfündergeschütze
unterbrochen wurde. Ihm folgte jedesmal das vertraute
Gerumpel der Lafettenräder, das klang, als ob ein Karren über eine Holzbrücke rollte, wenn der Rückstoß so
ein Geschütz zurücktrieb, bis es die dicken Haltebrooken
knirschend unter der plötzlichen Spannung zum Stehen
brachten.

Als er allmählich auch wieder Gerüche zu unterscheiden begann und den scharfen Brodem des Pulverqualms
beißend in der Nase spürte, da hörte er eine Stimme
immer wieder sagen:

»Mister Ramage, Sir! . . . Mister Ramage, Sir!«

Das war sein Name, gewiß, aber der Ruf klang wie aus weiter, weiter Ferne. War das nicht genau wie in den Kindertagen, wenn er über die Felder und durch die Wälder streifte, bis ihn einer der Dienstboten zum Essen zurückrief? »Master Nicholas«, hörte er da, »komm sofort nach Hause, Seine Lordschaft wird furchtbar böse, wenn du zu spät zum Essen kommst.« Aber Vater war nie böse — im Gegenteil . . .

»Mister Ramage, Mister Ramage — wachen Sie auf, Sir!«

Nein, das war kein Diener, so sprach kein Mann aus Cornwall; der da rief. war ein Junge, seine Stimme klang verängstigt, ja fast hysterisch und hatte einen scharfen Cockney-Akzent.

»Mister Ramage, mein Gott, so *wachen* Sie doch endlich auf!«

Jetzt fiel noch eine Männerstimme ein, dann begannen sie ihn mit vereinten Kräften zu schütteln. Ach, sein armer Kopf! Er schmerzte, als hätte ihn ein Keulenhieb getroffen. Das gewaltige Bumsen und Rumpeln, das seine Quälgeister unterbrach, mußte wieder von einem Zwölfpfünder stammen, der in nächster Nähe gefeuert hatte und vom Rückstoß binnenbords gejagt wurde.

Ramage öffnete die Augen. Seine Glieder wollten ihm noch nicht gehorchen, und er merkte jetzt erst zu seiner Bestürzung, daß er mit dem Gesicht auf den Planken an Deck lag. Diese Planken boten, so gesehen, ein ungewöhnliches Bild. Er bemerkte, als fiele es ihm zum ersten Male auf, daß das ständige Scheuern mit Sand und Steinen im Laufe der Zeit zwischen den härteren Rippen des Holzes kleine Täler oder Senken herausgefressen hatte. Vor allem aber mußte jetzt gleich jemand das Blut aufwischen.

Das Deck ist ja voller Blut: Als er in Gedanken diesen Satz formte, stellte er erschrocken fest, daß er bei Bewußtsein war. Und doch fühlte er sich immer noch so unbeteiligt, als blickte er aus dem Masttopp auf seinen Körper herab, der zwischen zwei Geschützen hingestreckt an Deck lag. Seine Nase drückte sich auf den Planken platt, mit seinen abgespreizten Armen und Beinen wirkte er wie eine zerfetzte Stoffpuppe, die auf dem Kehrichthaufen gelandet ist.

Wieder wurde er heftig geschüttelt und dann auf den Rücken gerollt.

»Los, Mister Ramage, kommen Sie zu sich, Sir, wachen Sie auf!«

Zögernd öffnete er die Augen. Minutenlang schien sich alles um ihn zu drehen, dann erst erkannte er ihre Gesichter, aber sie wirkten immer noch unendlich fern, als ob er sie durch ein umgedrehtes Fernrohr betrachtete. Erst als er sich mit aller Kraft konzentrierte, gelang es ihm, das Gesicht des Jungen schärfer ins Auge zu fassen.

»Was ist?«

O Gott, war das seine Stimme? Dieses heisere Gekrächz wirkte ja wie ein Scheuerstein, den man über ein trockenes Deck zieht. »Was ist denn los?« Die Anstrengung des Sprechens belebte mit einem Schlag die Erinnerung an das, was geschehen war. Seine Frage war sehr töricht gewesen; denn als an jenem sonnigen Septembernachmittag im Jahre des Herrn 1796 die *Barras*, ein französisches Linienschiff mit 74 Geschützen, Seiner Majestät Fregatte *Sibella*, die mit nur 28 Geschützen bestückt war, unter Land in die Enge getrieben hatte, da war in der Tat *alles* los ...

»O Gott, o Gott, Sir, es ist schrecklich«, stammelte der Junge, »alle sind tot, Sir, ein Schuß hat den Kommandanten getroffen — er ist ...«

»Eins nach dem anderen, mein Junge. Wer hat dich geschickt?«

»Der Bootsmann, Sir. Ich soll Ihnen sagen, daß Sie jetzt das Kommando haben, Sir. Die anderen sind alle tot. Der Meistersmaat sagt, es seien vier Fuß Wasser im Raum, und die Pumpen seien alle kaputt. Sir — *können* Sie denn nicht auf das Achterdeck kommen, Sir? Ich will Ihnen ja auch helfen«, fügte er flehend hinzu.

Die drängende, verängstigte Stimme des Jungen, vor allem aber seine Worte: ».... daß Sie jetzt das Kommando haben, Sir«, verhalfen Ramage rasch zu einem klaren Kopf (obgleich es drinnen im Gleichtakt mit dem Herzschlag noch recht schmerzhaft klopfte). Aber was er da hören mußte, machte ihn schaudern. Jeder junge Leutnant träumte davon, eines Tages eine Fregatte im Gefecht führen zu dürfen — aber so hatte er sich das gewiß nicht vorgestellt. Schrecklich, wie es nur ein paar hundert Meter entfernt immer wieder losdonnerte — als ob ein mythischer Gott diese Blitze durch den armen Rumpf der Fregatte jagte, um das Schiff und die Menschen darauf zu zerschmettern. Dieser Albtraum war das französische Linienschiff *Barras* mit ihrer Breitseite von 35 schweren Geschützen. Und die krampfhaften Hustentöne dicht in der Nähe rührten offenbar von den paar Kanönchen her, die von der aus ganzen 14 solcher leichten Rohre bestehenden Breitseite der Fregatte noch übrig waren.

Nein, so sah der Traum eines Leutnants von Schlachtenruhm und Ehre bei Gott nicht aus. Auch, daß man ihm das Kommando aufdrängte, obwohl er durch einen Schlag auf den Kopf halb bewußtlos war und noch längst nicht zu sich kommen wollte, hatte in seinen Vorstellungen keinen Platz. Wieviel schöner war es doch, hier an Deck zu liegen...

»Los, Sir, ich helfe Ihnen auf.«

Ramage schlug abermals die Augen auf. Jetzt stand ein Matrose neben ihm — ein Landsmann aus Cornwall, Higgins, Briggins oder so ähnlich hieß er. Dann merkte er, daß er wieder eingeschlafen war oder das Bewußtsein verloren hatte. Was war es nur, das seinem Körper die Kraft nahm und sein Gehirn immer aufs neue in Nebel hüllte?

Higgins — oder hieß er Briggins? — stank nach Schweiß, aber was machte das schon. Der Geruch war widerwärtig und scharf, aber er brannte wenigstens nicht in der Nase wie der Pulverqualm. Als sie ihn auf die Füße stellten, schloß er rasch die Augen, daß sich nicht wieder alles um ihn drehte. Higgins oder Briggins machte gerade einem anderen Matrosen die Hölle heiß: »Los, nimm seinen Arm um deinen verdammten Hals, sonst fällt er wieder zusammen. Pack ihn beim Handgelenk. Na endlich! So, jetzt marschier mit ihm los, du irischer Trottel!«

Ramage schlenkerte abwechselnd kraftlos die Beine nach vorn, während sie ihn, auf der einen Seite der Mann aus Cornwall und auf der anderen der Ire, über Deck schleppten. Offenbar hatten die beiden große Erfahrung darin, einen betrunkenen Bordkameraden aus dem Wirtshaus zu schaffen. Vor ihnen her tanzte der Junge durch den Qualm, der die Decks durchzog und sich zu seltsamen Gebilden formte, wenn durch die Geschützpforten ein Lüftchen hereindrang. Jetzt erkannte er ihn; es war der Bursche des Ersten Offiziers — des gefallenen Ersten Offiziers, verbesserte er sich.

»Verdammt! Was nun? Wie kriegen wir ihn den Niedergang hinauf?«

Die Treppe vom Großdeck hinauf zur Laufbrücke und zum Achterdeck hatte acht Stufen — Ramage bildete sich etwas darauf ein, daß er das noch wußte —, sie war für einen Mann gerade breit genug. Acht Stufen, das hieß, daß man neun Schritte machen mußte, bis man oben war — jede dieser Stufen unterstand jetzt ihm.

Ramage erschrak über die Torheit dieses Einfalls und gab sich darüber Rechenschaft, daß er bis jetzt nicht ernstlich versucht hatte, sich zusammenzureißen: Die beiden Matrosen konnten ihn nicht mehr weiterschleppen, er war fortan allein auf sich gestellt. Wenn er die acht Stufen erstiegen hatte, war er auf dem Achterdeck, und dort gehörte er hin, weil er jetzt Kommandant war. Dutzende von Männern blickten zu ihm auf, weil sie seine Befehle erwarteten.

»Eine Balje her«, sagte er und befreite sich aus dem Griff der beiden Männer.

»Hier, Sir.«

Er wankte ein paar Schritte weiter und kniete neben der Balje nieder. Wenn vor einem Gefecht Klarschiff angeschlagen wird, stellt man kleine Wasserbütten neben die Geschütze, damit die Männer die Schwämme zum Auswischen der Läufe naß machen können. Als Ramage jetzt den Kopf ins Wasser tauchte, ächzte er vor Schmerz und ertastete mit den Fingern am Hinterkopf eine starke Schwellung und einen langen Hautriß. Die Wunde war nicht tief, aber sie ließ keinen Zweifel, warum er bewußtlos geworden war. Wahrscheinlich rührte sie von einem umherfliegenden Holzsplitter her. Wieder tauchte er den Kopf in die Balje, spülte den Mund mit Wasser und spuckte es aus. Dann strich er sich die nassen Haare aus der Stirn, holte ein paarmal tief Atem und stand auf. Die rasche Bewegung machte ihn wieder schwindlig, aber er fühlte sich jetzt doch schon kräftiger, seine Beinmuskeln versagten ihm jedenfalls nicht mehr den Dienst.

Am Fuße des Niederganges machte er halt; plötzliches Grauen krampfte ihm förmlich den Magen zusammen, denn oben erwartete ihn ein blutiges Chaos. Dennoch galt es jetzt Entscheidungen zu treffen, Entscheidungen, bei denen es um Tod oder Leben ging, und dann die entsprechenden Befehle zu geben. Und das traf jetzt ausgerechnet ihn, der unter Deck gewesen war und fast das ganze Gefecht hindurch nur einen Teil der Geschütze befehligt hatte. Dabei hatte sich sein Eindruck von der Lage auf das wenige beschränkt, das durch die Geschützpforten zu erkennen war, und gegen Ende zu war er ja bewußtlos gewesen.

Während er nun mühsam die Stufen nahm, entdeckte er überrascht, daß er mit sich selbst sprach wie ein Kind, das etwas auswendig lernt: »Der Kommandant, der Erste und der Zweite Offizier müssen gefallen sein, jetzt bin also ich an der Reihe. Es war der Bootsmann, der mir durch den Jungen melden ließ, ich hätte jetzt das Kommando, also muß der Steuermann ebenfalls tot sein. Gott sei Dank lebt wenigstens der Bootsmann noch. Hoffentlich ist auch der Arzt noch am Leben und nüchtern geblieben.

Wie viele Geschütze der *Sibella* haben eigentlich während der letzten paar Minuten gefeuert? Höchstens vier oder fünf, und alle vom Großdeck aus. Das heißt, daß an Oberdeck alle Geschütze und Karronaden ausgefallen sind. Wenn in Feuerluv nur vier oder fünf Geschütze feuern können, wie viele Männer der Besatzung sind dann noch übrig? Bei der letzten Sonntagsmusterung waren es 164, die ›hier‹ riefen.

Noch zwei Stufen, und ich habe es geschafft. Wieder hat die *Barras* eine Breitseite gelöst. Seltsam, dieses Geschützfeuer klingt über dem Wasser genau wie Donner. Ratsch — das gab ein Loch im Segel, und mit entsetzlichem Krachen schlugen andere Kugeln in die Bordwand, daß das arme Schiff bis zum Kiel erzitterte.

Wieder Schreie, wieder neue Tote. Wie? War nicht er für diese armen Burschen mitverantwortlich? Hätte er sich zusammengerissen, wäre er rascher herbeigeeilt, dann mochte er schon etwas unternommen haben, das ihnen das Leben rettete.

Jetzt tauchte sein Kopf über der Laufbrücke auf, die über das ganze Schiff reichte und die Back mit dem Achterdeck verband. Da sah er, daß es bald dämmern mußte. Gleich darauf war er oben und taumelte unsicher an die Reling. Das Schiff war kaum wiederzuerkennen. Die Karronaden auf beiden Seiten der Back waren aus ihren Gleitlafetten gerissen, und die Leichen daneben verrieten, daß die Bedienungen gefallen waren, als das geschah. Schiffsglocke und Kombüsenschornstein waren verschwunden; von der Steuerbordverschanzung waren große Stücke zerstört; Dutzende gezurrter Hängematten lagen an Deck verstreut, sie waren aus den Finknetzen oben auf der Reling geflogen, wo sie für gewöhnlich verstaut waren.

Als er sich umwandte und einen Blick achteraus warf, mußte er sehen, daß auch hier die Karronaden aus den Lafetten geflogen waren und daß an der Steuerbordseite wiederum Tote lagen. Das achtere Gangspill war halb weggeschossen, so daß die vergoldete Krone, die es schmückte, schräg herunterhing. Vor dem Kreuzmast, dort wo sich das doppelte Ruderrad befunden hatte, an dem immer zwei Rudergänger standen, gähnte jetzt ein Loch im Deck. Die Kugeln hatten Stücke aus dem Kreuzmast und dem Großmast gerissen. Der Fockmast sah auch nicht viel anders aus. Wo man hinsah, lagen Tote, Ramage hatte den Eindruck, daß ihrer mehr waren, als die ganze Besatzung Leute zählte. Und doch rannten noch Männer da und dort herum — andere wieder bedienten unten die paar Geschütze, die noch feuern konnten. Vier oder fünf Seesoldaten hockten in der Höhe des Kreuzmastes hinter der Verschanzung und luden gerade ihre Musketen.

Und die *Barras?* Ramage hielt durch eine Geschützpforte nach ihr Ausschau und bat den Bootsmann, der eben herbeigeeilt war, einen Augenblick zu warten. Mein Gott, wie schrecklich war der Anblick, den dieses Schiff bot! Wie eine Silhouette hob es sich gegen den Westhorizont ab, hinter dem die Sonne zehn Minuten zuvor verschwunden war. Das gewaltige Linienschiff wirkte wie eine riesige Inselfestung mitten im Meer, schwarz, drohend und allem Anschein nach unverwundbar. Von der *Sibella* hatte sie jedenfalls nichts zu fürchten, sagte sich Ramage mit bitterem Gefühl. Im Augenblick hatte sie nur das Großmarssegel stehen und lief in etwa fünfhundert Meter Abstand auf Parallelkurs mit der *Sibella.*

Jetzt warf Ramage einen Blick nach Backbord. Fast querab und nur ein paar Meilen entfernt erhob sich dort die massige Halbinsel Argentario aus der See, ein wuchtiger Felsen, der mit dem italienischen Festland nur durch zwei schmale Dämme verbunden war. Der Monte Argentario selbst, der höchste der Berggipfel, peilte im Augenblick nur wenig achterlicher als querab. Die *Barras* war von See her aufgelaufen und hatte die *Sibella* hier unter Land gestellt wie ein Räuber, dem sein Opfer nicht entgehen kann, weil es eine Wand im Rücken hat.

»Ja, Bootsmann, was ist?«

»Gott sei Dank, daß Sie am Leben sind, Sir. Ich dachte schon, Sie seien auch tot. Sind Sie wohlauf, Sir? Sie sind ja über und über voll Blut.«

»Das war nur ein Schlag gegen den Kopf ... Wie ist denn die Lage?« Das Gesicht des Bootsmanns war vom Pulverqualm geschwärzt, der rinnende Schweiß hatte längs der Hautfalten Streifen gezogen, so daß dort die gebräunte Haut zum Vorschein kam. Der Mann bot so fast einen komischen Anblick, weil man unwillkürlich an den bekümmerten Ausdruck eines Bullenbeißers dachte.

Er gab sich augenscheinlich alle Mühe, in ruhigem Ton zu sprechen und nichts von dem zu vergessen, was dem neuen Kommandanten gemeldet werden mußte. Zunächst wies er mit der Hand nach achtern. »Sie können die Bescherung dort selbst sehen, Sir. Das Ruderrad ist zerschossen, Pinne und Kopf des Ruderschaftes desgleichen. Steuertakel lassen sich nicht scheren, weil man sie nirgends mehr anschlagen kann. Jetzt steuert sich das Schiff einigermaßen selbst, wir helfen natürlich mit Schoten und Brassen, daß es auf Kurs bleibt. Die Paternosterpumpe ist zerschossen, bleibt also nur noch die Pumpe vorn unter der Back. Der Meistersmaat sagt, wir hätten vier Fuß Wasser im Raum, und es stiege schnell. Der Fockmast kann jeden Augenblick über Bord gehen, das sehen Sie ja selbst. *Ich* könnte nicht sagen, was ihn noch hält. Der Großmast ist an zwei Stellen gesplittert — die Kugeln stecken noch drin — und der Kreuzmast an drei.«

»Wie hoch sind die Mannschaftsverluste?«

»Wir haben fünfzig Tote und an die sechzig Verwundete. Eine Kartätschensalve kostete den Kommandanten und den Ersten Offizier das Leben. Der Arzt und der Zahlmeister wurden . . .«

»Genug davon! Wo ist der Meistersmaat? Lassen Sie ihn gleich holen.«

Als sich der Bootsmann abgewandt hatte, warf Ramage wieder einen Blick nach der *Barras*. Hatte sie nicht ein wenig nach Backbord gedreht, nur ein paar Grad, so daß ihr Kurs jetzt um eine Kleinigkeit mit dem der *Sibella* konvergierte? Er glaubte sogar unterscheiden zu können, wie die Männer drüben etwas an den

Großmarsbrassen holten. Wollten sie etwa noch näher heran?

Die *Sibella* lief etwa vier Knoten und gierte bis zu vier Strich. Wenn man achtern Segel kürzte, steuerte sie ganz bestimmt besser, weil sie dann vom Vormarssegel gezogen wurde.

»Bootsmann, lassen Sie das Groß- und das Kreuzmarssegel aufgeien und setzen Sie dafür das Sprietsegel.«

Wenn am Groß- und Kreuzmast keine Segel mehr zogen, konnte der Wind das Heck des Schiffes nicht mehr herumdrücken. Das Sprietsegel, das vorn unter dem Bugspriet gesetzt wurde, half dafür dem Vormarssegel, wenn es bei dem leichten Wind auch fast zu klein war, um die Fahrt fühlbar zu beschleunigen.

Während der Bootsmann seine Leute mit lauten Kommandos ans Werk schickte, kam schon der Meistersmaat herbei. Der Mann hatte anscheinend sich selbst mit noch mehr Talg beschmiert als die konischen Holzpfropfen, die er in die Bordwand hämmerte, um die Schußlöcher einigermaßen zu stopfen.

»Machen Sie Ihre Meldung.«

»Über vier Fuß Wasser im Raum — Pumpen unbrauchbar, sechs oder mehr Treffer zwischen Wind und Wasser, mindestens drei Treffer unter der Wasserlinie — müssen beim Überholen eingeschlagen haben, Sir.«

»Gut, peilen Sie noch einmal die Bilge und machen Sie mir sofort darüber Meldung.«

Vier Fuß Wasser... Mathematik war Ramages schwache Seite, er versuchte krampfhaft zu rechnen, dabei war die nächste Breitseite der *Barra*s jeden Augenblick zu erwarten. Vier Fuß Wasser — der Tiefgang der *Sibella* war etwas über fünfzehn Fuß, und jede sieben Tonnen Ladung, die sie an Bord nahm, drückten sie einen Zoll tiefer ins Wasser. Wie viele Tonnen machten also diese vier Fuß Wasser aus, die jetzt dort unten die Bilge durchspülten? Ach, was tat es schon, dachte er ungeduldig; wichtig ist nur, was der Meistersmaat jetzt zu melden hat.

»Bootsmann, nehmen Sie ein paar Mann und kappen Sie die Anker. Aber die Männer sollen sich dabei in acht nehmen, sagen Sie ihnen das. Wir können keine Ausfälle mehr brauchen.«

Es konnte nicht schaden, wenn man einiges Gewicht über Bord gab, um das einströmende Wasser auszugleichen. Die Anker wogen etwa fünf Tonnen; wenn er sie opferte, hob sich die *Sibella* etwas über einen halben Zoll aus dem Wasser. Das war fast lächerlich zu nennen, aber man gab den Leuten damit wenigstens etwas zu tun. Jetzt, da so viele Geschütze außer Gefecht waren, lief ja ein großer Teil der Mannschaften untätig an Deck herum und wartete auf Befehle. Wenn er beschädigte Geschütze über Bord werfen ließ, konnte er das Schiff natürlich noch um vieles leichter machen, aber mit der beschränkten Zahl von Leuten, die er zur Verfügung hatte, hätte das zu lange gedauert.

Jetzt trat der Meistersmaat wieder vor ihn hin: »Fünf Fuß im Raum, Sir. Je tiefer das Schiff sinkt, desto mehr Schußlöcher kommen unter Wasser.«

Und, dachte Ramage, desto größer wird auch der Druck des einströmenden Wassers.

»Können Sie die Schußlöcher nicht dichten?«

»Die meisten sind zu groß, Sir — vor allem aber sind sie so aufgesplittert. Wenn wir die Fahrt stoppen könnten, dann wäre es möglich, ein Lecksegel darüber auszuholen ...«

»Wann haben sie die Bilge vorher zum letztenmal gepeilt?«

»Vor kaum einer Viertelstunde, Sir ...«

Das hieß, daß das Wasser im Raum in fünfzehn Minuten um einen Fuß stieg! Wenn das Schiff durch sieben Tonnen Wasser einen Zoll tiefer gedrückt wurde, wie viele Tonnen mußten dann einströmen, bis es einen Fuß tiefer ging? Zwölf Zoll mal sieben Tonnen — gibt vierundachtzig; das hieß, daß in höchstens fünfzehn Minuten vierundachtzig Tonnen Wasser eingeströmt waren. Wieviel Wasser vertrug das Schiff noch, ehe es unterging oder kenterte? Das wußte Gott allein, davon stand nichts in den Seemannschaftsbüchern. Auch der Meistersmaat wußte es nicht. Auch die Leute, die dieses Schiff geplant hatten, hätten es nicht gewußt, selbst wenn sie in Rufweite gewesen wären. Sie allein sind jetzt an der Reihe, Leutnant Ramage — los, zeigen Sie, was Sie können!

»Meistersmaat — peilen Sie die Bilge alle fünf Minuten und machen Sie mir jedesmal Meldung. Holen Sie sich Leute zu Hilfe, um die Schußlöcher zu stopfen, alle, die noch ein paar Fuß über dem Wasserstand im Raum unten liegen. Stopfen Sie Hängematten hinein, tun Sie alles, um das Einströmen von Wasser zu verringern.«

Ramage trat, wie es seine Gewohnheit war, am vorderen Ende des Achterdecks an die Reling, denn dort war während der längsten Zeit seines Seemannslebens sein Platz gewesen, wenn er auf Wache war.

Was wissen wir? dachte er. Die *Barras* kann tun, was sie will; sie ist die Katze, wir sind die Maus. Wir können ja nicht manövrieren, sie aber braucht nur um ein weniges heranzuscheren. Wie viele Strich? Höchstens zwei. Wann stoßen wir dann zusammen?

Wieder diese verdammte Rechnerei! Ramage war richtig böse. Achthundert Meter war die *Barras* noch entfernt, als sie den Kurs änderte. Diese achthundert Meter waren die Basis eines Dreiecks, der Kurs der *Barras* war die Hypotenuse, der Kurs der *Sibella* lag ihr als Kathete gegenüber. Frage: Wie lang war diese

Kathete? Die Formel fiel ihm nicht ein, er konnte nur schätzen, daß sie am Ende nach etwa einer Meile mit der *Sibella* zusammenschor und kollidierte — wenn sie nicht vorher ihren Kurs änderte. Die Fregatte machte wenig über drei Meilen Fahrt. Sechzig Minuten durch drei? In zwanzig Minuten also waren sie längsseit: bis dahin war es fast Nacht. Wieder zuckten längs der Bordwand der *Barras* rote Blitze auf, wieder folgte der Donner. Die Franzosen feuerten nicht geschlossen; wahrscheinlich wurde bei ihnen jedes Geschütz einzeln durch einen Offizier gerichtet, denn sie hatte ja keinen ernsthaften Widerstand zu befürchten. Keiner der französischen Schüsse traf den Rumpf, das Geräusch zerreißender Leinwand verriet, daß es die Franzosen auf die Masten und Spieren der *Sibella* abgesehen hatten.

Wäre er der Kommandant der *Barras*, was würde er tun? Die *Sibella* außer Gefecht setzen, das natürlich war seine erste Pflicht; darum feuerte er jetzt nach ihrer Takelage. In den letzten wenigen Minuten vor Dunkelwerden bot sich dann wohl die Gelegenheit, längsseit zu scheren und die *Sibella* im Triumph nach Toulon einzubringen. Außerdem weiß er ja genau, daß er uns während der letzten paar hundert Meter in Rufweite hat. Da wird er uns auffordern, uns zu ergeben. Er weiß genau, daß wir gegen Enterer nichts machen können...

Ramage mußte sich eingestehen, daß er sich in einer fast lächerlichen Lage befand: Das Schiff, das er jetzt führte, steuerte sich ohne einen Mann am Ruder ganz allein — aber das machte letzten Endes nichts aus, denn ehe noch eine Stunde um war, mußte er sich ohnedies ergeben. Da er nicht kämpfen konnte und da sein Schiff voll Verwundeter war, gab es für ihn keine andere Möglichkeit.

Und du, Nicholas Ramage, sagte er sich verbittert, da

du ja der Sohn des in Unehre gefallenen Zehnten Earls of Blazey, Admiral der Weißen Flagge, bist, du darfst wenig Gnade von der Admiralität erwarten, wenn du dich einem französischen Schiff ergibst, ganz gleich warum das geschehen mag. Von den Sünden der Väter werden ja nach den Worten der Bibel noch die Kinder und Kindeskinder heimgesucht.

Wenn man sich an Deck der *Sibella* umsah, fiel es einem wirklich schwer, an Gott zu glauben: Da, dieser zerrissene Leichnam, dessen Beine noch in blutigen Seidenstrümpfen steckten und dessen Füße mit eleganten silberblitzenden Schnallenschuhen bekleidet waren, das war der tote Kommandant dieser Fregatte. Und neben ihm lag wahrscheinlich sein Erster Offizier, der jetzt endlich nicht mehr zu katzbuckeln brauchte. War es nicht eine Ironie des Schicksals, daß ausgerechnet diesem Mann der Kopf abgerissen wurde, daß jenes ewig lächelnde Gesicht zerfetzt war, mit dem er sich bei seinen Oberen einzuschmeicheln pflegte? Das Deck glich in der Tat einem Schlachthaus. Ein Matrose, nackt bis auf seine Hose, lag hingestreckt über der zerschossenen Lafette einer Karronade, als wollte er sie liebend in seine Arme schließen, sein Haar war noch in einen langen Zopf aufgebunden, und um die Stirne trug er einen Streifen Stoff, damit ihm der Schweiß nicht in die Augen rann — ihm war der Leib von oben bis unten aufgerissen. Neben ihm lag ein anderer, anscheinend unverletzt, bis man entdeckte, daß ihm ein Arm aus dem Schultergelenk gerissen war . . .

»Bitte um Befehle, Sir.«

Das war der Bootsmann. Befehle — weiß Gott, er hatte wieder geträumt, während die Männer, die noch am Leben waren, vertrauensvoll ein Wunder von ihm erwarteten, das ihnen das Leben retten sollte und das sie davor bewahrte, bis an ihr Ende in französischer Gefangenschaft zu schmachten. Dabei war ihm so hunde-elend zumute. Er riß sich zusammen, so gut es ging, um zu überlegen, und bemerkte gerade in diesem Augenblick, daß der Fockmast schwankte. Wahrscheinlich hatte er schon eine ganze Weile geschwankt, denn der Bootsmann hatte sich ja schon gewundert, daß er nicht längst über Bord gegangen war. Über Bord gegangen...

Richtig! Warum war ihm das nicht längst eingefallen? Er hätte am liebsten Hurra gerufen. Hurra! der Leutnant Ramage ist aufgewacht, jetzt haltet euch klar, ihr Männer, und paß auch du auf, *Barras*, was nun geschieht... Ganz plötzlich fühlte er sich so beschwingt, als hätte er reichlich getrunken. Unbewußt rieb er mit der Rechten die Narbe, die er an der Stirne trug.

Der Bootsmann blickte ihn ganz bestürzt an und brachte Ramage dadurch zum Bewußtsein, daß er fröhlich grinste.

»Gut, Bootsmann«, sagte er lebhaft, »machen wir uns ans Werk. Ich möchte zunächst, daß alle Verwundeten an Deck gebracht werden, ganz gleich wie es ihnen geht. Lassen Sie sie alle auf das Achterdeck holen.«

»Aber, Sir...«

»Sie haben fünf Minuten Zeit dazu.«

Der Bootsmann zählte schon volle sechzig Jahre, sein Haar, soweit noch vorhanden, war weiß. Er war sich darüber klar, daß die Verwundeten hier an Oberdeck jeden Augenblick durch eine Breitseite der *Barras* hingeschlachtet werden konnten. Offenbar, dachte Ramage, war ihm entgangen, daß die *Barras* jetzt nur noch in die Takelage der *Sibella* feuerte. Seit einer Weile bestrich der Franzose ihre Decks nicht mehr mit Kartätschen, anscheinend glaubte man drüben, daß genügend Männer gefallen seien. Wenn es ihm einfiel, seine Breitseiten wieder in ihren Rumpf zu jagen, dann hatten die Verwundeten unter Deck genauso zu gewärtigen, daß sie von den schrecklichen Holzsplittern getroffen wurden, die die Kugeln aus der Bordwand rissen — er hatte Stücke gesehen, die über fünf Fuß lang waren.

Verwundete an Deck. Jetzt etwas anderes: die Boote. Ramage lief an die Heckreling und blickte über Bord. Die *Sibella* hatte noch immer einige ihrer Boote im Schlepp, man hatte sie bei Klarschiff zu Wasser gebracht, damit sie im Gefecht keinen Schaden nahmen. Zwei Boote fehlten, aber die übrigen vier reichten für sein Vorhaben aus. Die Verwundeten, dann die Boote — jetzt waren Proviant und Wasser an der Reihe.

Der Bootsmann war wieder zur Stelle.

»Wir werden das Schiff bald aufgeben«, sagte ihm Ramage. »Leider müssen wir die Verwundeten an Bord lassen. Es stehen uns im ganzen vier Boote zur Verfügung. Bitte suchen Sie vier zuverlässige Männer aus; jeder von ihnen soll die Verantwortung für eines der Boote übernehmen. Sagen Sie ihnen, sie sollen sich je zwei oder, wenn sie wollen, auch mehr Leute aussuchen. Sie selbst sorgen dafür, daß Säcke mit Hartbrot und Wasserfässer an den achtersten Geschützpforten an Steuerbord für sie bereitgestellt werden. Einen Kompaß und eine Laterne brauchen wir auch für jedes Boot. Stellen Sie sicher, daß jede Laterne brennt und daß genügend Riemen in den Booten sind. In drei Minuten treffen wir uns wieder hier an dieser Stelle — ich gehe jetzt unter Deck in die Kajüte.«

Der Bootsmann warf ihm einen fragenden Blick zu, ehe er sich zum Gehen wandte. Mit dem Ausdruck Kajüte konnte auf einer Fregatte nur die bescheidene Kammer des Kommandanten gemeint sein. Ach ja, »unter Deck gehen« — dabei dachte der Mann natürlich an die Seesoldaten, die im Gefecht an allen Niedergängen Posten standen, damit sich niemand unter Deck in Sicherheit bringen konnte. Der Teufel sollte ihn holen, jetzt war keine Zeit zu langen Erklärungen. Ob sich der Bursche wohl später daran erinnerte, wenn er Zeugnis ablegen sollte bei der Kriegsgerichtsverhandlung, die dem Verlust eines Königlichen Kriegsschiffs unweigerlich folgte? Gesetzt, daß sie es noch erlebten . . .

In der Kajüte war es dunkel, Ramage mußte sich bücken, um nicht an die Decksbalken zu stoßen. Der Schreibtisch des Kommandanten war gleich gefunden, ein Glück, daß keine Zeit mehr gewesen war, die Einrichtung in der Last zu verstauen, als Klarschiff angeschlagen wurde. Jetzt sprach er mit lauter Stimme vor sich hin, um sicher zu sein, daß er ja nichts vergaß. Erstens, sagte er, brauche ich den Operationsbefehl des Admirals, zweitens das Briefbuch und das Befehlsbuch des Kommandanten, drittens die Gefechtsanweisungen und schließlich noch — verflucht ja, das Signalbuch war natürlich nicht da, das hatte wohl einer von den Fähnrichen, und die waren alle tot. Aber gerade das Signalbuch mit seinem Geheimcode durfte den Franzosen unter keinen Umständen in die Hände fallen.

Tastend suchte er nach der rechten oberen Schublade, hatte er doch oft gesehen, daß der Kommandant dort seine geheimen Dokumente unterbrachte. Sie war verschlossen, verdammt — und doch wohl selbstverständlich. Er aber hatte weder seinen Säbel noch eine Pistole zur Hand, um sie mit Gewalt aufzubrechen. In diesem Augenblick tauchte hinter ihm ein Licht auf und zauberte huschende Schatten auf die Wände der Kajüte. Hastig wandte er sich um, da hörte er eine näselnde Stimme sagen: »Kann ich Ihnen behilflich sein, Sir?«

Das war der Bootssteuerer des toten Kommandanten, ein hohlwangiger bleicher Amerikaner namens Thomas Jackson. Er hielt in der einen Hand eine Gefechtslaterne, in der anderen eine Pistole.

»Ja, öffnen Sie dieses Schubfach.«

Jackson steckte die Pistole in seinen Leibriemen und trat zu einem der Geschütze an der Backbordseite der Kajüte. Seine Lafette war durch einen Schuß zerschmettert worden, und das Rohr lag quer über ihren Trümmern. Im Licht der Laterne sah Ramage bestürzt, daß da drei Tote lagen — offenbar hatte sie der Schuß getötet, der die Kanone zerstörte.

Der Amerikaner kam mit einer blutigen Handspake wieder. Der lange Stiel aus Eschenholz mit dem eisernen Schuh diente sonst dazu, die Lafetten der Geschütze herumzuwuchten, wenn man sie richten wollte.

»Wollen Sie bitte die Lampe halten und etwas zurücktreten, Sir«, sagte er höflich. Er schwang die Handspake, daß ihr beschlagenes Ende die Ecke des Schreibtischs zerschmetterte. Ramage konnte jetzt das Schubfach mit einer Hand aufziehen und gab Jackson die Lampe mit der anderen zurück.

»Halten Sie das Licht ein bißchen hoch.«

Nun zog er die Schublade ganz heraus. Auf einem Stapel von Büchern und Papieren lag ein leinener Umschlag mit einem erbrochenen Siegel. Ramage öffnete ihn und nahm ein zwei Seiten langes Schreiben heraus, das als »geheim« bezeichnet war und die Unterschrift »J. Jervis« trug. Das war offenbar der geheime Operationsbefehl. Er schob das Papier wieder in den Umschlag und steckte diesen in seine Tasche. Jetzt warf er einen Blick auf die verschiedenen Bücher. Das erste trug die Bezeichnung Briefbuch und enthielt Kopien aller dienstlichen Schreiben, die an Bord der *Sibella* empfangen und geschrieben worden waren. Das zweite, »Befehlsbuch« genannt, gab in Abschrift alle Befehle wieder, die der Kommandant erteilt oder empfangen hatte. Der letzte Befehl Admiral Jervis' war allem Anschein nach noch nicht in die Sammlung aufgenommen worden. Ferner fand sich hier das Logbuch des Kommandanten — es pflegte in der Regel kaum mehr zu sein als eine Abschrift der Aufzeichnungen des Steuermanns.

Darunter lag ein ganzes Bündel von Formularen und unterschriebenen Dokumenten. Die Admiralität war offenbar des Glaubens, daß die Schiffe des Königs ohne diese Flut von Papier nicht schwimmen konnten und durch sie erst den nötigen Auftrieb erhielten. »Coopers Aussage über den Verlust von Bier durch Auslaufen« — ach ja, das betraf die fünf Fässer, die man in Gibraltar als schadhaft bezeichnet hatte. Es folgten die »Liste der Belohnungen«, die Führungsliste, die Liste über verbrauchtes Papier und so weiter. Ramage riß diesen ganzen Wust in Stücke. Auch die Gefechtsanweisungen fanden keine Gnade, sie fielen ebenfalls der Vernichtung anheim. Jetzt war der dünne Band mit den Kriegsartikeln an der Reihe, jenen Gesetzen, denen die Navy unterstand. Sie waren alles andere als geheim, sie mußten ganz im Gegenteil allmonatlich jeder Besatzung laut vorgelesen werden. Mochten die Franzosen damit glücklich werden.

Abgesehen vom Signalbuch und einigen Seekarten, war das alles, was er brauchte.

Nun wandte sich Ramage an Jackson: »Gehen Sie in die Kammer des Steuermanns und holen Sie alle Karten und Segelanweisungen für das westliche Mittelmeer, die Sie dort finden. Stopfen Sie dieses ganze Zeug in einen mit Schrot beschwerten Segeltuchsack, für den Fall, daß wir uns überraschend davon befreien müßten.«

Im Schiff war es jetzt seltsam ruhig geworden. Als er sich aus der dunklen Kajüte tastete und nach dem Niedergang suchte, der auf das Achterdeck führte, fiel ihm auf, daß die Verwundeten aufgehört hatten zu stöhnen — vielleicht aber waren sie inzwischen alle an Oberdeck und außer Hörweite. Dafür hörte er jetzt wieder das vertraute Knarren der Masten und Rahen und das Quietschen der Enden, die durch die Blöcke liefen. Dann war da noch ein weniger vertrautes Geräusch: das Schwappen des Wassers unten im Raum, das von einem seltsamen Rumpeln begleitet war. Wahrscheinlich rührte dies von Fässern mit Salzfleisch, Pulver und anderen Vorräten her, die dort unten frei im Wasser herumtrieben.

Das Schiff selbst wälzte sich träge unter seinen Füßen. Alles Leben, die blitzschnelle Reaktion auf die leiseste Bewegung des Ruders, das begeisternde Vorwärtsstürmen, wenn ein stärkerer Windstoß die Segel füllte, das lebhafte Stampfen und Rollen über die Berge und Täler der See — mit all dem war es jetzt zu Ende. Als ob die *Sibella* an einer unheimlichen inneren Blutung litte, rauschten die eingedrungenen Wassermassen unten im Raum von einer Seite zur anderen. Tonne um Tonne warfen sie ihr Gewicht bald nach Steuerbord, bald nach Backbord und verschoben dadurch ständig den Schwerpunkt des Schiffsgewichts und des Auftriebs. Im Endeffekt kam dabei ein phantastisches Gaukelspiel mit der Stabilität des Schiffes heraus.

Mit der *Sibella*, dachte er unwillkürlich schaudernd, geht es nun zu Ende. Sie gleicht einem großen wilden Tier, das sich tödlich getroffen durch den Dschungel schleppt und nur noch wenige Schritte tun kann. Wenn sie nicht eine plötzliche See nach Steuerbord oder Backbord zum Kentern bringt, dann führt das Gewicht des Wassers, das durch die zerfetzten Schußlöcher hereindringt, das Ende herbei. Sobald nämlich das Gewicht des eingedrungenen Wassers dem Schiffsgewicht entspricht, hat die letzte Stunde der *Sibella* geschlagen. Das ist ein Naturgesetz, und nur Pumpen, keine Gebete können verhindern, daß es wirksam wird.

Als Ramage jetzt auf das Achterdeck kletterte, war ihm einen Augenblick zumute, als betrete er einen Kuhstall. Das halberstickte Stöhnen und Seufzen der Verwundeten klang in der Tat wie das Muhen und Schnaufen von Rindern. Der Bootsmann hatte rasche Arbeit geleistet, denn eben wurden die letzten Verwundeten an Deck gebracht. Ramage trat einen Augenblick beiseite, um zwei hinkenden Männern Platz zu machen, die einen dritten mit sich zerrten. Dieser hatte allem Anschein nach ein Bein gebrochen und sollte sich jetzt zu den anderen gesellen, die in unordentlichen Reihen den vorderen Teil des Achterdecks einnahmen.

Seit Minuten hatte keines der Geschütze der *Sibella* mehr gefeuert, und der Wind, der durch die Geschützpforten hereinstrich, hatte den Qualm vertrieben, aber der Geruch verbrannten Schießpulvers haftete noch an Ramages Zeug, so wie ein Haus noch immer nach Feuer riecht, längst nachdem die Flammen, die es heimsuchten, erstickt sind.

Ja, die *Barras* war genau dort, wo er sie vermutet hatte, etwas vorlicher als querab und etwa fünfhundert Meter entfernt. Er wurde sich plötzlich bewußt, daß sie seit drei oder vier Minuten nicht mehr gefeuert hatte. Das war auch nicht nötig, denn was sie wollte, war erreicht. Man konnte kaum glauben, daß noch keine zehn Minuten verstrichen waren, seit das Linienschiff jene kleine Kursänderung vorgenommen hatte, noch schwerer fiel es zu begreifen, daß es erst vor einer Stunde an der Kimm in Sicht gekommen war.

Ramage hörte das Geschrei der Möwen, die zurückgekehrt waren, als das Feuer schwieg, und nun im Kielwasser der *Sibella* ihre Kreise zogen. Offenbar hofften sie, daß ihnen der Kochsmaat eine üppige Mahlzeit von Abfällen spendieren würde.

An Backbord querab verschwand die Nordwestspitze der Halbinsel Argentario allmählich in der Nacht, die jetzt den Himmelsdom von Osten her rasch zu verdunkeln begann. Voraus wich das Land im Bogen zurück und verflachte sich zu den Marschen und Sümpfen der Maremmen, die sich fast hundert Meilen südwärts bis vor die Tore Roms erstreckten. Der nächste größere Hafen war Civita Vecchia, fünfunddreißig Meilen weiter südlich; aber den durften auf Anordnung des Papstes weder französische noch britische Schiffe anlaufen.

Seewärts, jenseits und hoch über der *Barras*, die jetzt in der sinkenden Nacht nur noch als Silhouette zu erkennen war, funkelte am Himmel der blaßblau leuchtende Hundsstern gleich einem Diamanten auf samtenem Dunkel. Wie viele Monate hatte ihn dieser Stern auf allen Fahrten begleitet und war ihm ebenso vertraut geworden wie der kalte Abwind aus dem Großmarssegel, die Rufe der Ausguckposten und das Knarren der Masten und der Verbände des Rumpfes! Das alles hatte sozusagen zu seinem Leben gehört, aber auch Hunger und Kälte, Hitze und Müdigkeit. Und jetzt? Was war von all dem übrig? Ein zum Wrack geschossenes Schiff, dessen Decks von Leichen übersät waren. Ein paar Minuten hatten dazu genügt, nachdem sich herausgestellt hatte, daß das Segel an der Kimm einem französischen Linienschiff gehörte. Zur Flucht war keine Zeit geblieben. Als die *Barras* auf sie zuhielt und in der Dünung leise auf und nieder stampfte, als verneigte sie sich in vollendeter Eleganz vor ihrem Gegenüber, da bot sie unter ihren vollen Segeln einschließlich der Leesegel wahrlich einen prachtvollen Anblick. Selbst als sie dann später nach Luv ausgeschoren war und die Pforten geöffnet hatte, aus denen die dicken schwarzen Rohre der Geschütze wie drohende Finger herüberwiesen, war sie noch immer vollendet schön gewesen.

Dann aber hatte sie plötzlich graugelbe Qualmwolken ausgespuckt, die rasch zu einer geschlossenen Wand verschmolzen und ihren Rumpf den Blicken verbargen.

Als sie bald darauf wieder zum Vorschein kam, wehte nur noch dünner Rauch aus ihren Geschützpforten, die *Sibella* aber holte weit über, da sie von einem unsichtbaren Hagel von Geschossen getroffen worden war, deren Größe zwischen der einer Melone und der einer Orange schwankte. Auf die kurze Entfernung durchschlugen sie glatt drei Fuß dickes massives Holz. Dabei gab es gefährliche Splitter, die dick wie ein Männerschenkel und scharf wie eine Säbelklinge waren.

Gleich die erste Breitseite hatte der *Sibella* so zugesetzt, daß es schien, als sei sie bereits am Ende. Sie war jedoch unentwegt weitergesegelt. Die Franzosen luden für die nächste Breitseite eine Anzahl Geschütze mit Kartätschen. Ramage mußte mit ansehen, wie eines der eigroßen Geschosse einen Mann quer über Deck von einer Bordwand zur anderen schleuderte, als hätte ihn eine unsichtbare Riesenfaust getroffen, andere waren plötzlich schreiend oder stöhnend zusammengebrochen, weil sich der bleierne Tod blitzschnell in ihren Körper gefressen hatte. Weiter hatte er mit angesehen, wie mehrere von den Zwölfpfündern der *Sibella* von den Kugeln der *Barras* aus ihren Lafetten gerissen wurden, als wären sie hölzerne Attrappen gewesen. Dann hatte ihn selbst ein Schlag getroffen, daß er das Bewußtsein verlor.

Jetzt war die arme kleine *Sibella* gründlich zusammengeschossen. Was von ihr blieb, war nur eine lecke hölzerne Schale, erfüllt von Rauch und Feuer, von zerrissenen Leibern und Schmerzensschreien, von trotzigem Gebrüll und Tod. Die Mehrzahl der acht Dutzend Männer, die ihr Leben eingehaucht hatten und mit ihr um die halbe Welt gesegelt waren, lagen tot oder verwundet umher und färbten mit ihrem Blut die Planken rot, die sie so lange zweimal täglich gescheuert hatten. Angesichts dieses Elends fand man sich nur schwer damit ab, ja es wirkte fast wie eine Blasphemie, daß die Sterne wie immer am Himmel blinkten, daß die See friedlich und fröhlich um den Steven der *Sibella* plätscherte und gurgelnd die hellere Furche des Kielwassers zog. Diese Furche verriet nur für einen flüchtigen Augenblick den Weg, den die Fregatte genommen hatte, um sich alsbald wieder zu glätten, als ob nichts gewesen wäre.

Ramage zwang sich, der Reling den Rücken zu kehren. Er *durfte* nicht in den Tag hineinträumen, wenn alles darauf ankam, festzustellen, ob die *Barras* weiter Kurs hielt. Jetzt standen ihm nur noch an die zehn Minuten zur Verfügung, um den Plan auszuführen, der für seine Männer entweder die Rettung oder den Tod bedeutete. Vielleicht — so wollte ihm scheinen — hatten die acht Jahre seines Lebens, die er zur See gefahren war, keinen anderen Sinn gehabt, als den, daß er sich diesen zehn Minuten gewachsen zeigte.

Der Bootsmann kam herzu und meldete: »Jetzt haben wir die meisten Verwundeten an Deck gebracht, Sir. Ein Dutzend höchstens sind noch unten. Nach meiner Schätzung sind keine fünfzig Mann mehr auf den Beinen.«

Der Meistersmaat wartete bereits:

»Wir haben schon fast sechs Fuß Wasser im Raum, Sir. Weil der Tiefgang zunimmt, kommen immer neue Schußlöcher unter Wasser.«

Ramage merkte, daß in der Nähe einige Dutzend Leute, darunter zahlreiche Verwundete, angespannt auf seine Worte lauschten. »Ausgezeichnet, der alte Kasten schwimmt also noch eine ganze Weile, und kein Mensch braucht zu fürchten, daß er nasse Füße bekommt.«

Das waren schneidige Worte, aber die armen Teufel hatten es bitter nötig, daß er ihnen ein wenig Mut machte. Er warf wieder einen Blick nach der *Barras*. Ob ihr Kommandant wohl merkte, daß die *Sibella* steuerlos war? Mit dem Kieker konnte er das zerschmetterte Ruder sehen, dann war es für ihn ein leichtes zu erraten, daß ihre Offiziere längst versucht hätten, durch Halsen zu entkommen, wenn das Schiff noch manövrierfähig gewesen wäre. »Bootsmann, sobald der letzte Verwundete an Deck ist, lassen Sie die unverletzten Leute hier antreten. Schaffen Sie mir außerdem ein paar Dutzend Äxte zur Stelle. Noch eins: wer war eigentlich Signalfähnrich?«

»Mr. Scott.«

»Schicken Sie ein paar Leute los, die nach seiner Leiche suchen sollen. Ich möchte das Signalbuch haben.«

Jackson, der Bootssteuerer aus Amerika, kam jetzt mit einem Segeltuchsack herbei.

»Hier drin sind alle Karten und Segelhandbücher des Steuermanns, dazu das Logbuch und die Musterrolle, die ich in der Kammer des Zahlmeisters fand.«

Ramage gab ihm die Dokumente aus der Kajüte mit Ausnahme des Befehls des Admirals. »Stecken Sie auch diese Papiere in den Segeltuchsack. Einige Leute suchen bereits nach dem Signalbuch. Nehmen Sie es in Empfang, wenn es gefunden wird. Und jetzt verschaffen Sie mir schnell ein Entermesser.«

»Das Signalbuch, Sir«, sagte ein Matrose und hielt ihm den dünnen, über und über mit Blut besudelten Band entgegen.

»Gib her«, sagte Jackson und steckte das Buch mit in den Sack.

Wieder faßte Ramage die *Barras* ins Auge. Jetzt blieb nicht mehr viel Zeit.

»Bootsmann! Wo sind die Äxte?«

»Sind bereit, Sir.«

Jackson kam mit einigen Entermessern unter dem Arm herbeigeeilt. »Das Ding da werden Sie auch brauchen können, Sir«, sagte er und reichte ihm ein Megaphon. Der verdammte Kerl dachte wirklich an alles. Ramage ging achteraus und kletterte auf die Hängematten, die oben auf der Verschanzung in ihren Kästen lagen. Hoffentlich fällt es den Froschfressern nicht ein, jetzt zu feuern, dachte er voll Ingrimm. Dann setzte er das Megaphon an die Lippen.

»Hört gut zu, Leute, und scheut euch nicht zu fragen, wenn ihr etwas nicht versteht. Wenn ihr meine Befehle bis aufs kleinste befolgt, dann können wir in den Booten entkommen. Den Verwundeten können wir leider nicht helfen, wir lassen sie daher in ihrem eigenen Interesse zurück, damit sich der französische Schiffsarzt ihrer annehmen kann.

Vier unserer Boote schwimmen noch. Wenn ich Befehl gebe, habt ihr nur zwei bis drei Minuten Zeit, sie zu besetzen, dann pullt ihr los, was das Zeug hält.«

»Verzeihung, Sir«, fragte der Bootsmann, »wie können wir das Schiff stoppen, um in die Boote zu gelangen?«

»Das werden Sie gleich hören. Schauen Sie sich den Franzosen dort an«, er wies mit der Hand nach der *Barras.* »Er steuert einen konvergierenden Kurs und kommt uns daher immer näher. In acht bis zehn Minuten ist er fast längsseit und klar zum Entern. Und wir können ihn nicht daran hindern.«

In diesem Augenblick holte das Schiff mit träger Bewegung über und erinnerte ihn an das Wasser, das nach wie vor in den Raum strömte.

»Wenn wir unsere Flagge niederholen, kann es uns nicht gelingen, mit den Booten zu entkommen. Also müssen wir die Burschen übertölpeln, um die Zeit zu gewinnen, die wir zur Flucht brauchen. Wenn wir warten, bis die *Barras* fast längsseit ist, und dann unser Schiff plötzlich stoppen, so wird sie wahrscheinlich nicht auf unser Manöver gefaßt sein und vorbeilaufen. Aber das muß so schnell gehen, daß der Franzose keine Zeit findet, das Feuer zu eröffnen. Ehe er dann gehalst hat, sind wir längst in den Booten auf und davon. Die Flagg-leine bekommt einer der Verwundeten in die Hand, damit er das Schiff übergeben kann.«

»Verzeihung, Sir«, fragte einer der Seesoldaten, »wie bringen wir es fertig, das Schiff zu stoppen?«

»Dazu gibt es nur ein Mittel. Wir werfen etwas über Bord, so daß das Schiff wie von einem Anker festgehalten wird. Und um völlig sicherzugehen, daß die Franzosen keine Zeit finden, auf uns zu feuern, wollen wir gleichzeitig hart Backbord drehen. In der Soldaten-sprache«, sagte er zu dem Seesoldaten gewendet, »heißt das, wir machen ›linksum‹, während der Franzmann weiter geradeaus marschiert.«

»Was können wir denn über Bord werfen, Sir?« fragte der gleiche Seesoldat mit düsterer Miene, als hätte er das alles längst gehört und wüßte, daß es nicht gelingen könne. Dabei saugte er an seinen Zähnen, als wäre das der einzige Genuß, der ihm geblieben war. »Wir stop-pen das Schiff wie folgt«, antwortete ihm Ramage sach-lich, obwohl er sich alle Mühe geben mußte, den Mann nicht zu beuteln. Hätte er den Leuten doch nicht er-laubt, Fragen zu stellen! Seine Worte kamen langsam und klar, damit es auf keinen Fall Mißverständnisse gab: »Der Fockmast ist fast schon gefallen. Beinahe alle Wanten und Backstagen an Steuerbord sind zerschossen. Eine Handvoll Männer mit Äxten haben die übrigen in wenigen Augenblicken gekappt, dann geht der Mast über Bord — natürlich nach der Backbordseite. Das ist unser Anker. Wenn dieser Mast, der mit Rahen und Segeln mehr als fünf Tonnen wiegt, über Bord und ins Wasser fällt, aber von den Backbordwanten noch gehal-ten wird, dann zieht er den Bug mit unwiderstehlicher Kraft nach Backbord, und das ist es, was wir wollen.

Dabei helfen wir noch nach, indem wir das Kreuz-marssegel und den Besan setzen, sobald der Fockmast über Bord geht. Dadurch erhält das Heck einen Schub nach Steuerbord, während der gestürzte Fockmast den Bug nach Backbord zieht.«

»*Aye*, Sir, was wird dann aber der Franzose tun?«

Die Frage kam von einem anderen Seemann, der offenbar wirklich Belehrung suchte und nicht von Berufs wegen den ungläubigen Thomas spielte wie jener Zähnesauger.

»Wenn die *Barras* fast längsseit ist und wir plötzlich so scharf abdrehen, daß unser Drehkreis kaum größer ist als die Länge unseres Schiffes, dann hat sie nur ein paar Sekunden zur Verfügung, um zu feuern. Wenn sie wirklich feuern sollte« — fügte er einem plötzlichen Einfall folgend als Mahnung hinzu, Verzögerungen unter allen Umständen zu vermeiden —, »nun, dann bestreicht sie uns der Länge nach. Keiner von euch wird Portsmouth Point wiedersehen, wenn wir auch nur eine halbe Breitseite durch die Heckfenster hereinbekommen. Also, betet zu Gott um seinen Beistand und macht um Himmels willen keine Fehler.«

Er hatte nur noch wenige Minuten zur Verfügung. Was gab es noch zu sagen? Ja, richtig —

»Nun zu den Booten: Bootsmann, Sie führen den roten Kutter; Meistersmaat, Sie übernehmen den schwarzen Kutter; Sie, der Vormann im Großtopp — Wilson war doch Ihr Name? —, steuern die Gig; ich selbst übernehme die Barkasse.

Und nun zum Schluß: Ihr dort« — er wies auf ein Dutzend Männer an der Heckreling —, »ihr nehmt die Äxte. Laßt sie euch vom Bootsmann geben, dann geht nach vorn und haltet euch klar, alle noch intakten Wanten und Backstagen an Steuerbordseite zu kappen. Verteilt euch gleich richtig und wartet, bis euch der Bootsmann den Befehl gibt. Das wird er tun, sobald er mich in französischer Sprache rufen hört.«

Ramage besann sich darauf, wieder nach der *Barras* zu sehen. Der Zwischenraum wurde immer kleiner, langsam, langsam verrann die Zeit.

»Das ist alles, lassen Sie wegtreten.«

Er gab Wilson ein Zeichen: »Holen Sie sich ein paar Toppsgasten zusammen und halten Sie sich klar, das Kreuzmarssegel und den Besan zu setzen. Tut nur ja nichts ohne meinen Befehl, dann aber reißt an den Enden, als ginge es um euer Leben. Zuletzt schafft ihr die Boote unter die Stückpforten im Halbdeck, natürlich an Steuerbordseite.«

Die *Barras* war jetzt kaum noch dreihundert Meter entfernt, im letzten Zwielicht war es allerdings nicht einfach, den Abstand zu schätzen. Also noch knapp fünf Minuten — vorausgesetzt, dachte er — und dabei fühlte er ein Würgen im Hals —, vorausgesetzt, daß sich der Franzose so verhält, wie ich erwarte ...

»Bootsmann, Meistersmaat, Wilson ...«

Als die drei Männer erschienen, sprang er von dem Hängemattskasten herunter an Deck. »Sobald wir gedreht haben und das Schiff keine Fahrt mehr macht, laufen Sie nach unten und sorgen dafür, daß die Männer in die Boote gehen. Wenn Sie alle an Bord haben, werfen Sie los. Versuchen Sie auf jeden Fall, mit den anderen Booten in Fühlung zu bleiben — sobald es sich machen läßt, geben wir eine Leine von Boot zu Boot. Einstweilen pullen Sie fünfhundert Schläge nach Norden, dort soll unser Treffpunkt sein. Sie brauchen dazu nur etwa fünf Minuten lang auf den Polarstern zuzuhalten. Sind noch Fragen?«

Die drei blieben stumm. Der Bootsmann war die Ruhe selbst. Wenn ihm jemand Befehle gab, tat er flink und tüchtig seine Pflicht. Der Meistersmaat war ein Phlegmatiker, und Wilson war ein Draufgänger, der sich nie Gedanken machte.

»Also los, klar zum Manöver!«

Der Bootsmann blieb stehen, als sich die beiden anderen abwandten. Er machte einen verlegenen Eindruck.

»Ich wollte, Ihr Herr Papa wäre jetzt hier, Sir.«

»Warum? Haben Sie denn zu mir kein Vertrauen?«

»Doch, doch«, meinte der Bootsmann hastig, »ich meine — nun, ich war damals bei ihm, Sir. Sie wissen schon. Was danach geschah, war alles grundfalsch, aber er hatte eben seinen Stolz, Sir.«

Mit diesen Worten verschwand er nach vorn. Seltsam, dachte Ramage, er hat nie ein Wort darüber verloren, daß er bei Vater an Bord war. Es war für den Sohn nicht gerade ermutigend, wenn man ihm just in diesem Augenblick ins Gedächtnis rief, »was damals geschehen war«. Dabei hatte der Bootsmann sicherlich nichts anderes im Sinn gehabt, als ihm seine Treue zu bezeigen.

Zwei Aufgaben hatte er jetzt noch, und ein Blick nach der *Barras* sagte ihm, daß ihm dazu nur noch sehr wenig Zeit blieb. Er sah sich um, ob Jackson in der Nähe war, und der Amerikaner meinte grinsend: »Jetzt könnten Sie ja schon mit Ihrem Messer hinüberreichen, Sir.«

Ramage lachte. Seine Geschicklichkeit im Messerwerfen war offenbar allen bekannt — er hatte diese Kunst als Kind in Italien von einem sizilianischen Kutscher seines Vaters gelernt.

Jetzt ging er nach dem Platz, wo die Verwundeten lagen, und gab dabei sorgsam acht, daß er nicht über die Toten stolperte, die da und dort in grotesken Verrenkungen hingestreckt lagen.

»Lebt wohl, ihr Männer, in Greenwich werden wir uns bald wiedersehen.«

Als er jene Heimat für dienstunfähige Seeleute erwähnte, konnte man da und dort ein schüchternes Hurra hören.

»Wir müssen euch jetzt verlassen, aber wir lassen euch nicht im Stich.« (Ob sie den Unterschied verstanden? Er bezweifelte es stark.)

»Wir haben nur noch ein halbes Dutzend Geschütze, damit können wir nicht mehr kämpfen, sie aber« — dabei zeigte er auf die *Barras* —, »sie aber können uns entern, sobald sie nur wollen. Sie haben drüben einen Arzt und eine Apotheke, wir nicht. Für euch ist es bestimmt am besten, wenn ihr in Gefangenschaft kommt. Einer von euch bekommt die Flaggleine in die Hand, er soll die Flagge niederholen, sobald wir das Schiff verlassen haben. Dann können die Franzosen unbehelligt an Bord kommen, und euch wird nichts mehr zustoßen. Wir, die unverwundet blieben, nun gut, wir machen uns aus dem Staub, aber eines besseren Tages werden wir wieder kämpfen. Eines ist gewiß, der letzte Kampf der *Sibella* wird nie in Vergessenheit geraten. Also — ich danke euch . . . und wünsche euch viel Glück.«

Das war ein recht lahmer Abschied, er fühlte sich dabei vor allem gehemmt, weil ihm die Rührung die Kehle zuschnürte. Darum konnte er die letzten platten Redensarten nur noch mit Gewalt hervorstoßen. Immerhin erntete er von den Männern ein dreifaches Hurra. »Bootsmann — ist vorn alles klar?«

»*Aye aye*, Sir.«

»Jackson«, sagte er, »wenn die Franzosen jetzt feuern und wenn mir dabei etwas zustößt, dann unterrichten Sie sofort den Bootsmann und vernichten den Brief, den ich vorhin vor Ihren Augen in die Tasche steckte. Das ist von größter Wichtigkeit. So, und jetzt geben Sie die Flaggleine einem der Verwundeten; sorgen Sie dafür, daß er weiß, was er zu tun hat.«

»*Aye aye*, Sir.«

Seltsam, dachte Ramage, wie beruhigend dieser Amerikaner wirkt.

2

Ramage erkletterte wieder die Hängemattskästen auf der Verschanzung. Mein Gott, wie nahe die *Barras* nun schon war — knappe hundert Meter entfernt und ziemlich querab. Ihre Bugwelle leuchtete wie ein kleines weißes Wölkchen vor ihrem Steven. Jetzt setzte er das Mundstück des Megaphons ans Ohr und richtete den Trichter auf die *Barras* — allein er hörte nichts.

Im Augenblick schien es, als hätte der französische Kommandant die Absicht, sein Schiff ohne Hast längsseit zu bringen. So handelte jedenfalls ein guter Seemann — es hatte keinen Sinn, krachend längsseit zu scheren und zu gewärtigen, daß sich die Rahen der beiden Schiffe ineinander verfingen.

Es sei denn — Ramage schauderte von schrecklicher Angst gepackt zusammen —, es sei denn, ich irre mich gründlich. Der Franzose muß ja wissen, wie schwer die Schäden der *Sibella* sind, er kann deutlich genug sehen, wie tief sie schon im Wasser liegt, wie träge sie rollt. Dann ist ihm auch klar, daß er sie niemals nach Toulon einbringen kann. Wenn er jetzt langsam näher kommt, dann hat er doch nur die Absicht, uns den Gnadenstoß zu versetzen — das kann nun jeden Augenblick über uns hereinbrechen. Ein Feuerbrand aus den Stückpforten der *Barras* wie Sommerblitze am Horizont, und ich samt allem, was von der *Sibella* noch übrig ist, bin tot.

Ach, wie kam ich mir klug vor, als ich mir einredete, den Franzosen würde seine Ruhmsucht dazu verleiten, die *Sibella* als Prise nach Hause zu schleppen; in Wirklichkeit machte ich mir das doch nur vor, weil ich leben wollte: darum ließ ich keine andere Möglichkeit gelten.

In dieser Einbildung habe ich jetzt die Verwundeten auf dem Achterdeck so gut wie umgebracht — die Männer, die mich noch vor ein paar Minuten hochleben ließen.

Während ihm das alles wild durch den Kopf wirbelte, lauschte er angestrengt weiter. Aber schließlich nahm er das Sprachrohr doch vom Ohr. Was will ich damit, dachte er bitter. Die Stimme des französischen Kommandanten höre ich doch nicht, wenn er den Befehl gibt, das Feuer auf diese Entfernung zu eröffnen — und wenn ich sie hörte, was machte es aus?

Plötzlich geriet er in solchen Zorn über sich selbst, daß alle Angst wie weggeblasen war. Auch in dieser Lage gab es noch einen Ausweg. Gewiß, er mußte dabei ein Glücksspiel wagen, er mußte darauf setzen, daß die *Barras* bis auf Rufweite herankam, ehe sie ihre letzte Breitseite abfeuerte. Im Augenblick war sie noch so weit entfernt, daß man ihn drüben wahrscheinlich nicht hörte, wenn er hinüberrief.

Ramage fiel unversehens der XV. Kriegsartikel ein, der in seiner grausamen Kürze lautete: »Jeder zur Flotte gehörige oder in ihr dienende Mann« (O Gott, welcher Augenblick, das herzusagen!), »der ein Schiff aus Feigheit oder verräterischer Absicht dem Feind ausliefert und dessen überführt wird, ist mit dem Tode zu bestrafen.«

Wenn er zum Feigling oder Verräter werden sollte, dann mußte er wenigstens überleben, damit man ihn verurteilen konnte. Bei der Lage, in die er jetzt geraten war, wurde das jedoch immer fraglicher.

Wie weit war der Franzose jetzt noch weg? In der sinkenden Nacht war das verdammt schwer zu schätzen. Siebzig Meter? Wieder nahm er das Sprachrohr an sein Ohr. Ja, jetzt hörte er die Franzosen, wie sie einander zuriefen. Es war ein gewöhnlicher Befehl und seine Bestätigung. Sie mußten ihrer Sache sehr sicher sein (warum sollten sie auch nicht?), sonst hörte man doch sicher aufgeregtes Stimmengewirr. Wenn sie nur nicht zu früh das Feuer eröffneten! Wenn auf der *Barras* nur etwas geschehen wollte, das einige Verwirrung und Unsicherheit hervorriefe. Dadurch könnte er Zeit gewinnen. Jetzt setzte Ramage das Sprachrohr an die Lippen. *Ich* will das tun, ich will sie aus dem Gleichgewicht bringen, sagte er sich voll Ingrimm.

Im letzten Augenblick hielt er noch einmal inne und rief nach vorn: »Bootsmann! Ich nehme den Befehl zurück, daß Sie kappen lassen sollen, sobald Sie mich französisch sprechen hören. Warten Sie damit, bis ich es ausdrücklich befehle!«

»*Aye aye*, Sir.«

Er hob das Megaphon von neuem an den Mund und rief zu dem Franzosen hinüber: »*Bon soir, messieurs!*«

Nach einer Pause, die ihm wie eine Ewigkeit vorkam, vernahm er mit dem Mundstück am Ohr die Antwort: »*Comment?*«, die vom Achterdeck der *Barras* herübertönte. Er konnte sich denken, wie erstaunt sie drüben waren, daß man ihnen hier einen guten Abend wünschte. Weiter, weiter, er mußte sie in Atem halten.

»*O detto: Buona sera.*«

Er hätte beinahe laut gelacht, als er sich die Gesichter der Franzosen vorstellte, wenn sie nun auf italienisch hörten, daß er ihnen eben in ihrer Muttersprache guten Abend gewünscht hatte. Wieder gab es eine Pause, dann scholl es von neuem herüber:

»*Comment?*«

Jetzt war die *Barras* nur noch fünfzig Meter entfernt. Ihre Bugwelle war in der Dunkelheit deutlich zu erkennen, auch das Filigran ihrer Takelage hob sich scharf gegen den Nachthimmel ab, während es noch vor wenigen Minuten nur als Schatten zu ahnen gewesen war.

Der entscheidende Augenblick war gekommen. Abermals hob er das Megaphon an die Lippen, dabei schoß es ihm durch den Kopf, daß er nun ernstlich im Begriff war, sich dem XV. Kriegsartikel auf Gnade und Ungnade auszuliefern. Dennoch galt es jetzt um Leben und Freiheit zu ringen, solange es ging. Er rief auf englisch:

»Mr. Frenchman — unser Schiff sinkt.«

Dieselbe Stimme antwortete: »Was Sie sagen?«

»Ich sagte: Unser Schiff sinkt!«

Er merkte, wie Jackson aufgeregt von einem Fuß auf den anderen trat. An Bord der *Sibella* herrschte plötzlich Totenstille, er merkte vor allem, daß die Verwundeten keinen Laut von sich gaben. Die *Sibella* selbst war ein Geisterschiff. Keine Menschenseele stand am Ruder, die Besatzung war stumm und von Spannung geladen.

Endlich hörte er durch sein Megaphon, wie jemand auf französisch sagte: »Das ist doch nur eine List.« Es war die Stimme eines Mannes, der offenbar Autorität genoß und sich jetzt zu einer schwierigen Entscheidung durchgerungen hatte. Er vermutete, daß das nächste, was er von dieser Stimme zu hören bekäme, das Kommando zur Feuereröffnung sein würde.

»Wollen Sie sich ergeben?« kam die Frage zurück, diesmal auf englisch.

In größter Hast wandte sich Ramage dem Bootsmann zu und rief mit gedämpfter Stimme: »Bootsmann — los, kappen!«

Er mußte es vermeiden, die Frage des Franzosen klar zu beantworten. Wenn er das Schiff in aller Form übergab, aber mit dem Rest der Besatzung das Weite suchte, dann erboste sich die Admiralität bestimmt genauso wie die Franzosen, weil er durch dieses Verhalten gegen den allgemein anerkannten Ehrenkodex verstieß.

Also setzte er das Megaphon aufs neue an die Lippen:

»Wir sollen uns ergeben? Wie denn? Unser Ruder ist

zerstört, wir können nicht mehr steuern — wir haben viele Verwundete.«

Die dumpfen Schläge der Äxte waren deutlich zu hören; hoffentlich drang das Geräusch nicht bis zur *Barras* hinüber. Es ging nicht anders, er mußte es mit seiner eigenen Stimme übertönen oder den Franzosen wenigstens von dem Lärm ablenken.

»Wir können nicht mehr steuern, die meisten unserer Leute sind tot oder verwundet, das Schiff sinkt schnell — unser Kommandant ist auch gefallen . . .«

Verdammt, wenn er nur wüßte, was er sonst noch sagen sollte. Da flüsterte ihm Jackson plötzlich ins Ohr: »Unser Viehbestand ist tot, die Geschütze sind ausgefallen, der Haferbrei ist verdorben.«

»Jawohl, Mister«, brüllte Ramage weiter: »Alle unsere Schweine und die Kuh sind zerfetzt — alle Geschütze sind aus den Lafetten gerissen!«

»*Comment?*«

»Die Schweine — ihr habt die Schweine umgebracht.«

»*Je ne comprend pas!* Wollen Sie sich ergeben?«

»Ihr habt unsere Schweine umgebracht . . .«

Es war zum Verrücktwerden. Wollte denn dieser Fockmast nicht endlich über Bord?

». . . Die Kuh ist aus der Lafette gesprungen — die Geschütze geben keine Milch mehr — das Schwein macht jede Viertelstunde einen Fuß Wasser.«

Er hörte Jackson kichern, im gleichen Augenblick krachte es auf dem Vorschiff, und zugleich knallte es wie von Peitschenhieben, als einige Enden unter der Belastung brachen. Dann hörte er ein entsetzliches Ächzen, als ob ein Riese Schmerzen litte, und gleich darauf unterschied er gegen den Nachthimmel, wie sich der Fockmast zu neigen begann, erst langsam, dann immer schneller, bis er zuletzt samt Rahen und allen Segeln krachend über Bord stürzte.

»Wilson, Kreuzmarssegel und Besan setzen!«

Er sah, wie der Besan zur Nock des Baumes ausgeholt wurde und wie sich das Marssegel gleichzeitig unter der Rah entfaltete. Als er sich Sekunden später wieder nach der *Barras* umsah, war sie in der Nacht verschwunden. Er überzeugte sich, daß die *Sibella* sogar schneller nach Backbord herumschwang, als er erwartet hatte, dann blickte er nochmals suchend achteraus. Die *Barras* hatte sich überraschen lassen, sie steuerte noch immer ihren alten Kurs und war nun schon zu weit ab, um das völlig ungeschützte Achterteil der *Sibella* längsschiffs zu bestreichen.

Er fühlte sich nach der überstandenen Aufregung noch ganz schwach, und seine Sachen waren feucht von Schweiß. Als er von der Verschanzung herabkletterte und an Deck sprang, gaben seine Knie nach, aber Jackson fing ihn auf. »Schade um die arme Kuh, Sir«, meinte er trocken, »ich hätte gerade Lust auf eine Muck voll Milch.«

3

Seit mehr als einer halben Stunde erstreckte sich Leutnant Nicholas Ramages kleine Welt nur noch auf das Boot, die See und den mächtigen blauschwarzen Dom des nächtlichen Himmels. An diesem wolkenlosen Firmament glitzerten so viele Fixsterne und Planeten, daß es schien, als seien dort alle Funken haftengeblieben, die je von eines Schmiedes Amboß sprühten.

Die Barkasse war ein schweres Boot, aber die Männer, die ihm gegenüber auf den Duchten saßen, trieben sie dennoch rasch voran. Sie warfen sich im Takt hintüber und rissen dabei jedesmal mit aller Kraft an ihren Riemen, die sich knirschend in den Rundseln drehten. Wer hatte doch gleich im Altertum den Ausspruch geprägt: »Gib mir einen Punkt, wo ich hintreten kann, und ich will die Erde aus den Angeln heben?«

Nach jedem Schlag holten die Männer unwillkürlich tief Luft. Gleichzeitig drückten sie den Griff ihres Riemens nach unten, um das Blatt aus dem Wasser zu heben. Dann beugten sie sich vornüber wie unterwürfige Pächter, die sich vor dem Gutsherrn im Sitzen verbeugen, stießen dabei die Griffe der Riemen von sich und tauchten am Ende die Blätter wieder ins Wasser, bereit, von neuem kräftig durchzuholen.

Durchziehen, Atem holen, vorneigen — durchziehen, Atem holen, vorneigen ... Ramage hatte beim Steuern den Unterarm auf der Pinne liegen und fühlte deutlich, wie das Boot bei jedem Schlag vorwärtsschoß. Gelegentlich warf er einen Blick nach achtern, wo der Kutter des Bootsmannes und die beiden anderen Boote folgten, jedes durch eine Leine mit dem Vordermann verbunden.

»Sir!« rief Jackson und wies aufgeregt nach achtern. Dort sah man in der Ferne einen schwachen roten Schein; aber während Ramage noch hinsah, zuckte eine Flamme auf. Es war, als ob ein Schmied mit dem Blasebalg sein Feuer angefacht hätte.

Eine halbe Stunde war vergangen. Inzwischen konnten die Franzosen die Verwundeten auf die *Barras* geschafft haben. Gott, mußten die Armen gelitten haben, als man sie von einem Schiff auf das andere brachte. Immerhin war die See so ruhig, daß die beiden Schiffe ohne weiteres längsseit nebeneinander liegen konnten. Das ersparte den Verwundeten wenigstens den Transport mit Booten. Ramage malte sich aus, wie die Offiziere des französischen Enterkommandos die Bilge der *Sibella* peilen ließen und dann meldeten, wie hoch das Wasser im Raum stand und was sie sonst an Schäden feststellen konnten. Inzwischen hatten sie wohl die Munitionskammer geflutet und schließlich Feuer an das Schiff gelegt. Als er sich von dem Anblick abwandte, sah er, daß sich einige der Männer die Augen wischten — es war geradezu lächerlich, wie so eine Besatzung ihr Herz an die paar hundert Tonnen Holz, Tauwerk und Segeltuch hängen konnte, die nur für ein paar Monate ihre Heimat gewesen waren, an dieses Schiffsgehäuse, das erst vor Stundenfrist so vielen von ihnen zum Grab geworden war!

Die Männer gerieten beim Pullen aus dem Takt, als sie die *Sibella* brennen sahen. Plötzlich ruckte dadurch die Leine zum Kutter heftig ein, und zugleich drangen die Flüche des Bootsmannes herüber. Ramage entnahm daraus, daß es wohl das beste war, wenn er den Männern erlaubte, die Feuerbestattung der *Sibella* mit anzusehen. Gleichzeitig stellte das eine wohlverdiente Rast für sie dar. Er rief also den entsprechenden Befehl achteraus in die Dunkelheit.

Er selbst fand jetzt endlich Gelegenheit, den Befehl

zu lesen, den der gefallene Kommandant erhalten hatte. Die Neugier darauf verzehrte ihn schon die ganze Zeit, seit die Männer an den Riemen einen stetigen Rhythmus gefunden hatten und ihm Muße zum Denken ließen.

»Die Laterne, Jackson. Aber schirmen Sie sie mit Segeltuch gut ab. Ich will etwas lesen.«

Ramage zog den leinenen Umschlag aus der Tasche und entnahm ihm einen Bogen Papier, den er zunächst mit aller Sorgfalt glattstrich. Der Brief war am 1. September, also vor einer Woche, an Bord der *Victory* geschrieben und enthielt einen Befehl des Admirals Sir John Jervis, K. B., an den gefallenen Kommandanten der *Sibella*. Er war in sauberer, flüssiger Handschrift zu Papier gebracht und hatte folgenden Wortlaut: »Nach den mir vorliegenden Informationen ist es verschiedenen Mitgliedern einflußreicher Familien in der Toskana, die mit unserer Sache sympathisieren, nach der Besetzung von Livorno und anderen im Binnenlande gelegenen Städten durch die Franzosen gelungen, der Gefangennahme zu entgehen. Sie haben den Weg nach Süden an die Küste vor Capalbio eingeschlagen und von dort um Hilfe gebeten. Sie werden darum angewiesen, mit Seiner Majestät Schiff *Sibella*, das Sie befehligen, so schnell wir irgend möglich nach der Küste vor Capalbio zu versegeln und dabei mit aller Sorgfalt darauf zu achten, daß an Land niemand von Ihren Absichten Kenntnis erhält.«

Darum also waren sie jetzt hier ... Ramage blätterte um und las weiter:

»Sie werden im Schutze der Nacht einen Landungstrupp nach dem befestigten Turm entsenden, der zwischen dem Burano-See und der Küste steht und unter dem Namen *Torre di Burannaccio* bekannt ist. Der Trupp hat die dort befindlichen Flüchtlinge abzuholen.

Man nimmt an, daß es sich im ganzen um sechs Personen handelt. Ihre Namen sind am Schluß dieses Schreibens aufgeführt.

Nach den mir zugegangenen Nachrichten wird der Turm nicht von neapolitanischen Truppen benutzt und ist auch nicht von den Franzosen besetzt, die bekanntlich durch dieses Gebiet marschiert sind. Die Flüchtlinge haben Vorsorge getroffen, daß ein Kohlenbrenner, dessen Namen ich nicht von ihnen erfuhr, aber dessen Hütte eine halbe Meile südlich des Turmes und fünfhundert Meter landeinwärts der Küste liegt, ständig über ihren Aufenthaltsort unterrichtet ist.

Da die nötigen Unterhandlungen in der Landessprache geführt werden müssen, ist es geboten, den Landungstrupp Leutnant Nicholas Ramage zu unterstellen, weil dieser Offizier die italienische Sprache beherrscht.

Im Hinblick auf den Rang und den Einfluß, den diese Flüchtlinge auf dem italienischen Festland besitzen, wird großer Wert auf ihre persönliche Sicherheit und ihr Wohlbefinden gelegt. Sobald sie und alle anderen, die sich etwa bei ihnen befinden, sicher auf der von Ihnen geführten Fregatte Seiner Majestät eingeschifft sind, haben Sie auf dem schnellsten Wege nach dem Treffpunkt Nummer 7 zu versegeln. Dort werden Sie eines Seiner Majestät Schiffe vorfinden, dessen Kommandant Ihnen den Befehl für Ihre weiteren Aufgaben übermitteln wird.«

Hm, dachte Ramage angesichts der Länge dieses Briefes und all der Einzelheiten, die er enthielt, »Old Jervie« meint es offenbar ernst mit der Wichtigkeit dieser Leute: er ist ja sonst bekannt für die Kürze seiner Befehle.

Dann faltete er den Brief wieder zusammen und steckte ihn in seine Tasche. Als Befehl für den gefallenen Kommandanten der *Sibella* war der Inhalt des

Schreibens einfach genug — aber für seinen Nachfolger warf es schwierige Probleme auf, von denen sich Sir John nichts träumen ließ, als er dieses Dokument diktierte. Der gleiche Sir John Jervis galt als der strengste und genaueste unter allen Flaggoffizieren. Ramage mußte sich eingestehen, daß er nicht einmal wußte, wo der Treffpunkt Nummer 7 lag... Ein Stoß gegen sein Schienbein weckte ihn aus seinem Wachtraum.

»Verzeihung, Sir«, sagte Jackson, »ich bekam plötzlich einen Krampf in meinem Bein.«

Ramage merkte, daß die Männer gespannt darauf warteten, etwas von ihm zu hören — sollten sie warten.

Was sollte er tun? Welche Handlungsweise erwartete der Admiral von ihm? Was hätte der gefallene Kommandant der *Sibella*, der nun eben verbrannt worden war, unternommen, wenn er jetzt an seiner Stelle in der Achterplicht der Barkasse säße?

Gewiß, er konnte die Meinungen der älteren Untergebenen anhören, er konnte ihnen zeigen, was in dem Befehl stand, er konnte sogar einen Kriegsrat einberufen. Aber das alles verbot ihm sein Stolz, und überdies hatte ihm sein Vater eines Tages gesagt: »Nicholas, mein Junge, wenn du in der Navy etwas erreichen willst, dann berufe um Gottes willen nie einen Kriegsrat ein.« Und doch, dachte Ramage erbittert, was war die Folge gewesen, als der alte Herr einmal seinem eigenen Rat entsprechend gehandelt hatte?...

Dann sah er eine flüchtige Sekunde lang vor seinem inneren Auge eine Gruppe armer, verängstigter Zivilisten, die durch das winzige Fenster einer Bauernhütte über die See hinausstarrten, geplagt von den Moskitos und so von Todesfurcht gepeinigt, daß sie des Nachts nicht einmal eine Lampe anzuzünden wagten. Sie warteten auf ein Schiff der Royal Navy, das sie retten sollte,

retten wovor? Entweder vor der französischen Guillotine oder möglicherweise auch vor dem unsagbaren
Grauen der Verliese des Großherzogs von Toskana, der
zu schwach gewesen war, seine Neutralität zu wahren.
Es hieß sogar allgemein, Napoleon sei bei einem Dinner
sein Gast gewesen.

Wer waren diese armen Menschen, wie hießen sie?
Er hatte ganz vergessen, die am Schluß vermerkten Namen zu lesen.

»Nochmal die Laterne, Jackson.«

Er entfaltete den Brief aufs neue und las die Namen
von fünf Männern und einer Frau, die untereinander
am Ende des Schreibens standen: Der Herzog von Venturino, der Marquis von Sassofortino, der Graf Chiusi,
der Graf Pisano, der Graf Pitti und die Marquise von
Volterra.

Er brauchte ein paar Sekunden, um den Schreck zu
überwinden, den ihm der anglisierte Name der Marchesa di Volterra beim Lesen versetzt hatte: Plötzlich
sah er sie wieder vor sich, die große weißhaarige Dame
mit dem Patriziergesicht, die er in seinen Kindertagen
als »Tante Lucia« so gut gekannt hatte. Sie war nicht
mit ihm verwandt, aber als eine der besten Freundinnen seiner Mutter war sie oft bei seinen Eltern zu Besuch gewesen, wenn diese in Siena lebten. Ebenso hatten auch sie selbst oft genug im Palast der Marchesa
in Volterra gewohnt. Und jetzt war der kleine Junge,
den sie nie in Ruhe ließ, weil er Dantes Verse nicht gleich
meterweise aufsagen konnte (oder wollte), wieder zurück, oder besser fast zurück — in Italien, um sie von
der Küste ihres eigenen Landes wegzuholen ...

Sir John Jervis' Drängen, diese Leute unter allen Umständen zu retten, war ihm jetzt verständlich: Die Marchesa und der Herzog von Venturino waren zwei der
einflußreichsten, mächtigsten Persönlichkeiten der Tos-

kana. Es hieß schon seit Jahren, wenn sie nur lange genug zusammenhielten, dann wären sie wahrscheinlich in der Lage, den Großherzog zu stürzen und die Toskana für immer von den müden Habsburgern zu befreien.

Ramage war froh, daß er schon beschlossen hatte, die Befreiung der Flüchtlinge zu versuchen, ehe er ihre Namen kannte. Hätte er vorher anders gedacht, dann sähe er sich jetzt veranlaßt, seinen Entschluß zu ändern. So hatte er das befriedigende Gefühl, daß er das, was er nach bestem Wissen für das Richtige hielt, nur aus diesem für ihn allein maßgebenden Grunde zu vollbringen versuchte.

Wenn es darum ging, Flüchtlinge zu retten, sollte es nichts ausmachen, wer oder was diese Menschen waren: Wenn ein Kopf unter dem Messer der Guillotine in den Weidenkorb rollt, dann ist es gleich, ob er einem Bauern oder einem Herzog gehört, denn im einen wie im anderen Falle war es das Haupt eines Menschen. Das meint auch Shakespeare, wenn er Shylock sagen läßt: »Hat ein Jude keine Augen? Hat ein Jude keine Hände?«

Ramage konnte sich vorstellen, wie der Vorsitzende in dem Kriegsgerichtsverfahren, das ihm wegen des Verlustes der *Sibella* drohte, alsbald die Frage an ihn richten würde: »Warum haben Sie eigentlich beschlossen, den Befehl des Admirals mit einem offenen Boot auszuführen, obwohl er ursprünglich einer Fregatte erteilt worden war?«

»Ach, Sir, ich dachte dabei an Shylock . . .«

Er sah sie vor sich, die Herren, wie sie daraufhin alle grinsten, und konnte fast hören, wie sie einander zuflüsterten: »Na ja, er ist eben seines Vaters Sohn.« Das war in der Tat das Kreuz seines Lebens. Er war seines Vaters Sohn und darum viel leichter zu verletzen als jeder andere Leutnant, denn er hatte eine Menge potentieller Gegner, die nur darauf warteten, ihm eins auszuwischen, um seinen Vater zu treffen. Eine Marine-Vendetta zog sich in der Regel lange hin, und wenn Admirale darein verwickelt waren, galt es für jedermann, Partei zu nehmen, weil es dann um Protektion und um Beförderung ging. Wenn es einem gelang, sich der Protektion eines bestimmten Admirals zu versichern, dann war das von größtem Nutzen, solange der betreffende Admiral gut angeschrieben war, weil er seinem Schützling dann schöne Posten zuschanzen konnte. Unterstützte dieser Admiral jedoch eine politische Partei, was verschiedentlich vorkam, und verlor diese Partei die Mehrheit, dann hatte jeder Günstling eines solchen Mannes unversehens einen Mühlstein um den Hals.

Armer Vater! Es hatte gewiß nie einen Mann gegeben, der tapferer war als er. Viele hielten ihn sogar für den genialsten Strategen und Taktiker, den die Navy je besessen hatte. Und eben das war letzten Endes die Ursache für seinen Fall. Wenn man einem geborenen, mit scharfem Verstand begabten Führer das Kommando über eine Flotte überträgt und ihn dazu mit einer Sammlung eng umrissener Anweisungen versieht, die ihm vorschreiben, wie er eine Schlacht zu schlagen habe, dann fordert man unweigerlich einen Konflikt heraus.

Ramage war gerade sieben Jahre alt, als sein Vater vor das Kriegsgericht gestellt wurde; aber später, als er alt genug war, um zu verstehen, worum es ging, hatte er das Protokoll des Verfahrens gegen John Uglow Ramage, den Zehnten Earl of Blazey und Admiral der Weißen Flagge, viele Male gelesen. Es war nicht schwer zu erkennen, warum das Gericht seinen Vater für schuldig befunden hatte. Da er es ablehnte, sich durch die Gefechtsanweisungen binden zu lassen, sondern nach seinem eigenen taktischen Urteil gehandelt hatte, gab es für die Richter wirklich keine andere Wahl. Dagegen war die Weigerung des Königs, das Urteil zu kassieren — wozu kein anderer als er die Macht besaß —, nur eine Auswirkung übler politischer Intrigen. Sein Vater war ja von jeher ein unabhängiger Geist gewesen, er hatte weder den Whigs noch den Tories schöngetan, darum hatte er auch von keiner Seite Hilfe zu erwarten.

Da Ramage nur vier offene Boote zur Verfügung hatte, um einen Befehl auszuführen, der eigentlich für eine Fregatte bestimmt gewesen war, sagte er sich, daß seine Lage jetzt im kleinen etwa dieselbe war wie die seines Vaters vor fünfzehn Jahren. Damals hatte die britische Regierung alle Meldungen über die Stärke der französischen Streitkräfte in den Wind geschlagen und nur einen schwachen Verband unter Führung des Earls of Blazey nach Westindien entsandt. Als der Earl ans Ziel gelangte, sah er sich einer französischen Flotte gegenüber, die doppelt so stark war wie sein eigenes Geschwader und die ihn unter Bedingungen zum Kampf stellte, denen die Gefechtsanweisungen der Admiralität nicht Rechnung trugen, weil sie sich nur mit wenigen Eventualitäten befaßten. Sein Vater hatte es durch brillante und originelle taktische Ideen verstanden, sich dem Zugriff der Übermacht zu entziehen, und dabei nur ein einziges Linienschiff eingebüßt.

Gewiß, er hatte die Schlacht verloren — wer hätte sie unter den gegebenen Umständen auch gewinnen können? Jeder andere britische Admiral, der sich an die Gefechtsanweisungen gebunden gefühlt hätte, obwohl sie ihm im gegebenen Fall nichts bieten konnten, hätte an seiner Stelle eine Schlacht nach den gültigen Regeln durchgefochten und dabei viel mehr Schiffe verloren. Wenn man sich vor Augen hielt, daß sein Vater nur ein Schiff eingebüßt hatte, konnte man getrost sagen, er habe einen taktischen Sieg errungen. Leider stieß er jedoch zu Hause auf ein Zusammenwirken unheilvoller Geschehnisse. Vor allem hatte die Regierung zu wenig Schiffe entsandt. Als dann die Massen lauthals über die Niederlage zu toben begannen, da waren die Herren sofort entschlossen, den Vorwurf auf die Schultern eines anderen abzuwälzen. Der Admiral, der die Schlacht geschlagen und verloren hatte, hatte sich über die Gefechtsanweisungen hinweggesetzt. Das genügte für die Politiker vollauf; sie hatten den Sündenbock, den sie brauchten.

Das gemeine Volk erfuhr nie, daß diese Gefechtsanweisungen zu starr gewesen waren und somit für jene Feindbegegnung keine Verwendung hatten finden können. Statt dessen wurde ihm durch eine Flut von Broschüren und Zeitungsartikeln die Überzeugung eingehämmert, daß der Earl of Blazey Sieger geblieben wäre, wenn er jene Anweisungen befolgt hätte. Die Tatsache, daß sich seine eigene Taktik glänzend bewährt hatte und daß er eben durch sie die schweren Verluste vermied, die er bei einer strikten Befolgung der Gefechtsanweisungen erlitten hätte, kam nur ein einziges Mal zur Sprache, als sein Vater vor dem Gerichtshof seine Verteidigungsrede hielt. Allein die Zeitungen, die zweifellos der Regierung irgendwie verpflichtet waren, berichteten darüber nur unvollständig oder in entstellter Form.

Der alte Herr hatte damals besser gesprochen, als vor dieser Hörerschaft am Platze war: Seine Darlegungen waren so schlüssig und scharfsinnig, daß sie alsbald sowohl das Mißtrauen des Laien gegen den Experten, als auch die Eifersucht der Fachkollegen weckten.

Wie hatte sein Vater doch jene Gefechtsanweisung charakterisiert? Richtig, er hatte sie mit den Instruktionen für einen Kutscher verglichen, die diesem vorschrieben, wie er sich verhalten sollte, wenn ihm ein

Straßenräuber den Weg versperrte und Halt gebot. Ramage hatte jenen Absatz in dem gedruckten Verhandlungsprotokoll wieder deutlich vor Augen, das jetzt in Leder gebunden zu Hause im Bücherschrank stand.

»Diese Instruktionen«, hatte sein Vater gesagt, »verlangen vom Kutscher, daß er mit seiner Donnerbüchse über die Köpfe der Pferde hinwegzielt und auf den Straßenräuber feuert. Aber sie sagen ihm nicht, wie er sich verhalten soll, wenn zwei oder gar zwölf Straßenräuber zu beiden Seiten der Straße auf ihn lauern. Sie gehen von der Voraussetzung aus, ein solcher Fall werde nicht eintreten. Zugleich sagt ihm aber eine Klausel, wenn das Unvorhergesehene dennoch geschehe, dann sei von vornherein alles falsch, was der Kutscher unternehme, ob er nun nach links oder nach rechts schieße, ob er sich ergebe oder ob er die Flucht ergreife.«

Das Gericht hätte ihn zum Tode verurteilen können; aber seit dem Fall des Admirals Byng waren die Kriegsartikel abgeändert worden, so daß auch ein milderes Urteil möglich war. Dieses lautete denn für seinen Vater auf Entlassung aus der Navy. Ramage fragte sich oft, ob ein Mann wie er nicht lieber den Tod erlitten hätte.

Einer von den Richtern hatte sich bei der Verhandlung als besonders scharfer Gegner seines Vaters erwiesen; es war ein Kapitän, der damals ziemlich am Ende der Beförderungsliste stand, aber beim König hohe Wertschätzung genoß. Dieser Mann, Kapitän Goddard, war heute Konteradmiral, seine Intelligenz und seine beruflichen Fähigkeiten waren bescheiden, dafür war er von einem verzehrenden Ehrgeiz besessen. Eine Heirat, die ihn zum entfernten Verwandten der königlichen Familie machte, wog für die Beförderung seine sonstigen Mängel auf.

Goddard hatte großen Einfluß auf den geisteskranken König — es hieß, er sei einer der wenigen, die mit

Seiner Majestät noch halbwegs vernünftig reden konnten, wenn er unter einem seiner nicht eben seltenen Anfälle akuten Wahnsinns litt. Als Goddard Konteradmiral wurde, besaß er sehr bald eine große Anhängerschaft: viele Kapitäne und sogar manche Flaggoffiziere beeilten sich, ihren Stolz zu begraben, um in den Kreis der schmeichlerischen Bewunderer einzutreten, den der eitle Mann brauchte. Als Gegenleistung dafür konnten sie mit Bevorzugungen und Beförderungen rechnen.

Unglücklicherweise war Goddard gerade jetzt im Mittelmeer stationiert. Allerdings hatte dem Anschein nach weder der Oberkommandierende, Admiral Sir John Jervis, noch der drittälteste Befehlshaber, Kapitän Horatio Nelson, viel für ihn übrig. Genau wußte es Ramage nicht, aber er vermutete immerhin, daß er sein eigenes Kommando nur Sir John Jervis zu verdanken hatte. Der vierte im Dienstalter, Kapitän Croucher, war wiederum ein besonders guter Freund Goddards. Wenn dieser den Vorsitz in dem Kriegsgerichtsverfahren führte, das ihm wegen des Verlustes der *Sibella* drohte, dann stand, wie Ramage glaubte, das Urteil wohl schon fest, ehe noch der erste der Zeugen vereidigt war.

Aber wie dem auch immer sei, sagte sich Ramage, es ist Zeit, daß wir uns wieder auf den Weg machen; die Männer haben sich lange genug ausgeruht. Wer oben ist, kann einen Untergebenen immer ins Unrecht setzen, daran ist nicht zu rütteln, und darum hatte es auch keinen Zweck, sich darüber Gedanken zu machen.

4

»Geben Sie mir die Karten, Jackson.« Der Amerikaner reichte ihm den Leinensack, und Ramage zog eine Karte aus der Rolle, die das Küstengebiet von den Vada-Felsen vor Livorno — oder Leghorn, wie es die Briten hartnäckig nannten — bis Civita Vecchia zeigte. Ehe er sie zu Rate zog, warf er einen Blick in das Logbuch des Steuermanns und stellte fest, daß es bis sechs Uhr abends geführt war. Die letzte Eintragung betraf die Peilungen und Entfernungen des Monte Argentario und der Nordspitze der Insel Giglio. Darunter stand: »Feindliches Schiff in Sicht in Nordwest.«

Ramage rollte die Karte auf, faltete sie auf seinem Knie und zog das Wurfmesser aus der in seinen Stiefelschaft genähten Scheide. Mit der Klinge maß er die Entfernung vom Monte Argentario um 6 Uhr p. m., indem er die Breitenskala am Rande der Karte benutzte. Dann drehte er das Messer herum, so daß er die Klinge benutzen konnte, um die Peilung von der in die Karte eingezeichneten Kompaßrose abzulesen.

Als er damit fertig war, stach er einen winzigen Punkt in die Karte. Das war die Position der *Sibella* um sechs Uhr abends. Jetzt stellte er schätzungsweise fest, welchen Kurs sie gesteuert und welche Strecke sie zurückgelegt hatte, bis die Franzosen längsseit kamen. Wieder stach er ein Pünktchen in die Karte. Das war der Ort, an dem die Fregatte versenkt worden war. Dann kennzeichnete er noch eine dritte Stelle, den Ort, an dem sie sich im Augenblick befanden — alles so genau, wie es ein erfahrener Seemann nur bewerkstelligen konnte.

Wo waren sie demnach? Ungefähr in der Mitte zwischen dem Vorgebirge Argentario und der Insel Giglio. Die Passage dazwischen war — er nahm wieder das Messer in die Hand, um die Entfernung festzustellen — zwölf Seemeilen breit. Sie waren also etwa sechs Meilen von dem Kap d'Uomo entfernt, dem steilen Felsen, der am Ende eines der Bergkämme Argentarios jäh zum Meer abstürzt.

Es ist eine Ironie, dachte er, daß wir eine volle halbe Stunde nach Nordwest gepullt sind, also weg von Capalbio und den Flüchtlingen.

Wenn sie zu dem Wehrturm von Capalbio gelangen wollten, mußten sie, wie ihm die Karte zeigte, zunächst das Südende Argentarios umrunden, das fast eine Insel war, da es nur zwei Dämme mit dem Festland verbanden. Seltsam, auf der Karte glich dieses Argentario einer Fledermaus, die kopfunter an einem Balken hing. Die Dämme waren ihre beiden Beine, der Balken das Festland. Der Turm stand an der Küste ungefähr fünf Meilen südlich der Stelle, an der der südliche Damm auf dem Festland endete. Der Ort Capalbio lag auf einer Höhe fünf oder sechs Meilen weiter landeinwärts.

Mehr als fünfzehn Meilen waren bis dorthin zurückzulegen, und wenn man die Küste nicht kannte, war es wohl auch unmöglich, den Turm vor Hellwerden zu finden. Das heißt, sagte sich Ramage, daß wir noch vor Tagesanbruch irgendwo ein Versteck finden müssen. Aber wo nur? Die Südostseite Argentarios ist zu gefährlich. In Port'Ercole gleich um die Ecke wimmelte es ganz bestimmt von ein- und auslaufenden Fischerbooten. Nein, das war nichts. Wir müssen Argentario fernbleiben, am besten halten wir uns den Freitag über, solange es hell ist, auf der kleinen Insel Giannutri versteckt, die im Südosten vor der Passage zwischen Giglio und Argentario liegt. Von dort können wir am Freitagabend leicht die Formiche di Burano erreichen, ein winziges, nur wenige Fuß hohes Riff an der Küste bei Capalbio. Von unserem jetzigen Schiffsort nach Giannutri sind es ... ungefähr sieben Meilen: dort, nahe bei Punta Secca, können wir uns verstecken.

Am Freitagabend hatten sie dann — wie er feststellte — zwölf Meilen nach der Formiche und weitere drei bis zum Turm zurückzulegen. In der Zwischenzeit fand er zum mindesten Gelegenheit, das Festland durch seinen Kieker genau in Augenschein zu nehmen.

Er hatte also die Nacht von Freitag auf Samstag zur Verfügung, um die Flüchtlinge zu finden. Den Samstag über mußten sie sich verstecken und am Samstagabend von Capalbio in See gehen ...

»Bootsmann, Meistersmaat, Wilson — kommen Sie zu mir an Bord.«

Der Strand bei Capalbio war sandig, das hieß, daß man ein Boot an Land holen mußte. Nur die Gig war leicht genug, daß sie von ihrer Besatzung aus dem Wasser gezogen werden konnte. Sechs Mann an den Riemen, dazu Jackson und er selbst — das reichte für die Fahrt nach Capalbio. Dort kamen ein halbes Dutzend Flüchtlinge dazu. Auf dem Rückweg waren also nicht weniger als vierzehn Mann an Bord der Gig — das war nur zuviel, wenn sie schlechtes Wetter bekamen, denn bei nächtlichen Überfällen auf feindliche Häfen hatten sie sogar sechzehn Mann an Bord. Übrigens hatte er gar keine andere Wahl. Das Boot mußte auf jeden Fall an Land geholt und versteckt werden: Vielleicht kostete es Zeit, die Italiener zu finden — er wollte nicht mit dem günstigsten Fall rechnen, daß er in einer Nacht landen, seine Schützlinge finden und ungeschoren wieder nach See entkommen konnte.

Der Bootsmann holte den Kutter längsseit der Barkasse und kletterte an Bord, ihm folgte der Meistersmaat und schließlich Wilson. Als die drei Männer wartend in der Dunkelheit vor Ramage saßen, hätte dieser viel darum gegeben, ihre Gedanken lesen zu können.

»Ich habe den Befehl für den Kommandanten geöffnet und m— möchte ihn eigentlich ausführen ...«

Wenn er sich aufregte, fing er leicht an zu stottern. Daß ihm das Wort »möchte« nicht glatt über die Lippen wollte, empfand er als Mahnung, auf jeden Fall die Ruhe zu bewahren.

»Ich nehme Jackson und sechs Mann mit mir in die Gig. Sie, Bootsmann, übernehmen die Barkasse, und Wilson übernimmt Ihren Kutter. Die Führung der drei Boote obliegt dem Bootsmann.«

Es war nicht einfach, im Dunkeln Männern Befehle zu erteilen, denen man nicht in die Augen sehen konnte.

»Ihr Ziel, Bootsmann, ist Bastia auf der Insel Korsika.«

»Das ist aber ...«

»Ja, das ist ein weiter Weg, über siebzig Meilen. Aber es ist der nächste Hafen, in dem Sie britische Schiffe finden werden, und da Sie die Küste Korsikas ja kennen, werden Sie bestimmt den Weg dorthin finden. Nehmen Sie die Musterrolle und das Logbuch des Steuermanns mit. Wenn Sie ankommen, melden Sie sich beim dienstältesten britischen Seeoffizier. Berichten Sie von allem, was sich hier ereignet hat, und — jetzt passen Sie gut auf, das ist sehr wichtig — bitten Sie ihn, Sir John Jervis sofort zu melden, daß Leutnant Ramage die Ausführung des von Sir John erteilten Befehls für die *Sibella* übernommen habe. Bitten Sie ihn ferner, ein Schiff an einen Treffpunkt fünf Meilen nördlich von Giglio zu entsenden, wo ich mich am Sonntag bei Tagesanbruch einfinden will. Wenn ich nicht da bin, soll es mich am Montag bei Tagesanbruch an der gleichen Stelle erwarten.

Wenn Sie das Pech haben sollten, unterwegs den Franzosen in die Hände zu fallen, dann werfen Sie vor allem das Logbuch über Bord und versuchen Sie, die Leute um jeden Preis zu überzeugen, daß Sie die einzigen Überlebenden der *Sibella* seien. Über die Gig verlieren Sie kein Wort. Und jetzt die Navigation.«

Rasch und gewandt setzte er die Kurse ab, die der Bootsmann zu steuern hatte. Dann dachte er sogar daran, zu fragen, ob eines der Boote etwa Wein an Bord habe. Es stellte sich heraus, daß sich im Boot des Meistersmaaten ein ganzes Faß befand, das er ohne Verzug über Bord entleeren ließ. Auf den Protest des Unteroffiziers meinte er nur: »Können Sie die Gewähr übernehmen, daß Sie mit ein paar Dutzend Betrunkener fertigwerden?«

Der Bootsmann erhielt noch den Auftrag, die sechs besten Männer für die Gig einzuteilen, dann schüttelte Ramage den dreien im Dunkeln die Hände und schickte sich an, über die anderen Boote hinwegzuklettern, um sein neuestes Kommando anzutreten. Das war nun, dachte er bei sich, wirklich ein kaum zu überbietender Rekord: Mit dem Kommando über eine Fregatte hatte es begonnen, das nächste war eine Barkasse, und jetzt war eine Gig an der Reihe — und das alles innerhalb einer einzigen Stunde.

Ehe er die anderen drei Boote entließ, holte sie Ramage noch einmal zusammen und gab zur Stützung der Befehlsgewalt des Bootsmanns mit erhobener Stimme bekannt, daß alle Seeleute nach wie vor den Bestimmungen der Kriegsartikel unterstünden. Die Männer hörten ihn schweigend an, nur das Schwappen des Wassers gegen die Boote und ein gelegentliches Knirschen der Scheuerleisten unterbrach die herrschende Stille.

Als Ramage dann eben im Begriff war, den Bootsmann auf den Weg zu schicken, hörte er, wie einer der
Matrosen mit gedämpfter Stimme rief: »Drei Hurras
für Seine Lordschaft: hipp — hipp — hurra!« Die Männer wagten es nicht, laut zu schreien, dennoch fühlte
er sofort die echte Bewegung in ihren Stimmen. Er war
sowohl über diese unerwarteten Hurra-Rufe wie auch
über die vielsagende Anrede mit seinem Adelstitel so
bestürzt, daß er noch immer nach einer passenden Antwort suchte, als einige Leute zum Abschied »Viel Glück,
Sir!« herüberriefen. Das überhob ihn aller langen Reden:
»Danke, Jungs!« rief er. »So, jetzt legt euch tüchtig in
die Riemen, ihr habt noch einen langen Weg vor euch.«

Damit nahm er in der Plicht der Gig Platz, griff
nach der Pinne und wartete nur noch, bis die anderen
Boote in Fahrt waren, ehe er seine eigene Besatzung
anrudern ließ.

Als er Argentario ins Auge faßte, entdeckte er einen
schwachen silbrigen Glanz hinter dem Horizont, der die
benachbarten Sterne allmählich verblassen ließ. Hinter
den Bergen stieg der Mond auf, und schon nach wenigen
Minuten war er imstande, die Gesichter der Männer zu
erkennen, die auf den achtersten Duchten saßen, und
sah dabei sofort, daß sie von Schweiß glänzten.

Immerhin, sagte er sich, mit einer vierundzwanzig
Fuß langen Gig, die nur dreizehn Zentner wiegt, habe
ich wenigstens nicht so viele Sorgen wie mit einer hun-
dertfünfzig Fuß langen Fregatte, die fast siebenhundert
Tonnen verdrängt. So bequem wie auf der Fregatte hat
man es hier allerdings nicht, schoß es ihm durch den
Kopf, als er beiseite rückte, damit sich das Knie des
Achterstevens nicht mehr in seine Hüfte bohrte.

Das mächtige Rund des Mondes kam rosa wie eine
Auster hinter Argentario zum Vorschein, in seinem
Licht zeichneten sich die schattenhaften Umrisse der

Gipfel schärfer ab. Im Vergleich mit den zerklüfteten zackigen Alpen schienen ihm diese harmlosen Berge mit ihren gerundeten Gipfeln und Graten eher riesigen Ameisenhaufen zu gleichen. Als der Mond dann allmählich höherstieg und die Schatten kürzer wurden, verblaßten die Umrisse der Berge, und die ganze Halbinsel war nun von einem warmen rosasilbrigen Schein übergossen. Monte Argentario — Silberberg, warum trug er diesen Namen? Hatte man hier je eine Silbermine betrieben? Ganz gewiß nicht. Vielleicht weil die vom Wind bewegten Blätter der Olivenbäume ihn bei Tag silbrig erscheinen ließen — er erinnerte sich, bemerkt zu haben, daß ihr Laub an einem Berghang manchmal diesen Eindruck hervorrufen konnte.

Jetzt war es ihm bereits möglich, die ganze Besatzung der Gig zu erkennen, er sah, daß es Toppsgasten waren, die allerbesten unter den überlebenden Seeleuten der *Sibella*, Männer, die hoch oben und weit draußen auf den Rahen die Segel zu reffen und festzumachen pflegten.

Hier im Mondlicht, unrasiert und in ihrem abgerissenen Zeug, sahen sie eher aus wie die Bootsbesatzung eines Kaperschiffs als wie Matrosen des Königs. Diese Kaperschiffsbesatzungen waren so übel wie richtige Piraten, nein, sie waren im Grunde noch schlimmer, denn sie dienten für gewöhnlich auf der Grundlage einer Beteiligung an den Prisengeldern. Darum waren sie viel grausamer und wagemutiger als echte Piraten, deren Entlohnung ganz vom guten Willen ihres Kapitäns abhing.

Der Schlagmann auf der achtersten Ducht war vom Hosenbund aufwärts nackt. Er hatte einen Tuchfetzen um die Stirn gebunden, damit ihm der Schweiß nicht in die Augen rann, seine Haare waren zu einem Zopf geflochten, und sein Gesicht war immer noch schwarz vom

Pulverqualm. O Gott, dachte Ramage, wie konnte ich vergessen zu sagen, daß sie ein paar Hängematten in die Boote packen sollten? Wenn sie auch schon gebräunt sind, so wird ein Tag, den sie halb nackt unter der sengenden Sonne verbringen, doch ihre Haut ausdörren und ihnen härter zusetzen als die Arbeit an den Riemen, von dem verdammten Durst ganz abgesehen.

War das nicht Blut, das diesem Mann am Schlagriemen über das schmutzige Gesicht lief?

»He — Schlagmann! Sind Sie verletzt?«

»Das hat nichts zu sagen, Sir. Nur ein Riß auf der Stirn. Warum? Ist mein Gesicht blutig?«

»Von hier aus hat man den Eindruck.«

Das war ein ausgefallener Haufen: Gab man den Burschen Gelegenheit, sich von einer Arbeit zu drücken, dann taten sie das todsicher, bot sich die Möglichkeit zu desertieren, dann ließen sich die meisten nicht davon abhalten, obwohl sie dabei riskierten, gehenkt oder um die Flotte gepeitscht zu werden. Im Gefecht dagegen waren sie wie verwandelt: Der Drückeberger, der Trinker, der Narr — einer wie der andere wurde da zum kämpfenden Teufel. Wenn es ums Ganze ging, entwickelte jeder die Kraft von zweien. Auch jetzt, nach einem halben Tag harten Kampfes, holten sie tapfer an ihren Riemen, wenn es nottat, bis sie vor Erschöpfung von den Duchten sanken. Wenn aber ein Faß Wein im Boot gewesen wäre, und er hätte sich schlafen gelegt, dann hätte er beim Erwachen entdecken müssen, daß sie alle sinnlos betrunken waren.

Sie waren eben in vieler Hinsicht wie die Kinder. Obwohl dieser oder jener von den *Sibella*-Männern dem Alter nach sein Vater sein konnte, war sich Ramage doch stets bewußt, daß sie im Grunde ihres Wesens ganz einfache Menschen waren. Ihre plötzlichen Ausbrüche kindlicher Begeisterung, ihre Launenhaftigkeit, ihr Mangel an Verantwortung und ihr unberechenbares Verhalten bewiesen es ihm immer wieder aufs neue.

Wie, Ramage, träumst du schon wieder? . . . Er beschloß, eine Rast einzulegen und den Männern kurz zu erklären, worum es ging.

»Ihr werdet jetzt wohl gern wissen wollen, wohin wir fahren, wenn ihr es nicht schon am Wasserfaß habt läuten hören . . .«

Darauf erhob sich allgemeines Gelächter: Auch Offiziere erfuhren nämlich dort am Wasserfaß oft genug Einzelheiten aus den geheimen Befehlen ihres Kommandanten. Es handelte sich um eine Tonne mit Trinkwasser, die, bewacht von einem Seesoldaten, an Deck stand und aus der die Männer zu bestimmten Stunden trinken durften. Dort wurde denn auch ausgetauscht, was der Tag Neues bot. Obwohl die Nachrichten aus der Kajüte oft nur auf Umwegen zum Wasserfaß gelangten, erwiesen sie sich doch fast immer als zutreffend. Den Augen und den Ohren eines Kommandantenstewards entging so leicht nichts von Bedeutung, und der bescheidene Schreiber des Kommandanten — der sich stolz Sekretär nennen durfte — kam unter seinen Bordkameraden erst zu Ansehen und Bedeutung, wenn er etwas Neues mitzuteilen hatte.

»Wenn ihr es noch nicht wißt, werde ich euch jetzt alles sagen, was ich selbst darüber weiß. Es handelt sich um ein halbes Dutzend italienischer Flüchtlinge — sehr wichtige Leute, so wichtig, daß der Admiral ihretwegen eine Fregatte riskierte —, die vom Festland abgeholt werden sollen. Diese Aufgabe war der *Sibella* übertragen worden — und wir haben sie jetzt zu Ende zu führen.

Heute nacht wollen wir bis in die Nähe ihres Zufluchtsorts vordringen, aber tagsüber dürfen wir uns auf keinen Fall sehen lassen, darum müssen wir uns verstecken und können erst morgen abend den Schlußpunkt unter das Unternehmen setzen. So liegen also die Dinge, jetzt wißt ihr so viel darüber wie ich selbst.«

»Eine Frage, Sir?«

»Ja, was ist?«

»Wie weit ist denn dieser Bonaparte hier schon vorgedrungen? Wem gehört eigentlich dieser Küstenstrich, Sir?«

»Bonaparte hat vor ein paar Monaten Livorno besetzt. Livorno selbst ist ein Freihafen, aber die Küste dort und weiter südwärts bis fast hierher gehört dem Herzog von Toskana, und der hat mit Napoleon einen Pakt geschlossen. Aber überall längs dieser Küste gibt es sogenannte Enklaven — kleine Landgebiete, die anderen Leuten gehören. Piombino zum Beispiel, das Elba gegenüberliegt, gehört der Familie Buoncampagno. Halb Elba wiederum und ein schmaler Küstenstreifen, der fast bis hierher nach Süden verläuft und Argentario mit umfaßt, gehören dem König von Neapel und Sizilien.«

»Auf welcher Seite steht der?«

»Er stand auf der unseren, aber er hat die Feindseligkeiten eingestellt.«

»Also hat er sich ergeben, nicht wahr, Sir? Aber bis Neapel und Sizilien sind sie noch nicht gelangt, die Franzosen?«

»Nein, aber soviel ich weiß, fürchtet der König, daß sie Neapel angreifen könnten. Ganz in der Nähe von Argentario liegt die Stadt Orbetello, der Hauptort der Enklave, die der König hier besitzt. Wie weit sich diese nach Süden erstreckt, weiß ich nicht. Das Land südlich davon gehört dem Papst.«

»Was ist denn mit dem, Sir?« fragte der Mann mit der blutigen Stirn. »Steht der auf unserer Seite?«

»Er hat mit Bonaparte einen Waffenstillstand geschlossen und seine Häfen für britische Schiffe gesperrt.«

»Es scheint also, als ob wir hierzulande nicht viele Freunde hätten«, stellte einer der Bootsgasten fest.

»Nein«, lachte Ramage, »jedenfalls keinen, auf den wir uns verlassen könnten. Auch dort, wo wir jetzt landen wollen, finden wir womöglich Truppen Bonapartes vor, oder Neapolitaner — weiß Gott zu wem sie grade halten — oder sogar Soldaten des Papstes.«

»Sind die Leute, die wir holen sollen, Italiener, Sir?«

»Ja.«

»Warum haben sie dann nicht ebenso bei Boney angemustert wie alle anderen? Verzeihen Sie bitte diese Frage, Sir.«

»Weil sie ihn ebensowenig schätzen wie wir selbst. Ja, wenn er sie erwischt, dann werden sie am Ende sogar der ›Witwe angetraut‹.«

Die Männer unterhielten sich murmelnd. Sie kannten alle die makabre französische Umschreibung für den Tod auf der Guillotine. Ramage hörte, wie einer sagte: »Seltsame Gesellschaft, die Italiener. Die einen mustern bei Boney an, die anderen hauen ab. Wie findet so ein Bursche bloß heraus, was für ihn das Richtige ist?«

Damit, dachte Ramage, hat er ganz gut erfaßt, wie es hier aussieht. Er selbst war nun nach acht langen Jahren im Begriff, wieder in dieses herrliche, leuchtende Land mit seiner lässigen Lebensart zurückzukehren, dieses Land so voll von Gegensätzen, daß nur ein gefühlloser Wicht summarisch behaupten konnte, daß er es hasse oder liebe oder daß sein Gefühl die Mitte zwischen diesen Extremen halte.

»Verzeihung, Sir, Sie sprechen doch die Sprache dieser Leute, nicht wahr?«

»Ja.«

Herrgott, entweder hatten die Männer so viel Vertrauen zu ihm, daß sie ihn ruhig auszufragen wagten, weil sie wußten, daß ihnen dabei keine barsche Abfuhr blühte, oder sie nutzten die Gelegenheit, sich einmal mit einem Vorgesetzten »von gleich zu gleich« — wie es manche Offiziere nannten — zu unterhalten. Ihr Interesse schien allerdings echt zu sein.

»Wie kommt das, Sir?«

Warum sollte er es ihnen nicht erzählen? Ihre Unterhaltung schwieg, sie wollten alle hören, was er sagte. Für die nächsten paar Tage brauchte er ja jedes bißchen Vertrauen, das sie ihm schenken wollten.

»Mein Vater ging im siebenundsiebziger Jahr in See, um die Amerikanische Station zu übernehmen — damals«, sagte er scherzend zu Jackson, »rührten sich Ihre Landsleute schon, um von uns loszukommen. Als mein Vater fort war, zog meine Mutter nach Italien und nahm hier bei verschiedenen Bekannten Aufenthalt. Sie reiste immer sehr gern — es ist, nebenbei gesagt, noch heute ihre Leidenschaft. Ich selbst war damals zwei Jahre alt und wurde von einer italienischen Kinderfrau betreut. Bei ihr lernte ich fast ebenso früh Italienisch wie Englisch.

1782, als ich sieben Jahre alt war, kehrten wir nach England zurück. Die meisten von euch wissen ja wohl, warum das geschah ... 1783, nach seiner Verurteilung, wollte mein Vater England für einige Jahre verlassen. So gingen wir denn wieder nach Italien; ich war damals acht Jahre alt und blieb in diesem Lande bis kurz vor meinem dreizehnten Geburtstag. Dann kehrten wir nach England zurück, und ich ging zur See.«

»Da wurden Sie von einer Preßgang geschnappt, nicht wahr, Sir?«

Über diesen Scherz des Schlagmannes mit der blutigen Stirne brüllte alles vor Lachen. Über die Hälfte dieser Männer war ja von solchen Preßkommandos von der Straße geholt und an Bord eines Königlichen Kriegsschiffes gebracht worden. Wenn sie wollten, durften sie sich dort »Freiwillige« nennen und erhielten dafür ein paar Schillinge Handgeld. Außerdem stand in der Musterrolle neben ihrem Namen die Abkürzung »vol« an Stelle von »prest«.

»Ja«, sagte Ramage und stimmte in das Gelächter ein, »aber ich nahm das Handgeld.«

Die Männer hatten lange genug gerastet, darum gab er jetzt den Befehl, wieder anzurudern. Voraus lag wie ein riesiges Seeungeheuer das flache Inselchen Giannutri. Aus der Karte waren nicht viele Einzelheiten zu entnehmen, nur eben südlich der dem Festland nächsten Spitze Punta Secca mußte eine ganze Anzahl kleiner Buchten liegen. Der Name »Trockene Spitze« weckte allerdings keine große Hoffnung, Trinkwasser zu finden.

Ramage fuhr sich mit den Fingern durch die Haare und zuckte zusammen, als er in dem geronnenen Blut an seinem Hinterkopf hängenblieb. Er hatte die Wunde ganz vergessen. Wenigstens war das Blut rasch getrocknet. Auf Giannutri, überlegte er, mußte er sich wohl ein wenig um sein Äußeres kümmern; im Augenblick glich er wahrscheinlich eher einem Straßenräuber als einem Seeoffizier.

5

Jackson beobachtete, wie der obere Rand der Sonne hinter den niedrigen Hügeln der Insel Giannutri verschwand, und begrüßte den kühlen Schatten, der sich nun auf die östliche Seite der Insel senkte. Ein Blick auf die Uhr verriet ihm, daß noch eine halbe Stunde Zeit war, bis sein Ausgucktörn endete und Mr. Ramage geweckt werden mußte.

Es war ihr Glück gewesen, daß sie diese winzige Einbuchtung der Küste gefunden hatten, die so sauber aus dem Fels geschnitten war, als ob sie ein Riese mit dem Messer herausgekratzt hätte. Ein Mensch, der kaum fünf Meter entfernt am Ufer stand, konnte das Boot schwerlich entdecken, dabei waren die Seiten der Einfahrt nicht viel höher als das Dollbord der Gig, so daß man ringsum sehr gut Ausguck halten konnte.

Den größten Teil des Vormittags hatte Mr. Ramage mit dem Kieker am Auge am Hang des Hügels gesessen und das Festland abgesucht. Sobald er den Turm von Buranaccio gefunden hatte, der unmittelbar hinter dem Küstenstreifen aufragte und sich nur mit seinem untersten Teil hinter den Sanddünen verbarg, ließ er seine Männer paarweise heraufkommen, um ihnen das Bauwerk durch das Glas zu zeigen. Zugleich sollten sie die Küste rechts und links davon in Augenschein nehmen.

Inzwischen hatte Jackson einen der Matrosen beauftragt, die Jacke des Leutnants zu waschen, um die Blutflecken, so gut es ging, daraus zu entfernen. Als er sie dann zum Trocknen ausbreitete, glättete er das Tuch sorgfältig mit den Händen. Die seidene Halsbinde verriet natürlich, daß sie kein Bügeleisen gesehen hatte, aber wenn man sie über einen glatten Stein spannte, solange sie naß war, sah sie doch wieder halbwegs gepflegt aus. Im Dunkeln, sagte sich Jackson, ist Mr. Ramage auf jeden Fall elegant genug, wenn er mit diesen Herzogen und anderen feinen Leuten zusammentrifft. Es war nur ein Jammer, daß er seinen Hut eingebüßt hatte.

Als Jackson jetzt seinen schlafenden Leutnant betrachtete, sah er, daß seine Gesichtsmuskeln hin und wieder zuckten. Merkwürdig fand er auch seine Gewohnheit, die Augen zuzukneifen, wenn er angestrengt überlegte und wenn er müde oder aufgeregt war. Er schien das mit Absicht zu tun, als ob er sich besser konzentrieren könnte, wenn er die Augenlider zusammenkniff.

Der Bootsmann hatte immer behauptet, Mr. Ramage gliche genau seinem Vater, dem Earl of Blazey — »Old Blaze-Away« hatte man ihn in der Navy getauft. Jackson kam noch heute in Verlegenheit, wenn er daran dachte, daß er vor einigen Monaten einmal gesagt hatte, er hoffe, Old Blaze-Aways Sohn besitze mehr Schneid als sein Vater. Da hatte ihm der Bootsmann in heller Wut einen Anpfiff verpaßt, daß ihm Hören und Sehen verging. Es schien eben doch, daß das Verfahren rein politischer Natur gewesen war ... Der Bootsmann hatte schließlich in der Schlacht auf dem Flaggschiff des Alten gedient, also mußte er es ja wohl wissen. Ob der Vater nun ein Feigling war oder nicht, der Sohn schien jedenfalls von echtem Schrot und Korn zu sein.

Der Junge sah wirklich gut aus, dachte Jackson bei sich selbst; er hatte bis jetzt noch nie Gelegenheit gehabt, seinen Kopf in Ruhe zu betrachten. Das Gesicht war eher mager, die Nase war gerade, die Backenknochen traten ein wenig hervor. Aber was einen an Mr.

Ramage von jeher gefesselt hatte, das waren seine Augen. Sie waren braun und saßen tief in ihren Höhlen, sie waren von einem Paar buschiger Augenbrauen überwölbt, und wenn er zornig war, dann schienen sie sein Opfer richtig zu durchbohren. Was hatte doch einer der Männer aus Mr. Ramages Division behauptet, als er wegen irgendeiner Missetat dem Kommandanten zum Rapport vorgeführt worden war? Es habe keinen Zweck, meinte er etwa, die Schuld abzuleugnen, denn Mr. Ramage wisse es anders. Als der Kommandant darauf einwandte, Mr. Ramage sei ja im entscheidenden Augenblick gar nicht an Deck gewesen, da erwiderte ihm der Matrose: »Das hat nichts zu sagen, Mr. Ramage sieht durch eichene Planken.«

Noch nie, ging es Jackson durch den Kopf, bin ich einem Offizier begegnet, der ihm das Wasser reichen könnte; das sarkastische, gespreizte Gehabe so vieler junger Leutnants war ihm völlig fremd. Jedermann hatte Achtung vor ihm, denn die Mannschaften wußten sehr wohl, daß er beim Entern jeden hinter sich ließ. Er verstand sich auf das Splissen und Knoten wie ein Takler von Beruf und wußte mit Booten umzugehen, als wäre er unter einer Ducht zur Welt gekommen. Wesentlicher war noch, daß er sich sprechen ließ, daß man an ihn herankam. Irgendwie schien ihm sein Instinkt zu sagen, wie die Stimmung der Leute war, ob es am Platze war, sie mit einem ruhigen Scherzwort aufzumuntern, oder ob es galt, ihnen einmal »Dampf zu machen«. Jackson konnte sich dabei jedoch nicht erinnern, daß er einem Bootsmannsmaat je erlaubt hätte, die Männer mit einem Tauende zu züchtigen. Ebensowenig sah er sich jemals genötigt, einen Mann dem Kommandanten vorzuführen.

Seltsam war an ihm, daß er zum Stottern neigte, wenn er zornig oder aufgeregt war. Man konnte ihm dann ansehen, wie er sich Mühe gab, richtig zu sprechen. Jackson erinnerte sich dabei an den Witz eines Toppsgasten — es war der Bursche da mit der Stirnwunde: »Wenn du erlebst«, hatte er gesagt, »daß Seine junge Lordschaft die Augen zukneift und die Buchstaben im Mund durcheinanderwirbelt, dann ist es höchste Zeit, auf den anderen Bug zu gehen.« Warum machte er eigentlich an Bord nie von seinem Titel Gebrauch? Er war doch immerhin ein echter Lord. Nun, vielleicht war daran die Geschichte mit seinem Vater schuld.

Mein Gott, dachte er, da liegt er nun, der Junge, wie ein ausgedientes Stück Ankertrosse. Ramage sah in der Tat so aus. Er hatte sich in der Plicht der Gig der Länge nach ausgestreckt, seine Arme waren unter dem Kopf verschränkt, die Hände dienten ihm als Kopfkissen. Wahrscheinlich lag er in tiefem Schlaf; aber Jackson hatte dennoch den Eindruck, daß er dabei keine Entspannung fand, denn seine vollen Lippen zogen sich an den Mundwinkeln leicht nach unten, seine Stirn zeigte Falten, als dächte er angestrengt nach, und seine Augenbrauen waren finster herabgezogen. Hätte er in diesem Augenblick die Augen offen, dachte Jackson, dann sähe es aus, als ob er an der Kimm etwas zu entdecken suchte. Woher rührte nur diese Narbe über seiner rechten Braue? Wenn er müde oder aus irgendeinem Grunde überfordert war, pflegte er daran herumzureiben. Sie sah fast aus, als wäre sie die Folge eines Säbelhiebs.

Die Ostseite der Insel, die bei Sonnenuntergang die Farbe der Malven angenommen hatte, dunkelte nun rasch im Zwielicht. Jackson wandte den Blick zum Festland. Zur Linken erhob sich die massige Bergkuppe Argentarios; er konnte sogar einen der beiden im Bogen verlaufenden Dämme unterscheiden, die die Halbinsel mit dem Festland verbanden. Vor sich hatte er ein kleines Felsenriff, die Formiche di Burano, die als schwarzer Fleck zwischen ihm und dem Monte Capalbio aus der See ragte. Gleich rechts von dem Monte Capalbio erhob sich der Monte Maggiore, und an der Küste, in einer Linie mit seinem Gipfel, mußte der kleine viereckige Turm stehen, den sie nach Mr. Ramages Worten aufsuchen sollten. Am Osthimmel war es schon zu dunkel, als daß man ihn noch gesehen hätte, und außerdem stand er ja bis zur halben Höhe hinter den Dünen.

Der Karte zufolge mußte hinter dem Turm ein ziemlich großer, langgestreckter See liegen, dessen Ufer weniger als eine halbe Meile binnenlands parallel mit der Küste verlief. Etwa in der Mitte dieses Ufers entströmte dem See ein kleines Flüßchen und strebte nördlich am Turm vorbei dem Meere zu. Mit einer hakenförmigen Biegung zog es sich auch um die Westmauer des Turms, so daß dieser auf zwei Seiten von einem Graben geschützt war. Dann floß es noch ein paar hundert Meter weiter parallel der Küste, um endlich mit einem letzten Bogen in die See zu münden.

Nicht übel, dachte Jackson, wenn man wieder einmal an Land kommt, und sei es auch nur für ein paar Stunden. Er warf einen Blick auf die Uhr. Noch fünf Minuten, dann mußte er Mr. Ramage purren.

Einige der Matrosen waren schon wach. Einer hatte einen zweiten überredet, ihm den Zopf neu zu flechten; ein dritter lehnte sich aus dem Boot und begann sein Messer an einem Felsstück zu wetzen, bis ihm Jackson Ruhe gebot.

Der Amerikaner warf einen prüfenden Blick über das Boot und überzeugte sich der Reihe nach von allen Einzelheiten. Die Pinne war klar zum Einsetzen, die Riemen waren sicher verstaut, die beiden kostbaren kleinen Wasserfässer waren unter den Duchten festgezurrt, die Brotbeutel waren in gleicher Weise gesichert. Die Bootslaterne war getrimmt und zum Anzünden bereit, der Beutel mit den Karten und Papieren lag zu seinen Füßen.

Der Mann mit der Stirnwunde krempelte ein Hosenbein auf und wies mit lästerlichen Flüchen auf die Moskitostiche an seinem Knöchel. Dann fischte er ein grobes Leinenhemd unter der Ducht heraus und zog es über.

»Wie wär's mit einem Schluck Wasser, Jacko?« fragte ein anderer.

»Du hast doch gehört, was Mr. Ramage sagte.«

»O du verdammter Jonathan! Wie kann man nur so schäbig sein!«

»Frag doch Mr. Ramage, wenn er wach ist.«

»Du machst dir ein Vergnügen daraus, einen armen John Bull zu schikanieren.«

»Gut, du bist ein John Bull, und ich bin ein Jonathan. Darum bin ich aber nicht weniger durstig als du.«

»Ach, dieser durstige Bastard da ist ja nicht einmal ein John Bull«, warf da ein anderer ein, der auf den Bodenbrettern lag. »Der ist doch ein Patländer, so irisch, daß er eine Ehrenbezeigung macht, wenn eine grüne See überkommt.«

»Nun hört einmal alle zu«, schimpfte Jackson. »Mr. Ramage hat noch zwei Minuten Schlaf gut, und die hat er wahrhaftig verdient. Also steckt gefälligst ein paar Reffs in eure Zungen.«

»Ist das auch richtig, was er jetzt unternimmt, Jacko?« flüsterte einer der Männer. »Diese Gig ist ja doch verdammt keine Fregatte.«

»Hast du vielleicht Angst, wie? Wir hätten doch zu diesem letzten Teil des Unternehmens auf alle Fälle ein Boot gebraucht, auch wenn die *Sibella* noch geschwommen wäre.«

»Schön, aber wir müßten dann nicht den ganzen Weg hin und zurück pullen wie Bumbootsleute.«

»Es ist Zeit«, hielt ihm Jackson schlagfertig entgegen, »daß du dir darüber klar wirst, ob du Angst hast oder ob du nur ein fauler Hund bist. Angst brauchst du nicht zu haben, wenn *er* an Bord ist« — dabei wies er mit dem Daumen auf Ramage —; »wenn du aber faul bist, dann nimm dich vor *dem* hier in acht.« Dabei zeigte er auf die eigene Brust.

»Schon gut, schon gut, Jacko. Ich habe hier an Bord allemal lieber mit ihm zu tun als mit dir, nimm also ruhig an, ich hätte Angst.«

Jackson sah wieder nach der Uhr, dann kletterte er über die achterste Ducht, um Ramage zu wecken.

Ramage fühlte, wie unelastisch und gespannt seine Gesichtshaut war, er hatte sich trotz seiner Bräune einen Sonnenbrand geholt. Der Streifen über der Stirn, den gewöhnlich der Hut bedeckte, war heiß und brannte wie Feuer. Als er die Augen aufschlug, hatte er das Gefühl, als wären sie voll Sand. Sobald er gewahr wurde, daß ihn jemand sachte schüttelte und bei seinem Namen nannte, setzte er sich auf, denn er erschrak bei dem Gedanken, wie schrecklich sein letztes Erwachen gewesen war.

Die Nacht war schon fast hereingebrochen, dennoch hätte er schwören können, er habe kaum fünf Minuten geschlafen.

»Alles in Ordnung, Jackson?«

»Alles klar, Sir.«

Darauf streifte Ramage seine Sachen ab und kletterte über das Dollbord ins Wasser. Es war warm, aber doch kühl genug, um ihn zu erfrischen. Als er wieder an Bord geklettert war, reichte ihm Jackson ein Stück Stoff.

»Damit können Sie sich abtrocknen, Sir.«

»Was ist das denn?«

»Sein Hemd, Sir«, sagte er und deutete dabei auf einen der Männer, dann fügte er hinzu: »Er hat es von sich aus angeboten.«

Ramage nickte ihm dankend zu, rieb sich schnell trocken und zog dann Strümpfe, Hose und Hemd an. Überrascht sah er auf, als Jackson jetzt sagte: »Wir haben Ihre Halsbinde, Ihre Weste und Ihren Rock in Ordnung gebracht, Sir. Wenn Sie die Sachen jetzt nicht brauchen, staue ich sie weg, damit sie nicht mehr schmutzig werden.«

»Oh — ja, tun Sie das bitte.«

Auf Jackson ist Verlaß, dachte Ramage. Der ist sich darüber klar, daß ich aussehe wie ein Seeräuber. Wenn ich nur ein Rasiermesser hätte! Seine Bartstoppeln raschelten, als er sich mit der Hand über das Kinn fuhr.

Jackson reichte ihm seine Stiefel. Sobald er hineingeschlüpft war, gab er ihm das Wurfmesser, das Ramage in den Schaft des rechten Stiefels steckte. Zuletzt schloß er den Knopf, der die Klinge an Ort und Stelle hielt.

Es war sicherer, wenn er noch eine Weile wartete, bis es vollkommen dunkel war. Jedermann auf Giannutri, der sie aufbrechen sah, konnte ja rasch den Stoß Feuerholz anzünden, den er auf der Plattform des Signalturms am Nordende der Insel gesehen hatte. Auch die Zahl der Signaltürme auf Argentario überraschte ihn. Von dem Giannutri zunächst gelegenen Punkt an stand längs der ganzen Küste nordwärts auf jedem Landvorsprung so ein Turm. Wahrscheinlich setzte sich die Reihe weiter bis Santo Stefano, dem kleinen Hafen an der Nordostseite, fort. Südwärts war es wohl nicht viel anders, hier ging es um die Verbindung mit Port'Ercole. Einige dieser Türme zeigten spanisches, andere arabisches Aussehen: Sie alle aber waren steinerne Male der Angst vor den Piraten der Berberküste, die im Mittelmeer immer noch ihr Unwesen trieben.

Endlich war es so dunkel, daß sie auslaufen konnten. Als Ramage den Befehl dazu gab, fühlte er, wie ihm die Erregung plötzlich einem kalten Schauer gleich in die Glieder fuhr.

In der Finsternis hatte Ramage das Gefühl, als sei die See, das Boot, ja sein eigener Körper seltsam irreal. Nach See zu konnte man nicht unterscheiden, wo der Horizont endete und der Nachthimmel begann, obwohl unzählige Sterne blinkten und der eben über dem Festland aufgegangene Mond wie eine scharf umrandete Silberscheibe am Himmel stand. Das Boot schien wie eine Möwe zwischen See und Himmel durch die Luft zu gleiten.

Ramage konnte kaum fassen, daß dieses verrückte Unternehmen Wirklichkeit war, zu dem er sich mit sieben Mann in einem kleinen Boot entschlossen hatte. War diese Gig hier wirklich ein brauchbarer Ersatz für eine stolze Fregatte, wenn es galt, Persönlichkeiten von großem politischem Einfluß zu retten, damit sie ihre Völkerschaften um sich scharen und den Krieg gegen Bonaparte fortsetzen — in einigen Fällen auch erst beginnen — konnten?

War er, Ramage, ein geeigneter Stellvertreter für einen Kapitän, der jene Leute mit großartigen Versprechungen für ihre Zukunft willkommen heißen konnte? War er der richtige Mann, ihnen die britische Seemacht im Mittelmeer in ihrer ganzen Größe und Bedeutung vor Augen zu führen? Nein, seine Rolle hier, die Lage, in die er sich begab, die konnte man höchstens tragisch nennen — oder war sie etwa nur lächerlich?

Über Jacksons Gesicht huschten seltsame Schatten, als er die Leinwandblende der Laterne anhob, um einen Blick auf den Kompaß zu werfen. Der Anblick des Mannes rief Ramage wieder in die Gegenwart mit ihren

Problemen zurück. Jackson wurde kahl, sein sandfarbenes Haar wich über der Stirn immer weiter zurück. In der Dunkelheit erinnerte ihn der Schädel des Amerikaners an die runden niedrigen Felsen der Formiche di Burano, die sie vor einer Stunde passiert hatten.

Wenn er die Strömung richtig geschätzt hatte, dann waren sie jetzt keine Meile mehr von der Küste entfernt, und es wurde Zeit, daß er sich des Befehls des Admirals und des geheimen Signalbuchs entledigte — bis auf die Karten mußte jetzt alles über Bord, denn die Gefahr, vom Gegner gefaßt zu werden, wurde nun immer größer.

Er gab Jackson die entsprechenden Anweisungen und wandte sich dann an die Bootsgasten. Sollten er und Jackson gefangen oder getötet werden, dann mußten die Männer wissen, wo sie sich befanden und was sie zu unternehmen hatten. Es wäre ein Verbrechen gewesen, sie darüber im unklaren zu lassen.

»Ihr habt alle heute morgen durch das Glas den Turm gesehen«, sagte er zu ihnen. »Südlich davon mündet ein kleiner Fluß, vielleicht können wir unser Boot dort verstecken. Jackson und ich werden versuchen, die Leute zu finden, das wird uns für den Rest der Nacht in Anspruch nehmen. Wenn wir morgen — Samstag — bis Sonnenuntergang nicht zurück sind, dann fahrt ihr mit dem Boot los und steuert einen Punkt fünf Meilen nördlich von Giglio an, wo euch eine Fregatte am Sonntag und ein zweites Mal am Montag, immer bei Tagesanbruch, erwarten soll. Wenn die Fregatte nicht erscheint, dann bleibt euch nichts anderes übrig, als Bastia anzusteuern.«

Ein Aufklatschen neben dem Boot verriet ihm, daß Jackson den beschwerten Segeltuchsack über Bord geworfen hatte. Jetzt befahl ihm Ramage, mit dem Lot nach vorn zu gehen — der Amerikaner hatte es selbst aus einem Stück Marlleine und einem glatten, schweren Kieselstein angefertigt.

Ramage nahm selbst die Pinne: »Achtung jetzt, ruhige Schläge und kein Geräusch. Ruder — an!«

Das unregelmäßige Rollen und Stampfen des Bootes hörte sofort auf, als die Blätter der Riemen ins Wasser faßten und ihm wieder Fahrt verliehen. Die Pinne begann wieder zu wirken, sobald das Ruder durchs Wasser schnitt, das gurgelnd wie im Selbstgespräch nach achtern entschwand.

Sie hatten Glück, daß Windstille herrschte. Jeder Wind mit westlichem oder südlichem Einschlag — ob er nun Maestrale, Libeccio oder Scirocco hieß — wühlte längs dieser ganzen Küste einen solchen Seegang auf, daß es unmöglich gewesen wäre, das Boot an Land zu holen oder damit in den Fluß einzulaufen. Das gleiche galt hinterher auch für ihren Aufbruch. Jeder dieser Winde, die oft plötzlich und ohne Vorzeichen aufkamen, konnte sie tagelang an Land festhalten, so daß sie die Fregatte vor Giglio verfehlten.

»Loten, Jackson.«

»Zwei Faden, Sir.«

Die Küste war jetzt ganz nahe. Jedes Geräusch an Bord eines Schiffes oder Bootes war in der Regel deutlich und klar zu hören, nicht durch ein Echo gedämpft oder durch Bäume und Häuser erstickt. Darum fiel es allen auf, als nun das Knarren der Riemen und das Klatschen des Wassers immer mehr von dem anfangs noch schwachen Gezirp von Tausenden von Zikaden übertönt wurde, zu dem sich dann noch das Geschrei, das Bellen und Grunzen von wilden Tieren und von Vögeln gesellte. Der schwere, durchdringende Harzgeruch des Wacholders und der Pinien hüllte sie ein wie unsichtbarer Nebel und duldete nichts neben sich. Ramage war von diesem scharfen Duft ganz hingerissen, hatte er sich doch jahraus, jahrein mit den an Bord allgegenwärtigen üblen Dünsten von Schweiß, fauligem Bilgewasser, geteertem Tauwerk, feuchtem Holz und feuchter Kleidung abfinden müssen.

Diese dunkelgrünen Pinien — ihr Geruch stach in der Nase so scharf und so unvergeßlich wie Pulverrauch. Seltsam, wie doch Gerüche Erinnerungen wachrufen konnten — viel besser als alles, was man mit dem Auge oder dem Ohr wahrnahm. Was war ihm von den Jahren in der Toskana am besten in Erinnerung geblieben? Was von alldem lebte noch weiter? Natürlich waren es die Pinien, die Lärchen, die Zikaden und die weißen Staubwolken, die jeder Wagen aufwirbelte. Dazu das dunkle, schwere Grün der Zypressen, mit ihrem spitzen Wuchs, die so eng zusammenstanden, daß man unwillkürlich an Enterpieken dachte, die in Reih und Glied in ihren Gestellen lehnten. Besonders deutlich stand ihm noch vor Augen, wie scharf das Dunkelgrün der Pinien und Zypressen, dieser stämmigen Bäume, denen kein Wind etwas anhaben konnte, gegen jene silberngrünen Blätter abstach, die einem zu jung, zu flatterhaft erschienen, um den alten, knorrigen Ölbäumen entsprossen zu sein. Jetzt kamen ihm auch die Ochsen mit ihren hellen Fellen und den riesigen Hörnern wieder in den Sinn, die trotz ihrer Massigkeit so gutmütig waren. Er sah sie wieder vor sich, wie sie unverdrossen ihre Arbeit taten, immer paarweise und so gewohnt, sich aneinanderzulehnen, daß man die zwei nie miteinander vertauschen durfte. Auch die armen Bauern, die *contadini*, standen ihm dabei wieder vor Augen. Sie lebten wie die Sklaven, die er in Westindien auf den Plantagen bei der Arbeit gesehen hatte, aber sie waren dabei in vieler Hinsicht schlechter gestellt als jene, denn ein Pflanzer, der für seine Sklaven immerhin etliche Pfund Kopfgeld hinlegen mußte, sorgte im eigenen Interesse dafür, daß sie gesund und am Leben blieben. Die toskanischen Bauern dagegen, die sich wie die Fliegen vermehrten und starben, waren unentgeltliche Arbeitskräfte für die Grundherren ...

»Noch einmal loten, Jackson.«

»Eineinhalb Faden, Sir.«

Noch wenige Minuten, dachte Ramage, dann hatte er wieder den Boden der Toskana unter den Füßen. Oder erstreckte sich etwa die Enklave des Königs von Neapel bis hierher? Dieses Italien nahm sich wirklich aus wie ein Fleckenteppich. Ein gutes Dutzend kleiner, ganz auf sich gestellter Staaten hauste hier nebeneinander, Königreiche, Fürstentümer, Herzogtümer, Republiken, und jedes dieser Ländchen war voll Neid und Eifersucht auf die anderen, jedes ein Zentrum von Intrigen und übelster Niedertracht. Die Politiker dieser Länder machten öfter vom Dolch des Mörders Gebrauch als von ihrer Stimme im Rat, denn sie hatten alle gelernt, daß scharfer Stahl der schärfsten Logik immer überlegen war.

»Jackson!«

»Ein Faden, Sir.«

Jetzt konnte er die Küste schon erkennen. Die kleinen Wellen spiegelten das Licht des Mondes, als sie auf das Land zutanzten und zuletzt im Sand ausliefen. Um seinen Kopf sang und summte es. Sie waren ja ein Festfraß für die Moskitos, die das Leben in dieser Gegend zur Qual machten. Er hoffte nur, daß keiner seiner Männer das Fieber bekam, das in den sumpfigen Maremmen, der Ebene, die sich von hier bis Rom und darüber hinaus erstreckte, sozusagen zum Alltagsleben gehörte.

»Fünf Fuß, Sir.«

Das Wasser wurde immer flacher, der Strand war nun noch etwa fünfzig Meter entfernt. Die Zikaden ließen die Nacht erklingen, ihr Gezirp hörte sich an wie das Ticken von einer Million Uhren. Gelegentlich quakte ein heiserer Frosch dazwischen, als ob er sich über die Zikaden beklagen wollte. Weiter im Land hörte man mehrmals hintereinander ein tiefes Grunzen: das war ein wilder Eber, der dort unter den Pinien und Korkeichen herumstöberte.

Zum Teufel, wo war nur der Turm? Der schmale Streifen Sandstrand war deutlich genug zu sehen, er konnte sogar die Dünen erkennen, die dahinter lagen und über denen ein schwarzer Streifen die Unmengen von Wacholderbüschen und Zistrosen verriet, die dort gediehen. Eben dort gab es wohl jenes merkwürdige, einem Teppich gleichende Gewächs, aus dem Tausende von dicken grünen Fingern sproßten — wie nannte man es doch gleich? Eine ausgefallene Bezeichnung: *Fico degli Ottentoti* — Hottentottenfeige.

»Hör zu, mein Junge«, hatte seine Mutter einmal zu ihm gesagt, als er noch viel jünger war. »Eines Tages, wenn du älter bist, mußt du nach Italien zurückkehren, ich meine, wenn du alt genug bist, dieses Land zu verstehen und richtig zu beurteilen.« Und jetzt ging dieser ihr Wunsch in Erfüllung! Seine Mutter stammte aus einer Familie, die jahrhundertelang Macht und Einfluß besessen hatte, und sie war mit verschiedenen italienischen Familien befreundet, die erleben mußten, wie ihre Rechte und ihre Macht mit Füßen getreten und Emporkömmlingen oder degenerierten, einfältigen zweiten Söhnen der Habsburger oder Bourbonen in die Hand gespielt wurden. Diese brachten ein Gefolge von Österreichern oder spanischen Granden mit, denen in Italien große Güter verliehen wurden, nur damit sie aus dem Wege waren. Oder sie hatten mit ansehen müssen, daß ihre Ländereien als königliche Entlohnung an die Familie einer ehemaligen Mätresse verschenkt wurden. Schlimmer noch war es, wenn ihr eigener Besitz zusammen mit Ländereien der Kirche in die Klauen päpstlicher Günstlinge fiel, Nachkommen des nach außen hin im Zölibat lebenden Papstes, die dem Bruch feierlicher Gelübde ihr Leben verdankten. Der gleiche Papst hatte sie mit einer Geste seiner juwelengeschmückten zierlichen Hand geadelt und mit riesigen Latifundien beschenkt. Am Ursprung dieses Adels stand also verbotene Lust, seinen Reichtum verdankte er der Korruption.

Aber das alles hatte nichts mit dem zu tun, was ihm jetzt oblag. Seine Gedanken waren nur der Widerschein oder besser gesagt das Echo der Überzeugungen, die seine Mutter oft und meist mit derben Worten zum Ausdruck brachte. Er wußte nicht, ob sie mit ihrer Auffassung immer im Recht war; aber sie und ihre Freundin Lady Roddam waren immerhin berühmt wegen ihrer fortschrittlichen, mit großer Offenheit ausgesprochenen Ansichten — ihre Feinde hatten die beiden sogar als Republikanerinnen abgestempelt.

Ach was, sagte er zu sich, Fortschrittlichkeit hin oder her, ich möchte wissen, wie weit wir noch bis zum Turm haben. Plötzlich entdeckte er ihn, er war ganz nah, dick und vierkantig stand er vor ihm. Das Mondlicht ließ seine Steinwände bleich erscheinen, die untere Hälfte verbarg sich hinter den Dünen, die die Küste säumten. Wie kam es nur, fragte sich Ramage, daß ich das Bauwerk so lange nicht gesehen habe? Er vergegenwärtigte sich, daß er immer nach etwas Dunklem, Schattenhaftem Ausschau gehalten hatte. Die Wirkung des Mondlichts hatte er ganz einfach außer acht gelassen. Teufel nochmal! Wenn die Franzosen nur ein paar lumpige Gewehre hatten — und oben auf der Plattform einen Ausguckposten, mochte er noch so verschlafen sein...

Er zog die Pinne an den Leib, um das Boot parallel zur Küste nach Süden zu steuern. Sie waren im Augenblick so gefährdet — schon durch Pistolenfeuer —, daß er jetzt vor allen Dingen die Flußmündung finden wollte, damit sie ohne Verzug dort einlaufen konnten. Im nächsten Augenblick entdeckte er ein breites, aber kurzes silbriges Band, das sich quer über den Strand landeinwärts zog: Das war der Fluß im glitzernden Schein des Mondes. Sofort hielt er darauf zu.

»Jackson, Lotwurf!« rief er so laut, wie er es wagen konnte.

»Ein Faden, Sir . . . fünf Fuß . . . vier . . . vier.«

Verdammt, wie schnell es hier flach wurde! Verdammt noch mal!

»Weiter loten.«

»Vier Fuß . . . vier . . . drei . . .«

Teufel, jetzt mußten sie jeden Augenblick Grund berühren. Dabei waren sie noch dreißig Meter vom Ufer entfernt, ein langer Weg für die Männer, wenn sie das Boot an Land holen mußten. Vorn im Bug warf Jackson die Lotleine wie ein Junge, der vom Kai aus fischen will; es war nicht mehr tief genug, und er hatte auch keine Zeit, sie einzuholen.

»Vier Fuß . . . vier . . . fünf . . . vier . . . fünf . . . ein Faden.«

Ramage atmete erleichtert auf. Sie hatten offenbar eine Sandbank überquert, die sich hier längs der Küste hinzog. Jetzt waren nur noch zwanzig Meter zurückzulegen, dann hatten sie den Fluß erreicht, der immer schmaler zu werden schien, je näher sie ihm kamen. An dieser flachen Küste lag unmittelbar vor der Flußmündung ganz bestimmt eine Barre.

»Vier Fuß, Sir . . . drei . . .«

Dabei blieb es denn auch.

»Drei . . . drei . . .«

Natürlich konnten sie die letzten paar Meter durchs Wasser waten und das Boot auf diese Art weiterholen.

Gerade war er im Begriff, die Männer dazu nach außenbords zu schicken, da fiel ihm der verdammte *riccio* ein, jener stachelige Seeigel, der aussah wie eine dicke braune Kastanie und dessen Stacheln abbrachen, wenn sie im Fleisch steckenblieben. Zog man sie nicht sofort heraus, dann war fast immer eine böse Eiterung die Folge. Auf Sandgrund fand man sie selten, aber hier lagen bestimmt überall Felsbrocken umher, und diese waren oft ganz und gar von den Tieren bedeckt.

»Ausscheiden mit Loten, Jackson«, rief er mit gedämpfter Stimme. »Auf Riemen, Männer! Wer von euch hat Schuhe an?«

Vier oder fünf meldeten sich. Darauf befahl er: »Über Bord mit euch, holt das Boot weiter an Land. Achtet auf Felsbrocken, die unter Wasser liegen. Die anderen kommen zu mir achteraus.«

Diese Gewichtsverlagerung hob den Bug der Gig etwas an, so daß sie die Leute im Wasser weiter über die Barre holen konnten, ehe sich ihr Kiel in den Sand grub.

»Hängen Sie das Ruder aus«, sagte er zu Jackson und sprang nun auch selbst über Bord. Er ließ die Männer mit dem Boot hinter sich, watete noch durch die letzten paar Meter Wasser und erreichte am linken Ufer des Flusses den Strand. Als er den harten Sand unmittelbar am Wasser betrat, quietschten seine nassen Stiefel; aber schon nach drei oder vier Schritten, als er den von Wellen überspülten Bereich hinter sich hatte, war der Sand so weich, daß er bei jedem Schritt fast bis an die Knöchel einsank. Der Strand fiel ziemlich steil ab, und als er einen Blick nach links warf, sah er, daß der Turm hinter den Dünen außer Sicht war. Jetzt war also kein Späher mehr imstande, das Boot zu entdecken.

Als Ramage mühsam etwa dreißig Schritte zurückgelegt hatte, war er schon fünf oder sechs Fuß über dem Meeresspiegel, hatte aber die runden Gipfel der Dünen noch mindestens zwanzig Fuß über sich. Jetzt ging es plötzlich noch steiler aufwärts. Während er unverdrossen weiterkletterte, stieß er dann und wann ganze Büsche stacheliger Seedisteln mit dem Stiefel beiseite. Auf halber Höhe der Düne traf er auf die ersten hüfthohen Gruppen von Wacholderbüschen und Zistrosen, denen er beflissen aus dem Wege ging, damit er sich sein Zeug nicht daran zerriß.

Als er endlich die Kuppe der Düne erreicht hatte, mußte er feststellen, daß hinter ihr noch einige weitere lagen, die sich mindestens fünfzig Meter weit landeinwärts erstreckten. Sie sahen aus wie mächtige Wogen und bildeten schließlich das seewärts gelegene Ufer des Flusses, der hinter ihnen eine Biegung machte.

Aha, von hier aus konnte er gerade noch die obere Plattform des Turmes sehen. Der Steinbau schimmerte hell im Mondlicht, und er unterschied die harten, kantigen Schatten der Schießscharten. Die obere Plattform des Turmes hob sich so scharf gegen den blauschwarzen Nachthimmel ab, daß er irgendwelche Ausguckposten sicher gesehen hätte, wenn dort welche gewesen wären. Aber es rührte sich nichts, es schienen auch keine Geschütze in Stellung zu sein, da ihre dicken Mündungen sonst aus den Schießscharten herausgeragt hätten.

Jetzt mußte er vor allem erkunden, wie der Fluß verlief. Zwischen ihm und der nächsten wacholderbestandenen Düne war ein tiefer Einschnitt, wie das Tal zwischen zwei Wogen. Er lief den Hang hinunter, sank jedoch nach einem halben Dutzend Schritten so tief in den Sand, daß er infolge des plötzlich gestoppten Schwunges der Länge nach hinstürzte. Hier möchte ich nicht von Kavallerie gejagt werden, dachte er, als er sich wieder aufraffte. Er spuckte den Sand aus, der ihm in den Mund geraten war, und klopfte sich, so gut es ging, die Uniform ab.

Als er wieder stand, war es ihm, als wäre er plötzlich taub geworden. Die Düne hinter ihm schluckte alles Geräusch der Wellen am Strand, und zum erstenmal seit vielen Monaten hörte er nichts mehr, was mit der See zusammenhing: hundert Meilen im Binnenland wäre es bestimmt nicht viel anders gewesen.

Vom Gipfel der zweiten Düne aus konnte Ramage schon ein größeres Stück des Turmes erkennen. Wieder stieg er ihren Hang hinunter, um schließlich noch die dritte und letzte zu ersteigen. Als er mit dem Rücken zur See dort oben stand, verlief das Flußbett zu seiner Rechten noch etwa fünfzig Meter geradenwegs landeinwärts, dann bildete es ein Knie nach links und zog zu seinen Füßen an ihm vorüber. Die Ufer des Gewässers waren überall dicht mit Binsen bestanden. Von seinem Standort aus zog sich der Flußlauf — immer parallel mit der Küste — noch etwa zweihundert Meter nach Norden, dicht an der Seeseite des Turms vorüber, um sich endlich unter dessen nördlicher Mauer landeinwärts zu wenden.

Der Turm war an einer höchst vorteilhaften Stelle errichtet worden, darüber gab es für Ramage keinen Zweifel. Sowohl im Norden wie im Westen bot ihm der Fluß die beste Deckung, gegen Osten schützte ihn der landeinwärts gelegene See; Angreifer konnten sich also nur von Süden her, längs der Küste nähern.

Seine Bauart wappnete ihn gegen jeden Angriff, im Aussehen glich er eigentlich dem Turm eines Schachspiels, nur daß sein Grundriß nicht rund, sondern quadratisch war. Vom Erdboden an neigten sich seine Mauern etwas nach innen, erst dicht unter den Schießscharten strebten sie auf den letzten paar Fuß wieder nach außen, so daß man unwillkürlich an das auf Taille gearbeitete Kleid einer Frau dachte.

Fürs erste hatte Ramage genug gesehen. Wie tief

mochte der Fluß wohl sein? Er stieg die steile Uferböschung bis zu den Binsen hinunter. Daß diese hier gediehen, verriet ihm, daß das Wasser schlimmstenfalls brackig war, weil es von dem Süßwassersee nach dem Meere zu floß. Einen Augenblick lang war er vor Schreck förmlich starr, dann erkannte er, daß die plötzliche Bewegung in den Binsenhalmen von einem Moor- oder Wasserhuhn stammte, das fast unter seinen Füßen aufgeschreckt war und so niedrig davonstrich, daß seine Flügelspitzen ins Wasser schlugen. Obwohl ihm das Wasser von oben in die Stiefel drang, strebte er rasch durch die Binsenfelder voran. Schließlich wandte er sich nach rechts, um dem Fluß bis zu seiner Mündung zu folgen und wieder zu seiner Gig und ihrer Besatzung zu stoßen.

Als er um das Flußknie kam, sah er sofort, daß die Männer das Boot über die Barre hinweggeholt hatten. Jackson kam ihm durch das Wasser patschend entgegen.

»Wo soll das Boot hin, Sir?«

»Hierher«, sagte Ramage und wies auf das nördliche Ufer des Flusses. »Holen Sie es nur gut ins Schilf hinein.«

Es hatte keinen Sinn, wenn man außerdem versuchte, es unter Zweigen von Buschwerk zu verstecken. Zwischen dem Schilf fiel ein Haufen Wacholderzweige mehr auf als das Boot selbst. Jetzt galt es vor allem, die Zeit zu nutzen. Die in dem Befehl des Admirals erwähnte Hütte des Kohlenbrenners lag eine halbe Meile der Küste entlang nach Süden und dann fünfhundert Meter landeinwärts. Je eher er sie fand, desto besser war es, dennoch verfolgte ihn bei alledem eine hartnäckig nagende Frage.

Ramage patschte durchs Wasser zu seinen Männern und warf einen prüfenden Blick auf das Boot. »So ist's ausgezeichnet. Ich möchte nur noch, daß einer von euch dort oben als Posten aufzieht.« Dabei deutete er auf

den Hang der Düne. »So, nun gebt mir ein paar Entermesser . . . danke. Und jetzt los; kommen Sie, Jackson.«

»Viel Glück, Sir«, sagte einer der Matrosen, und die
anderen stimmten eifrig ein.

Ramage ging, gefolgt von Jackson, dem Flußufer
entlang bis zur Mündung. Dort angelangt, watete er
hinaus, bis er die Barre unter den Füßen fühlte, obwohl ihm das Wasser fast bis an die Hüften reichte.
Dann ging er die Barre entlang bis ans andere Ufer.

»Wir wollen hier entlanggehen, wo der Strand gerade
noch überspült ist«, sagte er, »da hinterlassen wir keine
Fußabdrücke. Außerdem hielte es uns zu lange auf,
wenn wir durch die Dünen klettern wollten.«

6

Ramage schlenderte einen silbern schäumenden Pfad entlang. Die kleinen Wellen kamen müde zur Küste geschlichen, brachen sich in geordneten Reihen und zerspellten zu Myriaden Tröpfchen, die im Mondlicht wie Brillanten blitzten. Dann fanden sie sich wieder zusammen und flossen in kleinen Kaskaden gurgelnd zurück.

Der Sand längs dem Ufer war übersät mit Baumästen, die offenbar nach See hinausgetrieben worden waren, als ein plötzliches Unwetter die Flüsse anschwellen ließ. Monate später waren sie dann, ihrer Rinde beraubt, von der Sonne gebleicht und vom Sand blankpoliert, wieder an den Strand geworfen worden und sahen nun aus wie die Knochen eines Seeungeheuers. Kleinere Zweige, die das gleiche Schicksal erlitten hatten, glichen kunstvollen Gebilden aus Elfenbein. Zuweilen trat er auf eine der allenthalben herumliegenden Seemuscheln, die dann unter seinem Stiefel zerkrachte.

Seinen Männern fehlte nichts. Sie hatten Nahrung und Wasser, aber kein Geld und keinen Schnaps. Da also Wein und Weib ausfielen, bestand für sie nur die Gefahr, daß sie von französischen Patrouillen oder von Bauern entdeckt wurden. Das letztere war sehr unwahrscheinlich, denn in diesem Gestrüpp hatten Bauern kaum etwas zu suchen. Und französische Patrouillen? Nun ja, die Stadt Orbetello zwischen den beiden Dämmen, die nach Argentario führten, lag ganz in der Nähe. Aber die Hauptstraße nach Süden, die Via Aurelia, auf der schon Cäsar nach Rom marschiert war, war immerhin vier bis fünf Meilen von der Küste entfernt, und man durfte mit Fug bezweifeln, ob sich die Franzosen damit abgeben würden, die Sümpfe und Sanddünen zwischen der Via Aurelia und dem Meer mit Patrouillen zu durchstöbern.

Ramage dankte der Vorsehung, die ihm eingegeben hatte, Jackson mitzunehmen, denn der gefährliche Teil des Unternehmens sollte nun eben erst beginnen, und es hatte keinen Sinn, daß er sich jene immer wiederkehrende, quälende Frage weiterhin aus dem Sinn schlug.

Die Frage war einfach genug: Wie erfahre ich von den Bauern, wo sich die Flüchtlinge befinden, ohne ihnen zu verraten, daß ich nach ihnen suche? Wenn die Franzosen in der Nähe waren, dann bekam bestimmt jeder eine Belohnung, der ihnen Nachrichten brachte oder Gefangene in die Hände spielte.

»Jackson, es könnte immerhin mehr als eine Köhlerhütte geben . . .«

»Daran habe ich eben auch gedacht.«

». . . Und wir dürfen auf keinen Fall verraten, wer wir sind oder was wir hier wollen.«

»Nein, Sir.«

»Also geben wir uns am besten als Franzosen aus.«

»Als Franzosen, Sir?«

Jackson konnte seine Überraschung nicht verhehlen — oder war es Zweifel, der aus seiner Stimme sprach?

»Ja, als französische Soldaten, die die gleichen Flüchtlinge fangen wollen.«

»Das ist doch . . . Nun, Sir«, Jackson beeilte sich, seine Frage höflicher auszudrücken: »Die Ortsansässigen werden uns doch kaum helfen, wenn sie uns für Froschfresser halten.«

»Das nicht, aber wir durchschauen sie doch sofort, wenn sie uns mit Lügen kommen. Was viel wichtiger ist: wenn sie uns für Franzosen halten, fällt es ihnen natürlich nicht ein, uns anzuzeigen.«

»Das hat etwas für sich, Sir.«

»Natürlich haben wir mit einer Suchpatrouille nicht viel Ähnlichkeit, darum müssen Sie sich außer Sicht halten und so viel Lärm machen wie eine ganze Patrouille, wenn ich an eine Tür klopfe.«

»*Aye aye*, Sir. Und was ist mit Ihrer Uniform?«

»Die können sie nicht von einer französischen unterscheiden.«

Während sie so die Küste entlangwanderten, begann Ramage sich müde zu fühlen. Er war so lange auf See gewesen, daß es ihm Mühe machte, das Gleichgewicht zu halten, wenn er auf dem Festland gehen mußte. Dann fühlte er sich immer wie ein Betrunkener. Die Stunden im offenen Boot hatten diese Erscheinungen noch verstärkt; an dieser ebenen Küste war ihm immer zumute, als ginge er bergauf. In ein paar Stunden war das vorüber; aber im Verein mit seiner Müdigkeit machte es ihn benommen und kraftlos. Auch der Gedanke, daß er nun bald einfache Bauern aus dem Schlaf wecken und bedrohen sollte, nahm ihm alle Begeisterung für die Aufgabe, die ihm bevorstand.

Er fuhr sich mit der Hand durchs Haar und fluchte, als sich seine Finger am Hinterkopf in einem mit geronnenem Blut verklebten Schopf verfingen. Die Wunde mußte sich wieder geöffnet haben, sie blutete ein bißchen.

Wie weit waren sie bis jetzt gelangt? Er warf einen Blick zurück und sah gerade noch den obersten Teil des Turmes. Der war noch keine halbe Meile entfernt. Hier sollte man einen Kohlenbrenner finden? Das war eigentlich kaum anzunehmen; nur ein paar Lärchen, Pinien, Korkeichen und Steineichen ragten aus dem Unterholz auf ... Aber die armen Teufel, die hier lebten, hatten ja kaum eine andere Wahl. Diesseits des Sees gab es keine Felder, die sie bebauen konnten, Ölbäume und

Wein gediehen ebensowenig. Blieb also nur der Fischfang — aber die Küste war dafür zu ungeschützt —, oder Holz zu sammeln und daraus Holzkohle zu brennen.

Dreißig Meter weiter reichten die Dünen näher an den Strand, und die Wacholderbüsche standen fast bis ans Wasser. Das war der gegebene Platz, um ins Innere vorzustoßen, ohne deutliche Fußspuren im Sand zu hinterlassen.

Hinter den Dünen war der Boden an vielen Stellen sumpfig, und sie mußten häufig Umwege machen, um stehenden Tümpeln auszuweichen, die ihnen den Weg verlegten. Bald schon führte sie ihr Pfad durch ein Unterholz von acht bis zehn Fuß hohen Büschen, aus dem einzelne Korkeichen emporragten. Selbst im Mondlicht konnte Ramage die offenen, glatten rotbraunen Stellen unterscheiden, an denen man die Korkrinde abgeschält hatte.

Plötzlich merkte Ramage, daß ihn Jackson am Rock zupfte: »Rauch, Sir, Holzrauch! Können Sie ihn riechen?«

Ramage zog schnuppernd die Luft ein: Ja, dieser Geruch war wohl schwach, aber unverkennbar. Sie mußten ganz in der Nähe eines jener igluförmigen Öfen aus Torf sein, wie ihn die Kohlenbrenner benutzten. Es wehte ja kein Lufthauch, der den Rauch vertrieben hätte, nicht einmal die übliche Brise von See war zu spüren.

Er langte nach seinem Stiefel und lockerte die schwere Klinge des Wurfmessers in seiner Scheide. Dann zog er sein Entermesser. Vorsichtig setzten die beiden Männer ihren Weg fort.

Schon ein paar Minuten später gelangten sie an den Rand einer kleinen, flachen Lichtung. In ihrer Mitte sah Ramage eine in stumpfem Rot leuchtende Glut; der

Ofen war für die Nacht abgedämmt worden, indem man ihn mit Ausnahme eines winzigen Loches an allen Seiten mit dickem Torf eingedeckt hatte.

Jackson stieß Ramage an und deutete in das Dunkel. Jenseits des Ofens am gegenüberliegenden Rand der Lichtung stand eine kleine steinerne Hütte.

»Können Sie noch andere sehen?«

»Nein, Sir, das wird wohl die einzige sein, sie steht in Lee des Ofens.«

Das stimmte, die Hütte stand wirklich in Lee der nächtlichen Seebrise; aber die Sicherheit, mit der Jackson gesprochen hatte, machte Ramage neugierig, denn in dieser Gegend gab es eigentlich keine vorherrschenden Winde.

»Warum sind Sie Ihrer Sache so sicher?«

»In Lee des Ofens heißt, daß der Rauch des Nachts fast immer um die Hütte streicht. Er vertreibt die Moskitos.«

»Wo haben Sie denn das gelernt?«

»Ach«, erwiderte Jackson, »ich habe doch meine ganze Jugendzeit in den Wäldern verlebt.«

»Dorthin jetzt«, flüsterte Ramage und wies nach rechts. »Der Mond wird uns schon nicht verraten. Sobald ich an der Tür bin, gehen Sie hinter die Hütte und machen Lärm wie eine Korporalschaft Seesoldaten.«

»Muß das sein, Sir?« flüsterte Jackson mit einem gespielten Seufzer. Ramage mußte lächeln. Alle Seeleute zeigten diese durchaus nicht bös gemeinte Geringschätzung für See- und Landsoldaten.

Ramage brachte noch seine Frisur in Ordnung, zog die Halsbinde zurecht und bürstete den Sand von der Hose, dann ging er, das Entermesser in der Rechten, auf die Tür der Hütte zu. Jackson war um die Ecke verschwunden.

Nur keine Müdigkeit, dachte er und klopfte mit dem

Knauf des Entermessers ein paarmal an die Tür. Einige Sekunden wartete er, dann rief er laut auf französisch: »Öffnen Sie, öffnen Sie sofort die Tür!«

Aus schläfrigem Mund antwortete ihm zunächst nur eine Flut von Schimpfworten.

Dann fragte eine rauhe Stimme auf italienisch: »Wer ist denn da?«

»Öffnen Sie die Tür!« befahl er noch einmal in grobem Ton.

Gleich darauf klapperte das Schloß, und die Tür ging quietschend auf.

»Wer sind Sie denn?« knurrte der Italiener aus dem dunklen Inneren der Hütte.

Jetzt war es an der Zeit, italienisch zu sprechen.

»Komm ins Mondlicht heraus, du Schwein; zeige, daß du vor einem französischen Offizier Respekt hast. Ich möchte gern wissen, wie du aussiehst.«

Der Mann kam herausgeschlurft, zugleich zischte aus dem Inneren die Stimme einer Frau: »Sei vorsichtig, Nino!« In diesem Augenblick hörte Ramage einen gewaltigen Lärm von der Rückseite der Hütte.

Jackson machte seine Sache ausgezeichnet. Nach den lauten Befehlen und dem Knacken des Unterholzes zu urteilen, rückte dort eine ganze Korporalschaft an.

Nino stand jetzt im Mondlicht und rieb sich mit dem Handrücken die Augen.

»Na?« fragte Ramage.

»Ja, ja, gewiß, Euer Gnaden«, sagte er darauf überstürzt und gebrauchte dabei die feinste Anrede, deren er sich entsinnen konnte. »Was wünschen Euer Gnaden?«

Ramage stupfte ihn mit der Spitze seines Entermessers in die Magengegend und fragte dann streng: »Wo sind diese Aristokratenschweine versteckt?«

Er gab genau auf Nino acht.

Ja, da war eine Reaktion. Nino hatte die Schultern bewegt, als stemmte er sich plötzlich gegen einen unerwarteten Windstoß. »Aristokraten, Euer Gnaden? Die haben wir bestimmt nicht hier.«

»Das kann ich mir denken, du Trottel; aber du weißt, wo sie sich versteckt halten.«

»Nein, nein, Euer Gnaden; ich schwöre bei der Madonna, daß hier keine Aristokraten sind.«

Drinnen in der Hütte hörte man eine Frau abwechselnd beten und mit langen trockenen Seufzern jammern. Ramage jedoch fiel es auf, daß der Mann nur verneinte, jemand in seiner Hütte versteckt zu haben, aber offensichtlich vermied, geradeheraus zu sagen, er wisse nicht, wo sie seien.

»Wie viele Köpfe zählt deine Familie?« fragte Ramage.

»Sieben, Euer Gnaden: meine verwitwete Mutter, meine Frau, meine vier Kinder und mein Bruder.«

»Willst du, daß die alle verhungern, du undankbares Schwein?«

»Nein, um Gottes willen nein, Euer Gnaden! Warum sollten sie denn verhungern?« fragte er bestürzt.

»Weil du in zehn Sekunden bei deinem toten Vater und der Madonna und all den Heiligen sein wirst, von denen euch eure dummen Priester erzählen.«

Es konnte nicht schaden, wenn diese Bauern (wohl zum erstenmal) erfuhren, daß die Männer Bonapartes trotz ihrer roten Freiheitsmütze und trotz ihrer stolzen Reden von menschlicher Freiheit fanatische Atheisten waren.

Aber die Wirkung seiner Worte auf den Bauern war überraschend: Der Mann richtete sich zu seiner ganzen Größe auf und blickte Ramage fest in die Augen. Die Frau drinnen in der Hütte schluchzte immerzu weiter, er aber sagte ruhig und schlicht: »Töten Sie mich doch, ich verrate Ihnen nichts.« Dann wartete er schweigend darauf, daß ihm Ramage das Entermesser in den Leib rannte.

Dieser Bursche hat wirklich Ehre im Leib, dachte Ramage. Wenn doch ein paar von diesen verdammten, degenerierten italienischen *aristocrati*, die in Florenz und Siena — mindestens bis zum Erscheinen Bonapartes — ihre Tage mit eitlem Gehabe, Tanzen und Schwatzen verbracht hatten, einmal erleben könnten, welchen Mut einer von diesen armen *contadini* aufbringt, um ihnen zu helfen, dann würden sie diese kleinen Leute vielleicht doch etwas höher einschätzen.

Dies hier war ein einfacher Mensch, mutig und ehrenhaft. Eben die beiden letzteren Tugenden offenbarten aber auch, daß er wußte, wo die Flüchtlinge zu finden waren. Im Befehl des Admirals war von »der Köhlerhütte« die Rede gewesen. Das hieß, daß es hier nur einen Kohlenbrenner gab. Darum konnte wohl auch kein anderer in Frage kommen als dieser. Ramage beschloß jetzt, alles auf eine Karte zu setzen.

Der Bauer wartete immer noch, daß er ihm sein Entermesser in den Leib rennen würde, und Ramage trat nun auch noch einen Schritt zurück, als ob er Platz brauchte, um zum tödlichen Stoß auszuholen, dann aber stieß er die Waffe plötzlich senkrecht in die Erde. Ehe der bestürzte Landmann noch begriff, was geschah, ließ Ramage sein Entermesser im Stich, packte ihn am Arm und stieß ihn in seine Hütte zurück — nicht ohne sich unter dem niederen Eingang zu ducken. Lachend sagte er:

»Allora, Nino, siamo amici!«

»Dio! Perche? Chi siete voi?«

»Warum, fragst du? Ja, wir sind Freunde, denn ich bin englischer Seeoffizier und möchte diesen Menschen helfen. Aber wie wäre es jetzt mit einem Schluck Wein und einem Bissen Brot, ehe wir sie aufsuchen? Wir haben einen weiten Weg hinter uns und sind hungrig.«

» ›Wir‹, Signore?«

Die Wirkung blieb nicht aus; sein freundlicher Ton und die Bitte um Wein taten das Ihre . . .

»Jackson, kommen Sie her«, rief er auf englisch, »reden Sie mich auf englisch an, es ist ganz gleich, was Sie sagen.«

Verdammt finster war es hier drinnen: sie konnten ihm leicht ein Messer zwischen die Rippen jagen . . .

Jackson betrat die Hütte und blieb gleich hinter dem Eingang stehen, weil er Ramage nicht sehen konnte: »Wie steht es, Sir, glauben Sie, daß dieser Bursche hier weiß, wo sie sind?«

»Ja«, gab ihm Ramage zur Antwort, »er weiß es. Aber ich muß ihn noch davon überzeugen, daß wir wirklich Engländer sind.« Dann wandte er sich an den Italiener: »Nino, gib uns zum Wein ein bißchen Licht, dann kannst du mich auch genau betrachten.«

Er hörte das Rascheln von Stroh und hatte den Eindruck, als ob sich jemand bewegte. Nino konnte es nicht sein, denn ihn hielt er noch immer am Arm.

»Wer ist das?«

»Mein Bruder.«

Die Frau hörte auf zu schluchzen, das war ein gutes Zeichen. In der Hütte, wo es nach Schweiß, Urin, Käse und saurem, verschüttetem Wein stank, schienen sich die Gemüter allmählich zu beruhigen.

Der Wein, der erst wenige Tage alt war, drang immer noch in das Holz der Fässer ein und leckte zwischen den Dauben heraus. Darum mußten sie die Fässer jeden Tag hochkippen, damit sie die Luft herauslassen konnten, da der Wein sonst zu Essig geworden wäre.

Der Bruder begann einen Feuerstein zu schlagen, um ein Licht anzuzünden, aber Nino sagte ihm ungeduldig, er solle dazu doch Glut aus dem Köhlerofen draußen benutzen. Bald darauf kam er denn auch mit einem brennenden Binsenlicht wieder, das er mit vorgehaltener Hand vor dem Erlöschen schützte. Die Beleuchtung war dürftig genug, aber sie genügte doch, die winzige Hütte einigermaßen zu erhellen. Die Frau, ein fülliges schwarzäugiges Wesen, saß in einer Ecke auf ihrer Strohmatratze und hielt die Hände über dem Busen gekreuzt, als wäre sie nackt. Dabei hatte sie ein Flanellnachthemd an, das ihr bis ans Kinn reichte. Neben ihr kauerte eine Alte mit tiefbraunem Gesicht und Runzeln wie eine Walnuß, wahrscheinlich die Mutter. Die Ärmste war außer sich vor Angst und ließ die abgegriffenen Perlen eines Rosenkranzes unablässig durch ihre klauenähnlichen Finger gleiten. In einer anderen Ecke kaute eine Ziege zufrieden ihr Futter und entledigte sich dann, unbesorgt um die Geruchswirkung, ihres Urins.

Ramage sah erst jetzt, daß Nino ein stämmiger, schwarzhaariger Mann war. Bartstoppeln, die offenbar schon mehrere Tage alt waren, umrahmten sein rauchgeschwärztes, aber offenes Gesicht, seine Augen waren blutunterlaufen. Er trug eine schwarze Kordhose und trotz der herrschenden Hitze eine dicke wollene Weste. Offenbar ging er »mit Vollzeug«, wie der Seemann sagte, zu Bett, nur die Kordjacke hing über dem einzigen Stuhl, der in dem Raum stand. Schwarzer Kord — das war die Uniform des *carbonaio,* des Köhlers.

»Wo sind denn deine Kinder, Nino?«

»Ich habe sie zu meiner Schwester nach Orbetello geschickt.«

»Natürlich, da sind sie in einer Zeit wie dieser auch besser aufgehoben.«

Nino ging in die Falle: »Ja, das dachten wir auch.«

»Hast du keinen Wein für uns?«

»Natürlich, *Commandante*, entschuldigen Sie, daß es so lange dauert. Wir sind eben nicht gewohnt, daß uns nachts jemand besucht.«

»Aber bei Tage kommen schon Leute, wie?«

Der Italiener gab keine Antwort. Er nahm stumm seinen Rock vom Stuhl und warf ihn seiner Frau zu.

»Nehmen Sie Platz, *Commandante*. Wir sind arme Leute. Für Ihren Diener haben wir leider keinen Stuhl.«

Ramage setzte sich, und während Nino aus der hintersten Ecke des Raums ein paar Flaschen herbeiholte, griff sein Bruder unter die Dachsparren und langte einen runden Käse und den Rest einer langen Wurst herunter. »Brot haben wir nicht«, entschuldigte er sich.

Der Bruder zog ein Klappmesser aus der Tasche, öffnete es und wischte die gebogene Klinge an der Hose ab. Dann schnitt er damit zwei Ecken Käse und mehrere Scheiben Wurst zurecht. Nino hatte sich inzwischen seine Jacke wieder geholt und benutzte sie, um die Hälse zweier Flaschen abzuwischen.

»Der Wein hier ist von meinem Onkel, er kommt aus der Gegend von Port' Ercole«, sagte Nino und gab jedem eine Flasche.

Plötzlich hörte man draußen ein heiseres Geschrei. Jackson sprang mit einem Satz zur Tür, zückte sein Entermesser und schrie: »Himmeldonnerwetter, was soll das?«

Nino brüllte förmlich vor Lachen. Er hatte erraten, was Jackson schrie, und sagte: »Jetzt weiß ich wenigstens bestimmt, daß ihr keine Franzosen seid. Das ist mein Esel.«

Ramage stimmte in das Gelächter ein. Auch er war im ersten Augenblick zusammengefahren, aber dann erinnerte er sich doch sofort an diese unverkennbaren Töne. Wahrscheinlich hatte Jackson während seines Seemannslebens nie Gelegenheit gehabt, dieses heisere, gequälte, kurzatmige Geschrei kennenzulernen, das den wertvollsten Besitz des Bauern, seinen *somaro*, von allen anderen Tieren unterscheidet.

»Schon gut, Jackson, es ist nur ein Esel.«

»Mein Gott! Und ich dachte, da draußen würde jemand erwürgt!«

»Immerhin, Ihr Schreck bewirkte wenigstens, daß er jetzt endlich überzeugt ist, keine französischen Soldaten vor sich zu haben. Die hätten einen Eselsschrei sofort erkannt.«

Dabei fiel ihm ein, was ihm Jackson zuvor gesagt hatte.

»Sie sind doch in den Wäldern aufgewachsen, haben Sie da wirklich nie das Geschrei eines Esels gehört?«

Darauf brummte Jackson ungehalten: »Sir! Wie können Sie so etwas sagen? Wir hatten natürlich Pferde, keine kümmerlichen Mulis.«

Ramage nahm den ersten Schluck Wein, und Nino studierte dabei aufmerksam seine Miene. Im Augenblick war ihm mehr daran gelegen, zu erfahren, wie der Gast über seinen Wein dachte, als die Ursache seines mitternächtlichen Besuches zu ergründen.

»Dieser Tropfen ist gut, Nino, sehr gut. Es ist schon lange her, daß ich einen ähnlichen Wein kosten durfte, sehr lange ist das her«, wiederholte er, in der Hoffnung, daß Nino beginnen würde, Fragen zu stellen.

»Sie sprechen ausgezeichnet Italienisch, *Commandante*.«

»Ehe ich in die englische Marine eintrat, lebte ich viele Jahre in Italien.«

»In der Toskana, nicht wahr?«

»Ja, meist in Siena — und in Volterra.«

»Wohl bei Freunden?«

»Nein, bei meinen Eltern. Aber wir hatten dort viele Freunde.«

»Aha«, sagte Nino höflich, als sei er mit dem Gehörten vollkommen zufrieden, und fuhr dann fort: »*Commandante*, Sie fragten doch nach einigen Adelsleuten, nicht wahr?«

Konnte man diesen Bauern wirklich vertrauen? Auch jetzt noch konnte man daran zweifeln; aber Ramage mußte sich auf das Risiko einlassen, sonst währte diese höfliche Unterhaltung noch die ganze Nacht.

»Nino, in meinen Augen bist du ein Ehrenmann. *Allora*, ich schenke dir Vertrauen, darum will ich offen gegen dich sein. Falls du mir nicht helfen kannst, bitte ich dich nur, daß du mich nicht verrätst. Mein Admiral sandte mich nicht hierher, um Menschen zu töten, nicht um ihr Leben zu vernichten, sondern um es zu retten.«

Die beiden Brüder ließen ihn nicht aus den Augen und hörten sich aufmerksam an, was er sagte. Er stellte fest, daß er eifrig die Hände gebrauchte, um seine Worte zu betonen: merkwürdig, wie schwer es doch fiel, italienisch zu sprechen, ohne dabei zu gestikulieren.

Das Licht zuckte unruhig, weil jemand die Sackleinwand vor dem winzigen Fenster zurückgezogen hatte, um frische Luft hereinzulassen. Leider reichte das längst nicht aus, um des Gestanks Herr zu werden, den Wein, Ziege, Urin, Schweiß und Käse einträchtig zu erzeugen vermochten, nur die Flamme fing davon an zu flackern. Über die unbewegten Züge dieser Bauerngesichter huschten tanzende Schatten und machten es doppelt schwer zu erraten, was sie dachten.

»Mein Admiral teilte mir mit« (Ramage hielt sich für durchaus berechtigt zu dieser Übertreibung), »daß mindestens fünf hohe Adelige hierher entkommen seien, als die Franzosen Livorno besetzten. Er sagte mir weiter, unter ihnen befinde sich eine Dame, eine sehr berühmte Dame, eine die mit Alabaster und ähnlichen Dingen Bescheid wisse . . .«

Er hielt inne und fragte sich, ob die beiden Männer wohl um die Alabasterminen von Volterra wußten und darum folgern konnten, daß er die Marchesa meinte. Waren sie im Bilde, dann war es für ihn nicht mehr schwer, ihr Vertrauen endgültig zu gewinnen.

Nino nickte nur stumm. Das konnte offenbar heißen, daß eine Dame dabei war, die etwas von Alabaster wußte, aber er verriet damit nicht, ob er sie auch kannte.

»Ich will offen mit dir reden, Nino: Du hast keine Veranlassung, mir zu vertrauen, darum will ich dich auch nicht bitten, mich zu diesen Leuten hinzuführen ...«

»Wo befindet sich eigentlich Ihr Schiff, *Commandante?*«

»Da draußen«, sagte Ramage und deutete nach See zu, »dort wo es vor den neugierigen Augen der Franzosen sicher ist.«

»Und Sie selbst sind mit einem Boot gelandet?«

»Ja.«

»Ihr Haar, *Commandante*, ist mit getrocknetem Blut verklebt, so ähnlich sieht es wenigstens aus.«

»Ja, es ist wirklich getrocknetes Blut; wir hatten ein Gefecht, und ich wurde von den Franzosen verwundet.«

»Soll Ihnen meine Frau einen Umschlag machen, *Commandante?*«

»Nein, nein«, antwortete ihm Ramage fast eifriger, als es die Höflichkeit erlaubte. »Das ist wirklich unnötig, die Wunde heilt ganz gut von selbst.« Dann gab er nochmals zu verstehen, daß er alle Schwierigkeiten für überwunden hielt, indem er fortfuhr: »Ich möchte euch, wie gesagt, nicht bitten, mich zu den Leuten hinzubringen; ihr sollt ihnen nur eine Botschaft von mir übermitteln.«

Aber Nino war immer noch auf der Hut, er drückte sich vorsichtig aus und gab mit keinem Wort zu, was er wußte. »Wenn es möglich wäre«, sagte er, »daß wir dem *Commandante* zu Diensten sein könnten, indem wir eine Botschaft einem Empfänger überbringen, dem sie erwünscht ist, dann müßte diese Botschaft in italienischer Sprache geschrieben sein.«

»Das ist doch selbstverständlich«, gab Ramage zur Antwort und drückte sich weiterhin ebenso gewunden aus wie Nino. »Die Botschaft, die ich im Sinn habe, wäre an jene Dame gerichtet, die über Alabaster Bescheid weiß. Sie soll durch meine Mitteilung davon in Kenntnis gesetzt werden, daß die Engländer angekommen sind, um sie und ihre Freunde zu einer gemeinsamen Reise aufzufordern. Damit diese Dame aber weiß, wen sie in der Person dieses englischen Offiziers zu erwarten hat, sollst du ihr mündlich sagen, daß sie ihn immer Dante aufsagen ließ und ihm dann wegen seiner schlechten Aussprache zürnte. Sie sagte damals zu diesem Jungen, er solle sich von Dantes Versen vor allem eine Zeile gut einprägen: ›*L'amor che muove il sole e l'altre stelle*‹ — ›Die Liebe ist's, die Sonne und Sterne bewegt.‹ «

Nino wiederholte das Zitat und fragte: »Hat dieser Dante das geschrieben?«

Ramage nickte.

»Das ist sehr schön«, sagte der Bruder. Es waren die ersten Worte aus seinem Munde. »Was hatte jene Dame denn an Ihrer Aussprache auszusetzen, *Commandante?* Sie sprechen doch, als wären Sie in der Toskana zu Hause.«

»Heute kann ich das, gewiß, aber damals war ich noch ein kleiner Junge und fing doch erst an, Italienisch zu lernen.«

»Eine Frage, *Commandante:* Wo wollen Sie auf die Antwort warten, falls es uns gelingen sollte, die Botschaft zu überbringen?«

»Wo ihr wollt. Mein Säbel ist draußen vor der Tür, ihr könnt ihn und den meines Dieners an euch nehmen. Versteckt sie, wo ihr wollt.«

Nino erhob sich, als ob er nun wüßte, was ihm oblag.

»*Commandante*, Sie und Ihr Diener sind müde, vielleicht möchten Sie hier eine Weile schlafen.« Mit einer eleganten Geste wies er auf die Matratzen. »Ich selbst habe jetzt gleich einiges zu tun; aber mein Bruder ist frei, er wird hierbleiben.«

Ramage und Jackson streckten sich auf einer der Matratzen aus. Die Alte wimmerte vor sich hin — ihre Augen tränten, ihr Leben bestand schon seit langem nur noch aus Essen und Schlafen. Die Frau redete beruhigend auf sie ein.

Der Bruder stellte das Licht in eine Ecke hinter einen Kasten und hängte eine Jacke davor, um es weitgehend abzuschirmen. Ramage merkte jetzt plötzlich, wie müde er war; außerdem pochte die Wunde an seinem Kopf höchst unangenehm. Als er eben einschlafen wollte, überfiel ihn plötzlich die Angst wie ein böser Krampf: Er hatte diesen Bauern sein Vertrauen geschenkt — wie aber, wenn nun das nächste Pochen an der Tür die Ankunft einer französischen Patrouille verkündete?

7

»Commandante! Commandante!« Irgendwer schüttelte ihn wach. Dank der jahrelangen Übung und den Schrecknissen der letzten Tage hatte er den Schlaf augenblicklich abgeschüttelt und merkte, wie auch Jackson neben ihm hochschnellte. Einen Augenblick mußte er sich besinnen, wo er war, aber beim Anblick des Innern der winzigen Hütte stand ihm das Erlebte sofort wieder vor Augen. Seltsame Schatten jagten tanzend über die Wände, sobald das Licht, das Nino in der Hand trug, etwas flackerte.

»Ach, Nino, du! Nun, ist alles gut abgelaufen?«

»Nein, *Commandante* — leider nicht ganz nach Wunsch.«

»Warum das?«

»Wir können hier nicht bleiben.«

»Wieso denn? Sind die Franzosen im Anmarsch?«

»Nein, *Commandante*, aber es ist besser für uns, wenn wir uns anderswo besprechen.«

»Wohin werden wir denn gehen?«

»An einen Ort ganz in unserer Nähe.«

War das eine Falle? Nein, sagte sich Ramage, doch wohl nicht. Wenn sie der Italiener verraten wollte, war es für ihn das einfachste, französische Soldaten mitzubringen, um sie festnehmen zu lassen, während sie schliefen. Im übrigen hatte er keine Wahl, er mußte sich mit Nino auf den Weg machen. Ja, vielleicht führte ihn der sogar zu den Flüchtlingen . . .

Er und Jackson folgten also den Brüdern auf einem Pfad, der, nach den Sternen zu urteilen, fast parallel zur Küste verlief. Nach etwa einer Viertelstunde entdeckte er durch eine Lücke im Unterholz, daß sie unmittelbar am Ufer des Burano-Sees entlanggegangen waren. Dicht vor ihnen erhob sich nun der Turm. Ramage steckte blitzschnell sein Messer, den Griff voran, in den Ärmel.

Der Mond war inzwischen so weit gewandert, daß die diesseitige Mauer des Turmes im tiefsten Schatten lag, und das Bauwerk sah so unheimlich drohend aus, daß Ramage unwillkürlich zusammenschauderte.

Als sie bald darauf am Fuß des Turmes angelangt waren, warf Ramage einen Blick nach oben. Seltsam, wie sich die Mauern leicht nach innen neigten und erst unter den Schießscharten wieder nach außen strebten. Er schmiegte sich dicht an die Mauer und spähte abermals nach oben. Da war er sich sofort über den Grund für diese merkwürdige Bauweise im klaren. Unter den Schießscharten befanden sich Schlitze, die man erst sehen konnte, wenn man ganz dicht an der Mauer stand. Sie erlaubten den Verteidigern, aus der Deckung durch die Brustwehr senkrecht nach unten zu schießen.

Als Eingang diente eine Tür, die sich fast auf halber Höhe der nördlichen Mauer befand. Die Steinstufen, die dort hinaufführten, kamen nicht bis an den Turm heran: zwischen der Mauer und dem Aufbau der Stufen gähnte eine acht Fuß breite Lücke, die von einem hölzernen Steg, einer Art Zugbrücke, überspannt war. Im Falle eines Angriffs brauchten die Verteidiger nur den Steg zu entfernen, dann konnte niemand mehr den Eingang erreichen.

Als er die Stufen zu ersteigen begann, sah er, daß die beiden Brüder schon oben auf ihn warteten. Sie waren gleich vorausgegangen, während er sich noch unten mit der Besichtigung des Bauwerks aufgehalten hatte. Der hölzerne Steg krachte laut, als er ihn betrat. Da überfiel ihn der Gedanke, daß dieser Lärm eine willkommene Warnung vor unerwünschten Eindringlingen war. »Nach dir«, sagte er zu Nino und bemäntelte so sein Mißtrauen durch ausgesuchte Höflichkeit.

»Ich gehe schon voraus, *Commandante*«, sagte der alte Italiener, als ob er Ramages Vorsicht sehr wohl begriffe. »Warten Sie bitte, bis ich eine Kerze angesteckt habe.«

Sobald Ramage den Flackerschein des Lichtes sah, ging er hinein. Der Raum, den er betrat, war riesig, er wirkte wie eine Höhle und umfaßte offenbar die ganze Länge und Breite des Turms. Bis zu der gewölbten Decke waren es mindestens zwanzig Fuß. Er sah sich nach der Treppe um, die auf die oberste Plattform führen mußte, aber es war keine zu sehen. Nur in der Mauer zu seiner Linken — auf der zum See gewandten Seite — entdeckte er eine kleine Tür. Sie führte höchstwahrscheinlich zum Treppenhaus, also mußte die Mauer doppelt sein.

Nino setzte den Leuchter auf einen kleinen Tisch; dieser und ein Stuhl waren die einzigen Einrichtungsstücke im Raum. Zur Linken der Eingangstür sah Ramage einen mächtigen Kamin und ging gleich darauf zu. Dort, wo das Feuer brennen sollte, lagen nur ein paar Stückchen Holzkohle; die Spinnweben, die wie winzige Fischnetze aus dem Rauchfang herabhingen, verrieten ihm, daß der Kamin lange Zeit nicht mehr benutzt worden war.

»Nun, Nino?«

»Wie ich Ihnen schon sagte, *Commandante*, es gibt Schwierigkeiten — wegen Ihrer mündlichen Botschaft. Ich habe in der Tat eine Person getroffen, die über Alabaster Bescheid wußte, aber von einem kleinen Jungen und von der Sache mit Dante hatte sie keine Ahnung. Diese Person erwartete wirklich Freunde, *Commandante*. Aber jetzt ist sie offenbar besorgt.«

Es sah so aus, als ob der Italiener über das Geschlecht der von ihm erwähnten Person absichtlich kein Wort verlauten ließ. Immerhin lag seine Bekanntschaft mit der Marchesa di Volterra schon viele Jahre zurück, und es war darum nicht einzusehen, weshalb sie sich ausgerechnet an den kleinen Jungen und seinen Dante erinnern sollte. Vielleicht war sie auch schon so alt, daß ihr Gedächtnis gelitten hatte — weit über siebzig mußte sie heute bestimmt schon sein ... Da kam ihm plötzlich ein Einfall:

»Sag, Nino, ist die Dame mit dem Alabaster schon sehr alt?«

Nino sah ganz böse drein: »Die, alt? Ganz im Gegenteil!« rief er, als ob er diese Vermutung als Schimpf empfände.

Die fragliche Person ist also wirklich eine Frau, dachte Ramage, und jung ist sie auch. Die alte Marchesa war also wohl schon tot, und die Frau hier war ihre Tochter. Natürlich! Gina ... Gianna! Sie und keine andere! Sie war jünger als er selbst und, soweit er sich entsinnen konnte, auch schön. Ihr impulsives, sprunghaftes Wesen war ihm unvergeßlich; für ein Kind war sie vor allem ungewöhnlich selbstbewußt. Hatte er nicht dann und wann bittere Worte gehört, weil die Marchesa keinen männlichen Nachkommen hatte? Also dürfte das Mädchen auf Grund einer Ausnahmegenehmigung den Titel geerbt haben und die riesigen Besitzungen dazu: Hm, der Mann, der sie eines Tages bekam, hatte allerhand auszustehen, wenn sie sich inzwischen nicht gründlich gewandelt hatte.

»Hör zu, Nino. Vielleicht ist die alte Dame, an die ich dachte, nicht mehr am Leben, und die junge Frau hier ist ihre Tochter. Ich bin da meiner Sache nicht sicher.«

»*Commandante*, sagen Sie uns den Namen der Dame

und Ihren eigenen, sonst können wir Ihnen nicht helfen.«

Ramage zögerte. In dem hohen Raum herrschte plötzlich eine Spannung, die von den beiden Brüdern und den schattenhaft dunklen Winkeln und Wölbungen auszustrahlen schien. Die Italiener standen beide am Tisch und blickten ihm unverwandt in die Augen; Jackson hatte indessen die kleine Tür untersucht, die offenbar zur Treppe führte. Jetzt drehte er sich schweigend um und verfolgte, was geschah. Wenn er auch die Worte nicht verstand, der drohende Ton der Brüder verriet ihm genug.

»Haben Sie Unannehmlichkeiten, Sir?«

»Nein, ich glaube nicht, daß es schlimm wird.«

Ramage ließ Nino noch immer nicht aus den Augen.

»Meinen Namen nenne ich euch bereitwillig, weil das keine Folgen hat, aber« — er suchte nach dem stärksten Ausdruck, der ihm zu Gebote stand — »aber die Madonna soll euch verdammen, wenn ihr den Namen der Dame je wieder in den Mund nehmt. Es ist — die Marchesa di Volterra.«

»Ah!« Ninos Stimme zeugte davon, daß er sich von einer schweren Sorge befreit sah.

Die kleine Tür flog plötzlich kreischend auf. Jackson sprang gerade noch rechtzeitig zur Seite. Da der Luftzug die Kerze flackern ließ, so daß es für einige Sekunden fast dunkel war, konnte man zunächst nur ahnen, daß jemand rasch in den Raum hereinkam. Erst als sich die Flamme wieder beruhigt hatte, sah Ramage nahe der Tür eine Gestalt in einem schwarzen Umhang mit Kapuze, der sie den Blicken fast vollständig verbarg.

Wie es genau geschah, hätte er nicht sagen können; jedenfalls tat Jackson plötzlich einen katzenartig flinken Satz, so daß er hinter der verhüllten Gestalt stand. Im gleichen Augenblick setzte er ihr die Spitze seines

Entermessers zwischen die Schulterblätter. Dann trat er nach hinten aus und warf so die Tür ins Schloß. Ramage stellte dabei fest, wie klein der Fremde im Vergleich mit Jackson war.

Eine Hand — auch sie erstaunlich klein — kam aus den Falten des Umhangs zum Vorschein. Sie hielt eine Pistole, deren bläulicher Lauf aus Stahl matt im Kerzenlicht schimmerte. Die Waffe richtete sich auf seinen Leib, ihr Hahn war gespannt, der Schütze brauchte nur abzudrücken. Von der Mündung der Waffe, die sich augenblicklich zum Kaliber einer Kanone zu weiten schien, wanderte sein Blick zum Gesicht des Schützen, aber dies war und blieb im Schatten der Kapuze verborgen. Eben als er kurz den Kopf nach dem Leuchter wandte, um abzuschätzen, wie weit dieser entfernt war, begann die geheimnisvolle Gestalt zu sprechen: »Wenn der Herr hinter mir seinen Säbel nicht wegnimmt, sehe ich mich gezwungen, von meiner Pistole Gebrauch zu machen.«

Was er da hörte, war seine Muttersprache; Englisch, nur mit einem etwas unbeholfenen Akzent, und — gesprochen von einer Mädchenstimme. Da lachte Ramage erleichtert auf, er wollte Jackson ein Zeichen geben, hielt jedoch im letzten Augenblick inne. Irgendeine plötzliche Bewegung konnte ja nur zu leicht dazu führen, daß das Mädchen auf den Abzug drückte . . .

»Jackson, stecken Sie Ihr Entermesser weg.«

Der Amerikaner barg darauf die Waffe kopfschüttelnd hinter seinem Rücken. Die beiden Brüder hatten nicht verstanden, was Ramage sagte, aber sie mußten lächeln, als sie Jacksons verlegenes Gehabe sahen und Ramage unverhofft lachen hörten. Man durfte daraus nicht etwa schließen, daß sie die Lage als komisch empfunden hätten, ihr Bauerninstinkt — wacher und weiser als der gewöhnlicher Menschen — sagte ihnen aber, daß nur Wahnsinnige fähig waren, mit lachender Miene zu morden.

Das Mädchen in dem Umhang trat ein paar Schritte zur Seite, so daß Jackson nicht mehr hinter ihr stand, und befahl den beiden Brüdern, ebenfalls ihren Platz zu wechseln, was sie sofort eiligst taten. Ramage konnte unschwer feststellen, daß sie die beiden nur aus der Schußlinie haben wollte, denn die Pistole wies nach wie vor auf seinen Leib.

»Sagen Sie Ihrem Freund, er soll neben Sie treten.«

»Jackson, kommen Sie hierher.«

Ramage hatte das ungute Gefühl, daß dieses Mädchen nicht nur mit einer Pistole umzugehen wußte, sondern daß sie auch imstande war, unbedenklich von ihr Gebrauch zu machen. Wenn er nur wüßte, was jetzt noch nicht in Ordnung war. Im ersten Augenblick hatte er angenommen, sie müsse die Marchesa sein, nun begann er wieder zu zweifeln ... Er bewegte den rechten Arm unmerklich hin und her, um sicherzugehen, daß das Wurfmesser in seinem Ärmel notfalls glatt herausflog. Wie gut, daß er es aus seiner Scheide im Stiefel genommen hatte, um es sofort zur Hand zu haben.

Offenbar hatte sie an der Tür gelauscht — sie war sofort gekommen, nachdem der Name der Marchesa gefallen war. Aber was sollte dann die Pistole? Vielleicht hatte sie Jacksons überraschende Aktion veranlaßt, die Waffe zu ziehen. Und dann: wo waren die anderen? Warteten etwa die Männer immer noch hinter der Tür? Wie, wenn sie plötzlich eintraten und das Mädchen erschreckten? Konnte es da nicht geschehen, daß sie unwillkürlich auf den Abzug drückte?

»Was soll das alles heißen?« sagte jetzt das Mädchen mit eiskalter Stimme. »Was bedeutet dieses Gerede von Alabaster und ›L'amor che muove il sole‹?«

»Darf ich mich vorstellen: ich bin Leutnant Nicholas Ramage von der Royal Navy.« Gewärtig, einen Irrtum zu begehen, fuhr er fort: »Zu meinem größten Bedauern hörte ich, daß Ihre Mutter tot ist, mein Fräulein, sie war eine der besten Freundinnen meiner eigenen Mutter. Meine Botschaft war eigentlich für sie bestimmt, das Zitat aus Dante hatte sie immer besonders geliebt. Ich mußte es als Junge immer wieder aufsagen, und sie hätte mich ohne Zweifel erkannt, sobald ich sie daran erinnerte. Es schien mir auf jeden Fall besser, keinen Namen zu nennen.«

»Wer war denn Ihre Mutter, Sir?«

Ihre Stimme hatte noch immer den gleichen eisigen Klang. Dieses Mädchen bekam bestimmt keine Zustände, wenn ein Dienstbote ein Weinglas fallen ließ. Sie war offenbar gewohnt, zu befehlen und Gehorsam zu finden. Da sie das Oberhaupt einer so mächtigen Familie war, konnte das auch wohl kaum überraschen. Aber wie kam es nur, daß sie seinen Namen nicht wußte und sich auch nicht darauf besinnen konnte? Jetzt fiel ihm erst ein, daß sie seinen bürgerlichen Familiennamen wahrscheinlich nie erfahren hatte, denn sein Vater hatte ja den Grafentitel geerbt, lange bevor sie in Italien lebten.

»Meine Mutter ist Lady Blazey; mein Vater ist der Admiral Lord Blazey. Vielleicht erinnern Sie sich noch an ihren Sohn ›Nico‹ — das bin ich.«

Die Pistole verschwand in den Falten des Umhangs, und mit der Linken schob das Mädchen die Kapuze nach hinten. Dann schüttelte sie den Kopf, um ihr Haar zu ordnen, dessen blauschwarzer Schimmer an die in der Sonne glänzenden Schwingen eines Raben erinnerte. Endlich traf ihn ihr Blick.

Ramage schwindelte es, mühsam rang er nach Atem. Himmel, war sie schön! Sie war keine Bilderbuchschönheit, nein, aber sie besaß jene harmonische Erscheinung, die Charakterstärke, Entschlossenheit, Zuversicht und Mut verriet. Ihre Haltung zeugte von der Weltsicherheit einer Frau, die um ihre Schönheit wußte und gewohnt war, daß man ihr gehorchte.

Selbst in dem schwachen Licht der Kerze unterschied er die feingemeißelten Züge: die hohen Backenknochen, die großen, weit auseinanderstehenden Augen und die kleine, leicht gebogene Nase. Ihr Mund war, am Maßstab klassischer Vollkommenheit gemessen, um ein weniges zu groß, die Lippen etwas zu voll. Man konnte meinen, ein klassischer Bildhauer habe mit Absicht eine Göttin der Sinnenlust aus dem Stein gemeißelt. Ja! Abgesehen allein von der Nase, hätte sie — wo war es denn gleich: in Siena? Nein, in Florenz — Ghiberti als Modell für sein wundervolles Bildwerk »Die Erschaffung der Eva« dienen können, das dort das Osttor des Baptisteriums schmückte. Hatte sie nicht die gleichen kühn geschwungenen Formen, den gleichen schlanken Körper wie jene Eva, besaß sie nicht auch deren kleine, straffe Brüste, ihre unvergleichlichen Schultern, ihren flachen Leib und ihre herrlichen, runden Schenkel? Gewiß, das Gesicht dieses Mädchens war etwas voller und sinnlicher. Ramage suchte mit dem Blick nach ihren Brüsten, aber da war dieser Umhang... in diesem Aufzug unterschied sie sich wirklich kaum von einem Bündel Zeug.

»Es war ein Glück, daß ich Sie nicht erschoß, Leutnant Ramage«, sagte sie in aller Ruhe.

Eine Göttin! dachte er, die sich plötzlich in die Wirklichkeit irdischen Daseins zurückgeworfen sieht. Diana die Jägerin vielleicht; ja, auf keinen Fall eine von friedlicher Wesensart. Sie war nach wie vor selbstbewußt, und ihr Verstand arbeitete blitzschnell. Ramage hatte gehört, wie sie den Bruchteil einer Sekunde innehielt, ehe sie ihn »Leutnant« nannte. Sie wußte, daß der Sohn eines Earls vielleicht einen Ehrentitel hatte, wenn er ihm auch nicht von Rechts wegen zustand. Zwar hatte er sich vorgestellt, ohne davon Gebrauch zu machen, allein sie hatte offenbar dennoch ihr möglichstes getan, einen Formfehler in der Anrede zu vermeiden.

»Das war in doppelter Hinsicht ein Glück«, gab er zur Antwort, »denn mein Mann stand ja mit seinem Entermesser hinter Ihnen.«

»Gut, Herr Leutnant«, sagte sie und deutete mit einer Handbewegung an, daß sie den förmlichen Teil des Gesprächs für beendet hielt.

»Dieser Mann«, sie zeigte auf Nino, »wird die anderen herbeiholen, dann segeln wir an Bord Ihres Schiffes nach England.«

Offenbar hatte sich das impulsive und doch so beherrschte Mädchen nicht gewandelt, als es zur Frau gereift war. Ramage war sich darüber klar, daß er ihr das Gesetz des Handelns entringen mußte, weil er sonst in den nächsten Tagen erhebliche Schwierigkeiten zu gewärtigen hatte.

»Ehe wir aufbrechen, Madam, habe ich Ihnen noch einige wichtige Einzelheiten zu erklären.«

»Gut, aber fassen Sie sich bitte kurz. Wir haben lange genug auf Sie gewartet, Sie kommen ungewöhnlich spät.«

Sie sprach so von oben herab, daß Ramage das Blut zu Kopfe stieg. Er erkannte, daß er jetzt Ernst machen mußte, wenn er das Mädchen von seinem hohen Roß herunterholen wollte. Darum wies er auf den Stuhl, der neben dem Tisch stand, und sagte: »Bitte, nehmen Sie Platz, ich wiederhole, ich habe Ihnen einiges zu erklären.«

Sie raffte den Umhang zusammen und hielt die Pistole lässig vor sich im Schoß wie einen Fächer aus Pfauenfedern. Dann blickte sie mit kaltem Ausdruck zu ihm auf, als hätte sie einen lästigen Dienstboten vor sich. Als er nun sprach, war er selbst über die Bitterkeit betroffen, die er dabei verriet.

»Dafür, daß ich heute — wenn auch verspätet — hier erscheinen konnte, haben fünfzig meiner Leute ihr Leben geopfert, weitere fünfzig wurden verwundet und gerieten in französische Gefangenschaft. Fünfzig und mehr endlich rudern zur Stunde noch um ihr Leben, um nach Korsika zu gelangen.«

»Ach . . .« Ihr Ton war kalt, höflich und ganz und gar unpersönlich. Man konnte meinen, der Koch hätte ihr eben das Menü für den Tag vorgeschlagen.

»Weniger einschneidend«, fuhr er in bitterem Tone fort, »ist wohl die Tatsache, daß ich gezwungen war, ein Schiff Seiner Majestät an den Gegner auszuliefern.«

»Aber das kann doch niemals Ihre Schuld gewesen sein. Sie sind ja noch so jung, darum erscheint es mir undenkbar, daß Ihr Admiral Ihnen schon das Kommando über ein Schiff anvertraut hätte.«

Ramage kämpfte tapfer gegen sein Temperament, alle Anzeichen sprachen dafür, daß ihn schon im nächsten Augenblick einer seiner Anfälle sinnloser Wut übermannen würde. Er zwinkerte bereits unbeherrscht mit den Augen, er rieb die Narbe auf seiner Stirn, und wenn der Zustand noch länger anhielt, dann brachte er ohne Stottern keinen Satz mehr zustande.

»Ursprünglich hatte ich auch noch drei Offiziere über mir, aber sie sind alle drei gefallen. Ohne Zweifel wird der Admiral der Überzeugung sein, daß diese blutigen Verluste immer noch einen geringen Preis für Ihre Sicherheit darstellen. Wenn ich Ihnen hier mit diesen lächerlichen Einzelheiten lästig falle, so geschieht das nur, um Ihnen zu erklären, warum ich erst so spät erscheinen konnte und warum ich Sie und Ihre Freunde nicht unmittelbar nach England bringen kann.«

Jetzt senkte das Mädchen den Kopf und drehte sich etwas von der Kerzenflamme ab, so daß Schatten auf ihr Gesicht fielen. Sie war noch kleiner und zierlicher, als er zuerst angenommen hatte, und sein Zorn verrauchte so rasch wie ein flüchtiger Schrei, dessen Echo im Tal verklingt. Die Ruhe, die sie zur Schau trug, war wohl nur gespielt, sie war ja noch so jung und wahrscheinlich von tausend Ängsten gejagt, und sein zynischer Ausbruch hatte ihr jetzt vollends die Fassung geraubt.

»Darf ich fragen, warum die Männer nicht anwesend sind, die doch auch mitkommen sollen?«

»Das war zunächst ja nicht nötig. Der Bauer hatte sich überzeugen lassen, daß Sie keine Franzosen waren, aber die Nachricht, die er überbrachte, war für uns undurchsichtig. Wir konnten nur daraus schließen, daß Sie versuchen wollten, sich einem von uns dadurch auszuweisen, daß sie ihn an eine frühere Begegnung erinnerten. Das Wort ›Alabaster‹ konnte offenbar nur auf die Minen von Volterra oder die Familie Volterra Bezug haben, aber von einem kleinen Jungen und Dantes ›L'amor che muove il sole‹ wußte ich nichts.«

»Warum kamen denn Sie und nicht einer der Männer?«

»Weil es doch um die Familie Volterra ging«, sagte sie ungeduldig. »Als ich hörte, was Sie Nino sagten, war mir sofort klar, daß Sie glaubten, meine Mutter sei noch am Leben. Dann jagte mir dieser Mann« — sie wies durch eine Kopfbewegung auf Jackson — »einen furchtbaren Schreck ein.«

»Fürchteten Sie denn keine Falle?«

»Nein, ich verließ mich da ganz auf das Urteil des Bauern — seine Familie hat seit Generationen in unseren Diensten gestanden, und dieses Land« — sie machte eine ausholende Bewegung mit der Hand — »gehört alles mir. Außerdem wäre es nicht ganz einfach gewesen, mir eine Falle zu stellen, denn die beiden Brüder haben auf dem Weg hierher die ganze Umgebung abgesucht.«

»Meine Leute werden sie nicht gefunden haben.«

»Gewiß haben sie sie gefunden. Ihr Boot ist im Schilf versteckt, und ein Wachtposten befindet sich in der Nähe auf dem Kamm der Dünen. Aber er schlief gerade — und die fünf Männer im Boot schliefen ebenfalls.«

Ramage warf einen Blick auf Jackson, der sich offensichtlich vornahm, mit den Männern abzurechnen. Sein Gesichtsausdruck verriet, daß er am liebsten auch gleich mit diesem Mädchen abgerechnet hätte.

»Wenn Sie schon keine Falle befürchten, dann hoffe ich, daß Sie mir jetzt ohne Vorbehalt Vertrauen schenken.«

Sie lächelte, als ob sie ihm einen Ölzweig reichte, und sagte leichthin: »Ja, ich vertraue Ihnen und hoffe nur, daß es meine Gefährten ebenfalls tun. Männer ihres Schlages sind an die Intrigen des Hoflebens gewöhnt, darum fällt es ihnen so schwer, irgendeinem Menschen Vertrauen zu schenken, selbst untereinander können sie das nicht.«

»Schließlich bleibt ihnen jetzt nichts anderes übrig, als sich auf mich zu verlassen«, erwiderte er in strengem Ton, »vor allem aber unterstehen sie fortan meinem Befehl.«

Er wollte von vornherein jedes Mißverständnis über den Umfang seiner Machtbefugnis aus dem Wege räumen. Um über die peinliche Stille hinwegzukommen, die daraufhin folgte, fügte er hinzu: »Ich bin sehr müde, Madam, darum bitte ich Sie, mir nachzusehen, wenn ich Ihnen reizbar und ein wenig *aspro* erscheine: ich wollte sagen, daß ich den Befehl habe, für die Sicherheit der Herren zu sorgen, und daß ich alles tun werde, dieser Aufgabe gerecht zu werden.«

Das Mädchen hatte den Ölzweig weggelegt und gab sich wieder so kalt wie zuvor. »Sie haben doch Ihr Schiff aufgegeben. Was können Sie denn mit diesem kleinen Boot überhaupt ausrichten?«

»Wenn Sie und Ihre Begleiter für eine kurze Zeit auf bequeme Kammern und beflissene Bedienung verzichten wollen, dann bringt uns mein Boot zu einem Schiff vor Giglio oder, wenn wir es dort nicht treffen sollten, nach Bastia. Wir haben Wasser und reichlich Brot an Bord. Mit Brot ist natürlich unser Schiffsbrot gemeint, das eine Art harten Zwieback darstellt. Das Boot wird gedrängt voll sein: Wollen Sie das Ihrer Begleitung auseinandersetzen?«

»Gesetzt den Fall, wir werden von einem französischen Kriegsschiff angehalten und aufgebracht — was dann?«

»Diese Gefahr besteht, aber sie ist nicht sehr groß.«

»Die Gefahr besteht also.« Dies war eine Feststellung, keine Frage.

»Selbstverständlich, Madam. Auch Stürme haben wir unter Umständen zu gewärtigen. Aber das alles zusammen hält immer noch nicht der Gefahr die Waage, daß Sie von Napoleons Leuten gefaßt werden, wenn Sie hierbleiben.«

Es fiel ihm schwer, einen verächtlichen Unterton zu vermeiden, als er fortfuhr: »Wenn Ihre Gefährten ihre Flucht in meinem Boot fortsetzen wollen, stehe ich zur Verfügung.«

»Und wenn sie sich nicht dazu bereit finden? Wenn

es ihnen widerstrebt, in dem kleinen Boot auf so lange Fahrt zu gehen?«

Über diese Möglichkeit sprach sich der Befehl nicht aus — abgesehen höchstens davon, daß der Admiral diese Leute für äußerst wichtig hielt, womit die Frage in gewissem Sinne beantwortet war.

»Dann muß ich Sie leider hier zurücklassen. Ich kann nur versuchen, zu erreichen, daß Sie ein Kriegsschiff später an Bord nimmt. Aber irgendeine Gewähr kann ich dafür nicht übernehmen.«

»Gut, ich werde ihnen das auseinandersetzen«, sagte die Marchesa. Ihre hochmütige Ausdrucksweise war wie weggezaubert, nur ihr Selbstbewußtsein war noch lebendig. »Wann möchten Sie denn in See gehen?«

»Morgen abend, sobald es dunkel ist. Nein, ich meine natürlich heute abend, denn der Morgen ist ja nicht mehr fern. Eine Frage noch: Haben Sie etwas von französischen Truppen gehört, die sich in dieser Gegend aufhalten könnten?«

»Nur sehr wenig. Auf der Via Aurelia streifen Kavalleriepatrouillen; einige, heißt es, hätten die Dörfer nach uns durchsucht.«

»Und wie ist zur Zeit die politische Lage?«

»Der Großherzog von Toskana — nun, das ist ein schwacher Mann. Sie werden wahrscheinlich wissen, daß er diesem Bonaparte erlaubt hat, am 27. Juni Livorno zu besetzen. Ach ja, da ist von korsischen Patrioten die Rede, die eine Revolution gegen die Briten in Korsika anzetteln möchten. Bonaparte ruft nach Freiwilligen. Seit Korsika sich unter britische Schutzherrschaft stellte«, sagte sie trocken, »ist dieser Bonaparte voller Angst, daß man ihn als britischen Staatsangehörigen betrachten könnte. Dann riskiert er nämlich, daß er als Verräter gehängt wird — vorausgesetzt, daß ihr ihn erwischt.«

Er hatte seinen heimlichen Spaß daran, wie verächtlich sie über »diesen Bonaparte« sprach. Immerhin hatte dieser Bonaparte vollbracht, was unmöglich schien, er hatte mit seinen Armeen die Alpen überquert und einen italienischen Staat nach dem anderen erobert, wie ein Bauer durch seine Obstgärten wandert und die reifen Früchte von den Bäumen pflückt.

»Was wäre sonst noch zu sagen?« fuhr sie fort, »— nun, es heißt, die Österreicher hätten die Franzosen in zwei Schlachten geschlagen: bei Lonato und dann noch woanders — ich kann mir beim besten Willen den Namen nicht merken. Und der Papst hat den Waffenstillstand mit Bonaparte aufgekündigt.«

»Wissen Sie über Elba Bescheid?«

»Nein. Die Franzosen planten, es im Anschluß an Livorno zu besetzen, es liegt ja so dicht vor der Küste. Ach, da hätte ich beinahe etwas vergessen: die Spanier haben ein Bündnis mit Frankreich geschlossen.«

»Und England den Krieg erklärt, das wollen Sie doch sagen, nicht wahr?« rief Ramage erschrocken.

Aber sie zuckte nur die Schultern: »Das weiß ich nicht, aber ich könnte es mir denken.«

Beneidenswert, diese Sorglosigkeit, dachte Ramage. Wenn Spanien sich mit den Franzosen zusammentat, sah sich die Royal Navy im Mittelmeer einer erdrückenden Übermacht gegenüber. Dabei hatte der Admiral schon jetzt einen sehr schweren Stand ... Und weiter: eine richtiggehende Revolution auf Korsika konnte zur Folge haben, daß sich die Engländer von der Insel zurückziehen mußten, weil sie dort nur über sehr wenige Landstreitkräfte verfügten. Eine Besetzung von Elba würde sie noch einer weiteren Basis berauben. Und wenn sich dann gar die spanische Flotte mit der französischen vereinigte ... nun ja, meinte er zynisch im stillen, dann gab es wenigstens noch so viele Schlachten und Ausfälle, daß auch der jüngste Leutnant vor Kriegsende den Rang eines Kapitäns erreichte.

Er ertappte sich dabei, wie er mit seinem Wurfmesser auf die Fläche seiner linken Hand klopfte: Völlig unbewußt mußte er es herausgenommen haben, während er der Marchesa zuhörte.

»Haben Sie eigentlich immer so ein Messer im Ärmel stecken?« fragte sie.

»Ja«, gab er mürrisch zur Antwort, »alle guten Kartenspieler halten es so.«

»Wollen Sie damit sagen, daß Sie gern betrügen?«

Er stellte sich vor, wie sich ihr Schatten auf der kleinen Tür abzeichnete. Ehe er noch wußte, was er tat, schwang er die Rechte hoch über den Kopf und riß sie plötzlich nach unten. Da flitzte das Messer blitzschnell durch die Luft und fuhr mit einem dröhnenden Schlag in die Tür. Das Heft zitterte nur ein paar kurze Sekunden.

»Nein«, erwiderte er ihr, während er hinging, um das Messer wieder aus dem Holz zu ziehen, »nicht betrügen wollte ich, nur gewinnen. Es gibt allzu viele Könige, Höflinge, Kurtisanen und Politiker, die meinen, ein Krieg sei nichts anderes als ein Kartenspiel, und die ihren Irrtum erst gewahrwerden, wenn sie erleben müssen, daß ein unheimlicher korsischer Artillerist über die Alpen gezogen kommt und mit seinen Trümpfen mühelos alle ihre Asse sticht.«

»Sie glauben also, wir hätten auch in der Toskana nur Karten gespielt?«

»Madam, wollen wir dieses Gespräch nicht besser ein andermal fortsetzen?«

»Aber natürlich, mir lag nur daran, zu erfahren, ob Sie Ihre Mitspieler zu betrügen pflegen. Aber wie geht es nun weiter?« sagte sie, griff nach ihrer Pistole und erhob sich. »Wollen wir uns heute abend hier treffen?«

»Nein, wir sparen Zeit, wenn Sie alle zum Boot kommen. Nino kann Sie führen. Bringen Sie, wenn möglich, Wasser mit — und Nahrungsmittel. Aber kein persönliches Eigentum und keine Dienstboten.«

»Warum das?«

»Dienstboten werden niemals bleiben, wenn Sie mit ihnen etwas riskieren wollen; sie und aller sonstige Besitz nehmen außerdem nur Platz im Boot weg. Wir haben aber wirklich nicht den geringsten Platz mehr frei.«

»Wie ist es mit Juwelen, mit Geld?«

»Beides können Sie in vernünftigen Grenzen mitnehmen. Bitte, Madam, seien Sie um neun Uhr abends am Boot. Dann haben Sie zuvor eine halbe Stunde Dunkelheit zur Verfügung, um hierherzukommen. Ist Ihr Versteck eigentlich weit von hier entfernt?«

»In . . .«

»Bitte behalten Sie den genauen Ort für sich. Je weniger wir wissen, desto weniger kann man uns zwingen zu verraten, wenn wir in Gefangenschaft geraten sollten. Nur die Richtung und die Zeit, die nötig ist, um hinzugelangen.«

»Gut: also in Richtung auf den Monte Capalbio und höchstens eine halbe Stunde zu gehen.«

»Ausgezeichnet. Wir treffen uns also um neun Uhr am Boot.«

»Ja. Ich schicke Nino während des Tages zu Ihnen, er soll Ihnen sagen, wie sich die anderen entschieden haben. Einer der Beteiligten, Graf Pitti, ist noch gar nicht da; wir erwarten ihn jede Stunde.«

Ramage war sich darüber im klaren, daß sie für ihre Person bereits entschlossen war mitzumachen, wie immer sich die anderen auch entschieden.

»Rechnen Sie etwa mit Schwierigkeiten oder Bedenken?«

»Vielleicht«, sagte sie in reserviertem Ton, als ob sie ihm bedeuten wollte, nicht mehr daran zu rühren.

»Also bis heute abend.«

Sie hob zum Abschied die Hand, und er führte sie an seine Lippen. Dabei fühlte er, wie sie zitterte — ganz wenig nur, so daß sie wohl meinte, der Handkuß, den sie ihm gewährte, würde es nicht verraten.

8

Später am Tage lag Ramage im Sande der Dünen, ein
Wacholderbusch schützte ihn vor der brennenden Son-
nenglut. Bald döste er vor sich hin, bald lag er wach
und freute sich, daß er im Augenblick keine Entscheidung zu treffen, keine Gefahr zu bestehen hatte. Was
ihn zur Zeit ärgerte, waren einzig die Fliegen und die
Moskitos, die ihn mit einer selbst hierzulande ganz un-
gewöhnlichen Ausdauer attackierten.

Er überdachte nochmals den Plan, den er Jackson
und seinen Männern bereits dargelegt hatte. Kurz vor
neun Uhr abends — vorausgesetzt, daß kein Wind aufkam und nennenswerten Seegang verursachte — sollte
die Gig zur Sandbarre hinausgeholt werden, wo sie ein
paar Seeleute festhalten konnten. Den Weg bis dorthin sollten die Flüchtlinge watend zurücklegen. Das
war noch die einfachste Art, im Notfalle rasch von hier
wegzukommen. Wenn keine Eile geboten war, wurde
das Boot einfach wieder in den Fluß zurückgeholt, so
daß sich die Flüchtlinge einschiffen konnten, ohne naß
zu werden.

Jetzt galt es nur noch auf Nino zu warten, durch
den ihn die Marchesa unterrichten wollte, wie viele
Männer mitkommen wollten.

Wie ihm diese Kerle zuwider waren, obwohl er sie
doch noch nie gesehen hatte, diese wahrscheinlich par-
fümierten Laffen mit ihren hochtrabenden Namen, deren bloße Existenz die Schuld daran trug, daß die *Sibella* gesunken und ihre Besatzung blutig dezimiert
worden war! Dieser plötzliche Haßausbruch bewirkte,
daß er sich aufsetzte, als ob er sich so davon befreien

könnte. Als er sich nach einer Weile wieder zurücksinken ließ, verachtete er sich ob seiner Unvernunft. Jene Männer konnten sehr wohl tapfere Helden sein, denen es nur darum ging, den Kampf gegen die Franzosen fortzusetzen.

»Einen Schluck Wasser, Sir?«

Das war natürlich der unermüdliche Jackson. Wie ihm das Näseln dieses Yankees und sein leichenhaftes Gesicht fehlen würden, wenn sie erst in Bastia waren und Jackson auf ein anderes Schiff versetzt wurde!

Er nahm den Schöpfbecher und trank. Das Wasser war warm und brackig, es stank wie alles Wasser an Bord eines Schiffes. Aber jahrelange Gewohnheit lehrten den Seemann, seinen Geruchssinn auszuschalten, ehe er trank. So konnte ihn der Geruch erst belästigen, wenn das Wasser längst durch die Gurgel geronnen war und aller nachträgliche Ekel nichts mehr ungeschehen machen konnte.

Vielleicht war es unfair von ihm, diese Flüchtlinge zu kritisieren; aber mit all ihrem Geld und ihrem Einfluß wäre es doch nicht schwer für sie gewesen, so ein Fischerboot zu chartern — ja vielleicht sogar zu stehlen — und damit nach Korsika zu segeln. Warum hatten sie also kurzerhand ein britisches Kriegsschiff angefordert? Brauchten sie es ihrer Bequemlichkeit oder ihrer Sicherheit wegen? Waren sie nur bequem, fanden sie ein Fischerboot nicht fein genug, dann sollte sie der Teufel holen!

Wollten sie dagegen sichergehen, dann war das etwas anderes. Sie hatten immerhin ihre Heimat, ihre Ländereien und wahrscheinlich — wenigstens für absehbare Zeit — auch ihr Vermögen eingebüßt, vielleicht hatte man angesichts dieses Schicksals nicht das Recht, sie zu tadeln. Aber er wurde den Verdacht nicht los, daß ihnen doch nur ihr Bedürfnis nach Luxus, ihr Kastenstolz das

Handeln vorschrieben. Sie wollten beileibe keine *brutta figura*, keine schlechte Figur machen, es war nichts als billigste Eitelkeit — der Fluch Italiens: heute und wahrscheinlich für alle Zukunft.

Viele Italiener, dachte er — wenn auch keineswegs alle —, sind wie jener van der Deken, der Fliegende Holländer. Auch sie sind dazu verdammt, ruhelos durch die Welt zu irren, aber dabei schleppen sie ihre Eitelkeit wie eine offene Wunde mit sich herum, ungeschützt vor jedem kalten Luftzug, über die Maßen empfindlich gegen jede Mißachtung — bis sie endlich etwas finden, das ihnen Selbstvertrauen gibt und damit zugleich jene natürliche Menschenwürde schenkt, die sie so hart entbehren mußten.

Aber die *brutta figura* einmal beiseite gelassen — mußte er sich nicht eingestehen, daß er diesen Menschen seine eigenen Vorahnungen zum Vorwurf machte? Er starrte hinauf in den blauen Abgrund des Himmels. Vorahnung... Sorge... Angst... waren das nicht nur verschiedene Etiketten für ein und dieselbe Wahrheit! Seine Angst rührte im wesentlichen von der Übergabe der *Sibella* her — und wenn er sich darüber Rechenschaft gab, war nicht einmal das ganz richtig. Es gab noch viele Feinde seines Vaters, die die Vendetta gegen ihn immer noch weiterführten. Er hoffte nur, daß der Kapitän Nelson gerade in Bastia lag, wenn er dort ankam. Wenn jedoch Admiral Goddard oder einer seiner Anhänger dort die Befehlsgewalt hatte, was durchaus im Bereich des möglichen lag, dann — aber genug davon.

Er hörte einen Mann ganz außer Atem prustend näher kommen, und Jackson sprang mit gezücktem Entermesser sofort auf die Beine. Da tauchte Nino in der Lichtung auf.

»Ah, *Commandante*«, sagte er, »diese Hitze!« Er rieb sich das Gesicht kräftig mit einem Tuchfetzen ab und verschmierte den Schmutz, der vom Gesicht eines *carbonaios* nun einmal nicht wegzudenken war, auch noch über den Teil der Haut, der vom strömenden Schweiß rein gewaschen worden war. »Ihr Posten hat diesmal nicht geschlafen.«

»Was gibt es Neues, Nino? Komm, setz dich, wir haben leider keinen Wein, nur Wasser.«

Nino grinste: »Im Auftrag meines Onkels in Port' Ercole, *Commandante*, nehme ich mir die Freiheit, Ihnen eine Kleinigkeit mitzubringen.«

Er öffnete einen kleinen Sack und zog drei Flaschen von dem goldgelben Weißwein heraus, dem diese Gegend ihren Ruf verdankte, ihnen folgten einige Laib Käse und zuletzt ein halbes Dutzend lange, dünne Laibe Brot.

»Das ist wegen des Hartbrots. Die Marchesa erzählte mir von Ihrem Hartbrot, darum habe ich etwas Brot besorgt.«

»Das war sehr lieb von Ihnen, Nino.«

»*Prego, Commandante*, das spielt doch überhaupt keine Rolle. Das Brot ist aus dem Korn meines Onkels gebacken.«

Ramage bekam jedesmal Kopfschmerzen, wenn er in der Sonnenhitze Wein trank. Aber er wußte, daß Nino beleidigt war, wenn er es nicht tat. »Wir nehmen jetzt nur einen Schluck, der Rest ist für die Reise.«

»Nein, Sie können jetzt alles trinken, *Commandante*, die beiden Herren bringen genug Proviant für die Reise mit.«

Ramage blickte dem Bauern in die Augen: »Die beiden Herren, Nino? Wen meinen Sie damit?«

»Ja, *Commandante*, ich habe Ihnen eine Botschaft von der Marchesa zu bestellen. Sie beauftragte mich, Ihnen zu sagen, drei der Männer seien zu der Überzeugung gekommen, ihre Pflicht halte sie hier fest.«

Nino drückte sich vollendet höflich aus, dennoch ließ sich aus seinem Tonfall unschwer entnehmen, wie er über das zurückbleibende Trio dachte.

»Wer sind diese beiden Herren?«

»Ihre Namen kenne ich nicht; sie sind beide jung und scheinen Vettern zu sein. Leider, *Commandante*, muß ich Sie jetzt verlassen. Ich habe noch einiges zu tun, ehe wir uns um neun Uhr wiedersehen. *Permesso, Commandante?*«

»Aber selbstverständlich. Ich danke Ihnen, Nino. Grüßen Sie Ihren Bruder, Ihre Mutter und Ihre Frau von mir. Ich bitte zu entschuldigen, daß ich sie gestern abend störte.«

»Aber das spielt doch keine Rolle, *Commandante*.«

Im nächsten Augenblick war er verschwunden. Ramage befahl Jackson, den Matrosen etwas Wein, Käse und Brot zu bringen, dann sank er wieder zurück in den Sand und beobachtete die Insekten, die zwischen den Nadeln der Wacholderbüsche aufgeregt hin und her schwirrten. Die Luft war ganz erfüllt von dem Gezirp der Zikaden. Dieses Geräusch schien von überall und doch nirgendwoher zu kommen. Man konnte meinen, es tönte im eigenen Kopf.

Der Schlaf hatte Ramage gutgetan. Jetzt war er wieder · voll Tatendrang und Energie. Die dringendsten Probleme waren gelöst, darum fand er nun die nötige Ruhe, über das Mädchen nachzudenken. Wohl ein dutzendmal ließ er im Geist die Szene im Turm vor sich abrollen, immer und immer wieder gab ihm die Stimme dieses Mädchens Rätsel auf. Es war in der Tat schwer, diese Stimme zu kennzeichnen. Sie war weich, gewiß, und doch besaß sie den metallenen Klang der Macht; die Worte, die sie formulierte, waren präzise und wirkten für das Ohr doch wie Musik; sie klang klar wie Kristall und war doch stets auf der Kippe zur Heiserkeit. Er fragte sich, wie es wohl wäre, wenn dieser Mund heisere Liebesworte stammelte, aber er schlug sich diesen Gedanken sofort wieder aus dem Kopf. Die Sonne brannte wahrlich genug, auch ohne daß man an so etwas dachte. Die Erinnerung an Ghibertis nackte Eva und das Bild des jugendlichen Körpers unter jenem schwarzen Umhang machten ihm ohnedies genug zu schaffen.

Er verspürte eine tiefe, starke Sehnsucht, wieder einmal frei über die Höhen der Toskana zu schweifen, über die Straßen jener Landschaft zu reiten, daß der weiße Staub aufwirbelte, und die mächtigen dunkelgrünen Zypressen wiederzusehen, die an den Hängen wuchsen und sich so scharf gegen den harten blauen Himmel abhoben. Einem Paar der weißgelben Zugochsen wollte er wieder begegnen, wie sie langsam ihres Weges trotteten und mit lässig schlagenden Schweifen die Fliegen von ihren Flanken verjagten, während ihr Herr und Besitzer schlafend auf seinem Karren saß. Eine der ummauerten Bergstädte wollte er wieder besuchen, den gewundenen Pfad zum Tor hinaufreiten, hören, wie die Hufe seines Pferdes auf dem Pflaster der engen Gassen klapperten, und den Blick zu einem Fenster heben, aus dem ihm ein Paar schöne Augen neugierig folgten. Ja, er wünschte sich wieder in jene Tage der Kindheit zurück, da Gianna noch ein kleines Mädchen war, das die Marchesa zu ihnen brachte.

Die Zikaden zirpten nach wie vor, als es schon dunkel war — fanden sie denn überhaupt nie Schlaf? Ramage sah, wie der Mond über dem Monte Capalbio aufging. Als es noch hell war, hatte er in der Südmauer des Turms hoch oben einen flachen Stein entdeckt, auf dem er mit Mühe und Not ein paar lateinische Worte entziffern konnte; ein eingemeißelter Name und ein

Datum erinnerten daran, daß ein gewisser Alfiero Nicolo Verdeco im Jahre 1606 »der Architekt dieses Bauwerks gewesen war«. Hatte Signor Verdeco vor fast zweihundert Jahren ebenfalls auf diesem Fleck gestanden und gesehen, wie sein »Bauwerk« in der warmen rosa Glut des vollen Mondes — des Erntemonds — erstrahlte? Jetzt hörte er aus der Nähe ein klatschendes Geräusch und warf von der Höhe der Düne einen Blick auf die Flußmündung hinab. Dort wurde das Boot von drei Matrosen festgehalten, die bis zu den Knien im Wasser standen. Nur das achtere Ende des Kiels saß noch auf der sandigen Barre. Die anderen Leute waren schon im Boot, bereit, den Flüchtlingen beim Einsteigen zu helfen.

Er rief Smith an, um von ihm die Uhrzeit zu erfragen.

Ein schwacher Schimmer drang herauf, als Smith die Segeltuchblende lüftete und seine Uhr an das Licht hielt. Gott sei Dank hatte ein umsichtiger Mann für einen reichlichen Vorrat an Kerzen gesorgt.

»Fünf Minuten vor neun, Sir.«

Es wurde Zeit, daß er auf dem Kamm der Düne den Weg zum Turm einschlug und dabei nach den Flüchtlingen Ausschau hielt. Hoffentlich waren sie pünktlich. Unter neun Uhr verstand man hier in Italien allzuleicht irgendeinen Zeitpunkt zwischen zehn Uhr und Mitternacht.

Wahrscheinlich hatten sie sich irgendwo in der Nähe der kleinen Bergstadt Capalbio versteckt, die jenseits des Sees und ein Stück landeinwärts lag. Der kürzeste Weg zum Boot führte dann nördlich um den See herum. Dort stießen sie auf die Straße, die etwa fünfzig Meter vom Strand entfernt die Küste entlanglief und den Turm mit dem kleinen Dorf Ansedonia verband, das weiter nördlich, den Dämmen zwischen Argentario und dem

Festland zu, an der Küste lag. Nino hatte ihm erzählt, sie hieße *La Strada di Cavalleggeri*, die Reiterstraße, aber heute benützte sie niemand mehr. Ihre Decke war fester Sand; wo sie sumpfige Stellen durchquerte, war sie durch einen Unterbau von großen Steinen befestigt. Sie endete an der Brücke aus schmalen Planken, die dicht beim Turm den Fluß überquerte. Die Flüchtlinge brauchten nur dieser Straße zu folgen, bis sie an die Brücke gelangten. Statt sie zu überqueren, mußten sie sich dann nach rechts halten, den Kamm der Düne erklettern und am Fluß entlang weitergehen, bis sie seine Mündung und das dort wartende Boot erreichten.

Der Mond stieg jetzt schnell höher und verlor dabei immer mehr seinen rosigen Schimmer, gleichzeitig schien sein Durchmesser zu schrumpfen. Verdammt noch mal, dachte Ramage, es muß ja schon bald halb zehn Uhr sein.

Jackson schien seinen aufsteigenden Ärger und seine Besorgnis zu verspüren, denn plötzlich sagte er:

»Ich glaube nicht, daß ihnen etwas zugestoßen ist, Sir.«

»Das nehme ich auch nicht an. Wann trifft man schon einen Italiener, der pünktlich wäre?«

»Immerhin, sie sprach von einer halben Stunde Wegs. Wenn sie bei Einbruch der Dämmerung aufgebrochen sind, hätten sie bis jetzt schon eine volle Stunde gebraucht, Sir.«

»Das ist mir nicht neu, Mann«, sagte Ramage ungeduldig. »Aber wir wissen ja nicht, ob sie rechtzeitig aufgebrochen sind, wo sie sich zuletzt aufhielten und welchen Weg sie genommen haben. Es bleibt uns also nichts anderes übrig, als zu warten.«

»Verzeihen Sie, Sir, wenn ich es sage: die Männer dürften heute mit ihrer Ladyschaft keinen leichten Stand gehabt haben.«

»Warum? Wie meinen Sie das?«

»*Ich* möchte ihr nicht eingestehen, daß ich Angst habe . . .«

»Ich auch nicht.«

Jackson war in gesprächiger Stimmung, wahrscheinlich konnte nur ein Befehl seinem Redefluß Einhalt gebieten.

». . . Mir scheint, sie versteht sich darauf, einen Mann ziemlich kleinzukriegen, Sir.«

»O ja.«

»Aber man kann das alles auch in einem anderen Licht betrachten, Sir . . .«

Ramage vermutete, daß ihn Jackson absichtlich unterhielt, weil er um seine Unruhe wußte und ihm darüber hinweghelfen wollte. »Wie meinen Sie das?«

»Wenn ein Mann eine Frau wie diese hat, die ihn vorantreibt und die ihm Mut macht, dann ist er imstande, die Welt auf den Kopf zu stellen.«

»Ich nehme eher an, daß sie das für ihn täte.«

»Nein, Sir. Gewiß ist sie trotz ihrer kleinen, zierlichen Gestalt zäh wie ein Mann; durchaus nicht von der Art, die immer das: ›Bitte mein Riechsalz, Willy!‹ im Munde hat. Aber ich bin überzeugt, daß sie sich nur so gibt, weil sie das Haupt der Familie ist und darum entsprechend auftreten muß. Innerlich, meine ich, ist sie ganz Frau.«

Er ließ Jackson gerne reden. Der Amerikaner wurde dabei keineswegs vertraulich; obwohl er weiß Gott alt genug war, sein Vater zu sein. Seine Salzwasserweisheit schöpfte er ohne Zweifel aus der Erfahrung. Vor allem aber tat es Ramage wohl, daß ihm diese tiefe nasale Stimme half, des Gefühls der Einsamkeit und der Verzweiflung Herr zu werden, das ihn immer wieder zu übermannen drohte. Sein Blick wanderte aufs neue über die flache Sumpflandschaft der Maremmen bis hin nach den fernen Bergen, deren Umrisse sich im Licht des Mondes abzeichneten. Endlich hob er den Blick zum Mond selbst, der sich jetzt in seiner dunklen Umrahmung ausnahm wie eine blankpolierte silberne Münze. Die Sterne leuchteten so klar und standen so dicht beieinander, daß man nicht imstande gewesen wäre, mit einer nadelscharfen Säbelspitze in das Himmelsgewölbe zu stechen, ohne einen davon zu berühren. Sie alle schienen zu ihm zu sagen: »Du bist ohne jede Bedeutung, du hast nicht die geringste Erfahrung, du hast nur entsetzliche Angst ... Was weißt du denn schon? Wie wenig Zeit ist dir noch geschenkt, etwas dazuzulernen?«

Zu seiner Linken, in schätzungsweise tausend Meter Entfernung an der *Strada di Cavalleggeri*, peitschte plötzlich ein Musketenschuß. Dann noch ein zweiter — und gleich darauf ein dritter.

»Dort!« schrie Jackson. »Haben Sie das Aufblitzen gesehen?«

»Nein.«

Verdammt, verdammt und nochmals verdammt! Er war im Augenblick hilflos: sein Entermesser lag unten im Boot.

Wieder ein Aufblitzen, dann einen Augenblick später der Knall des Schusses.

»Den habe ich genau gesehen. Ganz nahe der Straße. Das kann nur eine französische Patrouille sein, die Jagd auf sie macht.«

»Ja«, sagte Jackson, »es blitzte an verschiedenen Stellen auf.«

Ramage, der sich darüber klar war, daß er an der Stelle, wo er sich befand, nicht helfen konnte, stieß hervor: »Los, wir laufen zum Ende der Straße und führen sie hierher.«

Sie jagten den Kamm der Düne entlang, aber alle

paar Dutzend Schritte stürzte bald der eine, bald der andere, wenn er auf eine Stelle trat, wo der Sand besonders weich war. Wacholder und Brachdisteln rissen ihnen die Beine auf, und immer wieder mußten sie dichteres Buschwerk umgehen.

Keuchend und nach Atem ringend hatten sie endlich die Höhe des Turmes erreicht und liefen nun den Hang der Düne hinunter, um dem Knie des Flusses zu folgen, der vom See kommend hier plötzlich nach links bog.

Das Gelände wurde flacher. Sie durchbrachen eine Mauer von Buschwerk und standen jetzt am Rande der festen Straße, die rechts an der kleinen Brücke abrupt endete. Nach links verlief sie schnurgerade und verlor sich nach Ansedonia zu im Dunkel der Nacht.

Wieder krachten drei Schüsse, und Ramage sah es landeinwärts der Straße dreimal aufblitzen. Plötzlich ließ sich Jackson auf alle Viere fallen, so daß Ramage im ersten Augenblick glaubte, er sei von einer verirrten Kugel getroffen worden. Aber er stellte alsbald erleichtert fest, daß der Amerikaner ein Ohr lauschend an den Boden preßte.

»Kavallerie — schätzungsweise zwölf Pferde stark, aber nicht geschlossen«, sagte er.

»Können Sie auch Menschen laufen hören?«

»Nein, Sir. In diesem Sand pflanzt sich der Schall nicht gut fort.«

Was tun? Sollten sie die Straße entlangrennen, um die Verfolger abzuwehren? Nein, damit stürzten sie die Flüchtlinge nur in noch größere Verwirrung. Es war besser, sie warteten hier. Noch besser, sie lenkten die Gegner ab und zogen das Feuer auf sich: das allein bot noch einige Hoffnung.

»Jackson!« In der Begeisterung über seinen Einfall packte er den Amerikaner an der Schulter. »Passen Sie auf — um zu dem Boot zu gelangen, könnten sie entweder diese Straße benutzen oder schon weiter nördlich über die Dünen klettern und dann dem Ufer folgen. Ich bleibe auf der Straße, und Sie gehen in die Dünen. Kommen die Italiener vorüber, so stellen wir sicher, daß sie die richtige Richtung einschlagen. Wenn dann die Kavallerie erscheint, lenken wir sie von den Flüchtlingen ab. Sobald ich ›Boot!‹ rufe, laufen Sie zurück, was Sie laufen können. Die Pferde können in den Dünen nicht galoppieren. Klar?«

»*Aye aye*, Sir.«

Im nächsten Augenblick kletterte Jackson auch schon den Hang der Düne hinauf. Dieser Amerikaner hatte nun vor ein paar Jahren noch gegen die Briten gekämpft, jetzt diente er in der britischen Flotte und riskierte auf toskanischem Boden Kopf und Kragen, um ein paar Italiener vor den Franzosen zu retten, die einst seine Bundesgenossen gegen die Briten gewesen waren. Wo steckte eigentlich der Sinn eines solchen Lebens?

Ramage blickte angestrengt die Straße entlang und versuchte in der Ferne irgendeine Bewegung auszumachen. Er kam bald zu der Erkenntnis, daß er zu nahe beim Boot war, um eine wirksame Ablenkungsaktion zustande zu bringen, die den Italienern genügend Zeit verschaffte, um über die Dünen zu gelangen. Daher lief er jetzt auf der Straße fünfzig Meter weiter nach Norden.

Dann zog er das Wurfmesser aus seinem Stiefel und wartete im Schatten eines größeren Busches. Mein Gott, hier herrschte wirklich Grabesstille; außer dem Pochen seines Herzens vernahm er nicht das geringste Geräusch. Sogar die Zikaden hatten ihr Gezirpe eingestellt. Hier gab es nur noch Schatten und den Mond, der die Farben verblassen ließ und dem Mut das Feuer nahm. Ein Stück weiter knackten Zweige: dann hörte man leises Fußgetrappel — ein Mensch, der um sein Leben lief. Ein erneutes Aufblitzen, irgendwer schoß in Richtung der Straße, diesmal von der Seeseite her. Jetzt ein Schuß von Land her. Dann Rufe — auf französisch —; sie geboten dem Angerufenen stehenzubleiben. Wieder ein Aufblitzen und ein Knall: das war ein Pistolenschuß, von der Straße aus nach hinten gefeuert — die Flüchtlinge verteidigten sich also. Jetzt kamen Leute gelaufen. Abgerissene Worte auf italienisch flogen hin und her, dazwischen atemloses Fluchen.

Eine kleine Gruppe kam auf sie zu; die Leute rannten im Zickzack von einer Straßenseite zur anderen, damit sie kein gutes Ziel boten.

Nach der Seeseite zu hörte man das typische Klirren von Pferdegeschirr — also kam den Strand entlang wohl ebenfalls Kavallerie.

»Jackson!«

»Hier, Sir!«

Der Amerikaner stand dreißig Meter vor ihm auf der Düne.

»Sie lenken die Froschfresser ab, ich helfe den Italienern. Die sind sicher völlig erschöpft!«

»*Aye aye*, Sir.«

Ramage rannte die Straße entlang und rief: »*Qui, siamo qui!*«

»Wo denn?« Das war Ninos Stimme.

»Hier — vor euch, lauft, lauft!«

»Madonna, wir sind am Ende! Die Marchesa ist verwundet.«

Nach wenigen Augenblicken war er bei ihnen: zwei Männer, wahrscheinlich die Flüchtlinge, führten das Mädchen an den Armen, ihre Beine schleiften im Sand. Sie war bei Bewußtsein. Nino und sein Bruder bildeten die Nachhut.

Ramage schob die beiden Fremden beiseite, dann packte er mit der Linken die rechte Hand des Mädchens, zog sie an sich und ging zugleich in die Knie.

Auf diese Art holte er ihren Körper über seine rechte Schulter. Während er sich aufrichtete, griff er mit der linken Hand außerdem nach ihrem rechten Knöchel. Die Rechte blieb frei, in ihr hielt er noch immer das Messer. Nun begann er die Straße entlang auf den Turm zuzulaufen.

»Wie nahe sind die Franzosen?«

»Keine fünfzig Schritte hinter uns — ein Dutzend Reiter oder sogar noch mehr«, keuchte einer der Männer. »Wir hatten Pistolen — nur darum kamen sie uns nicht zu nahe — aber sie sind leergeschossen.«

Gott sei Dank, das Mädchen wog nicht viel. War sie schwer verwundet? Ihr Kopf hing auf seinem Rücken nach unten.

»Haben Sie Schmerzen?«

»Ein bißchen, ich kann es ertragen.«

»Madonna!« rief Nino, »Achtung, sie kommen!«

Das plötzliche Hufgeklapper in ihrem Rücken veranlaßte sie, seitwärts in eine Lücke zwischen dem Buschwerk auszuweichen. Dort brachte Ramage vor allem das Mädchen in Sicherheit. Dann machte er kehrt und sah, daß zwei Reiter hinter ihm in das Buschwerk eindrangen. Säbel blitzten im Mondlicht. Die Musketen hatten sie schon abgefeuert; um sie wieder zu laden, war keine Zeit mehr gewesen.

Noch sechs Meter, noch fünf, Ramage stellte sich den Reitern in den Weg, er trat ihnen mit Absicht so entgegen, daß sie ihn sehen konnten. Vier Meter ... Der vorderste Franzose holte mit dem Säbel aus ... Ramage griff nach dem Messer und schwang den Arm über die Schulter. Das Pferd wurde von seinem Reiter zur Seite gelenkt, damit er Platz fand, den Säbel niedersausen zu lassen. Im gleichen Augenblick schwang Ramage seinen Arm nach hinten, die Messerklinge blitzte für den Bruchteil einer Sekunde im Mondlicht.

Da fiel der Säbel auf die Erde, und der Mann stürzte röchelnd rückwärts vom Pferd. Weil er die Zügel noch in der Linken festhielt, stieg das Tier mit entsetztem Gewieher hoch. Das zweite Pferd lief dem ersten von hinten her auf, aber sein Reiter riß es sofort herum und galoppierte, so schnell er konnte, davon. Jetzt machte das erste Pferd ebenfalls auf der Hinterhand kehrt und eilte ihm nach, weil sein gestürzter Reiter die Zügel losgelassen hatte.

Ramage eilte zu seinem Opfer und zog ihm das Messer aus der Schulter, dann nahm er das Mädchen wieder auf und ging zur Straße zurück. Der zweite Reiter war in der Finsternis verschwunden, darum rief Ramage die Italiener herbei, die alsbald zwischen den Büschen auftauchten.

»Los, weiter!« schrie er und lief die Straße entlang.

Zu seiner Rechten hörte er einen Pfiff; das war Jackson, der sich durch Nachahmen einer Bootsmannsmaatenpfeife zu erkennen gab.

»Wir eilen zum Boot, Jackson, versuchen Sie uns zu decken, so gut es geht.«

»*Aye aye*, Sir. Entschuldigen Sie das mit den beiden Reitern; Sie sind mir leider zuvorgekommen.«

Das Mädchen wurde immer schwerer. Er konnte sich nicht vorstellen, wie er mit dieser Last durch den weichen Sand in den Dünen vorankommen sollte. Konnte er es wagen, den Weg am Wasser zu wählen, dort wo der Sand fest war?

»Nino!«

»Was ist, *Commandante?*«

»Wir müssen uns trennen. Führen Sie Ihre Leute weiter die Straße entlang. Ich selbst gehe über die Dünen und folge dann der Küste. In dem weichen Sand komme ich nicht weiter.«

»Jawohl, *Commandante*, ich verstehe.«

Seine Absicht, die Dünen zu überqueren, war hier ebensogut auszuführen wie überall. »Halten Sie sich fest«, sagte er zu dem Mädchen, dann lief er den Hang der Düne hinauf und nutzte den durch das Gewicht des Mädchens vergrößerten Schwung, um den Kamm ohne Halt zu erreichen. Nun ging es auf der anderen Seite bergab — aber plötzlich sank er mit den Füßen tief in den Sand und stürzte der Länge nach hin, das Mädchen riß er natürlich mit.

In aller Eile richtete er sich wieder auf: »Ist Ihnen nichts zugestoßen?«

»Nein — ich kann aber ganz gut gehen. Hier im Sand ist das sogar viel leichter. Ich wollte es Ihnen schon die ganze Zeit sagen, seit Sie mich auf die Schulter nahmen.«

»Stimmt das auch wirklich?«

»Aber ja«, sagte sie ungeduldig. Darauf nahm er sie an der Hand, aber sie riß sich gleich wieder los, und er merkte, daß sie ihre Röcke raffen wollte.

»Nehmen Sie meinen linken Arm.«

Er hakte so ein, wie sie es haben wollte, dann strebten sie zusammen dem Kamm der nächsten Düne zu; es lag jetzt nur noch eine Senke und ein Kamm vor ihnen. Von neuem stiegen sie hinunter und dann wieder bergauf, dann ging es nur noch den flacheren Abhang zum Saum des Wassers hinab. Gleich darauf liefen sie die Strandlinie entlang und patschten dabei ab und zu durch flache Wasserpfützen.

Ramage warf einen Blick nach hinten. O Gott! Vier dunkle Schatten, Männer zu Pferde, galoppierten hinter ihnen her; nur fünfzig Meter waren sie noch entfernt. Man hatte sie also gesehen ... Ob sie wohl noch in die Dünen entkommen konnten?

»Rasch, fort, dort hinauf, verstecken Sie sich im Gebüsch!«

Er schubste sie, als sie eine Sekunde zögerte.

»Sie aber auch!«

»Nein, los, machen Sie, daß Sie fortkommen, oder es geht uns beiden ans Leben.«

Da stritten sich die beiden Menschen, während bereits vier Reiter herangesprengt kamen, um sie zu töten. Ein lächerliches Benehmen! Aber es war ohnehin schon zu spät, das Mädchen hätte den Schutz der Büsche nicht mehr erreicht. Die Reiter brauchten nur ein bißchen einzuschwenken, dann schnitten sie ihr den Weg ab. Auch das Wasser bot keine Aussicht auf Rettung — dort waren die Pferde schneller und gelangten überdies viel weiter hinaus.

Noch vierzig Meter, vielleicht waren sie sogar schon näher. Ramage packte sein Messer. Wenn er jetzt sterben mußte, dann sollte einer von den Kerlen mit. Das schwor er sich mit grimmigem Ernst.

»Wenn ich rufe ›Los‹, dann machen Sie sich klein und rennen wie ein Wiesel um die Reiter herum in die Dünen.«

Er selbst wollte sich das Pferd an der Spitze vornehmen und hoffte, daß sie in der entstehenden Verwirrung verschwinden konnte, ehe die Reiter imstande waren, ihre Pferde zu wenden und ihre Verfolgung aufzunehmen. Wenn er geduckt ansprang und das Messer in den Hals des Pferdes jagte, dann entging er vielleicht dem Säbelhieb, keinesfalls aber den Hufen. Mein Gott, welches Ende stand ihm da bevor!

Plötzlich erschien auf dem Kamm der Düne, unmittelbar vor den Reitern, eine dunkle Gestalt. Dieses seltsame Wesen stieß so unheimliche Schreie aus, daß Ramage das Blut in den Adern gerinnen wollte.

Das vorderste Pferd stieg darob entsetzt auf der Hinterhand, sein Reiter glitt nach rückwärts aus dem Sattel und stürzte krachend zu Boden. Dem zweiten gelang es nicht, rechtzeitig zum Halten zu kommen; es stieß mit dem anderen zusammen, sein Reiter flog über den Kopf weg und landete ebenfalls auf der Erde. Das dritte Pferd scheute und jagte den Weg zurück, den es gekommen war. Dabei erhielt das letzte einen kräftigen Huftritt, der dessen Reiter aus dem Sattel beförderte. Der Mann blieb dabei mit einem Fuß im Steigbügel hängen und wurde mitgeschleift, als nun alle vier Pferde längs der Küste zurückgaloppierten und drei Mann im Sand hinter sich ließen.

Das Ganze hatte nicht länger als zehn Sekunden gedauert, und es war abermals Jackson, der gerade im richtigen Moment aufgetaucht war. Der Amerikaner rannte, Zweige schwingend, die er von den Büschen abgerissen hatte, auf die drei Männer zu, das Entermesser in der Hand. Ramage schauderte, aber es war unvermeidlich.

»Rasch!« Er griff nach dem Arm des Mädchens und rannte weiter zum Boot. Gleich darauf entdeckte er die Unterbrechung der Küstenlinie, dort wo der Fluß die See erreichte. Da lag auch schon die Gig.

»Wir sind gleich da!«

Aber das Mädchen taumelte und schwankte, als ob sie einer Ohnmacht nahe wäre. Er steckte schnell das Messer wieder in den Stiefel, nahm sie hoch und lief mit ihr bis zum Boot, wo bereits hilfreiche Hände warteten, sie an Bord zu heben.

»Ein Italiener ist schon hier, Sir«, rief Smith. »Ein paar andere Burschen kamen und verschwanden gleich wieder.«

»Gut, ich bin sofort wieder zurück.«

Jackson und ein Flüchtling fehlten also noch. Aber was war mit Nino und seinem Bruder? Er konnte sie unmöglich hier zurücklassen — sie würden bestimmt nicht entkommen.

Er rannte den Hang der Düne hinauf — wenige Stunden war es erst her, seit er hier im Schatten eines Wacholderbusches seinen Tagträumen nachgehangen hatte . . .

»Nino, Nino!«

»Hier, *Commandante!*«

Der Italiener stand nur dreißig Meter entfernt nach dem Turm zu am Flußufer.

Ramage rannte zu ihm hin.

»*Commandante*, den Grafen Pitti haben wir verloren.«

»Warum, was ist geschehen?«

Während Nino berichtete, hörte man in größerem Abstand zwischen den Dünen wieder Schüsse.

»Er war noch bei uns, als wir zum Boot liefen. Aber als wir anlangten, fehlte er. Der Graf Pisano ist an Bord.«

»Die Marchesa auch, Nino. Willst du und dein Bruder mit uns kommen?«

»Nein, danke, *Commandante*, wir bringen uns schon in Sicherheit.«

»Wie denn?«

»Da drüben«, dabei wies er nach dem anderen Ufer des Flusses.

»Also dann geht nun und beeilt euch!«

Er streckte den beiden die Hand hin, und sie schüttelten sie nacheinander.

»Aber was wird nun aus dem Grafen Pitti?«

»Ich werde ihn schon finden — jetzt macht nur, daß ihr wegkommt!«

Wieder Schüsse, diesmal nicht mehr so weit entfernt.

»Ihr könnt hier nichts mehr tun, darum ist es das beste, ihr geht. Gott sei mit euch.«

»Auch mit Ihnen, *Commandante*. Leben Sie wohl, und *buon viaggio.*«

Damit rannten die beiden zum Ufer und wateten patschend durch den Fluß.

Ramage hörte, wie zu seiner Linken, an der Seeseite der Dünen, ein Pferdegeschirr klirrte. Er lief den Kamm entlang, aber ein Aufblitzen in zwanzig Meter Entfernung ließ ihn sich seitwärts zwischen einige Büsche werfen. Der Franzose mußte ein miserabler Schütze sein, da er ihn auf diese kurze Entfernung nicht traf.

Als Ramage auf der anderen Seite wieder aus dem Gebüsch herauskam, hörte er weitere Schüsse. Plötzlich stieß er auf eine menschliche Gestalt, die mit dem Gesicht nach unten im Sand lag. Es war ein Mann, der einen langen Umhang trug. Er kniete neben ihm nieder und drehte ihn auf den Rücken.

Der Schreck bewirkte, daß sich alles um ihn drehte. Er sah im Mondlicht, daß das Gesicht des Mannes ein Brei war: ein Schuß hatte ihm den Hinterkopf zerschmettert ...

Das war alles, was von dem Grafen Pitti noch übriggeblieben war. Jetzt galt es nur noch Jackson zu finden.

Er eilte auf die Höhe der Düne und rief:

»Jackson — Boot! Jackson — Boot!«

»*Aye aye*, Sir.«

Der Amerikaner steckte also immer noch irgendwo zwischen den Dünen.

Ramage wußte nur zu genau, daß er sich jetzt vor allem um das Boot und seine wertvollen Passagiere kümmern mußte, und rannte daher in größter Eile zum Ufer. Gleich darauf holte ihn Smith an Bord der Gig.

»Es fehlt jetzt nur noch Jackson. Holt das Boot von der Barre herunter — hängt das Ruder ein! Kommt an Bord, Leute«, befahl er den Matrosen im Wasser, sobald er merkte, daß das Boot vom Grund frei war.

Als die Männer über das Dollbord an Bord geklettert

waren und ihre Plätze eingenommen hatten, kommandierte er: »Klar bei Riemen! — Riemen bei! Wenn ich sage: ›Ruder an‹, dann holt ordentlich aus, es geht um unser Leben.«

Wo war nur dieser Jackson? In fünfzig Meter Entfernung entdeckte er am Strand eine Gruppe Menschen. Sie knieten, offenbar waren es französische Soldaten, die auf sie zielten! Jetzt hast du zu wählen, Mann: das Leben Jacksons oder das Leben von sechs Seeleuten und zwei italienischen Aristokraten, denen Admiral Jervis einen besonderen Wert beimaß. Eine verdammte Entscheidung war das.

Aber immerhin: die Soldaten waren scharf galoppiert, sie konnten unmöglich ruhig zielen.

Für einen Moment sah er die Umrisse eines Mannes sich vom Gipfel der nächsten Düne abheben. Der flüchtige Anblick war für ihn ausreichend, um Jacksons hagere, schlaksige Gestalt zu erkennen.

»Los, los, beeil dich doch!«

Er nahm die Pinne wieder heraus und legte sie auf die Ducht. Dann drehte er sich herum und lehnte sich über das Heck, um sofort nach ihm fassen zu können. Der Amerikaner erreichte den Strand und eilte mit den gestochenen Schritten eines trabenden Pferdes auf das Boot zu, als das Wasser tiefer wurde.

Ramage hörte das unaufhörliche Feuerwerk von Flüchen, das sich auf italienisch hinter ihm entlud, als er eben feststellte, daß die französischen Truppen auch von entfernteren Stellen der Küste her zu feuern begannen. Irgendwer zog ihn am Rock und knuffte ihn in die Seite. Jackson hatte gerade noch vier Meter zu gehen.

Das Zupfen und Knuffen wurde immer hartnäckiger. Dabei wurde Ramage inne, daß zwischen den italienischen Flüchen und dem ständigen Gezupfe ein Zusammenhang bestehen müsse. Jetzt flehte ein Mann mit Fistelstimme auf italienisch: »Um Gottes willen, fahren wir fort von hier!«

Noch drei Meter . . . noch zwei Meter . . . noch einer. Er ergriff Jackson bei den Handgelenken und rief: »So, Männer, Ruder — an! Und nun legt euch kräftig ins Zeug!«

Mit einem übermächtigen Ruck holte er Jackson vollends binnenbords. Der Amerikaner stöhnte auf und verriet dadurch, daß ihm der Ruderkopf einen harten Stoß in die Leistengegend versetzt hatte.

»Weg da, Sie sind mir im Wege!«

Ramage half mit einem Schubs von hinten nach und setzte dann hastig die Pinne ein. Die Männer hatten bis jetzt geradewegs von der Küste weggepullt, aber dadurch blieben sie länger im Schußbereich der Franzosen. Darum legte er sofort Ruder und nahm die Soldaten rechts achteraus, so daß das Boot ein möglichst kleines Ziel bot. Als er eben einen Blick nach hinten warf, blitzte es am Ufer dreimal auf. Einer der Matrosen stöhnte und ließ seinen Riemen fahren.

Jackson sprang gerade noch rechtzeitig zu, ehe er über Bord ging.

»Helfen Sie ihm, Jackson, dann nehmen Sie seinen Platz ein.«

Bis die Franzosen frisch geladen hatten, war das Boot beim augenblicklichen Stand des Mondes und vor dem dunklen Westhorizont bestimmt schon fast außer Sicht. Der Italiener hockte zu Ramages Füßen auf den Bodenbrettern. Dieser wurde seiner Anwesenheit erst gewahr, als er leise und eintönig lateinische Gebete vor sich hinzuleiern begann. Alsbald hörte er, wie ein paar der Seeleute unruhige Bemerkungen tauschten, weil sie natürlich nicht verstanden, was da vorging. Gebete, dachte er, sind ausgezeichnet, dort wo sie hingehören. Aber wenn man eine Bootsbesatzung aufregt, indem man sie wie ein von Panik ergriffener Priester herunterleiert, dann ist das Boot nicht der richtige Platz dafür — Angst greift ja so leicht um sich wie Feuer.

Er stieß den Mann mit dem Fuß an und schalt auf italienisch: *»Basta!* Schluß damit. Beten Sie später oder lautlos.«

Das Lamentieren hörte auf. Jetzt konnten die Soldaten mit dem Durchladen fertig sein. Ramage warf wieder einen Blick nach achtern — die Küste war noch immer zu sehen.

Er spürte, daß die Männer ihre Nervosität kaum mehr zügeln konnten. Das war auch nicht zu verwundern, denn sie hatten die ganze Zeit im Boot gesessen oder bis zu den Hüften im Wasser gestanden, während in ihrer nächsten Nähe fortgesetzt geschossen wurde.

Um die Leute etwas zu beruhigen, sagte er im Gesprächston: »Jackson, das war ja ein schrecklicher Lärm, den Sie vorhin an Land vollführten. Wer hat Ihnen denn gezeigt, wie man als einzelner mit einer ganzen Kavalleriepatrouille fertig wird?«

»Das war so, Sir«, sagte Jackson, und seine Stimme klang beinahe, als ob ihm diese Auskunft ein bißchen peinlich wäre, »im letzten Krieg war ich mit dem Oberst Pickens bei Cowpens, Sir. Dort in den Wäldern wirkte dieser Trick gegen Ihre Dragoner Wunder. So etwas hatten sie noch nie erlebt.«

»Das kann ich mir vorstellen«, sagte Ramage höflich und drehte einen halben Strich Steuerbord.

»Und ob das eine Überraschung war!« sagte Jackson begeistert. »Wenn ich nur an das letzte Mal denke. Da hatte ich eine ganze Gruppe Berittener gegen mich, und noch dazu in einem schmalen Hohlweg. Sie jagten mich, müssen Sie wissen.«

»Und da hat es auch wieder geklappt?« fragte Ramage. Dabei wußte er genau, daß die Leute beim Rudern aufmerksam zuhörten.

»Glänzend hat es geklappt, Sir. Mit Ausnahme der beiden letzten war ich die Burschen im Augenblick alle los.«

»Und wo haben Sie dieses — hm — Geschäft eigentlich gelernt?«

»Als Waldläufer, Sir. Ich bin in Südkarolina aufgewachsen.«

»Madonna!« rief da unter den Duchten eine Stimme in hartem Englisch. »Madonna! Da reden sie von Pferden und sonstigem Kram, und das in unserer Lage!«

Ramage suchte das Mädchen mit dem Blick und wurde sich bewußt, daß er sich nicht um sie gekümmert hatte, seit sie im Boot war.

»Bitte sagen Sie Ihrem Freund, er möge den Mund halten.«

Sie beugte sich zu dem Mann, der beinahe vor ihren Füßen saß, aber er hatte bereits verstanden.

»Ich soll den Mund halten?« schrie er auf italienisch. »Soll ich ihn vielleicht festhalten? Und wie käme ich schon dazu?«

Ramage sagte in eisigem Ton auf italienisch: »Ich habe ›den Mund halten‹ nicht wörtlich gemeint. Das hieß, Sie sollten aufhören zu sprechen.«

»Ich aufhören zu sprechen! Sie laufen einfach weg und lassen meinen armen Vetter verwundet am Strand liegen. Im Stich haben Sie ihn gelassen. Wie ein Hase sind Sie ausgerissen, und Ihr Freund da hat vor Angst geplärrt wie ein Weib. Madonna, darum soll ich jetzt wohl den Mund halten, wie?«

Das Mädchen beugte sich wieder zu ihm und flüsterte ihm zischend etwas ins Ohr. Ramage schäumte innerlich vor Wut; er war nur froh, daß seine Leute nichts von dem Gesagten verstanden hatten. Plötzlich kam der Italiener unter der Ducht hervorgekrochen und richtete sich auf. Dabei wäre einer der Bootsgasten fast von der Ducht gefallen und verpaßte einen Schlag.

»Setzen Sie sich!« befahl ihm Ramage in scharfem Ton auf italienisch.

Der Mann nahm keine Notiz von ihm und begann laut zu fluchen.

Da sagte Ramage zum zweitenmal: »Ich befehle Ihnen, sich zu setzen. Wenn Sie nicht gehorchen, wird Sie einer meiner Leute dazu zwingen.«

Dann wandte er sich an das Mädchen und fragte sie auf italienisch: »Wer ist eigentlich dieser Mann? Warum benimmt er sich so unmöglich?«

»Es ist der Graf Pisano. Er beschuldigt Sie, seinen Vetter zurückgelassen zu haben.«

»Sein Vetter ist tot.«

»Aber er schrie doch. Er rief um Hilfe.«

»Das ist ausgeschlossen.«

»Aber Graf Pisano hat es gehört.«

Glaubte sie diesem Pisano? Sie wandte sich ab, die Kapuze verbarg wieder ihr Gesicht. Offenbar glaubte sie ihm. Er dachte wieder an die Begegnung im Turm. Hielt sie ihn immer noch für einen Falschspieler?

»*Er* eilte seinem Vetter ja auch nicht zu Hilfe«, hielt ihr Ramage entgegen.

Sie fuhr herum und blickte ihn an: »Warum sollte er das tun? *Ihnen* war es doch befohlen, uns zu retten.«

Was konnte man gegen eine solche Einstellung ausrichten? Er fühlte sich zu hart getroffen, um auch nur den Versuch zu machen. Darum zuckte er jetzt lediglich die Achseln; dann dachte er daran, doch zu sagen: »Jede weitere Diskussion über dieses Thema ist auf italienisch zu führen. Sagen Sie das Pisano. Ich möchte nicht, daß die Manneszucht in diesem Boot aus den Fugen gerät.«

»Wie könnte das denn der Manneszucht schaden?«

»Das müssen Sie mir schon glauben. Sehen wir einmal von allem anderen ab: Wenn diese Männer hier verstanden hätten, was Pisano gesagt hat, dann hätten sie ihn glatt über Bord geworfen.«

»Wie barbarisch!«

»Das mag sein«, sagte er verbittert. »Leider vergessen Sie ganz, was diese Männer durchgestanden haben, um Sie zu retten.«

Er versank in düsteres Schweigen, dann sagte er: »Jackson, werfen Sie einen Blick auf den Kompaß. Welcher Kurs liegt an? Aber benutzen Sie dazu nicht die Laterne.«

Der Amerikaner beugte sich sekundenlang über den Bootskompaß und drehte den Kopf bald nach rechts, bald nach links, um im Mondlicht die Rose zu erkennen.

»Ungefähr Südwest zu West, Sir.«

»Sagen Sie mir, wenn West anliegt.«

Ramage legte langsam Ruder.

»Jetzt!«

»Gut. Recht so!« Er merkte sich ein paar Sterne, um danach zu steuern. Sie hatten zehn Meilen zurückzulegen, ehe sie die Südwestspitze von Argentario in einigen Meilen Entfernung passierten. Der verwundete Bootsgast rechtete eine Weile mit Jackson, der ihn schließlich wieder pullen ließ und dann achteraus kam, um in der Plicht gegenüber der Marchesa Platz zu nehmen.

Plötzlich sagte das Mädchen wie zu sich selbst: »Graf Pitti war auch mein Vetter.« Dann hüllte sie sich dichter in ihren Umhang.

»Die Dame ist ja ganz naß«, sagte Jackson.

»Das glaube ich gern«, antwortete ihm Ramage bissig. »Wir sind ja alle naß.«

Der Teufel sollte sie alle holen. Wie kam er dazu, sich um die feuchten Unterröcke einer Frau zu kümmern, die ihn für einen Feigling hielt? Da stöhnte sie auf, kippte vornüber auf Jackson und glitt dann auf die Bodenbretter des Bootes hinunter.

Ramage war im ersten Augenblick so entgeistert, daß er nichts unternahm. Erst als sie stöhnte, fiel ihm plötzlich ein, daß sie ja verwundet war. Er war der einzige im Boot, der es wußte — außer Pisano.

9

Jackson legte ein paar Bodenbretter längsschiffs über
die Duchten und brachte so ein primitives Lager für
die Marchesa zustande. Ehe er sie noch darauf betten
konnte, hörten die Matrosen ganz von selbst zu pullen
auf, zogen die Hemden aus und gaben sie dem Amerikaner, damit er sie zu einem Kissen zusammenrollte.
Dann begannen sie wieder zu pullen, denn ein leichter
auflandiger Wind hatte einen kurzen Seegang aufgewühlt, der das Boot heftig rollen ließ, wenn es gestoppt
lag. Jetzt hoben Ramage und Jackson das Mädchen auf
dieses einfache Lager. Ramage wagte nicht daran zu
denken, wieviel Blut sie schon verloren hatte; ja, er
wußte nicht einmal genau, wo sie verwundet war.

Die beiden Männer hüllten den Umhang des Mäd-
chens um ihren Leib und deckten sie mit der Jacke
Ramages zu. Als dieser sie anhob, entdeckte er, daß ihr
Kleid an der rechten Schulter von Blut getränkt war.
Da hielt er es trotz aller Gefahr sogar für angezeigt,
die Laterne zu Hilfe zu nehmen, um die Wunde genau
zu untersuchen. Wie gut, wenn er jetzt wenigstens einen
Sanitätsmaat an Bord hätte . . .

Er befahl Jackson, den Kompaß Smith zu geben, der
in nächster Nähe, nur ein paar Fuß vom Kopf des Mädchens entfernt, am Schlagriemen saß.

»Smith, stellen Sie den Kompaß so, daß Sie ihn sehen
können, nehmen Sie ein paar Sterne achteraus und
versuchen Sie das Boot auf Westkurs zu halten.«

Bei diesen Worten zog er die Pinne aus dem Ruder.
Smith mußte also das Boot allein mit den Riemen wei-
tersteuern.

Jetzt galt es, dem Mädchen das Kleid aufzuschneiden und die Wunde zu suchen. Er zog sein Wurfmesser aus dem Stiefel. Da es — welche Ironie! — noch vom Blut des französischen Kavalleristen verklebt war, hielt er es eine Weile über Bord und spülte die stählerne Klinge mit Seewasser rein.

Das Geräusch zerreißender Leinwand veranlaßte ihn, sich nach Jackson umzuwenden. Der Amerikaner war eifrig dabei, ein Hemd in Streifen zu reißen, die er zum Verbinden benutzen wollte. »Sind Sie bereit, Sir?«

»Ja.«

Er beugte sich über das Mädchen. Mein Gott, wie bleich sie war; im kalten Licht des Mondes fiel ihre Blässe besonders in die Augen. Wie sie so mit geschlossenen Augen auf den Rücken hingestreckt vor ihm lag, wirkte sie in der Tat wie ein zur feierlichen Bestattung aufgebahrter Leichnam. Wie war es doch einst gewesen? Pflegten die Angelsachsen nicht einen gefallenen Krieger mit einem toten Hund zu seinen Füßen in ein Boot zu legen und das dann in Brand zu stecken?

Ramage nahm das Messer in die Rechte und faßte mit der Linken nach dem Kragen ihres Kleides. Es war verdammt schwierig — ach was, der Teufel hole allen Anstand. Die Angst um das Leben dieses Mädchens überwog jetzt alles andere. Was machte es da schon aus, wenn die Männer im Mondlicht eine nackte Frauenbrust sahen?

Als er mit aller Sorgfalt ihr Kleid aufzutrennen begann, sah er, wie sie kurz die Augen aufschlug.

»*Dove sono io?*« flüsterte sie.

»*Sta tranquilla. Lei e con amici.*«

Jackson sah ihn mit gespanntem Ausdruck an.

»Sie hat gefragt, wo sie sei.«

Er kniete sich auf den Boden des Bootes, so daß sein Kopf auf gleicher Höhe mit dem ihren war, sobald er sich etwas vornüber beugte. Dann sagte er: »Seien Sie unbesorgt, wir kümmern uns jetzt um Ihre Verwundung.«

»Ich danke Ihnen.«

»Jackson — die Lampe.«

Der Amerikaner hielt die Laterne hoch, Ramage schnitt die Schulter- und die Ärmelnaht ihres Kleides auf, dann kamen die Spitzen und die Seide ihres Unterkleides an die Reihe und zuletzt noch das Hemd. Alle ihre Sachen waren starr von dem geronnenen Blut, das im Licht der Laterne ganz schwarz aussah. Als er mit dem Auftrennen fertig war, steckte er das Messer wieder in seinen Stiefel und löste dann die einzelnen Lagen der Gewebe vorsichtig nacheinander ab. Jede dieser Lagen hatte an der gleichen Stelle ein Loch. Zuletzt leuchtete die Schulter des Mädchens so schneeweiß aus der aufgetrennten Wäsche hervor, als gehörte sie zu einer Statue aus Alabaster. Nur dicht unter dem äußeren Ende des Schlüsselbeins war die Haut dunkel und von einer starken Quetschung geschwollen. Jackson hielt die Laterne so, daß diese Stelle besser beleuchtet wurde, und Ramage entdeckte im Mittelpunkt der Quetschung alsbald die Wunde selbst.

»Die andere Seite, Sir . . .« flüsterte ihm Jackson ins Ohr.

Glaubte er, der Schuß sei hindurchgegangen? dachte Ramage.

Er stand auf und beugte sich über sie. Sachte schob er seine Linke unter ihre Schulter und hob sie so weit an, daß er mit der Rechten ihren Rücken erreichte und mit aller Vorsicht dessen linke Seite und das Schulterblatt abtasten konnte. Eine Wunde war hier nicht zu finden, die Haut war glatt — und kalt, so kalt, daß ihm ihre Kälte durch den Arm in den Körper zu dringen schien. Er hätte sie am liebsten in die Arme ge-

schlossen, um ihr etwas von seiner eigenen Wärme mitzuteilen, um ihr Linderung zu verschaffen. Das Geschoß, dieser französische, pulverversengte Klumpen Blei
steckte also noch in ihrem Leib, und der Gedanke daran
machte ihn ganz krank.

»Fragen Sie sie doch, Sir, ob sie weiß, wie weit der
Froschfresser entfernt war«, schlug Jackson vor.

Ramage beugte sich über sie und fragte behutsam:
»Haben Sie den Mann gesehen, als er auf Sie schoß?«

»Ja«, sagte sie, »wir merkten nicht, daß die Reiter
hinter uns her waren, bis der Bauer schrie. Einer von
ihnen schoß gerade, als ich mich umgedreht hatte.«

»Wie weit waren sie denn weg?«

»Sehr weit. Daß der Schütze traf, war reines Glück!«

Glück! dachte Ramage.

Als er ihre Worte übersetzt hatte, meinte Jackson:
»Das ist gut, Sir. Auf solche Entfernung ist die Durch-
schlagskraft schon fast verbraucht. Vielleicht gelingt es
uns, das Ding herauszuholen.«

Vielleicht! dachte Ramage. Nein, wir *müssen* die Kugel entfernen, ehe der Wundbrand einsetzt.

»Sie werden mir helfen müssen«, sagte er.

Jackson setzte die Laterne auf die Ducht, riß noch
mehr Streifen von dem Hemd und beugte sich über
Bord, um sie mit Seewasser zu tränken. Dann nahm er
die Laterne wieder in die Hand und reichte Ramage die
nassen Fetzen.

»Sagen Sie mir, wenn es zu sehr schmerzt«, flüsterte
Ramage, und sie nickte. Er begann das geronnene Blut
abzuwaschen.

Stundenlang glaubte er danach zu suchen, wo die
Kugel im Fleisch saß, obwohl er in Wirklichkeit höchstens fünfzehn Minuten am Werk war. Die Spitze seines Messers diente ihm dabei als Sonde. Sie zuckte
nicht, sie stöhnte nicht, ja sie flüsterte nicht ein einziges

Mal, daß er ihr weh tat. Ab und zu nur schauderte sie zusammen, als ob sie Fieber hätte; aber Ramage wußte nicht, ob daran die Kälte, ein echter Fieberanfall oder seine schmerzhafte Suche nach dem Geschoß die Schuld trug. Ihm war es schon oft begegnet, daß Männer nach einer schweren Verwundung wie vom Fieber geschüttelt wurden.

Als er sich schließlich mit schmerzendem Rücken und zitternden Händen aufrichtete, kam sie ihm noch kleiner vor, als sie ohnehin war; es schien, als wäre sie unter den heftigen Schmerzen zusammengeschrumpft.

»Es hat keinen Zweck«, sagte er in ruhigem Ton zu Jackson. »Ich getraue mich nicht, noch tiefer zu sondieren.«

Der Amerikaner gab ihm etwas trockenes Leinen, das er zu einem Bausch zusammendrehte und auf die Wunde legte. Als die verletzte Stelle endlich richtig bandagiert war, brachte er ihre Kleidung so gut es ging wieder in Ordnung und hüllte sie aufs neue in ihren Umhang.

»Mehr kann ich leider nicht für Sie tun«, sagte er in bedauerndem Ton.

»Ach, ich bin ganz zufrieden«, entgegnete sie. »Ich nehme an, Sie haben unter dieser Prozedur viel mehr gelitten als ich.« Dabei hob sie ihre linke Hand und fuhr ihm leicht über die Wange. Jetzt erst wurde er gewahr, daß sein Gesicht ganz naß von Schweiß war. Dann blickte sie auf Jackson und sagte: »Auch Ihnen möchte ich danken.«

Jetzt brauchte Ramage unbedingt Zeit zum Nachdenken.

»Jackson, bitte die Karten und die Laterne. Dann nehmen Sie den Kompaß und die Pinne. Steuern Sie fürs erste weiter Kurs West.«

Mit den Karten in der einen, der Laterne in der anderen Hand lehnte sich Ramage gegen das Dollbord. Er fühlte sich ganz zerschlagen; er hatte nichts im Kopf als jene große blutunterlaufene, schwarze Beule an ihrer Schulter. Ja, die See, die Welt, das Land, sein ganzes Leben, kurz alles, was es gab, war eine einzige, riesige, blutunterlaufene, schwarze Beule ...

Worauf kommt es jetzt an, sagte er sich, was ist wesentlich? Darauf, nur darauf mußt du dich konzentrieren. Wenn er die Marchesa nicht binnen weniger Stunden zu einem Arzt schaffen konnte, drohte ihr der Wundbrand; und Brand in der Schulter bedeutete unweigerlich den Tod.

Ihrem Vetter Pitti hatte er schon den Tod gebracht; war er nun auch für dieses Mädchen zum Todbringer geworden — oder, richtiger, sollte er es noch werden? Eine Ewigkeit schien vergangen, und doch war es erst ein paar Nächte her, daß er den Befehl Sir Johns gelesen hatte. Wäre er nur gleich nach Bastia zurückgekehrt, um dort Alarm zu schlagen, so daß eine andere Fregatte entsandt werden konnte, um diese armén Menschen herauszuholen ...

Aber wie dem auch war, was war jetzt in diesem Augenblick noch zu retten? Sein größtes Anliegen war Hilfe für die Marchesa. Daraus ergab sich zwangsläufig, was er als nächstes zu unternehmen hatte; also entrollte er sogleich die Karte.

Es galt, vor allem einen Ort ausfindig zu machen, wo er einen Arzt fand, einen Arzt, den er, wenn es nicht anders ging, für kurze Zeit mit Gewalt entführen wollte. In der Nähe dieses Ortes mußte es eine kleine Bucht als Schlupfwinkel geben, wo er das Boot verstecken und das Mädchen ungesehen an Land bringen konnte.

Die sauber gezeichnete Karte schien zu ihm emporzustarren: die peinlich nachgezogenen Umrisse der Inseln wirkten für sein Auge fast erhaben, und der gefallene Steuermann der *Sibella* — denn seine Karte war es gewesen — hatte darauf in Handschrift alle in Frage kommenden Häfen vermerkt. Port' Ercole war der nächste — er konnte schätzungsweise feststellen, wo er ihn zu suchen hatte, denn er lag von hier aus fast auf einer Linie mit dem Gipfel des Monte Argentario. Aber die Karte verriet ihm auch, daß die Küste dort sehr felsig war und daß er darum kaum damit rechnen konnte, ein gutes Versteck zu finden.

Als er nun den Verlauf der Küste von Argentario weiter verfolgte, die, bei Port' Ercole beginnend, fast einen geschlossenen Kreis beschrieb, fiel ihm eine ausgedehnte Bucht ins Auge, die nur zwei bis drei Meilen vom Hafen Santo Stefano entfernt war. Sie hieß Cala Grande, hatte mehrere kleine Einfahrten und war — die Hauptsache — auf drei Seiten von steil abfallenden Felswänden eingefaßt.

Cala Grande, die Große Bucht. Dahinter erhoben sich zwei kleinere Berge, sie hießen Spadino und Spacca Bellezze. Wie kamen sie nur zu ihren Namen? »Kleiner Säbel« und »Schöne Kluft«, so schön vielleicht wie die Kluft zwischen ihren Brüsten . . .

Mein Gott, schalt er sich, warum kann ich mich denn nie konzentrieren? Er griff die Entfernungen ab. Ja, die Männer mußten sich schon kräftig ins Zeug legen. Dann rollte er die Karte wieder ein und stellte die Laterne nach unten. Seine plötzlichen Bewegungen bewirkten, daß die Leute von ihren Riemen aufblickten.

»Männer«, sagte er, »wir müssen jetzt eine Bucht anlaufen, die etwa zwölf Meilen entfernt liegt, damit ich für die Dame einen Arzt bekomme. Bei Hellwerden müssen wir dort sein, damit wir das Boot noch verstecken können.«

»Wie geht es der Dame denn, Sir?«

Die Frage kam von dem Mann mit der Schußwunde am Handgelenk. Ramage war über sich selbst verärgert, daß er seinen Leuten noch kein Wort darüber gesagt hatte. Sie hatten ja immerhin ihre Hemden für die Marchesa geopfert — ganz abgesehen davon, daß sie ihr Leben einsetzten, um sie zu retten.

»Der Marchesa geht es so gut, wie es die Umstände erlauben. Sie hat einen Schuß in ihre Schulter bekommen, aber es gelingt mir nicht, die Kugel zu entfernen. Darum brauchen wir unbedingt einen Arzt . . .«

Das Gemurmel der Männer verriet ihr Mitgefühl, wußten sie doch besser als die Verwundete selbst, wie eine unbehandelte Schußverletzung zu enden pflegte.

Plötzlich erhob sich vorne im Bug eine einzelne Gestalt. Der Mann führte keinen Riemen, und Ramage hätte beinahe laut aufgestöhnt: Wieder dieser Pisano!

»Ich verlange . . .«

»*Parla italiano!*« fuhr ihn Ramage an. Er wollte nicht, daß die Seeleute verstanden, was auch immer der Bursche wieder verlangen wollte.

Pisano besann sich auf seine Muttersprache: »Ich verlange, daß wir weiter auf den Treffpunkt zusteuern.«

»Und warum?«

»Weil es zu gefährlich ist, Santo Stefano anzulaufen. Der Ort ist doch von den Franzosen besetzt.«

»Wir laufen ja Santo Stefano gar nicht an.«

»Aber Sie sagten doch eben . . .«

»Ich sagte, wir suchen eine Bucht auf, und ich werde mich von dort nach Santo Stefano begeben, um einen Arzt zu holen.«

»Das ist doch Wahnsinn!« schrie Pisano. »Man wird uns alle gefangennehmen.«

Darauf sagte Ramage in eisigem Ton: »Ich muß Ihnen offenbar klarmachen, welche Stellung Sie hier einnehmen. In diesem Boot stehen Sie unter meinem Befehl, also beherrschen Sie sich gefälligst. Wenn Sie etwas zu sagen haben, dann sagen Sie es im Gesprächston, weil Sie sonst Unruhe unter der Besatzung stiften . . .«

»Ich . . .«

». . . und weil Sie sich selbst zum Narren machen, wenn Sie herumquieken wie eine ferkelnde Sau.«

»Sie! Sie . . .« Pisano rang einen Augenblick lang nach Worten. ». . . Sie Feigling, Sie erbärmlicher. Sie wagen es, mich zu beschimpfen! Ein Mörder sind Sie! Ihre Schuld ist es, daß Gianna hier verwundet im Boot liegt. Meinen Vetter Pitti haben Sie da drüben auch schmählich im Stich gelassen« — dabei holte er zu einer theatralischen Geste aus, die ihn beinahe das Gleichgewicht gekostet hätte — »Sie! Sie! Der uns doch retten sollte!«

Ramage setzte sich wieder. Vielleicht verstummte der Wortschwall des Burschen noch am ehesten, wenn er ihn ungehemmt weiterschreien ließ — wenigstens fürs erste.

»Was will er eigentlich, Sir?« fragte Jackson.

»Ach, er regt sich wegen der Marchesa und des anderen Burschen auf.«

»Er macht die Männer ganz verrückt, Sir«, sagte Jackson, als Pisano immer noch weiterschrie.

So war es wirklich: Der Mann, der unmittelbar vor Pisano am Bugriemen saß, kam plötzlich aus dem Schlag, so daß das Blatt seines Riemens mit dem des vor ihm sitzenden Matrosen zusammenschlug.

»Pisano!« sagte da Ramage barsch, »halten Sie den Mund! Das ist ein Befehl. Wenn Sie ihn nicht befolgen, lasse ich Sie binden und knebeln.«

»Wagen Sie es!«

»Wenn Sie sich nicht sofort niedersetzen, befehle ich den beiden vor Ihnen sitzenden Männern, Sie an Ihren Platz zu fesseln.«

Der entschiedene Ton dieser Worte machte Pisano klar, daß dies keine leere Drohung war. Er setzte sich jedenfalls unvermittelt nieder, als ihm die Marchesa mit schwacher Stimme zurief:

»Luigi, ich bitte dich!«

Gleichzeitig versuchte sie, sich aufzusetzen, aber Ramage kam gerade noch zurecht, sie daran zu hindern. Seine Hand drückte dabei rein zufällig auf eine ihrer Brüste. Auf italienisch sagte er zu ihr: »Madam — bitte regen Sie sich nicht auf. Ich ließ ihn reden, weil ich hoffte, seine Zunge würde ermüden. Aber jetzt dürfen wir keine Zeit mehr verlieren.«

Sie gab ihm darauf keine Antwort, und er lehnte sich nun wieder gegen das Dollbord. Wäre es in Florenz geschehen, daß er Pisano mit einer ferkelnden Sau verglich, so hätte der Kerl unverzüglich einen Racheplan geschmiedet. Für einen eitlen Gecken wie Pisano zählte im Leben ja nur, daß er nie eine *brutta figura* abgab. Menschen von Pisanos Art hatten eben nicht den üblichen Ehrbegriff. Er konnte ohne Gewissensbisse meineidig werden, er konnte ohne jedes Bedenken lügen, betrügen und irreführen. Das alles gehörte zu seinem Kodex, dem Kodex, nach dem er und seinesgleichen ihr Leben zu führen pflegten. Darum regte er sich auch nicht ungebührlich auf, wenn andere sich ebenso verhielten, denn er hatte es ja nicht anders erwartet. Aber wehe, wenn einer etwa lachte, weil er über einen losen Teppich stolperte, wehe, wenn ihm einer auch nur andeutungsweise zu verstehen gab, er sei nicht männlich genug, nicht der beste Reiter, der höflichste aller Kavaliere, die je einen Salon betraten, der vollendetste Liebhaber Toskanas, wehe, wenn es einem anderen eingefallen wäre, seiner primitiven Männlichkeit auch nur im geringsten Abbruch zu tun — dieser Unvorsichtige hätte sich in ihm einen feigen, aber unerbittlichen Todfeind geschaffen. Ein Bursche wie Pisano forderte nie einen anderen zum Zweikampf heraus, es sei denn, er wäre von vornherein gewaltig im Vorteil — nein, ein Kerl seines Schlages begnügte sich damit, einem gedungenen, dolchbewehrten Mörder nur ein paar Worte ins Ohr zu flüstern. Seine Ehre war wiederhergestellt, sobald ihm der Mann meldete, seine Aufgabe sei erfüllt, und den dafür ausbedungenen Lohn in Empfang nahm.

Ramage bemerkte, daß die Umrisse des Bootes und die Umrisse der Männer immer deutlicher wurden. In der Dunkelheit nahmen sich diese Gestalten an den Riemen aus wie Grabsteine, die sich rhythmisch vor ihm verbeugten; jetzt wurde aus dem Schwarz ihrer Schatten allmählich ein dunkles Grau, und auch die Sterne begannen schon zu verblassen. Das war die sogenannte falsche Dämmerung, der Streich, den die Natur täglich den Menschen spielte. Die Besatzung hatte nahezu drei Stunden ohne Pause durchgepullt.

Wenn sie die Cala Grande erreichten, dann war der Hafen von Santo Stefano durch die kurze, aber breite Halbinsel Punta Lividonia von ihnen getrennt. Mit einigem Glück mußte es möglich sein, einen Weg zu finden, der von den Felsenufern der Cala Grande über den Grat, der den »Hals« jener Halbinsel bildete, geradewegs zur Ortschaft führte. Vielleicht lief dieser Pfad sogar zwischen den Zwillingsgipfeln Spacca Bellezze und Spadino hindurch.

Grau, grau, grau... Die Männer waren grau, das Mädchen auf ihrer Bahre aus Bodenbrettern war grau, auch die Wellen, die in kleinen vornüberkippenden Pyramiden am Boot vorbeischäumten, waren grau und stählern, kalt und drohend für das Auge. Der südliche Wind wurde langsam stärker, das Boot stampfte leicht wie eine Wippe, sooft eine von achtern auflaufende See erst das Heck und einen Augenblick später den Bug mit weicher Bewegung anhob.

10

In der Cala Grande holten die Seeleute die Gig auf den schmalen Strand. Zwei von ihnen fanden, ohne erst auf Ramages Befehl zu warten, einen Pfad auf die Höhe der Uferfelsen und warfen bald Bündel von Reisig und trockenem Gras herab. Die anderen machten daraus in aller Eile eine primitive Lagerstatt, wobei sie das Gras als Matratze verwendeten.

Auf ein Zeichen von Ramage holten sie dann die Marchesa aus dem Boot und benutzten dabei die Bodenbretter als Tragbahre. Die Männer behandelten sie mit einer Zartheit und Vorsicht, die ihnen keiner zugetraut hätte, der sie nicht sehr genau kannte. Jeder einzelne benahm sich dabei in einer seltsam zwiespältigen Art. Bald erinnerte er an einen stolzen, aber ängstlichen Vater, der zum erstenmal sein Baby in den Armen hält, dann wieder glich er einem erfahrenen Matrosen im Umgang mit einer rauchenden Granate, die jeden Augenblick explodieren konnte.

Ramage hatte sich absichtlich nicht eingemischt, weil er wußte, daß seine Männer aufrichtig um das Mädchen besorgt waren. Er spürte auch deutlich, daß dabei keine lüsterne Neugier im Spiele war — obwohl solche Regungen nahegelegen hätten, weil doch die meisten seit Monaten keine Frau mehr gesehen hatten. Er wäre nie auf den Gedanken gekommen, daß sich diese Männer nicht nur um ihretwillen so untadelig verhielten, sondern mindestens im gleichen Maße um seinetwillen.

Bei dieser Arbeit wurde Pisano von den Leuten vollständig ignoriert, ja, sie gingen ihm aus dem Wege wie einem Aussätzigen. Der Italiener war eine solche

Behandlung natürlich nicht gewohnt, darum benahm er sich jetzt plötzlich recht seltsam. Seeleute standen für ihn etwa auf der gleichen Stufe wie die Bauern. Trotzdem versuchte er jetzt mit Smith ein Gespräch zu beginnen, weil er ohne Zweifel den Eindruck gewonnen hatte, daß dieser etwa die Rolle eines Dritten Offiziers innehatte. Pisanos Englisch hatte zwar einen starken Akzent, aber er sprach dennoch verständlich. Smith jedoch schüttelte immer nur höflich den Kopf und sagte: »Nix verstehen, Mister Großmaul.« Pisano nickte dazu, weil er nicht merkte, daß Smith mit einer Mischung aus Pidgin-Englisch und Slang geantwortet hatte, als hätte er einen Neger vor sich, der den Mund recht voll nahm. Als er dann einen anderen Matrosen um einen Schluck Wasser bat, maß ihn der Mann nur mit einem Blick und setzte dann seine Arbeit fort.

»Warum antworten mir die Leute nicht?« fragte Pisano Ramage.

»Sie sind nicht dazu verpflichtet.«

Ein Blick auf die Uhr sagte Ramage, daß es schon 8.30 Uhr vormittags war. Die Zeit drängte also, er mußte sich ohne Verzug mit Jackson auf den Weg zur Ortschaft machen. Am Strand glätteten zwei der Männer den Sand mit den Zweigen eines Busches, um die Fußspuren zu verwischen und die tiefe Rinne zu beseitigen, die der Kiel des Bootes hinterlassen hatte.

Die Luft war jetzt schon heiß, offenbar stand ein glühender Tag bevor. Nach See zu, etwa zwölf Meilen ab, sah man die Insel Giglio liegen; sie sah aus wie drei niedrige nebeneinanderliegende Hügel. Die Sonne spiegelte sich glitzernd in der See, über dem Horizont lag ein purpurn getönter dunstiger Schleier und verwischte die Linie der Kimm, wo See und Himmel aneinandergrenzten.

Die nicht beschäftigten Leute saßen in der Nähe des

Bootes im Sand. Sie aßen Brot und tranken die Wasserration, die ihnen Jackson eben ausgegeben hatte. Ramage rief Jackson und Smith zu sich. Als sie bei ihm standen, sagte er:

»Nun hört einmal gut zu, ihr beiden: Jackson, Sie kommen mit mir in die Ortschaft, und Smith, Sie übernehmen das Kommando hier. Wenn der italienische Herr hier beim Boot bleiben will, tragen Sie für ihn die Verantwortung« — er wählte seine Worte mit aller Sorgfalt —, »genauso als ob er zur Besatzung gehörte. Sie haben mich doch verstanden, Smith, nicht wahr?«

»*Aye aye*, Sir.«

»Nun die Dame, Smith. Sie muß unseren Schutz genießen, koste es, was es wolle. Ich nehme an, wir werden zwei bis drei Stunden unterwegs sein. Wenn wir bis Sonnenuntergang nicht zurück sind, dann seht ihr uns wohl überhaupt nicht wieder. In diesem Fall bringt ihr das Boot zu Wasser, sobald es dunkel ist, und pullt die Dame zu dem Treffpunkt vor Giglio. Dort meldet ihr, was geschehen ist, sobald ihr an Bord der Fregatte kommt. Über die Dringlichkeit seid ihr euch im klaren . . . Können Sie eine Karte lesen?«

»Einigermaßen, Sir.«

»Da, nehmen Sie sie. Studieren Sie sie, während ich unterwegs bin. Wenn Sie die Fregatte nicht treffen, dann pullen Sie weiter nach Bastia. Verstanden? Also macht's gut.«

Als Smith auf dem Weg zum Boot außer Hörweite war, sagte Jackson: »Soll ich dafür sorgen, Sir, daß er ganz bestimmt . . .«

»Ja, aber seien Sie vorsichtig: Ich möchte nicht, daß man ihm sofort mit der flachen Klinge eines Entermessers eine überzieht, nur weil er niesen muß.«

Sobald Ramage sich vergewissert hatte, daß sich niemand in Hörweite des Mädchens befand, trat er zu ihr und kniete neben ihrem Lager nieder. Sie war wach, ihr Gesicht war bleich, aber ihre Augen strahlten, und er sah sofort, daß sie sich bemüht hatte, ihre Frisur mit der Linken zu ordnen.

»Madam«, sagte er leise, und schon streckte sie ihm die Hand entgegen. Er war so überrascht, daß er im ersten Augenblick nicht darauf reagierte, dann aber nahm er sie in die seine. Sie fragte ihn flüsternd:

»Wo ist mein Vetter?«

»Nicht in der Nähe.«

»Herr Leutnant, ich möchte eine Frage an Sie richten: Es geht um meinen anderen Vetter, den Grafen Pitti. Sind Sie nicht dort am Strand zurückgelaufen, um ihn zu suchen? Sagen Sie mir doch bitte, wie es sich verhielt.«

Ihre Frage kam ihm so unerwartet, daß er förmlich erstarrte. Sie drückte seine Hand, als wollte sie ihm etwas sagen, was sie nicht in Worte fassen konnte — oder wollte.

»Ach, Madam, ich möchte mich darüber jetzt nicht noch einmal äußern. Im Augenblick ist das nicht angebracht.«

»Aber Sie sind doch zurück; Sie haben ihn doch gesucht?« drängte sie. Als er keine Antwort gab, sagte sie impulsiv: »Ich weiß es doch!«

Gott, was sollte das. »Sie haben mich doch nicht gesehen: wie *können* Sie es also wissen?«

»Ich weiß es eben, denn ich bin eine Frau. Er war tot, nicht wahr?«

Wieder gab er ihr keine Antwort; aber er hätte nicht sagen können, warum er schwieg. Was hinderte ihn daran, offen zu reden? Plötzlich entdeckte er, daß es nichts als sein Stolz war — er ärgerte sich, daß ihm jemand mißtraute. Sobald er sich darüber im klaren war, beschloß er, ihr alles zu erzählen. Aber als er sich eben zurechtlegte, wie er anfangen wollte, flüsterte sie: »Sie brauchen mir keine Antwort zu geben. Aber wissen Sie, Herr Leutnant . . .«

»Ja . . .?«

Ihre Stimme war so leise, daß er sich noch mehr zu ihr niederbeugen mußte, um sie zu verstehen.

»Herr Leutnant — mein Vetter Pisano ist auch ein stolzer Mann . . .« *Auch!* dachte er. Offenbar war er zu stolz gewesen, für seinen Vetter Pitti den Kopf zu riskieren — aber was machte das schon aus.

». . . Was er gestern abend sagte, war wohl etwas übereilt.«

»Ja, so schien es mir auch.«

»Bei uns ist es eben so«, sagte sie sanft, »unsere Männer sind nur für *una bella figura*, ihr Engländer dagegen habt nichts als eure Ehre im Sinn. Aber wie ihr euer Idol auch nennen mögt, in der Empfindlichkeit gebt ihr einander nichts nach.«

Wieder drückte sie leise seine Hand, als ob sie sich bewußt wäre, daß eine unsichtbare Mauer zwischen ihnen aus dem Boden wuchs.

»Haben Sie bitte Geduld mit ihm«, sagte sie. »Wenn Sie nicht wissen warum, dann vielleicht um meinetwillen. Auch ich brauche Ihre Geduld. Und« — ihre Unterlippe begann zu zittern — »und es tut mir leid, daß Sie und Ihre Männer meinetwegen so viel Mühsal und Gefahren auf sich nehmen mußten.«

»Wir haben unsere Pflicht zu tun«, sagte er in kühlem Ton.

Da ließ sie seine Hand los. Gewiß, seine Stimme hatte diese sechs Worte gesprochen, und doch kamen sie nicht von ihm, sondern von einem elenden bösen Geist in seinem Inneren, der unversehens und ohne jeden Grund drauflosredete; während er doch so brennend wünschte, sie tröstend in seine Arme zu schließen und ihr zu sagen, daß er ihre Sorge um Pisano verstand, daß er um ihretwillen jeden Gipfel ertrotzen, den Atlantik durchschwimmen, ja die Welt aus den Angeln heben wollte.

Er sagte, fast schüchtern: »Entschuldigen Sie. Ich meine, wir sollten das jetzt vergessen. Darf ich Ihre Frisur in Ordnung bringen?«

Überrascht starrte sie ihn mit weit aufgerissenen Augen an, dann sagte sie plötzlich erschrocken: »Ist sie denn *so* in Unordnung?«

»Nein; aber Sie haben doch Ihre Zofe zurückgelassen . . .«

Sie griff sogleich nach dem Ölzweig:

»Ja, es mußte leider sein. Das lose Mädchen war schwanger. Darum ließ ich sie in Volterra, es war das beste, was ich tun konnte. Der grausame Leutnant Ramage hätte mir ja doch nie erlaubt, hier einen solchen Luxus zu entfalten.«

»Es wäre ja auch nicht nötig gewesen: Ihr Haar kann *ich* in Ordnung halten.«

»Wirklich? Ein halbes dutzendmal am Tage?« fragte sie spöttisch. »Immerhin gibt es noch andere Dinge, die eine Zofe für ihre Herrin auf sich nimmt.«

Ramage fühlte, wie er rot wurde.

»In der Tasche meines Umhangs finden Sie einen Kamm«, sagte sie.

Er kratzte die Sandkörner zwischen den Zähnen des Kammes heraus, zog die Nadeln heraus, die ihre Frisur zusammenhielten, und begann sie zu kämmen. Ja, das kostete weiß Gott Zeit — wertvolle Zeit; denn schon binnen einer Stunde wollte er durch die gleichen Straßen wandern wie die Soldaten des Gegners. Wenn sie ihn erwischten, stellten sie ihn als Spion an die Wand, weil er ja keine Uniform trug. Sollte er ihr erzählen, wie er sich verkleiden wollte? Nein, nicht jetzt;

er wollte sich diese köstlichen Augenblicke nicht selbst verderben.

»Dies ist das erstemal, daß mich ein Mann frisiert . . .«

»Und für mich ist es auch das erstemal, daß mir eine Dame ihre Frisur anvertraut.«

Sie lachten beide laut auf. Er warf einen Blick nach den Männern, weil er sich recht töricht vorkam, wenn er an die Zoten dachte, die nun vermutlich gerissen würden. Aber es schien niemand von ihnen Notiz zu nehmen.

»Ich bin nicht der einzige Friseur an dieser Küste.«

»Was Sie nicht sagen!«

»Ja — einige von den Matrosen flechten einander die ›Schwänzlein‹.«

» ›Schwänzlein‹? Was meinen Sie damit?«

»Nun, die Zöpfe. Die Seeleute nennen sie ›Schwänzlein‹. Sie sind sogar mächtig stolz darauf.«

Endlich war ihr Haar genügend durchgekämmt. Es war so schwarz wie die Schwungfedern eines Raben und dazu gelockt. Er wünschte, er könnte mit den Händen hineinfahren und es so zerzausen, daß sie lachen mußte. Dann wollte er es wieder schön ordentlich frisieren. Aber das gab es natürlich nicht; statt dessen steckte er sorgsam die Haarnadeln hinein und gab sich alle Mühe, die Frisur wieder genauso zustande zu bringen, wie sie gewesen war.

»Lassen Sie doch den Unsinn, flechten Sie mir ein ›Schwänzchen‹, Herr Leutnant.«

»Gut, aber halten Sie bitte still. Ich flechte es erst auf einer Seite . . . In diesem Augenblick wird eine neue Mode geboren.«

»Ihr eigenes Haar muß auch noch frisiert werden, es ist höchste Zeit, Herr Leutnant. Am Hinterkopf ist es ganz stachelig.«

»Stachelig?« Er fuhr sich mit der Hand über den

Hinterkopf und stellte fest, daß sein Haar dort noch immer von getrocknetem Blut verklebt war. Ein paar wirre Büschel standen ihm zu Berge wie ein Hahnenkamm.

»Warum stehen Ihnen denn die Haare so zu Berge?«

»Ich habe eine Wunde am Kopf; das Blut ist getrocknet.«

»Wie sind Sie zu dieser Wunde gekommen?«

»Nun, die Franzosen griffen mein Schiff an.«

»Ach so, die Franzosen? Wurden Sie dabei verwundet?«

»Nur ganz leicht«, sagte er, dabei steckte er ihren Kamm wieder in den Umhang. Er hörte die Uhr in seiner Tasche ticken. »Madam — bitte lassen Sie sich nochmals sagen: Sie sind die schönste junge Frau, die mir je begegnet ist. Jetzt aber müssen Sie mich entschuldigen — ich habe noch eine unangenehme Aufgabe zu erledigen, ehe ich mich in die Ortschaft begebe.«

»Unangenehm?«

»Ja, aber ich bleibe nicht lange aus. Bald bin ich wieder hier und bringe vor allem einen Arzt mit.«

Er hätte sie gern auf den Mund geküßt; statt dessen küßte er ihre Hand mit übertriebener Geste. »*A presto . . .*«

Nun trat er zu Pisano, der ein paar Meter von den Männern entfernt mit dem Rücken an einem Felsen saß.

»Kommen Sie mit«, sagte er kurz angebunden.

Pisano folgte ihm hinter ein paar große Geröllblöcke. Als sie von den Matrosen nicht mehr gesehen werden konnten, sagte Ramage:

»Ich gehe jetzt in die Ortschaft. In Anbetracht der Äußerungen, die Sie kürzlich hier vernehmen ließen, halte ich es für möglich, daß Sie es vorziehen, hier auf dem Festland zu bleiben, statt die Reise fortzusetzen.«

»Wie kommen Sie zu dieser Annahme?« fragte Pisano vorsichtig.

»Wollen Sie bleiben oder nicht?«

»Ich möchte wissen . . .«

»Beantworten Sie meine Frage«, drängte Ramage beharrlich.

»Ich möchte natürlich in dem Boot mitfahren. Es wäre Selbstmord, hierzubleiben.«

»Ausgezeichnet. Wir beide haben die gleiche Statur. Ihre Kleidung ist viel besser geeignet, um darin durch den Ort zu schlendern, als die meine. Ich will mich nicht unnötig in Gefahr begeben, darum wäre ich Ihnen verbunden, wenn Sie mir Ihre Sachen leihen würden.«

Pisano sprudelte alles mögliche hervor und begann aufgeregt zu protestieren, aber Ramage schnitt ihm das Wort ab.

»Hier geht es um Menschenleben, da hat alle Eitelkeit zu schweigen. Außer Ihnen sind sieben meiner Männer und die Marchesa in Lebensgefahr. Darum möchte ich kein unnötiges Risiko eingehen. Eben das aber würde ich tun, wenn ich mich in der Uniform eines britischen Seeoffiziers zeigte.«

»Das . . . das . . . das ist unerhört!« keuchte Pisano. »Ich werde mich bei Ihrem Admiral beschweren!«

»Bitte, fügen Sie es ruhig Ihrer Beschwerdeliste bei«, sagte Ramage trocken.

Jetzt verlor Pisano völlig die Selbstbeherrschung. Aufs heftigste gestikulierend rannte er auf und ab, als ob er Fliegen fangen wollte, sein Gesicht war wutverzerrt, und am Ende begann er mit einer langen Rede, die von übelsten Anschuldigungen strotzte.

Ramage blinzelte immer schneller und rieb die Narbe

auf seiner Stirn. Kalter Schweiß bedeckte seinen Körper wie Tau, der sich in der Dunkelheit niedersenkt. Er war sich darüber klar, daß er an der Grenze seiner Selbstbeherrschung angelangt war und sie in den nächsten Augenblicken überschreiten würde; dann war er imstande, ohne Gnade zu kämpfen oder ohne Bedenken zu töten.

Pisano legte endlich eine Atempause ein. Da fiel ihm zum erstenmal der Gesichtsausdruck des Engländers auf: Die dichten Augenbrauen bildeten fast eine gerade Linie, und wenn Pisano seinem Blick begegnete, dann glaubte er in ein Paar auf ihn gerichtete Pistolenläufe zu schauen. Die lange, schräge Narbe über seinem rechten Auge wirkte auf der gebräunten Haut plötzlich wie eine scharf ausgezogene weiße Linie. Denn er hatte seine Brauen mit solcher Gewalt zusammengezogen, daß alles Blut aus der Haut gewichen war. Seine Unterlippe schob sich etwas vor, und die Haut über den Backenknochen und dem Nasenbein spannte sich, als wäre sie ihm zu eng. Sein Aussehen jagte Pisano einen gewaltigen Schrecken ein.

Ramage strengte sich in höchstem Grade an, leise und beherrscht zu sprechen und in Worte zu fassen, was er zu sagen hatte; dabei galt es natürlich so selten wie möglich Ausdrücke zu gebrauchen, die ihn allzuleicht zum Stottern verleiten konnten.

»Von all den Dingen, die Sie hier vorbringen, berührt Sie eigentlich nur eines persönlich: Das Schicksal des Grafen Pitti. Ich kann Ihnen versichern, daß er am Strand erschossen wurde. Alles andere geht Sie nichts an. Wie ich meine Befehle ausführe, ist ganz und gar meine eigene Sache, dafür bin ich nur meinem Vorgesetzten verantwortlich und niemandem sonst.«

Angesichts der Ruhe, die Ramage bei diesen Worten zu verraten schien, vergaß Pisano rasch alle Angst und fand sofort seine Sprache wieder. Er rief: »Sie Lump! Sie Lügner! Es sieht Ihnen gleich, daß Sie Ihr Schiff dem Gegner ausgeliefert haben — Feigling, der Sie sind!«

»Ich lege Ihnen nochmals nahe, jetzt unverzüglich Ihre Kleider und Ihre Strümpfe auszuziehen«, sagte Ramage in eisigem Ton. Sein Abscheu vor diesem Burschen verwandelte sich allmählich in Zorn. »Es sollte sich eigentlich von selbst verstehen, daß Sie mir Ihre Sachen leihen, um das Leben der Marchesa retten zu helfen. Soll ich ein paar Leute heranholen, um Ihnen behilflich zu sein?«

Jetzt entledigte sich Pisano endlich seiner Jacke, der Weste und der spitzenbesetzten Halsbinde und schleuderte ein Stück um das andere in den Sand. Dann hob er ein Bein, um den Schuh und den Strumpf auszuziehen, dabei verlor er das Gleichgewicht und stürzte hin. Als er sich aufgesetzt hatte, fragte er: »Wollen Sie auch meine Hose?«

»Nein«, sagte Ramage, »das wäre zuviel verlangt.«

Von der überhängenden Steilwand über der Cala Grande blickte Ramage auf die Bucht hinab. Vom Boot war nichts zu sehen, nicht einmal eine Spur des Kieles, dort, wo sie es an Land geholt hatten: Die Männer hatten wirklich gute Arbeit geleistet, als sie sie verwischten. Unter ihm glitten lautlos, vom Wind getragen, die Möwen und spähten gierig nach Fischen.

Bevor er und Jackson den oberen Rand der Steilwand erreichten, hatte Ramage keine Vorstellung davon, wie steil die Berge Argentarios wirklich waren. Er hatte den Spacca Bellezze und den Spadino für harmlose Höhen gehalten und gemeint, man könne die Kluft zwischen den beiden Gipfeln bequem mit einer kurzen Kletterei erreichen. Statt dessen war zunächst ein mehrere hundert Meter hoher Steilhang zu überwinden, ehe man den eigentlichen Einschnitt erreichte, der dann in Windungen über den Grat hinwegführte.

Dieser lange Grat erstreckte sich anscheinend nach links bis zur See und bildete dort das Kap Punta Lividonia; ihn mußten sie auf alle Fälle durch den Einschnitt, der ihn teilte, überqueren, wenn sie Santo Stefano erreichen wollten. Jackson wies ihm einen Maultierpfad. Dieser lief etwa auf halber Höhe des Steilhangs eine halbe Meile den Grat entlang, dann schwenkte er nach oben, um ihn im rechten Winkel zu überqueren.

»Ja«, sagte Ramage, »der ist wie für uns geschaffen.«

Als die beiden Männer den Pfad erreicht hatten, blickten sie rückwärts in die Tiefe, wo sich die Cala Grande dehnte. Die Sonne stand schon höher, und die See war so blau wie die Schwungfedern eines Eisvogels.

Bald erreichten sie das Ende des ebenen Weges und folgten ihm nun weiter nach links, um den letzten Teil des Aufstiegs zu beginnen, der sie über den Kamm hinwegführen sollte. Der Pfad, den sie benutzten, führte durch kultiviertes Land, wenn man die winzigen Terrassen, die hier wie Balkone aus der Bergwand vorsprangen, so bezeichnen durfte. Die Mauern einer jeden dieser Terrassen waren aus verzahnten Steinen gebaut und bildeten drei Seiten einer flachen Wanne, die mit roter Erde gefüllt war. Die vierte Seite war der Berghang. Stämmige Rebstöcke trieben Zweige, die von den Bauern an niederen Spalieren aus Ruten und Schnurwerk entlanggezogen wurden. Ihre Blätter begannen schon, sich rot und goldgelb zu verfärben, und Ramage bemerkte, daß diese Weinstöcke immer noch voll Trauben waren. Sie waren klein, ihr goldenes Fleisch hatte einen rötlichen Ton; und er hatte sie zuerst nicht gesehen, weil sie sich kaum von den Blättern abhoben.

»Schauen Sie«, sagte er und deutete hin.

Im nächsten Augenblick hatte Jackson die Terrasse erklettert und pflückte eine Anzahl Weintrauben ab, die sie an Ort und Stelle verzehrten.

»Nicht übel — das sind gute Weintrauben«, erklärte ihm Ramage. »Die Bauern werden sie nach dem nächsten Regen lesen.«

»Was wird aber, wenn es nicht mehr regnet, Sir?«

»Ach, sie lesen sie so oder so, aber dann gibt es eben weniger Wein. Der Regentag im rechten Augenblick ist entscheidend für den Ausfall der Ernte.«

Zwanzig Minuten später hatten sie die Mitte des Einschnitts erreicht, sie waren jetzt auf der Höhe des großen Kammes. Zu ihrer Rechten erhob sich der Spadino, links der höhere und nähere Gipfel des Spacca Bellezze. Einige hundert Meter führte der Weg weiter zwischen den hohen Mauern der Terrassen hindurch, als ob sie sich in einem künstlichen Labyrinth bewegten. Aus dem Wirrsal höchst verschieden geformter Felsbrocken und Steine folgten ihnen neugierige Eidechsen mit dem starren Blick ihrer dunklen Kugelaugen. Ihre Leiber färbten sich schon braun, um sich den Herbsttönen der Natur anzupassen.

Endlich endeten die Mauern auf beiden Seiten, und die Männer blickten in ein Tal hinab, das fast mit dem Kamm parallel lief, auf dem sie standen. Das Bild, das sich hier dem Auge bot, war von dramatischer Wucht. Jenseits des Tals erhob sich wieder ein Kamm, der nicht ganz so hoch war, hinter ihm aber sah man noch einige weitere Rücken, einen höher als den anderen, so daß das Land in gewaltigen Wellenbergen und -tälern dahinzurollen schien, die sich, versteinerten Wogen gleich, am Fuß des Monte Argentario brachen.

Zur Rechten erhob sich, gleichsam rittlings auf dem zunächst gelegenen Kamm, ein sehr hoher, nahezu rechteckiger Turm, der aussah wie eine auf der Schmalseite stehende Schachtel: offenbar wieder ein Glied der Kette von Signaltürmen rings um die Küste Argentarios, die zu der in Santo Stefano gelegenen Festung Filipo Secondo führte. Dieser Turm, der ziemlich weit von der Küste ablag, war augenscheinlich als zentraler Knotenpunkt für die Türme an der Westküste erbaut worden, denn diese bildeten um ihn herum einen Halbkreis wie die von der Achse eines Rades strahlenförmig ausgehenden Speichen. Die meisten, bestimmt aber die größeren unter ihnen, standen in Sicht von ihm, so konnte er vermutlich als abgekürzte Verbindung mit Santo Stefano verwendet werden, um zu vermeiden, daß ein dringendes Signal rund um die Küste von einem Turm zum anderen weitergegeben werden mußte.

Ramage legte jetzt eine kurze Rast ein. Er wollte sich ausruhen, aber auch eine Weile die wilde Schönheit dieser herrlichen Landschaft genießen. Diese mächtigen Kämme und die tiefen Täler dazwischen waren ein seltsames Gemisch von grauen, zerklüfteten urweltlichen Felsen und — an weniger steilen Hängen — von geometrisch abgezirkelten Parzellen terrassierten Bodens. Die unteren Hänge waren mit Bäumen bestanden, die sich von weitem wie Knäuel aus flaumiger, silbergrauer Wolle ausnahmen. Das waren Olivenbäume, zwischen denen die Reben wuchsen. Diese beiden Pflanzen lieferten dem Bauern das Öl und den Wein, sie bildeten seine Existenzgrundlage und erhielten ihn am Leben.

»Auf, wir wollen weiter«, sagte er schließlich zu Jackson. Sie machten sich wieder auf den Weg und gelangten alsbald in einen Olivenhain.

Wie schön sie waren, diese schlanken, grünsilbern schimmernden Blätter; wie krumm und knorrig, um nicht zu sagen gequält, nahmen sich diese dicken Stämme mit ihrem gewundenen Astwerk aus! Es war, als seien sie ein Sinnbild der endlosen Plackerei, die jeder Bauer, ob Mann oder Frau, auf sich zu nehmen hatte. In der Kindheit schon nahm sie ihren Anfang, dann währte sie ohne Pause fort, bis ein rheumageplagtes Alter und ein Tod in Verzweiflung den Schlußpunkt setzten.

Hier oben, hoch über den Tälern, hörte man immer noch das Zirpen der Zikaden, allerdings war es hier nicht mehr so aufdringlich wie an der Küste beim Buranaccio-See. Statt des alles beherrschenden Wacholderdufts gab es hier eine ganze Reihe anderer Gerüche. Zuweilen bekam man den säuerlichen Gestank von Eseldung in die Nase, dann wieder roch es nach Katzenminze, ein Zeichen für sie, daß Schlangen in der Nähe waren. Das hier mußte Salbei sein — Ramage pflückte im Vorübergehen ein paar Blätter und zerrieb sie zwischen den Fingern. Und wie? War das nicht der Duft von Rosmarin? »Da ist Rosmarin, das ist für die Treue« — und Ophelia lag auf einem Bett aus Zweigen, beinah einer Totenbahre, dort unten an der Cala Grande. Hier standen auch Fenchel und Maßliebchen. »Ich wollte Euch ein paar Veilchen geben, aber sie welkten alle, da mein Vater starb.« — Ach, dachte Ramage, vielleicht komme auch ich noch um den Verstand, wenn ich im Gehen noch lange Hamlet zitiere. Eins aber wurde ihm dabei klar: Wenn er den nächsten Tag überlebte, dann wußte er Hamlets verzweifelte Einsamkeit besser zu würdigen.

Wieder kamen sie um eine Biegung des Wegs, da fiel das Gelände vor ihnen plötzlich steil ab. Der Hauptgrat bog hier nach links, auf Punta Lividonia zu, während ein schmälerer Grat sich wie ein breiter Pfeiler in einer Anzahl Stufen zu Tal senkte und am Meer als schmale Halbinsel endete, welche die beiden kleinen Buchten, um die sich der Ort Santo Stefano hinzog, voneinander trennte.

Nach zwei Dritteln des Abstieges erhob sich auf einem von Natur aus ebenen Plateau die mächtige, aus sandfarbigem Gestein erbaute Festung Filipo Secondo. An der ihnen zugewandten Landseite dieses Bauwerks lag ein großer freier Hof, von ihm führte eine breite Treppe zur Zugbrücke empor.

Die Bauweise, die strenge Schönheit, vor allem aber die Lage dieser Feste verriet ausgesprochen spanische Züge. Von seinem hundert Fuß höheren Standort aus konnte Ramage auf den ersten Blick sehen, daß ihre Geschütze die Buchten ohne weiteres zu bestreichen vermochten.

La Fortezza di Filipo Secondo — die Festung Philipps II., jenes alten Tyrannen vom Escorial, der seine Armada gegen England in See geschickt hatte. Spanien besaß in seiner großen Zeit einen langen Arm; Länder, die es seinem Weltreich eingliedern wollte, wurden entweder durch das Schwert bezwungen oder durch eine dralle Braut ohne Blutvergießen gewonnen.

Heute, ein paar Jahrhunderte später, erhob sich Filipos so fremd anmutende Feste hoch über einem italienischen Fischerhafen, und auf ihren Zinnen wehte die französische Trikolore, die Fahne der Revolution. Sie tat damit augenfällig kund, wie die gewaltigen Wogen der Geschichte ständig über die Toskana hinwegbrausten — und trotz allem nie einen echten Wandel herbeiführten.

»Was halten Sie von den Geschützen dort?«

»Die sechs nach See zu gerichteten sind Zweiunddreißigpfünder; als das sehe ich sie wenigstens an, Sir. Die sechs an jeder Seite, nun — ich möchte sagen, das seien lange Achtzehnpfünder.«

Jacksons Annahme stimmte mit der Ramages überein. Wenn diese Zweiunddreißigpfünder in Höhe des Meeresspiegels abgefeuert wurden, besaßen sie eine

Reichweite von über einer Seemeile. Von der hundertfünfzig Fuß hoch liegenden Feste aus trugen sie natürlich sehr viel weiter. Er konnte sich gut vorstellen,
was dabei einer Fregatte wie der *Sibella* widerfahren
mochte. Jedes dieser Geschosse hatte sechs Zoll Durchmesser, also die Größe eines kleinen Kürbisses, und wog
volle zweiunddreißig Pfund; aus dieser Höhe schlug es
in steilem Winkel auf dem Deck ein, dem schwächsten
Teil des ganzen Schiffes.

Richtig gehandhabt, waren diese Geschütze durchaus
imstande, das knappe halbe Dutzend Schiffe, die er in
der Bucht zur Linken der Feste vor Anker liegen sah,
zu decken. Es wäre natürlich klüger von ihren Kapitänen gewesen, hätten sie ihren Ankerplatz zwischen den
beiden Buchten, also genau vor der Feste gewählt. Ohne
weiter nachzudenken, nahm er die Typen der Fahrzeuge
zur Kenntnis: eine schwerbeladene Brigg, zwei kleine
Schoner und zwei Tartanen.

Plötzlich stieß ihn Jackson an, da erblickte auch er
den Bauern, der ihnen mit seinem Esel auf dem steilen
Pfad entgegenkam. Das mit Reisig beladene Tier entzog seinen Herrn fast dem Blick, da er sich an seinem
Schwanz festhielt und von ihm bergan gezogen wurde.
Als er vorüberkam, betrachtete er die beiden Männer
mit einem aus Argwohn und Neugier gemischten Ausdruck.

Ramage wünschte ihm höflich einen guten Morgen
und empfing als Antwort nur ein Gebrumm. Jetzt erst
wurde er gewahr, daß er seine Jacke und Weste immer
noch über dem Arm trug und daß seine schwarzen Le-
derstiefel dick mit Staub bedeckt waren. Er wartete ab,
bis der Esel seinen Besitzer um die nächste Wegbie-
gung geschleppt hatte, dann kniete er nieder, um die
Stiefel mit der Innenseite der Weste zu reinigen. Aber
die Dornen hatten das Leder zerkratzt, und das einge-

trocknete Seewasser hatte in allen Falten und Nähten
Salzkrusten hinterlassen. Immer kräftiger rieb und putz-
te er; aber schließlich gab er es doch auf. Nur mit einer
Bürste und Stiefelwichse war da noch zu helfen. Also
knüpfte er jetzt die Halsbinde um und schlüpfte in
Weste und Rock.

Wie gut, daß die Seemannskluft fast allen Nationen
gemeinsam war: Jackson konnte, wenn man von seinem
hellbraunen Haar absah, zur Besatzung eines jeden
Schiffes gehören, das hier in der Bucht lag.

»Steht Ihnen gut«, meinte der Amerikaner grinsend.
Es war das erstemal, daß er Ramage in Zivil sah.

»Ich komme mir vor wie ein Tanzmeister aus Florenz.«

Sie betraten jetzt den steilen Pfad hinunter zur Stadt.
Mühsam schritten sie dabei bald über lose Steine, bald
über blanken Fels, der in langen Jahren von Eselshufen
und Menschenfüßen glattgeschliffen worden war.

»Hmm«, brummte Jackson und schnüffelte in die Luft,
»dieses Nest kann man in dunkler Nacht finden, man
braucht nur seiner Nase zu folgen.« Der Gestank nach
Abfällen und Fäkalien, die in der heißen Sonne verfaulten, wurde in der Tat immer schlimmer.

Ramage war wieder einmal allein mit seinen Gedanken. Da schoß es ihm unvermittelt durch den Kopf:
Nun sind wir hier, einen Arzt zu holen; aber wer weiß,
vielleicht brauchen wir am Ende einen Totengräber.

11

Ein unrasierter, verschlagen dreinblickender Diener führte Ramage in ein langgestrecktes, auffallend hohes Wohnzimmer, das im üblichen Stil des italienischen Mittelstandes recht dürftig möbliert war. Da standen ein paar überladene, vergoldete Sessel herum; von der Decke hing ein mit zahlreichen Kerzenstummeln besteckter Lüster aus Murano-Glas, der vom Staub schon ganz dunkel war; an der Wand stand eine Truhe aus dunklem Holz mit dem unvermeidlichen geschnitzten Wappen an der Vorderseite, das noch von den Resten abgeblätterter Farbe und Bronze bedeckt war. Dazu kam endlich ein langes, düster aussehendes Sofa, das mit Seide bezogen war und dessen Holzwerk einen primitiven Lackanstrich trug.

Die zwei schmalen Südfenster dieses Zimmers waren wohl verglast, aber eine dicke Lage von Schmutz und Fliegendreck ließ nur wenig Licht in den Raum. Wie kam es nur, daß das Sofa so grau und düster wirkte?

»Der Doktor wird im Augenblick erscheinen«, sagte der Diener und verschwand. Die Tür fiel hinter ihm ins Schloß.

Allem Anschein nach hegte der Mann keinen Argwohn; so wenig wie der Bauer, der ihnen den Weg zu dem Haus gewiesen hatte, in dem »il dottore« wohnte. Es war die Casa del Leone, das Haus des Löwen, das genau am Fuß der Festung lag, so daß es fast ganz von ihr überschattet war.

Ramage hatte Jackson als Wächter draußen gelassen; jetzt wartete er reichlich zehn Minuten, bis die Tür am anderen Ende des Zimmers aufging und ein dicker, kleiner, brillenbewehrter Mann hereinkam. Er trug eine *velada*, jenes Gewand mit langen Schößen, die sich unter dem Gurt um die Leibesmitte hinter ihm wie ein Fächer ausbreiteten und ihm das Aussehen eines selbstbewußten Täuberichs gaben. Dennoch war sein Benehmen ausgesprochen unterwürfig.

»Es ist mir eine besondere Ehre, *il Conte* empfangen zu dürfen«, sagte er und rieb sich die Hände, als ob er sie waschen wollte.

Als der Diener Ramage um seinen Namen bat, hatte dieser nur »Conte Brrra« gesagt und eine deutliche Aussprache mit voller Absicht vermieden. Ob er einen echten Namen benutzte oder einen erfundenen: beides war zu gefährlich. Auch als er jetzt die Zeremonie der Vorstellung absolvierte, sprach er den Namen wieder unverständlich aus, weil er wußte, daß es der kleine Arzt bestimmt nicht riskieren würde, sich eine Abfuhr zu holen, wenn er ihn bat, den Namen zu wiederholen.

»Wie kann ich Euer Gnaden zu Diensten sein?« fragte der Arzt.

»Es handelt sich um eine Kleinigkeit — um nichts, was von großer Bedeutung wäre«, sagte Ramage, der sich die Eitelkeit des Mannes zunutze machen wollte. »Im Grunde tut es mir leid, daß ich Sie damit belästigen muß — aber einer meiner Leute ist bei einem Unfall verletzt worden, er hat eine Wunde an der Schulter... Mein Wunsch wäre nun, daß...«

»Aber das versteht sich doch von selbst, Euer Gnaden.«
Der kleine Mann schien doch etwas argwöhnisch zu sein: er rieb sich immer noch die Hände, aber gleichzeitig maß er Ramage über den Rand seiner Brille hinweg mit einem vorsichtig abschätzenden Blick. War ihm etwa sein Akzent aufgefallen?

»...Und wo befindet sich der Patient?«
»Nicht weit von hier.«

»An der Straße nach Orbetello?«

»Ja, an der Straße nach Orbetello.«

»Euer Gnaden ... Euer Gnaden wollen bitte meine Frage verzeihen: Sind Euer Gnaden Ausländer?«

Also war es doch der Akzent. »Nein, aber ich habe seit meiner Kindheit im Ausland gelebt.«

Ramage wurde gewahr, daß der Doktor verstohlen seine Stiefel betrachtete; aber die konnten ihm nichts verraten. Gewiß, sie waren zerkratzt und mitgenommen, aber dabei von ausgezeichneter Qualität. Jetzt sah sich der kleine Mann Ramages Rock und Weste an. Auch sie waren aus feinstem Stoff, mit erlesenen Stickereien geschmückt und mit goldenen Knöpfen ausgestattet — das hatte er Pisano zu danken.

»Würden Euer Gnaden bitte die Güte haben, den Patienten hierherzubringen?« fragte der kleine Arzt schließlich.

»Leider ist das nicht möglich. Ich habe Angst, sie zu transportieren.«

»Ah! Es handelt sich also um eine Dame? Aber mit einer Schulterverletzung könnte sie doch gefahrlos in der Kutsche Euer Gnaden hierherfahren?«

»Das ist ja die Schwierigkeit — meine drei Kutschen sind alle beschädigt. Dabei hat sich die Dame auch ihre Verletzung zugezogen«, sagte Ramage. Er war überrascht, wie leicht ihm diese Lügen zuströmten, zugleich aber ärgerte er sich, daß er vergessen hatte, sich eine glaubwürdige Erzählung zurechtzulegen. »Um auf die Möglichkeit eines Transportes zurückzukommen — *ich* möchte die Verantwortung dafür nicht übernehmen. Sie ist ...« Er zögerte absichtlich fortzufahren, weil er durch die Betonung der nun folgenden Worte erreichen wollte, daß der Doktor neugierig wurde, »... Sie ist nämlich eine Frau, deren Wohl mir besonders am Herzen liegt.«

Aber der Arzt reagierte offensichtlich nicht in der gewünschten Weise. Statt dessen schnitt er unvermittelt ein anderes Thema an:

»Ich denke an Ihre Kutschen, Euer Gnaden: wo hat sich denn dieser Unfall ereignet?«

»Etwa zwei Meilen vor der Stadt. Der erste Wagen verlor ein Rad, und die beiden anderen fuhren auf ihn auf — es war ein elendes Pech.«

Der Doktor blickte auf seine Hände und führte sie behutsam zusammen, daß sich ihre Fingerspitzen berührten. Dann blickte er wieder über den Rand seiner Brille. Mit aller Vorsicht, als wüßte er nicht, wie Ramage seine Worte aufnehmen würde, sagte er dann:

»Euer Gnaden werden vielleicht verstehen, daß ich Ihnen nicht mit fliegenden Fahnen zu Hilfe eile, wenn ich Ihnen sage, daß die Straße von Orbetello hierher nicht von Kutschen befahren werden kann. Darum fällt es mir auch schwer zu verstehen, wie sich besagter Unfall ereignen konnte . . .«

Da er offenbar noch mehr zu sagen hatte, wartete Ramage, bis er wieder begann.

»Andererseits ist mir jedoch soeben gemeldet worden, daß sich ein britisches Kriegsschiff in diesen Gewässern aufhält. Es entsandte heute kurz vor Morgengrauen Boote nach Port' Ercole, die Batterien wurden gestürmt und einige Schiffe gekapert, die dort vor Anker lagen. Euer Gnaden sprechen perfekt Italienisch, gewiß, aber bei einigen Worten hört man doch unwillkürlich eine Spur — ich kann Ihnen versichern, es ist nicht mehr — eine Spur englischen Akzents heraus . . .«

Ein Überfall heute vor Tagesanbruch! Verflucht, er konnte diese Fregatte nur um wenige Stunden verfehlt haben. Hatte sie ihn etwa am vereinbarten Treffpunkt erwartet? Das war kaum möglich — dazu wäre die Zeit zu knapp gewesen.

Der Doktor mißtraute ihm also — aber er blieb weiter freundlich und liebenswürdig. Gut, gehen wir einmal aufs Ganze, dachte Ramage.

»Wollen Sie etwa sagen, daß es diese unverschämten Engländer wagten, Port' Ercole anzugreifen?«

»Aber ja!« rief der Doktor ganz entrüstet. »Unter den Geschützen der Festungsbatterien schleppten sie zwei französische Schiffe ab und zündeten andere an. Dabei sind wir doch in diesem unseligen Konflikt neutral geblieben — wenngleich wir nicht verhindern können, daß die Franzosen kommen und gehen, wie sie wollen. Aber diese Briten . . .«

»Ja, das sind niederträchtige Schurken! Glauben Sie denn, daß sie mit ihren Schiffen auch hierherkommen werden?«

»Nein, nein«, wehrte der Doktor ab, der jetzt aus Ramage überhaupt nicht mehr klug werden konnte. »Das auf keinen Fall. Sie haben doch die Festung gesehen, die unseren Hafen beschützt. Diese Geschütze — mein Gott, als sie die Besatzung das letztemal abfeuerte, gingen mir alle Fensterscheiben kaputt. Das sind gewaltige Kanonen. Es gibt wohl kein Schiff, das ihnen standhielte. Und jetzt werden sie obendrein von französischen Artilleristen bedient.«

Ramage hütete sich davor, einen Blick nach den Fenstern zu werfen; er erinnerte sich nur, daß jene Scheiben offenbar seit Monaten nicht geputzt worden waren — dabei lagen sie den Mündungen der Geschütze auf der Seeseite der Festung gerade gegenüber. Es war leicht daraus zu folgern, wie oft man sich dort oben zu einer Schießübung verstieg.

Der wachsame, mißtrauische Blick des kleinen Doktors verriet deutlich genug, daß er Ramage kein Wort von seiner Erzählung glaubte. Andererseits schien er doch nicht anzunehmen, daß sein Besucher mit der englischen Fregatte in Verbindung stand. Aber seine Neugier war jetzt gründlich geweckt, soviel stand für Ramage fest. Darum war es nun höchste Zeit, »auf den anderen Bug zu gehen«. Wollte er Gewalt vermeiden, dann konnte ihm sein Vorhaben nur noch gelingen, wenn er den kleinen Mann für sich gewann.

»Herr Doktor, ich will jetzt offen mit Ihnen reden: Sie sind viel zu klug und scharfsinnig, als daß mir mein bescheidener Versuch hätte gelingen können, Sie zu täuschen. Jawohl, ich bin ein britischer Seeoffizier — allerdings habe ich mit der Fregatte vor Port' Ercole nichts zu tun. Ich gebe Ihnen mein Ehrenwort, daß sich eine Dame in meiner Obhut befindet, die durch einen Schuß in die Schulter verwundet wurde. Die Kugel sitzt noch in der Wunde. Im Augenblick hält sie sich unweit von hier auf. Wenn sie nicht umgehend sachverständig behandelt wird, fürchte ich für ihr Leben. Wollen Sie ihre Behandlung übernehmen?«

»Aber — das ist doch ausgeschlossen! Denken Sie an die Behörden! Man würde mich guillotinieren, wenn ich mich auf so etwas einließe!«

»Wer sind die ›Behörden‹? Etwa die Franzosen?«

»Ja, und seit der König den Waffenstillstand unterzeichnete, sympathisiert unser Gouverneur ebenfalls mit ihnen.«

»Wissen Sie sicher, daß man Sie töten würde?«

»Nun, es ist zum mindesten wahrscheinlich. Ich bin hier nicht ohne Einfluß; aber einen solchen Fall könnte man schwerlich wegdiskutieren.«

Offenbar ließ sich der Arzt nicht so leicht fangen. Was nun? Die Zeit drängte.

»Sie sind also nicht sicher, daß man Sie töten würde?«

»Nicht unbedingt. Aber es wäre immerhin möglich, daß sie mich für ein paar Jahre ins Gefängnis sperren.«

»Dann sollen Sie mindestens *eines* ganz sicher wissen,

Herr Doktor.« Ramage langte nach dem Schaft seines rechten Stiefels und hatte das Messer in der Hand, als er sich wieder aufrichtete.

Der kleine Mann riß die Brille von der Nase, ließ aber dabei das Messer keinen Augenblick aus dem Auge.

»Das ist doch unerhört! Aber Sie könnten niemals entkommen! Ich brauche nur zu rufen . . .«

»Herr Doktor, bitte sehen Sie sich dieses Messer ganz genau an. Es ist kein Messer der üblichen Art. Sie sehen doch, daß ich es an der Spitze der Klinge festhalte und daß diese Klinge sehr dick, der Griff dagegen sehr dünn ist. Mit einem Wort: Das ist ein Wurfmesser. Sobald Sie Ihren Mund öffnen, um zu rufen, zucke ich kurz mit der Hand, dann steckt diese Klinge in Ihrer Kehle, ehe Sie noch einen Laut von sich geben können . . .«

Der kleine Doktor begann zu schwitzen — nicht proletarisch üppig, sondern in standesgemäßen Grenzen. Er wäre ohne Zweifel stolz darauf gewesen, wäre es ihm zum Bewußtsein gekommen.

»Und wenn ich mit Ihnen komme?«

»Wenn Sie mit mir kommen und die Lady behandeln, dann geschieht Ihnen nicht das geringste, und wenn Sie fertig sind, steht es Ihnen frei zu gehen, wohin Sie wollen. Ich gebe Ihnen mein Wort darauf, daß es mir nur darum zu tun ist, ein Menschenleben zu retten; und nicht darum, eines auszutilgen.«

»Gut, ich mache also mit — es bleibt mir ja schließlich keine andere Wahl. Sonst brächten Sie mich einfach um. Nur eins bitte ich mir aus: niemand darf etwas davon erfahren.«

»Daran liegt uns doch beiden. Gesetzt aber, Sie würden draußen auf der Straße plötzlich anderen Sinnes und schrien deshalb nach Hilfe oder zuckten auch nur

mit den Brauen, um einen Vorübergehenden aufmerksam zu machen, dann fallen Sie diesem Messer zum Opfer.
Ein Neapolitaner lehrte mich Messerwerfen und Ana-
tomie, darum, Herr Doktor, brauchen Sie nicht zu hoffen, daß die Klinge von einem Knochen abgleiten
könnte.«

»Nein, nein, mir ist ja alles recht«, sagte der Doktor
eilig. »Ich muß jetzt nur noch meinen Instrumenten-
koffer holen.«

»Ich komme natürlich mit; Sie werden jemanden
brauchen, der Ihnen tragen hilft.«

»Nein, nein, ich versichere Ihnen . . .«

»Mir macht es bestimmt nichts aus, Herr Doktor,
nicht das geringste.«

Der Matrose, der am Nordende des Strandes Wache
stehen sollte, hatte den Maultierpfad bald ausfindig gemacht und etwa auf halbem Wege Posten bezogen.
Der Doktor machte vor Schreck blitzartig kehrt und
flüchtete sich hinter Ramage, als plötzlich ein halbnack-
ter Mann hinter einem Busch hervortrat und ihm die
Spitze seines Entermessers auf den Leib setzte.

Als sie etwas später den Strand entlanggingen, entdeckte er schon von weitem das Lager aus Wacholder-
zweigen, auf dem das Mädchen gebettet lag — er hatte
auch ohne Brille erstaunlich scharfe Augen und trug
diese, die wahrscheinlich nur aus Fensterglas bestand,
wohl einzig zur Hebung seines sozialen und beruflichen
Prestiges. In diesem Augenblick trat unvermittelt ein
Wandel seines ganzen Wesens ein: Mit einemmal war
er ganz Arzt, ganz praktischer Mediziner.

Ramage wußte, daß die Marchesa nicht über das Buschwerk hinwegsehen konnte, und rief ihr daher auf englisch von weitem zu, daß er einen Arzt mitbrächte.

»Nach seinen Manieren zu urteilen, hat er in Florenz

studiert«, fügte er in scherzendem Ton hinzu. »Ich hatte leider keine Zeit, mich genauer zu informieren.«

»Herr Leutnant, ich wußte nicht, daß Ihr Humor ebenso hoch entwickelt ist wie Ihr Pflichtgefühl!«

»Nun, der gedeiht ganz gut in der Sonne«, sagte er trockenen Tones. »Bitte sprechen Sie weiterhin nur englisch — ich werde den Dolmetscher spielen.«

»Darf ich die Dame jetzt untersuchen?« fragte der Arzt.

»Ja, bitte«, gab ihm Ramage zur Antwort. »Eine Vorstellung wollen wir uns sparen. Wenn wir keine Namen wissen, kann man uns nicht zwingen, sie zu verraten — so ist es doch, Doktor, nicht wahr?«

»Selbstverständlich«, erklärte der Arzt in aufrichtigem Ton. Er kniete neben dem Mädchen nieder, öffnete seine Instrumententasche und zog die Jacke aus.

»Spricht die Dame Italienisch?«

»Nein«, sagte Ramage.

Der Doktor war jetzt auf einmal nicht mehr der aufgeblasene und dann so plötzlich eingeschrumpfte kleine dicke Mann. Als er den primitiven Verband aufschnitt, handhabte er die Schere mit seinen pummeligen Fingerchen genauso sicher und geschickt wie eine Frau, die feinste Spitzen zu fertigen pflegt.

Ramage sagte ihm noch, er solle ihn rufen, wenn er ihn brauche, dann ging er weg. Er fühlte sich ganz krank und schwach und war auf sich selbst wütend, weil er dem Mädchen nicht helfen, ihre Schmerzen nicht lindern konnte. Aber er durfte dieser Stimmung nicht nachgeben, denn nun galt es unverzüglich die nächste Maßnahme zu planen.

Am Nordende des Strandes saß er auf einem niedrigen Felsblock und fluchte leise vor sich hin, weil er am Fuße der fast senkrecht aufsteigenden Wand so gut wie keinen Schatten fand. Gesetzt, das Mädchen war heute abend transportfähig — was dann? Ich weiß, dachte er, daß Port' Ercole gestern abend von einer unserer Fregatten angegriffen wurde, aber es dürfte kaum jene sein, die ich an den Treffpunkt bestellte. Die Kauffahrer im Hafen von Santo Stefano wären eine willkommene Beute für sie. Wenn die Ansicht des Doktors über die Kampfkraft der Festung von dem Gouverneur und den Franzosen geteilt wird, dann werden sie kaum erwarten, daß die Briten den Versuch wagen könnten, diese Schiffe zu überfallen.

Soweit die Festung. Welche Absichten hatte aber nun die Fregatte? Da gab es drei Möglichkeiten: erstens könnte Sir John seine Fregatten aufgeboten haben, um der Gefahr zu begegnen, daß die Truppen Bonapartes Korsika überfielen, indem sie alle Fahrzeuge kaperten oder versenkten, die dem Feind als Truppentransporter dienen konnten. Zweitens hatte die Fregatte vielleicht den Befehl, ein ganz bestimmtes Schiff wegen seiner Ladung zu kapern — doch das war unwahrscheinlich, weil sie in diesem Falle das Unternehmen nicht dadurch gefährdet hätte, daß sie sich in Port' Ercole mit der Wegnahme anderer Schiffe abgab. Drittens konnte die Fregatte beim Passieren von Port' Ercole die Schiffe zufällig gesichtet haben. Dabei war ihr Kommandant einfach der Versuchung erlegen, ein paar wertvolle Prisen zu machen. Auch das war kaum anzunehmen, weil man diesen Hafen von See aus nur schwer einsehen konnte.

Blieb also nur die erste Möglichkeit: daß es Sir John auf Schiffe abgesehen hatte, die sich zum Transport von Truppen eigneten. In diesem Fall durfte Santo Stefano ebenfalls Besuch erwarten.

Nun weiter. Gesetzt den Fall, *ich* wäre der Kommandant dieser Fregatte: Was würde ich nach dem Angriff auf Port' Ercole als nächstes unternehmen? Hier in der Gegend gibt es nur wenige Häfen und Reeden, die einen Überfall lohnen könnten — nämlich Port' Ercole und Santo Stefano auf der Halbinsel Argentario; Talamone auf dem Festland weiter nördlich und endlich Giglio Porto.

Wäre ich also der Kommandant dieser Fregatte, ich würde vor Tagesgrauen mit meinen Prisen einen Schlag nach See machen und dort hinter der Kimm, gut außer Sicht, den Tag über warten. Die Zeit könnte ich nutzen, um die Prisenkommandos einzuteilen und die Gefangenen von Bord zu holen. Nach Dunkelwerden würde ich dann wieder eine Schlag nach der Küste zu machen und das ahnungslose Santo Stefano heimsuchen.

Nun zum nächsten Akt. Wie würde ich angreifen? Da ich eben erst mit den drei Forts von Port' Ercole fertig geworden bin, würde mir die eine Feste in Santo Stefano nicht viel Kopfzerbrechen bereiten. Aus der Karte könnte ich außerdem entnehmen, daß ich mich bei einem nächtlichen Überfall erst im letzten Augenblick in den Feuerbereich ihrer Geschütze begeben müßte.

Die Festung steht am richtigen Platz, um Schiffe zu verteidigen, die unmittelbar unter ihr vor Anker liegen, aber die Karte zeigt, daß es für ihre Geschütze einen ausgedehnten toten Winkel gibt, den sie nicht bestreichen können: das ist Punta Lividonia, das nach See zu vorspringende Kap, das feindliche Schiffe, die sich dem Hafen aus dieser Richtung nähern, gegen das Feuer aus der Festung deckt.

Ramage holte sich von Smith die Karte, um sein Gedächtnis aufzufrischen. Ja, wenn er mit seiner Fregatte die Schiffe da drinnen überfallen wollte, würde er an dieser Stelle beidrehen — etwa eine Seemeile nordwestlich von Punta Lividonia. Dann würde das Schiff durch dieses Vorgebirge der Sicht von der Feste aus entzogen, außerdem läge es dort so zum Mond, daß seine Silhouette von der Küste aus nicht zu sehen wäre.

Den für den Überfall bestimmten Booten würde er befehlen, bis dicht unter das Kap Südwest zu steuern, dann sollten sie die Spitze runden und weiter auf Santo Stefano zu halten. Dabei sollten sie nur so viel Abstand vom Strand halten, daß von Land aus niemand das Geräusch der Riemen hörte. Auf diese Art waren sie sicher vor den Geschützen der Feste, weil hier die Biegungen der Küste ihr Feuer blockierten. Diese Deckung hörte erst auf, wenn sie bis auf eine halbe Meile an die vor Anker liegenden Schiffe herangekommen waren.

Die Sonne geht heute etwa um sieben Uhr unter; um 7.30 Uhr ist es also schon fast dunkel. Der Mond geht dann wenige Minuten später auf. Die Fregatte benötigt höchstens drei Stunden, um heranzukommen, so daß sie um 10.30 Uhr von Punta Lividonia angelangt sein dürfte. Dann sind die Boote um 11 Uhr am Kap. Einen besseren Fahrplan könnte ich mir nicht wünschen.

Wo sitzt nun in dieser Rechnung der Haken? Was habe ich dabei vergessen? Ramage konnte beim besten Willen keinen Fehler finden. Er warf nochmals einen Blick auf die Karte auf seinen Knien. Von da, wo er sich im Augenblick befand — vom Ufer der Cala Grande —, bis zur Nordspitze der Punta Lividonia betrug die Entfernung etwas über eine Seemeile, und wenn er mit der Gig dort, dicht unter der Spitze, wartete, mußten ihn die angreifenden Boote auf ihrem Weg zum Hafen passieren. Selbst wenn er sie in der Dunkelheit verfehlte, war er imstande, ihnen nach dem Angriff auf dem Rückweg zur Fregatte zu folgen, weil sie sich dann nicht mehr bemühen mußten, leise zu sein.

Wie aber, wenn die Fregatte nicht Santo Stefano, sondern Giglio oder Talamone anlief? Nun, von Punta Lividonia aus konnte er beide Häfen beobachten, und wenn er die Fregatte auch nicht mehr rechtzeitig erreichte, falls sie einen dieser Plätze angriff, so verriet ihm das Geschützfeuer doch auf jeden Fall, daß er sich geirrt hatte. Dann war er immer noch imstande, den Treffpunkt vor Giglio vor Anbruch des Tages zu erreichen, da er ja nur wenige Meilen von der Route abgewichen war. Er hatte also nichts zu verlieren, wenn er es darauf ankommen ließ, wohl aber alles zu gewinnen. Wer wußte denn, ob der Bootsmann gut in Bastia angelangt war, wer wußte weiter, ob eine Fregatte zur Verfügung stand, die zu dem Treffpunkt entsandt werden konnte?

Ein Schatten, der auf ihn fiel, unterbrach ihn in seinen Überlegungen. Als er aufblickte, stand Jackson vor ihm.

»Nun, was ist?«

»Ich dachte, es würde Sie interessieren, Sir. Er hat die Kugel herausbekommen. Sie ist ganz klein, rührt von einer Pistole her.«

»Und wie geht es ihr?«

»Sie ist noch ein bißchen schwach, Sir; ein paarmal fiel sie in Ohnmacht, aber sie ist eine schneidige Person. Der alte Messerheld scheint sein Geschäft wirklich zu verstehen.«

»Ist er denn fertig?«

»Noch zehn Minuten wird es dauern — ich sage Ihnen Bescheid, Sir.«

Jackson ging wieder, und Ramage sah von weitem, daß nun auch Smith dem Arzt half. Dieser kniete noch immer neben dem Lager, auf dem das Mädchen ruhte. Er malte sich aus, wie sich Zangen und Sonden tief in jene große gequetschte Stelle gruben, die von dem Schuß durchbohrt worden war. Ein Schauer überlief ihn, er warf wieder einen Blick auf die Karte, aber die Küstenlinien, die sauber geschriebenen Namen, die winzigen Zahlen, die die Wassertiefen angaben, das alles verschwamm jetzt vor seinen Augen; die schwarze Tinte schien auf dem Papier zu zerfließen, bis Argentario einer großen blutunterlaufenen Beule glich, die sich im Tyrrhenischen Meer emporwölbte.

»Es verlief alles gut«, sagte der Doktor. Er hatte ein Taschentuch in der blutbefleckten Hand und wischte sich den Schweiß ab, der ihm über das Gesicht lief. »Alles ist bestens gelungen. Die Kugel saß tief im Muskel, ein Glück, daß sie nicht viele Kleiderfetzen in die Wunde gerissen hatte. Das ist wirklich ein Glück, ein großes Glück.«

Ramage fühlte, daß sich plötzlich alles um ihn drehte.

»Und Sie, bester Herr, wie geht es *Ihnen?*« fragte der Arzt.

»Mir geht es gut, nur müde bin ich, müde.«

Der Arzt musterte ihn mit belustigtem Ausdruck: »Sie brauchen sich wirklich keine Sorgen zu machen — wenigstens soweit es sich um diese Dame handelt. Ihnen selbst verordne ich jetzt eine Siesta.«

Ramage lächelte.

»Ich möchte nur zuvor noch gern ein paar Worte mit ihr reden.«

Jackson und Smith zogen sich zurück, als er näher kam, sie wollten die beiden allein lassen.

»Der Arzt sagte mir, alles sei gut gegangen.«

»Ja, er war wirklich sehr behutsam.«

Mein Gott, wie schwach ihre Stimme war und wie blaß sie aussah! In ihren braunen Märchenaugen, die ihn so herrisch angeblickt hatten, als sie mit der Pistole auf seinen Leib zielte, wohnte noch der Schmerz, und die dunklen Ringe unter diesen Augen verrieten ihre Erschöpfung.

Und doch war sie jetzt schöner denn je: Im Leiden zeigte sich besonders, wie herrlich diese Stirne, die Bakkenknochen, die Nase, das Kinn, die Kiefer gebildet waren ... Ihr Mund – gewiß, ihre Lippen waren ein bißchen zu sinnlich, darum ging es wohl nicht an, ihre Züge klassisch zu nennen. Plötzlich wurde er gewahr, daß ein müdes Lächeln um ihre Mundwinkel huschte.

»Darf ich fragen, Herr Leutnant, was Sie eben mit solcher Sammlung betrachten? Hat dieses zerbrechliche Gefäß etwa einen Konstruktionsfehler aufzuweisen, der einem Seemann mißfällt?«

Er lachte: »Ganz im Gegenteil: der Seemann kann nicht umhin, dieses Gefäß aufrichtig zu bewundern; er hat ja nur selten Gelegenheit, sich an solchen Meisterwerken zu erfreuen.«

»Sagen Sie, Herr Leutnant, gehört eigentlich der Flirt auch zu Ihren Dienstobliegenheiten?«

War das Ironie? Oder etwa ein gutgezielter Gegenhieb auf sein dienstbeflissenes Gerede von Pflichterfüllung, das ihm erst heute morgen entschlüpft war?

»Der Admiral erwartet von mir, daß ich mich wie ein Gentleman benehme.«

»Na, da haben Sie ziemlichen Spielraum«, sagte sie. »Aber um auf ein anderes, ernsteres Thema zu kommen: Wieviel sollte man diesem Arzt vergüten?«

»Ich habe leider kein Geld.«

»Dann nehmen Sie doch bitte meine Börse« – sie reichte sie ihm mit der linken Hand – »und zahlen Sie ihm, was er verlangt.«

»Gut, ich muß ohnehin noch ein paar Einzelheiten mit ihm besprechen.«

Der Doktor wischte sich noch immer den Schweiß ab, aber er hatte sich inzwischen die blutigen Hände gewaschen.

»Eine Frage, Herr Doktor: wie ist es um die Kräfte der Patientin bestellt und wird eine weitere Behandlung nötig sein?«

»Die Patientin ist, alles in allem gesehen, eine kräftige Natur. Entscheidend sind vor allem Ihre Pläne. Die weitere Behandlung? Nun, morgen oder übermorgen sollte ein Chirurg nach ihr sehen, um die Nähte zu prüfen.«

»Ich hätte gerne gewußt, ob wir sie von hier wegbringen können.«

»Wohin denn? Und vor allem: wie?«

»Nach einem sieben Meilen entfernten Hafen. Und in diesem Boot hier.«

»Also haben Sie einen weiten Weg zurückzulegen. Das Boot ist klein, die Sonne brennt heiß . . .«

»Herr Doktor, bitte sagen Sie klar und deutlich, wie wir uns verhalten sollen. Je länger wir hier bleiben, desto größer ist die Gefahr, daß man uns gefangennimmt, und desto länger müssen wir auch Sie hier festhalten. Ich muß jetzt ausfindig machen, was wir wagen können und was nicht.«

»Was wir wagen können . . .« Der Doktor redete laut mit sich selbst. ». . . Ich habe die notwendigen Nähte gesetzt, die müssen in sieben Tagen entfernt werden . . . Die Quetschung ist wohl stark, aber doch nicht so, daß sie den natürlichen Heilungsvorgang beeinträchtigen könnte. Dennoch müssen Sie darauf gefaßt sein, daß die Wunde eines Tages zu eitern beginnt. Wenn das nämlich eintritt, dann . . .« Er machte eine Handbewegung, als schnitte er sich die Gurgel durch. »Hier haben wir eine Fahrt im offenen Boot, die heiße Sonne, mangelhafte Ernährung — dort die Verliese der Festung Filipo Secondo . . . Immerhin, sie ist jung, sie ist gut ernährt und gesund . . .«

Er sah Ramage in die Augen. »Ja, mein Freund, natürlich ist es ein Wagnis, sie im Boot mitzunehmen. Aber wenn sie binnen sechsunddreißig Stunden durch einen Arzt fachgerecht behandelt werden kann, dann dürfte dies doch das kleinere Risiko bedeuten. Das kleinere von zwei Übeln, verstehen Sie recht, nicht etwa eine einwandfreie, sichere Lösung Ihres Problems. Wann werden Sie aufbrechen?«

»Bei Dunkelwerden.«

Der Doktor griff in seine Westentasche und brachte eine riesige Taschenuhr zum Vorschein: »Ich werde die junge Dame noch einmal untersuchen, kurz ehe Sie diese Bucht verlassen; dann gewinnen Sie zusätzliche acht Stunden.«

»Danke, Herr Doktor«, sagte Ramage, »ich hatte gehofft, daß Sie uns das anbieten würden.«

Sieht es nicht so aus, dachte er, als wäre dem kleinen Mann jetzt leichter ums Herz?

»Sagen Sie mir doch ehrlich, Herr Doktor, wie Ihnen zumute war, als ich Sie hierherbrachte. Glaubten Sie da, daß Sie den morgigen Tag noch erleben würden?«

»Wenn ich aufrichtig sein soll, nein, mein Freund.«

»Aber ich hatte Ihnen doch mein Wort gegeben.«

»Gewiß, das weiß ich. Aber zuweilen kommt es eben doch vor, daß ein Mensch das kleinere von zwei Übeln in Kauf nehmen muß, wenn er ein großes Ziel im Auge hat.«

Ramage lachte. »Ja, das mag sein. Bei dieser Gelegenheit möchte ich . . . ein Wort über Ihr — hm — Honorar mit Ihnen reden . . .«

Der Doktor sah ganz entsetzt drein. »Aber, Sir, das kommt doch überhaupt nicht in Frage.«

»Bitte, Herr Doktor. Ich weiß Ihre Großzügigkeit sehr zu schätzen, aber wir sind wirklich keine armen Leute.«

»Ich danke Ihnen für Ihr Anerbieten, aber das wenige, was ich hier tun konnte, habe ich gern getan. Und da Sie jetzt wissen, daß ich Sie nicht mehr verraten kann, selbst wenn ich es wollte, will ich Ihnen sagen, daß mir die Dame nicht unbekannt ist, die ich die Ehre hatte zu behandeln, wenn sie selbst auch nichts davon ahnt.«

»Was sagen Sie da?«

»Ja, ich wußte es auf den ersten Blick. Die Stadt ist voll von Anschlägen mit ihrem Bild. Dem, der sie ausliefert, winkt eine hohe Belohnung.«

»Wieviel denn?«

»Viel Geld.«

Ramage sagte sich, daß die Börse der Marchesa sicher auch viel Geld enthielt. Wenn ihn der Mann nicht verriet, ja wenn er nicht einmal einen Prozentsatz der ausgesetzten Belohnung verlangte, dann . . .

Da sagte der Doktor: »Ich weiß, was Sie jetzt denken, und ich weiß auch, daß Ihnen die Marchesa ihre Börse gab. Aber Sie würden mich ernstlich beleidigen, wenn Sie mir einen solchen Handel auch nur vorschlagen wollten.«

Ramage streckte ihm die Hand entgegen, und der Arzt schlug kräftig ein.

»Mein Freund«, sagte er, »wir sind keine Landsleute, darum kann ich Ihnen mein Herz ausschütten. Da drinnen« — dabei wies er auf seine linke Brust — »hege ich größere Sympathie für die Sache, der Sie dienen, als ich einem meiner Landsleute je eingestehen könnte. Ihr Engländer müßt einen merkwürdigen Eindruck von uns gewinnen; für euch sind wir wohl Leute ohne Moral, ohne dauerhafte Bindungen, ohne Traditionen, die uns echte Werte bedeuten. Haben Sie sich jemals gefragt, *warum* das so ist?«

»Nein«, gab Ramage zu.

»Sie sind ein Inselvolk. Seit mehr als siebenhundert Jahren hat kein Gegner Ihre Insel auch nur für die Dauer eines Tages im Besitz gehabt. Keiner Ihrer Ahnen war gezwungen, vor einem fremden Eroberer das

Knie zu beugen, um zu vermeiden, daß die Seinen ermordet und seine Besitzungen beschlagnahmt wurden.

Bei uns ist es leider ganz anders.« — Er zuckte verzweifelt die Achseln — »Unsere italienischen Staaten wurden fast jedes Jahrzehnt überfallen, besetzt, befreit und aufs neue besetzt: Das scheint so unvermeidlich zu sein wie der Wechsel der Jahreszeiten. Und doch, mein Freund, müssen wir in all dem Trubel sehen, wie wir am Leben bleiben. Wie ein Schiff Kurs ändern oder auf den anderen Bug gehen muß, wenn der Wind umspringt, damit es schließlich seinen Bestimmungshafen erreicht, so müssen auch wir uns ständig um- und neu einstellen, wenn wir an unser Ziel gelangen wollen. Mein Ziel — ich sage es offen und ehrlich — ist, sehr alt zu werden und friedlich im Bett sitzend den Tod zu erwarten.

Vor Jahren, mein Freund, hieß der Wind der Geschichte *Libeccio* — er wehte uns von der Iberischen Halbinsel die Spanier herüber. Dann kamen aus dem Nordwesten plötzlich die Habsburger. Heute weht die *Tramontana* über die Alpen von Frankreich her. Obwohl es unser Großherzog fertigbrachte, daß wir als erster Staat Europas die Französische Republik anerkannten, erwuchs uns aus dieser Gefügigkeit wenig Segen, denn Bonaparte zieht dennoch wie ein Eroberer durch unsere Städte.

Ich für meine Person bin Royalist und hasse diese Umstürzler oder, besser gesagt, die Anarchie und den Atheismus, die sie vertreten. Aber was sollen wir echten Toskaner (die wir ebenso gegen die Habsburger Eindringlinge sind) angesichts so vieler Gegner denn ausrichten? Wir können nur hoffen, daß der Wind bald wieder umschlägt.

Verzeihen Sie mir bitte diese lange Rede — ich bin gleich am Ende, eines aber muß ich Ihnen doch noch sagen« — seine Verlegenheit bewirkte, daß sich seine Worte förmlich überschlugen —: »Ich selbst bin zwar immer wieder genötigt, mich umzustellen und neue Richtungen einzuschlagen, Sie dagegen habe ich als einen wahrhaft tapferen Mann kennen- und schätzengelernt, einen Mann, der dank seiner Inseltradition lieber sterben würde, als daß er sich je dazu verstünde, den Kurs seines Lebensschiffs zu ändern. Meine Bewunderung gilt aber auch jeder tapferen Frau. Sie« — dabei deutete er auf die Marchesa — »ist bestimmt der tapfersten eine. Obwohl sie in einer anderen Überlieferung großgeworden ist als Sie, ist dies ihr Familienerbe doch nicht minder stark und lebendig. Das aber sollen Sie zuletzt noch wissen, lieber Freund: Bis der Wind wieder aus einer anderen Richtung weht, werde ich mich an nichts von all dem erinnern, was ich heute erlebt habe.«

»Ich danke Ihnen«, sagte Ramage. Das war bestimmt keine angemessene Antwort; aber anderes war ja auch beim besten Willen nicht zu sagen.

12

Da der strahlende Mond ein scharf gezeichnetes Mosaik aus Lichtern und Schatten schuf, war es nicht leicht, den Abstand vom Strand zu schätzen. Ramage kam jedenfalls zu dem Ergebnis, daß die Gig jetzt eine halbe Meile vor der Punta Lividonia lag.

»Wie fühlen Sie sich?« flüsterte er dem Mädchen zu.

»Danke, mir geht es gut. Werden denn Ihre Landsleute auch kommen?«

»Ich hoffe es, wir haben es wirklich verdient, daß uns das Glück einmal lächelt.«

»Ja — klopfen Sie auf Eisen!«

»Holz tut dieselben Dienste.«

»Wieso?«

»In England klopfen wir auf Holz, nicht auf Eisen, wenn wir das Glück beschwören wollen.«

Er sah, wie sie ihre Hand ausstreckte und nach den Bodenbrettern tastete, auf denen sie lag. Dann nahm er ihre Hand in die seine und führte sie nach der eisernen Pinne: »Da haben Sie Ihr Eisen — auf gutes Gelingen.«

Die Männer unterhielten sich im Flüsterton. Sie machten sich keine Sorgen, froh und glücklich lebten sie ganz und gar in der Gegenwart; die Zukunft — alles was ihnen bevorstand — überließen sie ihm. Ach, hätte er nur so viel Vertrauen zu seinem eigenen Urteil haben können, wie er es zu seiner Bestürzung bei ihnen entdeckte... Jetzt lag die Gig also hier draußen. Ramage konnte sich ein Dutzend Gründe ausdenken, die zur Folge haben konnten, daß die Fregatte nicht erschien.

Sekunden später hörte er das Mädchen ganz leise sagen: »Darf ich Sie etwas fragen, wenn ich flüstere?«

»Ja«, sagte er und beugte sich vor, so daß sein Ohr nahe an ihrem Mund war.

»Wo leben jetzt Ihre Eltern?«

»In England, auf dem Familiensitz in Cornwall.«

»Erzählen Sie mir etwas von Ihrem Zuhause.«

»Es trägt den Namen Blazey Hall, früher war dort eine Priorei.«

Einer Katholikin gegenüber war diese Bemerkung nicht eben taktvoll.

»Eine Priorei?«

»Ja, Heinrich VIII. konfiszierte viele Ländereien der katholischen Kirche und verschenkte oder verkaufte sie an seine Günstlinge.«

»Gehörten Ihre Vorfahren auch zu diesen Leuten?«

»Ich nehme es an — es ist ja schon ziemlich lange her.«

»Erzählen Sie, wie sieht Ihr *palazzo* denn aus?«

Wie sollte er all das beschreiben: Das alte, morsche Gemäuer vor dem Hintergrund der riesigen, breitausladenden Eichen; die Farbenorgie des Blumengartens, den seine Mutter mit so viel Liebe hegte; jenes Gefühl nie gestörten Friedens; die elegante und doch bequeme Einrichtung des Hauses? Wie konnte er einer Italienerin eine Vorstellung davon vermitteln, einem Menschen, der in der üppigen und doch seltsam sterilen Landschaft Toskanas groß geworden war und dort einen jener *palazzi* bewohnt hatte, die wegen ihrer kümmerlichen Einrichtung und wegen der Einstellung ihrer Besitzer nie und nimmer zu einem Zuhause werden konnten? Wie schwer es war, sich über all das zu verständigen, ging am besten daraus hervor, daß Englisch eine der wenigen Sprachen war — wenn nicht die einzige —, die das Wort »Heim« im Sinne von Haus, Zuhause kannte. *Vado a casa mia* — »ich begebe mich in mein Haus«, heißt es auf italienisch.

»Das ist schwer zu beschreiben«, sagte er. »Sie müssen hinreisen und bei meinen Eltern wohnen, dann sehen Sie es selbst.«

»Ja. Der Gedanke erschreckt mich ein wenig. Ihr Vater — er ist wohl schon zu alt, um eine Flotte zu führen?«

»Nein — er ... Das erkläre ich Ihnen später, wenn wir mehr Zeit haben. Es hat mit Politik zu tun. Er war in ein Gerichtsverfahren verwickelt, und jetzt ist er bei der Regierung in Ungnade.«

»Haben Sie etwa auch darunter zu leiden?«

»Mittelbar ja — mein Vater hat leider viele Feinde.«

»Und die versuchen ihn zu treffen, indem sie Ihnen schaden, wo sie können?«

»Ja. Das ist wohl natürlich.«

»Üblich«, sagte sie in unerwartet bitterem Ton, »aber kaum natürlich.«

»Können Sie sich aus Ihren Kindertagen denn nicht mehr an mich erinnern?«

»Ich möchte fast sagen nein. Ihre Eltern kann ich mir noch ganz vage vorstellen, die hatten einen kleinen Jungen — ja, der war entsetzlich schüchtern. Zuweilen, wenn ich mich an jene Zeit zu erinnern trachte, ist mein Gedächtnis plötzlich wie ausgeleert. Wie ist es denn umgekehrt?« fragte sie schüchtern, ja fast ängstlich. »Können Sie sich an mich erinnern?«

»Nein, an Sie erinnere ich mich nicht. Ich weiß nur von einem kleinen Mädchen, das nichts als Streiche im Kopf hatte und darum eher einem Jungen glich.«

»Ja, das kann ich mir gut vorstellen. Meine Mutter hatte sich brennend einen Sohn gewünscht und behandelte mich, als ob ich ein Junge wäre. Ich mußte reiten wie meine Vettern, ich mußte mit Pistolen umgehen lernen, fechten, und was es an männlicher Betätigung noch mehr gibt. Sie können mir glauben: ich war mit Leib und Seele dabei.«

»Und wie ist es jetzt?«

»Jetzt ist natürlich alles anders. Als meine Mutter starb, mußte ich die Verantwortung für fünf große Güter und mehr als tausend Menschen übernehmen, weil ich quasi über Nacht eine Marchesa wurde. Der ganze Vormittag ist nun von den Gutsgeschäften in Anspruch genommen, da habe ich *molto serio* zu sein, am Nachmittag und Abend folgen dann die gesellschaftlichen Verpflichtungen, da bin ich dann *molto sociale*. Das Reiten hat aufgehört, ich sitze nur noch in der Kutsche mit Vorreitern, ich weiß nichts mehr von . . .«

»Sagen Sie nicht: von Pistolen!«

»Das war wirklich seit Jahren das erstemal, daß ich wieder eine Pistole in die Hand bekam. Habe ich Sie sehr erschreckt?«

»Ja, schon — vor allem, weil ich dachte, Sie wüßten nicht damit umzugehen. Aber sagen Sie, wieso erbten Sie den ganzen Besitz und nicht einer Ihrer Vettern?«

»Da gibt es irgendein altes Dekret oder, genauer gesagt, einen Dispens: wenn kein männlicher Nachkomme vorhanden ist, dann geht das ganze Erbe an die weibliche Linie über, bis wieder ein Sohn geboren wird. Wenn ich heirate . . .«

Ramage berührte sie, um ihrer Rede Einhalt zu gebieten, weil jetzt ein paar seiner Männer mit unsicherer Geste nach Steuerbord achteraus zeigten. Er wandte sich um und entdeckte alsbald selbst ein paar kleine dunklere Punkte auf dem Wasser. Sie waren zu groß und bewegten sich zu stetig, als daß es Delphine sein konnten, die doch immer übermütige Luftsprünge zu vollführen pflegten und wie Kinder spielten und tollten. Oft genug geschah es, daß unerfahrene Ausguckposten diese Tiere für kleine Fahrzeuge hielten. Aber vielleicht handelte es sich um Fischer, die nach vollbrachtem Tagewerk in den Hafen strebten.

»Es sind fünf Boote, Sir«, flüsterte Jackson, »vollgepackt mit Menschen, und die Riemen umwickelt. Ich glaube, sie sind es, Sir!«

»Achtung jetzt, Leute — wir wollen ihnen vor den Bug laufen: keinen Lärm — klar bei Riemen! — Riemen bei! — Ruder — an! . . .«

Jetzt stand der gefährlichste Teil des Unternehmens bevor. Er mußte die Aufmerksamkeit der Boote auf sich lenken und sich zu erkennen geben, ohne an Land Alarm auszulösen. Ein kurzer Anruf, sagte sich Ramage, ein typisch englischer Ausdruck tat hier den besten Dienst.

Wie weit waren sie noch weg? Etwa fünfzig Meter. Bis zur Küste waren es mindestens noch fünfhundert. Er stand auf und legte die hohlen Hände um den Mund, um seine Stimme in die gewünschte Richtung zu lenken:

»Ahoi! — Ahoi da! — Laßt euch einen Augenblick Zeit.«

Die Boote nahmen keine Notiz, sie wurden weder langsamer noch schneller. Wie, wenn das nun Wachboote französischer Schiffe waren, die vollbeladen mit Soldaten die Ansteuerung des Hafens überwachten? Sollte er noch einmal rufen? Sollte er nicht? Auf diese Entfernung konnte es geschehen, daß die Gig unversehens von hundert Gewehrkugeln, die Bootskanonen nicht gerechnet, durchsiebt wurde . . .

»Ahoi, da drüben!« wiederholte er dennoch. »Wir sind Überlebende eines britischen Schiffes. Ahoi da drüben! Kennt ihr das Signal Acht—Null—Acht?«

Das war das Erkennungssignal der *Sibella* gewesen. Wurde sie angerufen oder wollte sie sich zu erkennen geben, dann heißte sie immer dieses Signal, und jeder, der dann im Signalbuch nachsah, konnte im Verzeichnis neben dem Signal ihren Namen finden.

»Nennen Sie das Schiff!« forderte eine Stimme aus dem führenden Boot auf.

»*Sibella.*«

»Nehmen Sie die Riemen hoch und Riemen ein — und machen Sie keine Dummheiten.«

Ramage sah, wie sich die fünf Boote fächerförmig auseinanderzogen. Der kommandierende Offizier hatte offenbar befohlen, daß sie ihn umzingelten, um jede etwa geplante List von vornherein zu vereiteln.

»Tun Sie, was er sagt, Jackson«, sagte Ramage, »und machen Sie ordentlich den Mund auf!«

»Wir haben es geschafft, Jungs«, schrie der Amerikaner. »Riemen hoch! Riemen ein! Macht zu, ihr Burschen, sonst streicht euch der Admiral noch den Grog.«

Ramage mußte lächeln. Jackson traf genau den Cockney-Akzent und stieß genau jene Drohung aus, die jeder britische Seeoffizier sofort als echt erkannte.

Wenige Minuten später schor eines der Boote heran, die Bootsgasten hielten Wasser und brachten das Fahrzeug genau in dem Augenblick zum Stehen, als der Bootsoffizier seinen Seesoldaten mit unterdrückter Stimme befahl, ihre Musketen schußbereit zu halten.

»Derjenige, der mich anrief, soll aufstehen!«

Ramage erhob sich: »Leutnant Nicholas Ramage, früher von der Fregatte *Sibella* — nein von der früheren Fregatte *Sibella.*«

»Großer Gott, Nick, was um alles in der Welt treibst du hier?« rief die Stimme.

»Wer ist denn dort?«

»Jack Dawlish!«

Solche Zufälle kamen in der Navy so häufig vor, daß man ihnen für gewöhnlich nicht viel Beachtung schenkte. Er aber hatte ausgerechnet unter Dawlish zwei Jahre als Fähnrich auf der *Superb* gedient. Dawlish und Hornblower, jener ungewöhnliche junge Mann, hatten damals beide ihr Bestes gegeben, um ihm die sphärische Trigonometrie beizubringen.

»Bleib liegen, Jack — ich komme zu dir an Bord.«

Er kletterte in Dawlishs Barkasse hinüber und sprang von Ducht zu Ducht achteraus, bis er in die Plicht gelangte. Dort schüttelte er Dawlish die dargebotene Hand.

»Sag mir in drei Teufels Namen, was du hier treibst, Nick. Aber mach rasch, wir haben noch einiges vor.«

»Die *Sibella* wurde versenkt, ich bin der älteste überlebende Offizier. In meinem Boot habe ich ein paar einflußreiche Flüchtlinge, einer davon, eine Frau, ist schwer verwundet und braucht einen Arzt. Wo liegt dein Schiff?«

»Eineinhalb Seemeilen nördlich dieses Kaps«, sagte Dawlish und wies dabei auf Punta Lividonia. »Also mit anderen Worten etwa eine Meile von hier. Es ist Seiner Majestät Fregatte *Lively*, befehligt von unserem tapferen Lord Probus, abkommandiert von Kommodore Nelson, um alle Schiffe zu kapern oder zu versenken, die geeignet wären, Bonapartes wilde Soldateska nach Korsika überzusetzen und dort den Frieden zu stören.«

Dawlish machte sich mit seiner bombastischen Ausdrucksweise wieder einmal über alle Wichtigtuerei lustig.

»*Kommodore* Nelson, sagst du?«

»Ja, vor etwa einer Woche erhielt er seinen Breitwimpel. Er braucht auf die Admiralsflagge bestimmt nicht mehr lange zu warten. Glaube mir, ich weiß, was ich sage. Der kleine Mann hat gewaltige Ideen im Kopf.«

»Ich bin ihm noch nie begegnet«, meinte Ramage. »Aber jetzt will ich dich nicht länger aufhalten«, fuhr er fort. »Paddle noch ein Stück weiter, dann findest du in der ersten Bucht, eine halbe Meile diesseits der Festung, eine schwerbeladene Brigg, zwei kleine Schoner und ein paar Tartanen, die dort vor Anker liegen. Wenn du dich in diesem Abstand von der Küste hältst, dann decken sie dich gegen das Feuer der Festungsgeschütze, weil sie in ihrem Schußfeld liegen. Die Brigg liegt am nächsten von hier.«

»Was sagst du da?« rief Dawlish überrascht. »Warst du denn vor kurzem in dem Ort?«

»Ja, erst heute morgen bin ich dort durch die Straßen gebummelt. Nebenbei gesagt, auf der Festung sind sechs Zweiunddreißigpfünder nach See zu gerichtet, sie können die Mündungen weit genug senken, um auf deine Boote zu schießen. Auf dieser Seite stehen sechs lange Achtzehnpfünder. Seit Monaten hat keines dieser Geschütze einen Schuß abgefeuert. Halte dich wie gesagt dicht unter Land, dann liegen die Kauffahrer in ihrer Schußlinie.«

»Danke. Hast du den Burschen vielleicht unser Kommen gemeldet?«

»Nein, dazu seid ihr mir nicht pünktlich genug, Jack: ich wollte nicht, daß sie auf euch warten müssen.«

»Sehr aufmerksam von dir. Bitte, richte meinem verehrten Lord Probus aus, sein Erster Offizier sei zuletzt gesehen worden, als er sich kopfüber in die Mündung einer Kanone stürzte.«

»Weil ich gerade daran denke«, sagte Ramage, »ist euer Arzt ein tüchtiger Mann?«

»Im Weinsaufen sicher — was das andere anbelangt, ich meine sein blutiges Handwerk, so kann ich darüber leider nichts sagen. Wir hatten in letzter Zeit mehr mit Klagen über Verstopfung und mit — hm — Geschlechtskrankheiten zu tun als mit Verwundungen durch Geschützfeuer.«

»Nun, wir werden ja merken, was mit ihm los ist. Also auf Wiedersehen.«

Als er schon im Begriff war, wieder in die Gig überzusteigen, rief ihm Dawlish noch rasch den heutigen Anruf der *Lively* und die Antwort darauf zu.

Ramage setzte sich wieder in die Achterplicht der Gig. »Los, Jackson, lassen Sie auspullen. Die *Lively* liegt eine Meile nördlich von hier. Der Anruf ist ›Herkules‹, und die Antwort ›Stephan‹.«

Also Herkules und Stephan. Lord Probus, der Erbe der Grafschaft Buckler, schätzte offenbar sinnige Zusammenhänge. Ramage wollte einmal prüfen, wie Jackson darauf ansprach.

»Warum heißt der Anruf wohl Herkules?« fragte er ihn.

»Hm, das weiß ich nicht, Sir.«

»Das kommt von Port' Ercole — Hafen des Herkules. Und ›Stephan‹, das ist ja wohl klar.«

»Jawohl, Sir«, sagte Jackson, aber der Sinn stand ihm offenbar schon nach der Rumzuteilung, die ihn auf der *Lively* erwartete.

»Dort liegt sie, Sir, Steuerbord voraus«, sagte Jackson plötzlich.

Die Silhouette des Schiffes war so schwarz, daß der Nachthimmel daneben tief dunkelblau erschien.

Schon nach wenigen Minuten hörten sie den Anruf vom Schiff herüber. Sein metallischer Ton verriet, daß er durch ein Sprachrohr gerufen wurde.

»Herkules!«

»Stephan!« schrie Jackson gellend.

Dies war nun der Augenblick, um den er schon zu Gott gebetet hatte, ehe die *Sibella* noch den Gegnern übergeben war. Jetzt war er endlich da, dieser Augenblick, aber Ramage fühlte sich seltsamerweise enttäuscht. Als er jetzt an Bord der *Lively* mit gebeugtem Kopf in einer winzigen Kammer stand und im Begriff war, sich gründlich zu waschen, war er plötzlich alle Verantwortung los. Gianna war in Lord Probus' Schlafkammer untergebracht, und der Arzt nahm sich mit Eifer ihrer an. Die sieben Männer der *Sibella*, Jackson unter ihnen, aßen sich gründlich satt und wurden dann als »Überzählige« in die Musterrolle der *Lively* aufgenommen.

Ramage waren also jetzt keine Menschenleben mehr anvertraut, er hatte auch keine Entscheidungen mehr zu treffen, bei denen jeder Irrtum den Verlust dieser Menschenleben zur Folge haben konnte. Es gab auch keine dringenden Fragen mehr, die schnellste Beantwortung verlangten. Diese Wandlung der Dinge hätte er natürlich als Erleichterung begrüßen sollen, statt dessen fühlte er sich einsam und voll Unruhe, ohne zu wissen warum. Die einzige denkbare Erklärung wies er als lächerlich und sentimental von sich. Die zehn Mann in der Gig waren — mit einer einzigen Ausnahme — zu einer Familie zusammengewachsen. Sie waren eine kleine Schar Menschen, die durch das unsichtbare Band gemeinsam bestandener Gefahren und Entbehrungen eins geworden waren.

Nach kurzer Zeit erschien Lord Probus' Steward und meldete, Seine Lordschaft erwarte ihn an Deck. Probus zerbrach sich wohl noch immer über ihn und sein Unternehmen den Kopf, dachte Ramage. Außer dem wenigen, das er ihm gleich berichtet hatte, als die Gig in der Finsternis längsseit kam, wußte er ja so gut wie nichts, vor allem hatte er keine Ahnung, wieso die Marchesa und Pisano mit im Boot gewesen waren.

Als Ramage an Deck kam, stand Probus in der Nähe des Ruders und hielt nach Punta Lividonia Ausschau. Die Fregatte lag in der sehr leichten Brise beigedreht, die Geschütze waren ausgerannt, die Besatzung war auf Gefechtsstation.

»Ah, Ramage, da sind Sie ja — werden Ihre Leute auch richtig versorgt?«

»Gewiß, Sir, meinen besten Dank.«

»Ich warte auf das Signal meiner Männer — dann laufe ich ihnen entgegen und nehme ihre Prisen in Schlepp, soweit sie der Mühe wert sind. Inzwischen könnten Sie mir kurz mündlich berichten, ja?«

Bei diesen Worten schritt Probus an die Heckreling, wo er sich außer Hörweite der Männer wußte.

Ramage setzte ihm kurz auseinander, wie die *Barras* die *Sibella* niedergekämpft hatte. Er gab die ungefähre Anzahl der britischen Verluste an und beschrieb, wie er als ältester überlebender Offizier das Kommando übernehmen mußte, aber alsbald gezwungen war, das Schiff zu verlassen. Die Verwundeten habe er zurückgelassen, sie hätten das Schiff dann an den Gegner übergeben. Als er weiter geschildert hatte, was sich von da an noch begab, bis die Gig längsseit der *Lively* erschien — und dabei nur Pisanos Anschuldigungen unerwähnt ließ —, sagte Probus: »Sie hatten ja allerhand um die Ohren. Legen Sie mir doch morgen vormittag einen schriftlichen Bericht vor.«

»Aha!« rief er, als es jetzt in Santo Stefano mehrmals aufblitzte. »Dawlish hat sie aufgeweckt. Lang genug hat er ja gebraucht, um dorthin zu gelangen. Bootssteuerer, mein Nachtglas!«

Den Kieker am Auge, versuchte er jetzt beim Aufblitzen des Mündungsfeuers einen flüchtigen Blick auf seine Boote zu erhaschen. Zu Ramage aber sagte er: »Sie gehen wohl am besten zur Koje und versuchen, ein Auge voll Schlaf zu bekommen. Ich habe dem jüngsten Leutnant befohlen, sich im Fähnrichsdeck einzuquartieren und Ihnen seine Kammer zu überlassen. Was ich noch fragen wollte: Wer ist eigentlich dieser Pisano?«

»Ein Vetter der Marchesa, Sir.«

»Das weiß ich. Ich meine, was ist von ihm zu halten?«

»Das ist schwer zu sagen. Er ist wohl etwas reizbar.«

Das Feuer in der Gegend des Hafens wurde lebhafter, und Probus meinte: »Nun, wir werden uns morgen vormittag weiter darüber unterhalten.«

»*Aye aye*, Sir. Gute Nacht.«

»' Nacht.«

Worüber wollte er sich mit ihm unterhalten? Ramage überlegte eine Weile hin und her, aber er war zu müde, um sich ernstlich den Kopf darüber zu zerbrechen.

13

Am nächsten Morgen wurde Ramage in halbwachem
Zustand inne, daß er ans Aufstehen denken mußte.
Seine Koje schwang beim Rollen des Schiffes sachte hin
und her, ihr Kopf- und Fußende hing ja an Standern,
die mit ihrem anderen Ende unter dem Deck zu seinen
Häupten in Augbolzen verknotet waren. Das Knarren
der Verbände verriet ihm, daß die *Lively* mit günstiger
Brise unterwegs war. Ob sie wohl Prisen gemacht hatte,
die ihr jetzt folgten?

Das Schiff stank. Am Abend war er zu müde gewesen, um davon Notiz zu nehmen, aber die eben hinter
ihm liegenden paar Tage, die er an der frischen Luft
verbracht hatte, ließen ihn jetzt doppelt empfinden, wie
übel die Gerüche an Bord eines Kriegsschiffs sein konnten und wie viele es ihrer gab. Der Geruch der Bilge
glich etwa dem eines morastigen Dorfteichs, er rührte
von den letzten paar Zoll Wasser im untersten Kielraum
her, denen keine Pumpe mehr beikam. Dort sammelte
sich Unrat aller Art, angefangen von dem Mist der
Kühe und Schweine, die im Vorschiff ihre Ställe hatten,
bis zu dem eklen Zeug, das aus lecken Salzfleisch- oder
Bierfässern in der Bilge zusammenlief. In der Messe
selbst roch es nach feuchtem Holz und modrigen Kleidungsstücken, hier herrschte jene über die Maßen
»dicke Luft«, die sich überall findet, wo viele Menschen
auf engem Raum, in den weder Licht noch frische Luft
ihren Weg finden können, zusammen schlafen müssen.

Ramage wollte sich waschen und rasieren, dann stand
ihm der Sinn nach Essen und Trinken. »Steward!« rief
er. »Posten! Rufen Sie mir den Messesteward.«

Gleich darauf klopfte der Steward an der Tür. Da die Kammer zu einer ganzen Reihe winziger Behausungen gehörte, die man gewonnen hatte, indem man gestrichenes Segeltuch über hölzerne Rahmen spannte, und die nur fünf Fuß vier Zoll hoch, sechs Fuß lang und fünf Fuß breit waren, konnte man in dem Klopfen des Mannes höchstens eine höfliche Geste sehen.

»Sir?«

»Brennt in der Kombüse schon Feuer?«

»Jawohl, Sir.«

»Gut, dann möchte ich jetzt heißes Wasser, Seife und ein Handtuch, um mich zu waschen. Bitte borgen Sie doch von einem der anderen Offiziere ein Rasiermesser für mich. Dann möchte ich Tee, wenn ihr welchen habt, nicht euren sogenannten Kaffee aus geröstetem Brot.«

»*Aye aye*, Sir.«

Bald darauf saß er frisch gewaschen und rasiert am Messetisch und hatte sogar schon eine Tasse schwarzen, siedendheißen Tee im Magen. Als er eben wieder in seine alten Sachen schlüpfen wollte, sah er, wie der Steward eine andere Kammer aufsuchte. Eine Weile stöberte er dort herum, dann erschien er mit einer weißen Kniehose, einem Hemd, einer Weste, einem Jackett und verschiedenen weiteren Zutaten zur Uniform und sagte:

»Mr. Dawlish hat mir befohlen, Ihnen diese Sachen zu geben, damit ich Ihre eigene Uniform gründlich saubermachen kann. Der Kommandant läßt Ihnen sagen, daß er Sie sprechen möchte, wenn Sie fertig sind — aber er meinte, Sie sollten sich ruhig Zeit lassen.«

»Gut. Ich lasse Mr. Dawlish danken. Bitte legen Sie die Sachen in meine Kammer. Dann nehmen Sie meine Schuhe und putzen Sie sie ordentlich blank.«

Der Steward ging. Ramage blieb noch ein paar Minuten am Messetisch sitzen und las die Namen der Offiziere des Schiffs über den Türen, die sich zu beiden

Seiten der Messe aneinanderreihten. Außer Jack Dawlish kannte er keinen einzigen dieser Männer. Die Marchesa lag nur ein paar Meter entfernt und ein Deck über ihm in ihrer Koje ... Einen Augenblick lang empfand er ein Schuldgefühl, hatte er doch kaum an sie gedacht, seit er wach war.

Lord Probus war in bester Stimmung, er stand an der Luvseite des Achterdecks und ließ den Blick über sein kleines hölzernes Königreich wandern. Nach dem Halbdunkel in der Messe blendete die Sonne, dennoch sah Ramage sogleich, daß die *Lively* die kleine Brigg im Schlepp hatte, die er unlängst in Santo Stefano hatte vor Anker liegen sehen.

»Gut geschlafen?« fragte Probus.

»Ausgezeichnet, Sir — vor allem aber sieht es so aus, als hätte ich nicht rechtzeitig herausgefunden.«

»Sie hatten den Schlaf eben nötig. Und nun«, fuhr er mit gedämpfter Stimme fort, nachdem er sich umgesehen hatte, um sicher zu sein, daß ihn ja niemand hörte, »möchte ich noch einiges über diesen Burschen Pisano von Ihnen hören.«

»Pisano, Sir? Über den gibt es wirklich nicht viel mehr zu sagen. Sie wissen ja, daß er ein Vetter der Marchesa ist ...«

»Was soll das, Ramage, immer kommen Sie mir wieder mit dem gleichen Quatsch! Dieser Pisano hat sich gestern abend bei mir in aller Form über Sie beschwert. Stundenlang hat er auf mich eingeredet. Und eben hat er mir das gleiche auch noch schriftlich unterbreitet. Sie aber haben den Vorfall mit keinem Wort erwähnt.«

»Dazu ist auch nicht viel zu sagen, Sir. Seine Aussage steht gegen die meine, das ist alles.«

»Aussage?« fragte Probus. »Wie meinen Sie das?«

»Ich vermute, daß Admiral Goddard zur Zeit in Bastia ist.«

»Goddard? Was hat der — ach, jetzt verstehe ich: Sie denken wohl an ein Kriegsgericht?«

»Jawohl, Sir.«

Probus stampfte mit dem Fuß auf das Deck. »Ja, natürlich ist der da. Aber Sie haben doch Sir John Jervis' Befehl ausgeführt, darum haben Sie Ihre Meldung auch an ihn zu richten ... Aber wie dem auch sei«, fügte er nach kurzer Unterbrechung hinzu, als ob er zu einem Entschluß gekommen wäre, »schreiben Sie keine Zeile, ehe Sie Pisanos Beschwerde gelesen haben. Ich werde sie Ihnen nicht zeigen, und Sie müssen Ihre Meldung so abfassen, als ob sein Schriftstück nicht existierte. Tragen Sie nur dafür Sorge, daß Sie alle seine Anschuldigungen von vornherein wirksam entkräften.«

»Das kann ich doch nicht, Sir, wenn ...«

»Los jetzt«, unterbrach ihn Probus und deutete auf den Niedergang. »Ihr Schützling möchte Sie sprechen.«

»Wie geht es ihr denn, Sir? Leider bin ich gestern abend eingeschlafen, ehe der Arzt herunterkam.«

»Überzeugen Sie sich selbst«, gab ihm Probus zur Antwort und klopfte an die Tür.

In der Koje sah sie noch kleiner, noch zarter und zerbrechlicher aus als sonst. Bei ihrem Anblick dachte man unwillkürlich an eine kostbare Puppe mit rabenschwarzem Haar, die in einer flachen Schachtel lag. Glücklicherweise war Probus ein Mann mit gutem Geschmack, darum waren auch die Seitenwände seiner Koje und die Steppdecke an Stelle des groben Segeltuchs mit Seidenbrokat bezogen. Sie selbst trug ein seidenes Hemd und hatte sich sogar tapfer bemüht, mit einer Hand ihre Frisur zu ordnen. Es machte ihm Freude zu sehen, daß sie ihr Haar auch weiter so nach einer Seite kämmte, wie er es draußen am Strand für sie ausgedacht hatte. Am Fuß der Koje lagen ein Kamm und eine Haarbürste aus Elfenbein.

Sie hob ihm ihre Linke entgegen, und Ramage führte sie an die Lippen. Bleibe ja förmlich und zurückhaltend, ermahnte er sich, weil er sehr wohl wußte, daß der Weltmann Probus darauf brannte, herauszufinden, wie sie zueinander standen.

»Wie geht es Ihnen, Madam?«

Offenbar war sie fröhlich und guter Dinge.

»Viel besser, danke, Herr Leutnant. Der Arzt hat mich sehr beruhigt, er sagte Lord Probus, ich hätte nur mit einer kleinen Narbe zu rechnen, aber nicht mit einer Schädigung *permanente*.«

»Stimmt das, Sir?«

Er hatte auf ihre Worte allzuschnell reagiert, und Probus war das bestimmt nicht entgangen ...

»Ja, Ramage, unser Messerheld, der alte Jessup, ist ein ›Hartsäufer‹, gewiß, und sein ständiges Gefluche wird der Marchesa auf die Nerven gefallen sein, als er sie behandelte. Aber er ist dennoch ein guter Chirurg. Seiner Meinung nach wird sie schon in ein paar Tagen aufstehen können.«

»Darüber bin ich sehr froh.«

»Daran zweifle ich keinen Augenblick«, meinte Probus in trockenem Ton. Dann setzte er eiligst hinzu: »Wir freuen uns alle wie Sie und wünschen ihr eine baldige Genesung. Zugleich aber wären wir dankbar für jeden Anlaß, diese reizende junge Dame so lang wie möglich an Bord behalten zu dürfen ...«

»Lord Probus ist *molto gentile*«, sagte Gianna. »Ich bin dem Herrn Leutnant doch sehr zur Last gefallen.«

»Ach nein«, sagte Probus sogleich, »Sie waren für niemanden eine Last.«

Ramage fragte sich, warum er das »Sie« so betont hatte.

»Ich muß jetzt gehen«, sagte Probus, »denn es gibt eine Menge zu erledigen. Mr. Ramage, bitte kommen

Sie in einer Viertelstunde in meine Kajüte, um Ihre Meldung zu schreiben. Setzen Sie sich dazu an meinen Schreibtisch — ich habe Ihnen Feder, Tinte und Papiere zurechtgelegt. Wollen Sie mich jetzt bitte entschuldigen, Madam«, sagte er zu dem Mädchen gewandt, dann verließ er die Kammer.

Ramage überlegte einen Augenblick. Eine Viertelstunde, hatte Probus gesagt, könne er noch bei Gianna bleiben — sehr aufmerksam von ihm. Warum aber legte er solchen Wert darauf, daß er seinen Schreibtisch benutzte? Er hatte ihm dort Tinte, Feder und Papiere zurechtgelegt — warum Papiere und nicht Papier?

»Lord Probus ist sehr *simpatico*«, sagte Gianna und brach damit das Schweigen. *»Allora*, wie geht es Ihnen selbst, *Commandante?*« fragte sie in freundlich lächelndem Ton.

»Mit dem *Commandante* ist es jetzt aus, von nun an bin ich nur noch *Tenente*. Aber ich habe mich wenigstens gründlich ausgeschlafen. Und Sie, Madam, wie fühlen Sie sich denn wirklich, einmal abgesehen von Ihrer Schulter?«

»Körperlich ausgezeichnet, *Tenente*«, sagte sie sehr freundlich. Aber dann huschte eine Röte über ihre Wangen, als sie fortfuhr:

»Nicholas, haben Sie denn ganz vergessen, daß Ihre ›Madam‹ Gianna heißt? Als ›Madam‹ fühle ich mich immer so alt.«

Er gab ihr darauf keine Antwort — im Geist sprach er immer wieder »Gianna« vor sich hin und freute sich über den musikalischen Wohlklang dieses Namens. Da sprudelte sie hervor, als ob sie ihre eigene Kühnheit verwirrte: »Herr Leutnant, bitte sprechen Sie mir nach: ›Gianna‹.«

»Dschi-ah-na«, sagte er pflichtschuldigst, dann lachten beide laut auf.

Er zog einen Stuhl an ihre Koje und setzte sich. Einen Augenblick hatte er wieder Ghibertis nackte, von Engeln getragene Eva vor Augen, einer der Engel hielt seine Hand auf ihren flachen Leib. Ein Blick auf Gianna verriet ihm, daß auch sie unter dem dünnen Seidenhemd, der Decke und einem Laken nackt war. Ihre Beine und die Kurve ihrer Schenkel hoben sich darunter deutlich ab — sie waren so schlank wie jene, die Ghiberti geschaffen hatte. Und das hier war die Stelle, auf der die Hand des Engels ruhte. Ja, auch ihre Brüste waren genauso zierlich wie die Evas.

»Ist der Kommandant ein alter Freund von Ihnen?« fragte sie ruhig, und er errötete, weil er gewahr wurde, daß sie seinen Blicken gefolgt war.

»Nein, ich bin ihm noch nie begegnet. Warum meinen Sie das?« Was sollte diese Frage — er konnte jetzt nur an ihre Brüste denken ...

»Nun, weil er so freundlich zu Ihnen ist, und weil Sie ihn mit Sir anreden und nicht mit dem Titel Mylord wie alle anderen. Darum dachte ich, Sie müßten einander kennen.«

»Nein, das hat einen anderen Grund.«

»*Secreti?*« fragte sie ihn vorsichtig.

Er lachte. »Nein, das kommt einfach daher, daß ich auch ein Lord bin.«

»Ach so, natürlich«, sagte sie und runzelte dabei die Stirn. »Aber jetzt kenne ich mich wieder nicht aus. Warum gaben Ihnen dann die Männer im Boot nicht den Titel Mylord?«

»Weil ich im Dienst von meinem Titel keinen Gebrauch machen will.«

»Wäre es indiskret zu fragen, warum Sie das nicht tun? Etwa wegen Ihres ...« Sie brach mitten im Satz ab, wieder verlegen ob ihrer vorwitzigen Frage.

»Nein, das tue ich nicht nur wegen meines Vaters.

Sehen Sie, ich bin ein sehr junger Leutnant. Wenn nun der Kommandant und seine Offiziere an Land zu Tisch geladen sind, dann ist sich so manche Gastgeberin nicht im klaren, wer den Vorrang genießen soll, der junge Leutnant mit der Pairswürde oder der Kommandant des Schiffes ohne sie. Gesetzt, ihre Wahl träfe auf den Leutnant, dann fühlte sich sein Kommandant mit Recht schwer beleidigt. Darum . . .«

»Darum verlangt es der Takt, daß Sie sich bescheiden ›Mister‹ nennen.«

»Ganz recht.«

Jetzt wechselte sie plötzlich das Thema. »Haben Sie mit meinem Vetter gesprochen?«

»Nein, wo hält er sich denn auf?«

Ramage wurde sich erst jetzt bewußt, daß er ihn nicht mehr gesehen hatte, seit sie an Bord gekommen waren.

»Er hat ein Bett im Speiseraum des Kommandanten«, sagte sie.

»Aha, in der ›Coach‹.«

»Coach, das heißt doch *Carrozza*, nicht wahr, und ist ein Pferdewagen?«

»Was wollen Sie lieber sein«, zog er sie auf, »ein Seemann oder ein Pferdeknecht? Lassen sie sich erklären: Auf einem Schiff wie diesem nennt man die Unterkunft des Kommandanten die ›Kajüte‹, aber diese besteht in Wirklichkeit aus drei Räumen. Der größte liegt ganz achtern, hinter der Tür dort, und nimmt die ganze Breite des Schiffes mit all den Heckfenstern ein. Er heißt bei uns der Salon und dient dem Kommandanten zum Aufenthalt während des Tages.

Dieser Raum hier ist die ›Schlafkammer‹, der dritte, den Ihr Vetter innehat, wird die ›Coach‹ genannt. Einige Kommandanten benutzen ihn als Speiseraum, andere als Arbeitsraum.«

»Jetzt weiß ich Bescheid«, sagte sie, und er spürte deutlich, daß sie in dieser kultivierteren Umgebung einander nicht mehr so nahe waren wie zuvor. Dieser blitzsaubere, gepflegte Schlafraum des Kommandanten mit seiner seltsamen Mischung von eleganter und kriegerischer Ausstattung — nur ein paar Fuß entfernt ruhte ein dicker schwarzer Zwölfpfünder schwer in seiner lederbraunen Lafette, die mit dicken Brooken und Taljen an der Bordwand festgezurrt war —, dieser Raum war eben doch etwas ganz anderes als das offene Boot, in dem die Menschen wie von selbst zueinander fanden. Die Ordnung, die sie jetzt umgab, zwang ihnen eine scheue Zurückhaltung auf, die in den ersten aufregenden Stunden ihres Zusammenseins durch die drohenden Gefahren völlig verdrängt worden war.

»Nicholas«, sagte sie schüchtern — sie sprach den Namen wie Ni-koh-laß aus —, »seit ich erwachsen bin, ist dies das erstemal, daß ich mich mit einem jungen Mann, der nicht mein Bediensteter ist oder zu meiner Familie gehört, allein in einem Zimmer — oder einer Schiffskajüte aufhalte.«

Ehe Ramage sich Rechenschaft gab, was er tat, kniete er neben der Koje nieder und küßte Gianna auf den Mund. Sie starrten einander an, als hätten sie sich zum ersten Male zu Gesicht bekommen. Darüber schienen Stunden zu vergehen, bis sie endlich lächelnd sagte: »Jetzt weiß ich wenigstens, warum ich immer eine Anstandsdame bei mir haben mußte ...«

Sie hob die Linke und strich behutsam über die lange Narbe auf seiner Stirn: »Woher rührt diese Narbe, Nico?«

Nico, dachte er, der liebevolle Kosename ...

»Von einem Säbelhieb.«

»Ach, du hattest also ein Duell?«

Das klang wie eine Anklage — aber sie wollte ihm

wohl nur ihre Sorge ausdrücken, daß er sein Leben leichtfertig aufs Spiel gesetzt haben könnte.

»Nein, ich hatte kein Duell, den Hieb erhielt ich, als ich ein französisches Schiff enterte.«

Plötzlich kam ihr etwas anderes in den Sinn:

»Mein Gott, dein Kopf! Die Wunde an deinem Hinterkopf! Ist sie denn geheilt?«

»Ich glaube schon.«

»Dreh dich um.«

Gehorsam drehte er sich um und fühlte, wie ihre Hand vorsichtig seine Haare am Hinterkopf auseinanderschob.

»Au!«

»Das tat doch nicht weh! Es war nur das eingetrocknete Blut, das die Haare zusammenklebte. Aber *wirklich* weh getan hat es dir doch nicht. Oder doch?«

Ihre Worte klangen zugleich zweifelnd und zerknirscht; er hätte zu gern die Miene gesehen, die sie dabei zur Schau trug.

»Nein, das war doch nur Spaß.«

»Schön. Und jetzt halt einmal einen Augenblick still ... Ja, die Wunde heilt recht gut, aber du mußt unbedingt das Blut wegwaschen. Ich möchte nur wissen«, fuhr sie verträumt fort, »ob dir auf dieser Narbe wieder Haare wachsen werden. Sonst sähe sie ja aus wie ein Maultierpfad durch die *macchia*.«

Es klopfte an der Tür, und Ramage hatte gerade noch Zeit, sich zu setzen, ehe Lord Probus eintrat. Seine hastige Bewegung hatte jedoch die Koje stärker ins Schwingen gebracht, als man bei den leisen Bewegungen des Schiffs erwarten durfte.

»Kommen Sie, junger Mann«, sagte Probus mit gespielter Strenge, »Ihre Viertelstunde ist um. Der Arzt hat der Marchesa Ruhe verordnet.«

»*Aye aye*, Sir.«

»Ich bin wirklich *sufficente* ausgeruht«, wandte das Mädchen mit listigem Lächeln ein. »Ich freue mich über jeden Besuch.«

»Dann werden Sie sich jetzt leider mit meiner weniger reizvollen Gesellschaft begnügen müssen«, sagte Probus. »Mr. Ramage hat eine Meldung zu schreiben.«

Im Salon fand Ramage einen elegant geschnitzten Schreibtisch mit eingelegtem Aufsatz, der den Heckfenstern gegenüberstand. Er setzte sich auf den Stuhl und blickte auf das glatte Kielwasser hinunter, das die Fregatte durch die fast grellblaue See zog. Die gekaperte Brigg folgte im Schlepp, ihre Segel waren auf den Rahen festgemacht, über der Trikolore wehte die weiße englische Kriegsflagge. Die Schlepptrosse lief durch eine der Heckstückpforten der Fregatte und erreichte die Brigg in einem langen, zierlich geschwungenen Bogen. Ihr Gewicht bewirkte, daß sie dann und wann kurz ins Wasser tauchte, um sich gleich wieder zu strecken. Zuweilen, wenn die Brigg nach Steuerbord oder Backbord ausschor, straffte sich die Trosse unter der zusätzlichen Belastung. Dann hörte Ramage das dumpfe Geräusch der Ruderreeps im Deck unter ihm, wenn die Rudergänger Luv- oder Leeruder legten, um dem plötzlichen seitlichen Zug der Schlepptrosse entgegenzuwirken.

Einige Meilen hinter der Brigg lag Argentario. Die Entfernung und die Hitze des Tages hüllten die Halbinsel in ein weiches Perlgrau und verwandelten die scharfen Felsklippen für das Auge in harmlose gerundete Höcker. In den Olivenhainen spielte die Sonne, so daß sie sich ausnahmen wie kleine eingelegte Silberplatten. Die Insel Giglio lag ein Stück näher, sie glich einem Wal, der sich wohlig an der Oberfläche sonnt. Noch näher und weiter nach rechts erhob sich Montecristo mit seinen steilen Klippen wie ein riesiger, knusprig brauner Kuchen auf einem strahlend blauen Tischtuch.

Ramage griff nach der Gänsefeder. Als er sie in das silberne Tintenfaß tauchte, entdeckte er ein Schreiben, das halb versteckt unter den unbeschriebenen Papierbogen lag. Er wollte es eben zur Seite schieben, da fiel ihm Probus' rätselhafte Bemerkung ein, er solle seine Meldung nicht schreiben, ehe er Pisanos Beschwerdeschrift gelesen hätte.

Ja, das Schreiben stammte von Pisano, seine Schrift war unruhig und zappelig, jeder Buchstabe schien über seinen Nachbarn zu stolpern. Darum also hatte Probus darauf bestanden, daß er seinen Schreibtisch benutzte...

Es war nicht ganz leicht zu verstehen, was Pisano in seiner Beschwerdeschrift zum Ausdruck bringen wollte, denn die Wut und die an Hysterie grenzende Erregung des Mannes hatten seinen Englisch-Kenntnissen — der Grammatik nicht minder als dem Wortschatz — übel mitgespielt. Als Ramage das Schriftstück entzifferte, wirkten die Worte auf ihn wie ein Echo der Tiraden, die er — in italienischem Fistelton — kürzlich am Strand der Cala Grande vernommen hatte. Am Schluß des Schreibens hieß es, der *Tenente* Ramage müsse wegen Feigheit und Fahrlässigkeit streng (dreimal unterstrichen) bestraft werden. Im übrigen sei es Gott zu danken, daß er sie gnädig aus den Krallen des *Tenente* Ramage befreite und dem hochgeschätzten *Barone* Probus begegnen ließ.

Ramage legte das Schreiben aus der Hand. Zu seiner eigenen Überraschung fühlte er weder Zorn noch Groll gegen seinen Verfasser. Wie ließ sich seine Empfindung wohl bezeichnen? War er verletzt? Nein, verletzen kann einen nur ein Mensch, den man achtet. Oder fühlte er sich angeekelt? Ja, das war es: Ekel, schlicht und einfach gesagt Ekel, wie man ihn etwa empfindet, wenn man Zeuge wird, wie eine betrunkene Hure einen verliebten Matrosen mit einer Hand liebkost und ihm mit der anderen sein Geld aus der Tasche stiehlt. Sie würde zu ihrer Rechtfertigung sagen, auch ein Mädchen müsse ihren Hunger stillen, im übrigen könne der Matrose den Verlust verschmerzen. Dabei vergaß sie, daß der Mann für dieses Geld wahrscheinlich ein halbes Dutzend Gefechte mitgemacht hatte, da er ja nur ein Pfund im Monat erhielt.

Offenbar war dieser Pisano ganz von dem unbändigen Drang beherrscht, sein Ansehen zu wahren, selbst wenn er damit die Laufbahn eines britischen Seeoffiziers zerstörte. Zur Rechtfertigung seines Verhaltens sagte er sich wohl, daß das Ansehen und die Ehre — vielmehr die *bella figura* — eines Pisano von weit größerem Wert seien. Dabei, sagte sich Ramage ironisch, stand es um die Ehre dieses Pisano wohl kaum anders als um die Jungfernschaft jener betrunkenen Hure — sie hatte sie schon in früher Jugend eingebüßt, hatte ihr später rührselig nachgetrauert, dann aber gab sie um des äußeren Scheines willen täglich vor, sie noch zu besitzen.

Jetzt galt es also, den eigenen Bericht zu schreiben. Wie weit hatte Probus den Beschwerden Pisanos Glauben geschenkt? Und, was wichtiger war, wie würden sich der Konteradmiral Goddard oder Sir John Jervis dazu stellen?

Als er seinen Bericht unterschrieben hatte, faltete er ihn zusammen, steckte den linken Rand des Papiers in den rechten und verschloß das Schriftstück mit einer roten Oblate, die er einer Elfenbeindose entnahm. Er nahm sich nicht erst die Mühe, nach einer Kerze zu schicken, um es mit Wachs zu versiegeln.

Als er wieder in die von allen möglichen Gerüchen erfüllte Messe hinuntertauchte, fand er dort Dawlish vor, der eben seinen Bericht über die jüngste Unterneh-mung schrieb. Die beiden unterhielten sich eine Weile über ihre Erlebnisse nach der gemeinsamen Dienstzeit auf der *Superb*, dann erkundigte sich Ramage nach dem Verlauf des Überfalls auf Santo Stefano.

»Das war eine einfache Sache«, sagte Dawlish; »schade, daß du nicht aufgeblieben bist, sonst hättest du uns helfen können, die Beute zu zählen. Übrigens erzählt man sich, du hättest eine wunderschöne Frau aus den Krallen des korsischen Ungeheuers befreit. Er-zähl mir von ihr, wie ist sie denn?«

Ramage wußte von früher, daß Dawlish ein Frauen-held war, darum hielt er sich jetzt zurück: »Das hängt ganz davon ab, was du schön nennst.«

»Seine Lordschaft scheint stark beeindruckt zu sein, und unser guter Doktor hört überhaupt nicht mehr auf, von ihr zu schwärmen.«

»Kunststück, wenn er nach all den geschlechtskranken Seeleuten endlich einmal eine Patientin bekommt!«

»Ja, ja, das kann schon sein«, meinte Dawlish ein bißchen enttäuscht. »Wie heißt eigentlich der Bursche, den sie bei sich hat?«

»Das ist ein Vetter von ihr, er heißt Pisano.«

»Auf den mußt du aufpassen. Er hat die halbe Mit-telwache lang auf unseren Alten eingeredet. Dabei hat er dir jeden Schimpfnamen angehängt, den man sich nur denken kann.«

»Das weiß ich.«

»Hast du dir denn etwas zuschulden kommen las-sen?«

»Nein.«

»Er hat dich immerzu Feigling geschimpft.«

»So?«

»Du willst heute gar nicht mit der Sprache heraus, Nic.«

»Dir ginge es an meiner Stelle genauso. Du weißt doch, ich habe ein Kriegsschiff an den Feind übergeben — gewiß, an ein französisches Linienschiff mit vierundsiebzig Geschützen. Aber die Größe tut ja nichts zur Sache. Ein Engländer hat mit drei Franzosen fertigzuwerden, eine Fregatte müßte also ohne weiteres in der Lage sein, ein Linienschiff niederzukämpfen. Und jetzt habe ich mir auch noch diesen verfluchten Pisano aufgehalst, der mir wie ein Köter an die Beine fährt. Zu allem Überfluß höre ich, daß Goddard grade in Bastia ist.«

»Das weiß ich«, sagte Dawlish voll Mitgefühl. »Er war wenigstens dort, als wir ausliefen.«

Als Dawlish gegangen war, setzte sich Ramage an den Messetisch. Er war froh, daß die Bewohner der Kammern zu beiden Seiten vom Dienst in Anspruch genommen waren — es wäre ihm jetzt nicht danach zumute gewesen, Fragen zu beantworten.

Sowohl Probus wie Dawlish waren voll Verständnis für seine Lage, sie versuchten nicht, die Gefahr zu bagatellisieren, die ihm durch Goddards Feindschaft drohte. Sie wußten ja genau, was kommen mußte, wenn er beim Einlaufen der *Lively* noch in Bastia war, denn dann oblag ihm die Pflicht, das Kriegsgericht gegen Ramage einzuberufen.

Daß sowohl Probus wie Dawlish das Unheil kommen sahen, das sich über ihm zusammenzog, zeigte ihm, daß seine Besorgnis keineswegs unnötig oder gar kindisch war. Vielleicht sollte er schon bald bedauern, daß ihm keine Kugel der *Barras* den Kopf abgerissen hatte ...

Ramage lernte jetzt erkennen, wie einsam man in solcher Lage war, und begann zugleich die zynische Haltung seines Vaters besser zu verstehen. Der alte Herr pflegte zu sagen: »Wenn schwere Zeiten kommen, verflüchtigen sich die Freunde zu bloßen Schatten. Sie wagen es nicht, sich für dich einzusetzen, und schämen sich zugleich, es dir einzugestehen. Sie pflegen mit dir geschliffene Konversation, aber sie achten dabei ständig auf Distanz.«

Und die Feinde hielten sich im Hintergrund, sie hatten ja ihren Kreis von Speichelleckern, die ihr schmutziges Geschäft für sie verrichteten.

Weder Probus noch Dawlish waren Goddard in irgendeiner Weise verpflichtet; aber keiner der beiden hätte es gewagt, sich Goddards Feindschaft zuzuziehen, der als rachsüchtig verschrien war und zugleich mehr politischen Einfluß besaß als die meisten anderen jungen Flaggoffiziere der Navy. Dieser Einfluß beruhte darauf, daß seine eigene Familie zusammen mit der seiner Frau und ihrer beider Anhang zwanzig und mehr Stimmen im Unterhaus kontrollierten. Seit etwa einem Jahr — so wußte der Londoner Klatsch zu berichten — habe Goddard auch den Kommodore Nelson auf die Liste seiner Feinde gesetzt, denn Nelson erfreue sich der Protektion des Admirals Sir John Jervis. Darum sei Goddard auf ihn eifersüchtig. Hieß das etwa, daß zwischen Goddard und Jervis eine Spannung bestand — oder doch im Entstehen war? Ramage glaubte nicht daran.

»Old Jervie« war einer der wenigen Admirale, die zu dem Verfahren gegen seinen Vater unabhängig Stellung genommen hatten. Unmittelbar hatte er nichts damit zu tun gehabt, aber er machte kein Hehl daraus, daß er die Haltung des Ministeriums nicht billigte.

Mein Gott, dachte Ramage, Sir John liegt in der Bucht von San Fiorenzo auf der anderen Seite von Korsika und ist wahrscheinlich ohnedies auf See. Ehe er meine Meldung zu sehen bekommt, ist das Verfahren längst zu Ende und das Urteil gefällt . . .

Ein Fähnrich klopfte so kräftig an die Messetür, als hätte er ihn schon ein paarmal überhört.

»Der Kommandant läßt Ihnen sagen, Sir, daß die Lady Ihren Besuch wünscht.«

Gianna saß jetzt gegen einen Berg Kissen gelehnt in ihrer Koje. Sie hatte geweint und schluchzte auch jetzt noch ab und zu auf. Dabei zuckte sie jedesmal zusammen, weil ihr die ungewollte Bewegung heftigen Schmerz bereitete. Sie bedeutete ihm, die Tür so schnell wie möglich zu schließen.

»Ach, Nico ...«

»Was ist denn los?«

Er eilte zu ihrer Koje, kniete nieder und griff nach ihrer Hand.

»Mein Vetter — er war eben bei mir.«

»Und ...?«

»Er ist im Begriff, dir die größten Scherereien zu machen.«

»Ich weiß, aber das wird nicht so schlimm sein, er ist nur überreizt.«

»Nein, die Sache ist *molto serioso*. Lord Probus meint das auch.«

»Woher weißt du das denn, hat er das gesagt?«

»Mich beunruhigt am meisten, was er *nicht* sagte. Mein Vetter bestand darauf, daß Lord Probus mitkam, als er mich besuchte. Dann stellte er mir viele, viele Fragen.«

»Probus oder dein Vetter?«

»Mein Vetter.«

»Worum drehte es sich dabei?«

»Es ging um die Nacht am Strand beim *Torre di Burranaccio*.«

»Ich möchte wissen, was dich dabei aufregen könnte. Hast du nicht einfach gesagt, was du weißt?«

»Was weiß *ich* denn schon?« jammerte sie. »Er behauptet, du hättest unseren Vetter Pitti mit Absicht zurückgelassen, er behauptet, du seist ein Feigling, er sagt« — sie begann aufs neue zu schluchzen, und da es ihr schwerfiel, weiter englisch zu sprechen, fuhr sie auf italienisch fort — »er sagt, schon dein Vater ... habe wegen Feigheit vor Gericht gestanden ...«

Unseren Vetter: es war das Band des Blutes, das diesen Zwiespalt ihrer Gefühle bewirkte. Ach was, dachte Ramage bitter, von Zwiespalt ist nicht einmal die Rede, beide sind ja Vettern von ihr. Mit ihm selbst hatte sie wohl nur ein bißchen geflirtet, weiter nichts ...

»Pisano hat ganz recht: mein Vater wurde wegen Feigheit angeklagt.«

»*Oh, Madonna aiutame!*« schluchzte sie. »Was soll ich tun?«

Sie war jetzt einfach am Ende ihrer Kraft — sowohl geistig als auch körperlich. Da mußte sich Ramage plötzlich fragen, ob sie wirklich nur mit ihm geflirtet hatte. Aber wie es sich damit auch verhielt, ihre Beziehung war jetzt, schon nach so kurzer Zeit, der ersten Krise ausgesetzt. Wie fern er ihr plötzlich war, als er neben ihrem Lager kniete und auf ihr Schluchzen lauschte! Er glaubte, in sich die Stimme eines anderen zu hören, der ihm immerzu ins Ohr flüsterte: »Wenn sie Vorbehalte gegen dich hat, wenn sie wirklich meint, du hättest Pitti in seiner Not zurückgelassen, dann fährst du besser ohne sie ... Wie kann sie auch nur einen Augenblick glauben, du hättest ihn feige im Stich gelassen, da sie doch wußte, welche Gefahren du zu bestehen hattest, um auch nur nach Capalbio zu gelangen?«

Dieses kaltblütige andere Ich hatte immer noch Gewalt über ihn, als er sie jetzt forschend betrachtete und dabei leise sagte: »Ich habe dir doch schon gesagt, daß dein Vetter tot war. Warum glaubst du immer noch, ich hätte ihn verwundet zurückgelassen?«

Sie hob den Blick nicht von der Steppdecke. Er sah, daß sie trotz ihrer Schulterverletzung mit der Rechten zerstreut an dem Bezug herumzupfte. Da wurde er erst gewahr, daß er ihre Linke immer noch eisern umklammert hielt. Nun ließ er sie los.

»Nein, ich glaube nicht, daß du ihn verwundet zurückgelassen hast! Ich glaube überhaupt nichts! Ich wage überhaupt nicht, etwas zu glauben. Was kann ich glauben?« fuhr sie fort. »Du sagst, er sei tot gewesen; mein Vetter sagt, er habe ihn um Hilfe rufen hören, als wir schon im Boot waren.«

»Hat dir Pisano denn verraten, *wie* er wissen kann, daß sein Vetter nicht tot war? Ist er denn zurückgegangen, um ihn zu suchen? Und wenn er zurückging, warum hat er ihm dann nicht geholfen?«

»Wie konnte er denn noch einmal zurückgehen? Die Franzosen hätten ihn doch sofort gefangen! Außerdem war das nicht seine Aufgabe. Er sagt, es sei *deine* Pflicht gewesen, *uns* zu retten.«

Ramage erhob sich. Genau das gleiche hatte sie schon einmal gesagt. Wieder war er gegen die Schranke verschiedener Denkweisen gestoßen, hatte er sich in dem Netzwerk verschwommener Logik verfangen. Er begriff wohl, daß es ihr schwerfallen mußte zu entscheiden, ob sie ihm oder Pisano glauben sollte; aber er konnte beim besten Willen nicht verstehen, warum Pisano der Pflicht enthoben sein sollte, seinem eigenen Vetter zu Hilfe zu eilen.

Während er noch dastand und auf sie hinunterblickte, sah er sich im Geist schon vor dem Kriegsgericht, das ihn erwartete. Wenn es diesem Mädchen — das doch immerhin einige Zuneigung für ihn zu hegen schien — schon schwerfiel zu glauben, was er sagte, welche Aussicht hatte er dann, sich gegen Goddard und seine Leute durchzusetzen? Wie sollte das Verfahren einen guten Ausgang nehmen, wenn nach der Übergabe der *Sibella* auch noch über Pisanos wüste Anschuldigungen verhandelt wurde?

Er hatte ja keinen Zeugen, der ihm helfen konnte, da er der einzige war, der jenen Leichnam ohne Gesicht gesehen hatte. Pisano hatte alle Vorteile des Anklägers; das Gericht würde sicher seiner Aussage Glauben schenken — war er doch immerhin einer jener Italiener, die solchen Einfluß besaßen, daß sogar eine Fregatte zu ihrer Rettung entsandt worden war.

Gianna blickte zu ihm auf, ihre tiefbraunen Augen, die noch vor einer Stunde fröhlich gezwinkert hatten, aber jetzt so traurig und ratlos dreinsahen, waren wie Fenster, die ihm einen Blick in ihre zerrissene Seele gewährten. Sie streckte ihm beide Hände entgegen (wie mußte es sie geschmerzt haben, den rechten Arm auch nur zu bewegen!) und flehte ihn mit jener beredten Geste an, deren nur italienische Hände fähig sind.

»Madam«, sagte darauf eine fremde Stimme, die er nicht erkannte, obwohl sie aus seinem Munde kam, »in wenigen Stunden laufen wir in Bastia ein. Einen oder zwei Tage darauf wird ein Kriegsgericht darüber entscheiden, ob ich meine Pflicht getan habe oder nicht. Es wird mich bestrafen, wenn es glaubt, daß ich mich schuldig gemacht habe.«

»Aber, Nico — ich möchte doch nicht, daß du bestraft wirst.«

»Damit greifen Sie dem Gerichtsurteil vor.«

»Nein, so habe ich das nicht gemeint, du verdrehst mir ja das Wort im Munde! Oh, *Dio mio!* Bitte, Nico, hast du denn kein Herz im Leibe? Oder hast du dich plötzlich in eine Puppe verwandelt, die mit eurem schrecklichen englischen Porridge vollgestopft ist?«

Immer wieder schluchzte sie auf und griff mit der Linken nach der verwundeten Schulter, um den Schmerz etwas zu lindern. Und ihm war es verwehrt, ihr zu helfen — ein fremder, grausamer Mann hatte von ihm Besitz ergriffen und diktierte ihm seine Worte.

»Nico . . . Ich möchte dir ja so gerne glauben.«

»Warum tun Sie es dann nicht?« fragte er brutal. »Ich will Ihnen sagen, warum. Sie meinen, wenn Sie mir glauben, müssen Sie Pisano logischerweise für einen Feigling halten. Niemandem sonst würde es einfallen, so etwas anzunehmen, aber das gehört nicht hierher. Kein Mensch hat von Pisano erwartet, daß er zurücklaufen sollte, um nach seinem Vetter zu suchen. Darüber sind Sie sich beide offenbar nicht im klaren. Dies war unsere Sache; dazu sind wir Seeleute. Aber der ganze Wirbel, den Pisano jetzt veranstaltet, ist völlig unnötig; er tut dies nur, um seine *bella figura* zu retten. Wir waren dort, um Ihnen das Leben zu retten. Dieselbe Kugel kann entweder Jackson, den amerikanischen Matrosen, oder mich, den Pair von England, ins Jenseits befördern. Gleichwohl sind wir gemeinsam hierhergekommen, um Ihnen allen, ohne Ansehen der Person, zu helfen. Der Tod ist der große Gleichmacher, das wissen Sie doch«, spöttelte er. »Ja, dasselbe Kriegsgericht kann einen einfachen Matrosen oder einen Leutnant hängen lassen, selbst wenn dieser ein Pair des Reiches ist.«

»Hängen?« Sie war entsetzt und fuhr sich mit der Hand unwillkürlich an die Kehle.

»Ja. Zuweilen genießen Offiziere den Vorzug, nicht gehenkt, sondern erschossen zu werden«, fügte er in bitterem Ton hinzu, »besonders wenn sie Pairs sind.«

Er fror; seine Haut zog sich zusammen, daß es schien, als fände sein Körper darin keinen Platz mehr. Seine Augen blickten schärfer als je zuvor: sie hafteten auf dem Kreuzstichmuster der Bettdecke; auf den feinen blauen Venen, die über Giannas Handrücken liefen; auf ihrem weichen, sinnlichen Mund. Und doch hatte soeben nicht er, sondern ein anderer zu ihr gesprochen; er wäre außerstande gewesen, Worte zu gebrauchen, wie sie eben gefallen waren. Und doch . . .

»Ich bitte Sie, Madam, mich jetzt zu entschuldigen.«

»Nicholas . . .!«

Er war bereits an der Tür. Eine Hand — es war die seine, obwohl es schien, als handelte sie aus eigenem Antrieb — streckte sich aus, drehte den Knopf und zog die klappernde Tür auf, und irgendeine geheime Gewalt trieb ihn aus der Kammer und warf die Tür hinter ihm zu. Ehe sie sich schloß, hörte er Gianna noch weinen, als ob ihr das Herz brechen wollte. Sein eigenes Herz war schon gebrochen, oder es hatte sich in Stein verwandelt. *Honni soit qui mal y pense:* Böses dem, der Böses denkt. Und doch, wie kam man dazu, aus freien Stücken eine so köstliche Blume in den Staub zu treten? Etwa darum, weil sie so köstlich war?

Als er das Achterdeck betrat, sah er dort Probus stehen, der ihn mit einer Kopfbewegung aufforderte, zu ihm an die Reling zu treten.

»Wahrscheinlich sollte ich Ihnen gegenüber Schweigen bewahren, aber Sie sollen doch hören, daß mich Pisano als Zeugen ·hinzuzog, als er die Marchesa befragte.«

»Das weiß ich, Sir, sie hat es mir eben erzählt.«

»Sie selbst weiß überhaupt nicht, was sich am Strand abgespielt hat.«

»Aber sie glaubt ihm.«

»Warum eigentlich?« fragte ihn Probus rundheraus.

»Die beiden sind blutsverwandt — das fällt natürlich schwer ins Gewicht.«

»Sie haben doch nichts zu verheimlichen, Ramage? Nicht wahr, Sie sind noch einmal zurückgegangen?«

»Jawohl, ich fand ihn tot; aber ich war allein, und es war dunkel. Wenn man sich gegen den Vorwurf der Feigheit verteidigen soll, braucht man Zeugen. Mich hat aber kein Mensch gesehen. Es kommt also jetzt darauf an, wer wem Glauben schenkt, und Pisanos Geschichte klingt sehr glaubhaft.«

»Die ·Marchesa hat mir schon vorher versichert, daß sie Ihnen glauben möchte. Sie aber gaben ihr nicht den geringsten Anhalt, der ihr dazu dienen könnte, ihren Vetter zur Aufgabe seiner verfluchten Anschuldigungen zu veranlassen. Sie meint jetzt, Sie verheimlichten ihr etwas.«

»Davon ist doch wirklich keine Rede. Was *kann* ich ihr schon sagen, Sir, außer, daß ich zurückging? Mehr hat sich ja nicht abgespielt.«

»Glauben Sie mir, Ramage, Sie können sich das nicht leisten, daß die beiden gegen Sie Stellung beziehen. Wenn das geschieht, hat Goddard leichtes Spiel und kann Sie erledigen.«

»Darüber bin ich mir im klaren, Sir.«

»Außerdem steht ja auch noch der Fall *Sibella* an.«

»Dafür gibt es Zeugen genug.«

»Natürlich, ich meine nur, Sie haben übergenug Segel stehen, und das Glas fällt. Das alles sage ich Ihnen als Freund, nicht als Vorgesetzter. Hoffentlich ist Ihnen das klar.«

»Gewiß, Sir. Ich weiß das gebührend zu schätzen«, sagte Ramage, salutierte und wandte sich zum Gehen.

Als Freund, nicht als Vorgesetzter hatte Probus gesprochen. Das war wohl ehrlich gemeint; aber es konnte immerhin auch heißen: »Zieh mich nicht in diese Sache hinein, denn ich habe nicht die Absicht, mich für dich einzusetzen.«

14

Die Möwen schrien immer lauter und wagten sich immer näher an das Schiff heran, sie warteten voll Ungeduld, bis ihnen der Kochsmaat ihre Mahlzeit aus Abfällen über Bord warf. Die *Lively* hatte alle Segel festgemacht oder aufgegeit und verlor allmählich ihre Fahrt. Auf ein Zeichen Dawlishs fiel ein Anker klatschend ins Wasser, die Ankertrosse rauschte so schnell durch die Klüse, daß sie rauchte, weil die Reibung die hanfenen Fasern sengte.

Während die gekaperte Brigg in nächster Nähe ebenfalls zu Anker ging, wurde Lord Probus' Kommandantengig zu Wasser gebracht. Seine Bootsbesatzung — einheitlich in schmucken roten Jacken und mit schwarzen Strohhüten auf den Köpfen — pullte ihn in flottem Tempo nach der *Trumpeter*, einem Linienschiff mit vierundsiebzig Geschützen, wo er sich zurückzumelden hatte. Der Kommandant der *Trumpeter* war der dienstälteste in Bastia anwesende Seeoffizier. Ramage stellte erleichtert fest, daß Admiral Goddard offenbar auf See war. Auf der Reede von Bastia lagen noch zwei Linienschiffe und vier Fregatten.

Jetzt wurde ein Kutter der *Lively* zu Wasser gefiert. Darin ließ sich der Bootsmann rund um das Schiff pullen, um sich zu vergewissern, daß alle Rahen genau vierkant gebraßt waren und waagrecht hingen.

Vom Kai legte bereits das erste Bumboot ab, um eine Ladung Weiber, Obst und Wein längsseit zu bringen. Sowohl die Frauen wie die Früchte waren ohne Zweifel überreif, und alles, auch der Wein, war bestimmt viel zu teuer. Dawlish sah die Bumboote näherkommen und wies ein paar Seesoldaten an, sie in mindestens fünfundzwanzig Meter Abstand zu halten.

»Man kann diesen Korsen nicht trauen«, erläuterte er Ramage seinen Befehl. »Die Hälfte von ihnen sympathisiert mit den Franzosen und wartet nur darauf, daß sie landen, die andere Hälfte hat solche Angst, wir könnten gezwungen werden, die Insel zu räumen, daß sie uns nicht zu helfen wagen, weil sie eine spätere Vergeltung fürchten. Nur in einem Punkte sind sie alle einig — uns nach Noten zu betrügen.«

»Bumbootsleute sind eben alle gleich.«

»Nein, nein, ich meine jetzt das ganze Volk hier. Um keinen Preis möchte ich mit dem Vizekönig tauschen; der alte Sir Gilbert braucht eine Engelsgeduld, um mit diesen Burschen fertigzuwerden. Und das Heer, was ist es schon? Du weißt ja selbst, daß wir nur etwa eintausendfünfhundert Mann hier haben, um dieses Bastia zu verteidigen.«

»Für den Hafen reicht das wahrscheinlich gerade aus.«

»Das nehme ich auch an. Ich möchte nur wissen«, fragte Dawlish, »wie wir zuerst hier auf Korsika Fuß fassen konnten.«

»Das kann ich dir sagen«, erklärte Ramage. »Vor etwa drei Jahren wiegelte dieser Paoli die Korsen gegen die Franzosen auf, jagte sie davon und ging England um Schutz an. Daraufhin schickte ihm unsere Regierung einen Vizekönig — eben Sir Gilbert. Ich glaube aber, diese Aktion hatte nicht viel Erfolg, Paoli und Sir Gilbert vertrugen sich nicht lange, und Paoli hatte bald Streit mit seinen eigenen Leuten. Nimm zwei Korsen, und du hast es mit zwei Parteien zu tun. Und Paoli ist ein alter, kranker Mann.«

»Ich kann mir nicht vorstellen«, meinte Dawlish, »wie Bonaparte auf der Insel landen will. Wir haben von Elba bis Argentario jede Reede, jeden Hafen nach

Transportfahrzeugen abgesucht und die wenigen, die wir fanden, gekapert oder versenkt. Allerdings heißt es, daß des Nachts immerzu Schiffe mit korsischen Rebellen heimlich vom Festland herüberkommen. Sie bringen angeblich — gegen Geld — je ein paar Dutzend dieser Kerle auf die Insel. Einige von den Gefangenen, die wir von der Brigg herunterholten, sagten uns, die Franzosen hätten die Korsen in Livorno schon so satt bekommen, daß sie ihnen Waffen und Geld zur Verfügung stellten und sie aufforderten, doch endlich loszuschlagen und Korsika zu befreien, nur weil sie die Kerle endlich los sein wollen. Die Franzosen sagen sich, sie hätten nichts zu verlieren, wie immer das Unternehmen ausginge. Fielen uns die Korsen auf See in die Hände, dann könnten sie in Livorno nicht mehr so viel Unruhe stiften, gelänge es ihnen zu landen — nun, dann machten sie eben uns zu schaffen.«

Plötzlich riß Dawlish seinen Kieker ans Auge: »Fähnrich, passen Sie auf! Die *Trumpeter* heißt ein Signal.«

Der Junge stürzte an die Reling und legte sein Glas gegen eine Want, um einen ruhigen Blick zu haben.

»Vier-Null-Sechs«, rief er, »das sind wir, Sir.«

»Um Gottes willen, Junge, was wollen die von uns?«

»Zwo-Eins-Vier — das heißt, daß ein Leutnant eines noch zu benennenden Schiffes an Bord kommen soll. Dann — Gott, wie seltsam!«

»Was ist denn so seltsam, Junge?«

»Jetzt weht Acht-Null-Acht: das ist ein Schiff, aber ich kenne es nicht. Ich werde gleich nachsehen.«

»Schon gut«, sagte Ramage, »das ist die Nummer der *Sibella*. Man will mich sprechen. Laß ›verstanden‹ heißen, Jack, und gib mir bitte ein Boot. Sag, wer ist eigentlich zur Zeit Kommandant der *Trumpeter?*«

»Er heißt Croucher. Leider muß ich dir sagen, daß er zu Goddards Schützlingen zählt.«

»Ja, und ich sehe hier mehr als fünf Kapitäne vor Anker liegen«, sagte Ramage und wies mit einer ausholenden Handbewegung auf die Versammlung britischer Schiffe.

Dawlish blickte ihn fragend an.

»Hast du die Gerichtsordnung vergessen?« fragte ihn Ramage. »Laß dich erinnern: ›Wenn fünf oder mehr Kriegsschiffe oder andere Kriegsfahrzeuge Seiner Majestät in ausländischen Gewässern zusammenliegen, dann hat der dienstälteste der anwesenden Offiziere das Recht, ein Kriegsgericht einzuberufen und in ihm den Vorsitz zu führen.‹ «

»Ja, richtig — Croucher kann also . . .«

»Gewiß kann er — und ich zweifle nicht, daß er es tun wird. Kannst du mir deinen Hut und deinen Degen leihen?«

Das mit vierundsiebzig Geschützen bestückte Linienschiff *Trumpeter* war, verglichen mit der *Lively*, riesengroß. Sein makelloser Anstrich und die üppige Vergoldung verrieten, daß Kapitän Croucher reich genug war, tief in die eigene Tasche zu greifen, um sein Schiff so schmuck herauszuputzen, denn die offizielle Farbzuteilung des Marineamts war allzu kümmerlich. Als der Bugmann der Bootsbesatzung einhakte und wartete, bis Ramage an Bord stieg, fiel diesem die Geschichte von dem Kommandanten ein, der angeblich beim Amt angefragt hatte, welche Seite seines Schiffes er mit dem zugewiesenen Quantum Farbe anstreichen lassen sollte.

Ramage kletterte die dicken hölzernen Leisten hinauf, die als schmale Stufen in die Bordwand eingelassen waren, wandte sich grüßend nach dem Achterdeck und bat den mit übertriebener Sorgfalt gekleideten Leutnant an der Fallreepspforte, ihn zum Kommandanten zu geleiten.

»Ramage, nicht wahr?« fragte der Leutnant herablassend.

Ramage warf einen Blick in das mit Pickeln übersäte Gesicht des jungen Mannes und musterte ihn dann langsam vom Kopf bis zu den Füßen. Er hatte die Zwanzig — das Mindestalter für einen Leutnant — höchstens ein paar Monate hinter sich und besaß offenbar nicht viel Verstand, wohl aber eine Menge Beziehungen, die ihm rasche Beförderung garantierten. Das pickelige Gesicht lief rot an, und Ramage entnahm daraus, daß der junge Mann seine Gedanken erraten hatte.

»Bitte folgen Sie mir«, sagte er beflissen, »Kapitän Croucher und Lord Probus erwarten Sie bereits.«

Kapitän Crouchers Kajüte war weit geräumiger als die von Lord Probus, vor allem war sie so hoch, daß man im großen Salon aufrecht stehen konnte, und auch kostbarer eingerichtet. Dadurch wirkte sie fast überladen, vor allem war zu viel Silbergerät zur Schau gestellt.

Croucher war entsetzlich mager. Seine Uniform war ausgezeichnet geschnitten und tadellos gebügelt, aber alle Schneiderkunst konnte nicht verheimlichen, daß die Natur sein Skelett nicht genügend mit Fleisch gepolstert hatte — sie hatte ihm offenbar nur mit »Zahlmeistermaß« zugeteilt, mit andern Worten: es kamen nur vierzehn statt sechzehn Unzen auf das Pfund.

»Kommen Sie herein, Ramage«, sagte er, als ihn der Leutnant gemeldet hatte.

Ramage hatte Croucher noch nie gesehen und hätte beinahe laut aufgelacht, als er jetzt gewahr wurde, wie gut der Spitzname »das Gespenst« auf ihn paßte. Seine Augen lagen tief in den Höhlen, das Stirnbein stand über ihnen weit vor, so daß es aussah, als starrte einen jedes Auge wie ein giftiges Reptil aus einem Felsenloch an. Vom Mund dieses Mannes waren Niedrigkeit,

Schwäche und Bosheit abzulesen — drei Eigenschaften, die nach Ramages Meinung immer zusammen wohnten. Seine Hände glichen Klauen und hingen an Gelenken, die kaum dicker waren als ein Besenstiel.

Probus kehrte den Heckfenstern den Rücken zu, so daß sein Gesicht im Schatten lag. Man sah ihm sein Unbehagen darüber an, daß er in eine Sache hineingezogen wurde, der er sich am liebsten ferngehalten hätte.

»Nun, Ramage«, sagte Croucher, »lassen Sie uns einmal etwas über Ihre Erlebnisse hören.« Er hatte eine hohe, seltsam quengelnde Stimme, die genau zu seinem Mund paßte.

»Schriftlich, Sir, oder mündlich?«

»Mündlich, Mann, mündlich. Ihr Bericht liegt mir ohnedies in Abschrift vor.«

»Diesem Bericht habe ich nichts hinzuzufügen, Sir.«

»Wissen Sie das genau?«

»Jawohl, Sir.«

»Was hat es dann mit dieser Meldung auf sich?« fragte Croucher und nahm ein paar Bogen Papier vom Schreibtisch. »Was hat es damit auf sich, he?«

»Er kann kaum wissen, worum es sich handelt«, fiel ihm Probus rasch ins Wort.

»Das wird er gleich erfahren. Dies, junger Mann, ist eine Beschwerde, besser gesagt eine förmliche Anklage des Grafen Pisano, daß Sie ein Feigling seien, daß Sie seinen verwundeten Vetter vorsätzlich den Franzosen preisgegeben hätten. Was haben Sie dazu zu sagen?«

»Nichts, Sir.«

»Nichts? Nichts? Sie geben also zu, daß Sie ein Feigling sind?«

»Nein, Sir: ich wollte nur sagen, daß ich zu der Anklage des Grafen Pisano nichts zu sagen habe. Behauptet er etwa, er wisse bestimmt, daß sein Vetter nur verwundet und nicht tot war?«

»Hm — ich ...« Croucher überflog die vor ihm liegenden Seiten. »So klar kommt das hier nicht zum Ausdruck.«

»Das hatte ich nicht anders erwartet, Sir.«

»Nehmen Sie die Sache nicht so leicht, Ramage«, fuhr ihn Croucher an. Dann fügte er mit einem höhnischen Lächeln hinzu: »Es wäre ja nicht das erstemal, daß ein Angehöriger Ihrer Familie über den fünfzehnten Kriegsartikel zu Fall kommt, und jetzt käme vielleicht sogar auch noch der zehnte dazu ...«

Der fünfzehnte Kriegsartikel betraf die Bestrafung eines jeden Angehörigen der Flotte, der eines Seiner Majestät Schiffe »feige oder verräterisch« dem Gegner übergab; während der zehnte sich mit allen denen befaßte, »die feige fliehen oder den Feind um Gnade bitten«.

Crouchers Bemerkung war so beleidigend, daß Probus förmlich erstarrte, aber Ramage sagte in aller Seelenruhe: »Verzeihen Sie mir, Sir, wenn ich sage, daß mir der zweiundzwanzigste Kriegsartikel verbietet, Ihnen die gebührende Antwort zu geben.«

Croucher lief rot an. Der zweiundzwanzigste Kriegsartikel verbot unter anderem, gegen einen rangälteren Offizier die Waffe zu ziehen oder ihm mit dem Ziehen der Waffe zu drohen. Es sollte dadurch verhindert werden, daß ein erboster jüngerer Offizier seinen Vorgesetzten zum Duell forderte.

»Sie sind frech, junger Mann, viel zu frech. Aber sagen Sie, sind Sie nicht der dienstälteste überlebende Offizier der *Sibella?*«

»Jawohl, Sir.«

»Dann kommen Sie übermorgen, Donnerstag, ohnehin vor das vom Gesetz vorgeschriebene Kriegsgericht, so daß wir die Ursache und die Umstände ihres Verlustes untersuchen können.«

»*Aye aye,* Sir.«

Als das Boot Ramage wieder auf die *Lively* brachte, war er überrascht, daß er sich so heiter und unbeschwert fühlte. Jetzt stand ihm das Verfahren bevor, jetzt hatte er den Gegner selbst kennengelernt, darum schien ihm auch die Zukunft nicht mehr so bedrohlich zu sein. Admiral Goddard hatte offenbar die Meldung des Bootsmanns entgegengenommen, als die drei Boote Bastia erreichten. Er hatte Croucher Anordnungen hinterlassen, die ihn anwiesen, was er bei Ramages Ankunft zu tun hatte. Goddard ließ sich wohl nicht träumen, daß Croucher eine so leichte Aufgabe bevorstand . . .

Am folgenden Morgen — es war Mittwoch — hatte Ramage als Angeklagter auf freiem Fuß an Bord keine dienstlichen Verpflichtungen. Jetzt, da das Mädchen und ihr Vetter an Land im Hause des Vizekönigs Unterkunft gefunden hatten, machte ihm das Schiff einen seltsam verlassenen Eindruck. Verbittert sagte sich Ramage, daß nun bestimmt auch Sir Gilbert und Lady Elliot Pisanos Lügen zu hören bekamen. Sir Gilbert war allerdings als Schotte nicht so leicht aus dem Gleichgewicht zu bringen und kannte überdies die Familie Ramage schon seit vielen Jahren. Ob ihm Pisano mit seinem Märchen beikommen konnte?

Am späten Nachmittag kam ein Boot der *Trumpeter* längsseit. Ein Leutnant lieferte mehrere versiegelte Schriftstücke ab und fuhr, nachdem der Empfang bescheinigt worden war, zu anderen Schiffen im Hafen weiter. Wenige Minuten später übergab Lord Probus' Sekretär Ramage ein umfangreiches Schreiben, das an ihn adressiert war.

Es war an Bord der *Trumpeter* geschrieben, trug das Datum des Tags zuvor und die Unterschrift eines Mannes, der sich »Stellvertretender Marine-Auditeur auf Zeit« nannte, ein Titel, hinter dem sich höchstwahrscheinlich der Zahlmeister des Schiffes verbarg. Das Schreiben lautete:

»Kapitän Aloysius Croucher, Kommandant Seiner Majestät Schiff *Trumpeter* und dienstältester Offizier aller zur Zeit in Bastia liegenden Schiffe und Fahrzeuge Seiner Majestät, hat ein Kriegsgericht einberufen, um die Ursache und die näheren Umstände zu untersuchen, die zum Verlust Seiner Majestät Fregatte *Sibella* geführt haben. Da dieses Schiff zuletzt Ihrem Befehl unterstand und da Sie der einzige überlebende Offizier desselben sind, obliegt es dem Gericht, Ihr Verhalten und Ihre Maßnahmen zu überprüfen, insoweit diese mit dem Verlust besagten Schiffes in Zusammenhang stehen. Ich selbst bin dazu bestimmt worden, bei dem Gerichtsverfahren das Amt eines Auditeurs zu übernehmen. Das Gericht tritt an Bord der *Trumpeter* am Donnerstag, den 15. dieses Monats, um 8 Uhr vormittags zusammen. Ich sende Ihnen anbei eine Abschrift des Befehls ... sowie Abschriften der Schriftstücke, auf die dieser Befehl Bezug nimmt. Ich wäre Ihnen verbunden, wenn Sie mir umgehend eine Liste von solchen Personen einreichen wollten, von denen Sie glauben, daß sie als Zeugen zu Ihren Gunsten in Frage kommen, damit sie zum angegebenen Termin geladen werden können.«

Der Brief trug die Unterschrift »Horace Barrow«. Ramage warf einen Blick auf die beigefügten Schriftstücke. Eines war eine Abschrift der Ernennung Barrows zum Stellvertretenden Marine-Auditeur durch Croucher, das zweite der Befehl zum Zusammentritt des Gerichts, das dritte eine Abschrift von Pisanos Brief an Lord Probus, das vierte eine Abschrift seines eigenen Berichts. Aus dem letzten endlich ging hervor, daß der Bootsmann und der Meistersmaat der *Sibella* als Zeugen der Anklage vorgeladen waren.

Ramage hatte sofort das Gefühl, daß hier ein zwielichtiges Spiel getrieben wurde. Warum gehörte Pisanos Brief, der doch mit dem Verlust der *Sibella* nicht das geringste zu tun hatte, mit zu den Papieren, auf die Crouchers Befehl »Bezug nahm«? Wahrscheinlich wollte Croucher, daß dieser Brief auf solche Art in das Gerichtsprotokoll gelangte und mit diesem der Admiralität zu Gesicht kam. Es war der einzige Weg, zu erreichen, daß er dort gelesen wurde. Man konnte zweifeln, ob ein solches Verfahren legal zu nennen war, aber Ramage sagte sich, der Brief würde eines Tages doch in die Öffentlichkeit gelangen, darum machte es ihm wenig aus, wenn das schon jetzt geschah.

Er zog seine Uhr. Es blieben ihm grade noch achtzehn Stunden, um Zeugen zu finden und seine Verteidigung vorzubereiten . . .

Er brauchte vor allem den Bootsmann, der ihm im Dienstalter am nächsten stand und am besten über die Mannschaftsverluste der *Sibella* Auskunft geben konnte. Der Meistersmaat konnte über den Zustand des Schiffes zu dem Zeitpunkt berichten, da er sich entschloß, es aufzugeben. Dann war da noch Jackson, der in dem kurzen Zeitabschnitt seiner Kommandoführung meist in seiner unmittelbaren Nähe gewesen war. Als Zeuge kam auch noch der Junge in Frage, der ihm die Nachricht gebracht hatte, daß er nun Kommandant sei, und endlich die beiden Matrosen, die ihn auf das Achterdeck geschleppt hatten: er besann sich nicht mehr auf ihre Namen, aber Jackson kannte sie bestimmt.

Jetzt ging er an Deck und suchte den Steuermannsmaat auf, der hier vor Anker statt eines Offiziers Deckswache ging — Probus gehörte nicht zu den kleinlichen

Kommandanten, die darauf bestanden, daß auch im Hafen nur ein Leutnant als Wachhabender in Frage kam. Ramage bat den Mann, ihm Jackson holen zu lassen. Aber ehe der Steuermannsmaat noch Zeit fand, den Mund aufzutun, hörte er, wie Lord Probus' Bootssteuerer durch den vorderen Niedergang laut nach Jackson rief. Was konnte Probus von ihm wollen?

»Lassen Sie«, sagte Ramage. »Ich will warten, bis ihn der Kommandant gesprochen hat.«

Es dauerte nicht lange. Schon nach drei oder vier Minuten kam Jackson aus der Kajüte zurück und sah sich aufgeregt nach Ramage um. Er eilte sofort auf ihn zu, grüßte und sagte mit bedrückter Stimme: »Ich habe eben vom Kommandanten einen Befehl erhalten, Sir.«

»Nun ja, es ist sein gutes Recht, Ihnen Befehle zu geben.«

»Das weiß ich, Sir. Aber ich soll unsere Leute sofort auf die *Topaze* bringen. Wir sind auf Befehl Kapitän Crouchers alle dorthin versetzt.«

Ramage warf einen Blick nach der kleinen, schwarzgestrichenen *Topaze* hinüber. Sie war eine Sloop und konnte daher von einem Leutnant oder einem *Commander* geführt werden — jedenfalls war ihr Kommandant noch so jung, daß er an dem Kriegsgericht gegen ihn nicht teilnehmen konnte. Das Boot der *Trumpeter* hatte eben von ihrer Bordwand abgelegt, wahrscheinlich hatte es ihrem Kommandanten Crouchers Versetzungsbefehl überbracht.

Jackson war seinem Blick gefolgt und rief nun plötzlich aus: »Schauen Sie, Sir — die *Topaze* macht seeklar.«

Ja, tatsächlich, man sah, wie die Leute an Deck eilten und die Vorsegel anschlugen. Ramage fühlte, wie sich sein Magen vor Entsetzen zusammenkrampfte, als er gewahr wurde, was ihm Croucher da antat ...

Der Leutnant der *Trumpeter* hatte ihm den Befehl

zur Einberufung des Kriegsgerichts und zugleich die Aufforderung überbracht, seine Zeugen zu nennen — aber zur gleichen Zeit hatte er Probus den Befehl Crouchers ausgehändigt, alle Leute der *Sibella* sofort auf die *Topaze* zu schicken. Und der Kommandant der *Topaze* hatte offenbar eben erst den Befehl erhalten, sofort in See zu gehen, wenn die Männer der *Sibella* an Bord seien ...

Wenn also Ramages Zeugenliste auf der *Trumpeter* eintraf, war die *Topaze* ausgelaufen, und der »Stellvertretende Marine-Auditeur« konnte ihm durchaus der Wahrheit entsprechend antworten, daß die meisten der von ihm benannten Zeugen nicht greifbar seien.

Jackson war Ramages plötzliche Nervosität offenbar nicht entgangen, denn er fragte ihn mit besorgter Miene: »Ist etwas schiefgegangen, Sir?«

»Alles ist schiefgegangen«, sagte Ramage bitter. »Morgen soll ich mich wegen Feigheit vor Gericht verantworten. Dabei habe ich außer dem Bootsmann und dem Meistersmaat keinen einzigen Zeugen zur Verfügung, der für mich aussagen könnte.«

»Wegen Feigheit?« rief Jackson ganz entsetzt. »Wie ist das möglich, Sir? Handelt es sich denn nicht nur um die normale Untersuchung, die beim Verlust eines Schiffes üblich ist?«

Ramage war sich darüber im klaren, daß er aus Gründen der Manneszucht vermeiden sollte, sich mit Jackson über seinen Fall zu unterhalten; aber da Jackson morgen ohnehin in See war, machte es nicht viel aus, wenn er es jetzt dennoch tat.

»Ja, wegen Feigheit, zum mindesten vermute ich, daß sie diesen Vorwurf gegen mich erheben.«

»In der Anklage steht also nichts davon drin, Sir?«

»Nein — die ist im üblichen Wortlaut gehalten.«

»Aber wie ... wie kann es nur angehen, daß man

Ihnen Feigheit vorwirft, Sir? Entschuldigen Sie bitte diese Frage.«

»Das ist ganz einfach«, sagte Ramage verbittert, »der Graf Pisano hat mich schriftlich angeschuldigt.«

»Was, der? So ein ver . . .«

»Jackson, es war äußerst unkorrekt von mir, Ihnen das alles auszuplaudern. Jetzt möchte ich ganz schnell noch einige Namen von Ihnen wissen. Wie hieß der Junge, den mir der Bootsmann schickte, als ich bewußtlos an Deck lag? Wie hießen die beiden Männer, die mir halfen, an Oberdeck zu gelangen?«

»Ich kann mich leider nicht daran erinnern, Sir. Aber einige von den Jungs wissen sicher noch, wie sie hießen: ich werde sie fragen, während wir uns fertig machen, um auf die *Topaze* überzusetzen.«

Jackson grüßte und ging nach vorn. Seltsam, wie der Amerikaner plötzlich aussah. Trug er nicht so etwas wie eine triumphierende Miene zur Schau? Ramage fühlte sich plötzlich von krampfhafter Angst gepackt. In den letzten Tagen hatte er Jackson gegenüber oft genug indiskrete Bemerkungen fallen lassen. Aus seinem — Ramages — eigenen Bericht ging natürlich für Croucher nichts Belastendes hervor, da kam ihm wohl der Amerikaner gerade gelegen, Pisanos Vorwurf der Feigheit zu bestätigen, wenn er sich dazu bereit fand, das Gericht mit Lügen zu bedienen.

Ja, er saß nun einmal in der Falle! Abermals fühlte er sich von Panik ergriffen, als er sich vergegenwärtigte, daß, abgesehen von dem Bootsmann und dem Meistersmaat, Pisano als einziger und gewichtigster Zeuge vor Gericht erscheinen würde, es sei denn, daß Croucher noch andere Männer der *Sibella* bereithielt, die Bastia unter Führung des Bootsmanns erreicht hatten. Auch Gianna unterstützte bestimmt die Aussage ihres Vetters, zum mindesten konnte er nicht erwarten, daß sie ihm widersprach — sofern sie überhaupt gesundheitlich schon imstande war, der Verhandlung beizuwohnen.

Jackson kam wieder zurück: »Die beiden Matrosen waren Patrick O'Connor und John Higgins, Sir, der Schiffsjunge hieß Adam Brenton.«

»Ich danke Ihnen«, sagte Ramage, rannte in die Messe und rief dem Steward zu, er solle ihm schleunigst Tinte, Feder und Papier bringen.

In aller Eile schrieb er dann einen Brief an den Stellvertretenden Marine-Auditeur. Darin bat er, die in der beiliegenden Liste aufgeführten Männer als Zeugen aufzurufen, und setzte unter dieses Schriftstück seinen Namen. Auf einen zweiten Bogen schrieb er die Namen des Bootsmanns, des Meistersmaaten und der Männer, die ihm Jackson eben genannt hatte. Am Schluß fügte er noch die Namen Jacksons und Smiths hinzu. Plötzlich kam ihm noch ein Einfall, den er in einem Nachwort zu seinem Schreiben formulierte. Er werde, schrieb er, dem Gericht eine weitere Liste unterbreiten, sobald er zur Auffrischung seiner Erinnerung Gelegenheit bekomme, die Musterrolle der *Sibella* einzusehen. Schließlich faltete er Brief und Liste zusammen — zum Siegeln war keine Zeit mehr — und eilte damit an Deck.

Dawlish stand am Fallreep, wo eben Jackson die sechs Mann der *Sibella* musterte, die mit ihren Hängematten und neuen Seesäcken angetreten waren. Die Seesäcke waren noch kümmerlich leer; die Männer hatten diesen Morgen zum erstenmal Gelegenheit gehabt, beim Zahlmeister das Nötigste einzukaufen.

»Jack — kannst du dieses Schreiben umgehend auf die *Trumpeter* schicken? Es ist brandeilig.«

»Gewiß — ich habe eben ein Boot der *Topaze* längsseit, das kann den Brief gleich dort abliefern.«

»Nein, Jack, das geht nicht. Kannst du nicht eines unserer Boote schicken?«

Dawlish sagte sich, daß Ramage wohl allen Grund hatte, sich so hartnäckig anzustellen.

»Bootsmaat der Wache! Pfeifen Sie die Bootsbesatzung vom Dienst. Sie da!« rief er einem Fähnrich zu, »nehmen Sie das Wachboot und bringen Sie diesen Brief dem« — er unterbrach sich und entzifferte die Adresse — »dem Stellvertretenden Marine-Auditeur an Bord der *Trumpeter.*«

Während Jackson die Namen der *Sibella*-Leute aus einer Liste aufzurufen begann, rief Dawlish ungeduldig nach vorn: »Los, beeilt euch dort! Wo bleibt die Bootsbesatzung vom Dienst! Bootsmaat der Wache! Jagen Sie die Burschen achteraus!«

Jetzt bemerkte Ramage, daß Probus den Niedergang heraufgekommen war und auf sie zukam.

»Wozu brauchen Sie ein Boot?« fragte er Dawlish. »Die *Topaze* sendet ihr eigenes Boot, um diese Männer zu holen.«

»Ich weiß, Sir. Es liegt schon längsseit. Mr. Ramage möchte einen Brief auf die *Trumpeter* schicken.«

»Das hat doch noch Zeit, nicht wahr, Ramage? Ich habe nämlich selbst Papiere, die später hinübergeschickt werden müssen.«

»Es ist meine Zeugenliste, Sir.«

»Ihre *was?*«

»Zeugenliste.«

»Haben Sie denn geschlafen?«

»Nun, Sir, es ist erst zehn Minuten her, daß ich die Anklage zugestellt bekam.«

»Wie? Zehn Minuten? Haben Sie das Schriftstück nicht gestern bekommen?«

»Nein, Sir. Es kam mit dem letzten Boot von der *Trumpeter*, dem gleichen, das auch den Versetzungsbefehl für diese Männer brachte.« Ramage wies mit einer Geste auf die Matrosen der *Sibella*.

»So ist das also. Gut, lassen Sie das Boot absetzen, Dawlish.«

Probus ging weg. Einen Augenblick später sah Ramage, wie er seinen Kieker erst auf die *Trumpeter* und dann auf die *Topaze* richtete. Nach einem kurzen Blick auf die Sloop rief er:

»Fähnrich! Was weht auf der Sloop dort für ein Signal?«

Ramage sah, wie die *Topaze* eben den »Blauen Peter« gesetzt hatte, das Rückrufsignal für die Boote und die allgemeine Ankündigung, daß das Schiff im Begriff war, in See zu gehen.

»Der Blaue Peter, Sir, Rückrufsignal für die Boote.«

»Mr. Dawlish«, sagte Probus, »schicken Sie diese Männer da schleunigst los. Mr. Ramage, kommen Sie zu mir.«

Sobald Ramage zu ihm getreten war, fragte er: »Haben Sie gewußt, daß die *Topaze* im Begriff ist auszulaufen?«

»Vor ein paar Minuten haben wir gesehen, daß sie die Vorsegel klarmachte.«

»Warum haben Sie mir nichts davon gesagt?«

Darauf wußte Ramage nichts zu antworten. Er hatte eben nicht daran gedacht.

»Auf diese Weise schwimmen Ihnen Ihre Zeugen weg.«

Ramage sagte wieder nichts. Probus kam wohl selbst darauf, wie alles zusammenhing.

Schließlich schob Probus seinen Kieker mit einem zornigen Knall zusammen und wandte sich halb um, als ob er Ramage etwas sagen wollte. Aber im letzten Augenblick besann er sich wieder und schwieg.

In eben diesem Augenblick sah Ramage, wie die Männer der *Sibella* ihre Sachen in das Boot luden. Jackson trat auf Probus zu, als ob er ihm eine Meldung machen wollte. Aber statt in respektvoller Entfernung stehenzubleiben und zu salutieren, trat der Amerikaner ganz dicht an ihn heran, versetzte dem überraschten Kommandanten einen Stoß vor die Brust und sagte im Gesprächston zu ihm: »Scher dich aus dem Weg.«

Probus war so sprachlos, daß er nicht sofort reagieren konnte, da versetzte Jackson auch Ramage einen Stoß: »Du aber auch!«

Probus gewann zuerst seine Fassung wieder. Rot vor Zorn fragte er Ramage: »Ist dieser Mann betrunken, oder ist er verrückt?«

»Weiß der Himmel, Sir!«

» ›Ungehöriges Benehmen‹, vielleicht sogar ›tätliche Beleidigung eines Vorgesetzten‹, Sir«, sagte Jackson. »Sie sollten mich festnehmen lassen.«

»Da haben Sie verdammt recht«, sagte Probus heftig erregt. »Wachtmeister! Der Wachtmeister soll sofort zu mir kommen!«

Während sich der Kommandant abwandte, um Dawlish seinen Befehl zu wiederholen, versuchte sich Jackson durch eine Geste vorsichtig mit Ramage zu verständigen.

Dieser begriff sofort, was Jackson für ihn auf sich genommen hatte, und starrte auf das Deck nieder, weil er sich des Mißtrauens schämte, das er eben noch gegen diesen Mann gehegt hatte.

Probus wartete ungeduldig auf den Wachtmeister. Er schlug aufgeregt mit dem Kieker gegen sein Bein, dann trat er endlich an die Querreling des Achterdecks und rief mit lauter Stimme nach Dawlish.

Ramage benutzte die Gelegenheit und zischte Jackson ins Ohr: »Wie töricht von Ihnen, man kann Sie dafür hängen!«

»Ja, aber wenn ich hier in Haft bin, kann ich nicht mit der *Topaze* auslaufen.«

»Aber . . .«

»Ich hatte ja keine Ahnung, Sir, daß Ihnen solche Gefahr droht, ich dachte, das Ganze sei nur eine Routineangelegenheit. Allerdings nahm mich immer wieder wunder, warum der italienische Gentleman so lange Reden hielt. Hätte ich gewußt . . .«

Er hielt mitten im Satz inne, als er sah, daß Probus der Reling den Rücken kehrte. Ramage dämmerte jetzt, daß Jackson von Pisanos Anschuldigungen nichts ahnen konnte, da die Gespräche in der Gig zwischen ihm, Pisano und Gianna ja alle auf italienisch geführt worden waren.

Noch war keine Minute vergangen, da stand der vierschrötige Wachtmeister, von der Klettertour aus den Tiefen des Schiffs bis aufs Achterdeck völlig außer Atem, vor Probus. Dieser deutete auf Jackson und sagte: »Bringen Sie den Mann unter Deck.«

Dann befahl Probus dem Leutnant Dawlish: »Senden Sie einen der Leutnants mit den Männern der *Sibella* auf die *Topaze*. Er soll dem Kommandanten dort erklären, daß einer davon auf meinen Befehl an Bord dieses Schiffes zurückgehalten wurde und daß Kapitän Croucher Meldung darüber erhält.«

Dann herrschte er Ramage an: »Kommen Sie mit mir in die Kajüte.«

Dank der Sonnensegel, die über dem Achterdeck ausgespannt waren, herrschte dort angenehme Kühle. Probus zog den Stuhl vom Schreibtisch weg und setzte sich nieder.

»Wußte der Mann, daß Sie morgen vor Gericht stehen werden?«

»Jawohl, Sir — ich habe es ihm vor wenigen Minuten gesagt.«

»Hat er auch gesehen, daß die *Topaze* seeklar macht?«

»Jawohl — er sah, daß sie ihre Vorsegel klarmachte; den Blauen Peter haben Sie selbst bemerkt.«

»Weiß der Mann, wessen Sie angeklagt sind?«

»Nein — ich habe nur erwähnt, daß mich Pisano der Feigheit beschuldigt.«

»Das war sehr indiskret von Ihnen.«

»Jawohl, Sir. Ich bitte, mir dies zu verzeihen. Darf ich eine persönliche Frage an Sie richten?«

»Ja, fragen können Sie, aber ich kann Ihnen nicht gewährleisten, daß Sie eine Antwort bekommen.«

»Haben Sie gewußt, daß die *Topaze* auslaufen sollte?«

»Sie wissen, daß ich darauf nicht antworten kann — aber mein Verhalten, als ich den Blauen Peter sah, macht Ihre Frage doch eigentlich überflüssig.«

»Danke, Sir.«

»Sie brauchen mir nicht zu danken: ich habe Ihnen nichts gesagt.«

»*Aye aye*, Sir.«

»Dieser Bootssteuerer, was ist das eigentlich für ein Mensch?«

»Er ist Amerikaner, Sir, ein ausgezeichneter Seemann, ein Mensch von ungewöhnlicher Tatkraft. Ich möchte wissen, warum er nicht schon längst mit der Anwartschaft auf Versorgung entlassen wurde.«

»Das ist schließlich seine Sache«, sagte Probus ungeduldig. »Wir wollen doch wissen, was der Mann augenblicklich im Sinn hat. Offenbar wollte er festgenommen werden, um nicht mit der *Topaze* in See gehen zu müssen. Der Grund dafür liegt auf der Hand, er möchte als Zeuge zur Verfügung stehen. Warum das? Was kann er vorbringen, um Ihnen zu helfen?«

»Das ist auch mir ein Rätsel, Sir. Über die Affäre Pisano kann er ja kaum etwas wissen, weil wir immer italienisch sprachen.«

»Und in den letzten Minuten hat er auch nur erfahren, daß Pisano Sie der Feigheit beschuldigt und daß diese Anschuldigung vor Gericht zur Sprache kommen wird.«

»Jawohl, Sir.«

»Und doch verstehe ich nicht, was er will. Eine wichtige Aussage kann er unmöglich machen — eine, die dazu dienen könnte, einen strittigen Punkt zu klären. Von Ihnen war es jedenfalls höchst indiskret, einen einfachen Matrosen so ins Vertrauen zu ziehen.«

»Ich sehe das ein, Sir.«

»Immerhin, es ist kein Schaden angerichtet worden.«

»Abgesehen davon, daß jetzt Jackson genauso in Haft ist wie ich selbst.«

»Ach, wer sagt denn das?«

»Nun, Sir . . .«

»Ich habe nur befohlen, ihn unter Deck zu bringen. Wenn ich ihn an Bord behalten will, damit er Ihnen als Zeuge zur Verfügung steht, dann muß ich ihn einsperren . . .« Ramage wartete schweigend, bis Probus fortfuhr.

»Ehe ich ihn aber einsperre, möchte ich mir doch darüber klarwerden, wessen er beschuldigt werden muß. Daß er sich an mir vergriffen hat, bleibt außer Betracht — obwohl daran nicht zu zweifeln ist —, sonst müßte er vor ein Kriegsgericht und könnte unter Umständen gehenkt werden. ›Ungehöriges Benehmen gegen einen Vorgesetzten‹ — das dürfte richtig sein: jedenfalls fällt das noch in den Rahmen meiner Strafgewalt. Aber hören Sie jetzt genau zu, Ramage: Wenn auch nur *ein* Wort von dem herauskommt, was wir hier vereinbaren, dann sind wir beide ruiniert. Sie tun also gut daran, sich Jackson vorzunehmen und ihm größte Vorsicht und Verschwiegenheit einzuschärfen.«

»*Aye aye*, Sir.«

»Also gut. Aber Kapitän Croucher wird nicht sehr erbaut sein, fürchte ich. Ja, ja, mein Lieber, Ihr Vater hatte eine Menge Gegner.«

»Das wird mir jetzt auch allmählich klar. Glauben Sie mir, es ist ziemlich hart, wenn man einem Menschen zum erstenmal im Leben begegnet und gleich feststellen muß, daß man einen Feind vor sich hat.«

»Nun, es mag ein Trost für Sie sein, daß es hier auf Korsika noch viel schlimmere Dinge gibt. Ich meine die Vendetta: Romeo und Julia — Dolche im Dunkel der Nacht — Familienfehden, die vom Vater auf den Sohn vererbt werden wie Grundbesitz . . .«

»Eben das habe auch ich geerbt, so kommt es mir wenigstens vor«, sagte Ramage verbittert.

»Machen Sie sich doch nicht lächerlich! Ihr Fall liegt ja ganz anders.«

Ramage gestand sich ein, daß da ein Unterschied bestehen müsse, obwohl im Augenblick schwer zu erkennen war, worin er bestand, wenn man davon absah, welche Rolle hier auf Korsika der Dunkelheit zukam. Ein Dolch zwischen die Schulterblätter war jedenfalls ehrlicher als die Waffe, deren sich Kapitän Croucher bediente.

»Sagen Sie, lieben Sie eigentlich dieses Mädchen?«

Ramage schreckte aus seinen Gedanken auf. Probus hatte fast beiläufig gefragt und wollte ihm ganz bestimmt nicht zu nahe treten; es sah eher aus, als ginge ihm ein Gedanke im Kopf herum.

Wie war es denn? Liebte er sie, oder waren nur die Beschützerinstinkte in ihm geweckt worden, weil sie in Gefahr war, als sie einander zum erstenmal begegneten? Hatten ihn etwa nur ihre Schönheit und ihre Sprechweise hingerissen, jener Akzent, der das trockene Englisch plötzlich so musikalisch — und so sinnlich klingen machte? Er hatte sein Verhältnis zu Gianna bisher nicht kalten Blutes überdacht, das kam alles, wie es kommen mußte, man sagte nicht plötzlich aus heiterem Himmel: »Ich liebe dich.« In früheren Tagen hatte er auch schon Mädchen kennengelernt, aber er hatte nie mehr als freundschaftliche Gefühle für sie aufgebracht — mit einer einzigen Ausnahme. Das war eine verheiratete Frau gewesen. Die hatte... Er fühlte, wie ihm bei dem Gedanken an sie langsam das Blut zu Kopfe stieg, weil er sich schämte. Jedoch... nun, in diesem Augenblick gab er sich zum erstenmal darüber Rechenschaft (besser gesagt, gestand er sich ein), daß es ihm während Giannas Anwesenheit an Bord durchaus genügt hatte zu wissen: sie ist da. Das galt sogar für den Augenblick, da er lieblos aus ihrer Kammer gestürzt war und ihrem Flehen kein Gehör geschenkt hatte. Seitdem sie von Bord war, fühlte er sich wie eine leere Muschel, sein Dasein hatte allen Sinn verloren, er fühlte keinen Anlaß — nein, besser: keinen Ansporn — mehr, irgend etwas zu tun. War das Liebe? Hier gab es überhaupt nichts von der hitzigen, ja fast rohen Erregung, die er bei jener verheirateten Frau empfunden hatte: das war lediglich ein heftiges Prickeln unter dem Säbelkoppel gewesen und darüber schweres Atmen. Jetzt aber fühlte er sich ohne sie völlig verloren, er fand keine Ruhe mehr, ja er fühlte sich nur noch wie ein Teil seiner selbst. Aber als sie...

»Sind Sie sich denn darüber im klaren«, sagte Probus, »daß sie Sie liebt?«

»Mich liebt?«

»Mein lieber Junge«, rief Probus ungeduldig aus, »sind Sie denn blind?«

»Nein — aber...«

»Der Teufel hole Ihre ›Aber‹. Ich weiß im Grunde nicht, warum ich mich in Ihre Angelegenheiten einmenge, aber anscheinend brauchen Sie wirklich eine Segelanweisung von mir. Sie haben doch eine Menge Wasser unter dem Kiel. Bis vor wenigen Minuten war ich nicht sicher, wieviel von Pisanos Geschichte stimmt — kein Rauch ohne Feuer, Sie wissen ja. Wäre die Marchesa nicht gewesen, so hätte ich wohl die Hälfte seiner Geschichte geglaubt. Ich sage Ihnen gleich warum, obwohl« — er hob die Hand, damit ihm Ramage nicht ins Wort fiel — »Frauen leicht in ihrem Urteil irren und obwohl sie nicht an Bord der *Sibella* war, als Sie die Flagge niederholten.

Für mich war natürlich die *Sibella* das größte Fragezeichen. Als Sie sich plötzlich mit der Verantwortung für ein schwerbeschädigtes Schiff und eine Menge verwundeter Männer belastet sahen — da wäre es kein Wunder gewesen, wenn Sie sich übereilt zu einem Schritt entschlossen hätten, den Sie später bereuen mußten. Aber ich hatte genügend Zeit, mir diesen Jackson vorzunehmen — ich sollte Ihnen das eigentlich gar nicht sagen, vermute ich —; und wenn er den Henkerstrick riskiert, um Ihr Ansehen zu retten, dann will ich glauben, daß es wirklich das beste war, vor der *Barras* die Flagge zu streichen.«

»Ich danke Ihnen, Sir«, sagte Ramage trocken. »Die *Sibella* macht mir nicht so viel zu schaffen wie das, was am Strand geschah.«

»Genauso ging es mir auch, bis ich herausfand, daß die Marchesa bereit war, Ihnen zu glauben — aber meines Wissens herzlich wenig Unterstützung bei Ihnen fand. War ihr Vetter wirklich tot?«

»Ja.«

»Dann weiß der Teufel, warum Sie das Mädchen nicht überzeugt haben. Sie sagte mir, sie hätte nichts von Ihnen erfahren können. Jetzt denkt sie wohl, Sie seien entweder ein Lügner oder zu stolz. Sie haben es nur sich selbst zuzuschreiben, wenn sie jetzt Pisano aufs Wort glaubt — meinen Sie nicht auch?«

Als Ramage keine Antwort gab, schien Probus die Geduld zu verlieren. »Mann, antworten Sie mir!«

»Nun, Sir, zunächst war ich überrascht, daß man mir vorwarf, ich sei nicht zurückgegangen. Dann ärgerte ich mich darüber, daß mich Pisano einen Feigling nannte — dabei war der Kerl selbst so feige, daß er auf die Küste zurannte, ohne für Pitti auch nur ein *ciao* übrig zu haben. Kurzum, ich hatte das Gefühl, die Burschen seien es nicht wert, daß man auch nur einen Atemzug an sie verschwendet. Pisano beschuldigt mich nur der Feigheit, um sich selbst zu decken.«

»Aber es gab doch eine höchst bedeutende Persönlichkeit, die durchaus bereit war, jeder sachlichen Erklärung über den bewußten Vorfall Glauben zu schenken — und unter Umständen sogar zu Ihren Gunsten auszusagen.«

»Ach, wirklich? Und wer sollte das sein, Sir?«

»Die Marchesa natürlich — ist Ihnen das denn nicht aufgegangen, Sie Narr?« Probus machte keinen Versuch mehr, seinen Zorn zu verheimlichen.

Ramage wirbelte der Kopf, der Schweiß trat ihm aus allen Poren und durchfeuchtete seine Sachen, als ihn jetzt einem Dolchstoß gleich die beschämende Erkenntnis traf, daß ihn nur aufgestaute Entrüstung, beleidigter Stolz und gekränkte Unschuld daran gehindert hatten, in Ruhe zu überlegen.

Darum kam ihm auch erst jetzt zum Bewußtsein, daß Gianna ja nur darauf gewartet hatte, aus seinem eigenen Mund zu vernehmen, was er gesehen hatte, als er noch einmal zurückgeeilt war. Sie wollte von ihm, dem Fremden, nur ein paar erklärende, beteuernde Worte hören. Sie hätte ihm bedingungslos Glauben geschenkt, da sie ihn — nach Probus' Meinung — ja liebte. Statt dessen hatte er wie ein aufgeplusterter Papagei immer nur wiederholt, er habe seine Pflicht getan.

»Sie sehen ja aus, als ob Sie jeden Augenblick umfallen könnten. Kommen Sie — setzen Sie sich.«

Probus erhob sich und schob ihm einen Stuhl zurecht. Während sich Ramage setzte, holte er aus einem Regal am Schott eine Flasche und Gläser.

»Für einen Narren wie Sie ist dieser Brandy fast zu gut«, sagte er, als er Ramage das halbgefüllte Glas gab. Jetzt goß er sich selbst einen Schluck ein und nahm ebenfalls Platz. Dann schnippte er mit dem Fingernagel immerzu gegen sein Glas und schien ganz hingerissen auf den hellen Glockenton zu lauschen, den es von sich gab. Zuletzt kostete er seinen Brandy und stieß einen genüßlichen Seufzer aus.

Ramage nahm die Gelegenheit wahr, eine Frage zu stellen.

»Warum glauben Sie wohl, Sir, daß Jackson dieses Opfer für mich auf sich genommen hat?«

»Wie soll ich das denn wissen? Pisano verhält sich so, wie er es tut, weil er eben Pisano ist. Jackson aber ist ein Seemann, und Sie wissen ja, Seeleute sind oft seltsame Brüder — sie können lügen und betrügen, sie schlagen betrunken um sich, wenn sie nur am Korken einer Schnapsflasche gerochen haben, aber sie besitzen einen Gerechtigkeitssinn, wie man ihn hier auf Erden kaum irgendwo findet — Sie haben ja oft genug den Vollzug der Prügelstrafe gesehen, um das zu wissen.

Ich weiß immer sofort, wenn ich den richtigen Mann auspeitschen lasse — da sehe ich mir nur die Gesichter der Umstehenden an. Ist er schuldig, dann sind sie ohne weiteres einverstanden, trifft ihn keine Schuld, dann merke ich das sofort an ihrer Haltung. Es gibt kein Murren, kein Gebrumm, aber ich weiß dennoch, was in ihnen vorgeht.

Ich bin überzeugt, daß Jackson ebenso empfindlich reagiert, wenn einem anderen Unrecht geschieht. Wahrscheinlich weiß er, daß Ihr Vater den Sündenbock spielen muß. Er ist lange genug im Beruf, um zu wissen, daß die Familie Ramage Feinde hat. Als er erfuhr, daß vor Gericht der Vorwurf der Feigheit gegen Sie erhoben werden würde, erkannte er ziemlich schnell, warum er und die anderen Männer der *Sibella* so plötzlich auf die *Topaze* versetzt wurden. Das war ihm, nebenbei gesagt, sogar schneller klar als mir.«

»Nun«, sagte Ramage, »nach all dem fühle ich mich recht klein. Erst Sie, dann Jackson. Ich möchte auf keinen Fall undankbar erscheinen, Sir, oder Sie gar verletzen, aber mir wäre es offen gestanden lieber, wenn Sie nicht weiter in diese leidige Angelegenheit hineingezogen würden.«

»Das wird auch nicht geschehen, mein Lieber. Ich fühle mich jetzt schon unwohl, nach Mitternacht werde ich so krank sein, daß ich nicht daran denken kann, am Vormittag dem Kriegsgericht beizuwohnen. Ein vom Schiffsarzt ordnungsgemäß unterschriebenes Attest wird den Vorsitzenden von meinem Zustand unterrichten. Da auf den Schiffen hier im Hafen sechs Kapitäne zu finden sind, ist ohnedies einer mehr vorhanden als die erforderlichen fünf, das Verfahren kann daher seinen Fortgang nehmen.«

»Vielen Dank, Sir.«

»Sie brauchen mir nicht zu danken, ich helfe Ihnen ja nicht — ich nehme nur mein eigenes Interesse wahr. Ich habe nicht etwa die Absicht, mich mit diesem Goddard anzulegen, aber ich weiß eben leider viel zuviel über den Fall, als daß ich unbefangen Richter spielen könnte. Da es nicht ganz leicht für mich wäre, dem Vorsitzenden zu erklären, wie ich zu meinen Kenntnissen gelangt bin, ist es ein großes Glück, daß ich mich jetzt krank und fiebrig fühle und schleunigst die Koje aufsuchen muß. Gute Nacht also.«

»Was ist mit Jackson, Sir?«

»Den überlassen Sie ruhig mir. ›Ungehöriges Benehmen‹, so sagte ich doch. Gegen mich, nicht gegen Sie. Sie waren nur Zeuge: der einzige Zeuge. Der Vorfall spielte sich — soweit ich mich entsinnen kann — eine ganze Weile früher ab, ehe ich den Befehl erhielt, Jackson und die übrigen *Sibella*-Leute auf die *Topaze* bringen zu lassen. Ich muß ja Kapitän Croucher darüber schriftlich berichten. Ach, richtig«, fügte er zerstreut hinzu, »gut, daß ich daran denke. Ich habe ja noch einen weiteren Brief zu schreiben.«

Ramage wartete, weil er meinte, Probus hätte über diesen Brief noch etwas zu sagen. Aber der Kommandant streifte ihn nur mit einem flüchtigen Blick und sagte: »Es ist gut, Sie können gehen. An Sie will ich den Brief nicht schreiben. Gute Nacht.«

15

Als Ramage am folgenden Morgen vom Messesteward
mit einer Tasse Tee geweckt wurde, hatte er nach dem
Schlaf in der winzigen, ungelüfteten Kammer Kopfschmerzen und den üblichen Metallgeschmack auf der
Zunge. Er wußte im voraus, daß der Tee lauwarm war
und scheußlich schmeckte. So war es immer gewesen,
und daran würde sich — wenigstens für Leutnants —
auch in Zukunft nichts ändern. Die Verhandlung sollte
in etwa einer Stunde beginnen, Zeit, daß der Angeklagte
ein kräftiges Frühstück zu sich nahm.

Der Steward kam wieder: »Mr. Dawlish hat mir befohlen, Ihnen dies zu geben, Sir.« Damit legte er einen
Degen und einen Hut auf die kleine Kommode. »Ich
habe noch ein paar andere Sachen zu bringen, und hier
ist noch etwas, Sir: es kam eben von Land, Sir.«

Er reichte Ramage einen Brief, der mit einem Tropfen roten Wachses verschlossen war, aber keinen Abdruck eines Siegels trug. Im Halbdunkel der Kammer
war er schwer zu entziffern, einstweilen unterschied Ramage nur die kühn geschwungene, aber etwas fahrige
Schrift, deren Züge ihm verrieten, daß der Schreiber
wahrscheinlich ein Italiener, auf keinen Fall aber ein
Engländer war.

Er kletterte aus seiner Koje, um ihn unter dem Messe-
Skylight zu lesen. Da war keine Anrede, keine Unterschrift, der Inhalt bestand aus ganzen drei Zeilen:

> *»Nessun maggior dolore,*
> *Che ricordarsi del tempo felice*
> *Nella miseria.«*

Er erkannte die Worte Dantes aus der *Göttlichen Komödie* wieder: »Es gibt kein größeres Leid, als sich in schweren Tagen vergangenen Glücks zu entsinnen.«

Sehr wahr, dachte er, aber wem sollte daran gelegen sein, mich ausgerechnet an diesem Morgen daran zu erinnern? Er hielt das Blatt gegen das Licht und konnte das Wasserzeichen erkennen: Es war eine Krone über einer Art Urne mit den Buchstaben »GR« darunter. Also hatte der Schreiber offenbar Zugang zu amtlichen Briefbogen ...

Plötzlich sah er sich wieder in jenem Turm, vor sich ein schönes Mädchen in schwarzem Umhang, das mit einer Pistole auf ihn zielte und dabei fragte: »Was bedeutet dieses Gerede von *L'amor che muove il sole e l'altre stelle?*« Der Brief kam also von ihr, die fahrige Schrift war eine Folge der Schulterwunde, das Papier stammte vom Vizekönig. Aber welches »vergangene Glück« hatte sie wohl im Sinn?

Der die Messe betretende Steward brachte Ramage mit einem Ruck in die Gegenwart zurück: Als der Mann einen Offizier splitternackt unter dem Skylight stehen sah, riß es ihn so zusammen, als wäre er mit dem Kopf gegen eine Mauer gerannt. Er hielt ihm nur noch stumm einen Armvoll Kleidungsstücke entgegen.

»Von Mr. Dawlish, Sir«, brachte er endlich heraus. »Ein Paar Schuhe sind auch von ihm, die übrigen gehören anderen Offizieren. Die Frage ist, welches Paar Ihnen paßt, Sir.«

»Schön, lassen Sie die Sachen hier.«

»Ich soll Ihnen von Mr. Dawlish bestellen, Sie möchten ihm Bescheid sagen lassen, wenn Sie fertig sind. Der Provost Marshal ist schon an Bord, das Boot soll in fünfzehn Minuten absetzen.«

In fünfzehn Minuten würde also eines der Geschütze der *Trumpeter* einen Schuß abfeuern, und zugleich würde an ihrer Gaffelpiek die Nationalflagge geheißt werden. Das war das Zeichen, daß an Bord eine Kriegsgerichtsverhandlung stattfand und daß alle daran Beteiligten an Bord kommen sollten.

Wenn der Dienstälteste von fünf Kommandanten ein Kriegsgericht einberief, dann durfte er nach den Bestimmungen für den Dienst an Bord auch den Vorsitz führen. Also hatte Croucher heute die Verhandlung zu leiten und war daher in der glücklichen Lage, zugleich als Ankläger und als Richter auftreten zu können.

Warum, fragte sich Ramage, hing er nur solchen Gedanken nach? Er merkte plötzlich, daß er noch immer nackt war, und wusch sich in aller Eile. Das Wasser war schon fast kalt, weil er nicht bemerkt hatte, wie es der Steward brachte.

Sicher war jetzt der Schiffsarzt bei Lord Probus, um ihn zu untersuchen und ihm das Attest auszustellen, das laut Gesetz erforderlich war, um ihn von der Teilnahme an der Verhandlung zu befreien. Der Bootsmann prüfte wohl auch heute der Routine entsprechend, ob die Rahen vierkant gebraßt waren, und musterte wie immer die Takelage. Vielleicht veranlaßte er gerade, daß die leeren Wasserfässer zum Füllen an Land geschickt wurden, während der Zahlmeister die Proviantausgabe vorbereitete. Die Leutnants hatten sich wohl schon davon überzeugt, daß das Schiff makellos sauber war: schon beim Morgengrauen waren ja die Decks gescheuert und das Messing mit Ziegelstaub so lange poliert worden, bis es blitzte. Auch die Sonnensegel waren schon ausgeholt, um die Decks vor der heißen Sonne zu schützen.

Der Steward hatte ihm Seidenstrümpfe gebracht, das war besonders großzügig von Dawlish, denn Leutnants konnten sich nur selten einen solchen Luxus leisten. Ramage streifte sie über die Beine, fuhr in die Kniehose, steckte das Hemd hinein und legte mit aller Sorgfalt die Halsbinde an. Weste und Rock paßten ihm wie angegossen, sie waren offenbar Dawlishs beste Stücke; dagegen war das schäbigste Paar Schuhe das einzige, das ihm paßte. Er konnte sich vorstellen, wie schwierig es für Pisano sein mußte, sich für die Gerichtsverhandlung gebührend herauszuputzen — im Hause Sir Gilberts waren wohl kaum Kleidungsstücke zu finden, die dem Grafen elegant und prächtig genug waren ...

Schließlich war Ramage bereit, den Provost Marshal zu empfangen, und ließ ihm durch den Posten bestellen, sich bei ihm in der Messe einzufinden. Er war gespannt zu sehen, wen Croucher mit diesem Amt betraut hatte, da es einen hauptamtlichen Provost Marshal nur an Bord von Flaggschiffen gab.

Nach kurzer Zeit kam jemand klappernd den achternen Niedergang herunter, und er hörte den Posten salutieren. Plötzlich gab es einen lauten Bums, dann stürzte ein Mann der Länge nach durch die Messetür herein. In dem Bruchteil der Sekunde, ehe er mit dem Säbel zwischen den Beinen auf der Nase lag und sein Hut im Bogen durch die Messe flog, erkannte Ramage Blenkinsop, den pickelgesichtigen Leutnant der *Trumpeter*. Er raffte geschwind den Hut des Gestürzten vom Boden auf und versteckte ihn hinter seinem Rücken. Blenkinsop erhob sich mit rotem Gesicht und befreite seine Beine aus der heimtückischen Gewalt des Säbels, der die Schuld trug, daß er der Länge nach zur Tür hereingesegelt war. Dann zog er seinen Rock zurecht und prüfte den Sitz seiner Halsbinde. Vergeblich suchte er nach seinem Hut, in seiner Verwirrung merkte er nicht, daß Ramage nur ein paar Fuß vor ihm stand. Der junge Mann sah aus wie eine Eule, die auf dem Ast eines Baumes sitzt. Die Ähnlichkeit war verblüffend.

»Suchen Sie etwa nach dem da?« fragte ihn Ramage

mit Unschuldsmiene und reichte ihm den Hut. »Er traf kurz vor Ihnen hier ein.«

»Danke«, gab der andere steif zur Antwort. »Sie sind Leutnant Nicholas Ramage?«

»Gewiß, der bin ich«, sagte Ramage höflich.

»Dann habe ich . . .« Er unterbrach sich und hielt nach dem Schriftstück Ausschau, das er in der Hand gehalten hatte, als er stürzte.

»Ich glaube, Sie werden Ihre Ernennung zum stellvertretenden Provost Marshal unter dem Tisch finden.«

Blenkinsop ließ sich auf die Knie nieder, um das Papier wieder an sich zu nehmen, dabei verlor er erneut seinen Hut. Endlich war er so weit. Er hatte das Dokument glücklich entfaltet und begann mit dem Hut im Nacken zu lesen:

»An den Leutnant Reginald Blenkinsop von Seiner Majestät Schiff *Trumpeter*. Kapitän Aloysius Croucher, Kommandant Seiner Majestät Schiff *Trumpeter* und zur Zeit dienstältester Seeoffizier im Hafen von Bastia, hat ein Kriegsgericht einberufen, um Leutnant Nicholas Ramage, vormals von Seiner ehemaligen Majestät Schiff . . .«

»Seiner Majestät *ehemaligem* Schiff«, unterbrach Ramage.

». . . vormals von Seiner Majestät ehemaligem Schiff *Sibella*, wegen des Verlustes besagten Schiffes zur Verantwortung zu ziehen. Kapitän Croucher ermächtigt und beauftragt Sie hiermit, bei dieser Gelegenheit als Provost Marshal zu amtieren. Sie sollen die Person des besagten Nicholas Ramage in Verwahr nehmen und in sicherem Gewahrsam halten, bis das hohe Gericht über seinen weiteren Verbleib entscheidet. Dieses Schriftstück soll Sie zur Ausführung des erteilten Befehls legitimieren . . .«

»Schluß, Schluß!« unterbrach ihn Ramage ungeduldig. »Sie sind wohl in Ihre eigene Stimme verschossen.«

»Ich habe die Pflicht, Ihnen dies vorzulesen«, antwortete Blenkinsop geschraubt.

»Nein, das stimmt nicht. Sie müssen es dem Kommandanten dieses Schiffes hier vorlegen, um ihm Ihre Berechtigung nachzuweisen, mich abzuführen. Aber das haben Sie sicherlich schon getan.«

Blenkinsop geriet ganz außer Fassung: »So . . . ja, Sie meinen . . . muß ich das wirklich?«

»Ich bin Ihr Gefangener und habe nicht die Aufgabe, Sie über Ihre Pflichten zu unterrichten, aber Seine Lordschaft könnte es Ihnen ernstlich verübeln, wenn Sie einen seiner Offiziere von Bord holen, ohne ihm nachzuweisen, daß Sie zu einer solchen Maßnahme bevollmächtigt sind.«

»Um Gottes willen! Dann ist es wohl das beste, ich gehe gleich hin und legitimiere mich.«

»Ausgezeichnet! Famos!« sagte Ramage. »Aber dämpfen Sie bitte Ihre Stimme, Seine Lordschaft liegt krank zu Bett. Jetzt aber eilen Sie. Ich erwarte Sie am Fallreep.«

Ramage nahm Dawlishs Degen und suchte die wenigen Papiere zusammen, die er mitnehmen mußte. Darunter war ein Schreiben des Stellvertretenden Auditeurs, das ihn — mit unangemessener Schärfe, wie ihm schien — davon in Kenntnis setzte, daß von den von ihm zu seiner Verteidigung benannten Zeugen nur der Bootsmann und der Meistersmaat verfügbar seien. Ramage hatte ferner einige Daten über Wind und Wetter, Uhrzeiten und eingetretene Verluste sowie über die vor der Übergabe des Schiffes von der *Sibella* gesteuerten Kurse notiert, aber er hatte nicht die übliche Verteidigungsschrift verfaßt, da er ja nicht wußte, welche Anschuldigungen er zu gewärtigen hatte.

Als er bald darauf an Deck mit Dawlish ein paar

Worte wechselte, kam Blenkinsop ganz aufgeregt aus der Kajüte zum Vorschein und sagte: »Da scheint ja noch ein Mann zu sein, den ich auf die *Trumpeter* mitnehmen soll.«

Dawlish sah ihn verständnislos an; dann erinnerte sich Ramage an Jackson.

»Ja, das ist einer meiner Zeugen.«

»In Ordnung«, sagte Blenkinsop herablassend.

»Sie haben übrigens ganz vergessen, mir dieses Ding da abzufordern«, sagte Ramage, indem er Blenkinsop seinen Degen übergab.

»Passen Sie mir ja gut darauf auf«, sagte Dawlish, »er gehört nämlich mir. Aber sagen Sie mir« — seine Stimme klang plötzlich fast ehrerbietig —, »sind Sie nicht einer von den Blenkinsops aus Wiltshire?«

»Ja«, antwortete der andere mit gespielter Bescheidenheit.

»Habe ich recht damit, daß Sie der einzige Ihrer Familie sind, der zur Navy gefunden hat?«

»Ja, das stimmt.«

»Da kann man nur Gott danken«, meinte Dawlish boshaft. »Aber jetzt lassen Sie sich durch dieses eitle Geschwätz nicht mehr aufhalten. Passen Sie auf, daß Sie nicht von einem der Bumboote dort geentert werden — diese Weiber sind von ekelhaften Krankheiten geradezu zerfressen, und die Preise, die sie verlangen, sind mehr als unverschämt.«

»Oh!« rief Blenkinsop aus und eilte rot vor Wut auf die Fallreepspforte zu.

Als er über die Bordwand in das wartende Boot hinunterkletterte, traf Ramage Anstalten, ihm zu folgen, aber Dawlish hielt ihn grinsend einen Augenblick zurück und trat selbst an die Relingspforte: »Mr. Blenkinsop«, rief er, »soll ich Ihnen Ihren Gefangenen hinunterschicken?«

16

Der Kommandantensalon der *Trumpeter* diente heute als Gerichtssaal, darum sah er ganz anders aus als vor zwei Tagen, da Ramage ihn zum erstenmal betreten hatte. Der lange, polierte Tisch stand jetzt querschiffs, an ihm saßen mit dem Gesicht nach vorn sechs Kapitäne der Navy. Vor ihnen lag Ramages geborgter Degen.

Den Kapitänen gegenüber saß halblinks Ramage auf einem hölzernen Stuhl mit gerader Lehne, halbrechts stand ein leerer Stuhl für den ersten Zeugen bereit. Neben Ramage saß, den Degen auf den Knien, Blenkinsop, hinter ihm, an der Vorderwand des Salons, standen gegenüber dem Richtertisch in zwei Reihen ein Dutzend Stühle, die für die Zuschauer bestimmt waren.

Das Deck war mit Segeltuch bespannt, das mit einem Muster aus großen schwarzen und weißen Quadraten bemalt war. Ramage stellte fest, daß die vier Beine eines Stuhles genau in so ein Quadrat paßten, als ob jedermann bei diesem Gericht nur eine Schachfigur wäre. Was das Verfahren betraf, so wußte er immerhin, welche Züge das Gesetz dem Kriegsgericht zu machen erlaubte. Wenn er nur kaltes Blut bewahrte, war es immerhin möglich, daß es dem Gericht nicht gelang, ihn schachmatt zu setzen... Er wartete auf den Eröffnungszug durch den Stellvertretenden Marine-Auditeur, der zu seiner Linken am Ende des Richtertisches Platz genommen hatte.

Der Mann konnte trotz seines augenblicklichen hochtrabenden Titels nicht verleugnen, daß er nur ein einfacher Zahlmeister war. Eine kleine, stahlgefaßte Brille saß unsicher auf halber Höhe seiner langgestreckten roten Knollennase, die in dem feisten Gesicht wie ein angeklebter Fremdkörper wirkte. Es sah in der Tat aus, als hätte ein grausamer Spaßmacher eine Karotte in einen überreifen Kürbis gesteckt. Es war das Gesicht eines erfolgreichen Geschäftsmannes — und das war ein Zahlmeister in der Regel: ein Mann, der alles über Preise und Provisionen wußte; der dadurch reich geworden war, daß sein Pfund bei der Proviantausgabe an die Männer nur vierzehn statt sechzehn Unzen wog, und der, durchaus im Rahmen der Legalität, die zwei Unzen Unterschied in die eigene Tasche steckte.

Mr. Horace Barrow, der Zahlmeister der *Trumpeter,* hätte wahrscheinlich jeden Tag der Woche einen der mächtigen Kommandanten auskaufen können; jetzt aber saß er, bereit, die Sitzung zu eröffnen, am Richtertisch, ausgerüstet mit einem Aktenbündel, einigen neuen Gänsefedern, einem Messer, um diese anzuspitzen, einer Flasche Tinte, einer Büchse Streusand, einer ledergebundenen Bibel und — für den Fall, daß sich ein Zeuge als Katholik entpuppte — einem Kruzifix aus Silber und Elfenbein. Dazu hatte er natürlich seine Nachschlagewerke zur Hand, einschließlich des schmächtigen Bandes mit den Kriegsartikeln und eines dickeren, der »Dienstvorschriften«, nach denen sich der ganze Dienstbetrieb in der Navy abwickelte.

Fünf von den sechs Kapitänen am Richtertisch hatten ihre Blicke auf Ramage gerichtet, als er hereinkam. Der Gelegenheit entsprechend trugen sie alle ihre besten Uniformen: Der Befehl, der die Offiziere zur Teilnahme am Kriegsgericht einberief, enthielt stets die Bemerkung: »Es wird erwartet, daß Sie im Rock erscheinen.«

Dieser Uniformrock — ging es Ramage durch den Kopf — sah jetzt viel nüchterner aus als früher. Die Admiralität hatte erst vor einem Jahr angeordnet, daß der weiße Besatz an den Rockaufschlägen durch blauen ersetzt werden sollte. Diese Neuerung hatten noch nicht alle mitgemacht. Die Aufschläge, die beiderseits von je neun Knöpfen festgehalten wurden, und der steife Kragen des Rocks waren nach wie vor mit Goldborten eingesäumt. Mit einer Ausnahme trugen alle Kapitäne auf beiden Schultern Epauletten — eine weitere Neuerung, die von der Admiralität zur gleichen Zeit eingeführt wurde, da sie auch die Farbe der Rockaufschläge ändern ließ. Viele Offiziere wollten von diesen neumodischen Epauletten nichts wissen, sie hielten die aufgenähten Goldborten und die goldenen Raupen, die wie Fransen von ihren Rändern herabhingen, für französische Äfferei.

Jene Ausnahme unter den Kapitänen saß neben dem Stellvertretenden Auditeur: er trug nur ein Epaulett auf der rechten Schulter, ein Zeichen, daß er noch keine drei Jahre Kapitän war.

Der Kapitän, der nicht aufgeblickt hatte, als Ramage hereinkam, war Croucher, der Vorsitzende des Gerichts. Er starrte unverwandt auf die Schriftstücke, die er vor sich auf dem Tisch liegen hatte. Ramage bemerkte sofort, daß auch zwei Logbücher und die Musterrolle der *Sibella* vor seinem Platz lagen. Die übrigen Kapitäne hatten, nach Dienstalter geordnet, zur Rechten und zur Linken Crouchers Platz genommen. An seiner rechten Seite saß Kapitän Blackman — Ramage kannte ihn von einem früheren Kommando her. Er mußte nach Croucher der — dem Dienstalter nach — zweitälteste sein, dann folgte zu Crouchers Linken Kapitän Herbert, den er vom Sehen kannte. Zwei der Kapitäne waren Ramage unbekannt, der jüngste aber, der mit dem einen Epaulett, hieß Ferris und war Kommandant einer Fregatte. Gehörte auch er zu Goddards Clique? Nein, auf keinen Fall. Ramage erinnerte sich, daß er zu den Protegés Sir John Jervis' gehörte.

Da Ramage mit dem Gesicht nach achtern saß, hoben sich die Kapitäne nur wie dunkle Schatten gegen die strahlende Helle des Sonnenlichts ab, das, vom Wasser gespiegelt, durch die Heckfenster hereinflutete. Zu seiner Rechten, so nahe, daß er fast mit der Hand hinlangen konnte, um das Bodenstück zu tätscheln, stand eine Achtzehnpfünder-Kanone, die letzte der Backbordbatterie, die am vorderen Ende des Achterdecks begann und sich dann achteraus bis in die Räumlichkeiten des Kommandanten fortsetzte. Da die *Trumpeter* als Zweidecker fast doppelt so groß war wie eine Fregatte, lagen diese Räumlichkeiten ein Deck höher als auf der *Lively*. Auch auf der anderen Seite des Salons stand eine Kanone, ebenso schwarz poliert und schwer in ihrer lederbraunen Lafette ruhend wie die andere, es war die achterste der Steuerbordbatterie. Beide Geschütze waren durch Brooken und Seitentaljen gegen jede Bewegung gesichert. Ihr Anblick erinnerte nachdrücklich daran, daß die *Trumpeter* vor allem und in erster Linie ein Kriegsschiff war. Wenn sie ins Gefecht ging, wurden die Möbel unten im Raum verstaut und die hölzernen Schotten, die die Wände der Kommandanteräume bildeten, so weggeräumt, daß sie kein feindlicher Treffer zersplittern konnte.

Ramage beobachtete, wie der Stellvertretende Marine-Auditeur in seinen Papieren blätterte und endlich seine Brille putzte. Wahrscheinlich hatte er dem Gericht bereits Probus' Schreiben vorgelesen, daß er krank sei und daher bitte, ihn von der Teilnahme zu entschuldigen. Dann hatte man wohl den Schiffsarzt der *Lively* aufgerufen, der die Dienstunfähigkeit seines Kommandanten unter Eid bestätigen mußte. Entweder hatte ihm Probus wirklich den Eindruck eines kranken Mannes gemacht, oder der Arzt hatte sich zu einem Meineid bereit gefunden.

Nachdem Ramage hereingeführt worden war, wurde verkündet, daß die Verhandlung eröffnet sei. Jetzt konnte jedermann hereinkommen, der mit dem Verfahren zu tun hatte oder daran interessiert war. Es zeigte sich, daß auch Pisano dazu zählte. Barrow verlas die Namen der als Richter fungierenden Kapitäne und vereidigte sie dann in der vorgeschriebenen feierlichen Weise. Nachdem jeder der sechs Männer mit der Hand auf der Bibel geschworen hatte, daß er »nach bestem Wissen und Gewissen und nach dem Brauch der Navy in entsprechenden Fällen Recht sprechen« werde, nahm Croucher als Vorsitzender zuletzt noch Barrow den Eid ab.

Das Vorspiel ist zu Ende, dachte Ramage; nun mochte das Eröffnungsgambit folgen . . .

Barrow erhob sich und verlas die Anklage, so eintönig wie ein Priester, der mechanisch eine Messe zelebriert. Ab und zu kam die Brille auf seiner Nase ins Rutschen, dann unterbrach er sich, um sie wieder zurechtzurücken.

Als nächstes wurden die Zeugen hinausgeschickt. Ramage drehte sich nach ihnen um, weil er sehen wollte, wer dazugehörte. Es war nur ein kleines Häuflein: Der Bootsmann, der Meistersmaat und Jackson. Plötzlich sah er an der Tür einen Mann, der Pisano durch einen Wink bedeutete, daß auch er weggehen solle. Also war Pisano als Zeuge vorgesehen, obwohl sein Name nicht mit auf Barrows Zeugenliste gestanden hatte . . .!

Dieser Zug war verdammt schwer zu kontern! Ramage wunderte sich, daß ihm immer wieder Vergleiche mit dem Schachspiel in den Sinn kamen, obwohl er doch selbst ein ganz miserabler Spieler war. Für seinen Geschmack ging es dabei immer zu langsam her, und außerdem hatte er ein schlechtes Gedächtnis. Bei den endlosen Whistpartien auf der *Superb* hatte er Hornblower schon immer zur Raserei getrieben, weil er sich nie merken konnte, welche Karten schon ausgespielt waren. Und doch hatte er zuweilen gerade deshalb gewonnen, weil er ein so schlechter Spieler war. Das machte ihm heute noch Spaß, wenn er daran dachte. Selbst wenn Hornblower scharfsinnig berechnete, welche Karten er in der Hand haben mußte, nutzte ihm das nichts, weil er sie völlig unberechenbar auszuspielen pflegte. Auch wenn Ramage gewann, ließ sich Hornblower nur ungern sagen, daß Überraschung immerhin der entscheidende Faktor jedes taktischen Erfolges sei . . .

Als Pisano durch die Tür verschwunden war, klopfte Croucher auf den Tisch: »Es kommt nun der Bericht des Inhaftierten zur Verlesung, der die Übergabe Seiner Majestät Fregatte *Sibella* zum Gegenstand hat.«

Ramage war betroffen, daß er als »Inhaftierter« bezeichnet wurde, obwohl daran nichts auszusetzen war.

Barrow schrieb nieder, was der Vorsitzende gesprochen hatte — es war seine Aufgabe, das Protokoll zu führen —, dann suchte er aus dem Stapel seiner Papiere Ramages Bericht an Probus heraus. Das Dokument war, so wie es Barrow vorlas, alles andere als eindrucksvoll. Barrow hatte nämlich die ermüdende Gewohnheit, seine Stimme zu senken, sooft er an den Rand einer Zeile gelangte. Außerdem legte er die Seite jedesmal aus der Hand, wenn die Brille verrutschte, damit er beide Hände frei hatte, um sie wieder zurechtzurücken.

Zu Ramages Überraschung las Barrow weiter, nachdem er mit dem Abschnitt zu Ende war, der die Übergabe beschrieb. Er beugte sich vor und fragte sich, ob er nicht gegen die Verlesung des restlichen Berichts Einspruch erheben sollte, da dieser nichts mehr mit dem Verlust des Schiffes zu tun hatte. Da unterbrach Ferris, der jüngste der Kapitäne, den Stellvertretenden Marine-Auditeur: »Was wir jetzt hören, hat für die Anklage doch keine Bedeutung?«

»Überlassen Sie bitte mir, darüber zu befinden«, sagte Kapitän Croucher.

Ferris gab sich noch nicht geschlagen: »Wir verhandeln doch nur über die Übergabe des Schiffes.«

»Gegenstand dieser Verhandlung ist das Verhalten des Angeklagten bei jenem Anlaß«, entgegnete ihm Croucher mit salbungsvoll erhobener Stimme wie ein Pfarrer, der ein laues Mitglied seiner Gemeinde zurechtweist. »Wenn wir gegen den Angeklagten gerecht sein wollen«, fügte er hinzu, »dann müssen wir doch ein Bild über sein allgemeines Verhalten bei dieser beklagenswerten Episode zu gewinnen suchen.« Dabei war er kaum noch imstande, seine heuchlerische Verlogenheit einigermaßen zu kaschieren.

»Aber . . .«

»Kapitän Ferris«, fiel ihm Croucher ins Wort, »wenn Sie zu diesem Punkt noch Einwände erheben wollen, müssen wir die Sitzung unterbrechen.«

Ferris sah sich nach den anderen Kapitänen um, die alle hölzern vor sich hinstarrten. Dann wanderte sein Blick zu Ramage, als wollte er ihm sagen, daß es für sie beide aussichtslos sei, weiterhin zu protestieren.

»Also gut«, sagte Croucher zu Barrow, »fahren Sie fort.«

Schließlich kam Barrow zum Ende und setzte sich.

»Da das Gericht die Aufgabe hat«, sagte Croucher, »eine Untersuchung über den Verlust des Schiffes durchzuführen und das dabei zutage getretene Verhalten des Inhaftierten zu prüfen, frage ich diesen, ob er etwa weitere, nicht in diesem Bericht enthaltene Tatsachen vorzubringen hat, die er dem Gericht unterbreiten möchte?«

Du gerissenes Schwein, dachte Ramage, jetzt hast du mich tatsächlich in der Falle. Du möchtest, daß *ich* die Pisano-Affäre zur Sprache bringe, damit sie in das Protokoll kommt und damit du ihr weiter nachgehen kannst. Sage ich aber nichts, dann sieht es so aus, als wollte ich sie verheimlichen.

»Alle Tatsachen, die ich etwa in meinem Bericht übersehen habe«, sagte er, »werden ohne Zweifel bei der Vernehmung der Zeugen zur Sprache kommen, Sir.« Nachträglich nahm ihn wunder, wie verbindlich seine Antwort ausgefallen war.

»*Haben* Sie denn Tatsachen zu erwähnen vergessen?« fragte ihn Croucher.

»Soweit ich mich entsinne, keine, die irgendwelche Bedeutung hätte, Sir.«

Hol dich der Teufel, dachte Ramage: ich muß daran denken, daß es nicht darauf ankommt, *wie* ich etwas sage, Betonung und Nachdruck spielen keine Rolle, wichtig ist allein, wie die Worte von Sir John Jervis und bei der Admiralität im Gerichtsprotokoll gelesen werden.

Armer Barrow — er versuchte vergebens, mit seiner Feder dem raschen Hin und Her zu folgen. Sobald es der schwitzende kleine Zahlmeister wagen konnte, mußte er wohl eine Pause erbitten, um aufzuholen.

»Gut«, sagte Croucher, »dann wird der Stellvertretende Auditeur nunmehr einen zweiten Bericht verlesen, der dem Kapitän Lord Probus vorgelegt wurde.«

Ein zweiter Bericht? Ramage warf einen Blick auf Barrow. War das ein weiteres Gambit?

»Dieser Bericht«, sagte Barrow, »ist vom 12. September datiert, an Lord Probus gerichtet und von dem Grafen Pisano unterzeichnet. Er beginnt . . .«

Als Ramage eben Einspruch erheben wollte, unterbrach auch schon Kapitän Ferris: »Ist dieser Bericht für den vorliegenden Fall denn überhaupt von Bedeutung? Das Gericht weiß offiziell weder um die Existenz dieses Grafen Pisano, noch ist ihm erfindlich, wie er mit dem Verlust der *Sibella* in Verbindung stehen könnte.«

Kapitän Croucher legte beide Hände flach vor sich auf

den Tisch, blickte auf einen Punkt im Raum, der etwa zwei Fuß vor seiner Nase zu suchen war, und sagte mit seidenweicher Stimme: »Es *ist* vielleicht von Bedeutung, daß ich der Vorsitzende dieses Gerichtes und Sie sein jüngstes Mitglied sind . . .«

Ramage hatte das Gefühl, daß sich Croucher durch Ferris' Einsprüche nicht aus der Ruhe bringen ließ; er hatte einen neuen Kniff bereit.

». . . Im übrigen steht nichts im Wege, daß der vorliegende Bericht dem hohen Gericht erst später bekanntgemacht wird, nämlich dann, wenn seine Bedeutung durch die weiteren Ermittlungen erwiesen wurde.«

Zu Barrow gewandt, sagte er: »Rufen Sie den ersten Zeugen auf.«

Während der Bootsmann herbeigeholt wurde, kritzelte Barrow in Windeseile drauflos und tauchte zwischendurch seine Feder immer wieder blitzschnell wie eine zustoßende Schlange in den Tintentopf.

Ramage konnte sich denken, was er schrieb. Die Seite würde überschrieben sein: »Verhandlungsprotokoll eines Kriegsgerichts an Bord Seiner Majestät Schiff *Trumpeter* in Bastia am Donnerstag, den 15. Tag des Monats September 1796«. Dann folgten unter der Überschrift »Anwesend« die Namen der sechs Kapitäne, beginnend mit Croucher als Vorsitzendem, »alles Kommandanten von Schiffen im Kapitänsrang, Reihenfolge dem Dienstalter entsprechend. Es fehlt Lord Probus, der sein Fernbleiben mit nachgewiesener Krankheit begründete.«

Dann folgte: »Hier ist der Befehl zur Einberufung des Gerichts einzufügen« — sein Wortlaut würde später in die Reinschrift des Protokolls aufgenommen, gefolgt von dem Bericht über Barrows eigene Ernennung und die Eidesleistung. Als nächstes wurden in vorsichtigen Worten die anfänglichen Kontroversen mit Kapitän Croucher verzeichnet, und als letztes machte er eine neue Überschrift: »Einvernahme der Zeugen zur Unterstützung der Anklage.«

Der Bootsmann der *Sibella* betrat die Kajüte und blieb gleich an der Tür stehen. Die Versammlung von hohen Offizieren, die ihn alle mit ihren Blicken maßen, und dazu das blendende Sonnenlicht brachten ihn augenscheinlich aus der Fassung.

Barrow hob den Blick, forderte ihn auf, an den Tisch zu treten, und reichte ihm die Bibel. Der Bootsmann, der gewöhnlich leicht vorgebeugt ging, straffte die Schultern und sprach die Eidesformel nach.

Kapitän Croucher sagte zu ihm: »Antworten Sie auf jede Frage erst, wenn der Stellvertretende Auditeur genügend Zeit hatte, sie niederzuschreiben, und sprechen Sie nicht zu schnell.«

Ramage hatte schon seit einigen Sekunden gehört, daß draußen vor der Tür ein heftiger Wortwechsel im Gange war. Gerade als auch Kapitän Croucher darauf aufmerksam wurde, glaubte er die Stimme einer Frau unterscheiden zu können, die aufgeregt italienische Sätze hervorsprudelte. War das etwa...? Nein, er träumte wohl am hellichten Tage. Barrow hatte von alledem nichts gemerkt, er war vollauf mit seinen Papieren beschäftigt und leitete die Vernehmung des Zeugen ein:

»Sie heißen Edward Brown und waren Bootsmann an Bord der...«

In diesem Augenblick wurde die Tür mit einem gewaltigen Krach aufgerissen, so daß alles zusammenfuhr, und Gianna stürzte herein. Sie war bleich und wirkte erschöpft und abgehetzt, was die feingemeißelte Form ihrer hohen Backenknochen besonders zur Geltung brachte. Ihre Augen blitzten zornig, sie war ganz die stolze, impulsive junge Frau, die gewohnt war, daß man ihr gehorchte. Ihr blaßblaues, goldbesticktes Kleid wurde teilweise von einem schwarzseidenen Umhang verdeckt, den sie lässig über die Schultern geworfen hatte.

Ein Posten der Seesoldaten kam mit der Muskete in der Hand hinter ihr polternd zur Tür herein. »Zurück, Sie verrücktes Frauenzimmer!« schrie er sie an. Aber einer der Leutnants der *Trumpeter* stieß ihn zur Seite und faßte Gianna am Arm.

»Bitte, Madam! Ich habe Ihnen doch gesagt, daß hier das Gericht tagt.«

Aber er wurde von ihrer Schönheit, ihrem herrlichen Zorn überwältigt: er wagte es nicht, sie fester anzufassen, und sie wischte seine hindernde Hand einfach beiseite, als wäre sie eine lästige Fliege auf ihrem Fächer. Ramage sah, daß Pisano hinter den dreien herkam, er hatte einen zornroten Kopf und machte einen aufgeregten Eindruck.

Gianna ging geradewegs auf den Richtertisch zu und musterte die sechs Kapitäne mit einem eiskalten Blick. Die Männer waren über ihren Auftritt so erschrocken und entgeistert, daß es Ramage schien, als seien sie buchstäblich eingeschrumpft, nicht mehr Wesen aus Fleisch und Blut, sondern nur noch tote gemalte Porträts, die der Pinsel eines Künstlers in Sekundenschnelle auf die Leinwand geworfen hatte.

»Wer führt hier den Vorsitz?« fragte Gianna.

Oh, wie er diese Stimme liebte, wenn sie so hoheitsvoll und überlegen klang! Er wußte nachgerade nicht mehr, wohin er den Blick richten sollte: auf Pisano, auf die sechs Kapitäne, auf Gianna, auf den Leutnant, der unsicher einen Schritt hinter ihr stand, auf Barrow, dem die Brille so weit herabgerutscht war, daß er sie jeden Augenblick verlieren mußte, oder endlich auf den Posten der Seesoldaten, der offenbar dachte, daß da irgendein Bumbootsweib in die Kajüte eingedrungen war.

Croucher gewann als erster seine Fassung wieder, aber er stand doch so unter dem Bann ihres magnetischen Zaubers, daß er sich von seinem Platz erhob und sich vor ihr verbeugte. »Ich — äh... bin der Vorsitzende dieses Gerichts, Madam.«

»Ich bin die Marchesa di Volterra.«

Ihre Stimme und ihre bezwingende patrizische Schönheit raubten allen die Sprache, nur der Seesoldat stöhnte: »Allmächtiger Gott!«

Ramage bezweifelte, ob Croucher wohl je mit größerer Besorgnis auf die Worte eines Admirals gewartet hatte als jetzt auf die des Mädchens.

»Ich habe kein gesetzliches Recht, vor diesem Kriegsgericht zu erscheinen, das Leutnant Ramage über den Verlust seines Schiffes verhört.« Sie sagte das in einem Ton, der jedem deutlich machte, daß sie diesen Punkt der Anklage für ganz und gar nebensächlich hielt. »Aber«, fuhr sie fort, »ich habe ein moralisches Recht, vor einem Gericht zu erscheinen, das gegen ihn wegen Feigheit verhandelt, weil dies auf die Anschuldigungen meines Vetters zurückzuführen ist.«

Einige Leute im Raum atmeten schwer, und Ramage warf einen Blick auf Pisano, der wohl bleich geworden war, aber keine Miene verzog. Offenbar hatte er das alles soeben vor der Tür schon einmal zu hören bekommen.

»Ich habe Grund zu der Annahme, daß mein Vetter Leutnant Ramage schriftlich der Feigheit beschuldigt hat. Ich glaube, daß mein Vetter den Leutnant Ramage anklagt, er habe meinen anderen Vetter, Graf Pitti, im Stich gelassen. Ich glaube ferner...«

»Wie können Sie denn von all dem Kenntnis haben, Madam?« rief Croucher.

»Aber es stimmt doch — oder etwa nicht?«

In scharfem, herrischem Ton schleuderte sie Croucher

ihre Gegenfrage hin, wie die rasche saubere Parade eines erfahrenen Fechters. Ihr Gegner verstand es nicht, sie ebenso wirksam abzuwehren.

»Nun ja — äh, in gewissem Sinne schon. Graf Pisano hat einige Beschwerden vorgebracht . . .«

»Anklagen, keine Beschwerden«, verbesserte sie ihn. »Diese Anklagen aber entbehren jeder Grundlage. Die Loyalität gegen meine Familie darf mich nicht daran hindern, dafür zu sorgen, daß kein Unrecht geschieht. Darum muß dieses Gericht vor allem erfahren, daß Graf Pisano von der angeblichen Verwundung des Grafen Pitti überhaupt keine Kenntnis hatte. Es war in jener Nacht sehr dunkel. Er sagt zwar jetzt aus, er hätte ihn um Hilfe rufen hören, aber mir gegenüber hat er zugegeben, daß er sich darüber keineswegs im klaren war. Zweitens: Leutnant Ramage hat mich zum Boot getragen, weil ich verwundet war. Als ich dort ankam, saß Graf Pisano schon darin — er hatte einen anderen Weg eingeschlagen. Wenn er also Graf Pitti aufschreien hörte, hätte er vor allem selbst zurückgehen müssen.

Drittens: Als Graf Pisano und ich im Boot und in Sicherheit waren, stieg Leutnant Ramage wieder auf die Düne — ich habe ihn gesehen — und rief nach Mr. Jackson. Es vergingen Minuten, ehe er zurückkam, und während dieser Zeit war Graf Pisano voll Ungeduld, weil er wollte, daß das Boot abfahren sollte.

Viertens: Als Leutnant Ramage schließlich zum Boot zurückkam und wir noch ein paar Sekunden auf Mr. Jackson zu warten hatten — wir konnten ihn schon herankommen sehen —, da drängte Graf Pisano den Leutnant ständig, wegzufahren, mit anderen Worten, er drang in ihn, Mr. Jackson im Stich zu lassen. Dabei hatte dieser Mann erst wenige Minuten zuvor vier französische Kavalleristen angegriffen und dadurch sowohl mein Leben wie das von Leutnant . . .«

In diesem Augenblick stürzte Pisano nach vorn, und indem er sie anschrei: »*Tu sei una squaldrina!*« schlug er sie mitten ins Gesicht. Darauf hörte man nur einen dumpfen Schlag, und schon sackte Pisano polternd vor den Füßen des Mädchens zusammen. Der stämmige Posten der Seesoldaten war blitzschnell vorgesprungen und hatte ihm mit dem Kolben seiner Muskete einen Hieb auf die Schläfe versetzt. Dann trat er einen Schritt zurück und blieb in militärischer Haltung stehen. Seine Miene verriet die ersten Spuren des Zweifels, ob er wohl richtig gehandelt habe.

Jetzt war auch Ramage mit einem Satz zur Stelle. Er sagte sich sofort, daß der Kolbenhieb des Seesoldaten nichts als die unbedachte Reaktion eines einfachen Menschen war, der nicht mit ansehen konnte, wie man eine Frau schlug . . .

»Gut, der Mann!« rief Ramage, und im nächsten Augenblick lag Gianna in seinen Armen. »Fehlt Ihnen nichts?« flüsterte er.

»Nein — nein.« Unwillkürlich verfiel sie wieder ins Italienische. »Habe ich richtig gehandelt? Oder habe ich einen schrecklichen Fehler begangen?«

»Nein, Sie waren großartig, ich . . .«

»Ist die Marchesa wohlauf?«

Croucher konnte nicht hinter dem Richtertisch hervor und hatte kein Wort von dem verstanden, was sie sagten. Er war jetzt in heller Aufregung, und Ramage wurde sich bewußt, daß er seine Frage wohl schon drei- oder viermal laut gerufen hatte.

»Jawohl, Sir, sie sagt, es sei alles in Ordnung.«

»Gut. Sie da« — damit meinte Croucher den Seesoldaten — »und Sie hoffnungsloser Idiot« — das galt dem Leutnant Blenkinsop, der immer noch mit offenem Mund neben seinem Stuhl stand — »bringen diesen Mann jetzt gemeinsam hinunter zum Arzt.«

Der Seesoldat legte seine Muskete an Deck, packte Pisano eifrig bei den Haaren und hatte ihn schon ein paar Meter weit über Deck geschleift, als ihn Blenkinsop eiligst anwies, den Grafen an den Schultern hochzuheben, während er selbst ihn bei den Beinen packte.

Ramage setzte das Mädchen auf den Zeugenstuhl. Barrow, dem die Brille inzwischen endgültig von der Nase gefallen war, ließ sich auf seinen Sitz zurücksinken. Das war für alle Kapitäne mit Ausnahme des Vorsitzenden das Zeichen, ihre Plätze wieder einzunehmen. Croucher hatte offenbar das Gefühl, daß er etwas tun mußte, um der Lage wieder Herr zu werden.

»Ich unterbreche die Verhandlung — Zeugen und Zuschauer treten ab!« befahl er. »Sie bleiben selbstverständlich hier«, sagte er zu Ramage, »und Sie, Madam, bitte ebenfalls.«

Der Bootsmann und die paar Offiziere, die auf den Stuhlreihen hinter Ramage gesessen hatten, verließen die Kajüte. Croucher befahl dem Leutnant, der Gianna vorhin nachgerannt war, dafür zu sorgen, daß ein anderer Posten an der Tür zur Kajüte aufzog.

Innerhalb von zwei Minuten trat im Kommandantensalon wieder Ruhe ein. Gianna gewann bald ihre Fassung wieder und drehte sich ein wenig zur Seite, so daß die Kapitäne ihr linkes und nicht ihr rechtes Profil sahen, das von Pisanos Schlag noch gerötet war.

Ramage setzte sich wieder auf seinen Stuhl. Außer der Muskete des Postens, die diagonal auf den schwarzen und weißen Quadraten des Decks lag — vom Kolben bis zur Mündung stellte sie genau die Bewegung des Springers im Schachspiel dar —, zeugte nichts mehr von dem, was hier eben erst vorgefallen war. Die Bauern waren jetzt alle vom Brett gefegt ... Wer war nun mit dem nächsten Zug an der Reihe?

»Nun«, sagte Croucher ohne Schwung, »ich meine ...«

Ramage versetzte sich unverzüglich in Crouchers Lage, erwog, welche Möglichkeiten er noch besaß, und war bereit, als Croucher schließlich sagte:

»... Offen gestanden weiß ich nicht, wie wir das Verfahren jetzt fortsetzen sollen.«

»Ich stehe noch unter Anklage, Sir ...«

Crouchers mageres Fuchsgesicht verriet Bestürzung: offenbar wußte der Mann, daß er auf einem Pulverfaß saß, und fürchtete, daß Ramage die Lunte anzünden könnte.

Noch vor fünf Minuten war alles nach Crouchers Plan gelaufen, jetzt aber war die Marchesa di Volterra unter den Augen seiner eigenen Richter und ausgerechnet durch seinen wichtigsten Zeugen tätlich angegriffen worden.

Ramage studierte Crouchers Gesicht und glaubte aus seinen Zügen der Reihe nach all die unerfreulichen Vorstellungen ablesen zu können, die durch das Gehirn des Mannes jagten: Die Marchesa besaß größten Einfluß in den höchsten Kreisen ... Was würde Konteradmiral Goddard zu dem Zwischenfall mit ihr sagen, und, noch wichtiger, was Sir John Jervis, der Oberkommandierende ...? Reichte der Einfluß dieser Frau etwa gar bis zum St.-James-Palast ...? Gegebenenfalls wusch Goddard seine Hände in Unschuld, dann mußte eben ein Sündenbock her ...

Und, dachte Ramage boshaft, dieser Sündenbock konnte nur zu leicht Kapitän Aloysius Croucher heißen. Je mehr er über all das nachdachte — sein Gehirn schien unheimlich schnell zu arbeiten —, desto ärger packte ihn der Zorn. Alle sechs Kapitäne und Barrow trieften von Schweiß, er aber begann zu frieren — er spürte die Eiseskälte der Wut.

Natürlich blinzelte er jetzt ununterbrochen, und wahrscheinlich war sein Gesicht schneeweiß. Ihn grauste körperlich vor diesen Pisanos, den Goddards, den Crouchers und wie sie sonst noch heißen mochten, sie ekelten ihn an, diese Kreaturen, die sich zur letzten Niedertracht hergaben, wenn es ihre Eitelkeit oder ihr Ehrgeiz verlangte. Keiner dieser Burschen war auch nur um ein Haar besser als irgendein gedungener Mörder aus Neapel, der für ein paar *centesimi* einen Mitmenschen kaltblütig von hinten niederstach. Nein, sie waren sogar schlechter als jener Auswurf, denn so ein Mordgeselle spielte sich wenigstens nicht so auf wie diese Burschen hier.

Jetzt fand Ramage plötzlich Verständnis für den Vorgang, der ihm seit Jahren ein Rätsel aufgab: Sein Vater hatte damals während der Gerichtsverhandlung plötzlich erklärt, daß er nichts mehr zu seiner Rechtfertigung vorbringen werde. Seine Gegner folgerten daraus, er habe damit seine Schuld eingestanden; seine Freunde wußten dieses Verhalten nicht zu erklären und nahmen darum an, er sei eben mit seinen Kräften am Ende gewesen.

Heute wußte Ramage, wie es wirklich gewesen war. Sein Vater hatte die niedrige Gesinnung seiner Ankläger durchschaut. Sie waren ihm zu verächtlich, als daß er sich weiter herbeigelassen hätte, ihre Anschuldigungen ernst zu nehmen und sich dagegen zu verteidigen. Überdies waren jene Anschuldigungen so plump, daß er die gleichen üblen und unehrenhaften Methoden hätte anwenden müssen wie seine Gegner, um sich davon reinzuwaschen.

Aber warum sollte man das eigentlich nicht tun? Warum, dachte Ramage, soll dieser Auswurf immer wieder über den Anständigen, den Ehrenmann die Oberhand gewinnen? Warum sollten Männer wie Goddard und Croucher immer ungeschoren davonkommen, dieses lichtscheue Gesindel, das sich gedungener Mörder bediente — sei es, daß diese das Leben eines Mannes vor Gericht mit Lügen zerstörten, sei es, daß sie ihm in einer finsteren Gasse ein Stilett in den Leib jagten? Immer wieder gelang es ihnen — dem Herzog von Newcastle, Fox, Anson, dem Earl von Hardwicke zum Beispiel: sie hatten mit List und Tücke die Hinrichtung des Admirals Byng zuwege gebracht und blieben ungeschoren. Keine dreißig Jahre später hatten ihre Nachfolger das Leben seines eigenen Vaters ruiniert und taten sich sogar noch etwas darauf zugute, daß sie keinen Justizmord an ihm begangen hatten.

Ramage erkannte auch gleich, welches in solchen Fällen die richtige Taktik war. Es galt, sich nicht mit den gedungenen Mördern aufzuhalten, sondern sofort diejenigen aufs Korn zu nehmen, die sich ihrer bedienten: die Männer im Schatten.

Er wußte jetzt, daß es ihm nichts mehr ausmachte, wenn seine Laufbahn scheiterte — ihr Einsatz spielte wirklich keine Rolle, wenn es darum ging, einem Goddard das Handwerk zu legen ...

Croucher sagte etwas.

»Wie bitte, Sir?«

»Ich wiederhole meine Bekanntgabe«, sagte Croucher in scharfem Ton. »Das Gericht ist der Meinung, daß die Anklage keinen Beweis für die Schuld des Angeklagten beibringen konnte. Ich beantrage daher, dieses Ergebnis zu Protokoll zu geben und die Anklage fallenzulassen.«

Gut gebrüllt, Löwe, dachte Ramage.

»Die Zeugenvernehmung der Anklage wurde nur unterbrochen, Sir.«

»Ja, ja, ich weiß«, sagte Croucher gereizt, »aber ...«

»Ich nehme an, daß die Anklage immerhin noch Beweismaterial besitzt, Sir, darum ist es meine unmaßgebliche Meinung, daß das Verfahren seinen Fortgang nehmen muß.«

Für Croucher hieß es auf der Hut sein. Er merkte wohl, daß ihm allenthalben Fallen drohten. Aber es standen ihm immerhin auch Berater zur Verfügung, nicht nur die Gesetzbücher, die vor dem Stellvertretenden Marine-Auditeur auf dem Tisch lagen.

»Also gut. Sie und die Marchesa verlassen jetzt das Gericht, die Richter bleiben zur Besprechung der Lage versammelt. Ihnen beiden ist es natürlich nicht gestattet, miteinander zu sprechen. Sagen Sie dem Posten, er soll dem Provost Marshal Bescheid geben.«

17

Fünfzehn Minuten später erschien ein Posten in der Kammer des Sekretärs des Kommandanten, wo Ramage und Blenkinsop warteten, um ihnen mitzuteilen, daß die Verhandlung wieder eröffnet sei. Als Ramage den Kommandantensalon betrat, sah er sofort, daß jetzt die Plätze hinter seinem Stuhl alle besetzt waren. Jeder dienstfreie Offizier des Schiffes hatte sich eingefunden, um zuzuhören, denn sie hofften auf weitere aufregende Zwischenfälle.

Kapitän Croucher faßte Ramage ins Auge.

»Das Gericht hat beschlossen«, sagte er, »daß die letzte Unterbrechung nicht in das Protokoll aufgenommen werden soll und daß das Verfahren seinen Fortgang nimmt. Sind Sie mit dieser Entscheidung einverstanden?«

»Es steht mir nicht zu, Sir, darüber zu befinden«, sagte Ramage in sachlichem Ton. »Ich möchte in aller Ergebenheit betonen, daß Sie der Vorsitzende dieses Gerichts sind. Trifft dieses Gericht eine falsche Entscheidung, so wird ohne Zweifel der Oberkommandierende oder die Admiralität die entsprechenden Schritte unternehmen.«

Nein, er dachte nicht daran, Croucher in die Falle zu gehen. Erklärte er sich mit dem Beschluß einverstanden, dann war der Mann von vornherein gegen jeden Vorwurf gedeckt, daß ihm bei der Durchführung dieses Verfahrens Fehler unterlaufen seien. Croucher hatte ihm eine Falle gestellt und war nun — dank Gianna — in Gefahr, selbst darin geschnappt zu werden. Aber Menschen, die anderen ihre Fallen stellten, hatten eben mit dieser Gefahr zu rechnen. Croucher war außerdem ein Dummkopf, denn Gianna stand ja nicht unter Eid. Von all den hohen Herren des Gerichts schien keiner daran gedacht zu haben, daß im Protokoll nur beschworene Aussagen verzeichnet werden sollten. Selbst wenn ein Schiff längsseit in die Luft geflogen wäre, brauchte das Protokoll keine Notiz davon zu nehmen — es sei denn, um die Vertagung des Gerichts zu begründen. Ramage entschloß sich zu bluffen.

»Meiner Meinung nach«, sagte Croucher unsicher, »ist das Gericht berechtigt anzuordnen, daß dies oder jenes im Protokoll nicht erwähnt werden soll.«

Seine Stimme klang nicht besonders überzeugt. Offenbar wollte er Ramage in eine Diskussion verwickeln, die ihm Gelegenheit bot, dem jungen Mann in kameradschaftlicher Weise klarzumachen, daß er durch seine unnachgiebige Haltung eine Menge unnötiger Schwierigkeiten heraufbeschwöre.

Ramage erhob sich von seinem Platz.

»Ich gebe zu, daß ich mich in Rechtsfragen wenig auskenne. Aber ich muß doch mit geziemender Achtung ernstlich in Frage stellen, ob ein Gericht wirklich vorliegende Zeugenaussagen unbeachtet lassen und damit ihrer Beweiskraft berauben kann. Wenn es sich so verhielte, könnte ja jedes Protokoll einer Gerichtsverhandlung zensiert und wie ein Groschenblättchen zurechtfrisiert werden, um zu beweisen, daß ein Schuldiger unschuldig oder ein Unschuldiger schuldig sei.«

»Mein Gott, junger Mann, es denkt doch kein Mensch daran, die Verhandlungsprotokolle generell zu zensieren. Das Gericht ist eben nur der Meinung, daß dies im vorliegenden Fall der klügste Weg wäre, um eine höchst unangenehme Lage zu meistern.«

»Wenn Sie von einer unangenehmen Lage sprechen, Sir«, entgegnete ihm Ramage höflich, »dann entnehme ich daraus Ihre Besorgnis, daß ich diese Lage als unangenehm empfinden könnte. Ich möchte das Gericht jedoch darum bitten, auf meine Gefühle keine Rücksicht zu nehmen, sondern einzig und allein die Wahrheit aufzuspüren, so unangenehm sie auch sein mag ...«

»Gut denn«, sagte Croucher und gab damit offen zu, daß er den kürzeren gezogen hatte, »rufen Sie den ersten Zeugen auf.«

Da warf Ramage ein: »Nach der Gerichtsordnung, Sir, sollte jetzt doch wohl der Stellvertretende Auditeur das Protokoll von dem Zeitpunkt an verlesen, da dieser Zeuge zum erstenmal aufgerufen wurde?«

»Aber mein Bester«, gab ihm Croucher zur Antwort, »wir können doch nicht die ganze Woche hier zu Gericht sitzen. Es ist wirklich höchste Zeit, daß wir die Beweisaufnahme fortsetzen.«

Ramage rieb die Narbe über seiner rechten Braue und blinzelte heftig mit den Augen — Zorn und Erregung stiegen in ihm auf. Er mußte jetzt alles daransetzen, ruhig zu bleiben. Wenn diese Leute merkten, daß sich ihr Opfer zur Wehr setzte, dann wurden sie nervös. Darum galt es für ihn, nach jeder Gelegenheit zum Angriff Ausschau zu halten, vor allem aber galt es, weiter zu bluffen.

»Mit Verlaub, Sir, es wäre mir gegenüber nur recht und billig, wenn der betreffende Teil des Protokolls verlesen würde.«

»Na schön, wenn Sie meinen.«

Jetzt richteten sich aller Blicke auf Barrow. Der faßte mit beiden Händen nach seiner Brille und fing vor Aufregung fast an zu kichern.

»Ich habe es nicht zu Protokoll genommen, Sir ...«

»Sie haben was?«

»Nicht mitgeschrieben, Sir.«

Ramage unterbrach in verbindlichem Ton: »Sicher

können wir uns dann mit einer zusammenfassenden Darstellung einverstanden erklären, nicht wahr, Sir?«

Wenn sich nur ein einziger der Anwesenden daran erinnerte, daß Gianna nicht vereidigt war, dann hatte er das Spiel verloren — aber immerhin, es war den Einsatz wert. Er atmete auf, als Croucher sich endlich einverstanden erklärte, und für die nächsten fünf Minuten rang Ramage mit ihm um den Wortlaut des Berichtes. Ramage bestand nämlich darauf, daß die Aussagen der Marchesa Wort für Wort aufgenommen werden sollten. Als Croucher daraufhin erklärte, es sei doch unmöglich, sich noch an das zu erinnern, was sie gesagt habe, schlug Ramage vor, sie nochmals aufzurufen und ihre Aussagen wiederholen zu lassen. Croucher war über diesen Vorschlag so entsetzt, daß er sich endlich mit einer etwas gekürzten Fassung einverstanden erklärte. Als Ramage seinen Willen durchgesetzt hatte, fragte er ihn sarkastisch: »Nun, sind Sie jetzt zufrieden?«

»Durchaus, Sir.«

»Gott sei Dank. Barrow, halten Sie das schriftlich fest und rufen Sie den ersten Zeugen der Anklage von neuem auf.«

Der Bootsmann nahm ohne Zögern auf dem Zeugenstuhl Platz. Da es nicht nötig war, ihn ein zweitesmal zu vereidigen, begann Barrow sofort mit dem Verhör.

»Mr. Brown, Sie waren doch Bootsmann auf Seiner Majestät ehemaligem Schiff *Sibella*, als dieses am 8. September von einem französischen Kriegsschiff angegriffen wurde, nicht wahr?«

»*Aye*, das war ich«, erwiderte Brown.

»Bitte antworten Sie nur kurz mit ›Ja‹ oder ›Nein‹ «, bemerkte Barrow in scharfem Ton. »Und jetzt erzählen Sie dem Gericht jede Ihnen bekannte Einzelheit über den Verlauf des Gefechtes von dem Augenblick an, als Kapitän Letts gefallen war.«

Ramage wollte eben Einspruch erheben und verlangen, daß Brown mit seinem Bericht eher beginnen sollte, da das Verfahren doch vor allem den Verlust des Schiffes betraf und nicht nur gegen ihn gerichtet war, als Kapitän Ferris ihm zuvorkam:

»Nach dem Wortlaut des Befehls zur Einberufung dieses Kriegsgerichts scheint es mir richtig, daß uns der Zeuge berichtet, was sich abspielte, seit das französische Schiff in Sicht kam. Kapitän Letts' Maßnahmen sind für das Gericht ebenfalls von Interesse.«

»Da Kapitän Letts gefallen ist, kann er nicht mehr als Zeuge vernommen werden«, sagte Croucher. Offenbar wollte er vermeiden, Ferris' Antrag offen abzulehnen.

»Wäre der Inhaftierte gefallen, so stünde auch er nicht vor diesem Gericht«, antwortete ihm Ferris. »Auf jeden Fall wäre es ungerecht, ihm etwas vorzuwerfen, das eigentlich Kapitän Letts zu verantworten hätte.«

»Gut«, sagte Croucher, »streichen Sie den zweiten Teil der Frage aus dem Protokoll und setzen Sie dafür ein: ›von dem Augenblick an, als das französische Schiff gesichtet wurde‹.«

Brown war ein einfacher Mensch; die vielen hohen Offiziere, denen er sich gegenüber sah, machten ihn nervös, dennoch war er sich darüber klar, daß seinen Aussagen besondere Bedeutung zukam. Da er ein einfacher Mann war, erzählte er seine Geschichte auch mit einfachen Worten. Eben hatte er berichtet, er habe einige Leute sagen hören, daß mehrere Offiziere gefallen seien, da unterbrach ihn Kapitän Blackman, der neben Kapitän Croucher saß: »Was Sie andere Leute sagen hörten, ist kein Beweis, wir wollen von Ihnen Tatsachen hören.«

»Das waren doch Tatsachen!« sagte Brown und machte kein Hehl aus seiner Verachtung für jeden, der das nicht einsah. »Die Offiziere waren getötet worden. Mit meinen eigenen Augen habe ich nicht gesehen, wie es geschah, weil ich nicht überall zu gleicher Zeit sein konnte, aber sie waren jedenfalls tot.«

»Fahren Sie fort«, sagte Croucher, »aber denken Sie daran, daß nur das als Beweismittel gilt, was ein anderer zu Ihnen sagte, nicht aber Dinge, von denen Sie hörten, daß sie ein anderer einem Dritten erzählte — denn die wüßten Sie ja nur vom Hörensagen.«

Brown verstand diesen Unterschied offenbar nicht, aber das machte ihm nichts aus. Er setzte seine Erzählung schwungvoll fort und gelangte damit bis zu dem Augenblick, da es schien, als seien alle Offiziere tot, und da der Steuermann das Kommando übernommen hatte. Dieser hatte eben den Befehl gegeben, einige abgeschossene Enden zusammenzuknoten, als er selbst durch einen Treffer in Stücke gerissen wurde.

»Da dachte ich bei mir: Hoppla, jetzt segelst du wohl auch bald in die andere Welt hinüber. Ich hatte keine Lust, das Kommando über diesen Trümmerhaufen zu übernehmen.«

»Was für einen Trümmerhaufen?« fragte Croucher in frostigem Ton.

»Nun, das Schiff, Sir, so wie es jetzt aussah. Es war nur noch ein Wrack, nicht mehr. Aber immerhin, ich war ja nun wohl der Älteste, der noch am Leben war, darum schickte ich ein paar Leute los, um festzustellen, wie viele tot und wie viele lahmgeschossen waren. Sie kamen zurück und meldeten, daß nur noch ein Drittel von uns auf den Beinen stand.«

»Können Sie uns genau sagen, wie viele tot und wie viele verwundet waren?« fragte Kapitän Ferris und bedeutete Kapitän Croucher, daß er Einblick in die Musterrolle nehmen wolle.

»Achtundvierzig waren tot, Sir, und dreiundsechzig verwundet, ein Dutzend von diesen sterblich.«

»Sie meinen tödlich«, verbesserte ihn der Stellvertretende Auditeur.

»Das ist doch dasselbe, das heißt, daß sie später gestorben sind.«

»Von einer Besatzung von insgesamt hundertvierundsechzig Mann«, bemerkte Ferris und klappte die Musterrolle zu.

»Darüber weiß ich nicht Bescheid, Sir.«

»Das war die Kopfstärke bei der letzten Musterung«, sagte Ferris. »Nehmen Sie das in das Protokoll auf, Barrow. Und nun, Brown, fahren Sie mit Ihrer Aussage fort.«

»Ja, ich wünschte mir grade, ich könnte meine Hängematte zurren, meinen Seesack packen und nach Hause gehen, da sagte der blutüberströmte Wachtmeister so ganz beiläufig, er meine, der Offizier auf dem Großdeck sei nicht tot, Sir, sondern nur verwundet. Daraufhin schickte ich sofort einen Jungen los, um zu erfahren, wie es sich damit verhielt. Gleich darauf hörte ich, er habe Mr. Ramage bewußtlos gefunden . . .«

»Das wußten Sie wieder nur vom Hörensagen«, unterbrach ihn Kapitän Blackman triumphierend. »Es ist als Aussage wertlos.«

»Nein«, erwiderte ihm Brown, »das stimmt nicht. Nach einer Minute war der Junge wieder da und erzählte mir mit seinem eigenen Mund, er habe Mr. Ramage atmend, aber verwundet und bewußtlos vorgefunden. Ich habe ihn gleich wieder hinuntergeschickt und Mr. Ramage sagen lassen, er habe jetzt das Kommando. Der Junge kam zurück und sagte . . .«

»Halt, warten Sie einen Augenblick«, sagte Barrow, »Sie reden viel zu schnell.«

Brown konnte der Versuchung nicht widerstehen,

einem Zahlmeister — denn als solchen hatte er Barrow alsbald erkannt — eins auszuwischen, und brummelte: »Das wäre das erstemal, daß ich einen Zahlmops treffe, der mit der Feder nicht zu Rande kommt.«

»Ruhe da!« verwies ihn Kapitän Croucher. »Sprechen Sie zur Sache, alles andere geht Sie nichts an.«

»Nun, als Mr. Ramage auf dem Achterdeck erschien, machte ich ihm Meldung über den Zustand des Schiffes und über die Mannschaftsverluste. Dabei sagte ich ihm auch, daß er nun das Kommando habe.«

Kapitän Ferris fragte: »In welchem Zustand war Mr. Ramage, als das geschah?«

»Er sah aus, als wäre er über die stehende Part der Fockschot gestolpert und gerade noch zur rechten Zeit binnenbords geholt worden«, meinte Brown. Ramage hätte über diesen Vergleich beinahe gelacht. Über die stehende Part der Fockschot stolpern hieß unter Seeleuten soviel wie sterben oder getötet werden.

»Drücken Sie sich etwas genauer aus«, meinte Ferris.

»Nun ja, er war nicht sicher auf den Beinen und hatte eine schlimme Wunde am Kopf.«

Ramage nahm sich eben vor, Brown nachher im Kreuzverhör eine bestimmte Frage zu stellen, da wollte Ferris von ihm wissen:

»Machte er denn einen benommenen Eindruck?«

»Ach, er sah aus wie ein Butzkopf, der sich den Schädel an einer Kaimauer eingerannt hat, Sir.«

Einige der Anwesenden einschließlich Ramage mußten über dieses Bild lachen, denn es stimmte in der Tat überraschend genau. Als er seinen Kopf in die Wasserbalje getaucht hatte, war er wirklich tropfnaß gewesen, und der Vergleich mit einem Delphin, der mit dem Kopf gegen eine Ziegelmauer geschwommen war, bot in der Tat einen Begriff davon, wie er sich in jenem Augenblick gefühlt hatte. Ferris schien sich nun ausreichend informiert zu haben, aber jetzt wandte sich Croucher an Brown:

»Wenn sich der Zeuge einverstanden erklärt, wäre es meiner Ansicht nach das beste, wenn Sie schreiben: ›Er machte einen benommenen Eindruck.‹ Stimmt das, Brown?«

»Schreiben Sie lieber: ›einen sehr benommenen Eindruck‹, Sir.«

»Gut, machen wir weiter.«

»Viel mehr ist darüber nicht zu sagen. Mr. Ramage riß sich im nächsten Augenblick zusammen und übernahm das Kommando.«

Offenbar meinte Brown, mehr hätte er als Zeuge nicht auszusagen, aber jetzt forderte ihn Croucher auf: »Beschreiben Sie weiter, wie das Schiff übergeben wurde.«

Brown erzählte dann noch kurz, wie geschickt Ramage mit der *Sibella* gehalst hatte, wobei ihm ihr gekappter Fockmast als Drehpunkt diente. Dadurch habe er den unverletzten Männern die Möglichkeit verschafft, in die Boote zu gelangen und in der Finsternis zu entkommen. Die Verwundeten seien zurückgelassen worden, um das Schiff zu übergeben.

»Die Verwundeten wurden also den Franzosen ausgeliefert?« fragte Kapitän Blackman.

»So *könnte* man natürlich sagen«, meinte Brown und tat damit kund, daß seiner Meinung nach jeder dumm oder grundschlecht war, der so etwas behauptete. »Wir waren doch drei Abteilungen, die zur Musterung angetreten waren: Die Toten — die ging das alles nichts mehr an, die Verwundeten, für die es keine ärztliche Hilfe gab, weil der Doktor und sein Sanitätsmaat schon tot waren, und endlich diejenigen von uns, die noch heil geblieben waren und nicht den Franzmännern als Gefangene in die Hände fallen wollten.

Außerdem«, fügte er hinzu, »gibt es ja auch noch die

Kriegsartikel. Der zehnte verurteilt ›jeden Angehörigen der Flotte, der den Gegner in verräterischer Absicht oder aus Feigheit um Pardon bittet‹. Danach wäre es doch nicht richtig gewesen, wenn wir uns hätten gefangennehmen lassen, obwohl wir nicht verwundet waren. Außerdem konnte man doch annehmen, daß die Franzmänner unsere Jungs anständig behandelten. Im Gefecht ist ja nicht viel mit ihnen los, aber daß sie Verwundeten den Garaus machen, ist ihnen doch nicht zuzutrauen. Selbst wenn es uns gelungen wäre, die Verwundeten mit den Booten wegzubringen — was doch ganz und gar ausgeschlossen war —, so hätten wir sie dabei so gut wie hingemordet. Großer Gott!« rief er, als er sich ausmalte, wie das gewesen wäre. »Die Fahrt nach Bastia in der glühenden Sonne hätte ja sogar uns um ein Haar erledigt, und wir hatten nicht einmal eine Schramme abbekommen.«

»Schon gut, schon gut«, sagte Kapitän Blackman, der des öfteren versucht hatte, den aufgeregten Redeschwall des Bootsmanns aufzuhalten, weil ihm klar wurde, daß dabei nur die Hintergedanken entschleiert wurden, die ihn zu seiner Frage veranlaßt hatten. Außerdem aber gab der Stellvertretende Marine-Auditeur schon eine ganze Weile verzweifelte Zeichen mit der linken Hand, während er mit der rechten in aller Hast weiterkritzelte.

»Schon gut«, wiederholte Blackman. »Bitte machen Sie nach jedem Satz eine Pause, der Auditeur kann beim besten Willen nicht so schnell schreiben.«

Brown glaubte sicherlich, daß er endlich seine Rolle bei diesem Prozeß zu Ende gespielt habe, aber Kapitän Croucher fragte:

»Wie ging es denn weiter? Berichten Sie, was bis zu dem Augenblick geschah, als Sie in Bastia anlangten.«

Browns Gesichtsausdruck verriet eine Überraschung,

die den Mitgliedern des Gerichts kaum entgehen konnte. Aber selbst wenn sie ihnen nicht aufgefallen war,
dachte Ramage, mußte sie doch Browns nächste Bemerkung stutzig machen.

»Ich hoffe, daß ich nicht mich selbst oder einen anderen hineinreite, wenn ich so weiterrede, denn was
jetzt kommt, hat mit der Übergabe des Schiffs überhaupt nichts mehr zu tun.«

»Ihnen wird doch keine Verfehlung vorgeworfen«,
sagte der Stellvertretende Auditeur, »darum können Sie
auch nicht gerichtlich belangt werden.«

»Nein, noch wirft man mir keine Verfehlung vor«,
erwiderte er, »aber das ändert doch nichts an der Tatsache, daß meine Fahrt nach Bastia überhaupt nichts
mit der Versenkung der *Sibella* und mit der Anklage
gegen Mr. Ramage zu tun hat. Außerdem weiß ich
nicht, ob ich nicht später doch noch angeklagt werde.«

»Los, Mann«, sagte Kapitän Croucher ungeduldig,
»fahren Sie mit Ihrer Aussage fort. Wenn Sie die
Wahrheit sagen, haben Sie nichts zu fürchten.«

Nachdem Brown die Fahrt nach Bastia beschrieben
hatte, erklärte er: »Das ist alles, was ich zu sagen habe.«

Kapitän Croucher blickte auf: »Darüber haben wir
zu befinden. Ich für meine Person habe keine Fragen
mehr zu stellen. Haben die Herren Beisitzer noch Fragen an den Zeugen?«

Da meldete sich Ferris: »Wo stand Mr. Ramage, als
er den Befehl zum Halsen gab?«

»Auf den Finknetzkästen in Höhe der Steuerbord-
kreuzwanten«, sagte Brown. »Er rief von dort zu den
Franzmännern hinüber. Ich hielt ihn für verrückt, daß
er sich so einem jeden Schützen als Ziel darbot; verzeihen Sie, Sir, wenn ich so offen rede, aber abgesehen
von allem anderen hätte ich ja wieder das Kommando
übernehmen müssen, wenn ihm etwas zugestoßen wäre.«

Ramage sagte sich, daß Ferris bei Croucher nicht gerade Liebkind sein würde, wenn der Prozeß zu Ende war. Ferris kam es offenbar darauf an, die Tatsache zu unterstreichen, daß sich Ramage nicht irgendwo außerhalb des Schußfeldes in Sicherheit gebracht hatte.

»Sind noch Fragen?« sagte Croucher in einem Tonfall, der jeden davon abschreckte, noch ein Wort zu sagen. »Dann wird der Angeklagte jetzt den Zeugen ins Kreuzverhör nehmen.«

Alles, was Ramage jetzt noch fragen konnte, hätte die Wirkung der schlichten, ehrlichen und freimütigen Darstellung Browns nur beeinträchtigt.

»Ich habe keine Fragen, Sir.«

»Oh — ausgezeichnet! Bitte verlesen Sie jetzt das Protokoll, Mr. Barrow.«

Brown unterbrach ihn dabei nur ein einziges Mal, um ihn zu verbessern, denn Barrow hatte geschrieben, Ramage habe »einen benommenen Eindruck« gemacht.

»Ich habe gesagt: ›einen sehr benommenen Eindruck‹«, meinte Brown aufgebracht. »Lassen Sie kein Wort von dem weg, was ich gesagt habe!«

»Dann müssen Sie einen Augenblick warten«, sagte Barrow und griff nach seiner Feder.

Als er wieder fortfahren wollte, fiel ihm Brown ins Wort: »So, jetzt lesen Sie den letzten Satz noch mal, damit ich höre, ob Sie richtig verbessert haben.«

Barrow war über dieses Mißtrauen einen Augenblick sprachlos, aber dann schob er seine Brille entschlossen die Nase hinauf und las den Satz noch einmal vor.

»Jetzt ist es richtig, Sie können fortfahren, Herr Zahlmeister«, sagte Brown und ließ damit keinen Zweifel an der Tatsache, daß man Zahlmeistern kein Vertrauen schenken durfte.

Als Barrow zu Ende war, durfte Brown abtreten, und der nächste Zeuge wurde aufgerufen.

Matthew Lloyd, der Meistersmaat, kam hereingeschritten und blieb genau auf der Stelle stehen, die ihm der Stellvertretende Auditeur mit ausgestrecktem Zeigefinger angewiesen hatte. Der Mann war so dünn wie die Planken, die er zu sägen, zu behauen und zu behobeln pflegte; sein Gesicht war lang und tiefbraun, als ob es von Meisterhand aus einem schmalen, feingemaserten Stück Mahagoni geschnitzt worden wäre.

Als Barrow ihm die üblichen Fragen stellte: wie er heiße, welchen Dienstgrad er besitze und wo er sich am Abend des Gefechts aufgehalten habe, da antwortete er abgehackt, und die Worte, die er hervorstieß, klangen, wie wenn er eine Reihe flachköpfiger Speigattnägel einhämmerte. Als er berichtete, was er von den Schäden wußte, die im Lauf des Gefechts entstanden waren, da war seine Darstellung so präzis, als ob er etwa ein Stück Holz markierte, aus dem eine kunstvolle Arbeit für den Kommandanten entstehen sollte. Die Fragen, die an ihn gerichtet wurden, beantwortete er ebenso exakt. Nein, er wisse nicht genau, wie viele Treffer in den Rumpf einschlugen, denn so oft ein Schußloch verstopft war, habe schon das nächste auf sie gewartet. Er könne auch nicht bestimmt sagen, welche Breitseite den Kommandanten getötet habe, er meine allerdings, es sei die fünfte gewesen. Ja, er habe bis dahin ständig die Pumpen gepeilt, und als Kapitän Letts fiel, seien drei Fuß Wasser im Raum gewesen. Bald darauf sei das Wasser jede Minute um fast einen Zoll gestiegen. Nein, mit der Uhr habe er das Steigen des Wassers nicht gezeitet, sagte er zu Kapitän Croucher, aber die Zunahme habe in weniger als fünfzehn Minuten immerhin einen vollen Fuß ausgemacht.

Dem Kapitän Blackman versicherte er, es habe keine Aussicht bestanden, das Schiff über Wasser zu halten, denn mehrere Treffer hätten die Außenhaut hinter den Spanten durchschlagen, so daß es nicht möglich gewesen wäre, die entstandenen Schußlöcher von innen her zu dichten. Nein, er habe Kapitän Letts nicht gemeldet, daß die Pumpen das eindringende Wasser nicht mehr bewältigen konnten, denn um jene Zeit sei Kapitän Letts schon tot gewesen, aber er habe dem Steuermann darüber Meldung gemacht.

Jawohl, sagte er zu Kapitän Ferris, es sei auch außer den Einschlägen in der Wasserlinie großer Schaden am Schiff entstanden; er habe hier jedoch nur von den Treffern zwischen »Wind und Wasser« gesprochen, weil ihrer so viele waren und weil sie ihn als Zimmermann besonders angingen.

Jetzt war wieder Kapitän Blackman an der Reihe: Er habe erfahren, daß Mr. Ramage das Kommando innehatte, als er den Zeugen kommen ließ und nach dem Umfang der erlittenen Schäden fragte. Ob er sich an den Wortlaut seiner Fragen erinnern könne? Es sei schwierig, meinte Lloyd, sich das ins Gedächtnis zu rufen, eines aber könne er nie vergessen — nämlich seine Überraschung, daß der jüngste Leutnant — Mr. Ramage möge ihm dieses offene Wort verzeihen — mit so viel Überlegung an seine Aufgabe heranging. Kaum habe Mr. Ramage von ihm den Wasserstand im Raum erfahren, habe er sofort im Kopf überschlagen, wie viele Tonnen Wasser eingedrungen seien, wieviel Auftrieb das Schiff noch besitze und wie lange es demnach noch schwimmen werde — wobei er nicht vergessen habe zu berücksichtigen, daß das Wasser wegen des steigenden Drucks um so schneller durch die Schußlöcher eindringen mußte, je tiefer das Schiff im Wasser lag.

»Jawohl, Sir«, sagte er zu Kapitän Blackman, »ich weiß wohl, daß Ihnen diese Dinge bekannt sind. Aber was ich hier berichte, ist *meine* Zeugenaussage. Ich gebe darin nur wieder, was Mr. Ramage sagte und tat. Er sprach dabei auffallend laut, denn er hatte anscheinend eben erst wieder das Bewußtsein erlangt, das er durch einen Schlag auf den Kopf verloren hatte. Für mich war es wie ein Wunder«, fügte er hinzu, »daß er schon wieder so gut Kopfrechnen konnte.«

»Mr. Ramage hat also im Kopf überschlagen, wie lange es noch dauern würde, bis das Schiff sank, nicht wahr?« fragte jetzt Kapitän Ferris.

»Ja — er meinte zwischen sechzig und fünfundsiebzig Minuten.«

Ramage entging es nicht, daß Croucher immer unruhiger wurde. Ferris' Fragen schienen ihm nicht zu passen, obwohl Ramage keinen Zweifel daran hatte, daß es Ferris nur um die Ermittlung der Wahrheit ging. Auch Blackman stellte nach Crouchers Meinung nicht die richtigen Fragen. Der Meistersmaat war ein ruhiger Mensch mit einem guten Gedächtnis, der sich durch Blackmans hochtrabendes Gebaren nicht einschüchtern ließ. Blackmans offenkundige Versuche, Ramage in Mißkredit zu bringen, hatten nur bewirkt, daß seine Klugheit und Bedachtsamkeit erst recht zur Geltung kamen.

Endlich bemerkte sogar der stets willfährige Blackman Kapitän Crouchers Unruhe und hörte sogleich auf, Lloyd weiter auszufragen.

»Hat das Gericht an diesen Zeugen noch Fragen zu stellen?« sagte Croucher. »Keine? Dann mag ihn der Angeklagte ins Kreuzverhör nehmen.«

Ramage ging es noch um zwei Punkte, die ihm allerdings nur für das Protokoll Bedeutung zu haben schienen.

»Können Sie sich wirklich genau erinnern«, fragte er, »wieviel Zeit ich dem Schiff schätzungsweise noch gab, bis es angesichts der erlittenen Schäden und der ausgefallenen Pumpen sinken mußte?«

»Jawohl, Sir, das weiß ich noch ganz genau, vor allem, weil Sie die Zeit in Minuten ausdrückten und nicht nur so obenhin ›zwischen einer Stunde und fünf Viertelstunden‹ sagten.«

»Wieviel Zeit verging nach Ihrer Schätzung von dem Augenblick an, da ich Ihnen diese ungefähre Frist nannte, bis die Franzosen nach unserer Abfahrt das Schiff in Brand setzten?«

»Über eine halbe Stunde, Sir.«

»Warum wohl setzten sie nach Ihrer Meinung die *Sibella* in Brand?«

Da unterbrach Kapitän Croucher: »Eine Meinung ist keine Zeugenaussage, Mr. Ramage.«

»Entschuldigen Sie, Sir, ich befrage hier den Angehörigen eines Berufsstandes über eine Angelegenheit, die unmittelbar mit seinem Beruf zusammenhängt; es handelt sich hier also nicht um eine persönliche Meinung.«

»Streiten Sie nicht mit dem Gericht.«

Ramage verbeugte sich und wandte sich gleich wieder an den Meistersmaaten. An seiner Frage war wirklich nichts auszusetzen gewesen, aber es war unnötig, mit Croucher darüber zu streiten, da er durchaus imstande war, sein Ziel auf andere Weise zu erreichen.

»Wenn ich Ihnen nach der Schätzung der Frist bis zum Untergang des Schiffs befohlen hätte, eine Zündschnur zu legen, um das Schiff in die Luft zu sprengen, hätten Sie diesen Befehl befolgt?«

»Nein, Sir.«

»Und warum nicht?«

»Weil Munitionsraum und Pulverkammer unter Wasser standen, Sir.«

»Wenn ich Ihnen statt dessen befohlen hätte, das Schiff irgendwie zu vernichten, was hätten Sie dann getan?«

»Ich hätte es nur in Brand stecken können, Sir, was die Franzosen dann auch getan haben.«

»Gesetzt, Sie hätten eine unbegrenzte Zahl von Menschen für Ausbesserungsarbeiten zur Verfügung gehabt, hätten Sie das Schiff dann vor dem Sinken bewahren können, nachdem ich das Kommando übernommen hatte?«

»Nein, Sir, unter keinen Umständen.«

»Ich habe keine Fragen mehr an diesen Zeugen zu stellen«, sagte er zu Croucher gewandt.

»Gut, das Gericht hat auch keine Fragen mehr, also rufen Sie den nächsten Zeugen auf.«

»Aufgerufen wird der Graf Pisano«, sagte der Stellvertretende Marine-Auditeur.

Ramage hatte längst auf diesen Augenblick gewartet. Bis jetzt schien die Verhandlung für ihn durchaus günstig verlaufen zu sein. Er hatte Croucher gebluft und Giannas Rede in das Protokoll aufnehmen lassen; er hatte seinen Versuch durchkreuzt, das ganze Verfahren fallenzulassen, als es einmal unterbrochen worden war; und zuletzt hatten der Bootsmann und der Meistersmaat zu seinen Gunsten ausgesagt. Nun galt es nur noch zu verhindern, daß Croucher Pisano als Zeugen aussagen ließ.

Darum sagte er jetzt zu Croucher: »Einen Augenblick, Sir. Der Name dieses Herrn steht nicht auf der Zeugenliste der Anklage, die mir der Stellvertretende Marine-Auditeur zugehen ließ.«

Crouchers entwaffnendes Lächeln verriet Ramage, daß er einen Fehler gemacht hatte. Er wußte nicht sicher, worin er bestand, aber Croucher war offenbar im Begriff, ihn matt zu setzen.

»Der Stellvertretende Auditeur«, sagte Croucher höflich, »wird Ihnen sofort die Rechtslage erklären.«

Ramage ging es darum, Zeit zu gewinnen. Daher

sprang er jetzt auf und sagte: »Vielleicht wäre es richtig, die Verhandlung zu unterbrechen, während diese Frage erörtert wird.«

»Hier gibt es nichts zu erörtern«, sagte Croucher in strengem Tone, dann wandte er sich an Barrow: »Machen Sie weiter.«

Der Mann stand auf und rückte seine Brille zurecht.

»Ein ähnlicher Fall trat bei einem Kriegsgericht im Januar vorigen Jahres ein«, begann er gespreizt seinen Vortrag. »Jenes Kriegsgericht trat übrigens zufällig auch hier in Bastia zusammen. Das Gericht legte die Frage dann den vorgesetzten Stellen in London vor. In einem Schreiben vom 22. Mai 1795, von dem mir eine beglaubigte Abschrift vorliegt, nahm der Oberste Militärrichter dazu wie folgt Stellung: ›Wenn anzunehmen ist, daß eine am Ort greifbare Person, die ohne Verzug geladen werden kann, Wesentliches zur Wahrheitsfindung beizutragen vermag, dann ist das Gericht ohne Zweifel befugt, diese Person vorzuladen und zu vernehmen.‹«

Ramage sprang auf die Beine, als auch Ferris eben das Wort ergreifen wollte.

»Sie sprachen doch eben vom Obersten Militärrichter, nicht wahr?«

»Gewiß«, sagte Barrow geziert.

»Was hat der mit unserem Fall zu tun?«

»Ich verstehe nicht, was Sie meinen«, unterbrach Croucher.

»Der Oberste Militärrichter, Sir«, sagte Ramage, »ist ausschließlich für das Landheer zuständig. Ich brauche Sie wohl nicht daran zu erinnern, daß für alle Rechtsfälle in der Navy nur der Oberste Flottenrichter als letzte Instanz in Frage kommt. Darf ich also aus dem Vorgebrachten schließen, daß das eben verlesene Schreiben auf ein Kriegsgericht des Heeres Bezug hatte?«

Croucher warf einen fragenden Blick auf seinen Auditeur, und Barrow meinte darauf dümmlich: »Das... das stimmt, gewiß, Sir. Aber wir haben doch keinen Grund anzunehmen, daß der Oberste Flottenrichter eine andere Ansicht vertreten würde.«

»Ihre persönliche Meinung! Und Meinungen — so haben wir gehört — beweisen doch nichts. Ich möchte dagegen betonen, daß es in unserer Navy Brauch ist, einem Angeklagten die Zeugen namhaft zu machen, die gegen ihn aussagen sollen.«

Aber er wußte im voraus, daß er den kürzeren ziehen würde. Darum beschloß er, Crouchers bescheidenem Sieg zuvorzukommen.

»Dennoch möchte ich mich nicht darauf versteifen, gegen einen Zeugen Einspruch zu erheben, weil ich nicht daran zweifle« — Ramage konnte die Ironie in seiner Ausdrucksweise nicht ganz unterdrücken —, »daß dem Gericht alles daran gelegen ist, die Wahrheit zu ermitteln.«

»Gut«, sagte Croucher ungeduldig und wies Barrow an, Pisano aufs neue aufzurufen. Dieser schritt nun durch die Tür herein und hatte dabei eine Miene aufgesetzt, als hielte er sich für den wichtigsten Gast auf einem festlichen Ball. Er duckte sich unter jedem Decksbalken, obwohl er auch aufrecht noch ein paar Zoll Luft gehabt hätte — offenbar hatte er sich auf der kleineren *Lively* so oft den Kopf angestoßen, daß er nichts mehr riskieren wollte. Ach, dachte Ramage, an Stelle eines Auftritts *da grande signore* bot er eher den Anblick eines aufgeplusterten Täuberichs, der steifbeinig über eine *piazza* stelzt.

»Wollen Sie sich bitte hierherstellen«, sagte Barrow unterwürfig. »Sie sind Luigi Vittorio Umberto Giacomo Graf Pisano?«

»Ich habe noch eine Reihe weiterer Namen, aber

diese werden genügen, um meine Identität festzustellen.«

Croucher unterbrach: »Haben Sie sich genügend erholt, um aussagen zu können?«

»Ja, ich danke Ihnen«, gab Pisano steif zur Antwort. Offenbar hatte er den Wunsch, den Zwischenfall von vorhin zu vergessen.

»Bitte«, sagte nun Barrow, »legen Sie mir die verschiedenen Fragen nicht zur Last, die ich nun pflichtgemäß an Sie zu richten habe. Sie sind römisch-katholischer Konfession?«

»Ja.«

»Und – äh – exkommuniziert sind Sie nicht?«

»Nein!«

Barrow stellte das Kruzifix auf die Bibel und schob beides näher zu Pisano hin.

»Bitte legen Sie jetzt Ihre rechte Hand auf das Kruzifix und sprechen Sie mir die folgenden Eidesworte nach.«

Pisano wiederholte den Eid Wort für Wort und hielt dabei in einer Pose den Blick erhoben, die er wohl für besonders fromm hielt. Als die Zeremonie zu Ende war, setzte er sich.

»Ihr Englisch ist so gut«, bemerkte Croucher mit schmeichlerischem Lächeln, »daß ich Ihnen wohl keinen Dolmetscher anzubieten brauche.«

Ramage wußte genau, wie Pisano darauf reagieren würde.

»Einen Dolmetscher? Einen Dolmetscher? Steht mir denn einer zu?«

»Selbstverständlich«, sagte Croucher stolz. »Jeder, dessen Muttersprache nicht Englisch ist, hat vor einem britischen Gericht Anspruch auf einen Dolmetscher.«

»Dann wünsche ich auf jeden Fall, daß mir ein Dolmetscher zur Verfügung gestellt wird«, verkündete Pisano. Er kreuzte seine Beine und verschränkte die Arme, als wollte er damit bedeuten, daß er kein Wort mehr sprechen werde, ehe der Dolmetscher herbeigeholt war.

»Ja — ja — gut, gewiß«, sagte Croucher recht kleinlaut. »Barrow, schicken Sie nach einem Dolmetscher.«

Der Stellvertretende Marine-Auditeur warf Croucher einen Blick zu, den Ramage nur als Warnung auffassen konnte, sagte aber ergeben: »Jawohl, Sir.«

»Lassen Sie meinen Sekretär holen«, sagte Croucher, »der findet bestimmt einen.«

Der Sekretär erschien vor dem Gericht und wurde beauftragt, sofort einen Dolmetscher herbeizuschaffen. Als er etwas dagegen einzuwenden wagte, gebot man ihm, den Mund zu halten und sich lieber nach einem Dolmetscher umzusehen. Ganz verstört eilte er davon, und Croucher rief noch hinter ihm her: »Beeilen Sie sich, oder ich mache Ihnen Beine!«

Croucher lehnte sich mit selbstzufriedenem Lächeln in seinem Stuhl zurück. Barrow machte einen geschlagenen Eindruck, offenbar fürchtete er, daß sich über der Kimm eine gefährliche Bö zusammenzog. Auch Crouchers Lächeln begann sich aufzulösen, als ihm Kapitän Blackman etwas zuflüsterte. Er drehte sich um und sprach mit Kapitän Herbert, der zu seiner Linken saß. Herbert schüttelte den Kopf und fragte den Kapitän neben ihm. Auch der schüttelte den Kopf, während Blackman inzwischen Zeit gefunden hatte, mit dem Kapitän zu seiner Rechten zu flüstern, der die Schultern zuckte und dann mit Ferris sprach. Auch dieser schüttelte heftig den Kopf.

Croucher griff nach einem der Logbücher der *Sibella* und begann darin zu lesen; er versuchte jetzt vor allem, den Unbeteiligten zu spielen. Pisano war wohl pikiert, daß er nicht mehr die Szene beherrschte, und gab seine Langeweile dadurch kund, daß er Wollflocken aus seiner himmelblauen Kniehose zupfte (Ramage fragte sich, wo er dieses gute Stück wohl her hatte). Dann musterte er zur Abwechslung seine Fingernägel. Wie es Ramage schien, nahm ihn diese Beschäftigung stärker in Anspruch, als es ernstere Dinge je vermocht hätten.

Dabei, dachte er, war das, was hier zur Verhandlung stand, weiß Gott ernst genug. Croucher hatte offenbar alles auf Pisanos Aussage gesetzt, er war der letzte Zeuge, den sie aufbieten konnten, danach war er, Ramage, selbst an der Reihe, sich zu verteidigen. Sollte er den Bootsmann und den Meistersmaaten noch einmal aufrufen lassen? Nein, die beiden hatten ihrer ersten Aussage bestimmt nichts hinzuzufügen. Blieb also nur noch Jackson. Der konnte bestätigen, was über die *Sibella* bezeugt worden war, aber er konnte sich auch als nützlich erweisen, wenn die Vorgänge im Turm und sein Abstecher nach Argentario zur Sprache kamen.

Aber was *konnte* Jackson schließlich und endlich sagen? Die Ehrerbietung, die Croucher Pisano erwies, zeigte mehr als deutlich, daß er das Gericht trotz Giannas Dazwischentreten mit allen Mitteln dazu bringen wollte, jedem Wort Pisanos Glauben zu schenken.

Wenn ihm das gelang, dann war das Urteil über ihn schon gesprochen. Ramage fühlte, wie seine gehobene Stimmung von vorhin sich verflüchtigte. Alle die schönen Vorsätze, zurückzuschlagen, was waren sie schon wert, wenn man keine Waffen hatte? Genau das hatte wohl auch sein Vater empfunden.

Und doch — wenn Pisanos Wort so viel zählte, dann hatte das Wort Giannas das gleiche Gewicht! Vielleicht vermochte sie das Gericht nicht so stark zu beeindrucken, aber ihre Aussage wurde doch niedergeschrieben und erschien auf alle Fälle in dem Protokoll, das Sir John Jervis und die Admiralität zu lesen bekamen. Und — er hätte sich ohrfeigen können, daß er eben erst daran dachte — das Gericht hatte doch gerade entschieden, daß ein Zeuge auch ohne vorhergehende Bekanntmachung aufgerufen werden konnte.

In diesem Augenblick erschien der Sekretär wieder in der Kajüte und übergab Kapitän Croucher einen Zettel. Dieser las ihn, faßte Pisano ins Auge und sagte bedauernd: »Leider ist zur Zeit im ganzen Geschwader nur ein einziger Mann der italienischen Sprache mächtig, und dieser ist gerade nicht verfügbar, um als Dolmetscher zu fungieren.«

»Warum nicht?« fragte Pisano unverschämt.

»Ach — ich — nun ja«, Croucher sah sich um, als erwartete er, daß die gewünschte Erklärung in Leuchtbuchstaben an einer Schottwand erschiene. »Vielleicht haben Sie die Güte, meinem Wort zu glauben, daß jener Mann nicht zur Verfügung steht.«

»Aber mir steht doch ein Dolmetscher zu, und ich möchte einen haben. Ich habe ein Recht darauf — so sagten Sie doch selbst —, und ich verlange mein Recht.«

»Ich bedaure sehr«, gab ihm Croucher heftig zur Antwort, »daß der einzige verfügbare Dolmetscher Leutnant Ramage ist.«

Pisano hatte ihn offenbar durch sein Benehmen gereizt, und Ramage hatte den Eindruck, daß es ihm fast zuwider war, einen so üblen Kerl als Waffe benutzen zu müssen. Sogar ein Croucher verspürte wohl einmal Gewissensskrupel, ganz abgesehen davon, daß wohl auch er jedem Ausländer so gründlich mißtraute, wie es bei den britischen Seeoffizieren die Regel war.

»So«, sagte Pisano. »Dann werde ich mich in aller Form beschweren, daß mir dieses Gericht mein Recht vorenthielt.«

»Sir . . .« wandte Barrow sich entschuldigend an Croucher. »Darf ich mir erlauben, Ihnen meine Ansicht zum Ausdruck zu bringen? Wenn der Herr Graf nur einen Vermerk im Protokoll beantragt, daß er keinen Dolmetscher zur Verfügung hatte, dann ist alles in Ordnung. Wenn er jedoch eine förmliche Beschwerde erhebt, dann könnte es leicht geschehen, daß Ihre Lordschaften in dem Fehlen eines Dolmetschers einen Verstoß gegen die Gerichtsordnung erblicken und das Urteil aufheben . . .«

Croucher sagte daraufhin zu Pisano: »Sind Sie einverstanden, wenn wir in das Protokoll aufnehmen, daß kein Dolmetscher verfügbar war?«

»Was heißt hier Protokoll? Was verstehen Sie darunter?«

»Das ist der schriftliche Bericht über diese Verhandlung.«

»Ach so, ja, das ist mir recht, wenn diese Sache hier nur bald ein Ende hat. Ich bin ein sehr beschäftigter Mann«, fügte Pisano hinzu, »ja, ich habe eine Unmenge zu tun.«

Croucher, darum bemüht, Pisanos Zustimmung zu nutzen, sagte eilig: »Ausgezeichnet, dann wollen wir auch gleich fortfahren. Der Stellvertretende Auditeur wird Ihnen jetzt ein Dokument übergeben« — er wartete, bis Barrow es gefunden und ausgehändigt hatte —, »und ich bitte Sie, es in Augenschein zu nehmen. Erkennen Sie es wieder?«

»Selbstverständlich, es ist ein Schreiben von meiner Hand.«

»An wen hatten Sie es gerichtet?«

»An einen Mann — wie hieß er doch gleich? Prodding, Probing . . . nein, Probus hieß er. Er ist Kommandant des kleinen Schiffes, das uns aufnahm.«

»Würden Sie die Güte haben, dem Gericht den Wortlaut dieses Dokuments vorzulesen?«

Die Regie ist nicht übel, dachte Ramage. Aber ich werde diesem Pisano schon noch einheizen. Geben wir ihm erst einmal eine Minute Zeit oder zwei, damit er in Schwung kommt . . .

»Ich habe diesen Brief geschrieben, um das ehrlose Verhalten des Leutnants Ramage gebührend zu brandmarken . . .«

»Der Zeuge wurde meiner Meinung nach lediglich aufgefordert, das von ihm verfaßte Dokument zu verlesen«, bemerkte Kapitän Ferris.

»Ah — ja«, sagte Croucher. »Bitte bringen Sie Ihren Brief ohne einleitenden Kommentar zur Verlesung.«

»Gut, ich beginne: ›Verehrter Lord Probus, ich verlange, daß Leutnant Ramage angeklagt wird, meinen Vetter Graf Pitti im Stich gelassen zu haben, so daß er dem Feind in die Hände fiel, nachdem er am Strand bei dem *Torre di Buranaccio* verwundet worden war. Ich verlange ferner, daß er angeklagt wird, durch sein unüberlegtes, fahrlässiges und feiges Verhalten verschuldet zu haben, daß meine Cousine, die Marchesa di Volterra, verwundet wurde . . .‹ «

Ramage erhob sich und fragte höflich: »Steht es denn fest, daß der Herr Zeuge dem Gericht das Originalschreiben vorliest, oder handelt es sich nur um eine Abschrift? Wenn es eine Abschrift ist, dann müßte ihre Echtheit beeidet werden.«

»*Mio Dio!*« rief Pisano aus.

»Dieser Einwand ist rechtlich begründet«, warf Barrow ein.

»Dies ist der Brief, den ich geschrieben habe«, sagte Pisano wütend. »Ich kenne doch meine Schrift. Eine Kopie? Ausgeschlossen! Das ist eine unerhörte Unterstellung.«

»Es ist meine Schuld«, gab Barrow mit müder Stimme zu, »ich hätte den Zeugen fragen sollen, ob er die Echtheit des Schreibens anerkennt, ehe er anfing, es zu verlesen.«

»Bitte fahren Sie fort«, sagte Croucher hastig.

Jetzt erhob Pisano die Stimme, als wollte er jeder weiteren Unterbrechung einen Riegel vorschieben. Ramage stellte fest, daß dieser Brief laut gelesen noch ungereimter und hysterischer wirkte als damals in Probus' Kajüte, wo er ihn zum erstenmal zu Gesicht bekommen hatte.

Pisano benahm sich jetzt wie ein Tragöde, der um die Gunst seines Publikums buhlt — seine schwülstigen Phrasen unterbrach er immer wieder durch dramatische Pausen und unterstrich das Ganze durch die exaltierten Gesten seiner Linken. Als von der Verwundung Pittis die Rede war, schlug er sich mit der Faust an die Brust (nicht an den Kopf, stellte Ramage fest), und als er die Verletzung der Marchesa erwähnte, klatschte er sich gegen die rechte Schulter.

Die Wirkung dieser Vorstellung auf die sechs Kapitäne war aufschlußreich. Ramage, der Pisanos Theater bald satt hatte, ging dazu über, sie genau zu beobachten. Ferris war offenbar peinlich berührt und malte Männchen auf ein Stück Papier. Dem Kapitän neben ihm war allem Anschein nach auch nicht behaglich zumute. Was in Blackman vorging, war schwer zu erraten, denn dieser Mann war auch sonst für die meisten undurchschaubar. Jetzt malte er sich wohl aus, wie Pisanos Brief wirkte, wenn er in der Ruhe der Admiralität Ihren Lordschaften zu Gesicht kam. Nur Croucher machte einen zufriedenen Eindruck, er schien Pisanos Hanswurstiaden gar nicht zu sehen. Herbert und der sechste Mann neben ihm wünschten sich offenbar sehnlichst, sie wären in See.

Endlich hatte Pisano zu Ende gelesen und warf den Brief mit einer schwungvollen Geste auf den Tisch.

»Das Gericht wird jetzt Fragen an Sie richten«, sagte Croucher.

»Ich stehe Ihnen zur Verfügung«, antwortete er mit einer Verbeugung.

»Haben Sie gesehen, wie Graf Pitti stürzte?«

»Ja, ich hörte einen Schuß und sah ihn niederstürzen.«

»Sind Sie ihm nicht zu Hilfe geeilt?« fragte Ferris.

»Nein, dazu war keine Zeit.«

»Warum?«

»Weil ich wußte, daß die Marchesa verwundet war, und ihr zu Hilfe eilen wollte.«

»Aber Sie hätten doch wenigstens Zeit gehabt festzustellen, wie schwer Graf Pitti verwundet war«, bohrte Ferris weiter.

»Ehre und Ritterpflicht gebieten doch, einer Dame stets zuerst zu helfen«, sagte Pisano von oben herab.

Jetzt fragte ihn Croucher: »Und wann gelangten Sie dann zum Boot?«

»Ich habe gewartet.«

»Worauf denn?«

»Auf die Marchesa.«

»Und was war dann?«

»Sie kam mit dem Leutnant.«

»Wie ging es weiter?«

»Der Leutnant befahl den Männern loszurudern, sobald der letzte Matrose da war.«

»Haben Sie mit ihm gesprochen?«

»*Mio Dio!* Ich flehte ihn an, auf Graf Pitti zu warten.«

»Eine Frage«, warf Ferris ein, »was veranlaßte Sie anzunehmen, daß der Graf Pitti gehen konnte?«

Pisano zögerte einen Augenblick, dann sagte er: »Ich hoffte es.«

»Wie weit waren die französischen Reiter um diese Zeit entfernt?« fragte Croucher, um von Ferris' Fragestellung abzulenken.

»Oh, das . . .« Pisano wußte offenkundig nicht, was er darauf sagen sollte. »Das war sehr schwer zu sagen.«

»Wann flößte Ihnen das Verhalten des Leutnants Ramage zum ersten Male Besorgnis ein?«

»Oh — schon ehe ich ihn kennenlernte. Sein Plan war der reine Wahnsinn. Ich habe mit meiner Meinung darüber nicht hinter dem Berg gehalten. Und ich hatte recht: Sie wissen ja, was geschah. Graf Pitti und die Marchesa wurden verwundet . . .«

»Wann haben Sie Ihre Klage vorgebracht?« fuhr Croucher fort.

»Sobald ich mit einem britischen Offizier in führender Stellung zusammentraf.«

»Ich nehme nicht an, daß das Gericht noch weitere Fragen an den Zeugen hat«, sagte Croucher in einem Ton, der Ferris davon abschreckte, noch etwas zu sagen. »Der Angeklagte kann den Zeugen jetzt ins Kreuzverhör nehmen.«

Pisano und Ramage erhoben sich im gleichen Augenblick, aber Ramage sagte sofort höflich zu Kapitän Croucher: »Der Zeuge hat bestimmt noch unter den Folgen des Schlages auf seinen Kopf zu leiden. Möchten Sie ihm nicht gestatten, sich wieder zu setzen?«

»Ja, selbstverständlich«, stimmte ihm Croucher bei. »Bitte nehmen Sie Platz.«

Pisano setzte sich. Im ersten Augenblick hatte er offenbar nicht bedacht, daß Ramage jetzt den Vorteil hatte, auf ihn herabzublicken.

»Graf Pisano«, begann Ramage, »sowohl der Bauer wie die Marchesa haben Sie genau informiert, ehe . . .«

»Halt! Das ist eine Suggestivfrage«, unterbrach Croucher. »Sie dürfen keine Fragen stellen, die einem Zeugen nahelegen, was er antworten soll.«

»Ich bitte um Entschuldigung, Sir.«

Dann wandte er sich wieder an Pisano.

»Wann haben Sie erfahren, daß zu Ihrer Rettung nur ein kleines Boot zur Verfügung stand?«

»Der Bauer hat es mir gesagt.«

»Wie viele Köpfe zählte Ihre Gruppe zu Anfang?«

»Sechs.«

»Wie viele von diesen entschieden sich schließlich, mit dem Boot zu fahren?«

»Das wissen Sie doch ganz genau.«

»Beantworten Sie meine Frage.«

»Drei.«

»Warum machten die anderen nicht mit?«

»Weil sie gegen Ihren Plan Bedenken hatten.«

»Aber Sie selbst hatten keine Bedenken?«

»Nein — das heißt ja, ich meine . . .«

»Sie hatten Bedenken gegen meinen Plan, dennoch sind Sie gekommen?«

»Ja!«

»Dann waren Sie als erster vor den beiden anderen am Boot, nicht wahr?«

»Ja.«

»Was geschah dann?«

»Das wissen Sie doch selbst. Sie kamen zum Boot und trugen die Marchesa.«

»Und dann?«

»Man half ihr ins Boot.«

»Wer hat ihr geholfen?«

»Die Matrosen — und Sie.«

»Sie also nicht?«

»Nein.«

»Bin ich darauf ins Boot gestiegen?«

»Ja.«

Der Bursche log so glattzüngig, daß Ramage ganz aus der Fassung kam.

»Haben Sie denn nicht gehört, daß ich einen der Matrosen fragte, wo Graf Pitti sei?«

»Nein.«

»Haben Sie nicht gesehen, wie ich zurückwatete und den Kamm der Düne erstieg?«

»Nein.«

»Haben Sie auch nicht gehört, daß ich nach Jackson, dem anderen Seemann, rief?«

»Nein.«

Jetzt unterbrach ihn Croucher: »Mit Ihrer Fragestellung kommen Sie bei diesem Zeugen offenbar nicht weiter, Mr. Ramage.«

Nein, dachte Ramage: er hat gelogen und wird weiterlügen. Und alles, was ich dabei erreicht habe, ist, daß Pisanos ursprüngliche Geschichte in dem Protokoll in eine überzeugendere Form gebracht worden ist.

»Ich habe keine Fragen mehr an den Zeugen zu richten, Sir.«

Croucher sagte Pisano, er könne abtreten, und mußte ihm dazu noch erklären, was mit diesem Ausdruck gemeint war.

Jetzt faßte Croucher Ramage scharf ins Auge und sagte mit deutlich triumphierender Miene: »Der Angeklagte wird jetzt zu seiner Verteidigung das Wort ergreifen.«

Ramage wollte gerade mit seinen Ausführungen beginnen, als Croucher ärgerlich bemerkte: »Haben Sie denn Ihre Verteidigung nicht schriftlich vorbereitet? Sollen wir etwa warten, bis Sie dem Stellvertretenden Auditeur diktiert haben, was Sie vorbringen wollen? Sie sollten weiß Gott wissen, daß Sie Ihre Ausführungen vorlesen und ihm eine Abschrift geben müßten.«

»Gestatten Sie mir, Sir . . .«

»Also gut, schießen Sie los!«

»Der Verlust der *Sibella* scheint mir hinreichend geklärt, darum halte ich es nicht für nötig, nochmals den Bootsmann und den Meistersmaat aufzurufen, um als

Zeugen für mich auszusagen. Die Aussagen, die die beiden als Zeugen der Anklage machten, beweisen, daß ich nur tat, was unter den gegebenen Umständen möglich und richtig war.«

»Das zu entscheiden ist Sache des Gerichts«, bemerkte Croucher.

Hatte es einen Sinn, Jackson aufzurufen? Was konnte er Neues sagen? Ramage beschloß, auf ihn zu verzichten. Statt dessen sagte er: »Selbstverständlich, Sir. Aber die Aussagen des Grafen Pisano geben dem ganzen Verfahren eine Wendung, die in der Anklage nicht zum Ausdruck kommt. Zu meiner Rechtfertigung gegen die von ihm erhobenen Anschuldigungen möchte ich nachträglich einen Zeugen benennen!«

Er hielt absichtlich inne, weil er Croucher ein bißchen Ungeduld gönnte. Dieser erwartete natürlich, daß nun gleich der Name Jackson fallen würde.

»So nennen Sie doch endlich Ihren Zeugen.«

»Rufen Sie die Marchesa di Volterra.«

Barrow riß sich hastig die Brille von der Nase, und Croucher hieb auf den Tisch, um zu verhindern, daß der Posten die Tür aufriß und Ramages Worte nach draußen weitergab.

»Sie können die Marchesa nicht als Zeugin laden lassen.«

»Warum nicht, Sir?«

Croucher schwenkte ein Stück Papier: »Sie steht nicht auf Ihrer Zeugenliste.«

»Aber das Gericht hat heute schon einmal entschieden, daß es die Befugnis hat, einen nicht in der Liste aufgeführten Zeugen zu laden.«

»Das Gericht, ja, aber nicht ein Angeklagter.«

Ramage warf einen Blick auf Barrow. Er sah, daß dieser mit Schreiben aufgehört hatte und Croucher fragend ansah.

»Ich möchte mit aller Hochachtung bemerken, Sir«, sagte Ramage jetzt, »daß diese Entscheidung nach meiner Überzeugung unbedingt in das Protokoll aufgenommen werden muß. Ich habe nur diese einzige Zeugin beantragt. Soll ich wirklich annehmen, daß sich das Gericht weigert, sie aufzurufen?«

»Ihre Annahme ist durchaus richtig, Mr. Ramage. Der Oberste Militärrichter hat verfügt, daß eine Person als Zeuge aufgerufen werden kann, wenn das *Gericht* der Überzeugung ist, daß es von ihr einen ›wesentlichen Beitrag zur Wahrheitsfindung‹ erwarten kann. Die Marchesa hat uns schon alles gesagt, was sie weiß; Sie selbst haben darauf bestanden, daß ihre Ausführungen in das Protokoll aufgenommen wurden. Das Gericht nimmt nicht an, daß die Marchesa außer dem, was sie bereits aussagte, noch einen ›wesentlichen Beitrag zur Wahrheitsfindung‹ leisten kann.«

Ramage rieb nervös die Narbe auf seiner Stirn. Jetzt hatte er den Hals bereits in der Schlinge; ja, er hatte sogar selbst den Kopf hineingesteckt, und Croucher ging nun daran, die Lose durchzuholen.

Auf dem Papier, im Protokoll nahm sich Crouchers Entscheidung bestimmt ganz plausibel aus ... wenn er nur — ach hol's der Teufel!

»Dann, Sir, möchte ich einen Zeugen benennen, der auf meiner Liste verzeichnet ist. Thomas Jackson.«

Bei Sturm ist jeder Hafen recht, dachte er.

»Bitte, Barrow«, sagte Croucher verbindlich, »rufen Sie den Zeugen auf.«

Als Jackson die Kajüte betrat, fühlte sich Ramage gleich weniger verlassen, dennoch wußte er, daß ihm dieser Mann auch nicht helfen konnte — seine Anker wollten nicht mehr fassen. Das Gericht würde ihn wegen Feigheit verurteilen, und wer immer später das Protokoll las, mußte diesem Urteil zustimmen.

Der Amerikaner hatte sich sauber zurechtgemacht; jedes unvoreingenommene Gericht mußte den besten Eindruck von diesem Mann gewinnen. Klar und deutlich sprach er die Eidesformel nach, ebenso verständlich beantwortete er Barrows einleitende Fragen. Nur ein ganz leichter amerikanischer Akzent verriet seine Herkunft.

Ramage fühlte Gewissensbisse, als er daran dachte, daß sich der Amerikaner absichtlich hatte einsperren lassen, um als Zeuge für ihn verfügbar zu sein. Und er selbst war noch vor wenigen Minuten entschlossen gewesen, auf ihn zu verzichten ...

»Sie können mit der Befragung des Zeugen beginnen«, sagte Croucher zu ihm.

»Danke, Sir«, gab Ramage wie ein Automat zur Antwort — im Augenblick fiel ihm absolut nichts ein, sein Kopf war wie ausgeräumt. Die *Sibella* — ja, da gab es noch einiges zu ergänzen.

»Nachdem Kapitän Letts gefallen war, wann haben Sie mich da zuerst auf dem Achterdeck gesehen?«

»Ich habe gesehen, wie Sie sich mühsam die Treppe heraufschleppten, Sir.«

»Sie sagten ›heraufschleppten‹?« erkundigte sich Ferris.

»Jawohl, Sir: er war ganz benommen und blutete aus seiner Kopfwunde.«

»Wie lange waren Sie von da an nicht in meiner nächsten Nähe, bis wir das Schiff verließen?«

»Nur ein paar Minuten, Sir.«

»Welche Anweisungen haben Sie von mir bekommen, ehe wir in die Boote gingen?«

»Verschiedene, Sir, vor allem befahlen Sie mir, die Karten und Logbücher zu holen. Ich half Ihnen außerdem, das Befehlsbuch und das Briefbuch des Kommandanten aufzufinden.«

»Was hätten Sie unternommen, das Schiff schwimmfähig zu halten, wenn Sie der älteste überlebende Unteroffizier gewesen wären?«

Ob ihm Croucher diese Frage wohl durchgehen ließ?

»Da war nichts mehr zu unternehmen, Sir, die *Sibella* sank schon viel zu schnell.«

»Was hätten Sie zur Rettung der Verwundeten unternommen, wenn Ihnen das Kommando zugefallen
wäre?«

»Das weiß ich nicht, Sir«, sagte Jackson offen. »Sie
fanden wohl die beste Lösung — mir wäre sie bestimmt
nicht in den Sinn gekommen.«

»Wir kommen nun zu der Nacht, in der wir die Marchesa und den Grafen Pisano wegholten. Können Sie
beschreiben, was sich ereignete, seit wir zum ersten Male
hörten, daß sie näher kamen?«

»Jawohl, Sir. Das war so . . .«

In diesem Augenblick klopfte jemand von draußen
so heftig an die Tür, daß sie in allen Fugen dröhnte.
Da lag bestimmt etwas Dringendes vor, das Kapitän
Croucher sofort wissen mußte, sonst hätte es niemand
gewagt, die Gerichtssitzung so gewaltsam zu unterbrechen.

»Was ist denn? Herein!« brüllte Croucher.

Ein Leutnant trat eilends zum Gerichtstisch und gab
Croucher einen Zettel. Croucher las und sah gleich so
verärgert drein, als hätte man ihn eben um die Prisengelder von fünf Jahren gebracht.

»Die Verhandlung wird auf unbestimmte Zeit vertagt«, verkündete er. »Barrow, setzen Sie die Zeugen
davon in Kenntnis.«

Zu Ramage sagte er: »Sie sind aus der Haft entlassen,
aber Sie müssen sich natürlich für den Fall bereit halten, daß das Gericht wieder zusammentritt.« Das letztere fügte er so hastig hinzu, als ob ihm bewußt ge

worden sei, daß er eben seinen Ärger etwas zu offen gezeigt habe.

In diesem Augenblick dröhnte der dumpfe Donner eines einzelnen Kanonenschusses über die Reede — Ramage stellte fest, daß er von See herkam.

18

Ehe die Kapitäne noch ihren Weg um den Richtertisch herum gefunden hatten, war Ramage schon durch die Tür verschwunden. Er eilte ohne Zögern auf das Achterdeck und hielt suchend Ausschau. Etwa eine Meile weiter draußen steuerte ein einzelnes Linienschiff die Reede an. Es hatte alle Segel stehen, sein Steven wühlte eine schäumende Bugwelle auf. Im Großtopp wehte der Breitwimpel eines Kommodore und im Kreuztopp die britische Nationalflagge — sie bedeutete, daß alle Kommandanten an Bord des Flaggschiffes kommen sollten. Der Kommodore verschwendete jedenfalls keine Zeit, dachte Ramage.

Ob Gianna wohl noch an Bord der *Trumpeter* war? Ein Leutnant stand gerade mit dem Kieker am Auge neben dem Kreuzmast. Ramage rief ihm zu:

»Ist die Marchesa an Land gefahren?«

Der Leutnant senkte überrascht sein Fernglas.

»Wie? Ach so, nein — sie wartet im Dienstzimmer des Sekretärs.«

Sofort eilte Ramage wieder nach Crouchers Kajüte, durch deren Eingang eben die Mitglieder des Gerichts herauskamen. Die Kammer des Sekretärs war ein winziges, vor den Wohnräumen des Kommandanten gelegenes Gelaß. Ohne Umschweife riß er die Tür des Raumes auf.

Sie hatte mit verschlungenen Händen auf dem einzigen Stuhl gesessen und hob erschrocken den Blick:

»Nicholas!«

»Ich dachte, du wärst von Bord gegangen.«

»Man wollte mich wegbringen, aber ...«

»Aber was?«

Das war eine törichte Frage, aber zwischen ihnen stand noch so viel Unausgesprochenes, daß Scheu die natürliche Folge war.

»Aber ... ich wollte warten, bis alles vorüber ist. Ist nun endlich damit Schluß?«

Er hielt ihre beiden Hände in den seinen und blickte auf sie hinab. Ihr fragender Blick verriet ihre Angst um ihn; die Schönheit dieser Augen raubte ihm fast den Atem.

»Vorläufig ja.«

»Was ist denn geschehen?«

»Kommodore Nelson läuft soeben ein. Komm, sehen wir uns das an.«

»Kommodore Nelson! Der kleine Kapitän!«

»Ja — kennst du ihn etwa?«

»Nein — aber in Livorno war sein Name in aller Munde. Bist du denn mit ihm bekannt?«

»Nein, ich bin noch nie mit ihm zusammengekommen.«

»Wie schade«, sagte sie und erhob sich. »Würde er dich kennen, so käme er dir bestimmt zu Hilfe und hätte deinen Fall bald aus der Welt geschafft.«

»Ich brauche jemand anderen ...« Er hielt inne.

»Jemand anderen?« fragte sie gespannt. Sie stand dicht vor ihm und blickte zu ihm auf.

»... ja, jemanden, der ungefähr so groß ist wie er, aber viel interessanter.«

»Wer sollte das sein?« fragte sie mit einer Unschuldsmiene, die ihre Schönheit neu erstrahlen ließ.

»Du und niemand anders.«

»Dann ist alles in Ordnung.«

Ihre Lippen waren nahe den seinen, da ertönten draußen plötzlich laute Rufe, so daß sie erschrocken zusammenfuhr.

»Was ist denn eigentlich los? Warum haben sie vorhin den Schuß gelöst?«

»Der Kommodore hat signalisiert, daß alle Kommandanten auf sein Flaggschiff kommen sollen.«

»Das wollen wir uns ansehen«, sagte sie ganz aufgeregt.

Die Kommandanten schritten ungeduldig am Fallreep auf und ab. Croucher schrie immer wieder nach dem Boot. Ramage führte Gianna auf das Achterdeck.

Obwohl Ramage acht Jahre lang fast ununterbrochen in See gewesen war — so lange, daß er sich wie ein fremder Gast vorkam, wenn er einmal grüne Wiesen, bunte Vögel und Blumen sah —, ergriff ihn immer wieder die gleiche Erregung, ja beinahe Verwunderung, wenn er Zeuge wurde, wie sich ein großes Kriegsschiff den Weg gegen Land erkämpfte.

Im Sonnenlicht wirkte das Blau der See wie poliert, so hart, daß es fast die Augen schmerzte. Der *Libeccio*, der, nachdem er über die ganze Breite Korsikas hinweggeweht war, seine Schärfe eingebüßt hatte, brachte es doch noch zuwege, die Reede dann und wann mit weißen Schaumköpfen zu übersäen.

Das Schiff, dessen kühner Schwung durch die zwei parallelen gelben Streifen auf seinem schwarzen Rumpf noch betont wurde, schien in stetigem Auf und Nieder wie ein Vogel über die Berge und Täler der Dünung hinwegzuschweben. Sein kraftvoll gerundeter Bug hieb mit voller Gewalt in jede anrollende See und zerschlug sie zu einem Schauer in allen Farben funkelnder Diamanten, der sich über die Back ergoß oder nach Lee verwehte, so daß alle Herrlichkeit nur zu schnell verflog. Von den hellbraun gestrichenen Masten und Rahen schwangen sich die mächtigen Segel in straff gespannten Bögen herab, so daß ihnen kein bißchen Wind entgehen konnte. Dunklere Stellen an den Schoothörnern der Untersegel und der Vorsegel verrieten, wie hoch der Gischt flog und das durchnäßte Segeltuch verfärbte, das trocken die warme Tönung von Bernstein, vielleicht mit einem Schuß goldenen Ockers, besaß. Es bedurfte nur eines schönen Sonnenauf- oder Untergangs, um die ganze Pracht eines solchen Schiffes zur Geltung zu bringen.

Gianna sagte: »Jetzt weiß ich, warum du Seemann geworden bist. Einen solchen Anblick habe ich noch nie erlebt.«

Ihre Worte hatten einen schmerzlichen Klang, als wüßte sie um die rohe und nackte Gewalt eines solchen Kriegsschiffes und um die Art, wie es die Kraft der Natur seinen eigenen Zwecken dienstbar machte. Seine Schönheit und der Streifen weißen Gischts, den es durch die blaue See pflügte, schienen sie seltsam zu bewegen, ja, vielleicht empfand sie sogar einen Funken Neid, daß ihr selbst das Seemannsleben versagt war.

Ramage winkte einen Fähnrich herbei und lieh sich seinen Kieker aus. Auf dem näherkommenden Schiff machten sich zwischen Fock und Großmast Männer um ein dort festgezurrtes Boot zu schaffen. Sie hakten die Stagtakel ein und machten es klar zum Aussetzen.

Dann erschienen plötzlich Gruppen von Matrosen am Fuß der Wanten aller drei Masten, sie wirkten aus der Ferne gesehen wie Ameisen. Kapitän Towry — dessen Schiff die *Diadem* war — machte offenbar klar zum Ankern, und die Toppsgasten warteten auf den Befehl, zu entern und die Bramsegel zu bergen. Er läßt damit bis zum letzten Augenblick warten, dachte Ramage, um so besser muß sein Manöver in den nächsten Minuten klappen.

Plötzlich stürmten die Männer Hand über Hand die Wanten hinauf, bis sie zu den mächtigen untersten Rahen gelangten, die die Untersegel, die schwersten und größten der ganzen Takelage, trugen. Dort machten sie aber nicht halt, sie kletterten vielmehr weiter, vorüber auch an den Marssegeln, die über den Untersegeln standen, bis sie zur Bramsaling gelangten. Von Deck aus wurden jetzt die Bramrahen herumgebraßt, bis der Wind die Segel nicht mehr füllte, sondern an ihnen entlangstrich, so daß sie nicht mehr zogen, sondern killten.

Jetzt wurden die Rahen ein paar Fuß weggefiert, dann legten die Toppsgasten blitzgeschwind auf ihnen aus. Gianna rief ganz entgeistert: »Mio Dio!«, als sie sich ausmalte, wie diese Männer hundert Fuß über Deck auf den Masten arbeiteten, die wie Getreidehalme im Winde kreisten.

Die Segel waren inzwischen wie Vorhänge unter den Rahen gerafft oder »aufgegeit« und wurden nun sauber eingerollt und mit Zeisingen festgemacht. Dann legten die Männer seitwärts schreitend wieder ein, bis sie auf der Saling in Sicherheit waren, und enterten anschließend ohne Verzug in den Wanten nieder an Deck.

Wie seltsam, dachte Ramage, was will er noch mit den Marssegeln? Das Schiff war jetzt nur noch eine halbe Meile von der Einfahrt zum Binnenhafen entfernt. In vier Minuten, vielleicht sogar schon eher, hatte es diese Strecke zurückgelegt. Nun wurden langsam die mächtige Fockrah und die Großrah angebraßt, bis sie in der Windrichtung standen, so daß die Untersegel killten. Im gleichen Augenblick wurden sie von den Männern an Deck aufgegeit, so daß sie in mächtigen, lose gerafften Bündeln unter den Rahen hingen. Noch einmal eilten die Matrosen die Wanten hinauf, um auch diese Segel sauber auf den Rahen festzumachen — die Fock war immerhin aus mehr als 3000 Quadratfuß *

* 1 Quadratfuß = 0,0929 qm, 3000 Quadratfuß = 278 qm, 4000 Quadratfuß = 371 qm

Segeltuch angefertigt, während das Großsegel über 4 000 Quadratfuß maß —, und im selben Moment fielen der Klüver und das Stagfock auf Klüverbaum und Bugspriet herunter.

Kapitän Towry wollte also anscheinend nur beidrehen — hatte er denn nicht vor, sich länger aufzuhalten? Was war da eigentlich im Gange? Die *Diadem* war nun schon näher unter Land als die *Trumpeter*, nur noch ein paar hundert Meter von der Küste. Ramage sah, wie jetzt die Vormarsrah erst in den Wind und dann noch weiter herumgebraßt wurde, so daß der Wind die Rah samt den Segeln von hinten gegen den Mast drückte. Langsam verlor das Schiff Fahrt.

»Was machen sie da, was soll das bedeuten?« fragte Gianna.

»Sie drehen bei: sie nehmen dem Schiff die Fahrt, ohne alle Segel zu bergen.«

»Wie ist das möglich?«

»Du siehst doch das Vormarssegel — das Segel am vordersten Mast? Das wurde eben herumgebraßt, so daß es jetzt back steht, das heißt, daß es der Wind von der entgegengesetzten Seite füllt. Darum versucht es nun, das Schiff rückwärts zu treiben. Aber das Großmarssegel und das Kreuzmarssegel — das sind die entsprechenden Segel am zweiten und dritten Mast — blieben unverändert stehen, so daß sie nach wie vor bestrebt sind, das Schiff voranzutreiben. Die schiebende Kraft dieser beiden Segel ist nun der Bremswirkung des vordersten ungefähr gleich, so daß das Schiff die Fahrt verliert.«

»Warum tut man so etwas?«

»Weil man dadurch vermeiden kann zu ankern, gesetzt zum Beispiel, man möchte sich nur wenige Minuten lang aufhalten. Ich nehme an, die *Diadem* ist dicht unter Land gegangen, weil jemand mit einem Boot an

Land gesetzt werden soll — schau, da wird das Boot schon zu Wasser gefiert.«

»Ja, ich seh es.«

»Wahrscheinlich hat Kommodore Nelson eine eilige Nachricht für den Vizekönig.«

»Bedeutet das Manöver etwa, daß er nicht bleiben will?« fragte sie ängstlich.

»Das weiß ich nicht.«

Gleich darauf war das Boot zu Wasser und pullte auf die Hafeneinfahrt zu. Dann wurde es plötzlich auf der *Diadem* lebendig: Alle drei Marsrahen wurden vierkant gebraßt und weggefiert, die Toppsgasten eilten nach oben, um die Segel festzumachen, und das Schiff begann langsam nach Lee zu treiben. Dann fiel der Anker klatschend ins Wasser. Als das Schiff schließlich eingetörnt war und vor der steifen Ankertrosse wie ein Hund an der Leine mit der Nase im Wind lag, da waren auch die Marssegel sauber festgemacht und beschlagen.

Crouchers Boot hatte bereits mit allen Kommandanten an Bord von der *Trumpeter* abgesetzt.

Gianna fragte: »Bist du . . .«

Er drehte sich nach ihr um: Sie machte einen verlegenen Eindruck.

»Bist du frei?«

»Ja — warum?«

»Können wir nun an Land gehen?«

Er dachte einen Augenblick nach, da bemerkte er, daß ein Boot von der *Lively* abgelegt hatte — Probus war offenbar bei der Ankunft des Kommodore überraschend schnell genesen. Nun gut, für die nächsten paar Stunden fragte bestimmt kein Mensch nach ihm.

19

Ramage stand auf den schlüpfrigen Stufen des Kais
und wandte sich nach rückwärts, um Gianna aus dem
Boot zu helfen. Sie blieb ziemlich hilflos stehen, denn
die Rechte konnte sie wegen ihrer Schulterwunde noch
nicht gebrauchen, mit der Linken aber mußte sie unbedingt ihr Kleid raffen.

»Einen Moment Geduld ...« sagte er und suchte
einen festen Stand auf der Treppe. Dann faßte er sie
mit beiden Händen um die Taille, hob sie aus dem
Boot und stellte sie auf den Stufen nieder. Sie war so
leicht, daß er sie am liebsten in seinen Armen die ganze
Treppe hinaufgetragen hätte, aber das Boot der *Lively*
lag noch wartend an der Pier. Er bedankte sich bei
dem Fähnrich, der es gesteuert hatte, und sagte ihm,
er könne an Bord zurückkehren.

Als sie die Stufen erstiegen hatten, sagte sie: »Bis zur
Residenz des Vizekönigs ist es weit zu gehen.«

»Fühlst du dich wirklich kräftig genug, den Weg zu
Fuß zurückzulegen?«

»Selbstverständlich«, gab sie ihm sofort zur Antwort,
und er hatte den Eindruck — oder hoffte er es etwa
nur? —, daß sie mit ihm allein sein wollte.

Während sie den Quai de la Santé entlanggingen,
warf Ramage einen Blick über das schmale Hafenbek-
ken hinweg nach der mächtigen Zitadelle, deren scharf-
kantige Mauern mit dem steilen Fels verschmolzen, an
den sie sich lehnte. Er stellte fest, daß diese Festung
ebenso wertlos war wie die meisten anderen Anlagen
zur Verteidigung von Seehäfen, weil sie gegen einen Angriff von Land her nur wenig geschützt war.

Die Berge und die Häuser schützten die Kais vor dem *Libeccio*, die Hitze stieg wie ein erstickender Brodem von den Steinquadern auf. Fischer in Lederschürzen und Leinenhemden holten Netze und Leinen aus ihren buntbemalten Booten auf den Kai. Ihre Frauen saßen da und dort mit dem Rücken an die Hauswände gelehnt auf dem Kopfsteinpflaster. Jede von ihnen hatte ein Fischernetz über den Beinen liegen, wobei ein nackter Fuß unter dem Rock hervorspitzte, dessen große Zehe dazu diente, die Maschen zu spannen, während die Hände geschickt die flache hölzerne Nadel handhabten, um die Löcher im Netz zu flicken. Alle diese Weiber trugen starre Mienen zur Schau, ihre Gesichter waren trotz ihrer kapuzenähnlichen Kopfbedeckungen von der Sonne tief gebräunt und voller Runzeln. Keine von ihnen blickte einmal auf, außer ihren zerrissenen Netzen schien es für sie nichts auf dieser Welt zu geben.

Ramage und Gianna erreichten das Ende des Kais und bogen nach rechts in die schmale Gasse ein, die zum Palais des Vizekönigs führte. Die Häuser zu beiden Seiten waren so hoch, daß man eine Schlucht zu betreten glaubte, und es wimmelte von Menschen, die laut palavernd in Gruppen zusammenstanden. Keiner hörte dem anderen zu, jeder wartete nur voll Ungeduld, daß der andere seinen Redestrom unterbrach, um sogleich selbst das Wort zu nehmen.

Die Männer hier in der Gasse waren wohl in der Mehrzahl Schafhirten. Sie trugen dicke wollene Pudelmützen oder breitrandige Hüte mit runden Köpfen, die ihren Gesichtern Schatten gaben. Einige von ihnen debattierten, handelten oder stritten sogar, während sie noch auf ihren Eseln saßen, die so klein waren, daß der auf ihnen Sitzende mit den Füßen zu beiden Seiten beinahe die Erde berührte. Die Sättel dieser Tiere waren aus kantigem Holz gefügt, sie glichen den Sägeböcken, die man in England benutzte, um Feuerholz zu schneiden, und scheuerten die Rücken der armen Tiere stellenweise kahl. Es fiel Ramage auf, daß jeder Mann, ob Fischer, Hirte oder Müßiggänger, eine Muskete und eine Patronentasche über der Schulter hängen hatte und eine Pistole oder ein Messer im Gürtel trug.

Unter den vielen Menschen sah man da und dort alte Frauen, von denen einige seitwärts auf ihren Eseln saßen; ihre langen Haare waren vom Rauch der offenen Feuerstellen in ihren Hütten geschwärzt und von schwarzen Kopftüchern bedeckt. Schwarz, schwarz, schwarz – es gab keine andere Farbe, die Menschen hier schienen jahraus jahrein zu trauern. Schwarzes Haar, schwarze Hüte, schwarze Kopftücher, schwarze Hosen bei den Männern, schwarze Röcke und Blusen bei den Frauen.

Dazu herrschte allenthalben ein entsetzlicher Gestank, eine ekelerregende Mischung von *brocciu*, jenem scharfen Ziegenkäse, der in jedem Haus zu finden war, von stehenden Abwässern, von Exkrementen, Urin und faulendem Gemüse; wozu dann noch der Schweiß von Menschen kam, die es nicht gewohnt waren, sich zu waschen. Ramage dachte daran, wie schön diese Insel war, wenn man ihren Anblick von See her genießen durfte. Als er jetzt diese Straße entlangblickte, fiel ihm eine Bemerkung Lady Elliots ein: »Alles, was die Natur für diese Insel wirkte, ist wunderbar; alles, was dann der Mensch noch hinzufügte, ist Schmutz und Unrat.«

Die Fischerfrauen auf dem Kai waren so in ihre Arbeit vertieft gewesen, daß sie keinen Blick für die beiden übrig gehabt hatten. Hier dagegen war es anders. Männer und Frauen starrten sie an, als sie durch die Gasse schritten und dabei größeren Abfallhaufen auswichen oder über kleinere hinwegstiegen. Sie starrten ihnen schon entgegen, als sie näher kamen, und Ramage fühlte ihre Blicke noch im Rücken, als sie vorüber waren. Wie in allen romanischen Ländern war es unmöglich zu sagen, ob diese funkelnden Augen Neugier oder Haß verrieten.

Gelegentlich begegneten ihnen auch ein paar britische Soldaten. In ihren roten Röcken und dem mit Pfeifenton geweißten Koppelzeug sahen sie schmuck aus, aber sie schwitzten in der Hitze erbärmlich. Sie salutierten gemessen, wenn sie an Ramage vorüberkamen, gaben aber zugleich acht, daß sie dabei nicht in einen der stinkenden Abfallhaufen traten.

Als die beiden die Häuser endlich hinter sich hatten, verwandelte sich die enge Gasse in eine breite, baumbestandene Allee.

»Woher wußtest du eigentlich, daß ich vor Gericht gestellt wurde?« fragte er sie plötzlich.

»Uh!« sagte sie und schnitt ihm eine Grimasse. Das hieß auf italienisch soviel wie: »Frag mich nicht.«

»Irgendwer muß es dir doch gesagt haben.«

»Natürlich war das der Fall.«

»Aber wer? Wer hat mit dir darüber gesprochen?«

»Niemand hat mit mir darüber gesprochen.«

»Dann hat dir jemand geschrieben.«

»Ja, aber ich habe hoch und heilig versprochen, niemandem seinen Namen zu verraten.«

»Das brauchst du auch nicht«, sagte er, denn es fiel ihm eben wieder ein, was Lord Probus am gestrigen Abend zu ihm gesagt hatte: ›Ich habe ja noch einen weiteren Brief zu schreiben!‹

»Sagte dir der Betreffende auch«, fuhr Ramage fort, »daß dein Vetter bei dem Verfahren als Zeuge auftreten werde?«

»Ja.«

Ich will nicht weiter in sie dringen, sagte er sich. Sie war mit dem zufrieden, was sie für ihn getan hatte, und hatte ziemlich nüchterne Vorstellungen davon. Auch für ein besonders impulsives Mädchen ihres Alters war es weiß Gott eine mutige Tat gewesen. Andererseits gab es aber auch nicht viele Mädchen, die Oberhaupt einer so mächtigen Familie waren. Nur eines wollte, mußte er noch wissen.

»Gianna . . .«

»Ni-ko-laß«, spottete sie.

Sie lächelte; aber es war keine Frage, die ein Lächeln vertrug.

». . . Hast du das eigentlich, ich meine, warum hast du . . .«

Er verfluchte sich selbst, während er versuchte, die Frage sorgfältig zu formulieren. Sie bot ihm keine Hilfe, sie gingen nur Seite an Seite weiter zur Residenz des Vizekönigs, ohne einander anzusehen.

»Du weißt doch, was ich dich fragen möchte?«

»Ja, gewiß, aber warum fragst du mich danach?«

»Das ist ganz einfach: weil ich es wissen möchte.«

»Nicholas, es ist wirklich seltsam mit dir. Du weißt so viel und doch so wenig. Über Schiffe und Geschütze und Schlachten weißt du genau Bescheid, ja, du weißt auch, wie man Menschen führt . . .« Sie schien jetzt mehr mit sich selbst zu sprechen als zu ihm. ». . . Und doch hast du keine Ahnung von den Menschen, die du führst.«

Er war über diese Bemerkung so verblüfft, daß er nichts mehr zu sagen wußte.

Ramage empfand einen richtigen Schock, als er sich darauf besann, daß Gianna erst vor knapp drei Stunden an Bord der *Trumpeter* in die Gerichtsverhandlung eingebrochen war. Und jetzt war er Gast in einem prächtigen Palais und saß in einem bequemen Rohrstuhl hier auf der Terrasse, die einen herrlichen Blick über den von Myrtenhecken gesäumten Garten bot. Noch blühten hier die letzten Oleanderbüsche und die letzten Rosen dieses Sommers. Kleine, spitze Zypressen standen wie Wachtposten allenthalben zwischen den Orangenbäumen und den Erdbeerkulturen.

Wenn er von dieser Terrasse aus den Blick über das blaue Tyrrhenische Meer nach dem fernen Festland Italiens schweifen ließ, fiel es ihm schwer zu glauben, daß irgendwo in der Welt Krieg herrschen könnte, am wenigsten aber dort knapp hinter dem Horizont. Auch die Linienschiffe, die Fregatten und alle die kleineren Fahrzeuge, die im Vordergrund auf der Reede vor Anker lagen, wirkten in diesem scharfen, klaren Licht und in der friedlichen Atmosphäre dieser Landschaft wie Kunstwerke voll Anmut und Schönheit und nicht wie Waffen, die dazu bestimmt waren, zu töten, zu versenken, zu verbrennen und zu zerstören.

Im Osten begann der ferne Horizont allmählich in ein schwaches Hellviolett überzugehen, im Westen, hinter Ramage, mußte sich die sinkende Sonne bald hinter dem Monte Pigno verstecken und lange Schatten über Stadt und Hafen von Bastia werfen. Die Insel Capraia zu seiner Linken hüllte sich schon in den abendlichen Dunst und war sicher binnen kurzem verschwunden, ebenso wie Elba gerade vor ihm und das Inselchen Pianosa weiter rechts. Hinter der Kimm, außer Sicht, blockierten britische Fregatten Livorno, um die rund zwanzig Kaperschiffe dort im Hafen am Auslaufen zu hindern. Viel erreichten sie damit allem Anschein nach nicht.

Während Lady Elliot und Gianna dicht neben ihm im Schatten der Sonnenschirme saßen, die an ihre Sessel angeklammert waren, versuchte Ramage immer noch, mit der aufregenden Neuigkeit fertigzuwerden, die ihm Sir Gilbert erst zehn Minuten zuvor mitgeteilt hatte: In der letzten Nacht hatten die Franzosen am Nordende Korsikas mehrere hundert Soldaten gelandet, und diese marschierten nun nach Süden auf Bastia zu. Wie sie den patrouillierenden Fregatten entwischen konnten, war und blieb wohl ein Rätsel, jetzt hatten sie nur noch höchstens neunzehn — wahrscheinlich aber nur fünfzehn — Meilen gebirgigen Geländes zu durchqueren, bis sie vor der Stadt anlangten.

Da drüben, sann Ramage, hinter dem perlgrauen Band des Horizonts liegt nun Italien. Dort marschieren die Truppen Bonapartes, voraus an der Spitze durchstreifen Kavalleriepatrouillen das ganze Bergland der Toskana. Auf den Plätzen jeder Ortschaft, die sie erreichen, bringen sie auf ihre Jakobinermütze ein paar kräftige Hochrufe aus und errichten dann einen schmiedeeisernen »Freiheitsbaum«. Als nächstes werden — so hieß es wenigstens allgemein — gleich in der Nähe eine oder zwei Guillotinen aufgestellt, um den Ortsansässigen zu zeigen, wie frei sie unter ihren französischen Befreiern sein dürfen: Frei, ihren Kopf über den Korb und unter das schwere Fallbeil zu legen, frei, zuzuschauen, wie dieses Beil blitzend niedersaust, um einen ihrer Freunde zu enthaupten . . .

Jetzt sah er, wie ein Boot, das eben erst von der *Diadem* zur *Lively* gefahren war, dort wieder ablegte und nun dem Hafen zusteuerte. Die armen Kerle an den Riemen taten ihm aufrichtig leid — es war wirklich kein Vergnügen, bei dieser Hitze und so bewegter See pullen zu müssen.

Lady Elliot war inzwischen mit ihrem Bericht über Ramages Eltern zu Ende gekommen, den sich Gianna von ihr erbeten hatte, und begann nun, ihr von ihren eigenen sechs Kindern zu erzählen. Den Jüngsten hatte sie vorhin zum Spielen vor das Palais geschickt, damit er sie in Frieden ließ.

Der Garten erstreckte sich bis ans Wasser, und Lady Elliot wies ihren Gästen das kleine Segelboot ihrer Kinder, das dort am Ufer lag. Was dem wohl noch bevorstand, fragte sich Ramage, da ja nun die Franzosen auf Korsika Fuß gefaßt hatten — endlich gelandet waren auf der Geburtsinsel ihres Gebieters.

Ein Diener kam durch die Glastür heraus und meldete Ramage, daß ihn der Vizekönig in seinem Arbeitszimmer zu sprechen wünsche.

Die Einrichtung des geräumigen, mit marmornem Fußboden ausgestatteten Arbeitsraumes zeigte deutlich, daß Sir Gilbert ein hochkultivierter Mann war, der auf seinen weiten Reisen kreuz und quer durch Europa klug und mit bestem Geschmack eingekauft hatte. In einer Ecke stand auf einem niederen Mahagonisockel eine große römische Amphora, an ihrer Oberfläche klebten noch Muscheln und die dünnen weißen Adern von Korallen, die verrieten, daß das Stück in einem Fischernetz vom Meeresgrund heraufgeholt worden war. Die Amphora hatte wohl einst zur Ladung einer römischen Galeere gehört, die womöglich vor mehr als zweitausend Jahren untergegangen war.

Der Vizekönig bemerkte, daß Ramage sie im Vorübergehen betrachtete, und sagte: »Ziehen Sie einmal den Stöpsel heraus.«

Neugierig trat Ramage an das Gefäß heran, faßte den engen Hals mit festem Griff und entfernte den hölzernen Pfropfen. Der Hals zeigte innen dunkle Flecken, als ob Öl den roten Ton verfärbt hätte. Er beugte sich nieder und roch daran: ja, das war wirklich Öl, aromatisches Öl. Wahrscheinlich hatte irgendein luxusliebender Centurio in einem weit abgelegenen Stützpunkt die Absicht gehabt, sich damit einreiben zu lassen.

»Ja, Myrrhe«, sagte Sir Gilbert, »das Öl der Süßdolde.«

Die Stimme des Schotten riß Ramage plötzlich wieder in die Wirklichkeit zurück. In einer wilden erotischen Phantasieszene hatte er sich eben ausgemalt, wie er Giannas warmen Leib mit Myrrhe massierte.

»Ihre Ladyschaft«, fuhr der Vizekönig fort, »hatte zunächst ihre helle Freude an diesem Duft, bis ich ihr eines Tages erzählte, woher er rührte. Für sie sind die Worte Weihrauch und Myrrhe gleichbedeutend mit unnennbaren Ausschweifungen, darum wurde die unschuldige Amphora von Stund an in mein Arbeitszimmer verbannt.«

Sir Gilbert entschuldigte sich noch, daß er vor einer halben Stunde sein Gespräch mit ihm so kurz abgebrochen habe. Die Nachricht, die ihm Kommodore Nelson aus dem Norden Korsikas brachte, sei eben doch sehr ernst für ihn ... Wie es denn seinen alten Freunden, dem Earl und der Gräfin, gehe, wollte er dann wissen. Ramage konnte ihm von seinen Eltern nicht viel Neues berichten, weil er selbst seit Wochen keine Briefe mehr von ihnen bekommen hatte.

Die Marchesa, meinte Sir Gilbert weiter, scheine sich gut zu erholen — ob er den gleichen Eindruck habe?

Ramage stimmte ihm zu.

»Wir sind Ihnen sehr dankbar, mein Junge«, sagte der Vizekönig. »Sie hatten eine schwierige Aufgabe, viel schwieriger«, fügte er offenbar mit gewollter Zweideutigkeit hinzu, »als man erwarten konnte, selbst wenn man den Verlust Ihres Schiffes berücksichtigt. In gewisser Hinsicht bedauere ich jetzt, daß ich Sir John Jervis vorschlug, die *Sibella* zu entsenden, um bei dieser Gelegenheit Ihre italienischen Kenntnisse zu nutzen.«

»Ah — darum war ich also in dem Befehl für den Kommandanten namentlich genannt.«

»Ja, natürlich — aber auch weil Sie die Volterras kannten.«

»Nur die Mutter — nicht die Tochter: sie ist in all den Jahren herangewachsen.«

»Klar. Aber da die *Sibella* gerade verfügbar war, schien dies damals eine gute Idee zu sein.«

Ramage hatte plötzlich den Eindruck, daß sich Sir Gilbert wegen des Geschehenen Vorwürfe machte.

»Das war auch tatsächlich eine gute Idee, Sir; wir hatten nur das Pech, daß uns die *Barras* zu fassen bekam.«

»Ich bin froh, daß Sie so darüber denken. Im übrigen nehme ich an, daß heute die — hm, sagen wir die Prozedur nur etwas plötzlich unterbrochen wurde; abgeschlossen dürfte sie noch nicht sein.«

»Nein; die Ankunft des Kommodore machte allem ein Ende.«

»Nun, ich bin überzeugt, daß alles gut ausgehen wird. Ihr seid ja bei Gott drei starrköpfige junge Leute.«

»Drei, Sir?«

»Ja, Sie selbst, die Marchesa und ihr Vetter.«

»Ach so — nun ja, ich will es nicht leugnen, Sir.«

»Ich wußte überhaupt nicht, was sich heute morgen hier abspielte. Meine Frau und ich waren überzeugt, die Marchesa werde bis zur Ankunft des Arztes im Bett liegen bleiben. Dann mußten wir aber feststellen, daß sie auf und davon war, um — hm — einen Besuch zu machen. In ihrem Zimmer hatte sie nur einen Zettel hinterlassen.«

Ramage hätte nicht sagen können, ob Sir Gilbert wirklich nicht wußte, was geschehen war. Zeigte er nur die Vorsicht eines Diplomaten, oder wollte er ihm bedeuten, daß er nicht in seine Angelegenheiten verwickelt werden wollte? Endlich fügte der alte Schotte hinzu:

»Ich nehme an, Sie wissen, daß auch wir seit langem mit der Familie der Marchesa befreundet sind?«

»Gewiß, Ihre Ladyschaft erwähnte es erst vor wenigen Minuten.«

»Meinen Sie nun etwa, daß mich dieser Umstand veranlaßt hat, die Rettung der Flüchtlinge zu betreiben?«

»Nein, Sir. Für mich bestand da kein Zusammenhang.«

»Ich hatte in der Tat ganz andere Gründe. Wenn es uns je gelingen sollte, das unglückliche Vaterland der Marchesa von Bonaparte zu befreien, dann brauchen wir da und dort einen Mittelpunkt, um den sich das Volk scharen kann — ähnlich wie dieser Bonaparte seinen Regimentern primitive Feldzeichen gibt, als ob sie noch die römischen Legionen von einst wären ...

Wir aber brauchen dazu Menschen und keine Embleme. Viele sehen nun in der Familie der Marchesa — vor allem in der Marchesa selbst und in ihrem gefallenen Vetter, Graf Pitti — jenes Element eines echten Fortschritts, den der Herzog von Toskana von jeher unterdrücken wollte. Daß der gleiche Herzog ausgerechnet mit Napoleon ein Abkommen traf, war, gelinde gesagt, sonderbar. Wer aber verstünde es besser, Leitstern zu sein, die Menschen um sich zu scharen und zu begeistern, als eine schöne junge Frau?«

»Eine zweite Jungfrau von Orleans!«

»Ja, wahrhaftig! So, und nun gehen wir wieder zu meiner Frau und zu unserem reizenden Leitstern.«

Damit erhob er sich und ging mit Ramage zurück zur Terrasse. Sie fanden kaum Zeit, sich zu setzen, da erschien ein Diener, machte Sir Gilbert eine leise Meldung und eilte sofort wieder ins Haus.

»Es ist jemand da, der Sie sprechen möchte«, sagte der Vizekönig zu Ramage.

Dieser hatte ein schlechtes Gewissen. Wahrscheinlich ärgerte sich Probus, weil er für einige Stunden von

Bord gegangen war, obwohl ihm Jack Dawlish versprochen hatte, dem Kommandanten zu erklären, daß sie die Marchesa unmöglich ohne Begleitung zur Residenz zurückkehren lassen konnten . . .

Der Diener führte einen jungen Fähnrich auf die Terrasse, der an der Glastür stehenblieb und ganz verwirrt um sich sah. Der Kontrast zwischen der Fähnrichsmesse der *Diadem* und dieser hochherrschaftlichen Terrasse brachte ihn offenbar aus der Fassung.

Ramage verbeugte sich:

»Ich bin Leutnant Ramage.«

»Mein Name ist Casey von der *Diadem*. Ich habe« — dabei zog er einen Brief aus der Tasche — »Ihnen dieses Schreiben auszuhändigen, Sir. Mir wurde gesagt, es erfordere keine Antwort, so darf ich mich wohl gleich wieder abmelden.«

Ramage dankte ihm. Als er sich setzte, legte er den Brief vor sich auf die Knie und spielte aus Höflichkeit den Gleichgültigen, obwohl er darauf brannte, das Schreiben zu lesen. Sollte das Kriegsgericht wieder zusammentreten? Sollte er sofort an Bord zurückkehren und unter strengem Arrest verbleiben?

Die Elliots bekamen tagtäglich so viele dienstliche Schreiben überbracht, daß ihnen das Eintreffen des Fähnrichs überhaupt keinen Eindruck machte. Als Sir Gilbert sah, wie besorgt Gianna immerzu auf den länglichen Umschlag blickte, sagte er: »Los, Nicholas, machen Sie auf und lesen Sie.«

Ramage erbrach das Siegel und las den Brief — es war in Wirklichkeit ein Befehl — gleich zweimal hintereinander. Beim erstenmal traute er seinen Augen nicht, beim zweitenmal war er immer noch sprachlos vor Staunen. Schließlich faltete er das Schreiben wieder zusammen und steckte es in die Tasche. Dann suchte er die ganze Reede nach einem kleinen Kutter ab —

richtig, da lag er ja. Das Schiffchen machte wirklich den besten Eindruck, es mochte 190 Tonnen verdrängen und hatte wohl seine 4500 Pfund Sterling gekostet. Seine Besatzung zählte sicher an die 60 Mann, und die Bewaffnung bestand aus zehn Karronaden. Die Takelage war schmuck und praktisch; das Großsegel maß etwa 1700 Quadratfuß *, das Toppsegel rund 1000 Quadratfuß **, der Klüver war ebenso groß, und die Stagfock maß ungefähr die Hälfte. Der Tiefgang — der in diesen Gewässern allerdings keine Rolle spielte — mochte vorn 8 und hinten 14 Fuß betragen, von der Heckreling bis zum Vorsteven war das Schiff etwa 75 Fuß lang, dazu kamen weitere 40 Fuß für das Bugspriet. Mit guter Brise lief es wohl an die neun Knoten, vorausgesetzt, daß sein Boden glatt und sauber war. Das allerdings durfte man kaum erwarten, wahrscheinlich war er dicht mit Muscheln überkrustet und mit Tang bewachsen.

Als er den Blick endlich von dem Schiff losriß, sah er, daß ihn Gianna mit kaum verhohlener Besorgnis ansah. Offenbar fürchtete sie, daß der Brief ihre Trennung zur Folge hatte. Er lächelte ihr zu, aber er konnte ihr nichts weiter sagen, denn der Befehl trug die Überschrift »Geheim«.

Trennung ... diese Vorstellung flackerte erst nur leicht in seinem Bewußtsein auf, dann aber traf ihn das Wort plötzlich wie ein Keulenschlag, weil es ihm die harte Wirklichkeit vor Augen stellte. Er fühlte, wie sein Lächeln dahinschwand, er konnte jetzt verstehen, warum sie ihn so ansah. Ihre Augen sprachen eine deutliche Sprache, ihre Lippen flehten stumm, ja es schien ihm, als versuchte sie sich mit ihrem ganzen Körper an ihm festzuklammern; doch die Elliots wurden von all dem nichts gewahr.

* 157 qm
** 92 qm

344

Für jeden unbeteiligten Zuschauer saß die Marchesa di Volterra hochelegant in einem Rohrstuhl unter einem seidenen Sonnenschirm. Auf einem kleinen Tischchen neben ihr stand ein Glas Limonade, ihr Fächer lag zusammengeklappt in ihrem Schoß. Ramage allein wußte, daß sie die kalte Angst, die ihm jetzt den Leib zusammenzog, schon vor guten fünf Minuten gepackt haben mußte: die Angst vor der Trennung von einem lieben Menschen in harten Kriegszeiten. Die erste Trennung konnte die letzte sein — aber sie konnte allerdings auch das Vorspiel immer neuer Wiedersehensfreuden bedeuten.

Sie saß sechs Fuß von ihm entfernt, und doch schien es ihm, als wäre sie körperlich mit ihm eins. Ein Teil dessen, was sein Leben ausmachte, war jetzt in ihr enthalten. Wohin er auch kam, wohin ihn höherer Befehl auch entsandte, sei es nach Ost- oder Westindien, sei es in die Nordsee, sei es zur Blockadeflotte vor Brest, er wußte, daß er nie mehr ganz und ungeteilt sein konnte, ein Teil seines Ichs war fortan bei ihr, wo immer sie war, ob sie lebte oder tot war.

Konnte eine Landschaft für ihn je wieder schön sein, ohne daß sie die Freude daran mit ihm teilte? Was war dieses Leben noch für ihn, hatte es noch Farbe, bot es ihm noch Reiz oder Anregung, wenn er allein war? Was sollte er dann noch erstreben — außer zu ihr zurückzugelangen?

War er fortan je wieder imstande, bei irgendeinem unsinnigen Unternehmen sein Leben aufs Spiel zu setzen, da er jetzt doch wußte, was er zu verlieren hatte? Kam es noch so weit, daß er sich vor Sehnsucht nach ihr aufrieb, während er doch seine dienstlichen Pflichten im Kopf haben sollte? Vom alten Sir John Jervis wußte man, wie er über verheiratete Offiziere dachte: Jeder Seeoffizier, der in den Ehestand trat, war seiner

Meinung nach für den Dienst an Bord verloren, und er hatte sich nie gescheut, das dem Betreffenden ganz offen zu sagen.

Ramage verstand jetzt gut, warum das wirklich so war: Vor wenigen Tagen noch hatte es ihm nicht viel ausgemacht, sein Leben aufs Spiel zu setzen — gewiß, er fürchtete einen gewaltsamen Tod, aber er machte sich darüber doch nicht viele Gedanken, weil er niemanden in Not oder Unsicherheit zurückgelassen hätte, wenn ihm etwas zugestoßen wäre. Heute hatte er nur den einen Wunsch, daß ihm das Glück gewogen blieb.

Er wollte ihr eben ein paar beruhigende Worte sagen, da erhob sich Sir Gilbert und sagte:

»Bitte wollen Sie mich jetzt entschuldigen. Ich habe für den Kommodore noch einiges zu erledigen. Ach, richtig«, sagte er zu Lady Elliot, »der Kommodore wird heute abend zum Dinner unser Gast sein.«

»Das ist wirklich eine nette Überraschung«, sagte Ihre Ladyschaft. »Die Marchesa sehnt sich schon danach, ihn kennenzulernen.«

Ramage erhob sich ebenfalls: »Auch ich bitte mich zu entschuldigen, ich muß schleunigst auf mein Schiff.« *Mein Schiff*, dachte er und fühlte nach seiner Tasche, um sich zu vergewissern, daß der Umschlag noch da war und daß er nicht nur geträumt hatte.

Lady Elliot sagte: »Wir sehen Sie doch bald wieder, Nicholas? Vielleicht schon morgen?«

»Das wird leider nicht möglich sein, Madam; ich habe Befehl, sofort auszulaufen.«

Er vermied es, dabei Gianna in die Augen zu sehen, die nach seiner Hand griff.

»Sie kehren doch hierher zurück?« flüsterte sie.

»Ich hoffe es, aber — *chi lo sa?*«

Lady Elliot fühlte sofort die Spannung und sagte: »Sie können die Marchesa ruhig in unserer Obhut lassen, mein Lieber. Ich werde auch Ihren Eltern schreiben, daß wir uns hier getroffen haben.«

An Bord der *Lively* wurde Ramage bereits von Jack Dawlish erwartet.

»Salam«, grüßte dieser spottend, »ich hoffe, Euer Gnaden hatten an Land ein hübsches Tête-à-tête?«

Ramage verbeugte sich grinsend: »Ja, vielen Dank, mein Bester. Aber jetzt satteln Sie bitte mein Pferd ab, und dann reiben Sie es tüchtig trocken.«

»A propos Sattel: Seine Lordschaft sitzt in seiner Kajüte auf dem hohen Roß und wartet auf dich.«

»Ist er verärgert?«

»Eigentlich nicht. Er kam vom Kommodore zurück und wollte dich gleich sprechen. Als er hörte, du seiest nicht an Bord, bekam ich gleich einen Anpfiff verpaßt, daß mir Hören und Sehen verging. Erst als ich ihm erklärte, du hättest eine Kavalierspflicht zu erfüllen gehabt, beruhigte er sich wieder.«

»Das tut mir aber leid.«

»Laß nur, das macht nichts. Was ich noch sagen wollte«, fügte Dawlish hinzu, »meinen Degen habe ich wieder.«

Ramage wurde ganz verlegen. Als die Verhandlung abgebrochen wurde, hatte er vergessen, ihn von Blenkinsop, dem verflossenen Provost Marshal, zurückzuverlangen.

Probus saß an seinem Schreibtisch, als Ramage eintrat.

»Entschuldigen Sie bitte, Sir, daß ich nicht an Bord war.«

»Wie ich hörte, hatten sie dringend an Land zu tun«, meinte Probus trocken. »Haben Sie den Befehl des Kommodore erhalten?«

»Jawohl, Sir. Er kam für mich etwas überraschend.«

»Das klingt ja fast, als ob Sie sich nichts daraus machten. Als ich so alt war wie Sie, sah ein junger Leutnant seine kühnsten Träume erfüllt, wenn er auch nur vorübergehend Kommandant eines Kutters wurde.«

»Das meinte ich nicht, Sir. Ich frage mich nur, wie ich zu solcher Ehre komme.«

»Du lieber Himmel«, rief Probus kurz angebunden, »Konteradmiral Goddard hat Ihnen dieses Kommando nicht verschafft. Tun Sie ganz einfach Ihr Bestes und beten Sie um Gottes Schutz wie wir alle. So, und jetzt hören Sie gut zu«, fuhr er fort und schob ihm Papier, Feder und Tinte hin. »Setzen Sie sich auf diesen Stuhl und notieren Sie alles, was Sie festhalten wollen.«

Bei diesen Worten erhob er sich und begann in der Kajüte auf und ab zu gehen. Dabei hielt er Kopf und Schultern gebeugt, damit er nicht an die Decksbalken stieß.

»Der Kommodore hat mir aufgegeben, Ihnen folgendes darzulegen. Erstens: Die Franzosen haben etwa zwanzig Meilen weiter nördlich, zwischen Cap Corse und Macinaggio, das etwas südlich dieses Kaps liegt, Truppen gelandet.«

»Jawohl, das ist mir bekannt, Sir.«

»Sooo?«

»Der Vizekönig . . .«

»Aha! Nun, diese Truppen rücken zur Zeit gegen Bastia vor. Zweitens: Die Fregatte *Belette* war von der Bucht von San Fiorenzo hierher unterwegs, um die Nachricht von der Landung zu überbringen, als sie vor Cap Corse auf zwei schonergetakelte Kaperschiffe stieß. Die beiden Schiffe waren vollgepackt mit Soldaten, darum lag für den Kommandanten der *Belette* die Vermutung nahe, daß diese irgendwo in der Nähe an Land gesetzt werden sollten.«

»Wann war das, Sir?«

»Gestern vormittag. Die *Belette* jagte die beiden Schoner also nach Süden — merken Sie sich das: es ist immer richtig, sich zwischen den Gegner und sein Ziel zu schieben —, aber schließlich versuchten sie, nach einem kleinen, weiter südlich gelegenen Hafen durchzubrechen.«

»Macinaggio?«

»Ja, der Hafen ist sehr klein und hat für ein größeres Schiff kaum genügend Wasser. Dem vorderen Schoner gelang es hineinzukommen, der zweite wurde jedoch abgedrängt, da die *Belette* näher unter Land stand, und mußte daher weiter nach Süden laufen. Nun fiel die *Belette* ab, um weiteren Abstand von der Küste zu gewinnen als das gejagte Schiff, so daß dieses zwischen Gegner und Küste in der Falle saß. Ein geschicktes Manöver, nicht wahr?«

»Jawohl, Sir, die Küste tut dabei den gleichen Dienst wie eine zweite Fregatte.«

»Ganz richtig. Der Gegner wird seiner Handlungsfreiheit beraubt. Jetzt schor die *Belette* an den Schoner heran. Was hätten Sie nun an ihrer Stelle getan? Hätten Sie den Gegner geentert, oder hätten Sie ihn versenkt?«

»Ich hätte ihn versenkt, Sir.«

»Und warum das?«

»Wenn der Schoner so viele Soldaten an Bord hatte, dann wären diese bestimmt dem Enterkommando überlegen gewesen. Sollte man für ein so gewagtes Unternehmen ausgebildete Seeleute einsetzen?«

»Hmm ... nun, der Kommandant der *Belette* entschloß sich zu entern. Aber sooft er näher heranschor, wich der Schoner nach Land zu aus. Bis sie schließlich beide auf ein kleines, aber steiles Vorgebirge zuhielten, das von einem Turm, der *Tour Rouge*, gekrönt ist.«

Ramage nickte.

»Entweder hatte nun das Kaperschiff sehr wenig

Tiefgang, oder die Franzosen waren mit voller Absicht darauf bedacht, die *Belette* auf eine vorgelagerte felsige Untiefe zu locken — ich könnte es wirklich nicht sagen —, aber wie immer es sich damit auch verhielt, die Fregatte stieß plötzlich ein paarmal auf und verlor dabei ihr Ruder. Ehe es Kommandant und Besatzung gelang, das Schiff wieder in die Gewalt zu bekommen, setzte es sich endgültig auf die Felsen, genau am Fuß des Vorgebirges und unter dem Turm.

Die Fregatte lief mit dem Steuerbordvorschiff auf Grund und lag zuletzt fast parallel mit dem Kliff und diesem so nahe, daß sie es fast berührte. Der Stoß bewirkte, daß ihre Masten über Bord gingen, aber sie fielen gegen den Steilhang und blieben wie Leitern schräg daran hängen.«

»Gibt es keine Möglichkeit, sie zu bergen, Sir?«

»Das ist völlig ausgeschlossen. Ein Felsen so groß wie eine Kutsche mit vier Pferden davor hat sich in ihre Steuerbordbilge gebohrt.«

»Was soll nun meine Aufgabe sein, Sir? In dem Befehl steht, ich solle ihr Hilfe leisten.«

»Nur Geduld«, wies ihn Probus zurecht. »Der Kommandant der *Belette* sagte sich, daß die französischen Truppen auf ihrem Vormarsch gegen Bastia wahrscheinlich schon an der Stelle vorüber waren, wo sein Schiff gestrandet war. Offenbar hatten sie auch den Turm nicht beachtet, der sich in Sicht des Schiffes befindet und nur drei- bis vierhundert Meter von ihm entfernt ist.

Darum schickte er zunächst seine Seesoldaten auf das Kliff — sie kletterten dabei den größten Teil des Weges an den Masten empor —, um den Turm zu besetzen. Dann schor er schwere Takel vom Schiff auf den Felsen und vermochte damit ein paar bronzene Sechspfünder samt Pulver und Kugeln sowie Lebensmittel und Wasser hinaufzuheißen. Zuletzt bezog er dann mit seiner ganzen Besatzung den Turm.«

»Und aus diesem Turm soll ich sie nun befreien.«

»Ja, genau das ist Ihre Aufgabe.«

»Es scheint nicht, als ob das allzu schwierig wäre.«

»Ich bin noch nicht fertig. Während das alles geschah, kam der Schoner zurück, verschaffte sich ein genaues Bild von der Lage und verschwand dann mit Vollzeug in Richtung Macinaggio, um dort Alarm zu schlagen. Ein Leutnant der *Belette* und ein Matrose wurden nach Bastia entsandt, um Hilfe zu holen.«

»Wo sind diese beiden jetzt?«

»Der Matrose ist tot — er stürzte in einen Abgrund —, der Leutnant liegt im Lazarett: seine Füße sind wund, und er ist völlig erschöpft.«

»Ich werde also . . .«

»Sie werden also morgen vor Tagesanbruch mit dem Kutter *Kathleen* auslaufen und die Leute der *Belette* aus dem Turm herausholen.«

»Ist das nicht eher ein Geschäft für Landsoldaten, Sir?«

»Selbstverständlich: Sie wissen ja, daß wir hier in Bastia Hunderte davon übrig haben.«

»Verzeihung, Sir — ich habe eben laut gedacht.«

»So«, sagte Probus, »dann kann ich Ihnen nur raten, sich etwas Besseres einfallen zu lassen. Denken Sie daran, daß Sie noch unter Anklage stehen — daran hat auch der Kommodore nichts geändert, das können Sie mir glauben.«

Als ihn das Boot auf die *Kathleen* übersetzte, hatte sich die Sonne bereits hinter dem Monte Pigno versteckt, und über Stadt und Reede von Bastia lag schon fast nächtliches Dunkel. Ramage dachte an Lord Probus' letzte Worte. Er hatte sich bereits einen Plan für die Rettung der *Belette*-Leute zurechtgelegt, seine Be-

merkung über die Landsoldaten, die ihm Probus als
mangelnde Begeisterung für seine Aufgabe ausgelegt
hatte, war nur ein Scherz gewesen.

Türme schienen zur Zeit in seinem Leben eine gewaltige Rolle zu spielen, zuerst der *Torre di Buranaccio* und jetzt die *Tour Rouge*. Warum rot? Wahrscheinlich hatte das Gestein, aus dem er gebaut war, diese
Farbe. Ja, Türme und Kriegsgerichte. Meinte Probus die
Bemerkung, er stehe unter Anklage, etwa in dem Sinn,
daß ihn der Kommodore einer Prüfung unterwerfen,
seinen Mut erproben wolle? Oder daß er annahm, er
werde auch diesen Auftrag gründlich verpfuschen? Dann
wäre man in der Lage ... Er zwang sich mit Gewalt,
diesen Gedanken nicht weiterzuverfolgen. Wenn er nicht
achtgab, fraß sich bei ihm bald die Überzeugung fest,
daß ihm jedermann übelwollte.

20

».. . Wir weisen Sie hiermit an und geben Ihnen den Befehl, sich ohne Verzug an Bord besagten Schiffes zu begeben und an Bord desselben den Rang und Posten des Kommandanten einzunehmen. Sie haben die Offiziere und die Besatzung des Kutters anzuhalten, daß sie ihre gemeinsamen und besonderen Aufgaben gewissenhaft erfüllen und Ihnen, ihrem nunmehrigen Kommandanten, die schuldige Achtung entgegenbringen sowie unbedingten Gehorsam leisten... Weder Ihnen noch Ihrer Besatzung sei es gestattet, sich gegen die genannten Pflichten zu verfehlen, andernfalls hätten Sie die Folgen solchen Mißverhaltens zu tragen...«

Ramage las seine Bestallung so laut zu Ende, wie er es eben vermochte, ohne zu schreien, denn der Wind riß ihm die Worte förmlich vom Mund und zerrte an dem steifen Bogen Pergament, den er in den Händen hielt. Er blickte auf die rund fünfzig Mann, die ihn auf dem glatten Deck des Kutters im Halbkreis umstanden. Er wie sie hatten schon oft mit angehört, wie sich ein neuer Kommandant auf diese Art »einlas«, um sein Schiff dem Gesetz entsprechend zu übernehmen. Zum Glück merkten sie wohl nichts von dem kindlichen Stolz, der ihn erfüllte, da er es nun zum ersten Male selbst tat. Auch die klangvollen Worte der Bestallung gewannen für ihn ein neues Gewicht — insbesondere der Satz, der ihn mit den Folgen eines pflichtwidrigen Verhaltens bedrohte. Die Besatzung machte ihm sofort einen guten Eindruck. Henry Southwick, der Steuermann, war ein etwas korpulenter Mensch mittleren Alters, er sah fröhlich drein, schien bei den Leuten beliebt zu sein und war anscheinend in seinen dienstlichen Aufgaben bestens bewandert. Das war an der Art zu erkennen, wie ihm die Leute gehorchten, als er sie beim Anbordkommen Ramages achteraus rief. Der Steuermannsmaat, John Appleby, war früher Fähnrich gewesen, der auf seinen zwanzigsten Geburtstag wartete, damit er seine Leutnantsprüfung ablegen konnte. Ein Kutter hatte keine Bootsmannsstelle im Etat; hingegen gab es einen Bootsmannsmaat. Dieser, Evan Evans, war ein magerer Waliser, der stets bekümmert aussah und dessen purpurne Knollennase mit unbeirrbarem Instinkt jede mit Grog gefüllte Muck erschnupperte.

Wenn sich ein neuer Kommandant »eingelesen« hatte, war es üblich, daß er der Besatzung eine kleine Ansprache hielt, die, seinem Wesen entsprechend, entweder von Drohungen strotzte oder mit anfeuernden Redensarten gespickt war oder nur aus Plattheiten bestand. Ramage wußte nicht recht, was er den Männern sagen sollte, aber sie erwarteten nun einmal ein paar Worte, weil sie ihnen die erste Gelegenheit boten, ihren neuen Kommandanten zu beurteilen.

»Man hat mir gesagt, daß ihr gute Seeleute seid. Das ist aber auch unerläßlich, denn schon in wenigen Stunden hat die *Kathleen* eine Aufgabe zu lösen, die euch entweder in die Lage versetzen wird, euren Kindern ein hübsches Garn zu spinnen, oder die sie zu armen Waisen macht.«

Die Männer lachten und warteten darauf, daß er fortfuhr. Verdammt, eigentlich hatte er ja damit Schluß machen wollen! Aber immerhin hatte er jetzt die Möglichkeit, den Leuten zu erklären, warum sie in Kürze Kopf und Kragen riskieren sollten. Vielleicht legten sie sich dann um so besser ins Zeug, wenn es die Lage verlangte. Er beschrieb ihnen, wie die Besatzung der *Belette* zur Zeit in der *Tour Rouge* von aller Welt abgeschnitten war, und endete mit den Worten: »Wenn wir uns nicht aufmachen, um sie bei der Hand zu nehmen und nach Hause zu geleiten, dann machen die Franzosen Hackfleisch aus diesen Männern. Wenn uns aber dabei ein Fehler unterläuft, dann heißt es neben unseren Namen ›abgemustert, tot‹ — vorausgesetzt, daß ich daran denke, die Musterrolle an die Admiralität zu schicken, ehe ich selbst abgesoffen bin.«

Jetzt brüllten die Männer vor Lachen und brachten Hochrufe auf ihn aus, mit denen sie ihrer Begeisterung und ihrer Freude spontanen Ausdruck verliehen. Die Toren, dachte er, jetzt schenken sie mir ihr Vertrauen und haben doch eigentlich keinen Anlaß dazu, wenn man von den hohlen Redensarten absah, die er ihnen geboten hatte. Wenn er morgen abend vor Sonnenuntergang eine bestimmte Entfernung auch nur um einen Fuß falsch schätzte, dann waren sie alle tot... Mochten sie töricht sein oder nicht, jedenfalls waren sie willig und treu, und darauf allein kam es schließlich an.

»Das ist alles«, sagte er. »Mr. Southwick, bitte lassen Sie die Besatzung wegtreten.«

Er begab sich die paar Schritte achteraus zu dem Niedergang, dessen schmale Stufen ihn in die winzige Kajüte führten. Selbst wenn er den Kopf so weit vornüber neigte, daß er wohl oder übel nur noch die Decksplanken sah, konnte er in dem Raum nicht aufrecht stehen; die kleine Laterne, die in kardanischen Ringen am Schott hing, zeigte ihm, daß die Kajüte nur mit einer Koje, einem winzigen Schreibtisch, einem Regal und einem gebrechlichen Sessel ausgestattet war.

Er öffnete das einzige Schubfach des Schreibtisches und fand dort die Musterrolle der *Kathleen*. Als er die Namen überflog, stellte er fest, daß sie von der üblichen gemischten Gesellschaft zeugte. In der Spalte »wo geboren« waren einige Portugiesen, ein Genuese, ein

Mann aus Jamaica, ein Franzose und, als letzter der Liste, ein Amerikaner verzeichnet. Er warf einen Blick auf den Namen und sah, daß es Jackson war — er war also schon vor ihm als Bootssteuerer in die Musterrolle aufgenommen worden. Nach ihm folgte er selbst: »Leutnant Nicholas Ramage ... laut Befehl vom 19. Oktober 1796.« Der Steuermann hatte offenbar dafür gesorgt, daß sein Papierkram auf dem laufenden war. Der frühere Kommandant der *Kathleen* war vor wenigen Tagen plötzlich ins Lazarett gebracht worden.

Als er das Befehlsbuch und das Briefbuch seines Vorgängers durchsah, fand er darin nichts Besonderes. Später hatte er dann die Empfangsbescheinigungen für sie, für die Signalbücher, die Inventarlisten und für eine Fülle anderer Papiere auszustellen; für den Augenblick aber gab es Wichtigeres zu tun. Er rief nach dem »Posten Kajüte«: »Ich lasse den Steuermann bitten; sagen Sie ihm, er möge seine Karten mitbringen.«

Southwick war sofort zur Stelle, er hatte die Karten eingerollt unter dem Arm.

»Mr. Southwick, in welchem Zustand sind die Segel und das stehende und laufende Gut?«

»In dem Zustand, der hier im Mittelmeer üblich ist«, sagte Southwick. »Ich kann ja keinen Quadratfuß neues Segeltuch auftreiben. Das laufende Gut haben wir mindestens ein dutzendmal umgeschoren. Die Segel sind längst reif zum Abschlagen, sie bestehen mehr aus Flikken als aus altem Segeltuch. Das ganze Zeug hätte schon vor einem Jahr als unbrauchbar kondemniert werden müssen. Gott sei Dank sind wenigstens der Mast, die Spieren und der Rumpf in gutem Zustand.«

»Und wie ist es mit der Besatzung bestellt?«

»Die Männer sind prima, Sir, dafür lege ich die Hand ins Feuer. So wenig wir auch sind, waren wir doch meistens auf uns selbst gestellt und immer in See. Wir haben uns nicht viel in Häfen herumgetrieben, wo die Leute immer vor die Hunde gehen.«

»Ausgezeichnet«, sagte Ramage. »So, jetzt wollen wir einmal einen Blick auf die Karte werfen, die den Küstenstrich von hier nach Norden zeigt.«

Southwick entrollte sie auf dem Schreibtisch und legte die Musterrolle auf ihren Rand, damit sie sich nicht wieder einrollte.

Ramage erklärte ihm die Aufgabe, nahm einen Zirkel aus dem Regal über dem Schreibtisch und maß den Abstand bis zu der Landspitze, auf welcher die *Tour Rouge* stand. Das Ergebnis ermittelte er an der seitlichen Breitenskala der Karte. Vierzehn Minuten Breitenunterschied, das machte rund vierzehn Seemeilen. Der Wind stand jetzt aus West, und wenn der Morgen dämmerte, konnte er mit einem halben Sturm rechnen. Segel und Takelage ließen zu wünschen übrig; aber die Rettung jener Männer war immerhin besonders dringend. Für die geplante Operation brauchte er Tageslicht. Ein paar Stunden nach dem Ankerlichten konnten sie vor dem Turm sein, auch wenn sie noch ein bis zwei Schläge machten, um ein besseres Bild von der Lage zu gewinnen.

»Mr. Southwick, wir gehen zwei Stunden vor Tagesanbruch Anker auf.«

Da zu wenige Offiziere an Bord waren — es fehlten ein Leutnant und ein zweiter Steuermann —, oblag alle Arbeit Southwick, dem jungen Steuermannsmaat Appleby und ihm selbst.

»Sehen Sie jetzt zu, daß Sie noch ein bißchen Schlaf bekommen«, sagte er zu Southwick.

Während der nächsten zehn Minuten studierte Ramage die Karte und prägte sich dabei den Verlauf der Küstenlinie genauestens ein. Als er sich eben über die wenigen Tiefenangaben ärgerte, die in die Karte eingetragen waren, hörte er, wie jemand den Niedergang herunterkam und klopfte. Auf sein »Herein« erschien Jackson mit einem Brief und zwei Paketen.

»Soeben ist ein Boot damit von Land gekommen, Sir. Es ist alles an Sie adressiert.«

»Gut, legen Sie die Sachen auf meine Koje.«

Sobald Jackson gegangen war, griff Ramage nach dem länglichen Paket, das ihm seinen Inhalt schon durch seine Form verriet. Er riß die Umhüllung auf und brachte, wie erwartet, einen Degen zum Vorschein. Neugierig zog er die Klinge aus der Scheide. Sie schimmerte im Licht seiner kümmerlichen Laterne bläulich, mit Ausnahme der Schneide, deren geschärfter und dann polierter Stahl einen kalten Glanz ausstrahlte. Die Klinge selbst war verschwenderisch graviert, aber grundsolide und gut ausgewogen. Auch der Griff war schön geschnitzt, aber kräftig. Kurzum, der Degen war eine prächtige Waffe für den Kampf, nicht so ein teueres, federleichtes Luxusstück, das nur für festliches Zeremoniell taugte.

In dem zweiten Paket entdeckte er zu seiner Überraschung eine messingbeschlagene Pistolenschatulle aus Mahagoni. Als er sie öffnete, erkannte er sofort die beiden Pistolen wieder, die sie enthielt, denn er hatte sie erst diesen Nachmittag auf einem Regal in Sir Gilberts Arbeitszimmer liegen sehen. Sie hatten ihm so gut gefallen, daß er ein bewunderndes Wort dafür fand. Diese Waffen schossen tödlich genau, wenn sie auch wegen des Stechers am Abzug nicht gerade für das Getümmel beim Entern eines feindlichen Schiffes geeignet waren. Jedenfalls waren sie ein Meisterstück der Büchsenmacherkunst, wie man es sich schöner nicht wünschen konnte. Die Schatulle enthielt zu allem Überfluß noch ein Pulverhorn, Reservefeuersteine, eine Form zum Gießen von Kugeln und Bürsten zum Auswischen der Läufe.

Zuletzt öffnete Ramage den Brief. Darin hieß es kurz und bündig: »Bitte nehmen Sie diese drei kräftigen Bundesgenossen als Geschenk entgegen. Sie erweisen Ihnen hoffentlich notfalls ebenso gute Dienste wie — Ihrem aufrichtig verbundenen Gilbert Elliot.«

Er rief nach dem Posten: »Der Bootssteuerer soll zu mir kommen.«

Als Jackson wieder herunterkam, gab ihm Ramage die Schatulle.

»Bitte, sehen Sie diese Pistolen nach. Ich brauche feines Pulver und gute Feuersteine. Morgen früh sollen sie geladen für mich bereit sein.«

»Oho!« rief Jackson. »Das sind einmal ein Paar Schießeisen, die sich sehen lassen können.«

Ramage dachte, daß der Augenblick vielleicht gerade richtig war, sich mit dem Amerikaner auszusprechen.

»Jackson, ich danke Ihnen für alles, was Sie bei dem Gerichtsverfahren für mich getan haben. Sie haben da ein tolles Risiko in Kauf genommen.«

Der Amerikaner machte einen verlegenen Eindruck. Er gab ihm keine Antwort.

»Aber sagen Sie mir jetzt einmal, welche Tatsachen Sie vorbringen wollten, die nicht schon von dem Bootsmann und dem Meistersmaat bezeugt worden waren.«

»Ich wollte nur über die Vorgänge in dem Boot berichten.«

»In dem Boot? Da wurde doch nur italienisch gesprochen.«

Jackson suchte nach Worten:

»Ach, Sir, ich wollte erzählen, wie wir zu der Hütte des Bauern gingen, was im Turm geschah und wie Sie die Marchesa trugen. Ich wollte ihnen auch sagen, wie der andere Bursche da ums Leben kam — solche Dinge hatte ich im Sinn.«

Ramage warf ihm einen raschen Blick zu.

»Wie der andere Bursche ums Leben kam?«

»Jawohl, Sir, Sie wissen doch, Graf Pretty.«

»Pitti, meinen Sie wohl.«

»Also gut, Graf Pitti.«

»Was wissen Sie eigentlich darüber?«

»Ich weiß nur, daß er einen Schuß in den Kopf erhielt.«

»Woher wissen Sie denn, daß er in den Kopf getroffen wurde?«

Jackson wurde über und über rot, als ärgerte er sich, weil es so aussah, als ob er nicht ohne weiteres Glauben verdiente. Aber Ramage war im Augenblick so auf die Antwort des Mannes gespannt, daß er sich keine Zeit nahm, seine Frage näher zu erläutern.

»Wissen Sie noch, Sir, wie Sie die Marchesa trugen und wie ich die Reiter erschreckte?«

»Ja, natürlich.«

»Ein paar Minuten später riefen Sie mir doch, daß ich zum Boot kommen sollte?«

»Ja, ja — erzählen Sie weiter, Mann.«

»Nun, als ich auf dem Kamm der Düne entlanglief, bewegte ich mich im Zickzack durch die Büsche, weil immer noch ein paar Franzosen dort herumstreiften. Denen wollte ich natürlich nicht in die Hände laufen.

An einer offenen Stelle zwischen dem Buschwerk sah ich einen Mann mit dem Gesicht nach unten im Sand liegen. Ich drehte ihn auf den Rücken und mußte feststellen, daß er überhaupt kein Gesicht mehr hatte. Ich nehme bestimmt an, daß es der Graf Pretty war.«

»Gott im Himmel!« stöhnte Ramage.

»Was ist, Sir? Habe ich etwas Unrechtes gesagt?«

»Nein — ganz im Gegenteil. Es ist nur ein Jammer, daß Kommodore Nelson nicht ein paar Minuten später anlangte — so daß Sie noch in der Lage gewesen wären, das dem Gericht zu erzählen.«

»Wäre das denn so wichtig gewesen?«

»Ich habe Ihnen doch gesagt, daß man mich wegen Feigheit angeklagt hat, nicht wahr . . .?«

»Jawohl, Sir.«

»Nun, die Anklage stützt sich vor allem darauf, daß ich mit dem Boot absetzte und den Grafen Pitti im Stich ließ, obwohl ich wußte, daß er verwundet war. Es wurde sogar behauptet, er habe um Hilfe geschrien, als wir wegpullten.«

»Aber Sie stiegen doch selbst noch einmal in die Dünen und fanden ihn dort auf, Sir, nachdem Sie die Marchesa zum Boot gebracht hatten. Ich habe Fußspuren im Sand gesehen, die vom Boot zu der Leiche und wieder zum Boot zurückführten. Mein erster Gedanke war, daß diese Spuren von Ihnen herrührten.«

»Ja, das waren auch meine Spuren, aber es hatte eben niemand gesehen, daß ich wirklich zurückging. Soviel ich weiß, gibt es auch niemanden, der bestätigen könnte, daß sein Gesicht weggerissen war, als ich ihn fand.«

»Außer mir, Sir.«

»Jawohl, außer Ihnen. Aber ich wußte ja nichts davon — und«, Ramage brach in eine bittere Lache aus, »*Sie* konnten nicht wissen, daß *ich* nicht wußte, was Sie gesehen hatten!«

»Das schlimme war, daß Sie alle italienisch sprachen. Ich merkte wohl, daß Sie mit dem anderen Burschen da aneinandergeraten waren, aber keiner von uns brachte heraus, worum es dabei ging . . . Aber das läßt sich alles in Ordnung bringen, wenn das Gericht wieder zusammentritt.«

»Ja, das könnte wohl möglich sein, aber ich fürchte, daß Ihnen die Richter jetzt keinen Glauben mehr schenken werden, weil es doch so aussieht, als hätten wir beide uns diese Geschichte ausgedacht.«

»Natürlich könnten sie das, Sir; aber sie brauchen dann nur die anderen Bootsgäste zu befragen. Die können bestätigen, daß ich ihnen sofort erzählte, was ich gesehen hatte, als ich wieder im Boot saß. Das war, noch ehe der Lady im Boot schlecht wurde.«

»Nun, wir müssen eben abwarten. Nehmen Sie jetzt die beiden Pistolen mit und sehen Sie sie gründlich nach. Sagen Sie dem Steward, er soll mir etwas zu essen bringen.«

»Lassen Sie das Spill — nein, die Winsch besetzen«, sagte Ramage dem Bootsmannsmaaten, und sogleich drang das schrille Gezwitscher seiner Pfeife durch alle Räume des Schiffes, was im Dunkel der Nacht fast geisterhaft wirkte.

Ramage war müde, er hielt seine Augen nur mit Mühe offen und machte sich ernstliche Vorwürfe, daß er das Schiff am Abend zuvor nicht besichtigt hatte. Ein kleiner gaffelgetakelter Kutter manövrierte natürlich ganz anders als eine große Fregatte mit ihrer Rahtakelung. Abgesehen vom Unterschied in der Besegelung, wurde die kleine *Kathleen* nicht mit dem Rad, sondern mit einer Pinne gesteuert, und auf der Back stand für den Anker kein Spill, sondern eine Winsch. Er hätte sich schon mit seinem ersten Befehl um ein Haar blamiert, als er gerade noch »Spill« im letzten Moment gegen »Winsch« austauschen konnte.

Die Backsgasten und ein halbes Dutzend Seesoldaten rannten auf die Back. Ein paar von ihnen verschwanden unter Deck, um die Ankertrosse aufzuschießen, wenn sie in das Kabelgatt gelangte.

Es herrschte starker Wind. Allein der Umstand machte ihn erträglich, daß die See dicht unter Land, wo die gebirgige Küste Schutz bot, trotzdem ruhig war. Man mußte jedoch gut auf die schweren Böen achten, die durch die senkrecht zur Küste verlaufenden Täler herabbrausten — sie hatten schon so manches Schiff die Stengen gekostet . . .

Zwar waren die Segel der *Kathleen* ziemlich abgenützt, aber Ramage sah, daß sie einen ausgezeichneten Mast besaß. Die Spiere war mannsdick und aus ausgesuchter baltischer Rottanne gefertigt — wenigstens schworen die Lieferanten der Admiralität auf die hervorragende Qualität ihres Holzes. Der lange Großbaum, den er auf dem Achterdeck über dem Kopf hatte, ragte wie ein gekappter Hundeschwanz einige Fuß über das Heck hinaus. Auf ihm war das schwere Großsegel sauber zusammengerollt und mit Zeisings festgemacht. Das Ganze wurde durch die zuoberst festgelaschte Gaffel zusammengehalten. Auch Klüver und Stagfock waren in sauberen Bündeln am Fuße ihrer Stagen festgemacht, der große Klüver am Ende des Bugspriets, das wie eine riesige Angelrute vierzig Fuß über den Bug hinausragte, und die Stagfock am Vordersteven selbst.

»Kurzstag, Sir!« rief Southwick von der Back nach achtern. Die Ankertrosse wies nun in demselben Winkel zum Grunde der See, wie ihn das Vorstag mit dem senkrechten Mast bildete.

»Weiter hieven!«

Jetzt mußte das Großsegel gesetzt werden. Jackson reichte Ramage das Sprachrohr, und dieser rief: »Achtergasten und Freiwächter klar zum Manöver!«

Eine Schar Matrosen kam auf ihn zugerannt.

»Fier die Niederholer und die Halsaufholer . . . Zeisings los!«

Einige der Leute fierten rasch die befohlenen Enden, andere krochen den Großbaum entlang, um die schmalen Streifen geflochtenen Tauwerks zu lösen, die Gaffel und Großsegel auf dem Baum festhielten.

»Auf und nieder, Sir!« rief Southwick auf der Back.

Die Ankertrosse zeigte jetzt senkrecht nach unten, der Anker fand daher keinen Halt mehr auf dem Grund. Verdammt, er kam ein winziges bißchen zu spät, der Anker hielt nicht mehr, und doch hatte er noch kein Segel stehen, das ihm Gewalt über das Schiff verschafft hätte.

»Anker ist los!« rief Southwick.

»An die Dirk — hol steif und belege — überholt die Großschot ... An das Piek- und Klaufall!«

Die Männer reihten sich an den Enden auf, mit denen sie die schwere Gaffel und das Segel aufheißen sollten. Sobald er sah, daß sie bereit waren, rief er:

»Hol steif — heiß auf! Hand über Hand!«

Langsam kroch das Segel den Mast hinauf, das Tuch schlug dabei knallend im Winde.

»An die Großschot! Überhol die Großschot! ... Los dort, macht flink! Ja, so ist es richtig. Fest die Großschot!«

Er wandte sich an den Rudergänger und den Matrosen an der Pinne: »Abfallen — so, jetzt stütz ... gut — recht so — wie es geht.«

Jetzt wurde die Dirk gefiert, so daß das Großsegel das Gewicht des Baumes aufnahm. Ja, geflickt war es schon x-mal, aber es stand jedenfalls gut.

Wie schön, daß man wieder unterwegs war, auch wenn es allerhand Kopfzerbrechen machte, sich mit einem Kutter zwischen all den Schiffen auf einer überfüllten Reede hindurchzuschlängeln. Er hatte ja noch nie einen Kutter geführt und wußte nicht, wie lange ein solches Fahrzeug brauchte, um unter den jeweils gegebenen Umständen auf die kombinierte Wirkung der Segel und des Ruders anzusprechen. Nicht wenige gaffelgetakelte Schiffe brauchten hart angeholte Vorschoten und ein geschricktes Großsegel, bei anderen wieder war es genau umgekehrt.

Aber er hätte sich lieber die Zunge abgebissen, als Southwick danach gefragt — es mußte sich ja bald herausstellen, was der *Kathleen* am besten taugte. Im Augenblick ging es ihm nur darum, wie schnell sie Fahrt aufnahm und damit dem Ruder gehorchte. Wenn das lange dauerte, wenn sie weit nach Lee abtrieb, ehe sie endlich in Schwung kam, dann lagen dort in Lee Schiffe genug vor Anker — auch das Kommodore Nelsons —, daß sich eine Kollision nicht vermeiden ließ.

Anker und Ankertrosse hingen noch immer senkrecht im Wasser und wirkten unter dem Bug wie eine Bremse, aber nach der zunehmenden Geschwindigkeit zu urteilen, mit der die Männer die Winsch herumwirbelten, mußte der Anker jeden Augenblick aus dem Wasser sein. Als der Bug des Kutters nach Steuerbord abfiel, schrie Ramage eine Reihe von Befehlen über Deck. Daraufhin stürzten eine Anzahl Männer an die Fallen und ließen schwitzend erst das Stagsegel, dann den Klüver an ihren Stagen emporklettern.

Als die Schoten dieser Segel dann sogleich dichtgeholt wurden, bekam das Schiff auf einmal Leben. Es hing nun nicht mehr träge stampfend und rollend an seiner Ankertrosse wie ein widerspenstiger Ochse an seiner Kette, jetzt zischten plötzlich die Seen um den graden Steven und gurgelten an der Bordwand entlang, bis sie unter dem Heck des Kutters zu einem brodelnden Kielwasser zusammenschlugen.

Auf der Back hakten die Männer die Kattalje am Anker fest und holten ihn die letzten paar Fuß nach oben bis an den Kattdavit, den hölzernen Balken, der auf beiden Seiten des Bugs herausstand wie der Stoßzahn eines wilden Ebers. Als sie ihn glücklich dort hatten, hakten sie eine weitere Talje in eine der Flunken und hievten den ganzen Anker hoch, bis er mit der Bordwand parallel lag.

Weil die *Kathleen* nach Steuerbord abgefallen war, hatte er die Vorsegel mit dem Wind von Backbord heißen können. Und diese Windrichtung war es auch, die den Kutter nach Norden, nach Macinaggio, bringen sollte.

Die *Kathleen* stürmte los wie ein Pferd, das vom Trab in den Galopp übergeht, ihr Steven schnitt in die Seen und warf eine weißschäumende Bugwelle auf. Er sah voraus die schattenhaften Umrisse eines großen, vor Anker liegenden Transportschiffes auftauchen und befahl unverzüglich, die Schoten dichter zu holen und Luvruder zu geben, damit die *Kathleen* hart an den Wind ging.

Als sie sich unter dem vermehrten Druck der Segel so weit überlegte, daß das Wasser durch die Leegeschützpforten eindrang, fing Ramage einen beunruhigten Blick Southwicks auf, der eben achteraus gekommen war. Der Steuermann war offenbar nicht dafür, so dicht zu luvward große Schiffe zu passieren, denn da konnte der kleinste Fehler in der Berechnung — ja schon eine härtere See — zur Folge haben, daß man nicht glatt an dem anderen vorüberkam, sondern mit ihm zusammenstieß. Southwick hatte natürlich recht: es war sicherer, in Lee zu passieren, aber es kostete wertvolle Zeit, weil die Segel eines kleinen Fahrzeugs wie der *Kathleen* durch den mächtigen Rumpf eines so großen Schiffes bekalmt wurden, so daß es für eine ganze Weile aus der Fahrt kam.

Ramage befahl dem Rudergänger, wieder etwas abzufallen, ließ die Schoten wieder schricken und ging mit dem Kutter auf den Kurs, der zum Wrack der *Belette* führte. Für zwei Mann war der Druck auf der Pinne fast zu groß; wenn der Wind noch zulegte, mußte er ihnen ihre Aufgabe durch Steuertaljen erleichtern. Sollte er etwa den Außenklüver setzen? Nein, auch das Gaffeltoppsegel hatte jetzt keinen Wert, der Kutter lief auch so schon gute acht Knoten Fahrt, wenn er ihm noch mehr Segel aufpackte, dann legte er sich nur weiter über, gewann aber nicht an Fahrt. Das war ein Fehler, der verhältnismäßig vielen Seeleuten unterlief.

Bastia verschwand achteraus im Dunkel. Gianna dürfte sein Auslaufen in der Finsternis gar nicht gesehen haben, obwohl die *Kathleen* kaum eine halbe Meile vom Zaun des vizeköniglichen Gartens entfernt vorübergekommen war. Er selbst war so auf das Manöver konzentriert gewesen, daß er nicht einmal einen Blick in jene Richtung geworfen hatte.

»Mr. Southwick, übergeben Sie die Wache dem Steuermannsmaat und kommen Sie mit dem Bootsmannsmaat zu mir achteraus.«

»*Aye aye*, Sir.«

Als die *Kathleen* nun stampfend in rauschender Fahrt nach Norden strebte, hätte Ramage plötzlich am liebsten vor Freude gejubelt. Wohl war ein Kutter so ziemlich das kleinste Schiff der Navy, aber er war dabei unbedingt auch das handlichste aller Fahrzeuge. Seine Gaffeltakelage erlaubte es, so viel höher an den Wind zu gehen, daß er jedes weit größere Rahschiff ausmanövrieren konnte. Daß man mit ihm imstande war auszuweichen, war seine wirksamste Waffe gegen die erdrükkende artilleristische Überlegenheit jedes größeren Gegners. Es war das die alte Geschichte vom Bullen und vom Terrier: der Terrier brauchte seinen schwerfälligen Gegner nicht zu fürchten, wenn er nur flink genug war, den Stößen seiner Hörner auszuweichen.

Ramage trat beim Großmast an die Luvreling, wo er an einer der Karronaden der *Kathleen* Halt finden konnte, wenn das Schiff einmal härter überholte. Außerdem konnte er dort mit dem Steuermann und dem Bootsmannsmaat sprechen, ohne daß die Leute hören konnten, was er sagte.

Teufel, wie alt und verbraucht diese Wanten und dieses laufende Gut aussahen! Wenn man nach dem Anblick ging, den diese Enden boten, dann mußte man darauf gefaßt sein, daß sie jeden Augenblick brechen konnten, was natürlich zur Folge hätte, daß der Mast über Bord ging. Das Großsegel, das sich über ihm wölbte, war mit mehr Flicken bedeckt als der Umhang eines neapolitanischen Bettlers; das verbarg nicht einmal die Dunkelheit seinem Blick.

»Ah, da sind Sie ja«, sagte er, als er Southwick und Evans bemerkte, die auf ihn warteten. »Wir haben einiges miteinander zu besprechen.«

Evans zuliebe faßte er sich kurz, als er den beiden erklärte, wo und wie die *Belette* am Fuß der Steilküste gestrandet lag.

»Es hat keinen Zweck, jetzt schon alle Einzelheiten zu planen. Erst müssen wir uns genau ansehen, wie es um sie bestellt ist. Wenn sie über den Felsen schrammte und dabei nur ihr Ruder verlor, dann kann uns der Felsen bei unserem Tiefgang nicht gefährlich werden. Wir können also auf dem gleichen Kurs anlaufen wie die *Belette*. Für uns geht es nur darum, daß wir an ihrer Backbordseite genügend Wasser haben.«

»Wie bekommen wir die Männer von Bord?« fragte Southwick.

»Ich möchte lange genug längsseit liegenbleiben, um sie alle an Bord zu bekommen. Ihre Aufgabe wird es sein, Evans, uns dort festzuhalten.«

»Mit Draggen, Sir?«

»Gewiß«, sagte Ramage, »aber vor allem müssen wir uns selbst gegen Schäden schützen. Ich kann nicht einfach anluven und den Bug gegen die *Belette* schlagen lassen, weil wir dann unweigerlich das Bugspriet verlieren würden. Wir müssen also mit aller Behutsamkeit zu Werke gehen. Vor allem darf ich auch nicht an der Bordwand der *Belette* entlangscheren — ihre Rüsten und ihre Bootsdavits würden unsere ganze Takelage in Stücke reißen. Um das zu vermeiden, möchte ich, daß Sie drei lange, wurstförmige Fender herstellen: Enternetze, die mit Hängematten, altem Tauwerk und sonstigem geeignetem Zeug vollgestopft sind. Wenn ich den Befehl dazu gebe, dann hängen Sie einen dieser Fender vorne, einen mittschiffs und einen ganz achtern über Bord.«

»*Aye aye*, Sir.«

»Weiter möchte ich, daß Sie sechs Draggen bereithalten, jeden mit mindestens zehn Faden Leine. Suchen Sie sechs der besten Männer aus; schicken Sie einen auf das Bugspriet und verteilen Sie die übrigen entlang der Steuerbordseite — einen an den Kattdavit, einen in die Großrüsten und so weiter. Sie müssen uns kräftig heranholen, wenn wir bei der *Belette* eingehakt haben und ich den Befehl dazu gebe.

Halten Sie auch ein paar starke Leinen klar, mit denen wir notfalls längsseit festmachen können«, fügte er hinzu. »Die Leinen der Draggen sind vielleicht nicht kräftig genug.«

Southwick meinte: »Da werden wohl eine Menge Leute an Bord kommen . . .«

»Ja. Sobald sie kommen, schicken Sie sie unter Deck. Nur die Offiziere der *Belette* sind ausgenommen — es sei denn, wir werden beschossen; in diesem Fall brauche ich die Seesoldaten zur Unterstützung.«

»Ist es denn möglich, daß die Franzosen Scherereien machen?« fragte Evans.

»Ja, aber wahrscheinlich nicht gleich zu Anfang. Ich nehme an, daß sie den Turm angreifen werden.«

»Sie könnten doch das Schiff leicht in Brand setzen, Sir«, erwähnte Southwick.

»Ja, das könnten sie natürlich; aber Landsoldaten

werden wohl kaum beurteilen können, wie schwer die *Belette* havariert ist, darum glaube ich, daß sie sie wahrscheinlich liegenlassen werden, damit sie von ihren Landsleuten geborgen werden kann.

Noch eins: Unsere Karronaden können nicht hoch genug gerichtet werden, um die Männer wirksam zu dekken, wenn sie sich vom Turm zum Wrack begeben. Aber die Seesoldaten könnten sich dabei durch ihre Schießkünste nützlich machen. Suchen Sie zu ihrer Verstärkung noch ein halbes Dutzend Matrosen aus, die mit einer Muskete umzugehen wissen. Lassen Sie alle überzähligen Musketen laden und samt Pulver und Kugeln so verstauen, daß sie leicht zu erreichen sind, um sie gleich den Seesoldaten der *Belette* geben zu können.

Das ist alles; sind noch Fragen? Nein? Gut. Dann leiten Sie gleich alles Nötige in die Wege.«

Ramage überflog noch mit einem Blick rundum den Horizont und stieg dann in seine Kajüte hinunter. Der Wind hatte nicht mehr zugelegt, und Appleby, der junge Steuermannsmaat, war mit seiner Wache ständig damit beschäftigt, die Großschot und die Vorschoten zu bedienen, die immer wieder geholt oder gefiert werden mußten, wenn einmal ein mündendes Tal, dann wieder eine Landhuk die Windrichtung beeinflußte.

Am Fuß des Niedergangs erwiderte er den Gruß des Postens Kajüte, dann betrat er mit eingezogenem Kopf das niedere Gelaß und setzte sich auf seine Koje, die jedes Überholen der *Kathlee*n schwingend ausglich.

Ramage war glücklich und froh. Er hörte, wie das Ruder in seinen Fingerlingen knarrte und wie zuweilen eine See dumpf dröhnend von unten gegen das überhängende Heck schlug. Seine Nase sagte ihm, daß unter der kleinen Kajüte die Brotlast lag. Dort lagerten Säcke über Säcke Hartbrot, das, nach dem muffigen Geruch zu urteilen, alles andere als frisch war. Unter ihm befand sich aber auch die Pulverkammer, die mit Pulver in Fässern und Beuteln gefüllt war. Wenn von den vielen Fallstricken die Rede war, die den Kommandanten eines Schiffes Seiner Majestät bedrohten, hieß es oft, er lebe auf einem Pulverfaß. Ein Kutter nun war eines der wenigen Fahrzeuge, wo dies nicht ein bloßer Vergleich war, sondern buchstäblich stimmte.

Der Turm und die gestrandete *Belette* waren noch hinter einer kleinen Huk verborgen, als sie sie fast querab der *Kathleen* peilten. Ramage war froh, daß die Fregatte ungefähr so lag, wie er es erwartet hatte. Sie sah aus wie ein gewaltiger Wal, der von einem Sturm auf den Strand geworfen worden war. Aber ihr Leutnant hatte in seinem Bericht nicht erwähnt, daß nur ein paar hundert Meter südlich der Landspitze, vor der die *Belette* auf Strand geraten war, eine weitere Huk lag. Sie war auf der Karte nicht verzeichnet, aber Ramage sah, daß er auf keinen Fall zuviel Fahrt haben durfte, wenn er mit der *Kathleen* bei dem gestrandeten Schiff längsseit ging. Unterlief ihm ein Fehler und schoß er um weniges vorbei, konnte es nur zu leicht geschehen, daß der Kutter vor der zweiten Landspitze auf Grund geriet, weil er nicht mehr schnell genug nach See zu abfallen konnte, um freizukommen ...

»Mr. Southwick!«

Der Steuermann kam herbeigeeilt. »Zeichnen Sie doch in das Logbuch eine Skizze, die zeigt, wie die *Belette* vor diesen beiden Landspitzen liegt. Sie können die Zeichnung später noch genauer ausführen. Eine solche Skizze könnte sich immerhin für einen anderen nützlich erweisen, der unser Schiff bergen oder verbrennen soll.«

Ramage blickte mit dem Kieker nach dem Turm. Die Vergrößerung bewirkte, daß es schien, als wäre er nur wenige hundert Meter entfernt. Das Bauwerk zeigte den spanischen Stil des 16. Jahrhunderts und war offenbar in gutem Zustand. Der rötlich-graue, runde, säulenartige Turm stand dicht am Rande des Steilhangs. Sein einziger Eingang war eine Öffnung in der Wand, die etwa fünfzehn Fuß über dem Boden lag.

Ein Rauchballen löste sich von der Spitze des Turms und verwehte im Wind. Das sah zunächst recht harmlos aus, aber ihm folgte sogleich ein zweiter und dann noch ein paar kleinere. Die Besatzung der *Belette* schoß also mit ihren Sechspfündern und mit Musketen, aber ihr Ziel war von der *Kathleen* aus nicht zu erkennen.

Der Turm schien nicht beschädigt zu sein, das hieß, daß die Franzosen nicht imstande waren, Feldgeschütze in Stellung zu bringen. Das nahm weiter nicht wunder, da es sogar für ein Maultier alles andere als einfach war, sich in diesem Gelände zu bewegen.

Ramages nächster Blick galt wieder der *Belette*. Da die *Kathleen* inzwischen weiter nach Norden gelaufen war, hatte sich die Peilung der Fregatte geändert. Er konnte jetzt sehen, daß sie in einem Winkel von etwa dreißig Grad zur Küste lag und daß ihr Heck nach Norden zeigte — alles wie es ihm Probus geschildert hatte. Die Masten waren dicht über Deck gebrochen und lehnten nun an der Felswand. Sie nahmen sich von weitem aus wie drei steile Leitern.

Was war das dort auf der Spitze des Turms? Irgendwelche bunte Fetzen? Nein, das waren drei richtige Signalflaggen! Man hatte sie an eine Stange gebunden, die irgend wer kräftig schwenkte, der aber darauf bedacht war, seinen Kopf nicht über der Brustwehr zu zeigen.

»Jackson, schnell das Signalbuch!«

Aber Ramages Fähnrichszeit lag ja noch gar nicht so lange zurück; darum war er auch ohne Signalbuch imstande, das Signal abzulesen und sich an seine Bedeutung zu erinnern. Oben blau-weiß-blau, senkrecht gestreift, die mittlere Flagge ganz rot und unten die französische Trikolore. Die beiden oberen Flaggen ergaben das Signal Nummer 31, und dieses bedeutete: *»Die gesichteten Schiffe sind . . .«* Die Trikolore darunter hieß, daß jene Schiffe französisch waren.

Ein wenig verwirrt suchte Ramage den Horizont ab, aber außer der gestrandeten *Belette* sah man weit und breit kein anderes Schiff. Das Signal konnte »Schiff« oder »Schiffe« bedeuten — ah, richtig, jetzt hatte er es gefunden: Man wollte ihm sagen, daß sich französische Soldaten an Bord der Fregatte befanden.

»Jackson, zeigen Sie ›Verstanden‹.«

Der Amerikaner eilte an den Flaggenschrank.

»Steuermannsmaat, helfen Sie beim Signalisieren! Mr. Southwick, übernehmen Sie so lange die Wache.«

Das verdammte Signalbuch! Wenn Ramage dem Kommandanten der *Belette* dort oben im Turm seine Absichten klarmachen wollte, dann war er jetzt auf die paar hundert Worte und Sätze angewiesen, die in dem Buch mit den dazu erforderlichen Flaggen der Reihe nach aufgeführt waren. Es waren Signale wie zum Beispiel: »Segel bergen«, »Schiff vermooren«, »Die Kalfaterer mit Werkzeug auf das bezeichnete Schiff senden«.

Hoffen wir, daß der Kommandant der *Belette* ein bißchen Phantasie besitzt, dachte Ramage und blätterte in dem Signalbuch, um sein Gedächtnis aufzufrischen.

»Jackson, setzen Sie am Flaggstock eine gelbe Flagge — ja, ja, ich weiß schon. Stecken Sie ihn eben hinein, ich brauche ihn ja nur ein paar Minuten!«

Er hatte Jacksons Einwand vorausgesehen, daß es gefährlich sei, auf dem Kutter unterwegs den Flaggstock zu setzen, weil ihn der Großbaum unter Umständen zerschmettern konnte. Darum führte die *Kathleen* in See die Kriegsflagge an der Gaffel.

Einen Augenblick später wehte die gelbe Flagge achtern über der Heckreling, und Ramage stellte erleichtert fest, daß vom Turm »Verstanden« gezeigt wurde. Als er sich umsah, um Jackson zu sagen, er könne die Flagge niederholen und den Flaggstock wieder verstauen, begegnete er den verwunderten Blicken des Steuermanns und anderer Männer, die gesehen hatten, wie sie gesetzt worden war. Kein Wunder, dachte Ramage, denn diese Flagge bedeutete normalerweise, daß ein Mann ausgepeitscht oder gehenkt werden sollte. In diesem Fall verstand man richtig, wenn man ihre im Signalbuch verzeichnete Bedeutung wörtlich nahm. Sie lautete: »Bestrafung wird durchgeführt.« Den Männern im Turm sollte es einleuchten, was damit gemeint war.

»Mr. Southwick, lassen Sie Klarschiff anschlagen.« Dann fügte er erklärend hinzu: »Die Franzosen haben die Fregatte besetzt.«

Der Steuermann hatte kaum die ersten Worte des Befehls über das Deck gebrüllt, da erscholl von vorne auch schon das Rasseln einer Trommel. Der Meistersmaat und seine Leute stürzten unter Deck, um Werkzeug bereitzulegen und die Leckpfropfen vorzubereiten; der Stückmeistersmaat folgte ihm auf dem Fuße, um die Pulverkammer aufzuschließen und Schlösser und Kartuschen für die Karronaden auszugeben. Der Bootsmannsmaat veranlaßte, daß einige Matrosen flache Baljen halb mit Wasser füllten und in der Nähe der Karronaden aufstellten, damit die langsam brennenden Lunten in Kerben um ihren Rand geklebt werden konnten. Ihr brennendes Ende hing über dem Wasser und war dort griffbereit, falls das Feuersteinschloß einmal versagte. Andere Matrosen streuten nassen Sand auf das Deck und in die Niedergänge, damit die Männer nicht rutschten und — was noch wichtiger war — damit die Reibung der Schuhsohlen oder der Rückstoß der Geschütze nicht irgendwelche verschütteten Pulverkörner zur Entzündung brachten.

Die Männer, die dem Stückmeistersmaat unter Deck in die Pulverkammer gefolgt waren, kamen bald wieder zurück und trugen in jeder Hand einen hohlen Zylinder aus Holz. In jedem dieser Zylinder ruhte sorgsam verpackt ein Beutel aus Flanell, der mit Pulver gefüllt war — das waren die Kartuschen, die dazu dienen sollten, die erste Breitseite zu laden.

»Mr. Southwick, lassen Sie die Geschütze laden, aber nicht ausrennen. Sorgen Sie bitte dafür, daß die Mundpfropfen wieder eingesetzt und die Schlösser gegen Nässe geschützt werden.« Dann warf Ramage wieder einen Blick in das Signalbuch. Der Versuch, den Männern im Turm seine Absichten zu übermitteln, hatte durchaus Ähnlichkeit mit einem raffinierten Ratespiel.

»Jackson, lassen Sie dieses Signal anstecken, aber heißen Sie es erst, wenn ich es sage: Eins — Drei — Zwo. Sobald verstanden gezeigt wird, möchte ich, daß Eins — Eins — Sieben geheißt wird. Ist das klar?«

Er wiederholte die Zahlen und sah, wie sie Appleby, der junge Steuermannsmaat, auf die Schiefertafel schrieb, die sonst zum Notieren des Kurses und der Fahrt des Schiffes diente.

»Appleby«, sagte er zu dem jungen Mann, »jetzt gehen Sie herum und sagen Sie jedem Geschützführer der Steuerbordseite, daß wir bald auf die *Belette* das Feuer eröffnen werden. Wir laufen ganz dicht an sie heran, ich werde dann versuchen, möglichst langsam zu halsen, jedes Geschütz feuert einzeln, wenn es die Richtung hat. Ich möchte das Schiff der Länge nach bestreichen, darum sollen alle Geschützführer auf das Heck abkommen.«

Was war sonst noch zu bedenken? Oberflächlich gesehen, war die Geschichte recht einfach. Es galt, eine von französischen Soldaten besetzte, gestrandete Fregatte von achtern nach vorn zu beschießen, um die Gegner von Bord zu treiben. Das nahm in seinem Bericht höchstens eine Zeile in Anspruch. Wenn er hinterher bei der Fregatte längsseit ging und die Leute der *Belette* an Bord nahm, dann gab das weitere zwei Zeilen. Ja, diese ganze Unternehmung, angefangen vom Auslaufen aus Bastia bis zur Rückkehr mit den befreiten Männern an Bord, würde höchstens acht Zeilen in Anspruch nehmen.

Wehe aber, wenn ihm dabei in irgendeiner Hinsicht ein Mißgeschick widerfuhr — sei es, daß er auf einen Felsen stieß, der die Außenhaut des Kutters durchbohrte, sei es, daß er durch einen unglücklichen Treffer der Franzosen den Mast verlor, oder sei es, daß er beim Längsseitgehen an dem Wrack sein Schiff beschädigte — in jedem Falle stand ihm dann ein weiteres Gerichtsverfahren bevor. Die Navy ging mit ihren Kommandanten streng ins Gericht. In Kriegszeiten, wenn Hunderte von Kriegsschiffen ständig in See waren, gehörte eine Operation wie die seine zu den Routineaufgaben eines Kommandanten. Der Erfolg wurde nicht gewürdigt: entweder er löste seine Aufgabe oder nicht. Löste er sie nicht, dann hatte er eben die Folgen zu tragen. Im Gefecht war es nicht viel anders. Hier beruhte die Beurteilung der Lage erstens auf der Überzeugung, daß Glück und Entschlossenheit fast soviel wogen wie eine Breitseite, und zweitens auf der Überlieferung, daß ein Brite soviel wert war wie drei Franzosen oder Spanier.

Wenn er aber jetzt mit zu hoher Fahrt anlief, so daß die *Kathleen* an der Fregatte entlangschor, und wenn die Franzosen mit den Geschützen der *Belette* umzugehen verstanden, dann hatte er Glück, wenn sie seinen Kutter nicht versenkten. Unter normalen Umständen würde natürlich kein Mensch erwarten, daß ein kleiner Kutter mit zehn leichten Karronaden eine Fregatte mit sechsundzwanzig Zwölfpfündern und sechs Sechspfündern angriff. Das wäre Selbstmord, und der Kommandant eines solchen Kutters wäre in jeder Hinsicht gerechtfertigt und würde vielleicht sogar Lob ernten, wenn er die Flucht ergriff. Wenn aber die gleiche Fregatte auf Strand geraten war . . . dann sah die Geschichte ganz anders aus. Dann war die Fregatte ein Wrack, und Wracks galten ja allgemein als hilflos.

Dabei war die *Belette* in Wirklichkeit alles andere als hilflos. Ramage wußte, daß die Franzosen seine *Kathleen* mit der ganzen Backbord-Breitseite der Fregatte eindecken würden, wenn er sich in ihren Feuerbereich begab. Das waren dreizehn schwere Kugeln, jede mit einem Durchmesser von viereinhalb Zoll und einem Gewicht von zwölf englischen Pfund. Drei weitere wogen je sechs englische Pfund. Sie konnten aber auch die sogenannten Traubenkartätschen verwenden. Dabei feuerten die Zwölfpfünder zusammen mehr als 150 Kugeln, die jede ein englisches Pfund wogen, und die Sechspfünder weitere 18 mit einem Gewicht von je einem halben Pfund.

»Sie stehen noch unter Anklage . . .«

Diese Worte Probus' kamen ihm immer wieder in den Sinn. Wenn jetzt mein Kutter ausgerechnet von einem Wrack versenkt wird, dachte er, dann gibt mir das endgültig den Rest. Ja, dann lacht man in der ganzen Navy über mich. Er konnte hören, wie der Klatsch die Runde machte: »Wissen Sie schon das Neueste? Old Blazeys Sohn hat sich von einem Wrack versenken lassen.«

Durch den Kieker glaubte er Gesichter zu sehen, die vorsichtig aus der einen oder anderen Stückpforte der *Belette* herüberspähten. Die Franzosen rechneten wohl damit, daß er nicht wußte, daß sie an Bord waren: sie hatten ihm eine gefährliche Falle gestellt und warteten jetzt nur darauf, daß er in ihren Schußbereich kam. Sie ahnten offenbar nicht, daß er bereits gewarnt war. Er war überdies genau unterrichtet, welchen Winkel die Breitseitgeschütze der *Belette* nach achtern bestreichen konnten, darum war er sicher vor ihrem Feuer, bis er über eine bestimmte Achterauspeilung hinausgelangte. Man konnte den Schußbereich ihrer Geschütze mit einem riesigen Fächer vergleichen, der sich von der Mitte des Rumpfes ausbreitete. Wenn die *Kathleen* in den Bereich dieses Fächers geriet, dann genügten drei genau gezielte Schüsse, um den kleinen Kutter in Treibholz zu verwandeln.

Ramage stellte im Kopf eine rasche Berechnung an: Gesetzt, die Geschütze der *Belette* waren alle so weit wie möglich nach achtern geschwenkt und die *Kathleen* lief mit etwa sieben Meilen Fahrt von achtern auf, um das Heck der Fregatte in etwa hundert Metern Abstand und in einem Winkel von etwa fünfundvierzig Grad zu ihrer Mittschiffslinie zu passieren und dann sofort mit Hart-Ruder zu halsen . . .

Verflucht, daß er sich nie auf seine mathematischen Kenntnisse verlassen konnte! Da gab er die Rechnerei lieber gleich auf. Wenn er in den Feuerbereich der Fregatte geriet und nicht mehr rechtzeitig abfallen konnte, dann wurde er bestimmt beschossen. Und doch mußte er unbedingt nahe heran — und damit riskieren, in diese gefährliche Schußzone zu kommen —, wenn die Traubenkartätschen seiner Karronaden überhaupt Schaden anrichten sollten. Blieb er ein nennenswertes Stück weiter ab als hundert Meter, dann streuten seine kleinen eisernen Eier schon zu sehr — darum blieb ihm keine Wahl, als so dicht heranzulaufen, daß sie noch hübsch beisammen waren, wenn sie ins Heck der *Belette* einschlugen und — hoffentlich — die französischen Soldaten in Scharen niedermähten.

Ramage fühlte, wie sich seine gehobene Stimmung immer mehr verflüchtigte. Die Aufgabe, vor die er sich gestellt sah, erwies sich als so schwierig, daß sie ein Außenstehender wohl kaum recht zu würdigen wußte. Wenn ein Kutter in See von einer Fregatte gestellt wurde, dann konnte er seine Wendigkeit nutzen, um den schweren Breitseiten der Fregatte zu entgehen, überdies bestand für ihn eine wenn auch geringe Aussicht, durch einen Glückstreffer die Takelage der Fregatte zu beschädigen, so daß er schließlich auf und davon segeln konnte. Für die *Kathleen* gab es keine solche Aussicht: das Wrack der *Belette* war jetzt in der Tat eine Festung. Die französischen Kanoniere mußten zwar auf ein bewegliches Ziel schießen; aber sie hatten dafür den gewaltigen Vorteil, daß ihre Geschütze unbeweglich feststanden, während der Kutter heftig arbeitete.

Ramage wandte den Blick nach Backbord achtern. Von seinem augenblicklichen Schiffsort aus sah man die *Belette* in starker Verkürzung; nur ihr Heck und ein Teil ihres Achterschiffs waren zu unterscheiden. Jetzt war es Zeit, über Stag zu gehen und auf die Landspitze zuzuhalten. Dabei hatte er ungefähr den gleichen Kurs zu steuern wie die *Belette*, als sie auf Grund kam.

»Mr. Southwick, bitte gehen Sie über Stag.«

Der Steuermann rief eine Reihe von Kommandos über Deck, die Vorschoten und die Großschot wurden besetzt, während andere Leute die Lee-Backstagen klar zum Setzen machten.

Southwick warf über das Deck einen Blick nach vorn und dann nach oben in die Takelage, um sich zu überzeugen, ob alles klar war.

»Achtung!«

Er wandte sich an den Mann an der Pinne: »Hart Backbord!«

Der Bug des Kutters begann nach Backbord auf die

Küste zu herumzuschwenken. Jetzt lag er im Wind, Klüver und Stagfock begannen zu schlagen, als der Wind recht von vorn kam, und schließlich schwang der schwere Großbaum über die Köpfe der Männer hinweg.

»Ruder liegt hart Backbord ... Lee-Backstagen los und überholen ... Hol die Schoten!«

Die Matrosen, die eben die Steuerbord-Klüver- und Fockschoten losgeworfen hatten, bewegten sich ohne Eile — wenigstens schien es so, denn sie waren wohl ausgebildet und wußten unnötigen Kraftaufwand zu vermeiden — an die Backbord-Vorschoten und begannen sie durchzuholen, so daß sich die Segel wieder füllten, als ihnen der Wind von neuem Leben und Gestalt verlieh.

»Paßt auf da!« rief Southwick. »Stütz — und recht so!« befahl er den beiden Männern an der Pinne. Sie gaben jetzt ein kleines bißchen Lee-Ruder, so daß das Schiff etwas abfiel und Fahrt aufnahm, weil die Seen den Bug sonst zu weit nach Lee herumgedrückt hätten.

Ramage sagte: »Meinen Dank, Mr. Southwick. Ich möchte so hoch wie möglich am Wind liegen.«

»Hol die Klüver- und Stagsegelschoten!« brüllte Southwick. »An die Großschot! Rudergänger einen Strich Steuerbord!«

Ramage beobachtete, wie der scharfe Bug der *Kathleen* weiter an den Wind drehte. Die Kursänderung betrug nur wenige Grad, und das Schiff gehorchte dem Ruder sofort. Von dem Augenblick an, als sie Bastia verlassen hatte, war die *Kathleen*, bis sie wendete, raum, mit Wind und See ungefähr querein, nach Norden gelaufen, dabei hatte sie kaum gestampft. Die Seen kamen von Backbord ein, sie glitten unter das Schiff und stießen sich an seinem tiefen Kiel, aber der Wind in ihren Segeln glich diese Stöße aus, so daß der Kutter überliegend und mit eleganter Leichtigkeit durchs Wasser geglitten war.

Jetzt dagegen, als es gegenan ging, nahm er die Seen im spitzen Winkel; sein Bug hob sich in die Höhe und krachte dann schräg in jede heranrollende See. Dabei bohrte er sich in die massiven Kämme und zerstäubte sie zu funkelndem Gischt, der sich vom Luvbug her über das Deck ergoß und jedermann, der sich vor dem Mast blicken ließ, bis auf die Haut durchnäßte.

Ramage hielt sich auf den Ballen seiner Füße im Gleichgewicht, ohne sich dessen bewußt zu sein. Die Muskeln seiner Beine spannten und lösten sich abwechselnd und halfen ihm so, die aufrechte Haltung zu wahren.

Die *Belette* lag nunmehr Steuerbord voraus, und der Kurs, den die *Kathleen* jetzt steuerte, brachte sie der Küste ein wenig näher. Gewohnheitsmäßig schätzte Ramage den Leeweg des Schiffes und erkannte gleich, daß er auf diesem Kurs zu weit abblieb. Darum befahl er: »Rudergänger, gehen Sie so hoch heran, daß das Achterliek zu schlagen beginnt ... So, recht so, wie's jetzt geht.«

»Süd zu West einhalb West, Sir«, meldete der Mann automatisch.

»Gut, Mr. Southwick, bitte noch einen Pull an den Schoten.«

So, dachte Ramage, mußte es klappen. Die *Kathleen* sollte die *Belette* von achtern annehmen, als ob sie ihr das Bugspriet in die Fenster der Kommandantenkajüte bohren wollte. Für ihn hieß das, daß er genau den richtigen, den letzten Augenblick abwarten mußte, um abzufallen. Dabei durfte er aber auch nicht zu schnell abdrehen, wenn er seinen Kanonieren zu Treffern verhelfen wollte.

Glücklicherweise war das Heck der verletzlichste Teil eines jeden großen Kriegsschiffs. Im Vergleich mit den Bordwänden war der achtere Aufbau eines solchen

Schiffes immer dünn und wenig widerstandsfähig. Wenn die Traubenkartätschen der *Kathleen* jene dünnen Wände durchschlugen, dann fegten sie durch die ganze achtere Hälfte des Schiffes. Auf die französischen Soldaten mußte das eine entsetzliche Wirkung haben: der ungewohnte Aufenthalt in dem niederen, halbdunklen Batteriedeck einer Fregatte machte ihnen ohnehin zu schaffen; wenn sie nun gar hörten, wie das Heck zerschmettert wurde, und dann sahen, daß ihr Gegner auf der Hinterhand kehrtmachte und wieder nach See hinaussteuerte, ohne in den Schußbereich ihrer Geschütze zu kommen, dann mußte sie das vollends die Nerven kosten. Von der Aufregung bis zur Angst und weiter von der Angst bis zur Panik war es ja jeweils nur ein kleiner Schritt . . .

»Bootsmannsmaat! Geben Sie an den Meistersmaat weiter, wir würden voraussichtlich in weniger als fünf Minuten an Steuerbord unter Feuer genommen werden.«

Damit war gewährleistet, daß sich der Meistersmaat mit Leckpfropfen, Leder und Kupferblech sowie einer reichlichen Menge Talg bereit hielt, um entstandene Schußlöcher zu stopfen.

Die *Kathleen* stampfte heftig, darum lag es durchaus im Bereich der Möglichkeit, daß sie vorne unter der Wasserlinie getroffen wurde, weil sich ihr Bug immer wieder hoch aufbäumte. Da der Wind von Land kam, lag sie ziemlich weit nach Backbord über und zeigte dabei an ihrer verwundbaren Steuerbordseite einen breiten Streifen ihres gekupferten Bodens, der sonst tief unter der Wasserlinie lag.

So ritt die *Kathleen* über eine See nach der anderen, sie durchschnitt die schäumenden Kämme und sackte dann wieder zu Tal. Plötzlich legte sie ein besonders kräftiger Windstoß härter über, so daß der scharfe Steven die anrollende See in einem spitzeren Winkel durchschnitt. Die Folge war, daß sich eine grüne See von Luv über das Vorschiff ergoß und an Oberdeck achteraus flutete. Die Matrosen suchten rasch noch Halt an den Geschützen oder irgendwelchen Enden, denn einen Augenblick später standen sie bereits knietief im Wasser, das sich wie ein reißender Strom nach achtern ergoß und alles mit sich riß, was lose an Deck lag — die schweren Ansetzer, die Schwämme, die zum Laden der Geschütze gebraucht wurden, und sogar einige der Luntenbaljen.

Southwick rief den Männern an den achtersten Leegeschützen zu, sie sollten aufpassen und die treibenden Gegenstände auffischen, ehe sie durch die Stückpforten über Bord gespült wurden.

Ramage fluchte leise vor sich hin. Ein Glück, daß er befohlen hatte, die Mundpfropfen wieder einzusetzen, so daß kein Wasser in die Rohre dringen konnte.

»Mr. Southwick — tragen Sie dafür Sorge, daß die Kanoniere ihre Feuersteine und Schlösser gut trockenreiben.«

Jetzt war die *Belette* schon ohne Kieker in allen Einzelheiten auszumachen. Ramage rief Southwick herbei, ging rasch seinen Plan mit ihm durch und hämmerte ihm nochmals mit allem Nachdruck ein: »Sobald wir in Schußweite sind, will ich abfallen, um die Geschütze zum Tragen zu bringen. Wenn der letzte Schuß gefallen ist, halsen wir, um nach See zu abzulaufen.«

»*Aye aye*, Sir, ich verstehe.«

»Denken Sie auch daran, die Schoten zu fieren und die Backstagen zu bedienen.«

»*Aye aye*, Sir«, sagte Southwick gutgelaunt. »Das Manöver wird durchgeführt wie bei der Besichtigung durch den Admiral.«

»Besser, viel besser muß es klappen«, meinte Ramage

lachend. »Eine Abreibung durch den Admiral ist längst nicht so schlimm, wie wenn uns der Franzose in die Luft jagt.«

In diesem Augenblick mußte Ramage an Gianna denken. Was sie wohl jetzt gerade trieb? Entschlossen schlug er sich diesen Gedanken aus dem Kopf, denn sonst hätte er sich auch gleich gefragt, ob er sie wohl je wiedersehen würde. Wenn er sich die dicken Zwölfpfünder ansah, die ihre Schnauzen bereits aus den Stückpforten der *Belette* steckten, dann war eine solche Frage gewiß nicht verwunderlich.

Noch etwas über eine halbe Meile, das waren noch vier bis fünf Minuten. Aber der Kutter lief zu hohe Fahrt und holte viel zu stark über, da hatten die Kanoniere kaum Aussicht, Treffer zu erzielen.

»Mr. Southwick, lassen Sie die Geschütze ausrennen. Die Mundpfropfen bleiben noch drin.«

Er beobachtete, wie die Karronaden auf ihren Schlitten vorgeholt wurden, befahl eine kleine Kursänderung und entschloß sich dann plötzlich, der Besatzung eine kurze Ansprache zu halten. Er setzte das Megaphon an seine Lippen — welch entsetzlichen Geschmack das kupferne Mundstück hatte! — und rief:

»Könnt ihr mich hören? Mr. Appleby hat euch schon gesagt, was wir jetzt unternehmen werden. Merkt euch — jeder Schuß wird durch die Kommandantenkajüte gejagt. Und noch eins: Paßt mir gut an den Schoten auf, wenn wir halsen, sonst schießen die Franzosen euch die Köpfe und der *Kathleen* das Heck ab!«

Die Männer schrien und winkten, sie waren vom Gischt durchnäßt bis auf die Haut, aber offenbar in bester Stimmung.

In Lee der Steilküste fand der Kutter endlich ruhigeres Wasser, aber jetzt galt es, gut auf plötzlich und unerwartet einfallende Böen zu achten. Ramage wollte noch in letzter Minute die Fahrt etwas bremsen, außerdem aber lag der Kutter noch zu weit über.

»Mr. Southwick, bergen Sie bitte die Stagfock und schricken Sie die Großschot ein bißchen.«

Die Männer am Mast warfen das Fockfall los, andere fierten die Fockschot. Zu gleicher Zeit wurde auch die Großschot ein bißchen geschrickt. Sobald der Winddruck auf das Großsegel nachließ, verlor der Kutter etwas Fahrt. Damit wurden auch seine Bewegungen ruhiger und weicher.

Verdammt ... wie üblich hatte er auch jetzt wieder einmal zu lange gezögert. Aber wie dem auch war, je weniger den Leuten — und ihm — dadurch Zeit blieb, an die Geschütze der *Belette* zu denken, desto besser.

Jackson stand in der Nähe, und Ramage sagte zu ihm: »Heißen Sie das erste Signal: Eins — Drei — Zwo.«

Der Amerikaner holte an dem einen Ende der leichten Flaggleine und hielt die andere Part in Spannung, indem er sie zwischen den Knien durchlaufen ließ.

Unterdessen hatte Ramage die beiden Männer an der Pinne beobachtet. Sie waren offenbar gute Rudergänger, darum war es einfacher, ihnen zu sagen, wohin sie steuern sollten, als ihnen einen Kurs zu geben.

»Steuern Sie, als ob sie uns dreihundert Meter diesseits der Fregatte auf die Steine setzen wollten.«

Jetzt wehten die Signalflaggen knatternd im Wind, und Ramage erkannte durch den Kieker, daß auf dem Turm »Verstanden« geschwenkt wurde.

Ob der Kommandant der *Belette* wohl verstand, wenn ihm gemeldet wurde, der Kutter habe das Signal gesetzt: »Anordne Kaliberschießen und Handwaffenübung?« Ramage wollte, daß er den Gegner ablenken sollte; aber es störte seine Pläne nicht weiter, wenn er die Aufforderung mißverstand.

Die *Belette* schien ganz und gar verlassen zu sein, aber Ramage war sich bewußt, daß verborgene Ferngläser ständig auf ihn gerichtet waren und daß die Franzosen natürlich auch den Austausch von Signalen mit dem Turm beobachtet hatten.

»Auf dem Turm wird andauernd geschossen, Sir«, meldete Jackson.

Ramage warf einen Blick nach dem Rand der Steilküste. Ja, seine Landsleute hatten den Wink verstanden und taten jetzt ihr Bestes. Die Spitze des Bauwerks spie immer neue Qualmwolken aus, die alsbald im Wind zerstoben.

Als Ramage über das Deck hin wieder nach vorn blickte, mußte er feststellen, daß der Kutter noch immer zu hart in jede größere See einsetzte und in Luv eine Menge Wasser übernahm.

»Abfallen, wenn gröbere Seen kommen«, sagte er zu den Männern an der Pinne. Er wollte nicht, daß die Geschütze durch Wasser noch härter mitgenommen wurden.

Die Felsen waren jetzt schon sehr nahe, und die *Belette* war nur noch recht von achtern zu sehen.

»Mr. Southwick, Schoten klar zum Fieren! Rudergänger, steuern Sie so, als wären Sie im Begriff, das Schiff bei der *Belette* längsseit zu bringen.«

Der Steuermann rief einen Befehl.

Jetzt überfiel Ramage plötzlich die Angst, er könnte den Kutter zu nahe herangeführt haben, so daß die Karronaden nicht hoch genug gerichtet werden konnten. Southwick sah seinen besorgten Ausdruck, aber er legte ihn falsch aus. Mit einem Blick auf die Steilküste sagte er fröhlich wie immer:

»Wenn wir auf einen Felsen stoßen, Sir, dann wäre das reines Pech. Vor solchen Steilhängen haben wir mindestens zehn Faden Wasser unter dem Kiel.«

Ramage nickte: steile Kliffe bedeuteten in der Regel, daß das Wasser bis in Küstennähe tief war, eine niedere Küste verriet dagegen fast immer flaches Wasser.

Während die *Kathleen* auf die Fregatte zuraste, drängte sich Ramage eine Fülle von Eindrücken auf: Der Seegang ließ nach, obwohl das nahe Vorgebirge den Wind nicht annähernd so stark dämpfte, wie er erwartet hatte. Vom Turm konnte er von hier nur noch die Spitze sehen, das restliche Bauwerk war hinter der Kante des Steilhangs verborgen.

»Sie stehen immer noch unter Anklage« — was immer Probus damit sagen wollte, bei der nächsten Sitzung des Gerichts würde es jedenfalls nicht an Zeugen fehlen, aber wenn er jetzt einen Fehler machte, dann fehlte ihnen plötzlich der Angeklagte.

Gott, wie rasch sie sich der Fregatte näherten! Jackson sah ihn unverwandt an, da merkte er, daß er wieder einmal die Narbe auf seiner Stirn rieb. Der Amerikaner soll sich zum Teufel scheren! Er aber wollte sich nun wirklich nicht mehr gehenlassen und verschränkte seine Hände entschlossen auf dem Rücken; den Kieker hatte er unter den linken Arm geklemmt. Wie lange — und mit seiner Selbstbeherrschung war es wieder aus . . .

Jetzt unterschied er bereits die Glasscheiben in den Heckfenstern der Fregatte — bald war es so weit, daß sie neu verglast werden mußten. Da, dicht unter der Heckgillung, sah er auch die zersplitterten Reste des Ruderschafts, der dort beim Aufsetzen gebrochen war. Wie seltsam, daß sich alle drei Masten so zweckmäßig gegen die Felswand gelehnt hatten.

Noch dreihundert Meter weiter! Nein, um Gottes willen, nicht mehr so weit.

Er setzte das Megaphon an die Lippen, dann ließ er es wieder sinken und reinigte das Mundstück erst noch von Salzwasser — sein Durst war auch so schon groß genug.

»Denkt daran, Leute: jeder Schuß muß sitzen! Überhastet nichts, ich werde ganz langsam abfallen, während ihr feuert, darum braucht ihr um das Richten der Karronaden nicht besorgt zu sein. So, und jetzt die Mundpfropfen heraus!«

Jetzt konnte er bereits die Einzelheiten des vergoldeten Schnitzwerks erkennen, das den Spiegel und die Heckgalerien der *Belette* zierte. In einem der Fenster, dessen Scheiben fehlten, tauchte für einen Augenblick ein Gesicht auf.

»Der Herr schenke uns Dankbarkeit für alles, was wir jetzt empfangen werden«, sagte Jackson fröhlich.

Noch zweihundert Meter bis zum ersten Schuß! Der Kutter glitt so weich durchs Wasser wie eine Jacht — es fehlten nur ein paar schöne Frauen an Deck, die mit den Männern scherzten und lachten . . . Noch einhundertfünfzig Meter . . . Frauen wie Gianna, die Fragen stellten, die ungewohnte Worte falsch aussprachen, deren Stimme Musik war, deren Körper . . . Noch hundert Meter! Der Rudergänger hielt sich zu luvward der Pinne im Gleichgewicht und steuerte das Schiff mit winzigen Ausschlägen am Wind, der zweite Mann half ihm durch Holen und Drücken von Lee aus.

»Mr. Southwick, Schoten klar zum Fieren!«

Ein ganz überflüssiger Befehl — er hatte das doch eben erst gesagt. Ramage rieb sich schon wieder die Stirn — es war ihm völlig egal, ob Jackson davon Notiz nahm oder nicht. Da, wieder das Gesicht am Fenster!

Von da, wo er jetzt stand, waren es noch rund achtzehn Meter zum Vorsteven der *Kathleen*, ihr Bugspriet ragte noch ungefähr um weitere zwölf Meter darüber hinaus, das machte zusammen an die dreißig Meter.

Plötzlich durchfuhr Ramage ein tödlicher Schreck: Er

entdeckte, daß es unmöglich war, die *Belette* längsschiffs zu bestreichen und dann noch so rechtzeitig zu halsen, daß er nicht in das Schußfeld der achtersten Geschütze der Fregatte geriet. Er hatte sowohl seinen Kurs falsch geschätzt als auch das stark eingezogene Achterschiff der *Belette* außer acht gelassen. Aber jetzt war daran nichts mehr zu ändern, dazu war es zu spät.

Noch fünfzig Meter bis zu dem Punkt, wo er beginnen konnte abzufallen. Von den Männern, die jetzt voll Spannung an ihren Geschützen standen, war binnen weniger Minuten wahrscheinlich die Hälfte tot.

»Rudergänger! Langsam abfallen! Mr. Southwick, die Schoten! Geschütze — Achtung!«

Der Bug des Kutters, der bis jetzt fast genau auf das Heck der Fregatte gewiesen hatte, schwenkte langsam nach See zu ab. Ramage meinte, er hätte noch nie ein Schiff so langsam drehen sehen, und war schon im Begriff, dem Rudergänger zu befehlen, er solle hart Leeruder legen, da sah er, wie sich der Geschützführer der vordersten Karronade ein paar Fuß hinter seinem Geschütz auf ein Knie niederließ und, die Abzugsleine in der Rechten, das Rohr entlangpeilte.

Ruhe, Ruhe, sagte er sich da ... Aber mein Gott, eine Fregatte war eben wirklich ein Riesenschiff, wenn man sie vom Deck eines winzigen Kutters aus liegen sah.

Als vorn endlich der erste Schuß krachte, zuckte er vor Schreck zusammen. Dennoch faßte er unwillkürlich sofort das Ziel ins Auge. Dort, wo der Mann gestanden hatte, war eine ganze Reihe der Heckfenster der *Belette* in einer Staubwolke verschwunden. Es war seltsam, daß leichtes Holzwerk immer so staubte, wenn es getroffen wurde. Ein paar rostfarbene Flecken rund um das Schußloch zeigten, wo einige verstreute Kartätschenkugeln Planken durchschlagen hatten.

Wieder ein Krach, als die zweite Karronade ihren

Schuß löste und die Traubenkartätsche in die Steuerbordseite des Hecks jagte. Die meisten Kugeln trafen
unter den Fenstern. Wieder wirbelte Staub auf, Splitter
flogen durch die Luft, und wo eine Kugel von Metall
abprallte, gab es Funken.

Jetzt feuerte auch das dritte Geschütz und traf in
den mittleren Teil des Hecks. Unterdessen drehte die
Kathleen immer weiter nach See zu ab, und Ramage
konnte nun schon am Rumpf der Fregatte entlangse-
hen. Da entdeckte er die garstigen kurzen Mündungen
der Breitseitgeschütze, die aus den Pforten lugten und
schon so weit wie möglich achteraus gerichtet waren. Er
konnte sich die Franzosen vorstellen, wie sie jetzt schon
die Lose der Abzugsleinen durchholten und gespannt
darauf warteten, daß der Kutter doch noch in ihre Vi-
siere geriet . . .

Der Qualm der Karronaden der *Kathleen* wehte achteraus, und auch der beißende Pulvergestank fehlte nicht,
der Ramage tief in der Kehle kratzte, obschon er ihm
keine Beachtung schenkte. Lärm und Gestank der
Schlacht: beides zusammen bewirkte, daß sich manche
Männer vorübergehend wie Rasende gebärdeten, daß
ruhige, freundliche Seeleute zu blutdürstigen, erbar-
mungslosen Totschlägern wurden. In solchen Augenblicken kam — besonders bei Enterunternehmungen —
alles darauf an, daß die Offiziere ihre Leute fest in der
Hand behielten. Das gelang ihnen nur selten oder besser
gesagt so gut wie nie; aber wenn sie Erfolg hatten,
fragte niemand danach, und bei Fehlschlägen konnten
sich die toten Offiziere keine Vorwürfe mehr machen.

»Mr. Southwick, klar zum Halsen!«

Nun fiel der Schuß der vierten Karronade — noch
eine, dann waren sie alle durch. Ramage warf einen
Blick nach diesem fünften Geschütz, dem letzten seiner
winzigen Breitseite. Edwards, der Stückmeistersmaat,

kniete schon zielend an Deck, nun ließ er gerade die Höhenrichtung noch etwas ändern.

Die Abzugsleine hatte er gespannt in der Faust. Wollte der verdammte Kerl denn nie mehr feuern? Bald sah er zielend am Rohr entlang, bald warf er einen Blick durch die Pforte, um sich zu überzeugen, daß keine gröberen Seen heranrollten, dann hielt er inne, bis das Schiff einen Augenblick auf ebenem Kiel lag und — jetzt endlich riß er an seiner Leine.

»Halsen!«

Der Rudergänger und sein zweiter Mann legten hart Leeruder, eine Gruppe Matrosen holte wie wild an der Großschot, um den Großbaum sachte überzunehmen, andere Männer bedienten die Backstagen und die Klüverschot. Der Bug des Kutters schwang weiter nach See zu herum, aber langsam, heillos langsam. Ramage beobachtete, wie der schwere Großbaum mit einem Ruck überkam, und warf dann sogleich einen Blick achteraus.

Da sah er genau in die Mündungen von vier Zwölfpfündern hinein, die auf dem Großdeck der Fregatte standen, und von vier kleineren Geschützen, die sich ein Deck höher befanden. Damit starrte er dem Beweis in die Augen, daß er sich in seiner Schätzung gründlich geirrt hatte. Da sich der dicke Rumpf der *Belette* nach dem schmäleren Achterschiff hin erheblich zusammenzog, konnten ihre achtersten Geschütze weiter herumschwenken. Er hatte das Ausmaß dieser Einbiegung des Rumpfes unterschätzt. Selbst die französischen Kanoniere mußten jetzt merken, daß sie die *Kathleen* voll in ihren Visieren hatten.

»Jesus, Jesus!« stammelte Jackson.

Die Mündung des achtersten Geschützes auf dem Großdeck der *Belette* verwandelte sich plötzlich in ein rotes Auge und spie gelblichen Qualm aus. Den Bruchteil einer Sekunde später krachte es in der Höhe, und Ramage sah gerade noch, wie die Stenge der *Kathleen* langsam niederklappte. Er konnte nicht umhin, den Blick gleich wieder achteraus auf die Fregatte zu richten.

Jetzt blitzte das Nachbargeschütz rot auf und spie Qualm.

Fast im gleichen Augenblick warnte ihn ein Geräusch wie von reißender Leinwand, daß der Schuß ihn nur um ein weniges gefehlt hatte, dann aber hörte er ein gräßliches metallisches Klirren und das Geschrei Verwundeter. Ehe er sich noch umsehen konnte, gab ihm dieser Lärm kund, daß das Geschoß die Reihe der Steuerbordgeschütze entlanggefegt war.

Kaum hatte sich Ramage der Fregatte wieder zugewandt, da löste das achterste Geschütz auf dem Oberdeck einen Schuß, ihm folgte einen Augenblick später das zweite.

Er wartete schon darauf, Schmerzensschreie und krachenden Lärm zu hören, aber das Geschoß klatschte dreißig Meter hinter dem Heck in die See, prallte vom Wasser ab und wirbelte aufheulend hoch über die *Kathleen* hinweg. Der zweite Schuß ging offenbar viel zu weit.

»Ein Mann richtete der Reihe nach die Geschütze an Oberdeck«, bemerkte Jackson. »Ich möchte wissen, wohin er den letzten Schuß gejagt hat.«

Jetzt fiel der Schuß des dritten Geschützes auf dem vorderen Deck und dann gleich der dritte vom Großdeck.

Ein harter Schlag und das Geräusch splitternden Holzes verrieten, daß einer der Schüsse die Heckreling durchschlagen hatte. Er überzeugte sich durch einen raschen Blick nach der Pinne, daß das Rudergeschirr und der Rudergänger unversehrt geblieben waren. Aber dann mußte er zu seinem Schreck feststellen, daß sich die

Männer an der Großschot in ein blutiges Gewirr menschlicher Leiber verwandelt hatten — die Kugel hatte mitten unter ihnen eingeschlagen.

Die *Kathleen* lag jetzt Nordost-Kurs an, aber sie drehte noch immer rasch weiter. Ramage war darauf gefaßt, daß auch das vierte Geschütz auf dem Großdeck noch einen Schuß löste. Wenn ihm das Glück nur ein bißchen hold war, konnten die übrigen nicht mehr wirksam eingreifen.

Southwick schickte schon Leute nach oben, um die abgeschossene Stenge zu beseitigen. Jetzt trat er auf Ramage zu und meldete:

»Wir können die Stenge ohne weiteres kappen, Sir ... sie hat sonst keinen Schaden angerichtet. Drei der Steuerbordgeschütze wurden aus den Lafetten gerissen. Schätzungsweise sind etwa ein Dutzend unserer Jungs gefallen und vielleicht zwei Dutzend verwundet.«

»Danke. Veranlassen Sie, daß die Verwundeten sofort unter Deck gebracht werden.«

Eine böse Sache! Aber es hätte noch viel, viel schlimmer kommen können. Wie ging es nun weiter? Wie sollte er die Männer aus dem Turm an Bord seines Schiffes holen, wenn er die Fregatte nicht als Anlegebrücke benutzen konnte? Nur ruhig, nur ruhig, ermahnte er sich. Nur keine Aufregung. Eins nach dem anderen, Ramage; Punkt für Punkt überlegen.

Hmmm ... Punkt eins: Von den fünf Steuerbordgeschützen der *Kathleen* sind nur noch zwei übrig: ich muß nochmals mit der Steuerbordseite angreifen, also werden eben drei Geschütze von Backbord auf die andere Seite gebracht. Das kostet natürlich Zeit, zumal das Schiff überliegt, aber es muß sein.

Punkt zwei: Alle drei Schüsse vom Großdeck der *Belette* haben die *Kathleen* getroffen. Wenn ich also von einer ganzen Breitseite beschossen werde, kann ich damit rechnen, daß von den dreizehn Schuß mindestens zehn treffen. Diese zehn Treffer würden von der *Kathleen* kaum mehr als Treibholz übriglassen.

Punkt drei: Ein Schiff wie die *Kathleen* kann der *Belette* nichts anhaben. Obwohl sie von achtern nach vorn mit Traubenkartätschen beschossen wurde, waren ihre achtersten Geschütze noch in der Lage, genau gezielt zu schießen. Die Geschützbedienungen waren vielleicht gefallen, aber andere traten sofort an ihre Stelle.

Punkt vier: Die *Belette* — plötzlich kam ihm ein Gedanke: für den *Kutter* war die *Belette* unangreifbar, gewiß, aber konnte denn ihre frühere Besatzung nichts unternehmen, die dort oben im Turm saß? Wie, wenn die Männer einen Ausfall machten und ihr Schiff enterten?

Die Masten konnten dabei als Leitern dienen.

Das war in der Tat die einzige Möglichkeit, da ja die *Kathleen* nicht entern konnte, ohne in die Luft gejagt zu werden. Je länger Ramage über diesen Plan nachdachte, desto besser gefiel er ihm.

Blieben zwei unbekannte Größen. Erstens: Wie viele französische Soldaten sind auf der *Belette?* Zweitens: Wie viele französische Soldaten belagern den Turm?

Ramage rechnete sich aus, daß sich in dem Turm mindestens hundertzwanzig Matrosen und Seesoldaten aufhalten mußten. Wie viele von ihnen über Musketen und Entermesser verfügten, konnte er nicht wissen; er konnte nur hoffen, daß die meisten der Männer bewaffnet waren. Wenn er das Unternehmen richtig vorbereitete, dann stand den Leuten der *Belette* ein wertvoller Bundesgenosse zur Seite — die Überraschung, sie, die noch in jedem Kampf eine entscheidende Rolle spielte. Wenn eine Horde britischer Seeleute plötzlich mit wildem Geschrei aus dem Turm hervorquoll und auf den Rand des Kliffs zustürmte, dann konnte es leicht geschehen, daß sie einen doppelt so starken französischen Kordon einfach durchbrach. Waren die Briten dann erst auf die *Belette* gelangt, so hatten sie den großen Vorteil, daß sie an Bord eines Schiffes kämpften, das sie genau kannten, während die Franzosen über jedes kleine Hindernis stolperten.

Ja, so mußte es gemacht werden. Ramage rieb sich wieder einmal die Stirn. Wie aber sollte er seinen Plan dem Kommandanten der *Belette* übermitteln, der dort oben in seinem Turm ausgesetzt war? Im Signalbuch fand sich kein einziges passendes Signal dafür.

Die *Kathleen* lief inzwischen immer noch auf nordöstlichem Kurs von der Küste ab und verlor dabei kostbare Zeit. Ein Blick in die Takelage verriet ihm, daß eben die letzten Stücke der zersplitterten Stenge an Deck gefiert wurden. Jackson trat auf ihn zu:

»Die Verwundeten sind unter Deck, Sir. Zehn sind gefallen, und drei dürften nicht mehr lange leben.«

Er hatte also dreizehn Mann unnötig geopfert. Das war für Ramage ein bitterer Gedanke.

»Wie viele Verwundete sind es im ganzen?«

»Fünfzehn, Sir.«

Die Besatzung zählte fünfundsechzig Köpfe, davon waren also fünfundzwanzig tot oder verwundet: es war mehr als ein Drittel — ja nahezu die Hälfte. Damit konnte jeder zufrieden sein, der den Einsatz eines Schiffes im Gefecht nach der Zahl der Mannschaftsverluste beurteilte, wenn auch sein Kommandant noch »unter Anklage« stand.

Und doch hatte ihn das Glück nicht ganz verlassen: Southwick, Appleby, Jackson und Evans waren verschont geblieben.

»Mr. Southwick — bitte einen Augenblick.«

Der Steuermann kam mit großen Schritten auf ihn

zu, er sah so fröhlich drein wie immer: endlich ein Mann, dachte Ramage dankbar, der in Schwierigkeiten über sich hinauswächst.

»Wie lange dauert es noch, bis ich wenden kann? Wir verschwenden Zeit, wenn wir so lange von der Küste ablaufen.«

»Geben Sie mir noch zwei Minuten, Sir. Ich möchte mich nur noch überzeugen, daß alle Enden frei laufen und daß die Wanten und Stagen in Ordnung sind.«

»Einverstanden.«

Zu Jackson sagte er: »Das Signalbuch, bitte.«

Ramage überflog die Seiten und las links die Nummern und rechts ihre Bedeutung.

Als erstes wollte er setzen: »Klar Schiff zum Gefecht.« Das verstanden die Männer der *Belette* ganz bestimmt. Sie hatten sicher die Schäden gesehen, die sein Kutter davongetragen hatte, und ihr Kommandant fragte sich jetzt ohne Zweifel, was Ramage weiter unternehmen wollte.

Da! Ramage tippte mit dem Finger auf die Seite. Daß ihm das nicht eher eingefallen war! Erst das »Vorbereitungssignal« und danach das Signal zum Entern des Gegners. Sein genauer Wortlaut war: »Beim Gegner längsseit gehen, sobald sich Gelegenheit bietet.« Wurde dieses Signal in Verbindung mit dem »Vorbereitungssignal« gesetzt, dann führte es der Kommandant der *Belette* erst aus, wenn die Vorbereitungsflagge niederging.

Er hatte Jackson eben befohlen, die Flaggen vorsorglich an die Leinen anzustecken, als Southwick achteraus kam und meldete, daß der Großmast nun frei von allen Trümmern und Schäden sei.

»Gut«, sagte Ramage kurz, »dann gehen wir gleich über Stag.«

Drei Minuten später hatte die *Kathleen* gewendet und

strebte wieder stampfend der Küste zu. Sie lag hart am Wind und nahm eine Menge Wasser über, das die dunklen Blutflecken bei den aus ihren Lafetten gerissenen Geschützen von Deck spülte und auch weiter achtern die Blutspuren tilgte, wo die Männer an der Großschot den Tod erlitten hatten.

Ein Glück, daß die französischen Kanoniere anstatt mit Trauben- oder mit Büchsenkartätschen nur mit gewöhnlichen Kugeln geschossen hatten ... Traubenkartätschen hätten in der Takelage nicht nur die Stenge abgeschossen, sondern erheblich mehr Schaden angerichtet; Büchsenkartätschen — zweiundvierzig Eisenkugeln von je zirka hundertzwölf Gramm Gewicht — hätten so gestreut, daß kaum jemand lebend davongekommen wäre, der sich an Deck befand. Ramage lief es kalt über den Rücken.

Es war bestimmt kein Fehler, wenn er den Leuten der *Belette* so viel Zeit wie möglich gab, sich vorzubereiten — sicher war es nicht einfach, den hundert oder mehr Seeleuten, die in diesem Turm zusammengepfercht waren, Befehle zu geben.

»Jackson, heißen Sie jetzt die beiden Signale, aber achten Sie gut darauf, daß Sie das ›Vorbereitungssignal‹ an zweiter Stelle setzen.«

»*Aye aye*, Sir.«

Ramage sah, wie eine rote und eine in je zwei weiße und rote Quadrate geteilte Flagge hintereinander emporstiegen.

Klar Schiff zum Gefecht: das war eines der aufregendsten Signale, die in dem Buch zu finden waren ...

Durch seinen Kieker sah er, daß der Turm »Verstanden« zeigte. An der anderen Flaggleine heißte Jackson eine einzelne Flagge, die waagrecht in fünf blaue und vier weiße Streifen geteilt war: das war das »Vorbereitungssignal«.

Schließlich heißte der Amerikaner noch ein aus zwei Flaggen bestehendes Signal, die obere zeigte ein blaues Kreuz auf weißem Grund, die untere blau-weiß-rote Längsstreifen — »Beim Gegner längsseit gehen . . .«

Wieder zeigte der Turm »Verstanden«.

Alles hängt jetzt vom Zusammenspiel ab . . . Nein, doch nicht alles. Wenn es den Männern aus dem Turm nicht gelang, die *Belette* im Sturm zu nehmen, dann konnte auch das beste Zusammenspiel die *Kathleen* nicht davor bewahren, daß sie in Stücke geschossen wurde, weil er ja von diesem Fehlschlag nicht früh genug erfuhr, um noch entwischen zu können.

Als sich Ramage an Deck umsah, fielen ihm die in Enternetze eingerollten Hängematten ins Auge, die der Bootsmann für den Fall vorbereitet hatte, daß die *Kathleen* längsseit ging — als er das anordnete, wußte er ja noch nicht, daß das Schiff von den Franzosen besetzt war. Jetzt lohnte es sich vielleicht, sie über die Reling zu hängen. Wie stand es um die Männer, die die Draggen werfen sollten? War etwa einer von ihnen gefallen? Er trat zu Southwick und erteilte ihm die nötigen Anweisungen.

Nun schien es, als wollte der Wind abflauen. Schon früher hatte er bemerkt, daß dann und wann kurze Pausen eintraten, als hielte der *Libeccio* manchmal den Atem an. Er hatte es schon oft erlebt, daß ein halbes Dutzend solcher Pausen eine innerhalb von etwa zehn Minuten eintretende Flaute ankündigten, die zur Folge hatte, daß ein Schiff hilflos rollend und stampfend in einer bösen See liegenblieb. Dann schlug und scheuerte oben die ganze Takelage, unter Deck aber taumelte alles durcheinander, als ob das ganze Schiff den Veitstanz hätte. Was nun, wenn er hundert Meter vor der *Belette* in eine solche Flaute geriet, nachdem die Männer schon den Turm verlassen hatten . . . ?

Ramage paßte sich schwankend den rhythmischen Bewegungen des Kutters an. Die *Belette* lag eine Meile voraus, und er steuerte jetzt wieder den gleichen Kurs wie zuvor. Das Signal »Klar Schiff zum Gefecht« und das Entersignal wehten, dazu für das zweite Signal der Aufschub durch die Vorbereitungsflagge. Groß- und Klüverschoten waren geschrickt, so daß beide Segel nur noch mit halber Kraft zogen, dementsprechend lief der Kutter jetzt nur noch etwa fünf Meilen. In zwölf Minuten waren sie also bei der *Belette* angelangt.

Ramage trat zum Rudergänger, der an der Luvseite der Pinne stand, sein Gehilfe hatte die Leeseite eingenommen.

»Sie wissen, was Sie zu tun haben?«

Der Rudergänger grinste selbstsicher: »Jawohl, Sir, das gleiche wie vorhin, nur daß ich diesmal anluven und bei der *Belette* längsseit scheren soll, so daß ihr Heck mit dem unseren auf gleicher Höhe ist.«

»Richtig. Machen Sie Ihre Sache gut. Und denken Sie dabei an unser Bugspriet. Wir wollen die *Belette* nicht damit harpunieren.«

Der Rudergänger und sein Matrose lachten über diesen Scherz. Ramage war von Herzen froh, daß er sich die Zeit genommen hatte, für eine Weile beizudrehen, um die ausgefallenen Steuerbordkarronaden gegen die von Backbordseite auszutauschen. Das war ein Stück harter Arbeit gewesen, aber sie lohnte sich jetzt. Er trat zu der Bedienungsmannschaft des achtersten Geschützes. Ihre Entermesser und Enterpieken steckten schon zu beiden Seiten der Stückpforte in der Reling, damit sie in Sekundenschnelle zur Hand waren. Das Geschütz war geladen, der Mundpfropfen war zum Schutz gegen Spritzer eingesetzt. Ein gelb-rot gestreifter Fetzen Stoff — sein fettiges Aussehen verriet, daß ihn einer der Männer um den Kopf getragen hatte — bedeckte das

Zündschloß, und die Abzugsleine lag obenauf. Neben dem Geschütz lag ein Draggen mit sauber aufgeschossener Wurfleine. Die vordem makellosen Decksplanken waren an der Stelle tief eingerissen, wo der Schuß der *Belette* die nun ersetzte Karronade aus der Lafette geworfen hatte.

»Wer soll diesen Draggen bedienen?«

Ein dicker Matrose in einer schmutzigen Segeltuchhose und ausgewaschenem blauem Hemd trat vor.

»Ich, Sir.«

»Wissen Sie auch, wo dieser Draggen fassen soll?«

»Wenn wir so längsseit kommen, wie Sie dem Rudergänger sagten, Sir, dann werfe ich ihn genau über der zweiten Stückpforte von achtern über die Reling.«

»Und wenn wir zu früh die Fahrt verlieren?«

»Dann erwische ich immer noch die Heckreling.«

»Ausgezeichnet. Vergessen Sie nur nicht, die Wurfleine loszulassen. Ich möchte doch nicht, daß Sie selbst auf die *Belette* hinüberfliegen.«

Die übrige Geschützbedienung lachte, nur der Matrose selbst hatte Ramages Scherz nicht gleich begriffen, aber einen Augenblick später stimmte auch er in das Gelächter mit ein.

Ramage ging weiter nach vorn und richtete an jede Geschützbedienung noch ein paar Worte. Außerdem überprüfte er, wie die wurstförmigen Fender an der Bordwand festgemacht waren, und versicherte sich, daß sie die Geschützmündungen frei ließen.

Ein kleiner, magerer, fast kahler Matrose stand allein ganz vorn im Bug und wartete ruhig und geduldig. Neben ihm an Deck lagen ein Draggen und die sauber aufgeschossene Wurfleine.

Der Mann schien Ramage alles andere als geeignet, einen Draggen kraftvoll zu schleudern, dennoch hatte ihn der Bootsmannsmaat ausgerechnet für diesen wichtigsten und zugleich schwierigsten Posten — am Ende des Bugspriets und unter dem Klüver — ausersehen.

Ramage fragte ihn: »Wie weit werfen Sie denn das Ding?«

»Das kann ich nicht sagen, Sir.«

»Fünfzehn Meter?«

»Ich weiß es nicht, Sir, jedenfalls weiter als alle anderen hier an Bord.«

»Woher wissen Sie das?«

»Der vorige Kommandant veranstaltete einmal eine Art Wettkampf. Dabei habe ich mir einen Extrarum verdient.«

»Prima«, sagte Ramage lächelnd. »Werfen Sie nachher noch mal so, dann gibt es gleich ein paar Rationen extra!«

»Vielen Dank, Sir, vielen Dank. John Smith der Dritte, Sir, Vollmatrose. Sie werden mich doch nicht vergessen, Sir?«

Der Mann sah ihn mit flehenden Augen an. Dabei verstrichen nun höchstens noch acht Minuten, bis er auf seinem einsamen Posten dem mörderischen Feuer der Franzosen ausgesetzt war. Aber diese schlimme Aussicht ließ ihn kalt. Als er jedoch hörte, daß er sich ein paar Extrazuteilungen Rum verdienen könnte, da funkelten seine Augen, da packte ihn aber auch gleich die Angst, daß ihn der Kommandant vergessen könnte.

»Nein, nein«, sagte Ramage, »ich werde Sie nicht vergessen, John Smith der Dritte.«

»In diesem Augenblick fällt mir ein, Sir, daß ich ja nun John Smith der Zweite bin, einer der beiden anderen ist am vierten Geschütz ›ins Treiben geraten‹.«

Ramage blickte nach vorn, wo die *Belette* lag. Drei John Smith waren also aus Bastia ausgelaufen. Wenn weiter alles gut ging, kehrten zwei von ihnen zurück. Der dritte war tot, denn dies hatte sein Namensvet-

ter eben im Seemansjargon berichtet. Bastia...
Gianna...! Was sie wohl gerade trieb?

Er ging an der Luvseite wieder nach achtern und
verlangte von Jackson seinen Kieker.

»Die könnten Ihnen jetzt ebenfalls nützlich sein,
Sir«, meinte der Amerikaner und reichte ihm außerdem die beiden Pistolen, die Sir Gilbert Elliot an Bord
geschickt hatte.

»O ja, besten Dank.«

Er öffnete den untersten Knopf seiner Weste, schlug
deren Ecken zurück und schob die langen Läufe der
Waffen von oben in seine Hose.

»Den auch noch, Sir?«

Damit reichte ihm Jackson den Degen.

Aber Ramage schob ihn beiseite: »Den können Sie
behalten. Ich habe etwas Besseres.« Er beugte sich nieder und lockerte das Wurfmesser in seiner Scheide, so
daß er es leicht aus dem Stiefel ziehen konnte.

Southwick kam mit strahlender Miene herbei.

»Zufrieden, Sir?«

»Ganz und gar, Mr. Southwick.«

»Wenn Sie wieder so vorgehen wie zu Beginn, Sir,
dann wird alles klappen.«

Ramage bedachte den Mann mit einem scharfen
Blick und war schon im Begriff, ihm zu sagen, er solle
gefälligst seine Zunge in acht nehmen. Da wurde er
plötzlich inne, daß seine Worte ganz ernst gemeint waren. Der Tor war offenbar allen Ernstes der Überzeugung, sein erster Anlauf sei ein Erfolg gewesen. Ein
Erfolg — dabei waren bereits zehn Mann, in Segeltuch eingenäht, ohne jede Feierlichkeit über Bord befördert worden, und fünfzehn lagen verwundet unter
Deck, drei von ihnen waren — um Smith' Worte zu
gebrauchen — schon im Begriff, ins Jenseits »abzutrei-
ben«...

Er setzte den Kieker ans Auge und richtete ihn auf die *Belette,* indem er den Abstand zu schätzen versuchte. Eine Weile wartete er noch, dann rief er Jackson zu: »Das Vorbereitungssignal nieder!«

»*Aye aye,* Sir.«

Noch eine halbe Meile. Die Leute der *Belette* hatten also sechs Minuten Zeit, aus dem Turm herauszukommen und die Fregatte zu entern. Er hatte sich, weiß Gott, versucht gefühlt, ihnen zehn Minuten einzuräumen. In dieser Frist wäre es ihnen entweder gelungen, das Schiff zu nehmen, oder die Überlebenden wären in ihrer Verzweiflung über Bord gesprungen und hätten ihm dadurch zur Genüge verraten, daß ihr Überfall mißlungen war.

Indem er ihnen jedoch nur sechs Minuten Frist gab, setzte er darauf, daß die *Kathleen* nur wenige Minuten später längsseit kam, als die Männer der *Belette* geentert hatten. Dann mußten nämlich die Franzosen ihre Geschütze im Stich lassen, um sich zur Wehr zu setzen. Die Karronaden der *Kathleen,* die ihnen dann von hinten her zusetzten, mochten dann insofern den Ausschlag geben, als sie den Franzosen zeigten, daß sie zwischen den Enterern vom Turm und den Geschützen der *Kathleen* — die womöglich auch noch Enterer hinüberschickte — in der Klemme saßen.

Als sein Blick auf das Heck der *Belette* fiel, war er überrascht, welchen Schaden die Karronaden der *Kathleen* dort angerichtet hatten. Er sagte sich sofort, daß es ganz gut wäre, wenn sein Stückmeistersmaat dieses Ergebnis in Augenschein nehmen und den Männern davon berichten würde. »Edwards!« rief er daher, »nehmen Sie das Glas und sehen Sie sich die Wirkung unserer Schüsse an. Ich möchte, daß die nächste Breitseite mindestens ebenso wirkungsvoll ist, wenn wir sie feuern.«

Der Mann kam nach achtern gerannt, nahm den Kieker entgegen und mühte sich um einen festen Stand. Dann stieß er einen Pfiff aus: »Die Kajüte haben wir ganz hübsch zusammengeschossen.«

Typisch, dachte Ramage schmunzelnd: der Gedanke, die Kommandantenkajüte eines Kriegsschiffs Seiner Majestät auf ausdrücklichen Befehl zusammenzuschießen, war dem Mann ein Labsal.

»Aber, Sir —« rief Edwards und taumelte zur Seite, als das Schiff plötzlich besonders stark überholte. Er gewann aber sofort sein Gleichgewicht wieder und setzte den Kieker erneut ans Auge. »— Ja, weiß Gott, jetzt gehen noch mehr Leute an Bord!«

Ramage riß ihm das Glas aus der Hand. Ja, Edwards hatte richtig gesehen, aber jene Männer waren Engländer. Dutzende säumten den Rand des Steilhangs und drängten ein paar Meter nach unten, um über die gestürzten Masten hinunterzuklettern, und auch die Masten selbst waren bereits dicht voller Matrosen.

»Mr. Southwick! Geschütze ausrennen! Rudergänger! Steuern Sie, als ginge es um Ihr Leben!«

Die Besatzung der *Belette* hatte den Turm verlassen und viel schneller zum Entern angesetzt, als er es für möglich gehalten hätte. Verdammt! Jetzt mußte er Fahrt vermehren, wenn er den Leuten zu Hilfe kommen wollte, und das gerade in dem Augenblick, da er so langsam wie möglich anlaufen wollte. Ein Kutter war ja nicht so leicht aus der Fahrt zu bringen.

Er schwenkte den Kieker etwas nach unten an den Fuß der Masten. Dort war keine Spur von Pulverqualm zu erkennen, also hatten wohl die Franzosen an Bord noch nicht bemerkt, daß englische Seeleute zu ihnen heruntergeklettert kamen. Ramage sandte ein stummes Gebet zum Himmel, daß seine Landsleute keinen Lärm machten, um die Überraschung auszunutzen.

Oben, an der Kante des Steilabhanges, nahm das Gedränge der Seeleute augenscheinlich ab; mehr als die Hälfte von ihnen hing an den Masten oder war bereits an Bord der *Belette*. Auf dem Kliff war keine einzige französische Uniform zu sehen! Der Ausbruch aus dem Turm mußte für den Gegner also völlig überraschend gekommen sein.

Ramage schob mit einem Knall seinen Kieker zusammen. Die *Kathleen* war jetzt schon so nahe, daß er alles mit bloßem Auge erkennen konnte.

Der Rudergänger des Kutters achtete mit Falkenaugen auf die Lieken des Klüvers und des Großsegels und reagierte mit der Pinne auf jeden Windstoß. Das Schiff war nun schon so dicht unter dem Steilhang, daß der Wind an Stetigkeit verlor, er wehte jetzt als Fallwind von oben herab und änderte dabei meist etwas seine Richtung.

»Mr. Southwick — ich möchte, daß die Leute mit den Draggen und den Wurfleinen jetzt an ihren Plätzen bereitstehen. Sagen Sie auch den Decksgasten, sie sollen sich klarhalten, den Klüver back zu setzen.«

Das Heck der Fregatte erhob sich vor ihm riesenhaft aus dem Wasser; aber jetzt konnte er auch die ganze Länge ihrer Bordwand sehen. Die Geschütze waren ausgerannt und wieder so weit als möglich achteraus geschwenkt. Ihre Rüsten, dicke hölzerne Gebilde, die seitwärts aus dem Rumpf herausragten und an denen die den Mast stützenden Wanten befestigt waren, machten ihm vielleicht beim Anlegen Schwierigkeiten. Aber nein, es sah aus, als säßen sie doch so hoch, daß sie den Wanten der *Kathleen* nichts anhaben konnten.

Er sah, wie sich die Matrosen, jeder mit einem Draggen in der Hand, an der Reling des Kutters verteilten. Auch John Smith saß schon draußen auf dem Bugspriet. Das Luvliek des Klüvers entzog ihn fast dem Blick.

Sechs Mann mit Draggen, weitere sechs, die Klüverschot und Klüverfall bedienten, zehn Mann, um das Großsegel zu bergen, da blieben für die Geschütze nur noch ganz wenige Leute übrig.

Am gefährlichsten wurde es, wenn die Männer der *Belette* glücklich an Bord der *Kathleen* waren und diese abgelegt hatte. Wenn es den Franzosen dann gelang, die Geschütze zu besetzen und auch nur ein paar Salven abzugeben ...

Ramage rieb seine Stirn, da fiel ihm auch schon etwas ein.

Seine eigenen Karronaden waren nicht mehr viel nütze — feuerte er damit auf die *Belette*, dann lief er Gefahr, auch britische Seeleute zu töten. Darum wollte er lieber darauf setzen, daß die Geschütze der Fregatte unbesetzt waren, während die Franzosen versuchten, die Enterer zu vertreiben.

»Jackson! Suchen Sie sich gleich ein Dutzend Männer aus. Sobald wir längsseit kommen, springen Sie mit ihnen hinüber und kappen so viele Haltebrooken und Richttaljen wie möglich. Dann tun Sie, was Sie können, um den Leuten der *Belette* zu helfen.«

Wenn die Franzosen ein Geschütz ohne die dicke Haltebrook abfeuerten, die den Rückstoß nach einigen Fuß Weges bremste, dann raste die Kanone quer durch das Deck und beförderte jeden ins Jenseits, der ihr im Weg stand.

Jackson grinste vor Vergnügen über das ganze Gesicht, zog den Degen, den Sir Gilbert Ramage geschenkt hatte, und rannte an der Reihe der Geschütze entlang, um sich seine Leute auszusuchen.

Noch zweihundert Meter ... Wieviel Fahrtmoment dieser verdammte Schlitten wohl besaß? Ach! Ausgerechnet in diesem Augenblick packte eine See den Bug und schwang ihn nach Backbord. Aber der Rudergänger legte nur eine Sekunde lang die Pinne und brachte den Kutter wieder auf Kurs.

Dabei war Ramage in einer weitaus besseren Lage, als er selbst zu vermuten wagte. Er konnte jetzt die Bordwand der Fregatte in ihrer ganzen Länge überblicken. Und die *Kathleen* steuerte einen parallelen Kurs, der nur fünfzehn bis zwanzig Meter seewärts ihrer Mittschiffslinie verlief.

Noch hundertfünfzig Meter ...

»Mr. Southwick, fieren Sie die Großschot.«

Dadurch nahm die Fahrt allmählich ab.

»Klar bei Luv Klüverschot und Großschot!«

Damit war dafür gesorgt, daß diese Enden klar waren, wenn er den Klüver back setzen ließ. Versuchte der Wind dann, den Bug durch das backstehende Segel nach Lee wegzudrücken, dann galt es im letzten Augenblick, die Großschot dicht zu holen und Luvruder zu legen. Auf diese Art wurde der Bug wieder in den Wind und auf die Fregatte zugedreht. Die beiden entgegengesetzt wirkenden Kräfte sollten einander ausgleichen und sich gegenseitig aufheben, so kam der Kutter beigedreht neben die Fregatte zu liegen, nahe genug, daß die Männer ihre Draggen hinüberwerfen und über die Reling haken konnten.

Noch hundert Meter, vielleicht sogar schon weniger — und der verdammte Kutter rauschte immer noch dahin wie eine Kutsche mit durchgehenden Pferden. Aber hol's der Teufel, er mußte jetzt alles riskieren. Kam die *Kathleen* zum Stehen, ehe sie die Fregatte erreichte, dann hatte das bestimmt für alle schlimme Folgen. Hatte sie dagegen noch zuviel Fahrt, wenn sie längsseit kam, dann war es zum mindesten möglich, sie mit den Draggen abzustoppen oder sie durch plötzliches Luven gegen den Rumpf der Fregatte knallen zu lassen.

»Mr. Southwick, wir wollen längsseit der *Belette* beidrehen. Sobald die Draggen gefaßt haben, holen wir uns heran. Ich werde befehlen, wenn der Klüver back gesetzt und die Großschot losgeworfen werden soll.«

Grob geschätzt waren jetzt noch fünfundsiebzig Meter zu laufen.

Niemand schien sich aufzuregen; Southwick sah mild und ruhig aus wie immer. Der Rudergänger war vollauf mit Steuern beschäftigt, Jackson führte Lufthiebe mit Sir Gilberts Säbel, um herauszufinden, wie er in der Hand lag.

»Mr. Southwick, setzen Sie den Klüver back«, befahl Ramage.

Verdammt, er war wieder zu schnell. Was war das für eine Knallerei? Ja, Musketen! Auch Geschrei drang von Bord der Fregatte herüber.

»Einen Strich Steuerbord! Hol die Großschot!«

Mindestens dreißig Meter schoß er zu weit voraus, vielleicht waren es sogar mehr.

Nein, es waren doch nur zwanzig Meter — weniger sogar, wenn die Draggen hielten.

Der backgesetzte Klüver versuchte den Bug nach Lee wegzudrücken und kämpfte dabei gegen das Großsegel, das ihn nach Luv pressen wollte. Aber, was die Hauptsache war, das so herbeigeführte Gleichgewicht der Kräfte nahm dem Kutter rascher die Fahrt, als Ramage erwartet hatte, und schloß obendrein die Lücke zwischen den beiden Schiffen.

Nur noch ein kleines Stück weiter, dann lagen sie in drei Meter Abstand von der *Belette*. Im Augenblick hatte das Bugspriet der *Kathleen* bereits das Heck der Fregatte erreicht.

»Rudergänger! Hart Steuerbord!«

Legte man das Ruder weiter als etwa dreißig Grad, dann wirkte es gleichzeitig als Bremse. Jetzt —

»Mr. Southwick, Klüverschot und Großschot los!«

Southwick brüllte seine Befehle, der Klüver schlug, der schwere Großbaum schwang nach Backbord, der Wind strich nun zu beiden Seiten an dem schlagenden Segel entlang und übte keinen Druck mehr aus.

Ramage hörte, wie Southwick ausrief: »Sauber! Weiß Gott, ein sauberes Manöver!«

Nun griff er nach dem Sprachrohr und rief: »Werft die Draggen!«

Er sah, wie John Smith der Zweite auf dem Bugspriet schwebte. Mit ganz entspanntem Körper schwang er den Draggen in seiner Rechten, es sah aus, als wäre für ihn alles nur Spiel. Da, plötzlich spannten sich seine Muskeln, er drehte den Körper und schwang den rechten Arm nach hinten. Gleich darauf schossen Arm und Schultern nach vorn, und der Draggen sauste durch die Luft, so schnell, daß die Leine einen Bogen in der Luft beschrieb. Der Draggen verschwand hinter der Reling der Fregatte, Smith gab die Leine aus der Hand und überließ es den Männern auf der Back, die Lose einzuholen. Die *Kathleen* war so dicht längsseit der *Belette* zum Stehen gekommen, daß der Wurf kein Kunststück war, aber Smith hatte jetzt nichtsdestoweniger zwei Rationen Rum gut.

Ein Draggen nach dem anderen sauste durch die Luft und verschwand hinter der Reling der *Belette*. Die Matrosen holten ihre Leinen schleunigst ein, und schon einen Augenblick später legte sich die *Kathleen* dumpf pochend längsseit der Fregatte.

»Los die Enterer!« brüllte Ramage durch sein Sprachrohr und sah, wie Jackson von der Reling des Kutters mit einem Satz in einer Stückpforte der *Belette* verschwand und wie ihm eine Anzahl anderer Leute folgten.

In der Erregung des Augenblicks warf Ramage das Megaphon von sich, riß die Pistole aus seinem Hosenbund und sprang schon auf die achterste Karronade, um Jackson zu folgen, aber im gleichen Augenblick erschienen hoch über ihm, auf dem Achterdeck der Fregatte, mehrere Männer.

Ramage, der keinen festen Stand hatte, erkannte, daß er seine Pistolen nicht mehr rechtzeitig abfeuern konnte, und erwartete schon im nächsten Augenblick eine tödliche Musketensalve. Statt dessen hörte er Hurras — britische Hurras.

Sogleich kletterte er von der Karronade herunter. Irgendwie kam er sich plötzlich recht töricht vor. Er steckte seine Pistolen weg, hob das Megaphon von Deck auf und rief: »Los, ihr Männer von der *Belette*, kommt an Bord, macht schnell!«

Da rief ihm jemand mit einer befehlsgewohnten Stimme etwas zu, und er entdeckte in einer Stückpforte einen Offizier ohne Hut, der auf beiden Schultern eine Epaulette trug: offenbar ein Kapitän mit mehr als drei Dienstjahren.

In dem Getöse von schlagenden Segeln, Musketenfeuer und allgemeinem Geschrei war es schwer zu verstehen, was er wollte. Darum sprang Ramage wieder auf die Karronade. Der Kapitän rief: »Geben Sie uns noch fünf Minuten Zeit. Wir wollen diesen Froschfressern den Garaus machen.«

»*Aye aye*, Sir.«

Gott sei Dank, dachte Ramage. Die Leute von der *Belette* haben die Oberhand. Aber —

»Und die Franzosen oben auf dem Kliff? Was ist mit ihnen?«

»Keine Sorge — wir lassen sie nicht an den Masten herunterkommen, das ist die Hauptsache.«

Während er noch sprach, hörte man von der anderen Seite des Schiffes Musketenschüsse, und Ramage sah, daß eben französische Soldaten oben am Rande des

Steilhangs erschienen waren. Aber auf das Feuer hin zogen sie sich sofort wieder zurück.

Kapitän Laidman von der *Belette* hielt Wort: Nach weniger als vier Minuten kletterten seine Matrosen — darunter auch Jackson und seine Leute — an der Bordwand der Fregatte herunter und sprangen auf das Deck der *Kathleen*. Laidman rief vom Achterdeck herunter: »Außer den Seesoldaten ist alles von Bord. Sind Sie bereit abzulegen?«

»Sobald Sie an Bord sind, Sir.«

»Gut.«

Laidman verschwand von der Stückpforte, und eine Minute später kamen seine Seesoldaten, die Musketen noch immer fest in der Hand, die Bordwand der Fregatte heruntergeklettert. Sobald sie an Deck der *Kathleen* angelangt waren, und ehe Ramage noch Zeit fand, ihnen irgendwelche Befehle zu geben, hatte ihr Leutnant angeordnet, daß sie sich längs der Reling des Kutters verteilten, ihre Musketen luden und sich schußklar hielten. Die übrigen Leute der *Belette* wurden unter Deck verstaut, wo sie niemandem im Wege waren.

Jackson wartete, bis er Gelegenheit fand, seine Meldung anzubringen, dann sagte er:

»Alle Brooken auf beiden Seiten gekappt, Sir.«

»Das war rasche Arbeit.«

»Einige Leute der *Belette* halfen uns dabei, aber ich habe mich bei jedem Geschütz selbst überzeugt, daß es geschehen war.«

»Ausgezeichnet. Bleiben Sie hier.«

Als letzter erschien Kapitän Laidman wieder an einer Stückpforte und kletterte auf die *Kathleen* herunter.

»Willkommen an Bord, Sir.«

»Danke, mein Junge. Es tut mir leid, daß an Bord der *Belette* ungebetene Gäste waren, als Sie zum erstenmal anliefen.«

Ramage lachte: »Sie haben uns ja davon unterrichtet. Aber wenn Sie mich jetzt entschuldigen würden ...«

Kapitän Laidman nickte, und Ramage sah sich nach dem Steuermann um.

»Mr. Southwick, lassen Sie den Klüver back setzen und die Stagfock heißen.«

Während die *Kathleen* bei der Fregatte längsseit lag, wies ihr Bugspriet in einem spitzen Winkel auf die Klippen, auf denen die *Belette* mit dem Bug festsaß. Ramage sagte sich, daß er hier nur freikam, wenn er den Bug des Kutters vom Wind herumdrücken ließ und sein Heck an der Fregatte festhielt. Nur so gewann er genügend Raum, um auch von den Riffen am Fuß des nächsten Vorgebirges freizukommen.

»Evans!« rief er dem Bootsmannsmaat zu. »Kappen Sie die vorderen vier Draggenleinen, aber halten Sie die achtersten zwei fest. Fieren Sie sie auf, wenn zuviel Kraft darauf kommt, aber stoppen Sie sie dann immer wieder ab. Unser Heck muß noch hier dran bleiben. Rudergänger, legen Sie das Ruder hart in Lee.«

Der Klüver war inzwischen back gesetzt worden und stand wie ein Brett. Jetzt begann der Wind den Bug des Kutters nach Lee herumzudrücken, aber sein langer, schmaler Kiel verwandelte einen Teil der auf das Schiff wirkenden Kraft in eine Längsschiffsbewegung: Die *Kathleen* bekam Fahrt achteraus.

Ramage warf einen Blick nach achtern. Die Heckgalerie der Fregatte, vom ersten Angriff der *Kathleen* böse zugerichtet, war nun schon fast auf gleicher Höhe mit dem Heck des Kutters. Evans wies seine Matrosen an, die Draggenleinen abwechselnd zu fieren, um die Rückwärtsbewegung zu berücksichtigen, und dann wieder abzustoppen, um das Heck des Kutters möglichst dicht an der Fregatte zu halten und das Herumschwenken des Bugs zu unterstützen.

Dabei blieb es, bis der Bug der *Kathleen* von den Felsen voraus gut frei zeigte. Inzwischen war auch die Stagfock geheißt und wie der Klüver back gesetzt worden.

»Mr. Southwick, lassen Sie Klüver und Fock bitte übernehmen.«

Sobald die beiden Segel zogen, machte die *Kathleen* keine Fahrt mehr über den Achtersteven. Sie bekam dann Fahrt voraus, hatte jedoch noch erhebliche Abtrift nach Lee, solange das Großsegel nicht mitzog.

»Rudergänger! Ruder mittschiffs!«

Plötzliches Musketengeknatter veranlaßte ihn, einen Blick nach dem Kliff zu werfen. Dort oben kniete mit angelegten Musketen eine Gruppe französischer Soldaten. Die Seesoldaten an der Reling der *Kathleen* schossen sofort zurück, und die Franzosen gingen daraufhin blitzschnell in Deckung.

Als der Wind die Vorsegel der *Kathleen* füllte, legte sie sich leicht über und nahm allmählich mehr Fahrt auf.

»Evans! Kappen Sie die Leinen! Rudergänger! Stütz! Mr. Southwick, hol die Großschot!«

Zehn Minuten später lief die *Kathleen* mit halbem Wind längs der Küste auf Bastia zu. Ramage übergab Southwick die Wache und begab sich zu Kapitän Laidman, der sich, wie er feststellte, taktvoll in Lee des Achterdecks aufgehalten hatte.

»Ich bitte Sie um Entschuldigung, Sir, daß ich Sie nicht geziemend willkommen hieß. Mein Name ist Ramage.«

»Laidman«, antwortete dieser kurz. »Das war ein prima Stück Seemannschaft, mein Junge, Sie können sich darauf verlassen, daß ich dies in meinem Bericht gebührend betonen werde. Jetzt möchte ich Ihnen meine Offiziere vorstellen. Sie stehen Ihnen zur Verfügung. Auch von meinen Leuten können Sie haben, so viele Sie wollen. Sie werden ja Seeleute brauchen können, nicht wahr?«

Ohne erst auf eine Antwort zu warten, rief er seine Leutnants, seinen Steuermann und den Leutnant der Seesoldaten herbei und stellte sie vor.

»Nebenbei gesagt«, bemerkte Laidman, »wie wäre es, wenn Sie Ihre Kombüse anheizen würden? Wir hatten schon eine ganze Weile nichts mehr zu essen.«

»Aber selbstverständlich, Sir, ich werde das gleich veranlassen.«

Ramage rief Jackson herbei: »Sagen Sie meinem Steward, er solle für die Herren Offiziere Essen besorgen.«

Dann sah er sich nach dem Bootsmannsmaat um. »Evans — sagen Sie dem Koch, er könne von der *Kathleen* und von der *Belette* so viele Leute haben, wie er brauche. Ich will, daß beide Besatzungen binnen einer Stunde eine warme Mahlzeit bekommen.«

Dann ging er zu Southwick, der ihm stumm die Hand entgegenstreckte. Ramage ergriff sie und schüttelte sie.

»Haben Sie Dank. Ich gehe jetzt unter Deck, um ein Wort mit den Verwundeten zu reden. In der Kombüse wird Feuer gemacht. Bitte sehen Sie zu, daß jeder Mann an Bord eine Rumration bekommt, John Smith der Zweite erhält auf meine Anordnung zwei!«

21

Ramage erkannte voraus schon den hohen Turm der Kirche Sainte Marie, der aus der Mitte der Zitadelle von Bastia emporragte. Vor der Stadt lagen einige Vierundsiebziger Linienschiffe vor Anker, darunter die *Diadem* mit dem Breitwimpel des Kommodore Nelson.

Die gewaltige Masse des Monte Pigno zeichnete sich scharf gegen die sinkende Sonne ab, aber sein Gipfel verbarg sich beinahe ganz hinter den sogenannten *balles de coton*, unbeweglichen Haufenwolken, die sich stets zugleich mit dem *Libeccio* zeigten. Er beobachtete den Streifen See zwischen der *Kathleen* und dem Strand und hielt ständig Ausschau nach den huschenden dunklen Schatten, die ihm allein verrieten, daß eine der berüchtigten Böen Bastias den Berg herabgefegt kam und nun nach See hinausjagte.

Da er fast dreimal so viele Männer an Bord hatte, wie seine Besatzung normalerweise zählte, war Ramage entschlossen, ein Ankermanöver hinzulegen, an dem niemand in der ganzen Flotte etwas auszusetzen fand.

Seit einer halben Stunde schon suchten Southwick und Evans Männer von der früheren *Belette*-Besatzung aus und verteilten sie auf Station zur Bedienung der Segel und des Ankergeschirrs. Alle Leute an Bord hatten sich ordentlich satt gegessen, ihre Rumration genossen und das Schiff nach dem Gefecht gründlich aufgeklart.

Vor einer halben Stunde war der letzte der drei tödlich verwundeten Männer gestorben, und Ramage hatte den ersten Trauergottesdienst seiner Laufbahn abgehalten. Zuvor hatte er schon Dutzenden solcher feierlichen Handlungen beigewohnt, ohne daß sie ihn besonders beeindruckt hätten, diesmal wurde er zu seiner Überraschung gewahr, wie tief bewegend die eindrucksvollen Worte dieser Zeremonie waren, wenn man sie selber sprach.

Jackson beobachtete die *Diadem*, damit er sofort sah, wenn sie ein Signal heißte. Kapitän Laidman ging an Deck auf und ab und versuchte nicht zu verhehlen, daß er sich schwere Sorgen machte. Schon in wenigen Minuten mußte er sich ja vor dem Kommodore wegen des Verlustes der *Belette* verantworten.

Ach, zum Teufel damit: Ramage hatte es bis jetzt mit Absicht vermieden, seinen Kieker auf die Terrasse des vizeköniglichen Palais' zu richten, am Ende aber kam er zu der Erkenntnis, daß dies ein völlig unnötiger Akt der Selbstverleugnung war. Als er jetzt hinsah, zeigte sich dort kein Mensch, die großen Glastüren waren geschlossen, die üblichen Tische und Stühle fehlten. Auch das Boot der Elliotkinder lag nicht mehr unten am Garten. Die ganze Örtlichkeit machte einen verlassenen Eindruck.

Die *Diadem* war jetzt kaum noch eine halbe Meile entfernt, sie lag mit dem Bug im Wind, quer zum Kurs der *Kathleen*, die parallel mit der Küste nach Süden steuerte. Wollte man ihr einen bestimmten Ankerplatz zuweisen, so wäre ihr das jetzt bereits durch Signal befohlen worden.

Ramage entschied sich dafür, hinter dem Heck der *Diadem* zu passieren, dann in den Wind zu drehen und in Luv des Flaggschiffs, also etwas näher an Land, zu ankern. Dann hatte er unter anderem den Vorteil, daß das Boot, das ihn und Kapitän Laidman auf die *Diadem* zu bringen hatte, mit achterlichem Wind pullen konnte. So würden sie jedenfalls in sauberer Uniform vor dem Kommodore erscheinen, während sie sonst vom Spritzwasser triefend naß geworden wären.

Laidman machte einen so bedrückten Eindruck, daß sein Gehabe auf Ramage erheiternd wirkte. Er fragte sich, wie oft wohl auf irgendeiner Reede ein kleines Schiff wie seine *Kathleen* mit zwei Kommandanten an Bord vor Anker gegangen war, von denen einer die Wiederaufnahme, der andere die Anordnung eines Kriegsgerichtsverfahrens zu gewärtigen hatte.

Trotz aller lobenden Bemerkungen Laidmans war sich Ramage bewußt, daß er die Rettungsunternehmung anfänglich gründlich verpfuscht hatte. Dabei waren unnötig Leute umgekommen, und Kommodore Nelson war nicht der Mann, das zu übersehen. Das schlimme ist, dachte Ramage zerknirscht, daß sich diese verdammte Operation auf dem Papier so lächerlich einfach ausnahm. Es war ein schöner Zug von Kapitän Laidman, daß er ihm versprochen hatte, seine Leistung in dem Bericht hervorzuheben, den er abzufassen hatte, aber Laidman wurde ja selbst nicht mehr für voll genommen. Auf dieser Fahrt, dachte er bitter, hatte also die *Kathleen* zwei richtige Versager an Bord... Außer alledem aber mußte Ramage jetzt stark bezweifeln, ob es richtig gewesen war, die *Belette* zu verlassen, ohne sie in Brand zu stecken. Er hatte das Laidman vorgeschlagen, sobald dieser seinen Fuß an Deck der *Kathleen* setzte, aber der Kommandant der Fregatte hatte nur den Kopf geschüttelt und etwas von der Möglichkeit gemurmelt, sie später zu bergen. Da er — wenigstens nach Probus' Schilderung — annehmen konnte, daß dem Kommodore das Ausmaß der Schäden bekannt war, die die Fregatte erlitten hatte, war er nochmals dafür eingetreten, sie anzuzünden, aber Laidman hatte ihm nicht mehr geantwortet.

»Sir...«

Das war Southwick, seine Stimme klang besorgt: Ja, Herrgott nochmal, es war ja auch nicht zu verwundern.

Die *Diadem* war nur noch hundert Meter entfernt, gerade noch gut frei an Steuerbord. Er hatte wieder einmal in den Tag hinein geträumt. Wahrscheinlich war in diesem Augenblick jeder Kieker in der ganzen Flotte auf ihn gerichtet. Sollten sie sich die Augen ausschauen! Laidman und er wurden wohl bald mit dem gleichen Schiff nach Hause geschickt, dann konnten sie alle noch mal neugierig schauen.

»Mr. Southwick, Schoten klar zum Holen!«

Das Heck der *Diadem* flitzte vorbei.

»Mr. Southwick, Schoten dicht! Rudergänger, gehen Sie an den Wind!«

Unter dem mächtigen Heck der *Diadem* drehte die *Kathleen* nun auf und hielt mehr auf die Küste zu. Wieder jagten Spritzer über das Luv-Vorschiff, als sie hart am Wind gegenan steuerte.

»Mr. Southwick, holen Sie die Dirken steif, klar bei allen Schoten. Fallen klar zum Fieren.«

Ramage hatte absichtlich keinen Blick nach der *Diadem* geworfen, als sie vorüberkamen. Jackson war das nicht entgangen, darum sagte er jetzt leise: »Der Kommodore verfolgt unser Manöver, Sir, er hat ein paar Zivilisten bei sich.«

»Danke, Jackson.«

Nun, hoffentlich nahm der Kommodore davon Notiz, daß die *Kathleen* ihre Stenge verloren hatte und daß an ihrer Backbordseite nur noch zwei Geschütze standen. Ramage hatte alle fünf Karronaden an Steuerbord gelassen. Ihr Gewicht an der Luvseite wirkte sich auf die Fahrt des Schiffes günstig aus.

»Mr. Southwick, ist alles klar?«

»*Aye aye*, Sir.«

»Rudergänger, drehen Sie in den Wind!«

Hoffentlich legte der Kerl die Pinne nicht zu hart über, so daß das Schiff gleich auf den anderen Bug drehte. Nein, Gott sei Dank, er schätzte das Drehmoment genau richtig ab. Die Wölbung des Großsegels und der Vorsegel wurde flacher, die Lieken der Stagfock und des Klüvers begannen zu killen. Unwillkürlich suchte Ramage nach dem Verklicker im Stengetopp — aber der trieb wohl vor der *Tour Rouge* noch irgendwo in der See.

Jetzt schlugen schon alle Segel, und die dafür eingeteilten Matrosen holten an den Schoten. Da machte Ramage plötzlich mit der rechten Hand eine rasche Bewegung nach unten — eine Bewegung, nach der die Männer an den Fallen schon eine ganze Weile Ausschau gehalten hatten. Als ob die drei Segel aus einem Stück bestünden, begannen Klüver, Stagfock und Großsegel niederzugleiten.

Sobald die beiden Vorsegel das untere Ende ihrer Stagen erreicht hatten, sprangen ein paar Matrosen rittlings darauf, um die schlagende Leinwand zu bändigen und mit Zeisings zu sichern. Gleich darauf war auch das mächtige Großsegel geborgen, die Gaffel saß sauber obenauf, und die Männer krochen den Baum entlang, um die lose Leinwand einzurollen und zu beschlagen.

Auf der Back warteten unterdessen ein halbes Dutzend Männer immer noch auf ein neues Zeichen von Ramage. Dieser achtete gespannt auf Jackson, der an der Steuerbordreling stand.

»Noch etwa einen Knoten, Sir ...«

Ramage hob die Linke bis zur Hüfte und konnte sehen, wie die Männer auf der Back aufmerkten.

»Kaum noch Fahrt im Schiff, Sir ... Schiff liegt gestoppt ... Macht Fahrt achteraus.«

Ramage stieß jetzt seine Hand nach unten, und auf der Back wurde es im Augenblick lebendig. Der Anker klatschte ins Wasser, die Fahrt über den Achtersteven schloß die Möglichkeit aus, daß sich die Ankertrosse in seinen Flunken verfing. Gleich darauf nahm Ramage den leichten Brandgeruch wahr, als die Fasern der Trosse durch die Reibung gesengt wurden.

»Signal vom Kommodore«, meldete Jackson, und nachdem er einen Blick in das Signalbuch geworfen hatte, fuhr er fort: »Unsere Nummer und die der *Belette:* Die Kommandanten zur Meldung an Bord des Flaggschiffs kommen.«

Laidman kam herbei und meinte: »Auf, mein Junge, fahren wir — es kommt ja wohl nicht allzu häufig vor, daß man den Verlust seines Schiffes zu melden hat.«

»Ach, ich weiß nicht, Sir«, sagte Ramage in bedrücktem Ton. »Ich mußte das erst vor ein paar Tagen tun.«

»Oh? Welches Schiff?«

»Die *Sibella.*«

»Das war doch eine Fregatte!«

»Das weiß ich, Sir. Ich war der älteste überlebende Offizier an Bord.«

»Und was geschah darauf?«

»Kapitän Croucher brachte mich vor ein Kriegsgericht.«

»Croucher? Richtig, der gehört zu Admiral Goddards Geschwader. Und wie fiel das Urteil aus?«

»Ich weiß es noch nicht, Sir: Die Verhandlung wurde wegen der Ankunft des Kommodore unterbrochen. Ich selbst bekam dann gleich die *Kathleen* und wurde damit zu Ihnen geschickt.«

»Nun, das hört sich ja nicht übel an. Ach — da kommt mir eben ein Gedanke!« rief er. »Sie sind ja der Sohn des alten ‚Blaze-away‘, darum hat also Admiral Goddard . . .«

»Das stimmt, Sir.«

»Was stimmt?« fuhr ihn Laidman an. »Legen Sie mir bitte nichts in den Mund.«

Southwick wartete in der Nähe, und Ramage benutzte die Gelegenheit, um sich abzuwenden. Schlagartig war ihm eben klargeworden, daß er selbst unter Umständen für Laidmans Zukunft eine größere Gefahr bedeuten konnte als ein von der Pest verseuchtes Schiff.

»Das Boot liegt klar, Sir«, meldete Southwick.

Ramage wandte sich wieder an Laidman und wiederholte die Meldung des Steuermanns.

Als Ramage erst in dem Boot saß, das ihn zur *Diadem* bringen sollte, merkte er, daß die gehobene Stimmung verflogen war, die ihn die letzten vierundzwanzig Stunden trotz Mangels an Schlaf und ungenügender Nahrung frisch und tatkräftig erhalten hatte, ohne daß er sich dieses Zusammenhangs voll bewußt geworden wäre. Jetzt fühlte er sich plötzlich entsetzlich müde und niedergeschlagen.

Bis zu diesem Augenblick kam ihm die Bergung der *Belette*-Besatzung irgendwie unwirklich vor, fast als hätte sie überhaupt nicht stattgefunden, obwohl seitdem doch erst wenige Stunden verstrichen waren. In seinem Bewußtsein war sie wie eine schöne Erzählung lebendig, die er vor einigen Monaten angehört hatte. Auch das Schicksal der *Sibella* und alles, was es für ihn nach sich zog, war für ihn nur noch wie ein halberinnerter Traum.

Aber als jetzt Jackson das Boot nach der *Diadem* steuerte und Kapitän Laidman ihm stumm und bedrückt gegenübersaß, traten beide Ereignisse in allen ihren Einzelheiten wieder so deutlich in das Blickfeld seiner Erinnerung, als hätte er das schärfste Fernrohr darauf eingestellt.

Das Boot stieß an das Fallreep, und Laidman erhob sich müde von seinem Platz. Sie hatten die *Diadem* erreicht, und Laidman als der Dienstältere stieg als erster das Fallreep empor.

An der Pforte begrüßte ihn Kapitän Towry und sagte ihm, daß ihn der Kommodore erwarte.

Zu Ramage sagte er: »Der Kommodore empfängt Sie in fünf Minuten.«

Der junge Leutnant, der die Ankerwache ging, faßte Ramage interessiert ins Auge, offenbar war er sich nicht im klaren, ob er ihn ansprechen sollte oder nicht. Ramage war jetzt für eine oberflächliche Unterhaltung nicht zu haben, darum begann er auf der dem Fallreep gegenüberliegenden Seite auf und ab zu gehen. Er nahm sogar kaum davon Notiz, daß Kapitän Laidman von Bord ging.

Gleich darauf kam ein Leutnant auf ihn zu und fragte: »Sind Sie Ramage?«

»Ja.«

»Der Kommodore möchte Sie jetzt sprechen.«

Der Leutnant wies ihm den Weg. Vor der Tür der Kajüte nahm ein Posten der Seesoldaten Habt-acht-Stellung ein, und der Leutnant klopfte und öffnete die Tür, als er von drinnen eine Stimme hörte. Offenbar hielt sich der Kommodore in seiner Schlafkammer auf, denn der Leutnant ging nicht weiter bis zum Salon, sondern trat ein und meldete im Gesprächston:

»Mr. Ramage, Sir.«

Dann wandte er sich um und forderte Ramage durch ein Zeichen auf einzutreten.

»Ah, Mr. Ramage.«

Die Stimme war auffallend hoch und hatte einen nasalen Klang. Ramage war überrascht, wie klein der Kommodore war — kleiner noch als Gianna. Er hatte schmale Schultern und ein schmales Gesicht. Eines seiner Augen, entdeckte Ramage bestürzt, hatte einen etwas glasigen Blick. Natürlich, er war ja erst vor etwa einem Jahr bei Calvi durch eine Verwundung auf einem Auge erblindet. Aber der Blick des verbliebenen Auges war auf jeden Fall scharf genug.

Nelson war wohl körperlich sehr klein, aber Ramage wurde schon im ersten Augenblick inne, wie stark die Persönlichkeit war, die in diesem kleinen Körper steckte. Der Mann war gespannt wie eine Violinsaite und hatte sich dennoch stets völlig in der Gewalt. Sein Gesicht schien Ramage Erregung zu verraten, dennoch stellte er schon im nächsten Augenblick fest, daß Nelson in Wirklichkeit von äußerster Gemütsruhe war. Der Mann wirkte in der Tat wie eine gespannte Spiralfeder.

Der Kommodore wies auf einen Stuhl am Fußende der schmalen Koje.

»Bitte, nehmen Sie Platz.«

Ob er dabei wohl an seine kleine Gestalt dachte, fragte sich Ramage verwundert. Die Aufforderung hatte doch offenkundig den Zweck, ihn kleiner zu machen. Wie seltsam außerdem, daß er ausgerechnet in der Schlafkammer des Kommodore empfangen wurde.

»Nun, Mr. Ramage, warum habe ich Sie wohl kommen lassen?«

Diese Frage kam Ramage so unerwartet, daß er im ersten Augenblick dachte, der Kommodore treibe seinen Scherz mit ihm, aber sein eines blaues Auge maß ihn mit kühlem, strengem Blick.

»Dafür könnte ich ein halbes Dutzend Gründe nennen, Sir«, sagte Ramage, ohne sich zu besinnen.

»Zählen Sie mir diese Gründe auf.«

»Nun — daß ich die *Sibella* aufgab ... daß ich versuchte, den Kapitän Letts erteilten Befehl auszuführen und die Flüchtlinge zu retten.«

»Das sind zwei.«

»Dann war da noch Pisanos Anklage gegen mich; und das Kriegsgericht, Sir.«

»Macht vier.«

Alle Himmel, dachte Ramage, da bin ich Goddard entwischt und direkt ins höllische Feuer geraten.

»Und selbstverständlich das *Belette*-Unternehmen, Sir.«

»Und der sechste Grund wäre?«

»Ich weiß nur fünf zu nennen, Sir.«

»Wie meinen Sie nun, daß ich über jeden dieser Streiche denke?«

Seine Stimme hatte jetzt eine eisige Schärfe, und Ramage fühlte sich todmüde und völlig zerschlagen. Nicht daß er sich gefürchtet hätte, aber das, was er von allen Kommandanten und jüngeren Flaggoffizieren im Mittelmeer und darüber hinaus in der ganzen Navy über diesen Kommodore Nelson hatte berichten hören, hatte bei ihm einen gewaltigen Eindruck hinterlassen. Jetzt wurde er sich mit einemmal bewußt, daß er insgeheim gehofft hatte, der Kommodore werde ihn ganz und gar entlasten, nachdem das Verfahren gegen ihn unterbrochen worden war.

Aber dieser kalte, gleichgültige Ton machte seine Hoffnung zunichte. Das Verhalten des Kommodore Nelson verriet bestenfalls, daß er eine unerfreuliche Aufgabe vor sich sah, die er wohl oder übel durchstehen mußte, und schlimmstenfalls, daß er da weitermachen wollte, wo Goddard und Croucher geendet hatten.

»Ich weiß nicht, wie Sie darüber denken, Sir, aber ich weiß wohl, wie Sie darüber denken sollten.« Seine Worte klangen bitter und, ohne seine Absicht, fast unverschämt.

»Also schießen Sie los, heraus damit!« sagte Nelson ungeduldig. »Aber fassen Sie sich kurz.«

»Die *Sibella* — wir konnten den Kampf nicht fortsetzen, Sir, wir konnten auch die Verwundeten nicht versorgen, weil Arzt und Sanitätsmaat gefallen waren.

Das Schiff sank so schnell, daß es die Franzosen unmöglich so lange über Wasser halten konnten, bis sie die Lecks gestopft hatten. Was ich unternahm, bedeutete, daß die Verwundeten ärztliche Hilfe bekamen und daß die Unverwundeten Zeit fanden, in den Booten zu entkommen.«

»Das Los, in französische Gefangenschaft zu geraten, erschien Ihnen wohl so schrecklich, daß Sie die Flucht ergriffen, nachdem Sie sich ergeben hatten?«

Die Stimme des Kommodore klang bei diesen Worten so hämisch, daß Ramage vor Zorn das Blut zu Kopf stieg. Es kostete ihn alle Mühe, sich zu beherrschen.

»Nein, Sir! Ich habe mich nicht ergeben. Ich habe das Schiff verlassen, ehe es die Verwundeten an den Gegner auslieferten. Ein Offizier, der sich und seine Leute gefangennehmen läßt, obwohl er fliehen und weiterdienen könnte, müßte wegen Verrats — nun, annähernd wegen Verrats — zur Verantwortung gezogen werden. Ich meine, unsere Kriegsartikel richten sich vor allem gegen diese Art Leute.«

»Gut gebrüllt, Löwe!« sagte Nelson und brach unerwartet in Gelächter aus. »Das kam übrigens auch mir in den Sinn, als ich Ihren Bericht las. Der ist ausgezeichnet — das möchte ich Ihnen noch eigens gesagt haben — und mit einem Begleitschreiben von mir schon unterwegs zu Sir John Jervis. So, und nun zu der Rettung der Flüchtlinge.«

»Wir haben unser möglichstes getan, Sir.«

»Was veranlaßte Sie, das mit einem Boot, einer Gig, zu versuchen?«

Nelsons Stimme klang abermals kalt, und Ramage ließ erneut den Mut sinken.

»Es schien mir das kleinere von zwei Übeln zu sein: Einerseits mußten wir gewärtigen, daß die Franzosen die Leute gefangennahmen, wenn wir sie nicht schnell-

stens herausholten, andererseits bestand für uns lediglich die Gefahr, daß wir mit dem überladenen Boot in
einen Sturm gerieten.«

»Sie waren also überzeugt, daß der Rettungsversuch
mit dem Boot den Flüchtlingen noch die beste Chance
des Überlebens bot?«

»Jawohl, Sir.«

»Warum?«

»Wenn sie an Land blieben, konnte es leicht geschehen, daß sie von Bauern verraten wurden. Es gab für
mich kein Mittel, das zu verhindern. Wenn ich sie aber
an Bord nahm, war ich ziemlich sicher, daß ich so oder
so auch einen Sturm überstehen konnte.«

»In Ordnung. Und nun zu den Beschwerden des Grafen Pisano.«

»Dazu gibt es nicht viel zu sagen, Sir. Ich ging noch
einmal zurück und sah, daß sein Vetter tot war, aber
Pisano glaubt mir das nicht.«

»Haben Sie denn keine Zeugen?«

»Nein, Sir. O doch, ich habe einen!« rief er plötzlich.
Das *Belette*-Unternehmen hatte bei ihm jede Erinnerung
an Jacksons Bericht ausgelöscht.

»Und wer ist das?«

»Der Bootssteuerer der *Sibella*, ein Amerikaner namens Jackson. Er wußte nicht, daß er die Leiche des
Erschossenen nach mir gefunden hat. Er wußte nichts
von Pisanos Anschuldigungen und hatte keine Ahnung,
daß sein Zeugnis von Bedeutung sein könnte. Seine Aussage wurde übrigens durch die Ankunft der *Diadem*
unterbrochen.«

»Wann haben Sie denn das alles herausgefunden?«

»Wir sprachen darüber, als wir zur *Belette* unterwegs
waren.«

»Also eine Verabredung? — Nicht doch«, sagte der
Kommodore und hob die Hand, um Ramages Einspruch

abzuwehren. »Ich behaupte nicht, daß Sie miteinander die Zeugenaussage abgesprochen hätten, aber ich möchte darauf hinweisen, daß andere das geltend machen könnten. Was hat Graf Pisano Ihrer Meinung nach veranlaßt, Sie so schwer zu beschuldigen?«

»Er wollte sich selbst damit decken«, sagte Ramage verbittert. »Wenn er mich der Pflichtverletzung beschuldigt, weil ich nicht noch einmal zurückgegangen sei, dann fällt es niemandem ein, ihn zu fragen, warum er nicht selbst ging.«

»Niemandem? Wer sagt denn das?« bemerkte Nelson kurz. »So — jetzt kommen wir zur *Belette*. Sie haben da eine ganze Anzahl Leute verloren, nicht wahr?«

»Jawohl, Sir, dreizehn Tote und fünfzehn Verwundete. Ich hatte mein Manöver nicht richtig berechnet.«

»Wie meinen Sie das?«

»Ich beschloß, die *Belette* von achtern der Länge nach unter Feuer zu nehmen und dann zu halsen, ehe ich in den Feuerbereich ihrer Geschütze kam.«

»Und —«

»Wir nahmen sie vom Heck her unter Feuer, wie ich geplant hatte. Aber dann stellte sich heraus, daß ich nicht früh genug herumkam, darum wurden wir selbst von ihren achtersten Geschützen längs Deck bestrichen — ich hatte nicht genügend berücksichtigt, daß ihr Achterschiff so stark eingezogen ist.«

»Und was, meinen Sie, steht Ihnen jetzt bevor?«

»Zunächst, so denke ich mir, Sir, wird das Gericht wieder zusammentreten und das Verfahren gegen mich zu Ende bringen.«

»Sie scheinen von den Kriegsgerichtssatzungen keine Ahnung zu haben, Herr Leutnant. Außerdem haben Sie anscheinend die Augen nicht offengehalten.«

Da Ramage nicht wußte, was er darauf sagen sollte, fuhr der Kommodore fort:

»Wenn sich ein Gericht aufgelöst hat, kann es niemals wieder zusammentreten. Außerdem scheint Ihnen entgangen zu sein, daß die *Trumpeter* nicht mehr auf Reede liegt.«

»Dann nehme ich an, daß Sie ein neues Kriegsgericht einberufen werden, Sir.«

»Kann sein. Kommen Sie mit«, befahl er und ging durch die Tür hinüber in den Salon.

Vor einem der großen Heckfenster stand Gianna. Sie trug wie üblich ihren schwarzen Reiseumhang, der über die Schultern zurückgeschlagen war, so daß man das rote Futter sah, und darunter ein perlgraues Kostüm mit hochsitzender Taille. Sie sah ihm besorgt entgegen, ihre Lippen waren feucht und klafften ein klein wenig auseinander.

Zu ihrer Linken saß ein massig gebauter Mann mit kurzem, vierkant geschnittenem Backenbart, der einen Spazierstock zwischen den Knien hielt. Der Stock war dick — anscheinend ist er lahm, dachte Ramage und wurde auch gleich gewahr, daß sein linker Knöchel offenbar eingegipst war. Er war ohne Zweifel hübsch, aber seine regelmäßigen Züge verhehlten nicht, daß er hart, unerbittlich und wohl auch zuweilen grausam sein konnte. Er war sicher Italiener: das verriet sein Gesicht; aber die Kleidung, die er trug — der dunkelgraue Rock, die gelbe Weste und die hellgraue Kniehose —, war entweder nicht sein Eigentum, oder er hatte einen miserablen Schneider.

Ramage war sprachlos vor Überraschung. Er warf einen Blick auf Gianna und mußte feststellen, daß sie den Mann liebevoll, ja fast bewundernd ansah. Und der Mann erwiderte lächelnd ihren Blick, auch aus seinen Augen strahlte ohne Zweifel Liebe.

Ramage spürte den Schock fast körperlich: Offenbar war das ihr Verlobter. Der Teufel mochte wissen, woher er gekommen war. Gianna hatte nie ein Wort über ihn verloren — ja, warum hätte sie auch über den Burschen reden sollen, dachte er voll Bitterkeit.

Der Kommodore nahm sogleich das Wort, er merkte anscheinend nichts von der unerträglichen Spannung, die Ramage ergriffen hatte. Offenbar wollte er ihn mit dem Mann bekannt machen, der da auf dem Stuhl saß. Dieser traf Anstalten, sich zu erheben, aber Ramage nötigte ihn, sitzen zu bleiben, trat zu ihm und schüttelte ihm die Hand. Der Fremde nahm seine Hand mit festem Griff, das Lächeln, das dabei um seinen Mund spielte, war freundlich und ehrlich.

Dann wandte sich Ramage zu Gianna, nahm ihre Hand und hob sie formvollendet an seine Lippen. Danach aber kehrte er ihr sofort den Rücken und wandte sich wieder dem Kommodore zu, ohne sie eines weiteren Blickes zu würdigen. Kommodore Nelson war offenbar bei bester Laune. Er schlug sich aufs Knie und rief:

»Na, Ramage, was sagen Sie dazu?«

Ramage sah ihn fassungslos an.

»Das ist wohl eine Überraschung für Sie, nicht wahr? Die Toten stehen auf und reden!«

Alle drei lachten. Gehörte der Kommodore etwa auch zu den verdammten Spaßvögeln, die ihre Mitmenschen verulkten?

Der Italiener sagte: »Wir hätten uns beinahe schon einmal kennengelernt, *Tenente*.«

»Nicht daß ich wüßte, Sir«, sagte Ramage in kaltem Ton.

Hier schien jedermann nur noch in Rätseln zu sprechen. Wäre es nicht eigentlich Giannas Sache, endlich Klarheit zu schaffen? So dachte er verbittert und sah sich unwillkürlich nach ihr um.

Sie sah aus, als hätte er sie eben mitten ins Gesicht geschlagen.

»Nicholas! Nicholas!«

Sie flog die vier, fünf trennenden Schritte förmlich auf ihn zu und griff mit der Linken nach seinem Arm.

»Das ist doch Antonio, verstehst du denn nicht?«

Sie war den Tränen nahe. Nein, er verstand nichts von alledem, auch ging ihn dieser Antonio nichts an: er wollte sie nur küssen; statt dessen schob er sie nun mit höflicher Geste von sich.

»Antonio, Nicholas! Antonio — mein Vetter: *Graf Pitti!*«

Die Kajüte begann sich zuerst langsam und dann immer schneller um ihn zu drehen, schließlich wirbelte sie richtig im Kreis, und er wäre hingestürzt, wenn ihn Gianna nicht festgehalten hätte. Sekunden später setzte sie ihn mit Unterstützung des Kommodore auf einen Stuhl, während Pitti, der hilflos auf seinen Stock gestützt dabei stand, nur immer wieder sagte: »Was ist denn los? Fehlt ihm etwas?«

Ramage sah im Geist wieder all das Schreckliche vor sich: Das zerfetzte Gesicht, die zersplitterten Knochen, die Überreste des Gebisses, alles vom Mond mit silbernem Licht übergossen, auch das zerfetzte Fleisch des Toten gehörte dazu und das in den Sand geflossene Blut, das dort zu einer schwarzen Masse geronnen war. Und doch hatte Pisano recht: Graf Pitti lebte. Mein Gott, kein Wunder, daß niemand glaubte, er sei zurückgegangen. Aber Jackson . . .

Ach, sollte doch der Teufel die ganze Gesellschaft holen! Mühsam erhob er sich von seinem Stuhl und wurde gewahr, daß ihm kalter Schweiß auf der Stirn stand. Er fragte den Kommodore:

»Darf ich auf mein Schiff zurückkehren, Sir?«

Nelson wußte einen Augenblick nicht, was er dazu sagen sollte, dann erwiderte er: »Nein, setzen Sie sich wieder.«

Ramage sank auf den Stuhl zurück. Er hatte keine Kraft in den Knien, und die Müdigkeit trug das Ihrige dazu bei, daß er keine Ordnung in seine Gedanken brachte. Wenn sie ihn nur endlich allein lassen wollten!

Plötzlich bemerkte er, daß Gianna neben ihm kniete und leise auf ihn einsprach. Ihr schmerzlicher, ratloser Ausdruck traf ihn wie ein Dolch mitten ins Herz.

»Aber jetzt ist doch alles gut«, sagte sie. »Es ist alles gut, Nico — *e finito, caro mio!*«

Der Kommodore unterbrach sie:

»Mr. Ramage hat offenbar einen Schock erlitten. Meine kleine Überraschung scheint ihm in die Glieder gefahren zu sein. Darum verdient er jetzt eine Erklärung. Graf Pitti, vielleicht haben Sie die Freundlichkeit — aber bitte, nehmen Sie doch Platz«, fügte er rasch hinzu und schob ihm einen Stuhl hin.

Pitti ließ sich schwerfällig nieder.

»*Allora, Tenente*«, begann er, »Sie wissen doch noch, daß Sie uns auf dem Weg zum Turm entgegenkamen. Als Sie mit Gianna dann seitwärts über die Dünen liefen, folgten mein Vetter Pisano und ich mit den beiden Bauern weiter dem Weg nach dem Turm und kletterten dann seitwärts in die Dünen.

Ich machte mir Sorgen um Gianna und hielt auf dem Kamm der Dünen an, um zurückzuschauen. Da sah ich, daß einige französische Reiter am Strand entlang hinter Ihnen hergaloppierten. Es schien mir ausgeschlossen, daß Sie beide noch lebend davonkommen konnten. Plötzlich, buchstäblich im letzten Augenblick, stürzte ein Mann aus dem Dickicht und den Hang der Düne hinunter. Er rannte den Reitern entgegen und machte dabei solchen Lärm, daß ihre Pferde durchgingen.«

»Stimmt«, sagte Ramage. »Das war mein Bootssteuerer Jackson.«

»Ich sah dann weiter, daß Sie Gianna über die Schulter nahmen und auf das Boot zurannten, das am Ende der Dünen lag. Gerade in diesem Augenblick nun tauchten hinter mir — zwischen mir und dem Turm — zwei oder drei französische Soldaten auf. Sie mußten die Straße entlanggaloppiert sein und ihre Pferde am Turm zurückgelassen haben.

Ich rannte auf das Buschwerk zu, und die Soldaten kamen hinter mir her, aber sie mußten sich trennen, weil die Büsche so dicht standen.

Fast hatte ich schon das Ende der Dünen erreicht, indem ich wie ein Kaninchen zwischen den Büschen Haken schlug, aber als ich wieder einmal eine Lichtung überqueren wollte, trat ich im Sand fehl — Sie wissen ja, wie weich er war — und brach mir den Knöchel. Es gelang mir gerade noch, unter einen Strauch zu kriechen, ehe einer der Franzosen auf die Lichtung gelangte. Der Mann blieb stehen — wahrscheinlich sah er die Spuren, die ich im Sand hinterlassen hatte.

Da knallte hinter mir plötzlich ein Schuß — genau aus der Richtung, aus der mein Verfolger gekommen war —, und er stürzte nieder. Gleich darauf fielen noch mehr Schüsse, man hörte Geschrei in französischer Sprache, dann zogen sich die übrigen Soldaten offenbar nach dem Turm zurück. Ich muß annehmen, daß der Mann versehentlich von einem seiner eigenen Kameraden erschossen worden war, weil er sie ein Stück hinter sich gelassen hatte und weil sie ihn darum wohl für einen der Unseren hielten.«

Ramage fragte: »In welche Richtung war sein Gesicht gewandt, als er erschossen wurde?«

»Nach dem Boot zu. Die Kugel traf ihn in den Hinterkopf. Oh — jetzt weiß ich auch, warum Sie mich danach fragen. Ich blieb noch zwei oder drei Minuten unter meinem Busch, dann hörte ich vom Boot her jemanden auf englisch rufen. Gleich darauf kam ein Mann von dort her auf die Lichtung gerannt und drehte den Leichnam um — denn er lag mit dem Gesicht nach unten.

Das waren Sie, nicht wahr? Ich erkannte Sie gleich, als Sie die Kajüte betraten, denn Sie besitzen — wie sagt man doch gleich auf englisch — eine unverkennbare Art, sich zu halten und zu bewegen.«

»Ja, das stimmt, ich kam zurück, aber ich habe nicht erkannt, daß es der Leichnam eines französischen Soldaten war.«

»Das überrascht mich nicht: er war ein Kavallerist und trug genau den gleichen Umhang wie ich. Er hatte keinen Hut auf, wahrscheinlich war er ihm zwischen den Büschen verlorengegangen. Zu seiner Uniform gehörten ferner eine weiße Kniehose und schwarze Stiefel, wie ich sie ebenfalls trug.«

Da warf der Kommodore ein: »Ja, im Frankreich der Revolution sind die Uniformen sehr nüchtern und einfach geworden, mit dem Putz von früher wurde gründlich aufgeräumt.«

»*Allora*, ich wollte Ihnen rufen, aber ich erkannte, daß mein Knöchel gebrochen war und daß ich lange brauchen würde, um zum Boot zu gelangen. Jede Verzögerung aber hätte für alle anderen Lebensgefahr bedeutet. Darum blieb ich unter dem Busch liegen, und Sie gingen zu Ihrem Boot zurück. Wenige Minuten später kam wieder jemand über die Lichtung gerannt, und zwar aus derselben Richtung wie zuvor der französische Soldat.

Auch er sah sich den Toten an und fluchte schrecklich auf englisch. Offenbar war das ein Matrose und wahrscheinlich sogar jener Mann, der sich den Reitern entgegengeworfen hatte. Mehr weiß ich darüber nicht zu berichten.«

»Wie sind Sie denn hierhergelangt?«

»Das war nicht allzu schwer. Sie sagten den beiden Bauern doch, daß ich vermißt würde, und befahlen ihnen, sich in Sicherheit zu bringen. Offenbar um Sie zu beruhigen, überquerten die beiden den Fluß, aber sowie Sie mit dem Boot abgefahren waren, kamen sie zurück, um nach mir zu suchen. Die Franzosen feuerten vom Strand aus noch hinter Ihnen her, dann verschwanden sie im Galopp.«

»Und was geschah dann?«

»Die Bauern brachten mich in eine Hütte nahe dem Städtchen Capalbio und bestachen einen Fischer aus Port' Ercole, mich nach Elba — nach Porto Ferraio — zu schaffen. Der Mann wagte es nicht, nach Bastia überzusetzen, und so segelten wir nur bei Nacht, indem wir uns stets unter der Küste hielten. In Porto Ferraio fand ich eine britische Fregatte vor und ging sogleich an Bord. Tags darauf lief Kommodore Nelson ein, und ich war bis gestern sein Gast.«

Ramage wandte sich an Nelson: »Graf Pitti war also hier an Bord, als Sie einliefen, Sir?«

»Ja, mein Junge.«

»Nun, Sir, dann meine ich doch . . .«

»Halt«, unterbrach ihn Nelson, »wenn Sie etwas schärfer nachdenken, werden Sie erkennen, daß Sie sich mit Ihrer Meinung irren. Als ich das Protokoll der Gerichtsverhandlung las, die durch meine Ankunft unterbrochen worden war, kam mir in den Sinn, daß ich dringend einen Leutnant brauchte, der die *Kathleen* übernehmen konnte. Im Hinblick auf die Umstände, die dieses Verfahren begleiteten, hielt ich es für das beste, wenn Sie Bastia für eine Weile verließen. Graf Pitti fragte ich, ob es ihm etwas ausmache, die Marchesa noch einige Tage warten zu lassen, ehe sie erfuhr, daß er in Sicherheit war. Damit erklärte er sich einverstanden.«

Ramage sagte: »Entschuldigen Sie, Sir, ich wußte nicht, wie sehr ich . . .«

»Oh!« unterbrach ihn Nelson, »Sie brauchen mir nicht zu danken. Feiglinge kann ich als Untergebene nun einmal nicht brauchen. Ich war verpflichtet, Sir John Jervis über die — nun, sagen wir: ziemlich unbegründeten — Anschuldigungen gegen Sie Meldung zu machen, zu denen auch die Anklage wegen Feigheit gehörte. Wenn ich später über den gleichen jungen Offizier einen Bericht einreichen konnte, in dem dargelegt wurde, wie er die Besatzung der *Belette* mit Erfolg in Sicherheit gebracht hatte, dann brauchten wir beide, der Admiral und ich, nicht mehr an der Tapferkeit dieses Mannes oder auch an seinen Führereigenschaften zu zweifeln.«

»Aber Sie wußten doch nicht, Sir, daß bei der Rettung der Männer Schwierigkeiten zu erwarten waren, daß ich sie nicht einfach wie von einer Brücke abzuholen brauchte!«

»Meinen Sie?« sagte Nelson und zog die Brauen hoch. »Ganz im Gegenteil. Der Wind war ablandig, eine zweite Landspitze lag Ihnen im Wege — außerdem nahm ich von vornherein an, daß an Bord der *Belette* französische Truppen waren. Hat Ihnen Lord Probus nicht bedeutet, daß Sie noch unter Anklage standen?«

»Doch, Sir.«

»Nun, das sollte eine Warnung für Sie sein. Aber wir wollen nun das Thema wechseln. Wahrscheinlich ist Ihnen schon klargeworden, daß wir Bastia räumen müssen?«

»Ja.«

»Graf Pisano und Lady Elliot sind darum heute morgen nach Gibraltar ausgelaufen. Die Marchesa und Graf Pitti werden auch nach Gibraltar segeln, aber sie wollten warten, bis Sie zurückkehrten, darum fahren sie erst morgen abend.«

Er las Ramage die Enttäuschung vom Gesicht ab und meinte mitfühlend: »Ja, das ist recht betrüblich, ich selbst werde die Gesellschaft der beiden auch sehr vermissen. Aber ich hoffe doch, daß wir uns bald unter glücklicheren Umständen wiedersehen werden. Sind Sie sehr müde, Mr. Ramage?«

»Nein, Sir«, log Ramage.

»Ausgezeichnet, dann leisten Sie uns vielleicht beim Abendessen Gesellschaft?«

Das Essen wurde ein großer Erfolg. Nelson hielt sie alle in bester Stimmung, er neckte vor allem Gianna und Ramage und nahm es lachend hin, daß er hinwieder von Pitti zum besten gehalten wurde, der sich für die feurige Art des kleinen Mannes sichtlich begeisterte. Sie hatten alle auf den baldigen Sturz Bonapartes, auf die Sicherheit der beiden Köhler, auf Giannas Glück und Gesundheit und sowohl auf ihre als auch Pittis sichere Reise angestoßen.

Das Abendessen war zu Ende. Nelson hatte sich von Vetter und Cousine verabschiedet und Ramage vorgeschlagen, seinem Beispiel zu folgen, weil die beiden in das Palais des Vizekönigs zurückkehren sollten und Ramage tags darauf wohl kaum Zeit finden würde, sie aufzusuchen.

So hatte er denn Lebewohl gesagt. Pitti fand dabei wenig Worte, er benahm sich ausgesprochen förmlich, auch Gianna schien sich nicht darüber aufzuregen, daß sie sich von ihm trennen mußte. Sie hatte ihm zugeblinzelt, gewiß, aber als er ihr gleich darauf die Hand küßte, da hatte sie sie ihm kraftlos überlassen, ohne heimlichen Druck, ohne jede stumme Botschaft. Die Rettung war durchgeführt, dachte er voll Bitterkeit, Vetter und Cousine waren wieder vereint, und Leutnant Ramage konnte abtreten.

Als er eben im Begriff war, die Kajüte zu verlassen — er wollte als erster von Bord gehen, damit er nicht zu sehen brauchte, wie das Boot Gianna an Land brachte —, übergab ihm der Kommodore einen versiegelten Umschlag.

»Befehle für Sie«, sagte er kurz. »Reichen Sie mir morgen vormittag Ihren Bericht über das *Belette*-Unternehmen ein.«

Als dann Jackson das Boot im Dunkel der Nacht nach der *Kathleen* zurücksteuerte, saß Ramage gramverzehrt im Cockpit. Ach, bei diesen Italienern war eben doch nur alles äußerer Anstrich, alles leeres Getue. Erst lag sie neben ihm auf den Knien, im nächsten Augenblick nahm sie so unbeteiligt von ihm Abschied wie etwa von einem Gast, der sie maßlos gelangweilt hatte.

Vom Kutter scholl ein Anruf herüber, und Jackson rief zurück *»Kathleen«*, um anzuzeigen, daß er den Kommandanten an Bord hatte.

Sobald er in seiner winzigen Kajüte war, in der der Steward einen Augenblick zuvor die Lampe an das Schott gehängt hatte, legte er seinen Degen ab, warf sich in den Sessel und starrte auf das Deck zu seinen Füßen. Das ausgespannte Segeltuch, das den Teppich ersetzte, war an der Stelle, wo die Tür darüber kratzte, abgewetzt und brauchte dringend einen neuen Anstrich. Wie glücklich war so ein Stück Segeltuch, dachte er schlaftrunken: ein neuer Anstrich, und alle Schrammen von früher waren vergessen.

Endlich zog er den versiegelten leinenen Umschlag aus der Tasche. Was hatte ihm der Kommodore wohl jetzt wieder zugedacht? Wahrscheinlich irgend so einen blödsinnigen Auftrag, wie er eben Kuttern vorbehalten blieb. Vielleicht gab es an Sir John Jervis in San Fiorenzo Depeschen zu befördern, oder dem Gesandten in Neapel sollten Briefe überbracht werden.

Er erbrach das Siegel, öffnete den Umschlag und begann zu lesen.

»Sie werden hiermit ersucht und angewiesen, die Marchesa di Volterra und den Grafen Pitti an Bord des Ihrem Kommando unterstellten Schiffes zu empfangen und mit den Genannten auf dem schnellsten Wege nach Gibraltar zu versegeln. Es wird Ihnen aufgegeben, für diese Reise eine südliche Route zu wählen, um jede Begegnung mit feindlichen Kriegsschiffen tunlichst zu vermeiden ... Nach der Ankunft in Gibraltar haben Sie sich unverzüglich bei dem Kommandierenden Admiral zu melden, um von ihm den Befehl für Ihre weitere Verwendung entgegenzunehmen.«

Ramage strahlte über das ganze Gesicht: Kein Wunder, daß ihm Gianna zugeblinzelt hatte.

Die Sprache des Seemanns

Ein Nachwort des Übersetzers

Die folgenden Ausführungen haben den Zweck, den nicht »seebefahrenen« Leser im großen und ganzen mit dem Milieu vertraut zu machen, in dem sich die Handlung dieses Buches abspielt, und ihm vor allem einige Kenntnisse von der Ausdrucksweise des Seemanns zu vermitteln.

Beginnen wir mit den Schiffen selbst, jenen Seglern, die seit der Entdeckung der Erde bis zu Nelsons Zeiten sich wenig geändert hatten. Diese Schiffe waren in all den Jahrhunderten bis zur Neuzeit aus Holz gebaut, sie haben die Wälder Spaniens, die Wälder Griechenlands und zum Teil auch die Wälder Italiens gefressen, dadurch wurde die Landschaft des südlichen Europas verunstaltet und sein Klima verändert. Denn die Bäume, die dort wuchsen, brauchte man für die Kiele, die Spanten, die Steven und die Planken der Schiffe, die jenen Ländern Nahrung, Macht und Reichtum bringen sollten. Zur Zeit Napoleons und Nelsons bezog England die Masse seiner Schiffbauhölzer aus Skandinavien und aus den Ostseeländern. Darum hätte ihm die auf Neutralität bedachte nordische Allianz zwischen Rußland, Schweden, Norwegen und Dänemark so gefährlich werden können, die Nelson durch den Überfall auf die dänische Flotte vor Kopenhagen zunichte machte.

Aus Holz ist der *Kiel*, das Rückgrat des Segelschiffes und durch seinen nach unten herausragenden Teil gleichzeitig dazu bestimmt, die *Abtrift*, das seitliche Wegtreiben durch die *querein* wirkende Komponente des

Windes, möglichst zu verringern. Auf dem Kiel sitzen die *Spanten*, durch die das Schiff seine Form erhält, und über die Spanten ziehen sich *längsschiffs* die Planken, die in ihrer Gesamtheit die *Außenhaut* bilden. Diese Planken sind fest und genau aneinandergefügt und durch Nägel aus Akazienholz mit den Spanten verbunden. Diese Bauweise, die eine glatte Außenhaut ergab, nannte man *kraweel*. Bei kleineren Fahrzeugen, vor allem bei Booten, fügte man die Planken dachziegelartig übereinander, weil man damit größere Dichtigkeit erzielen konnte. Solche Fahrzeuge hießen *geklinkert* oder *Klinker gebaut*. Alle kraweelgebauten Schiffe mußten *kalfatert* werden, das heißt, daß man mit Kalfatereisen Baumwollfäden in die Nähte zwischen den Planken schlug und sie dann mit Teer verschmierte. Dennoch waren solche Schiffe nie ganz dicht, sie »arbeiteten« und »machten Wasser«, das sich im untersten Kielraum, der *Bilge*, ansammelte. Darum mußte die Bilge auf jeder Wache *lenzgepumpt* werden, das heißt, es wurde so lange gepumpt, bis die Pumpen *lenz schlugen*, also kein Wasser mehr gaben.

Die Pflege des Schiffsrumpfes, die Überwachung seines Zustandes, sein Dichthalten, vor allem aber die Beseitigung aller Schäden, die der Schiffskörper im Gefecht erlitt, oblag dem Zimmermann, der auf deutschen Kriegsschiffen seit alters den Titel »Meister« führte. Er war ein Deckoffizier, bekleidete also einen Rang, der zwischen Offizier und Unteroffizier etwa die Mitte hielt. Wie jeder andere Deckoffizier hatte natürlich auch der Meister das nötige Fachpersonal unter sich, damit er plötzlich auftretenden Anforderungen gewachsen war. Diese waren vor allem im Gefecht zu gewärtigen. Es gab zu Nelsons Zeiten noch keine Sprenggranaten mit Aufschlagzündern, die Kugeln schlugen somit nur einfache runde Löcher in die Bordwand, die man mit Holzpfropfen, Segeltuch und reichlich Talg wieder stopfen konnte, wenn sie nicht gerade an einer Stelle saßen, an die man nicht herankommen konnte. Schlimm waren die Treffer *zwischen Wind und Wasser*, Schüsse, die nahe der Wasserlinie eingeschlagen hatten, so daß die Löcher immer wieder eintauchten und Wasser einströmen ließen. Auch hier gab es natürlich Stellen, an die man zum Dichten nicht herankam. Treffer an solchen Stellen hatten zur Folge, daß das Wasser im Raum mit zunehmender Schnelligkeit stieg, denn die Schußlöcher waren bald ständig eingetaucht, und das Wasser strömte mit steigendem Druck in das Schiff. Da war es dann bald so weit, daß die Pumpen die eindringende Flut nicht mehr bewältigen konnten; das Wasser stieg, und das Schiff lief langsam voll, es sei denn, daß es gelang, um den Rumpf des Schiffes herum ein *Lecksegel* vor die schlimmsten Verletzungen der Bordwand zu holen. Für die *Sibella* verbot sich ein solches Manöver infolge der erlittenen Schäden und Mannschaftsverluste, vor allem aber wegen der Nähe des Gegners von selbst.

Doch sehen wir uns nun weiter an Deck um. In die glatte Fläche der blendendweißen Decksplanken, die immer wieder mit Sand und Steinen gescheuert werden, sind da und dort Luken eingeschnitten, die auf allen vier Seiten mit hohen *Sülls* (Schwellen) umgeben sind, damit unter normalen Umständen kein Wasser nach unten gelangen kann. Diese Luken samt den dazugehörigen steilen Treppen nennt man *Niedergänge*. Seltsamerweise steigt man einen Niedergang auch hinauf, ohne daß man etwas dabei fände. Das Wort »Treppe« ist an Bord unbekannt. Durch den Niedergang gelangt man *unter Deck* in die *Messen, die Kammern* (nicht Kabinen), die Kajüte des Kommandanten, deren Einteilung uns gegen Ende dieses Buches genau erklärt wird, und vor allem in die *Batterie*, die zugleich den Mannschaften als Aufenthaltsraum dient. Dicht unter den Decksbalken dieses großen Raumes hängen die *Backen* und *Bänke* (Tische und Sitzbänke), die bei »Backen und Banken« heruntergeholt und aufgestellt werden. »Backen und Banken« ist zugleich das Signal zur Ausgabe einer Mahlzeit. Hier nun stoßen wir schon wieder auf das Wort *Back*, nämlich die Suppenback und die Fleischback, die nichts anderes sind als Schüsseln aus verzinktem Blech. Seinen Tee trinkt der Mann aus der blechernen *Muck*, dem gleichen Gefäß, in dem er auch seine Rumration entgegennimmt.

Wir können uns kaum vorstellen, wie beengt ein Matrose in jenen Tagen hausen mußte, wie leicht er sich eine der damals üblichen barbarischen Strafen zuzog. Die Männer schliefen dicht nebeneinander in Hängematten aus Segeltuch. Sie wurden mit dem Ruf: *»Rise, rise!«* und dem dazugehörigen Signalpfiff der Bootsmannsmaate geweckt und mußten ihre Hängematten samt Matratze und Decke *zurren*, das heißt zu wurstförmigen Gebilden zusammenrollen, die dann nicht etwa unter Deck, sondern zum Schutz gegen Musketenfeuer oben auf der *Reling* — der Brüstung des Oberdecks — in den sogenannten *Finknetzkästen* verstaut wurden. Der Name Finknetzkasten kommt wohl daher, daß hier ehedem auch die *Enternetze* ihren Platz fanden, die man über der Reling ausholen konnte, um *Enterern* das Anbordkommen zu erschweren. (»Entern« hieß das Übersteigen auf ein feindliches Schiff, um es im Nahkampf zu erobern.)

In die Reling waren zu beiden Seiten die *Fallreepspforten* eingeschnitten, die den Zugang zum *Steuerbord-* und *Backbordfallreep* bildeten. Das Fallreep war entweder eine an einem kleinen *Davit* (Kran) hängende steile Treppe oder als *Seefallreep* eine »Jakobsleiter« genannte Strickleiter mit hölzernen Sprossen. Mitunter wurde auch durch feste, aus der Bordwand vorstehende Leisten die Möglichkeit geschaffen, an der Bordwand emporzuklettern. Das Anbordkommen wurde durch *Strecktaue* erleichtert, an denen man sich festhalten konnte. Die Ehrenwache der Fallreepsgasten (zwei bis sechs je nach Dienstgrad) hatte ursprünglich den Zweck, älteren Herren auf dem beschwerlichen Weg vom Boot an Bord oder umgekehrt behilflich zu sein.

Über das Oberdeck erhoben sich vorne die Back und hinten das Achterdeck; sie waren in der Regel durch eine Laufbrücke verbunden. Auf der Back befand sich das *Ankergeschirr*, bestehend aus den Ankern mit ihren Ankertrossen aus Hanf, die in See an *Kattdavits* (über die Reling vorstehende Kranbalken) aufgefangen und festgezurrt waren. Die Ankertrosse lief durch eine *Decksklüse* unter Deck, wo sie in einer eigenen *Trossenlast* untergebracht war. Beim Ankerlichten wurde sie um ein *Spill* mit senkrechter Achse genommen, das von den *Backsgasten* (dem auf der Back eingesetzten Teil der Mannschaft) mittels der *Spillspaken* — einer Art hölzerner Speichen — im Rundlauf gedreht wurde. Kleinere Schiffe wie die *Kathleen* hatten an Stelle des Spills eine *Winsch* mit waagrechter Achse, die nur zwei, im Notfall höchstens vier Mann Bedienung erforderte. Wenn der Anker auf dem Grund gefaßt hatte, mußte die Ankertrosse auf das Vier- bis Sechsfache der Wassertiefe *gesteckt* werden, um zu verhindern, daß der Anker losbrach und das Schiff ins Treiben geriet. Der Zug der Trosse wirkte dann ziemlich waagrecht, also in günstigster Richtung auf den Anker. Wie ein Anker gelichtet wird, ist in diesem Buch genau beschrieben.

Das Achterdeck am hinteren Ende des Schiffs diente vor allem der Schiffsführung. Hier befand sich das *Ruderrad* — auf größeren Schiffen waren es ihrer zwei hintereinander — oder, wie auf der kleinen *Kathleen*, die *Pinne* — der waagrechte, lange Steuerknüppel. Gesteuert wurde vom *Rudergänger* und nicht etwa vom Steuermann, denn dieser letztere hatte eine wesentlich höhere Funktion. Ihm oblag es, nach Anweisung des Kommandanten das Schiff nautisch zu führen, den Schiffsort aus Gestirnshöhen zu errechnen, nach Peilungen von *Landmarken* (Leuchttürmen, Kaps, Bergen usw.) zu bestimmen oder durch *Koppeln*, das heißt Aneinanderreihen der »gesteuerten Kurse« und der »gelaufenen Fahrt«, zu ermitteln. Die erste und zweite der genannten Bestimmungen des Schiffsorts nennt man das beobachtete, die dritte das *gegißte Besteck*, »gegißt«, weil es manche Faktoren enthält, die nur geschätzt werden können, wie Strömung, Abtrift, Kompaßfehler, Irrtümer des Rudergängers und so weiter. Der Steuermann führt das *Logbuch*, das alle Daten enthalten muß, die für die Navigation von Belang sind, und was sich sonst noch während der Reise, sei es von außen, sei es an Bord des Schiffes selbst, ereignet. Auch Strafen, die der Kommandant etwa über Besatzungsmitglieder verhängt, werden hier vermerkt. Selbstverständlich hat der Steuermann auch die Kartenausrüstung des Schiffs in Verwahr, sogenannte *Merkatorkarten*, auf denen die Breitengrade als parallele Linien eingetragen sind und die Entfernungen in Seemeilen an den Seitenrändern abgegriffen werden können. Die Schiffsgeschwindigkeit, *Fahrt* genannt, wurde durch die Länge der in einer bestimmten Zeit ausgelaufenen Logleine bestimmt, die an einem senkrecht im Wasser stehenden dreieckigen Brettchen befestigt war. Diese stündlich wiederholte Fahrtbestimmung nannte man *loggen*. Dem gleichen Zweck dient heute ein mit Schraubenflügeln versehenes rotierendes »Patentlog«. Es ist an der Loguhr befestigt, von der man die Fahrt in Seemeilen unmittelbar ablesen kann. Eine Seemeile entspricht einer Meridianminute = 1852 Meter.

Die Segelschiffe der Nelsonzeit wurden durch den

Wind getrieben, dem die Segel als Angriffsfläche dienten. Größere Schiffe waren immer Rahschiffe, wie wir sie von alten Bildern zur Genüge kennen. Fregatten und Linienschiffe hatten drei Masten, von vorn nach hinten Fockmast, Großmast und Kreuzmast genannt. Die *Stengen* bildeten die Verlängerung der *Untermasten*. An beiden hingen querschiffs die *Rahen*, als unterste von vorn gerechnet die Fockrah, die Großrah und die Bagienrah. Darüber hingen an den Marsstengen die drei Marsrahen: Vormarsrah, Großmarsrah und Kreuzmarsrah, und endlich noch ein Stockwerk höher an den Bramstengen die Bramrahen. An Vorsegeln zwischen Fockmast und Klüverbaumnock (Ende des Klüverbaums) gab es von hinten nach vorn die *Stagfock*, den *Innenklüver* und den *Außenklüver*. Das Bugspriet ragte nach vorn über den Bug hinaus, auf ihm saß als Verlängerung der Klüverbaum. Die Enden aller dieser *Spieren* nannte und nennt man noch heute ihre *Nocken*. An jeder dieser Rahen war ein mächtiges Segel *untergeschlagen* (befestigt), das mit *Geitauen* und *Gordings* zusammengeschnürt oder *aufgegeit* werden konnte, damit es die Männer, die auf den *Pferden* unter der Rah *ausgelegt* hatten, schließlich mit *Zeisings* (Segeltuchbändern) festmachen konnten. Beim *Reffen* konnte man einen Teil des Segels mit *Refftaljen* (besonderen Flaschenzügen) an die Rah hochholen und mit den eingenähten *Reffzeisings* (kurzen Leinen) festmachen, so daß die Segelfläche der Windstärke angepaßt war. Auf den Rahen saßen die *Leesegelspieren*, die man hinausschieben konnte, um unter ihnen die Leesegel zu setzen und so die Segelfläche nach der Seite zu vergrößern. Viele Schiffe, darunter auch die *Sibella*, hatten außerdem die Möglichkeit, an einer Rah unter dem Bugspriet ein Segel zu setzen, das vor allem durch seinen weit vorn liegenden Angriffspunkt zuweilen von Nutzen war.

Masten, Rahen und Segel wurden durch Tauwerk gestützt und bedient. Alles als Stütze dienende Tauwerk nannte und nennt man das *stehende Gut*. Dazu zählen vor allem die *Wanten*, die den Mast seitlich stützen und zur Vergrößerung des Angriffswinkels mit dem unteren Ende außerhalb der Bordwand an den seitwärts herausragenden *Rüsten* sitzen. Die Mars- und Bramstengen werden durch die sogenannten *Stengenwanten* seitlich gehalten, die unten an den breiten *Marsen* und den *Bramsalings* befestigt sind. Die *Stagen* endlich geben den Masten und Stengen nach vorn und achtern Halt. Zum *laufenden Gut* gehören die *Brassen* zum Herumholen der Rahen, die *Fallen* zum Heißen und Fieren der oberen Rahen, die *Schoten* zum Ausholen der unteren Ecken der Segel (Schothörner), die schon erwähnten Geitaue und Gordings und vieles mehr, dessen Aufzählung zu weit ins Detail führen würde. Der *Besan* ist, außer den Vorsegeln, das einzige nicht querschiffs unter einer Rah hängende Segel. Es steht *längsschiffs* zwischen Baum und *Gaffel*, die bei ihm die Rahen vertreten. Man nennt solche Segel allgemein *Schratsegel*. Ein Kutter wie die *Kathleen* führt *nur* Schratsegel, zu denen im weiteren Sinne auch die Vorsegel — Stagfock und Klüver — zu rechnen sind. Es ist klar, daß ein Kutter mit dieser Besegelung bedeutend höher an den Wind gehen kann als das Rahschiff, das schon am Wind liegt, wenn dieser zwei Strich (22 Grad) *vorlicher als querein* kommt. Mit einem Kutter kann man dagegen bis zu vier Strich oder 45 Grad an den Wind gehen, eine Möglichkeit, die ihm damals weit überlegenen Gegnern gegenüber ein hohes Maß an Sicherheit verlieh. Da der Großbaum des Kutters nach beiden Seiten Raum zum Ausschwingen braucht, muß das jeweils in Lee, der dem Wind abgewandten Seite, befindliche, den Mast stjützende Backstag aufgefiert oder

446

losgeworfen werden, während das Luvbackstag zur Erfüllung seiner stützenden Aufgabe rechtzeitig *steifgeholt* und *belegt* wird.

Herr über alles Tauwerk an Bord eines Segelschiffs — immer natürlich unter dem Kommandanten — ist der *Bootsmann.* Ich kannte einen Bootsmann, der zum erstenmal in Buenos Aires gewesen war. Als ich ihn nach seinen Eindrücken von dieser Stadt fragte, meinte er nur: »Ich habe nirgends stärkere Festmacher gesehen.« *Festmacher* — das sind die Trossen, mit denen ein Schiff längsseit einer Pier *festgemacht* wird. Tauwerk gibt es in der Seefahrt, aber kein Tau, außer etwa dem Strecktau, von dem schon die Rede war. Taue nennt der Seemann *Enden,* und das Ende eines Endes ist der *Tamp.* Starke Taue sind Trossen wie etwa die Ankertrosse oder die schon erwähnten Festmacher. Enden, die über Rollen laufen, sind *durch Blöcke geschoren.* Einen so hergestellten Flaschenzug nennt man *Talje;* wenn er besonders schwer und tragkräftig ist, *Takel.* Mit solchen Vorrichtungen kann man Kraft in Weg umsetzen, also Kraft sparen, was bei der Seefahrt sehr wichtig ist. Darum fanden Taljen und Takel überall Verwendung, wo es galt, schwere Lasten zu bewegen. Vom Katten eines Ankers mittels der Katt-Talje war schon die Rede, vom Schwenken der Geschütze mit Taljen wird noch die Rede sein; hier soll jetzt ihre Verwendung zum Aus- und Einsetzen der Schiffsboote erwähnt werden, weil auch die Boote zum Dienstbereich des Bootsmanns gehörten, wie uns schon sein Name verrät. Die Boote eines Schiffes jener Zeit standen entweder in *Klampen* auf dem *Bootsdeck* über dem Oberdeck, oder sie hingen in Davits. Das letztere galt vor allem für die Rettungsboote, die zum Beispiel zum Auffischen über Bord Gegangener Verwendung fanden. Als Rettungsboote dienten in der Regel Kutter, Ruderboote mit zehn bis vierzehn *Riemen* (Rudern), die von ebenso vielen Leuten zu je zweien auf einer *Ducht* oder Sitzbank *gepullt* wurden. Das *Ruder* des Bootes diente nur zum Steuern, an ihm saß der Bootssteuerer, der über die Männer an den Riemen, die *Bootsgasten*, das Kommando führte. Der Sitzraum für die Passagiere achtern (hinten im Boot) hieß und heißt noch heute die *Plicht* oder *Achterplicht*. Hier saß der Bootssteuerer an der *Pinne*, die ihm ermöglichte, das Ruder zu *legen*. Das Boot, das in diesem Roman die größte Rolle spielt, ist die *Gig* des Kommandanten, ein schlankes, meist *spitzgatt* gebautes, das heißt vorn und achtern spitz zulaufendes Ruderboot, das von sechs bis acht Mann gepullt wurde, die einzeln auf den Duchten hintereinander saßen und von denen je drei oder vier ihre Riemen an Backbord oder Steuerbord führten. Für die Ramage gestellte Aufgabe hatte die Gig die Vorteile der Leichtigkeit, der Wendigkeit und der Schnelligkeit, ganz abgesehen davon, daß sie am besten verborgen zu halten war. Außer Gig und Kutter gab es an größeren Booten noch die *Barkasse*, die eine Menge Menschen faßte und vor allem bei Enterunternehmungen eine Rolle spielte.

Doch zurück zum Tauwerk. Ein Ende kann entweder steif oder lose sein; soll es nicht lose bleiben, so *holt man es durch* oder *setzt es steif*. Ist es steif und in Gefahr zu *brechen*, so *schrickt* man es, um den Zug zu vermindern, oder man *wirft es los*, wenn man seiner nicht mehr bedarf. Alle Enden werden an *Klampen* oder *Belegnägeln* festgemacht oder *belegt*, um zu verhindern, daß sie *ausrauschen*. Der nicht verwendete Teil eines Endes, sei es eines Falls oder einer Schot, wird säuberlich an Deck *aufgeschossen*.

Die Manöver eines Segelschiffs: Das Rahschiff *liegt* wie gesagt *am Wind*, wenn der Wind zwei Strich vorlicher als querein kommt. Steht der Wind querein, das heißt neunzig Grad zur Kursrichtung, so segelt es mit *halbem Wind*, kommt er weiter von achtern, so spricht man von *raumschots*. Der Wind, der fünfundvierzig Grad von achtern kommt, heißt *Backstagsbrise*. Kommt der Wind *recht* von achtern, so liegt man *vor dem Wind* — ein wenig günstiger Kurs, weil dabei die achteren Segel die vorderen abdecken. Alles in allem sind einem Rahschiff sämtliche Kurse versperrt, die mehr gegen den Wind führen als sechs Strich oder sechsundsechzig Grad, und das gilt natürlich nach beiden Seiten. Will es dennoch gegen die herrschende Windrichtung *Raum gewinnen*, so muß es *kreuzen*, das heißt einmal über den einen und dann über den anderen Bug am Winde segeln. Um vom einen auf den anderen Bug zu gelangen, muß es entweder *wenden*, das heißt in den Wind drehen und dann auf dem anderen Bug abfallen, oder *halsen*, das heißt vor den Wind drehen und auf dem anderen Bug wieder anluven. Halsen ist sicherer als wenden, aber man verliert dabei bereits gewonnenen Raum. Gaffelsegel müssen beim Halsen vorsichtig übergenommen werden, weil sie sonst mit gefährlichem Schwung überkommen.

Nun noch einige Worte über die Artillerie: Die Kriegsschiffe der Nelsonzeit waren reichlich mit Vorderladern bestückt, die Zahl der Geschütze kennzeichnete geradezu die Größe des betreffenden Schiffes. Vierundzwanziger, Sechsunddreißiger und so weiter, bis zum Vierundsiebziger oder gar bis zum Linienschiff mit über hundert Kanonen — immer wurde durch die Zahl der Geschütze auch die Größe des Schiffes selbst hinreichend genau bezeichnet. Der größte Teil der Geschütze stand in einem oder mehreren Batteriedecks. In diese Decks waren *Stück-* oder *Geschützpforten* eingeschnitten, die es erlaubten, die Geschütze von der Querabrichtung um einen kleinen Winkel nach vorn oder achtern zu schwenken. Dies geschah mit Hilfe der *Richttaljen*. Die Geschütze wurden im *eingerannten* Zustand geladen, dann wurden sie *aus-*

gerannt, das heißt ihre Rohre wurden durch die nunmehr geöffneten *Stückpforten* nach außen geschoben. Die Lafetten, auf denen sie ruhten, liefen auf Rädern. Man muß sich vor Augen halten, daß ein solches Geschütz nur durch die Mündung geladen werden konnte. Die Kugel war rund und paßte möglichst genau ins Rohr, die Pulverladung bestand aus einem Kartuschbeutel mit Schwarzpulver, dessen leichte Entzündbarkeit höchste Vorsicht verlangte. So durfte die mit einem Vorhang abgeschlossene Pulverkammer nur in Filzpantoffeln betreten werden, und die Geschütze wurden nach jedem Schuß feucht ausgewischt, damit keine gefährlichen glühenden Reste zurückgeblieben sein konnten. Beim Schuß »rannte« die Kanone durch den Rückstoß auf ihren Lafettenrädern »ein«, bis sie durch eine *Brook* (ein Stück starker Trosse) abgebremst und festgehalten wurde. Geschütze mit festen Lafetten, die den unvermeidlichen Rückstoß hydraulisch abbremsen, waren zu Nelsons Zeiten noch unbekannt. Eingerannt war das Geschütz wieder in der Stellung, in der es von der Mündung her aufs neue geladen werden konnte. Es dauerte in der Regel ziemlich lange — an die fünf Minuten —, bis es wieder feuerbereit und ausgerannt war. Bei den leichten Geschützen, den Karronaden, deren Lafetten beim Schuß nicht auf Rädern zurückrollten, sondern auf einer Gleitbahn binnenbords rutschten, ging das Wiederladen natürlich schneller. Karronaden standen in der Regel auf der Back und auf dem Achterdeck, damit das Schiff nach vorn und achtern nicht ganz wehrlos war — wenn bei ihnen auch nicht von wirklicher Feuerkraft die Rede sein konnte. Ziel jeder taktischen Operation war es daher, den Gegner mit der eigenen Breitseite *längsschiffs* zu bestreichen. Wenn dies gelang, war sein Schicksal meist schon nach der ersten Salve besiegelt. Ging es allerdings um den Kampf zweier Flotten, so ließ sich dieses Manöver — *Crossing the T* genannt — in der Regel nicht anwenden. Es kam dann meist zu einem lang anhaltenden Feuerwechsel auf parallelen Kursen, dem sogenannten laufenden Gefecht, das selten zu einer echten Entscheidung führte. Darum vermied Nelson diese Art, sich mit dem Gegner zu messen. Vor Kopenhagen und bei Abukir griff er eine vor Anker liegende Flotte an, bei Trafalgar nahm er es in Kauf, daß die Spitzenschiffe der beiden angreifenden Kolonnen längsschiffs bestrichen wurden, weil es ihm darauf ankam, den Gegner zum Kampf auf kürzeste Entfernung zu stellen und durch die kämpferische Überlegenheit seiner Besatzungen zu schlagen.

Dabei war die damalige britische Navy mit heutigen Augen gesehen alles andere als vollkommen. Wir vermögen uns kaum vorzustellen, daß es trotz Verfassung, Parlament und bürgerlichen Rechten kein Schiff gab, dessen Mannschaftsverzeichnis — die *Musterrolle* — nicht die Namen von Männern enthielt, die in der englischen Heimat von sogenannten *Preßkommandos* mit Gewalt an Bord geschleppt, gekidnappt, worden waren, um die durch Desertionen gelichtete Besatzung aufzufüllen. Auch von übler Protektionswirtschaft in den hohen und höchsten Kommandostellen verrät uns der Roman einiges, das gewiß der historischen Prüfung standhält.

E. v. Beulwitz

Dudley Pope

Die Trommel schlug zum Streite

Die Seefahrten des Leutnant Ramage

Roman

1

Die feuchtwarme Luft des Mittelmeersommers hatte
bewirkt, daß die Wasserzeichen des Briefpapiers gequol-
len waren wie verheilte Schrammen auf der Haut und
die Bogen modrige gelbe Ränder bekommen hatten. Der
Befehl, von einem Sekretär untadelig zu Papier gebracht, verriet durch die Blässe der Schrift, daß der
Mann knapp an Tintenpulver gewesen war. Das Schriftstück war vom 21. Oktober 1796 datiert und trug den
Briefkopf: »Kommodore Horatio Nelson, Kommandant
Seiner Majestät Schiff *Diadem* und ältester Offizier
Seiner Majestät Schiffe und Fahrzeuge im Hafen von
Bastia.« Es war an »Leutnant Lord Ramage, Komman-
dant Seiner Majestät Schiff *Kathleen*« adressiert, sein
Inhalt beschränkte sich, der Gewohnheit des Kommodore
entsprechend, auf ein paar kurze, bündige Sätze:

»Sie werden hiermit ersucht und angewiesen, die
Marchesa di Volterra und den Grafen Pitti an Bord
des Ihnen unterstellten Schiffes Seiner Majestät zu
nehmen und mit den beiden auf dem schnellsten
Wege nach Gibraltar zu versegeln. Achten Sie darauf,
sich dabei möglichst weit südlich zu halten, um Begeg-
nungen mit feindlichen Kriegsschiffen tunlichst zu vermeiden. Nach der Ankunft in Gibraltar haben Sie sich
unverzüglich bei dem Kommandierenden Admiral zu
melden, um von ihm Befehle für Ihre weitere Verwendung entgegenzunehmen.«

— und zu erfahren, sagte sich Ramage, daß die Marchesa und Pitti auf einem weit größeren Schiff nach England weitersegeln sollten. Er selbst sollte mit seiner *Kathleen* wohl wieder zum Verband des Kommodore stoßen,

der bis dahin bestimmt den Abtransport der britischen Truppen aus Bastia beendet hatte (so daß ganz Korsika den Rebellen und Franzosen wieder anheimfiel) und nach der Insel Elba zurückgelaufen war, um auch dort zu retten, was noch zu retten war, während die Truppen des Generals Bonaparte auf dem italienischen Festland schon wie eine Sturmflut nach Süden strömten.

In Genua, Pisa, Mailand, Florenz, Livorno, zur Zeit vielleicht schon in Civitavecchia und in Rom —, kurz in allen Städten und Häfen, die schön und für die Franzosen von Nutzen waren, wehte jetzt die Trikolore, erhob sich der schmiedeeiserne Freiheitsbaum (mit der absurden roten Jakobinermütze obenauf). Dieses Wahrzeichen stand immer auf der Hauptpiazza in der Stadtmitte, und gleich daneben stand die Guillotine für jene bereit, die sich außerstande fühlten, die bitteren Früchte dieses Baumes der Freiheit zu verdauen.

Und doch, sagte sich Ramage schmunzelnd, *er* konnte sich über Bonaparte bei Gott nicht beschweren. Seiner Invasion hatte er es zu danken, daß er als erstes Kommando Seiner Majestät Kutter *Kathleen* befehligte, und wiederum Bonaparte, diesem seltsamen Cupido, hatte er es zu danken, daß jetzt eine vor dessen Truppen geflohene schöne Frau auf seiner *Kathleen* weilte, eine Frau, für die er in Liebe entbrannt war.

Er kitzelte sich mit der Feder seines Gänsekiels die Nase und dachte dabei an einen Befehl, jenen Geheimbefehl, der sich ausgewirkt hatte wie eine Lunte an einer ganzen Reihe von Pulverfässern. Eins um das andere waren sie in den letzten Monaten hochgegangen und hatten dabei seine Laufbahn ernstlich erschüttert.

Am 1. September, als der Kommandant der Fregatte *Sibella* den Befehl erhielt, war er der jüngste der drei Leutnants an Bord gewesen. Nach jenem Befehl, den nur der Kommandant kannte, sollte die *Sibella* einen

Punkt vor der italienischen Küste ansteuern und dort einige Angehörige des italienischen Adels übernehmen, die vor den Franzosen geflohen waren und sich nahe der Küste verborgen hielten.

Aber die *Sibella* stieß dabei zufällig auf ein französisches Linienschiff und wurde zum Wrack geschossen. Er, Ramage, war der einzige überlebende Offizier. Als die Nacht anbrach, gelang es ihm, mit den unverwundeten Männern in den übriggebliebenen Booten zu entkommen. Ehe er die *Sibella* verließ, nahm er den Geheimbefehl des gefallenen Kommandanten an sich.

Hätte er das Schriftstück in der eigens dafür vorgesehenen beschwerten Kassette über Bord werfen sollen? Natürlich wäre das richtig gewesen, denn es lag immerhin nahe, daß ihn die Franzosen doch noch in ihre Gewalt bekamen.

Er hatte sich nicht dazu entschließen können, sondern den Befehl im offenen Boot gelesen und daraus entnommen, daß die Marchesa di Volterra und zwei ihrer Vettern, die Grafen Pitti und Pisano, sowie mehrere andere Edelleute nur wenige Meilen entfernt an der Küste auf ihre Rettung warteten. Daß die Volterras alte Freunde seiner Eltern waren, hatte seinen Entschluß in keiner Weise beeinflußt — dessen war er sicher —, die Leute mit einem seiner Boote zu retten.

Leider war dann alles schiefgegangen: nur die Marchesa und ihre beiden Vettern hatten es endlich gewagt, sich dem offenen Boot anzuvertrauen, er selbst aber hatte das Unternehmen zuletzt noch gründlich verpfuscht. Bei einem Überfall durch französische Kavallerie war Pitti allem Anschein nach durch einen Schuß ins Gesicht getötet worden, und Ramage hatte noch Glück gehabt, daß er wenigstens die Marchesa und Pisano in Sicherheit bringen konnte.

Glück? Konnte er dabei wirklich von Glück sprechen?

Die Marchesa war verletzt, und Pisano, der sich so feige benahm, daß sich die ganze Bootsbesatzung darüber aufregte, ausgerechnet dieser Pisano hatte ihn plötzlich der Feigheit geziehen. Und als er die beiden sicher nach Korsika gebracht hatte, da hatte er diesen Vorwurf der Feigheit auch noch schriftlich wiederholt.

Heute noch überlief Ramage ein kalter Schauer, wenn er an das Kriegsgericht dachte, das aus dieser Sache entstand. Es war ausgesprochenes Pech, daß der Vorsitzende dieses Gerichts ein Gegner seines Vaters war. Dann aber war es fast unglaublich, wie die Marchesa plötzlich alle Rücksicht auf ihren Vetter beiseite ließ und zu seinen Gunsten aussagte. Ja, sie stellte nicht nur in Abrede, daß er feige gewesen sei, sondern erklärte im Gegenteil, er habe sich verhalten wie ein Held.

Und am Ende, als der erbärmliche Pisano der Verleumdung überführt war, traf Graf Pitti plötzlich in Bastia ein. Von einem Schuß ins Gesicht war keine Rede gewesen, er hatte sich nur den Knöchel verstaucht, als er allein zum Boot rannte, und sich dann unter einem Busch verkrochen, weil er nicht wollte, daß die Retter seinetwegen warteten.

Sowohl die Marchesa wie Antonio Pitti hatten Ramage hinterher dem Kommodore Nelson gegenüber in überschwenglicher Weise herausgestrichen, als dieser während der Kriegsgerichtsverhandlung in Bastia eingelaufen war. Für Ramage aber war und blieb jenes Verfahren eine ärgere Verletzung seines Selbstgefühls, als sich irgendeiner der Beteiligten — ausgenommen höchstens Gianna — träumen ließ. Das ging schon daraus hervor, daß er immer noch darüber nachgrübelte.

Ärgerlich reckte er sich auf. Der Teufel sollte diese ganze Geschichte holen, das war doch alles ausgestanden, er hatte wirklich keine Zeit, wie eine alte Henne herumzusitzen und weiter über das zu brüten, was längst vergangen und vergessen war. Er faltete den Befehl des Kommodore, den er auswendig hersagen konnte, sorgfältig zusammen, schlug sein Logbuch auf und tauchte die Feder in die Tinte. Auf der Linie 9 Uhr schrieb er in die senkrechte Spalte: »Kurs und Wind« schwungvoll das Wort »Stille«. In die nächste Spalte »Bemerkungen« kam dann: »Sonntag, den 30. Oktober 1796. Besatzung: Dienst nach Plan. 10 Uhr Musterung, 10.30 Uhr Gottesdienst, 11.30 Uhr Decks aufklaren, Rumausgabe. 12 Uhr Backen und Banken.«

Der Ausdruck »Dienst nach Plan« war ihm zuwider, aber er war nun einmal gebräuchlich und erschien täglich mindestens zweimal in jedem Logbuch.

Da es im Augenblick erst 10 Uhr war, hatte er die übrige Routine des Vormittags vorweggenommen. Die Kammer, mit der er sich zur Zeit begnügen mußte, war so dunkel, heiß und stickig, daß ihm der Aufenthalt in ihr gründlich zuwider war. Ungeduldig wischte er die Feder trocken und machte dabei seinen Daumen schwarz. Dann schloß er das Logbuch und seinen Befehl in den Schreibtisch und ging an Deck. Den Gruß des Postens erwiderte er mit einem kurzen Nicken.

Sein brummiger Ausdruck gab den Männern Anlaß, ihm aus dem Weg zu gehen, als er achteraus schritt. Sonntage in See waren ihm vor allem wegen der Salbaderei unangenehm, zu der jeder Kommandant eines Kriegsschiffs Seiner Majestät verpflichtet war, selbst wenn er nur ein ganz junger Leutnant und sein Schiff nur ein winziger Kutter mit zehn Karronaden war.

Noch ärger war ihm, daß er an diesem Spätherbsttag hier im Mittelmeer in der Flaute liegen mußte. Die lange, ölglatte Dünung verhieß ihm nicht, daß etwa in den nächsten Stunden, ja in der ganzen kommenden Woche eine Brise aufkommen könnte. So ähnlich mußte es im Fegefeuer sein, dachte er. Dabei hatte er es besser als jeder andere an Bord, weil er seine schlechte Laune offen zeigen konnte, was der übrigen Besatzung verwehrt war.

Über die Reling gelehnt, verfolgte er den glatten Kamm jeder Dünung, wie er von achtern aufkam, um seinen Kutter durchzuschaukeln. Erst hob er das breite Heck, dann schoß er voraus, um den Bug zu lüften, während das Achterschiff mit einem klatschenden Lärm ins nächste Wellental sank, der sich etwa anhörte wie das Gequietsche von Füßen in durchweichten Stiefeln.

Die Bewegungen des Schiffs waren regellos, unnatürlich und höchst unangenehm. Der Kutter wurde umhergeworfen wie ein Würfel im Becher, alles, was an Bord beweglich war, bewegte sich. Die Rücklaufschlitten der schweren, ungefügen Karronaden knirschten, und die Läufer ihrer Seitenrichtungstaljen dehnten sich stöhnend, sooft sie mit einem Ruck belastet wurden. Die Blöcke der Fallen schlugen, und die Fallen selbst klatschten heftig gegen den Mast. Und — was Ramage vollends den Rest gab — die Vorsegel waren am Fuß ihrer Stagen festgemacht, auch das Großsegel war geborgen und aufgetucht. Der Verklicker im Topp wirbelte bei jedem Kreisen des Mastes nur wie wild um seine Achse, immer rundherum, statt daß er die Windrichtung angezeigt hätte.

Wegen all dieser Flauten, die nur von kurzen Gewitterböen unterbrochen wurden, hatte die *Kathleen* in acht Tagen erst vierhundert Meilen zurückgelegt — das ergab eine durchschnittliche Fahrt von weniger als zwei Knoten in der Stunde, nicht einmal soviel wie ein trödelndes Kind auf seinem Schulweg zurücklegte. Dabei war Gibraltar von Bastia elfhundert Seemeilen entfernt, und Ramage hatte stets den Ausdruck »auf dem schnellsten Wege« vor Augen, mit dem ihm der Kommodore seine Aufgabe gestellt hatte.

Ein zorniges Geknurr hinter ihm verriet ihm jetzt, daß Henry Southwick, der alte und für gewöhnlich fast irritierend frohgestimmte Steuermann, sein Erster Offizier, soeben eine letzte Inspektion vornahm, ehe er Schiff und Besatzung klar zur Musterung meldete. Mit einem Mann wie Southwick war die Sonntagsmusterung reine Routine. Ramage wußte genau, daß diesem Mann kein Körnchen Ziegelstaub entging, den man zum Messingputzen benutzte, und daß er jedes Stäubchen Sand entdeckte, daß sich etwa in einem Speigatt versteckt hatte, nachdem das Deck mit Sand und Steinen gescheuert und mit Wasser aus der Handpumpe nachgespült worden war. Das Kupfergeschirr des Kochs war bestimmt blitzblank, die Brotkörbe, Schüsseln und Mucken jeder Back makellos, die Puddingtücher gewaschen. Die Männer waren natürlich schon sauber rasiert und steckten in reinen Hemden und Hosen ... Dennoch würde Southwick nun bald vor ihm erscheinen und ihn um die Erlaubnis bitten, die Besatzung mustern zu dürfen. Nach der Musterung wurden dann alle Mann zum Gottesdienst achteraus gepfiffen, den Ramage selbst abzuhalten hatte.

Der Gedanke daran hob sein Selbstbewußtsein, er nahm diese Pflicht ja erst zum dritten Male im Leben auf sich, da er heute genau seit achtzehn Tagen Kommandant der *Kathleen* war. Noch immer schien es ihm kaum glaublich, daß fast die letzte Eintragung im Musterbuch des Kutters auf seinen Namen lautete: »Leutnant Nicholas Ramage ... laut Bestallung vom 19. Oktober 1796 ...« Heute war sein dritter Sonntag an Bord — dabei fiel ihm ein, daß nach den Vorschriften des »Dienst an Bord« der Kommandant einmal im Monat der Besatzung die sechsunddreißig Kriegsartikel vorzulesen hatte. Er konnte das gleich heute erledigen, das ersparte ihm die Predigt, außerdem schien die

Sonne. Am nächsten Sonntag herrschte vielleicht wieder Sturm und strömender Regen.

Nach drei Jahren Krieg konnten nur die Allerdümmsten jene Bestimmungen noch nicht auswendig hersagen, die jedermann in der Flotte vom Admiral bis zum Schiffsjungen unverblümt über die Gefahren und die Strafen unterrichteten, die ihnen drohten, wenn sie sich des Verrats, der Meuterei, der Gotteslästerung, der Feigheit oder der Trunkenheit schuldig machten. Vor allem aber kannten sie alle den sechsunddreißigsten Artikel, den man scherzhaft den »Deckmantel des Kommandanten« nannte, weil er diesem ausdrücklich das Recht gab, auch alle anderen Missetaten zu bestrafen, die sich abenteuerlustige Seeleute ausdenken mochten. Dennoch konnte man damit rechnen, daß sie auch heute wieder geduldig zuhörten, wenn sie nur zum Abschluß lauthals ein paar geistliche Lieder singen konnten, die ihnen John Smith II. auf seiner schrecklich kratzenden Fiedel vorspielte. Danach rief sie der Pfiff: »Backen und Banken« zu Tisch. Die Freiwächter verbrachten den Rest des Nachmittags mit Possenreißen, Tanzen oder auch mit Zeugflicken. Seine Leute waren keine Musterbesatzung, sagte sich Ramage besorgt, darum brachte man ihm bestimmt noch vor Sonnenuntergang einen oder zwei Stockbetrunkene an, die entweder ihre Rumrationen aufgespart oder die von Kameraden zusätzlich im Spiel gewonnen hatten.

Die Marchesa di Volterra stand in der Kommandantenkajüte, die sie auf dieser Reise bewohnte, unter dem Skylight und drehte ihren Handspiegel bald nach rechts, bald nach links, um sich zu vergewissern, daß kein loses Härchen dem Chignon entschlüpft war, den sie seit zehn Minuten zu knoten bemüht war. Die Arme taten ihr weh, sie war erhitzt und sehnte sich heute zum erstenmal nach ihrem Palazzo zurück, seit die Royal Navy in Gestalt des Leutnants Ramage sie mit ihren Vettern vor der Kavallerie Bonapartes gerettet und vom Festland entführt hatte. Dort, in jenem Palast, hatte ein Zucken der Wimpern genügt, und schon waren ein Dutzend Mägde diensteifrig herbeigestürzt.

Heute nun hatte sie zum erstenmal in ihrem siebzehnjährigen Dasein (nein, fast war sie schon achtzehn, dachte sie stolz) den Wunsch, sich so schön zu machen, daß sie einem bestimmten Mann gefiel, und das mußte sie ausgerechnet in dieser winzigen Kammer, ohne Dienstmädchen, ohne Garderobe und ohne Schmuck bewerkstelligen. Wie brachte es Nicholas nur fertig, in einem so winzigen Loch zu leben? Sie war doch viel kleiner als er — wenn sie einander dicht *gegenüber* standen, ruhte sein Kinn auf ihrem Scheitel. Dabei war der Plafond, oder wie Nicholas dazu sagte, so niedrig, daß sie sich vorneigen mußte, wenn sie den Spiegel hoch genug halten wollte. Ungeduldig warf sie ihn zuletzt auf die Schwingkoje und setzte sich auf den Stuhl vor dem Schreibtisch, der ihr jetzt als Frisiertisch diente. *Accidente!* Was nützte ihr alle Mühe? Wäre ihr Haar nur blond! Schwarze Haare hatte doch eine *jede*, sie wollte anders sein, anders aussehen als die vielen. Ob er vorstehende Backenknochen liebte? Die ihren waren viel zu hoch, und ihr Mund war zu groß, die Lippen hätte sie sich dünner gewünscht. Auch ihre Augen waren zu groß und zu dunkel, sie hätte gern blaue oder graugrüne gehabt, etwa wie eine Katze. Warum war ihre Nase so klein und leicht gebogen? Eine grade Nase wäre ihr viel lieber gewesen. Und ihr Teint war geradezu schandbar. Die Sonne hatte ihre Haut goldbraun getönt, so daß sie aussah wie ein Bauernmädchen und nicht wie eine Dame, die Herrin über eine Stadt und ein Königreich war (wenn dieses Reich auch klein und nur die Stadt groß war). Zwanzigtausend Menschen waren ihr untertan, und keiner davon war jetzt zugegen, um ihr beim Frisieren zu helfen — nur ihr Vetter Antonio, dem nichts Besseres einfiel, als sie zu necken und auszulachen.

Gut, mochte er lachen, aber helfen mußte er ihr. Als sie nach ihm rief, betrat ein stämmig gebauter Mann mit vierkant geschnittenem schwarzem Bart ihre Kammer. Er hielt sich gebeugt, um zu vermeiden, daß er mit dem Kopf an die Decksbalken stieß.

»Nun? Welches Gartenfest möchte meine schöne Kusine heute mit ihrer Gegenwart beglücken?«

»Es kommt nur eines in Frage, mein Teurer. Hat Leutnant Ramage nicht auch den eleganten Grafen Pitti eingeladen? *Jedermann* ist bei ihm zu Gast — Nicholas hat veranlaßt, daß sie ihre besten Sachen anziehen und geistliche Lieder singen. Vielleicht läßt er noch ein paar mit der siebenschwänzigen Katze auspeitschen, um dir ein besonderes Vergnügen zu bereiten.«

»Es heißt die ›neunschwänzige‹«, korrigierte sie Graf Pitti.

»Meinetwegen hat sie neun Schwänze, Antonio. Bitte hilf mir doch endlich, meine Frisur ein wenig in Ordnung zu bringen.«

»Das ist ganz und gar unnötig. Du bist vollendet schön, das weißt du sehr gut. Wenn du Komplimente hören willst . . .«

»Sag, willst du mir helfen mein Haar zu ordnen?«

»Du bist toll in ihn verliebt, nicht wahr?«

Die Frage kam ganz plötzlich und unerwartet. Aber sie errötete nicht und wandte sich auch nicht ab. Sie sah ihm vielmehr fest in die Augen und sagte in scheuem, ja fast ängstlichem Ton: »Ich hätte so etwas nie für möglich gehalten. Ehe ich ihn kennenlernte, war ich ein Kind, jetzt fühle ich mich als Frau, das ist sein Werk. Er ist ein echter Mann, Antonio, er ist so, wie man sich einen Mann vorstellt. Ich kenne nur einen, der ihm zu vergleichen wäre.«

»Und wer ist das?«

»Du, mein lieber Vetter. Eines Tages wird eine Frau für dich ebenso fühlen, wie ich für ihn fühle.«

»Das will ich hoffen«, meinte er trocken, »obwohl ich es nicht verdiene. Aber sag, wie lange kennst du ihn eigentlich — drei Wochen, einen Monat?«

»Ist das denn wichtig?«

»Nein. Vergiß nur nicht, unter welchen Umständen du ihn kennenlerntest. Was da geschah und wie es geschah, gäbe den Stoff für einen Roman. Ein kühner junger Seeoffizier kommt von der Küste ins Land gestürmt, um die schöne Marchesa buchstäblich im letzten Augenblick vor den Hufen der Reiter Napoleons zu retten und...«

»Das habe ich alles bedacht. Ich habe diesen jungen Leutnant aber auch schmutzig, verschwitzt und erschöpft gesehen, ich habe gesehen, wie er nur mit seinem Messer bewaffnet gegen jene Reiter Napoleons kämpfte. Ich habe ferner erlebt, wie er wegen eines dummen, hochgespielten Vorwurfs der Feigheit zu Unrecht vor ein Kriegsgericht kam... Gehören diese Dinge etwa auch zum Stoff für einen Roman?«

Pitti schüttelte den Kopf: »Nein, was wird aber, wenn ihr euch trennen müßt? Wenn er für Monate, vielleicht sogar für Jahre mit seinem Schiff in See ist? Geduld war nie deine starke Seite, Gianna. Da du Volterra erbtest, fiel dir doch ohnehin mit einemmal alles in den Schoß, was du dir wünschen konntest.«

»Das ist richtig«, gab sie zu. »Aber das waren alles materielle Dinge: Juwelen, frohe Feste, aufregendes Erleben. Heute scheint es mir, daß ich alles nur deshalb so unentbehrlich fand, weil ich ihm noch nicht begegnet war. Wenn man niemand hat, den man liebt, dem man vertraut, kurz, für den man lebt, dann ist das Leben langweilig, dann sucht man Ablenkung, Unterhaltung. Wenn die Sonne nicht scheint, braucht man überall viele Kerzen.«

»Erzähle mir doch noch etwas von deinem englischen Kronleuchter.«

Lächelnd gab sie sich Rechenschaft, daß sie im konventionellen Sinn wirklich sehr wenig von ihrem Nicholas wußte. Dagegen hatte sie in dem nun vergangenen Monat inmitten von Gefahren und Abenteuern, angesichts des Todes und der menschlichen Bosheit, vieles über ihn erfahren, was in normalen Zeiten einer Frau in lebenslanger Ehe verborgen bleibt. Auch abgesehen von den Augenblicken unmittelbar drohender Gefahr hatte sie immer wieder die geheime Qual jener einsamen Entschlüsse miterlebt, von denen das Wohl und Wehe seiner Männer abhing. Sie hatte gesehen, was wohl keiner jener Männer je gewahr wurde, daß der Kommandant eines Kriegsschiffs in schrecklicher Einsamkeit lebt, was einem so jungen und feinfühligen Menschen wie Nicholas besonders schwerfallen mußte. Nicholas war in sehr jungen Jahren Kommandant geworden, und seine Stellung hatte ihn noch nicht hart und gleichgültig gegen das Schicksal seiner Untergebenen gemacht (was nach ihrer Überzeugung bei ihm auch späterhin nicht zu befürchten war).

»Vor wenigen Wochen hatte er seinen einundzwanzigsten Geburtstag, seit seinem dreizehnten Lebensjahr fährt er zur See. Die Narbe auf seiner Stirn rührt von einem Säbelhieb her, den er erhielt, als er vor Jahresfrist eine französische Fregatte enterte. Wenn er sich aufregt oder in Bedrängnis ist, reibt er an dieser Narbe herum und blinzelt, außerdem fällt es ihm dann schwer, den Buchstaben r auszusprechen. Ich weiß nicht, warum er nie von seinem Titel Gebrauch macht. Als Sohn eines

Earls ist er Lord, und die Navy gebraucht in dienstlichen Schreiben auch diese Anrede. Ich vermute, daß er peinliche Situationen vermeiden möchte, die entstehen könnten, wenn er sich von Vorgesetzten mit ›Lord‹ anreden ließe. Seine Eltern kennen jedenfalls meinen Rang. Oh, Antonio, das nimmt sich doch alles aus wie eine kalte Aufzählung, ich kann ihn dir beim besten Willen nicht beschreiben!«

»Hat es mit seinem Vater nicht irgendeinen Skandal gegeben?«

»Ja, vielleicht kannst du dich an das bekannte Gerichtsverfahren gegen den Admiral Earl of Blazey erinnern. Ich war damals noch zu jung. Du weißt nichts davon? Nun, dieser Earl ist der Vater von Nicholas. Die Franzosen segelten mit einer großen Flotte nach Westindien, und der Earl wurde viel zu spät und mit einem winzigen Schiffsverband hinter ihnen hergeschickt. Er kämpfte tapfer gegen das überlegene Geschwader, aber es gelang ihm nicht, den Gegner zu besiegen — den Franzosen blieb der Sieg ebenfalls versagt. Daraufhin schlug die englische Öffentlichkeit, der nicht bekannt war, wie wenige Schiffe der Earl zur Verfügung hatte — Schiffe, die überdies alt und verbraucht waren —, einen Höllenlärm, der die Regierung in Angst versetzte. Wie es bei Regierungen so üblich ist, wollte sie den Fehler nicht zugeben, den sie begangen hatte, und stellte den Earl vor ein Kriegsgericht, weil er nicht alle französischen Schiffe gekapert hatte.«

»Wurde er für schuldig befunden?«

»Ja — es mußte sein, um die Minister zu decken. Er war nun einmal der Sündenbock. Sprach man ihn frei, dann traf die Schuld an dem Mißerfolg ganz offenbar die Regierung. Die Richter bei einem Marinekriegsgericht sind Seeoffiziere. Da viele von ihnen in der Politik eine Rolle spielen, war es für die Regierung, beziehungsweise die Admiralität — denn das ist ja das gleiche — ein leichtes, solche Offiziere als Richter zu wählen, die vor Gericht ihre Sache unterstützten. Kommodore Nelson sagte mir, solche Dinge kämen öfters vor. Er meinte, die Politik sei der Fluch der Navy.«

»Offenbar hat der Earl also noch viele Feinde in der Navy. Das ist für Nicholas alles andere als angenehm. Es sieht aus wie eine Vendetta.«

»Ja, so ist es in der Tat. Der schreckliche Kerl, der Nicholas in Bastia vor ein Kriegsgericht zerrte, als dieser mich eben gerettet hatte, war ein Günstling dieser Clique. Ein Glück, daß Kommodore Nelson die Zusammenhänge kennt.«

»Wenn der Earl unter den Admiralen immer noch Feinde hat, dann ist auch Nicholas ständig in Gefahr«, überlegte Antonio. »Man kann jeden Menschen ins Unrecht setzen, wenn man nur ... Ist sich Nicholas darüber eigentlich im klaren?«

»Ja, dessen bin ich sicher, obwohl er zu mir kein Wort darüber verlauten ließ. Aber ich habe es oft genug gespürt, wenn er einen wichtigen Entschluß zu fassen hatte. Sofern es dabei auch nur zwei Möglichkeiten gab — in den Augen der Feinde seines Vaters war immer die falsch, für die er sich entschied. Seine Entschlüsse hat das nie beeinflußt, ich spürte nur deutlich, daß er ständig einer lauernden Drohung ausgesetzt war. Es war, als fühlte er, daß der böse Blick auf ihm ruhte ...«

»Du hast in einem kurzen Monat eine Menge über Nicholas herausgefunden.«

»Einiges hat mir Jackson erzählt, auch vom Kommodore brachte ich allerhand in Erfahrung.«

»Ist dieser Jackson nicht ein Amerikaner?«

»Ja, er ist ein seltsamer Mann. Man weiß nicht viel über ihn, er hält große Stücke auf Nicholas, obwohl er doppelt so alt ist. Merkwürdig, wenn die beiden in Gefahr sind, ist es, als könnte einer die Gedanken des anderen lesen.«

»Er hat mir das Leben gerettet«, sagte Antonio, »das ist für mich die beste Empfehlung.«

In diesem Augenblick hörte man die zwitschernden Töne einer Bootsmannsmaatenpfeife und gleich darauf einen lauten Befehl. »Gottesdienst«, grinste Antonio, »dein Nicholas gibt einen guten Priester ab.«

Southwick war froh, daß die Musterung und der Gottesdienst vorüber waren. Jetzt hatte er eine Handvoll Leute im Auge, die vorn auf der Back tanzten. John Smith II. saß auf der Trommel der Winsch und spielte ihnen auf seiner kratzenden Fiedel dazu auf. Southwick war von Herzen dankbar, daß die *Kathleen* eine so gute Besatzung hatte. Von den dreiundsechzig Mann hätte er höchstens zwei oder drei austauschen mögen. An Bord der meisten anderen Schiffe, auf denen er Dienst getan hatte, waren im Gegensatz dazu unter hundert Leuten immer nur zwei oder drei brauchbare gewesen.

Wie sollte man aber wissen, ob Mr. Ramage auch etwas bemerkte, dachte er ganz niedergeschlagen. Jeder seiner früheren Kommandanten hatte nach Ziegelstaub, Sand, blindem Messing oder schimmeligem Hartbrot in einer Brotschüssel Ausschau gehalten. Ramage dachte nicht daran. Aber von nahezu zweihundert Kugeln in den Racks neben den Karronaden hatte er ausgerechnet zwei herausgefunden, die unter der schwarzen Farbe so viel Rost angesetzt hatten, daß sie nicht mehr ganz rund waren und beim Laden unter Umständen im Lauf klemmten. Außerdem war zu befürchten, daß sie von ihrer Flugbahn abwichen. Ein Mann, der das entdeckte, ohne die Kugeln mit einer Lehre zu messen, mußte imstande sein, durch eine vierzöllige Planke hindurchzuschauen. Nach dieser Betrachtung räumte

Southwick willig ein, daß Ramage trotz seiner Jugend der erste aller Kommandanten war, unter denen er gedient hatte, dem der Gefechtswert seines Schiffes mehr am Herzen lag als dessen geputztes Aussehen. Da gerade Krieg war, konnte einem das nur recht sein.

In den sechsundzwanzig Jahren seiner Dienstzeit hatte er nie gedacht, daß er einmal täglich Zeuge sein würde, wie eine Besatzung an drei geschlagenen Stunden Geschützexerzieren in der heißen Vormittagssonne und zwei weiteren vor »Klar bei Hängematten« richtig Gefallen fand. Ein Gutteil dieser gehobenen Stimmung war natürlich der Marchesa zuzuschreiben. Southwick wußte nicht, ob die Idee von ihr oder von Mr. Ramage stammte, aber wenn sie mit Mr. Ramages Uhr bewaffnet an Deck stand und die Zeit nahm, dann hielt das die Männer sicherlich auf Draht. Und dann war es auch ein hübscher Abschluß des Tages, wenn sie dem Geschütz, das am öftesten als erstes feuerklar gemeldet hatte, aus Mr. Ramages Rumvorrat die Preisportionen verteilte.

Aber Southwick war vor allem deshalb überzeugt, daß die *Kathleen* ein glückhaftes und besonders leistungsfähiges Schiff war, weil jedermann an Bord ihrem Kommandanten ungeachtet seiner Jugend volles Vertrauen schenkte. Sechsundzwanzig Jahre Seedienstzeit hatten den Steuermann gelehrt, daß es darauf allein ankam. Der »Dienst an Bord« verlangte, daß die Männer den Kommandanten grüßten und mit Sir anredeten, aber auf diesem Schiff hätten sie das von allein getan. Wenn Mr. Ramage auch rasch dabei war, den Leuten wegen nachlässiger Bedienung der Segel oder langsamen Ausrennens der Geschütze eine Abreibung zu verpassen, so wußten doch alle an Bord, daß er selbst die meisten Verrichtungen besser beherrschte als sie, und er hatte eine glückliche Art, ihnen das mit sachlichem Lächeln zu zeigen, wenn es ihm nötig schien; die Männer aber dachten nicht daran, ihm dies etwa nachzutragen, sie sahen darin vielmehr — nun, sagen wir, eine Art von Herausforderung.

Plötzlich merkte Southwick, daß er immer noch seinen Quadranten in der Hand hatte. Er griff nach der Schiefertafel und ging unter Deck in seine Kammer, um dort die eben genommene Mittagsbreite auszurechnen. Mr. Ramage rief bestimmt bald nach dem Besteck, da der Tag auf See ja am Mittag begann.

Ramage hätte am liebsten vor Freude gesungen, denn er hatte eben im Norden einen leichten Schatten von Wind entdeckt, der dort über die See hinglitt. Die Kräuselung wurde immer deutlicher und kam auch näher an die *Kathleen* heran. Noch zwei Minuten, und alle Mann schrien hurra, als sie im Gleichtakt die Fallen holten, um das Großsegel zu setzen. Ihm folgten dann die größten Klüver und Stagsegel. Wenig später stand auch das Großtoppsegel und der Außenklüver. Während die Männer unter Southwicks Leitung die Schoten holten, warf Ramage einen Blick auf seine Uhr und dann auf die Luvlieken seiner Segel.

Sobald der Steuermann sich überzeugt hatte, daß alle Segel richtig standen, rief er den Schotgasten zu: »Belegen!« und drehte sich mit einem fragenden Blick nach Ramage um. Als dieser sah, daß auch die Männer mit der Arbeit innehielten, um ihn anzusehen, ließ er seine Uhr betont langsam wieder in die Tasche gleiten und schüttelte den Kopf.

Southwick war im ersten Augenblick sprachlos. Dann fühlte er den Männern ihre Enttäuschung nach und rief etwas beschämt über den Schwindel mit breitem Grinsen: »Schon recht, schon recht, ihr habt euren eigenen Rekord um eine halbe Minute geschlagen!«

Dabei schlug er sich frohgelaunt aufs Knie — es sah aus, als hätte er sich bedeutend weniger erwartet —, und die Männer lachten, als er sie wegtreten ließ. Southwick und alle anderen bis auf die Wache verschwanden jetzt unter Deck. Ramage war enttäuscht, daß Gianna nicht an Deck kam, da die *Kathleen* nun wieder Fahrt machte, aber er konnte sich nicht entschließen, nach ihr zu schicken, um die Brise in ihrer Gesellschaft zu genießen, weil er sich sagte, daß sie vielleicht schlief. Dann fühlte er sich plötzlich ohne ersichtlichen Grund beunruhigt. Er dachte unwillkürlich an seine Mutter, die, wenn ihr zuweilen ein Schauder über den Rücken lief, zu sagen pflegte: »Jetzt geht jemand über mein Grab.«

2

Wenn John Smith II. nüchtern war, wirkte er schlau und durchtrieben, ein Eindruck, der durch seine kleine drahtige Gestalt noch verstärkt wurde, wenn er aber seine Rumration geschluckt hatte — und vielleicht noch ein paar weitere, im Spiel gewonnene dazu —, dann bekam er einen milderen Ausdruck, sein unsteter Blick wurde ruhiger, und das Trinkergesicht erinnerte in seiner seligen Zufriedenheit unwillkürlich an einen Wilderer, der das Revier des Jagdherrn nächtlicherweile gründlich geplündert hat. Der Mann wurde in der Musterrolle als Vollmatrose geführt und trug den Zunamen »der Zweite«, um ihn von einem anderen Seemann gleichen Namens zu unterscheiden. Darüber hinaus stellte Smith die Musikkapelle der *Kathleen* dar. Er besaß nämlich eine Geige, auf der er besonders gern spielte, wenn er nicht nüchtern war. Sonntags war er damit immer vollauf beschäftigt. Vormittags spielte er beim Gottesdienst geistliche Lieder, nachmittags saß er auf der Trommel der Winsch und spielte den Männern kratzend zum Tanz auf.

Ramage hatte nun eine halbe Stunde der Wache hinter sich. Gewiß, er wußte diesen Smith zu schätzen, weil er ein guter Seemann war und weil er seine Leute bei Laune hielt, aber sein Gekratze auf der Geige war für musikalische Ohren einfach eine Qual, so entsetzlich, daß Ramage dem Kerl seine Fiedel am liebsten aus den flinken Fingern geschossen hätte.

Dabei fiel ihm plötzlich die Schatulle mit den zwei Duellpistolen ein, die ihm Sir Gilbert Elliot, der Vizekönig von Korsika und alte Freund seines Vaters, zum

Präsent gemacht hatte, als er erfuhr, daß er zum erstenmal Kommandant eines Kriegsschiffs geworden war. Bis jetzt hatte er noch keine Zeit gefunden, die Waffen zu erproben, jetzt bot sich dazu endlich die Möglichkeit. Auf seinen Befehl hin holte Jackson sogleich die Mahagonischatulle mit den blanken Messingkanten und öffnete sie auf dem Kajütskylight. Dann entfernte er von beiden Pistolen den schützenden Ölfilm. Die zwei genau gleichen Waffen waren eine Prachtleistung des Meisters Joseph Manton, dessen Firmenzeichen mit Löwe und Einhorn an der Innenseite des Deckels angebracht war. Jede der beiden Pistolen besaß einen langen, sechseckigen Lauf und einen schöngeäderten Kolben aus Nußbaumholz. Ramage nahm eine der beiden Waffen in die Hand. Sie war wunderbar ausgewogen. Der Griff paßte in seine Hand, als wäre die Waffe die natürliche Verlängerung seines Arms. Der Zeigefinger legte sich um den Abzugsbügel, als ob diese Pistole eigens für die Maße seiner Hand gefertigt worden wäre. In der Mahagonischatulle fand sich eine Form zum Kugelgießen, eine Stanze zum Ausschneiden von Pfropfen, eine Pulverflasche und eine Schachtel mit Reservefeuersteinen. In Ramages Augen machten diese beiden Waffen ihrem Hersteller auf dem Hanover-Square alle Ehre, und er hatte den stolzen Titel auf seinem Firmenschild: »Waffenschmied Seiner Majestät des Königs«, wohl verdient.

Inzwischen hatte Jackson die andere Pistole geladen.

»Ein wunderbares Stück, Sir«, sagte er, als er sie Ramage übergab. »Ich will hinuntergehen und mir vom Zimmermannsmaat ein paar Stücke Holz geben lassen, die Sie als Scheibe benutzen können.«

»Ja«, sagte Ramage, »und sagen Sie durch, daß niemand auf Schüsse zu achten braucht.«

Ein paar Minuten später kam Jackson mit einem

ganzen Bündel Holz unter dem Arm zurück. Ramage hatte inzwischen die zweite Pistole geladen. Er stieg auf das Bodenstück der achtersten Karronade und hielt sich dort gegen das Überholen des Schiffs im Gleichgewicht. Zuerst zielte er mit der Pistole in der rechten Hand, dann versuchte er das gleiche mit der linken.

»Alles klar, Jackson. Werfen Sie jetzt das größte Stück über Bord.«

Das Holz flog im Bogen durch die Luft, klatschte in einiger Entfernung vom Schiff ins Wasser und glitt sofort achteraus, da das Schiff Fahrt machte.

Ramage hatte die Pistole gespannt, den rechten Arm gestreckt gehoben und zielte an der glatten Oberkante des Laufs entlang. Dann zog er am Drücker.

Zwei Meter jenseits des Holzstücks spritzte das Wasser wie eine kleine weiße Feder in die Höhe.

»Die Seitenrichtung war gut, Sir«, rief Jackson, »Sie haben nur etwas hoch gehalten.«

Gleich darauf feuerte Ramage mit der linken Hand die zweite Pistole ab. Das Holz sprang aus dem Wasser, und die Kugel flog in pfeifenden Sätzen davon.

»Allerhand«, bemerkte Jackson, »und noch dazu mit der linken Hand.«

Ramage grinste in sich hinein. Er hatte Glück gehabt, denn gewöhnlich ruckte er mit der Pistole nach links, wenn er linkshändig schoß.

Er gab Jackson beide Pistolen, damit er sie wieder lud. Als er von der Karronade heruntersprang, sah er Gianna, die eben im Niedergang erschien.

»*Accidente!*« rief sie, »ist denn der Feind in Sicht?«

»Nur eine Schießübung. Ich probiere die Pistolen aus, die mir Sir Gilbert schenkte.«

Jetzt kam auch Southwick an Deck, dann gesellte sich Antonio zu ihnen und sah, wie Jackson die Kugel in den Lauf stieß.

»Das sind doch Duellpistolen, Nico, nicht wahr? Für den Gebrauch an Bord sind ihre Läufe wohl etwas lang.«

»Ja, das schon, aber zur Abwechslung macht es Spaß, mit ihnen zu schießen. Unsere Marinemodelle sind so schwer abzuziehen, daß man dem Gegner die Mündung in den Bauch rammen muß, wenn man ihn sicher treffen will. Bei diesen hier löst sich der Schuß auf die leiseste Berührung.«

Gianna nahm die Pistole, die Jackson eben geladen hatte.

»Vorsicht!« warnte Ramage sie.

Sie maß ihn mit einem spöttischen Blick, hob ihre Röcke und kletterte auf die Karronade.

»Siehst du das Büschel Tang dort? Ich werde es treffen. Wollen wir wetten?«

»Un centesimo.«

»Nein, mehr. Zwei. Los, Beeilung!«

Ohne seine Antwort abzuwarten, spannte sie die Pistole und schoß. Ein paar Fuß hinter dem schwimmenden Tang spritzte das Wasser auf.

»Das Schiff hat sich bewegt.«

»Natürlich, darum hättest du entsprechend tiefer halten sollen.«

»Das ist unfair! Ich zahle nicht. Wir wollen einen anderen Kampf austragen, du mit deinem Messer, ich mit dieser Pistole.«

»Soll das ein Wettkampf sein oder etwa ein Duell?« fragte Ramage mit einem hintergründigen Lächeln.

»Wir wollen es zunächst einen Wettkampf nennen.«

»Seien Sie vorsichtig, Nico«, warnte Antonio, »vergessen Sie nicht, daß ihre Mutter einen Sohn haben wollte und sie darum wie einen Jungen erzog. Sie schießt wie ein perfekter Jäger, sie reitet wie ein Jockey — und sie spielt wie ein Narr.«

Gianna knickste spöttisch von der Karronade herunter:

»Danke, Vetter Antonio. Da kann man sehen, Nico, wie fest in Italien die Familien zusammenhalten!«

»Sagen Sie mir eins, Nico«, unterbrach sie Antonio, »gehört denn das Messerwerfen zur seemännischen Ausbildung? Das kann doch nicht gut sein.«

Ramage lachte: »Nein, das ist italienischen Ursprungs. Meine Eltern lebten ein paar Jahre in Italien und hatten einen italienischen Kutscher. Der brachte es mir bei.«

»Los jetzt!« rief Gianna ungeduldig. »Jackson wirft ein Stück Holz ins Wasser, und ich treffe es, während Antonio bis zehn zählt. Und du, Nico« — sie sah sich suchend um —, »du stellst dich dort an den Steuerknüppel, oder wie das Ding heißt, und triffst mit deinem Messer den Mast.«

»Du meinst an die Pinne?«

»Ja, an die Pinne. Ich finde, das ist gerecht. Wie hoch soll der Einsatz sein?«

»*Un centesimo.*«

»Du bist mir ein schöner Spieler. Kannst du dir nicht etwas mehr leisten?«

»Ich bin nur ein armer Leutnant, meine Gnädige.«

»Dennoch kannst du dir mehr leisten.« Obwohl sie das noch in scherzhaftem Ton sagte, merkte er, daß sie jetzt nicht mehr spaßte. Als er sie darum fragend anblickte, wies sie nur stumm auf seine linke Hand. Er hob sie in die Höhe, da zeigte sie auf den goldenen Siegelring mit dem Greifenwappen an seinem kleinen Finger.

»Gut Gianna«, sagte er zögernd. »Meinen Siegelring gegen . . .«

Sie hielt immer noch die Pistole in der Rechten und drehte nun die Hand gerade weit genug, daß er den schweren Goldring an ihrem Mittelfinger sehen konnte.

»— Gegen den Ring an deinem Finger.«

»Nein, nein!« rief sie, »das wäre ungerecht.«

Er kannte sie jetzt zur Genüge, darum sagte er:

»Wenn dir das nicht recht ist, können wir ja auf den Kampf verzichten.«

Sie zuckte ungnädig die Schultern und meinte: »Also gut, aber wenn du beim erstenmal gewinnst, mußt du mir noch einmal eine Chance geben.«

Ramage war eben im Begriff, dieses Ansinnen abzulehnen, als er ihre schlaue Berechnung durchschaute. Wenn sie im ersten Gang verlor und im zweiten gewann, dann konnten sie ihre Ringe tauschen, ohne daß jemand davon erfuhr. Es war kindisch, aber er fühlte sich plötzlich im siebten Himmel. Ihr Geheimnis war und blieb natürlich geheim, dennoch machte es ihnen Spaß, sich fast damit zu brüsten.

»Einverstanden«, sagte er, »aber Antonio nimmt die Einsätze in seine Obhut.« Damit zog er seinen Siegelring vom Finger. Dann wandte er sich ab, um nach Jackson zu rufen. Dieser stand mit Southwick schon in der Nähe; Southwick hatte ein kleines Holzkästchen in der Hand.

»Taugt das als Scheibe, Sir?«

»Wenn es halb voll Wasser ist, ja.«

»Es ist aber leer, Sir.«

»Dann ragt es hoch aus dem Wasser. Sagen Sie offen, hat die Marchesa Sie bestochen?«

»An Deck, an Deck!«

Der Ruf vom Masttopp brachte ihnen zum Bewußtsein, daß sie mit Ausnahme des Ausguckpostens und der beiden Rudergänger alle vergessen hatten, daß die *Kathleen* ein Kriegsschiff war.

»Oberdeck hier!« brüllte Southwick.

»Steuerbord voraus eine Hulk oder — vielleicht eine kleine Insel in Sicht, Sir.«

»Was soll das heißen — eine Hulk?«

»Ein Schiff ohne Masten, Sir. Man sieht den Rumpf eben über dem Horizont, Sir.«

Southwick gab Jackson seinen Kieker: »Da, entere mit dem Glas in den Topp. Hole dir das Ding heran und schau, was du daraus machen kannst.«

Ramage ärgerte sich über die Rolle, die ihm seine Stellung als Kommandant auferlegte. Als jüngster Leutnant einer Fregatte wäre er jetzt längst geentert, um sich selbst zu überzeugen, was da in Sicht kam. Heute aber, als stolzer Kommandant der winzigen *Kathleen*, der dennoch die gleiche Macht über Leben und Tod seiner Besatzung in Händen hatte wie der Kommandant eines riesigen Dreideckers, heute mußte er unter allen Umständen den Anschein kühlen Gleichmuts bewahren — zum mindesten, dachte er etwas kleinlaut, würde er das tun, wenn Gianna nicht an Bord wäre und die langweilige Reise in ein Fest verwandelte.

Der hagere blonde Amerikaner lief die Webeleinen so leichtfüßig hinauf, als ob er von einem unsichtbaren Fall gezogen würde. Als er rittlings auf der Breitfockrah saß, zog er den Kieker aus und blickte damit in die Richtung, die ihm der Ausguckposten zeigte.

Henry Southwick sah mit seinen milden Zügen und dem wehenden weißen Haar wirklich aus wie ein gütiger Pastor. Er sollte in wenigen Wochen seinen sechzigsten Geburtstag feiern. Daran mußte er denken, als er jetzt einen Blick auf Ramage warf. Obwohl der junge Kommandant kaum mehr als ein Drittel so alt war wie er selbst und obwohl sie noch nicht viel länger als drei Wochen an Bord dieses Schiffes zusammen waren, sagte sich der alte Steuermann, daß eines Tages jeder, der mit Mr. Ramage an Bord gewesen war, seinen Kindern und Kindeskindern von diesem Mann vorschwärmen werde; er, Southwick, schloß sich bestimmt nicht davon aus. Voraussetzung war nur, daß der Krieg lang genug dauerte und daß Ramage sowohl die Intrigen der Feinde seines Vaters als auch die Kämpfe mit den Franzosen und den Spaniern heil überstand. Junge Kommandanten gingen Southwick für gewöhnlich auf die Nerven. Er hatte schon unter zu vielen Leuten gedient, die ihr Kommando nur dem Umstand verdankten, daß ihre Väter Geld und Land genug besaßen, um ihren Kandidaten ins Parlament zu bringen. Wenn er sich über den offenkundigen Mangel an Erfahrung eines solchen frischgebackenen Kommandanten ärgerte, hatte man ihm meist entgegnet, sein Vater sei der Regierung eben gut für ein paar Stimmen. (Verdrossen hatte er sich dann immer gefragt, wie es wohl um das Verhältnis von Weideland und Protektion bestellt war.) Aber wie dem auch war, bei Mr. Ramage kamen solche Dinge samt und sonders nicht in Frage, da die Regierung ja versucht hatte, seinen Vater erschießen zu lassen wie den armen alten Admiral Byng.

Southwick entging nicht, daß Ramage wieder einmal zwinkerte, als ob er in blendendes Licht blicken müßte, und daß er die Narbe über seiner rechten Braue rieb. Er wußte sehr gut um dieses warnende Zeichen, aber er konnte sich beim besten Willen nicht erklären, was Ramage jetzt dazu Anlaß gegeben hatte. Ein Blick auf die Marchesa verriet ihm, daß auch sie das Zeichen gesehen hatte und ihn nun gespannt und liebevoll im Auge behielt.

Die beiden passen gut zusammen, sagte er sich. Er konnte ja so gut verstehen, daß sie sich in ihn verliebt hatte, allerdings hätte er wetten mögen, daß Mr. Ramage nicht ahnte, wie groß ihre Liebe war. Gefühlvoll malte sich der alte Steuermann aus, die Marchesa sei seine eigene Tochter, und versuchte Ramage mit ihren Augen zu sehen. Er hatte den klassischen Körperbau der griechischen Statuen, die er auf dem Peloponnes gesehen hatte. Breite Schultern, schmale Hüften, eine federnde Gestalt und jenen Gang, der sofort verriet, daß er zum Führer geboren war, selbst wenn er nur Fetzen am Körper trug. Seine Augen aber verrieten nach Southwicks Meinung das meiste. Sie waren dunkelbraun, saßen über hohen Backenknochen tief in ihren Höhlen und waren von buschigen Brauen überschattet, die einander in gerader Linie berührten, wenn er zornig oder erregt war. Diese Augen konnten so kalt und gefährlich dreinschauen wie die Mündungen zweier Pistolen. Dabei besaß er einen geraden, trockenen Humor, den die Männer über alles liebten. Southwick selbst merkte allerdings oft nur an den winzigen Fältchen um Ramages Augenwinkel, daß sein Kommandant ihn zum besten hielt.

»An Deck!« rief jetzt Jackson. »Es ist eine Hulk, ohne Zweifel.«

»Können Sie ihre Bauart ausmachen?« rief Southwick, der sich mit einem Schlag in die Gegenwart zurückversetzt sah.

»Noch nicht, sie kehrt uns das Heck zu, aber sie giert wohl gleich wieder herum.«

Southwick wußte von vornherein, daß von einer Insel keine Rede sein konnte, denn hier gab es auf viele Meilen kein Land. Aber was hatte ein entmastetes Schiff hier draußen zu suchen? Plötzlich fiel ihm die Sturmbö ein, die sie am Nachmittag zuvor überfallen hatte. Zuerst hatte er gedacht, es sei wieder eines jener herbstlichen Mittelmeergewitter, von denen täglich ein paar niedergingen. Als aber das gestrige Unwetter aufzog, war Mr. Ramage an Deck erschienen und hatte ihm nach einem kurzen Rundblick befohlen, sofort alle Segel bergen zu lassen. Als er diesen Befehl weitergab, fiel es ihm schwer, sich nichts von der Überraschung und den Zweifeln anmerken zu lassen, die ihn in jenem Augenblick beherrschten. Aber Mr. Ramage sollte recht behalten: drei Minuten nachdem der letzte der Zeisings, die die geborgenen Segel zusammenhielten, festgemacht war, und während das Schiff in nahezu völliger Flaute rollte, wurde die *Kathleen* von einer Bö getroffen, die wie eine feste Mauer herangestürmt kam und den Kutter so weit überlegte, daß das Wasser durch die Geschützpforten hereindrang, obwohl sie nur am Mast, an den Spieren, den festgemachten Segeln und dem Rumpf selbst ihre Hebelkraft ansetzen konnte. Sie hatten die Rudergänger an der Pinne verstärken müssen, damit sie das Schiff vor Topp und Takel zum Abfallen brachten.

Southwick hatte im ersten Augenblick sogar erwartet, daß die *Kathleen* kentern würde, und er war sich darüber klar, daß ihm bestimmt in alle Zukunft verborgen blieb, wie Mr. Ramage daraufkommen konnte, daß gerade dieses Unwetter so viel Wind mit sich brachte. Es stach ja weder durch die Größe noch durch die Schwärze der Wolken von anderen Böen ab. Wenn aber ein Kapitän die versteckte Gefahr nicht erkannte, dann mußte er damit rechnen, daß sein Schiff entweder kenterte oder daß ihm zum mindesten die Masten über Bord gingen.

Sein Auge suchte Ramage, und als sich ihre Blicke begegneten, da war ihm augenblicklich klar, daß sich sein Leutnant dies schon zusammengereimt hatte, ehe Jackson in die Wanten gestiegen war.

»Könnte es eins unserer eigenen Schiffe sein, Sir?«

»Hier an dieser Stelle? Daran möchte ich zweifeln.«

Dann begab sich Ramage unter Deck, um zum Schreibtisch in seiner richtigen Kajüte zu gehen. Gebeugt, um nicht an die Decksbalken zu stoßen, erwiderte er den Gruß des Postens. Selbst mit geneigtem Kopf konnte er hier nicht aufrecht stehen, aber das war nicht weiter schlimm, da man in der kleinen Kammer ohnedies nicht herumgehen konnte. Diese Kammer, sonst die Kajüte des Kommandanten, diente zur Zeit unverkennbar einer jungen Dame als Wohnung, die es gewohnt war, daß ihr ständig Dienstpersonal zur Verfügung stand. Federleichte, intime, mit kostbaren Spitzen gesäumte Kleidungsstücke lagen verstreut auf dem Schreibtisch umher, andere lagen auf der Koje. Als er eines um das andere vom Schreibtisch wegnahm, entdeckte er eines, das noch die Körperformen Giannas verriet: sie hatte es offenbar abgeworfen, als sie sich zum Essen umzog. Mit Bedacht stellte sich Ramage wieder einmal jene nackte Eva vor, die Ghiberti für das Osttor des Baptisteriums in Florenz geschnitzt hatte, ein Bildnis, für das Gianna als Modell gedient haben könnte, hatte sie doch den gleichen kleinen, schlanken, straffen Körper, die gleichen kleinen, kühnen Brüste, den gleichen flachen Leib ... Er räumte die Kleider beiseite, schloß die zweite Schublade auf und holte ein dickes Buch mit einem schmutzigen braunen Einband heraus, das den Titel *Signalbuch für Kriegsschiffe* trug.

Im hintersten Teil dieses Buches fand er einige nicht bedruckte, mit der Hand beschriebene Seiten, auf denen die Nummern und Positionen der verschiedenen Treffpunkte für die Mittelmeerflotte verzeichnet waren. Er schrieb die Länge und Breite des nächstgelegenen Treffpunkts heraus und zog dann eine Seekarte aus dem Regal über dem Schreibtisch. Dieser Punkt lag fünfundsiebzig Seemeilen östlich vom gegenwärtigen Standort der *Kathleen*. Bei dem Wind, den sie in der letzten Zeit gehabt hatten, war es ausgeschlossen, daß jenes entmastete Schiff eine britische Fregatte sein konnte, die auf dem Treffpunkt wie ein Wachtposten gewartet hatte, um dorthin beorderten Schiffen neue Befehle oder Nachrichten zu übermitteln.

Er tippte mit dem Finger auf die Karte, die *Kathleen* stand hier, etwa hundert Meilen westlich der Südspitze Sardiniens, denn er hielt ja möglichst weit nach Süden, um an der Küste Afrikas entlangzulaufen und gleichzeitig möglichst weit von Mallorca, Menorca und der Südostecke Spaniens entfernt zu bleiben. Das Schiff, das sie in Sicht hatten, stand viel zu weit nördlich, als daß es ein britisches hätte sein können, das von Neapel, Malta oder der Levante kam und nach Gibraltar segelte. Er warf einen Blick auf den oberen Rand der Karte. Da lag Toulon. Ja, vielleicht war es ein französisches Schiff der Küstenwache, das von Osten kam und den großen Flottenstützpunkt ansteuern sollte. Dann konnte es hier stehen. Aber er sah auch Barcelona im Westen und weiter südlich Cartagena, Häfen für spanische Kriegsschiffe, deren Kommandanten sich wegen der Untiefen und der unklaren Strömungsverhältnisse längs der afrikanischen Küste möglichst weit nördlich hielten. Auch ein Schiff, das Korsika und Sardinien umsegelt hatte (was die Spanier unlängst verschiedentlich unternommen hatten, um die britische Flotte zu überwachen), konnte sich auf dem Rückweg gerade hier befinden.

Jetzt hörte er Jackson von oben rufen, konnte aber nicht verstehen, was er sagte. Er legte die Karte wieder an ihren Platz, schloß das Signalbuch ein und verließ die Kajüte, als Southwick eben den Niedergang herunterkam.

»Jackson sagt, das Schiff sei eine Fregatte, Sir«, meldete der Steuermann, während er hinter Ramage die Treppe hinaufstieg. »Sie ist total entmastet, von einer Notbesegelung sei keine Spur zu entdecken. Jackson meint, der Bauart nach könnte sie ein spanisches Schiff sein.«

»Danke, Mr. Southwick. Halten Sie weiter darauf zu, bis wir Gewißheit haben.«

Gianna und Antonio waren ganz aufgeregt, als sie

jetzt auf ihn zukamen. »Wenn das ein Spanier ist, dann können wir ihn nach Gibraltar einschleppen«, meinte Antonio.

Aber Ramage schüttelte den Kopf: »Nein, in Schlepp nehmen kommt nicht in Frage, es sei denn, das Schiff wäre britisch.«

»Ach!« rief Gianna enttäuscht. »Warum denn nicht?« »Ich —.«

»An Deck!« rief jetzt Jackson. »Spanische Bauart! Jetzt steht das fest!«

Southwick rief: »Verstanden!« Ramage wandte sich ab, um Giannas Frage nicht beantworten zu müssen. Aber Gianna drang noch einmal in ihn.

»Das will ich Ihnen erklären, meine Gnädige«, sagte Ramage in gewichtigem Ton: »Wir haben eine Besatzung von dreiundsechzig Mann und ganze zehn Karronaden mit sechspfündigen Kugeln und kaum fünfhundert Metern Schußweite. Wenn das Schiff dort wirklich eine spanische Fregatte ist, dann hat sie ungefähr zweihundertfünfzig Mann an Bord und dazu mindestens sechsunddreißig Geschütze, deren zwölfpfündige Kugeln eine Reichweite von fünfzehnhundert Metern besitzen. Jede dieser Kugeln könnte uns in ein hilfloses Wrack verwandeln. Sie haben über viereinhalb Zoll Durchmesser — wenn uns nur einige davon in der Wasserlinie treffen, gehen wir hoffnungslos unter.«

Antonio streckte einen Arm quer von sich: »Aber stehen ihre Geschütze denn nicht querschiffs, so wie die unsrigen? Darum können sie sicher nicht voraus oder achteraus schießen.«

»Ja, das stimmt, die Fregatte hat Breitseitgeschütze, und wir könnten aus ihrem Schußbereich bleiben, aber dann könnten sie ihre Bug- und Heckgeschütze gegen uns einsetzen.«

Antonio maß ihn mit einem fragenden Blick.

»Die meisten Schiffe haben vorn und achtern je zwei weitere Geschützpforten. Wenn man auf einen Gegner Jagd macht oder verfolgt wird, dann holt man ein paar von den Breitseitgeschützen herum und schießt durch diese Längsschiffspforten.« Zur Erläuterung zeigte er nach achtern: »Dazu sind die Pforten dort da.«

»Aber das Feuer von zwei Geschützen könnten wir wohl in Kauf nehmen«, meinte Antonio hartnäckig. »Man sieht doch, wie stark die Fregatte rollt. Ohne Segel kann sie auch nicht herumschwenken, um eine Breitseite gegen uns zu feuern. Oder wäre das möglich?«

»Nein, das nicht. Aber wir könnten nichts ausrichten, auch wenn sie keine Geschütze an Bord hätte. Wie sollten wir denn mit den zweihundertfünfzig Mann fertig werden, wenn sie sich entschieden dagegen wehren, daß wir das Schiff entern. Ganz davon zu schweigen, daß sie sich nicht gefangennehmen lassen.«

»Ha!« unterbrach ihn Gianna mit Triumph in der Stimme. »Wenn sie keine Geschütze haben, dann könnten wir doch so lange auf sie schießen, bis sie sich ergeben. Oder nicht?«

»Ich habe doch nicht gesagt, daß sie keine Geschütze haben«, entgegnete ihr Ramage, der alle Mühe hatte, seinen Ärger zu unterdrücken.

»Ich habe doch nur gesagt: ›wenn sie keine hätten‹, aber sie haben natürlich Geschütze.«

»Ach, wie schade. Wir hätten Eindruck gemacht, wenn wir mit dem großen Schiff im Schlepp nach Gibraltar eingelaufen wären.«

»Wenn man sich einen kleinen Esel vorstellt, der eine volle Wagenladung Carrara-Marmor den ganzen Weg über die Alpen schleppen muß, dann entspräche das ungefähr dem, was wir mit dieser Schleppfahrt auf uns nehmen müßten. Wenn man die Fregatte auf eine Waage stellen könnte, dann wöge sie etwa dreizehnhun-

dert Tonnen gegen unsere kümmerlichen einhundert-
sechzig.«

»Das Gewicht der Masten müßte man abrechnen«,
warf Antonio ein.

»Gewiß«, gab ihm Ramage ironisch recht. »Masten,
Spieren, Bugspriet, Klüverbaum, stehendes und laufendes Gut, Blöcke, Segel und sogar die Boote dürfen Sie abrechnen. Das macht etwa hundert Tonnen, etwas weniger, als die ganze *Kathleen* wiegt . . .«

Da rief Southwick: »Jetzt können Sie das Schiff sehen,
Sir.«

Ramage entdeckte, da die *Kathleen* immer näher kam,
das kleine schwarze Etwas, das eben über der Erdkrüm-
mung auftauchte, und zeigte es Gianna. Die Fregatte
war jetzt noch etwa elf Meilen entfernt. Dann warf er
einen Blick nach achtern auf das Kielwasser des Kutters
und schätzte, daß er etwa fünf bis sechs Meilen lief.
Es vergingen also noch fast zwei Stunden, bis sie in den
Feuerbereich der spanischen Geschütze kamen. Dann
waren sie der Fregatte wohl auch nahe genug, um ihren
Namen auszumachen.

Hinterher fragte er sich verwundert, warum er plötzlich anderen Sinnes wurde und warum er unter Deck
ging, um seine beste Uniform gegen eine ältere umzu-
tauschen, die durch Sonne, Seewasser und das unabläs-
sige Waschen und Bürsten seines Burschen jene angenehme blaßblaue Farbe gewonnen hatte, die ihm weit
lieber war als das ursprüngliche dunkle Marineblau.

3

Ramage wohnte zur Zeit in der Kammer Southwicks, der wiederum hatte die Kammer des Nächstjüngeren, des Steuermannsmaaten John Appleby, inne. Eben war er mit dem Umziehen zu Ende, als Gianna aus ihrer Kammer zu ihm herüberkam. Mit ernster Miene bat sie ihn, die Tür zu schließen. Da Ramage nicht ahnte, was sie ihm sagen wollte, befahl er zunächst dem Posten, sich ein bißchen zurückzuziehen, so daß dieser außer Hörweite war.

Sie setzte sich an den kleinen Schreibtisch und schwang den Drehstuhl herum, daß sie ihm ins Gesicht sah. Dann hob sie ihre rechte Hand und fuhr mit zartem Finger die Narbe auf seiner Stirn entlang.

»Nico . . .?«

»Marchesa . . .?«

Beide brachen in verlegenes Gelächter aus, weil es ihr offenbar sehr schwerfiel zu sagen, was sie auf dem Herzen hatte. Darum sagte er: »Fäuste ballen, Augen schließen und heraus mit der Sprache!«

»Ach, Nico, eigentlich geht es mich ja nichts an, aber . . .«

»Aber was?«

»Ist es denn richtig, dieses spanische Schiff einfach liegen zu lassen, ohne . . .?«

»Ohne rasch an Bord zu springen, es einfach in Besitz zu nehmen und die Flagge von Volterra zu setzen?«

»Sei doch ernst, Nico. Ich meine, die Leute könnten hinterher sagen, du hättest feige das Weite gesucht, du hättest dich von vornherein geweigert, die Fregatte zu kapern.«

»Das kann natürlich sein, ich halte es sogar für wahrscheinlich. Andere wiederum werden sagen, es sei heller Wahnsinn, irgend etwas gegen ein Schiff zu unternehmen, das achtmal so groß ist wie die *Kathleen*. Schon der Versuch verbietet sich von selbst. Wieder andere — dazu gehören Admiral Sir John Jervis und Kommodore Nelson — werden sagen, ich hätte schon dadurch gegen ihren Befehl verstoßen, daß ich nahe genug heranging, um auszumachen, was es mit dem Schiff auf sich habe. Du weißt ja, daß mir der Kommodore den Befehl gab, dich und Antonio auf dem schnellsten und sichersten Wege nach Gibraltar zu bringen. Du weißt doch, daß wir vor jedem fremden Schiff weglaufen sollen und auf keinen Fall kämpfen dürfen.«

»Ja gewiß, aber Antonio fürchtet, daß in Gibraltar einer der Feinde deines Vaters auftreten könnte, um dir Schwierigkeiten zu machen, wie es in Bastia der Fall war, zumal weder Sir John noch der Kommodore dort anwesend sind. Wer weiß, was dir hätte widerfahren können, wenn der Kommodore nicht in diese skandalöse Kriegsgerichtsverhandlung hineingeplatzt wäre?«

Ramage hatte sich das alles längst durch den Kopf gehen lassen, ehe Jackson das entmastete Schiff als Spanier ausmachte. Daher wußte er nur zu genau, daß Giannas Besorgnis durchaus berechtigt war. Es war eine schwere Aufgabe, als einziger Sohn von John Uglow Ramage, dem zehnten Earl von Blazey, Admiral der weißen Flagge und Großgrundbesitzer in Cornwall, in der britischen Navy Offiziersdienste zu tun. Sein Vater war ein tapferer Ehrenmann, jetzt aber war er — nach Admiral Byng — zum prominentesten politischen Sündenbock des Jahrhunderts abgestempelt worden. Die Regierung hatte ihn um Ehre und Laufbahn gebracht, ja selbst sein Leben bedroht, weil sie ein Alibi brauchte, um im Amt bleiben zu können. Da hatte er, sein Sohn, es natürlich schwer, ja zuweilen schien ihm seine Lage fast untragbar. Und doch . . .

»Woran denkst du gerade, Nico?«

Er hatte ganz vergessen, daß sie da war. »Ich dachte eben an ein Wort meiner Mutter. Sie sagte einmal, ich hätte den gleichen Fehler wie mein Vater.«

»Und der wäre?« fragte sie so rasch, daß damit ihre Angst offenbar wurde.

»Daß keiner von uns beiden sich mit einfachen Problemen abgeben will — ehe wir uns einsetzen, muß man uns sagen, die Aufgabe sei unmöglich zu lösen.«

»Ich möchte sagen, ein solches Verhalten liegt etwa halbwegs zwischen Tugend und Laster.«

Er gab ihr einen Kuß und ging ihr voraus an Deck, zu einer Karronade, in deren Nähe sich gerade niemand aufhielt. Dort stand er mit einem Fuß auf dem Rücklaufschlitten und blickte nach draußen, sie aber lehnte mit dem Rücken an der Reling. Ihr Haar glänzte in der Sonne blauschwarz wie das Gefieder eines Raben. Als sie sich umwandte, um einen Blick auf das fremde Schiff zu werfen, wünschte sich Ramage, er wäre ein Maler, um das herrliche Profil dieser Patrizierin auf die Leinwand zu bannen, das sich so großartig gegen das harte Blau der See und des Himmels abhob. Die kleine, leicht gebogene Nase, die kräftigen Backenknochen, die großen braunen Augen und die zierlichen Ohren, die das zurückgekämmte Haar dem Blick freigab, all das erinnerte ihn an die klassischen Bildnisse römischer Frauen. Nur der sinnlich geschwungene Mund mit den feurigen Lippen wollte sich nicht in diesen Eindruck fügen.

Ramage riß sich von ihrem Anblick los und sah sich an Deck seines Kutters um. Wenn er nur wollte, fegten demnächst feindliche Geschosse über dieses Deck und rissen eine Menge mächtiger Splitter aus dem Holz, die wirbelnd durch die Luft sausten, da und dort Arme und Beine zerschmetterten oder die Getroffenen tödlich durchbohrten. Auf ein Wort von ihm konnten die frischgescheuerten Decks, die er eben besichtigt hatte, schon in ein paar Stunden mit dem Blut der Männer besudelt sein, die jetzt lachend und scherzend umherstanden. Zweifellos riefen sie sich eben die boshaften Witze ins Gedächtnis, die sie über die Seemannschaft, den Mut und die Liebeskünste der Spanier gehört hatten.

Gianna sagte mit leiser Stimme: »Hörst du, was deine Leute eben sagen?«

»Ich habe nicht darauf geachtet.«

»Dann hör einmal hin!«

Da wußte Ramage nicht, ob er ihnen ärgerlich Schweigen gebieten oder stolz die Hände drücken sollte. Aber vielleicht war es das beste, wenn er sich schämte und nicht mehr hinhörte. Die Männer unterhielten sich über das Prisengeld, wenn sie die Fregatte im Schlepp nach Gibraltar einbrachten. Offenbar stand es für sie alle von vornherein fest, daß ihr Kommandant dieses Schiff kapern werde. Keinem fiel es ein, dachte Ramage bitter, daß er das spanische Schiff nur durch Zauberei dazu bewegen könnte, sich zu ergeben.

»Hast du gehört?« fragte Gianna.

Jetzt kam Southwick herzu. Er rieb sich die Hände und grinste dabei so blutdürstig wie der Spitzbube eines Melodramas in einem Haymarket-Theater. Von Ähnlichkeit mit einem Landpfarrer war jetzt keine Rede mehr. Das pausbäckige Gesicht und der wehende weiße Haarschopf waren wohl noch geblieben, aber die Aussicht auf einen Kampf hatte den gütigen Seelenhirten dennoch von Grund auf in einen fanatischen und unbarmherzigen Kopfjäger verwandelt. Sein Gesicht war gerötet, sein Haar schien sich zu sträuben, seine Augen waren blutunterlaufen.

»Es scheint mir am Platz, Sir, jetzt gleich eine der dreizehnzölligen Schlepptrossen an Deck holen zu lassen«, sagte er lebhaft. »Das braucht zwar ein wenig Zeit, die Achtzolltrosse wäre leichter zu handhaben, weil sie nicht so viel wiegt. Aber ich meine, sie könnte brechen, wir müssen wohl doch die dreizehnzöllige nehmen.«

Ramage begann sich die Narbe auf der Stirn zu reiben. Dann begegnete er Giannas Blick, und statt Southwick zu befehlen, er solle die Schlepptrosse verstaut lassen, sagte er tonlos und nur um Zeit zum Nachdenken zu gewinnen: »Danke, Mr. Southwick.«

Der Steuermann war viel zu aufgeregt, um den Mangel an Kampfgeist zu bemerken, der in der müden Stimme zum Ausdruck kam. Er eilte ohne Verzug nach vorn, um den Transport der mehr als zwei Tonnen schweren, steifen und gewaltig starken Schlepptrosse zu beaufsichtigen.

Gianna hatte natürlich schon dutzende Male diese Antwortformel »Danke, Mr. Southwick« mitangehört, aber nie hatte dabei jener Unterton angeklungen, den man fast als verzweifelt bezeichnen konnte. Sein Gesicht verriet nicht das geringste, aber dieses unwillkürliche Reiben der Narbe ließ sie etwas von seinem inneren Aufruhr ahnen. Es fiel ihr nicht schwer zu erraten, was in ihm vorging. Der Wortlaut des erhaltenen Befehls wies ihm den Weg, den er einzuschlagen hatte, aber der dunkle Schatten des Verfahrens gegen seinen Vater empfahl ihm ein ganz anderes Verhalten, ein dritter Weg endlich wurde ihm durch die Annahme Southwicks und der Besatzung nahegelegt, daß sie die Fregatte kapern würden. Vielleicht geboten ihm gar Pflicht und Ehre, noch einen vierten Kurs zu steuern.

Ihr Instinkt sagte ihr, daß es für ihn das sicherste war, seinem Befehl zu gehorchen und die Fregatte liegen zu lassen, aber sein hageres braunes Gesicht, mit den tiefliegenden Augen und dem natürlich stolzen Ausdruck, verriet ihr auch, daß dieser Mann mit allem, was er tat, sein Leben lang fertig werden mußte. Mochten andere seine Tapferkeit rühmen, in den eigenen Augen war er ein Feigling, wenn ihn auch nur für einen Augenblick ein Gefühl der Furcht befallen hatte. Sie kannte das, weil sie einmal das gleiche erlebt hatte. Sie erinnerte sich noch genau, wie sie mit ihrem Pferd eines Tages eine Hürde annahm, die ihr unüberwindlich schien, und wie sie das Hindernis gegen ihre eigene Erwartung unter dem hysterischen Beifallsgeschrei ihrer Angehörigen glatt übersprang. Danach war sie weitergeritten, ohne ihnen ins Gesicht zu sehen, weil sie in ihren eigenen Augen kläglich versagt hatte. Ehe sie nämlich wußte, ob das Pferd den Sprung wagen oder versagen würde, war sie vor Angst wie gelähmt gewesen. Ernst dachte sie darüber nach, welchen Preis sie dafür bezahlt hatte zu lernen, wie man — sei es einem Königreich, sei es einer Schiffsbesatzung — erfolgreich vorstand. Die einzigen Normen, die dabei die Mühe lohnten, waren jene, die man sich selber setzte. Was einem andere einblasen wollten, das kam von der Masse, von denen, die geführt wurden, die weder die Fähigkeit noch den Mut besaßen, eine einsame Entscheidung zu treffen.

Ein Krampf in dem Fuß, den er auf den Schlitten der Karronade gesetzt hatte, erinnerte Ramage, wie schnell die Zeit verging. Sein Entschluß mußte in den nächsten Minuten gefaßt werden, ehe noch die sture Begeisterung Southwicks und der Besatzung sein Urteil trübte. Die Lage war einfach genug, wenn man alle Einzelheiten außer acht ließ (und keinen Gedanken an die Folgen verschwendete — und an den Befehl, der eingeschlossen unten im Schreibtisch lag).

Er konnte den Don einfach sich selbst überlassen, nachdem er seine Identität festgestellt hatte. Es genügte, wenn er seine Position notierte und an das nächste britische Kriegsschiff weitergab, dem er begegnete. Er konnte ferner — nein, es war leichter zuerst einmal festzustellen, was er nicht konnte. Zunächst war es ausgeschlossen, die Fregatte durch Entern zu kapern, da ihre Besatzung mindestens viermal so stark war wie die seine. Ebenso unmöglich war es, sie durch Geschützfeuer zu versenken. Southwicks Vorbereitungen zum Schleppen waren also sinnlos und lächerlich.

Und doch ... liefen nicht verängstigte Männer vor bloßen Schatten davon? Griffen Ertrinkende nicht nach einem Strohhalm? Wußte er nicht aus eigener Erfahrung, daß entmastet werden fast ebenso schlimm war wie ein Wassereinbruch, den die Pumpen nicht bewältigen konnten? Ein Schiff ohne Masten war ja hilflos dem Wind und den Strömungen preisgegeben. Ohne die stützende Wirkung der Masten und Spieren wälzte es sich in der See wie ein Schwein im Mist. Die Spanier hatten noch nicht einmal versucht, eine Nottakelage aufzuriggen, sie verstanden sich vielleicht nicht darauf. Sie waren Hunderte von Meilen vom nächsten spanischen oder französischen Hafen entfernt und lagen weit außerhalb der normalen Schiffsroute, nur ein Wunder konnte bewirken, daß ein anderes spanisches Schiff sie hier entdeckte. Kaum hundert Meilen weiter südwärts lag die afrikanische Küste, an der sich fast in jeder Bucht ein Stützpunkt der Barbaresken-Piraten befand. Die hätten sicher ihren Spaß daran gehabt, den Dons die Gurgeln abzuschneiden, zumal sie mit ihren schnellen, von christlichen Sklaven geruderten Galeeren oft genug diesen Seeraum durchstreiften ... Ja, man konnte annehmen, daß die Spanier das Fürchten gründlich gelernt hatten. Sie sorgten sich, wohin sie nun der Wind und die Strömungen trugen, sie hatten Angst, daß im Dunkel der Nacht ein Dutzend Galeeren jener Barbaresken längsseit kommen und ihnen gleich ein paar hundert Piraten an Bord setzen könnten. Aber im Augenblick war ihre Angst wahrscheinlich noch nicht so groß, daß sie sich an den sprichwörtlichen Strohhalm geklammert hätten. Sie brauchten noch einen kleinen zusätzlichen Schreck, gerade genug, um ihre Angst in Panik zu verwandeln.

Wenn er den Dons nur weismachen könnte, daß er imstande wäre, ihr Schiff zu vernichten, wenn sie nicht auf seine Bedingung eingingen, nämlich zu kapitulieren und sich ihr Schiff wegnehmen zu lassen... Gesetzt jedoch den Fall, er hätte mit diesem Zauberkunststück Erfolg — war die kleine *Kathleen* auch in der Lage, den schweren Rumpf zu schleppen? Ein vergleichbares Unterfangen dieser Art war ihm nicht bekannt, es gab also nur einen Weg, eine Antwort auf diese Frage zu finden.

Ramage warf aufs neue einen Blick nach der Hulk hinüber und verfluchte den Zufall, der sie in das Gesichtsfeld seines Ausguckpostens gebracht hatte. Er hörte, wie die Seeleute rings um ihn immer noch lachten und scherzten, und stellte fest, daß Gianna aufmerksam auf Southwicks fröhliche Flüche lauschte, die aus der Vorpiek heraufdrangen, wo er seine Männer dazu antrieb, das schwere Kabel hochzumannen.

Dann sah sich Ramage jeden zweiten der Männer an, die an Deck herumstanden. Er kannte sie alle bei Namen, er wußte um ihre Fehler und Vorzüge. Mehrere hatte er schon befördert, sie waren ihm alle lieb und wert. Darauf wanderte sein Blick weiter zu Gianna und Antonio. Er zwang sich zu der Vorstellung, wie diese Menschen alle in Lachen ihres eigenen Blutes tot an Deck lagen, wenn er die *Kathleen* vor den Breitseiten der Fregatte zu retten suchte, aber sein Manöver falsch anlegte, und wenn die Spanier seinen Bluff durchschauten. Er hatte alles zu verlieren, sein Schiff, sein Leben, Gianna, seine Besatzung, die ihm blindlings und freudig vertraute. Verglichen damit war für ihn verzweifelt wenig zu gewinnen, wenn er Erfolg hatte. Wenn alles gut ging, erntete er von Sir John Jervis und vom Kommodore Nelson ein paar sparsame Lobesworte, mehr aber auf keinen Fall, da er ja seinem Befehl nicht genügend Beachtung geschenkt hatte. Mit einem Gazette-Brief hatte er nicht zu rechnen, denn obwohl ihm bei einem Erfolg peinliche Fragen erspart blieben, konnte er doch nicht erwarten, daß man ihn für seinen offenkundigen Ungehorsam auch noch belohnte.

Wenn sich ein Admiral in einer Depesche an die Admiralität lobend über einen Offizier äußerte und wenn dieses Lob in der Gazette abgedruckt wurde, dann sah der Betreffende — ob er nun Fähnrich war oder Stabsoffizier — seinen kühnsten Traum erfüllt, weil so etwas zu rascher Beförderung beitrug (vorausgesetzt, dachte er bedrückt, daß der Belobigte heil aus der in dem Brief beschriebenen Aktion hervorging).

Wie konnte er nur mit dem Gedanken spielen, es mit der Fregatte aufzunehmen? Träumte er denn am helllichten Tage? Oder — ein ernüchternder Einfall — entwickelte er sich zur Spielernatur, einem Menschen den das Risiko unwiderstehlich anzog, glich er etwa gar einem jener blassen nervösen Kerle mit dem glasigen Blick, die ein innerer Dämon in Whites vornehme Spielhölle trieb, wo sie am Kartentisch oder vor der rollenden Kugel Kopf und Kragen riskierten? Diese Menschen setzten Grundbesitz, Frau, Kinder, gesellschaftliche Stellung aufs Spiel, alles einem inneren Drang zuliebe, der ungefähr so edel war und dem sie offenbar so wenig widerstehen konnten wie, sagen wir, einem natürlichen Bedürfnis.

Ramage war überrascht, wie nüchtern er die Lage betrachten konnte. Sein Vater wäre stolz auf ihn, wenn er Erfolg hatte — und ebenso stolz, wenn ihm das Unternehmen nicht gelang, weil er vor allem wünschte, daß er es versuchte. Gianna ahnte nichts von dem Problem, sie war jung und impulsiv, dennoch wünschte sie sich, daß er den Versuch unternahm — vielleicht aus dem gleichen Grunde wie sein Vater, vielleicht aber auch, weil sie das Abenteuer über alles liebte. Er hatte sie im letzten Augenblick vor den anrückenden Franzosen gerettet. Das bedeutete für sie zugleich die Rettung aus dem Gefängnisdasein einer jungen Frau, die einer der mächtigsten Familien der Toskana angehörte und deren Mutter sie wie einen Knaben großgezogen hatte, weil sie verzweifelt hoffte, ihr auf diese Weise alles beizubringen, was sie zur Regierung ihres unruhigen kleinen Staatswesens brauchte.

Ramage wandte sich plötzlich ab und ging nach vorn auf die Back, weil er endlich dem Wirbel von Gedanken und bösen Ahnungen entgehen wollte, der ihn nicht zur Ruhe kommen ließ. Voraus lag die Hulk, die ihm die Laune eines kurzen Unwetters in den Weg gespielt hatte. Ehe er noch den Mast erreichte, war er sich plötzlich im klaren, daß er wenigstens den Versuch machen mußte, irgend etwas zu unternehmen, was immer auch daraus wurde. Der einzige und einfache Grund dafür war, daß er der Herausforderung zum Wagnis ebenso wenig widerstehen konnte wie die verächtlichen blassen Kreaturen im Spielsaal. Diese Erkenntnis löste ein Schuldgefühl in ihm aus.

Southwick kam eilig den Niedergang herauf und gürtete sich einen Säbel um oder was man eben noch als Säbel bezeichnen konnte. Ramage dachte bei seinem Anblick, der Waffenschmied, der das Ding gemacht hatte, mußte seine Anregung dazu wohl von einem Schlachtermesser, dem Scimitar eines Sarazenen, einem schottischen Breitschwert oder einer westindischen Machete bekommen haben.

»Ich bin so froh, daß es Dons sind, Sir«, brummte der Steuermann und zog seinen dicken Bauch ein, um das Säbelkoppel ein Loch enger zu schnallen. »Man wird leichter mit ihnen fertig als mit den Froschfressern, vor allem weil sie erst seit ein paar Wochen im Krieg sind. Ich wette, sie machen sich jetzt alle in die Hosen. Wahrscheinlich haben sie ihre ganze Flotte mit gepreßten Bauernlümmeln bemannt, die gleich an einen Stier denken, wenn sie etwas von einem Bullauge hören.«

»Das kann natürlich sein, aber vergessen Sie nicht, daß wahrscheinlich eine ganze Menge Soldaten als zusätzliche Besatzungsmitglieder an Bord sind.«

»Je mehr, desto besser«, sagte Southwick fröhlich und versuchte sein Koppel um ein weiteres Loch enger zu schnallen. »Die stehen dann den Seeleuten nur im Wege.«

»Das will ich hoffen, aber merken Sie sich eins: man sollte nie den Ausgang eines Rennens voraussagen, das am gleichen Tag stattfindet, es sei denn, man wäre Buchmacher.«

Southwick maß ihn mit einem überraschten Blick. »Ich nehme doch nicht an, daß es schiefgeht, Sir«, meinte er und fügte mit einem breiten Grinsen hinzu: »Heute will ich einmal Buchmacher sein.«

»Ausgezeichnet«, sagte Ramage ironisch. »Wenn Sie also Ihre Wetten placiert haben und wenn die Jockeys gestiefelt und gespornt sind, dann kann ja das erste Rennen steigen. Und jetzt lassen Sie Klarschiff anschlagen.«

Als Jackson auf seinem Posten auf der Breitfockrah das rhythmische Stakkato der Trommel hörte, die die Männer auf die Gefechtsstationen rief, wurde ihm endlich wieder leichter ums Herz. Er hielt ein Auge auf die schwerarbeitende Hulk gerichtet, mit dem anderen hatte er immer wieder Mr. Ramage gesucht, der unter ihm an der Karronade stand, und er hätte nicht sagen können, welcher Anblick ihm mehr zu schaffen machte.

Heute schätzte sich der Amerikaner glücklich, daß er nur ein einfacher Seemann war, wußte er doch besser als alle anderen Mitglieder der Besatzung, wie einsam Mr. Ramage immer war, wenn es galt, eine Entscheidung zu treffen. Jackson machte kein Hehl daraus, daß er keinen Gefallen an der Idee finden konnte, dem Don eins auszuwischen. Nach seiner festen Überzeugung lag es nämlich in der Absicht der Natur, daß nur Schurken und Politiker gezwungen werden sollten, ihr Leben unnötig aufs Spiel zu setzen. Zugleich aber war er nicht damit einverstanden, daß sie die Hulk hier einfach weiterschaukeln ließen wie einen reifen Pfirsich, der nur darauf wartete, gepflückt zu werden (allerdings von einer Hand, die größer war als die *Kathleen*), um schließlich beim Prisenagenten zu landen.

Allerdings hätte er beim besten Willen nicht sagen können, wie es zu bewerkstelligen war, daß sie sich ergab und in Schlepp nehmen ließ. Aber wie dem auch war, die Trommel schlug Klarschiff an, also hatte Mr. Ramage eine Lösung des Problems gefunden. Er hatte die Narbe auf seiner Stirn so oft gerieben, daß sie wie poliert glänzen mußte. Jackson versuchte herauszufinden, was der Kommandant sich wohl ausgedacht hatte, aber er vermochte das Rätsel nicht zu lösen. Er rechnete das Gewicht einer Breitseite der Fregatte zusammen — auch die Bug- und Heckgeschütze allein nahm er sich vor — und kam zuletzt zu dem Ergebnis, daß sie zu einem Erfolg Wunder nötiger brauchten als Pläne.

Wenn sich der Kutter bei stärkeren Windstößen härter überlegte, mußte sich Jackson jedesmal gegen die plötzlich veränderten Pendelschwünge des Mastes abstützen. Dann wieder betrachtete er die Hulk durch die Linse seines Kiekers, die sich wie ein Ring um sie legte. Eine plötzliche Bewegung, das Aufleuchten von Farbe an ihrer Reling ließen ihn das Messingrohr fester fassen. Man setzte eine Flagge an einer Lanze oder sonst einer Stange. Jetzt faßte sie der Wind und ließ sie auswehen: Sie war waagrecht rot-gold-rot gestreift.

»An Deck!« rief er, »die Fregatte hat die spanische Flagge gesetzt. Ein Riemen oder eine Lanze dient als Flaggstock.«

»Danke, Jackson«, hörte er Mr. Ramage antworten, als hätte er nichts anderes erwartet. »Können Sie sehen, ob das Schiff Boote bei sich hat?«

Er richtete sein Glas von neuem auf die Hulk. An Deck war nichts zu sehen, also hatte sie die Decksboote eingebüßt. Jetzt warf eine See ihr Heck herum. Aha, dort im Wasser lag ein Boot — wahrscheinlich hatten sie es benutzt, um die über Bord gegangene Takelage zu kappen.

»An Deck! Ich kann nur ein Boot sehen. Es liegt an seiner Vorleine hinter dem Heck.«

Was um Himmels willen kümmerten Mr. Ramage die Boote? Ja richtig — wenn sie noch drei oder vier Boote hätten, dann könnten sie den Bug oder das Heck der Hulk damit herumschleppen, um ihre Breitseite auf die *Kathleen* zu richten. Wenn man sich das alles vor Augen hielt, sagte er sich, dann begriff man erst, *was* das für ein Ding war, das da gedreht werden sollte. Es kam in der Tat nur auf die Geschicklichkeit der Dons an, ihre Geschütze zu richten, ob sie es nur mit ein paar Heckgeschützen oder mit einer vollen Breitseite zu tun bekamen.

Der Trommlerbube unter ihm ratterte immer noch auf seiner Trommel, die ebenso groß zu sein schien wie er selbst. Jackson verfolgte von oben, wie die Männer ihre Gefechtsstationen aufsuchten, und konnte daran erkennen, wie wertvoll die ständigen Klarschiffübungen der letzten vierzehn Tage gewesen waren. Kein Mann tat einen unnötigen Schritt oder behinderte etwa einen anderen, niemand rannte oder schrie. Und doch waren die Zurrings im nächsten Augenblick von den Karronaden losgeworfen, die Geschützführer hatten ihre Schlösser und Abzugsleinen empfangen und machten sie fest, sie hatten Hörner mit Zündpulver um den Hals, und neben jedem Geschütz lag ein Schwamm, ein Ansetzer und ein Kugelzieher bereit. Die Deckspumpen sprühten schon Ströme von Wasser über das Deck. Hinter den Spritzenden kamen vier Männer nebeneinander von vorn nach achtern und streuten Hände voll Sand, als ob sie Getreide säten. Der Sand bewirkte, daß niemand ausglitt, das Wasser gab die Gewißheit, daß sich kein verstreutes Geschützpulver etwa durch Reibung entzündete.

Fünf Mann heißten den Schleifstein an Deck, mehrere andere standen schon klar, ihn zu benutzen. Sie hatten die Arme voll von Entermessern, Piken und Wurfäxten, die sie aus den Racks herbeigeholt hatten. Andere wieder rollten kleine hölzerne Baljen an die Geschütze und füllten sie zur Hälfte mit Frischwasser aus dem Stückfaß, damit die Geschützmannschaften sich während des Gefechts erfrischen konnten. Andere, größere, aber flachere Baljen wurden zwischen die Geschütze geholt und mit Seewasser gefüllt, damit man darin die schwarzen »Wollköpfe«, die Schwämme, netzen konnte, mit denen man nach jedem Schuß die Rohre auswischte, und alle brennenden Rückstände löschte, die etwa zurückgeblieben waren. Außerdem diente der Schwamm dazu, das Geschützrohr zu kühlen. Ferner standen da noch mehrere runde Wannen, in die rings um den Ober-

rand Kerben eingeschnitten waren. Die langen, wurm-
artigen, langsam brennenden Lunten waren schon ent-
zündet und in die erwähnten Kerben eingefügt. Ihr
glühendes Ende hing über dem Wasser in sicherem Abstand von etwa verstreutem Pulver und doch nahe genug, daß man die Lunten sofort benutzen konnte, wenn
der Feuerstein im Schloß eines Geschützes aus irgendeinem Grund nicht funken wollte.

Der Amerikaner stellte sich vor, wie es jetzt unter
Deck um die Pulverkammer aussah. Dort hatten sie
gewiß schon abschirmende Vorhänge herabgelassen, die
wie dicke Tücher an den Decksbalken hingen und mit
Wasser vollgesogen waren. Sie sollten verhindern, daß
die Flamme einer zufälligen Explosion in die Pulverkammer selbst eindrang, wo die kleinen, zylindrischen Pulverbeutel für die Karronaden gestapelt waren.
Außerhalb dieser schützenden Vorhänge standen jetzt
bestimmt schon die Pulverjungen. Wahrscheinlich
schwatzten sie aufgeregt und warteten darauf, daß
ihnen die Kartuschen ausgehändigt wurden. Die steckten sie dann in ihre hölzernen Kartuschkästen, schoben
die Deckel zu und liefen damit an Deck zu ihren Geschützen. Sie träumten von Ruhm und Ehre, sie fürchteten den Tod, vor allem aber das Gebrüll ihres Ge-
schützführers, wenn das Wiederladen durch ihre Schuld
auch nur um eine Sekunde verzögert wurde.

Ein ratterndes Geräusch ließ Jackson unwillkürlich
an Mr. Ramage denken, der das Kratzen von Metall
auf Stein nicht ertragen konnte. Die Männer hatten
den Schleifstein in Bewegung gesetzt, und er sah, wie
Mr. Southwick mit einem großen gebogenen Säbel in
der Hand einem Mann bedeutete, mehr Wasser auf den
wirbelnden Stein zu gießen. Dann begann er seine Klinge mit dem Geschick eines Schlachters zu schleifen. Alle
paar Sekunden hielt er inne, um die Schneide prüfend

gegen die Sonne zu halten und sie sacht mit den Fingern abzutasten.

Plötzlich sah Jackson, daß Ramage zu ihm heraufblickte. Er hob eilends den Kieker und richtete ihn auf die Fregatte.

»Jackson, wenn Sie sich so sehr für alles interessieren, was hier unten vorgeht, dann übergeben Sie Ihren Kieker lieber dem Ausguck und laden meine Pistolen.«

»*Aye, aye,* Sir«, dankbar enterte der Amerikaner die Wanten nieder.

Southwick fluchte, als ihm die Spiegelung verriet, daß er eine Seite der gebogenen Klinge etwas zu flach geschliffen hatte. Er mußte die Korrektur dieser kleinen Unachtsamkeit auf später verschieben, weil die Männer mit den Entermessern schon ungeduldig darauf warteten, auch an den Schleifstein heranzukommen. Southwick liebte seinen Säbel über alles und schob ihn in die Scheide aus gegerbtem Leder, die so hart war, daß man einem Mann mit einem einzigen Hieb den Arm brechen konnte. Dieser Säbel, so ging es ihm durch den Kopf, war eben eine richtige Kampfwaffe, zwar schwer, aber sehr gut ausgewogen. Das Leder, mit dem der Griff bezogen war, kratzte in seiner Hand und erinnerte ihn an den Hai, den er persönlich gefangen hatte. Er hatte seine Haut eigenhändig gegerbt und um den Griff genäht. Nein, dieser Säbel war keines jener tombakverzierten Blechschwerter, die man nur bei feierlichen Gelegenheiten tragen konnte, sein Säbel war die Waffe eines echten Mannes.

Southwick ahnte nicht, wie sehr er mit seiner Begeisterung die Gedanken und Entschlüsse seines Kommandanten beeinflußt hatte. Im Augenblick hätte er alles dafür gegeben, zu erfahren, was sich Ramage ausgedacht hatte, wie er die Fregatte kapern wollte. Dem Steuermann schien das Unterfangen nüchtern betrachtet undurchführbar, er war schon halb entschlossen,

Mr. Ramage das zu sagen, und unterließ es nur deshalb, weil ihm nicht einfallen wollte, wie das taktvoll zu bewerkstelligen war. Aber wie dem auch sein mochte, der Kommandant hatte die ganze Zeit eine erstaunliche Zuversicht zur Schau getragen, angefangen von dem Augenblick, da die Hulk über der Kimm in Sicht kam. Er hatte das Schiff schon als Spanier angesprochen, lange ehe es seine Flagge zeigte. Augenscheinlich hatte er also einen Plan, während Southwick sich eingestehen mußte, daß er, hätte die Entscheidung bei ihm gelegen, mit Vollzeug nach Gibraltar abgehauen wäre. Nur die Zeit, da der Spanier seine Flagge setzte, und seinen Schiffsort hätte er im Logbuch vermerkt.

Ramage stand zu luward der Rudergänger an der Pinne und machte in seiner verschossenen Uniform und dem zerknautschten Hut, dessen verwetzte Seidenkokarde eher einer schwarzen Dahlie glich, in der Tat den Eindruck eines Mannes, der seiner Sache sicher war. Er schloß aus dem Eifer, mit dem die Männer am Werk waren, daß sie dachten, der Klarschiff-Befehl stelle die Einleitung eines ebenso einfachen wie glänzenden Manövers dar, dem der Spanier zum Opfer fallen müsse. Dabei war er kaum je so außerstande gewesen, irgendeinen Gedanken zu fassen — und die *Kathleen* kam der Hulk näher und immer näher! Der Satan sollte diesen Schleifstein holen, der seine Nerven wund zu kratzen schien.

Er mußte den Spaniern einen Köder vor die Nase halten, der ihre Aufmerksamkeit auf sich zog, während er den eigentlichen Plan ins Werk setzte, der sie zur Übergabe zwingen sollte. Aber, so dachte er finster, der Köder mußte explodieren, wenn er etwas taugen sollte.

Ein Köder, der in die Luft ging!

»Der Stückmeistersmaat!« rief er. »Mr. Southwick, der Stückmeistersmaat soll sofort zu mir kommen!«

4

George Edwards, der Stückmeistersmaat der *Kathleen*, hatte seine Kanonenschlösser, Reservefeuersteine, Abzugsleinen und anderes Zubehör für die Karronaden in seinem Hellegat ausgegeben und war dann in die winzige, mit Blei ausgeschlagene Pulverkammer gegangen. Er zog seine Stiefel aus und schlüpfte in ein Paar Filzpantoffel, holte alle metallenen Gegenstände aus den Taschen, die einen Funken geben konnten, und schloß die Tür mit einem Messingschlüssel auf. Dann trat er ein, um die wartenden Geschützführer mit den Pulverhörnern auszurüsten, die das feine Zündpulver für die Schlösser enthielten.

Die Schutzvorhänge rings um die Pulverkammer waren bereits entrollt und hingen wie dicke mit Wasser vollgesogene Decken herunter. Beim Licht der Laterne, die außerhalb der Kammer ihren Platz hatte und durch ein Glasfenster hereinschien, musterte Edwards die Munitionsmänner, die jetzt barfuß, mit nacktem Oberkörper ihre Station bezogen. Die Männer hatten alle Fetzen um den Kopf gebunden, damit ihnen der Schweiß nicht in die Augen lief, denn das Ausgeben der Kartuschen in dieser Pulverkammer war eine heiße, anstrengende Arbeit. Während sich Edwards in dem dämmrigen Raum umsah und von allem Notiz nahm, was ihm auffiel, bildeten die Munitionsmänner eine Kette und hielten sich bereit, die sauber gestapelten Kartuschen aus ihren Racks zu holen und den wartenden Pulverjungen durch die Klappe in der Wand hinauszureichen.

Edwards war in den letzten dreißig Jahren höchstens einmal ein paar Wochen hintereinander in seiner Heimat Kent gewesen, dennoch hatte er wenig von dem schnarrenden kentischen Tonfall eingebüßt, vor allem aber war er der langsamen, bedächtigen, fast ängstlichen Wesensart eines Fischers treu geblieben. In einer harten Jugend hatte er diesen Beruf auf dem Fischerboot seines Vaters erlernt, das von der Küste von Deal aus nach den heimtückischen Untiefen der Goodwin Sands zum Fang auszulaufen pflegte.

Körperlich sah er fast aus wie eines jener Geschütze, die seinem Leben Sinn und Inhalt gaben: seine Schultern waren etwas gerundet, seine Brust war breit, seine Hüften schmal, seine Beine lang. Von den Schultern nach unten zu verjüngte sich sein Körper genau wie so ein Geschütz: der Kopf war das runde Ende des Bodenstücks, der Körper war der Lauf.

Diesmal war Edwards zufrieden mit dem, was er in seiner Pulverkammer sah. Dem Kommandanten war es zu danken, daß er seine Leute richtig hatte ausbilden können, darum konnte er sich jetzt darauf verlassen, daß sie die Kartuschen ruhig und ohne unnötige Hast den Pulverjungen reichten. Sie konnten das sogar mit geschlossenen Augen, so gründlich hatte er mit ihnen exerziert.

Um so größer war jetzt seine Überraschung, als er hörte, daß ihn der Kommandant sofort sprechen wolle. Der helle Sonnenschein zwang ihn zu blinzeln, als er an Deck kam, wo ihn Mr. Ramage und der Steuermann bereits erwarteten.

Unvermittelt sagte Ramage zu ihm und dem Steuermann: »Die Dons sollen glauben, daß wir ihr Schiff zerstören können.«

Southwick sagte in sachlichem Ton: »*Aye aye*, Sir.« Edwards dachte unwillkürlich an die Reihe der Geschützpforten längs der Bordwand der Fregatte.

»Wie, meinen Sie, könnten wir das bewerkstelligen, Mr. Southwick?«

Sowohl der Steuermann wie der Stückmeistersmaat hatten inzwischen herausgefunden, daß sie der Kommandant jetzt prüfen wollte. Edwards grübelte sorgfältig über die gestellte Aufgabe nach, Southwick aber sagte frank und frei, wie es so seine Art war: »Darüber habe ich noch nicht nachgedacht, Sir. Irgendwie müßte es wohl zu schaffen sein. Allerdings . . .«

»Hören Sie jetzt gut zu, Sie, Edwards ganz besonders. Ich möchte es fertigbringen, das Heck jenes Schiffes abzusprengen.«

Ramage ärgerte sich über Southwicks mangelndes Interesse und war enttäuscht, daß keiner der beiden Männer Überraschung über das verriet, was er ihnen eben gesagt hatte. Er hielt ihr Vertrauen zu ihm für Gleichgültigkeit und fragte Edwards in scharfem Ton: »Na, fällt Ihnen nichts ein?«

Der Stückmeistersmaat schüttelte den Kopf: »Tut mir leid, Sir, die Frage kam ein wenig — nun, zu überraschend, möchte ich sagen.«

Ramage nickte. Er sagte sich, daß seine Zusammenarbeit mit diesen beiden Männern gerade jetzt nicht durch eine Verstimmung in irgendeiner Weise beeinträchtigt werden durfte.

»Also gut«, sagte er und bemerkte dabei, wie Gianna und Antonio näher kamen, um hören zu können, was er sagte. »Wenn die Dons eine Breitseite auf uns abfeuern können, dann sind wir bald dort unten«, er wies mit dem Finger ins Wasser, »wo es in den Karten heißt, neunzig Faden und keinen Grund. Wir müssen sie also von vorne oder von achtern angreifen, dann haben wir nur mit ihren Bug- oder Heckgeschützen zu tun.«

Ramage sah, daß die beiden vorsichtig nickten. Offenbar erwarteten sie, daß er gleich die nächste Frage auf sie abfeuerte.

»Wie Sie sehen, liegt die Hulk jetzt so, daß der Wind

vier Strich von Steuerbord achtern einkommt. Das bedeutet, Mr. Southwick?«

»Daß wir quer an ihrem Heck vorbeilaufen und sie längsschiffs mit einer Breitseite bestreichen können. Dann könnten wir wenden und sie nochmals mit der anderen Breitseite beschießen, ohne in den Schußbereich ihrer Breitseiten zu kommen.« Wie aus der Pistole geschossen, sprudelte der Steuermann seine Antwort hervor.

»Ja, das könnten wir. Aber nehmen Sie jetzt einmal an, das Schiff dort sei eines unserer eigenen, es stehe in Flammen, und wir wollten die Besatzung von Bord holen. Was wäre da wohl zu tun?«

Southwick dachte kurz nach und fuhr sich mit der Hand durchs Haar. »Wir könnten mit der *Kathleen* in Luv der Hulk beidrehen und ein Boot an einer Grasleine darauf zutreiben lassen, Sir.«

»Wie könnte uns dieses Manöver dazu verhelfen, ein feindliches Schiff zu kapern, denn darum geht es uns ja im Augenblick?«

»Könnten wir das Boot nicht mit Enterern bemannen?« fragte Southwick hoffnungsvoll.

»Und sie Mann für Mann mit Musketen abschießen lassen?«

Edwards ging plötzlich ein Licht auf. Wäre es nur um Seemannschaft gegangen, dann hätte Ramage außer dem Steuermann doch den Steuermannsmaat und den Bootsmannsmaat holen lassen, aber niemals den Stückmeistersmaat. Er war aber geholt worden, darum mußte der Plan des Kommandanten etwas mit Geschützen — oder mit Pulver zu tun haben. Ob er damit das Richtige traf?

»Wollen Sie's mit Pulver versuchen, Sir? Ein paar Fässer in das Boot und dazu eine langsam brennende Lunte?«

Edwards pflegte langsam und bedacht zu sprechen. Jedes Wort von ihm wirkte wie ein ohne Hast gezielter Schuß, der darum auch immer ins Schwarze traf, wenn er sich löste.

Ramage nickte eifrig und stellte betroffen fest, daß ihn die Worte des Mannes aufatmen ließen. Also war seine Idee vielleicht doch nicht ganz so verrückt, wenn Edwards auf den gleichen Gedanken kommen konnte. Er zog ein Blatt Papier aus der Tasche, strich es auf dem Kompaßhaus glatt und skizzierte mit dem Bleistift, was er nun weiter erklärte. »Das ist genau, was ich meine. Ein detonierendes Boot. Die Detonation muß stark genug sein, daß das Heck der Fregatte beschädigt wird und daß die Plankenenden aus dem Achtersteven springen — ein paar Planken in der Wasserlinie wären genug, die Pumpen könnten das einbrechende Wasser nicht bewältigen. Vielleicht ist das Schiff schon jetzt nicht mehr ganz dicht. Nun sagen Sie mir noch, wieviel Pulver wir in dem Boot brauchen, um diese Wirkung zu erzielen.«

»Das weiß ich nicht, Sir«, gab Edwards offen zu und machte dabei keinen Versuch, Ramages Blick auszuweichen, der ihn förmlich durchbohrte. »Von solchen Dingen habe ich nie etwas gehört, ich habe auch keine Erfahrung mit Pulver, das im Freien explodiert. Vielleicht verliert es da mehr als zwei Drittel seiner normalen Kraft.«

»Wenn wir ein Boot zur Probe belüden und sähen es explodieren, glauben Sie, daß Sie dann sagen könnten, wieviel mehr oder weniger Pulver Sie nötig hätten, um die Fregatte zu beschädigen?«

Edwards antwortete nicht sofort, er hatte die Augen fest geschlossen, so scharf konzentrierte er sich auf die erwartete Antwort. Dann nickte er zuversichtlich mit dem Kopf und sagte: »Jawohl, Sir.« Er wußte, daß der Kommandant es nicht leiden konnte, wenn man hinzufügte: ›Es scheint mir wenigstens so zu sein.‹

»Gut denn, Sie werden Gelegenheit haben, eine solche Detonation zu sehen. Ich will die Dons zwingen, sich zu ergeben, ich möchte das Schiff in Schlepp nehmen. Wenn irgend möglich, möchte ich die Fregatte nicht versenken.«

»Auf keinen Fall«, rief Southwick, »dann ginge ja das ganze Prisengeld mit unter!«

»Darum wollen wir ja auch zunächst nur ein Boot in etwa fünfzig Meter Abstand in die Luft jagen. Die Spanier werden sich zunächst fragen, warum wir ein mit einer Persenning bedecktes Boot auf sie zutreiben lassen. Wenn dieses Boot dann plötzlich in die Luft geht, wird das ein Schreck für sie sein, den sie nicht so leicht vergessen werden. Die Hauptsache ist also, daß es gewaltig kracht und qualmt. Ehe sich die Dons von ihrem Schreck erholt haben, will ich ein Boot mit weißer Flagge hinüberschicken und sie wissen lassen, daß das nächste explodierende Boot ihr Heck zerreißen werde. Zugleich will ich sie auffordern, sich zu ergeben.«

»Und wenn sie nicht wollen, Sir?«

»Dann jagen wir ihnen ihr Heck wirklich in die Luft«, meinte Ramage verbissen und rieb sich die Narbe auf seiner Stirn.

Darauf wußte keiner der beiden Männer etwas zu sagen. Ramage aber war sich bewußt, daß nun alles auf schnelles Handeln ankam, und fuhr daher kurz angebunden fort:

»Sehen Sie sich diese Zeichnung an. Das da ist der Spanier. Wir nähern uns ihm von hier, setzen hier unser Boot aus und schleppen es an einer langen Leine — es muß eine Grasleine sein, damit sie schwimmt. So laufen wir auf den Spanier zu und nehmen uns dabei in acht, daß wir nicht in den Schußwinkel seiner Breitseitgeschütze kommen, den ich hier eingezeichnet habe. Hier beginnen wir anzuluven, und an diesem Punkt drehen wir dann bei. Das Boot kommt dabei immer hinter uns her, und ich möchte, daß es an dieser Stelle, ungefähr fünfzig Meter von dem Spanier entfernt, in die Luft geht.

Ihre Lunte, Edwards, wird hier angesteckt und muß das Pulver an dem letzten Punkt, den ich gezeigt habe, entzünden. Wir laufen etwa fünf Knoten Fahrt, und ich muß zum mindesten eine Meile zurücklegen, um das Boot an die richtige Stelle zu bringen. Wir können also annehmen, daß vom Ausgangspunkt bis zur Explosion etwa fünfzehn Minuten vergehen.

Soweit meine Absicht. Sie, Mr. Southwick, machen das Boot klar und sorgen für eine lange Grasleine. Am besten nehmen Sie die Jolle. Wir werden sie mit der Pulverladung zu Wasser bringen müssen. Und Sie, Edwards, müssen sich schlüssig werden, wieviel Pulver Sie brauchen und wie Sie es entzünden wollen. Schaffen Sie das Pulver unverzüglich in das Boot. Haben Sie noch Fragen?«

»Jawohl, Sir«, sagte Edwards, »die Lunte soll fünfzehn Minuten glühen, das ist eine lange Zeit.«

»Richtig, aber weniger kann ich nicht riskieren. Würden Sie darum nicht besser ein Zündlicht benutzen?«

»Das wollte ich gerade vorschlagen, Sir. Jedenfalls ist das sicherer als eine Lunte. Ich möchte aber gern zwei davon anbringen, für den Fall, daß es Spritzer gibt oder eins davon ausgeht. Die Zündlichter brennen fünfzehn Minuten, ich brauche sie nicht einmal abzuschneiden.«

»Vergessen Sie nicht, daß wir das Boot mit fünf Meilen Fahrt schleppen. Dabei nimmt es bestimmt mehr als einen Spritzer über.«

»*Aye aye*, Sir. Wie lange darf ich für die Vorbereitungen brauchen?«

Ramage warf einen Blick auf die Fregatte: »Eine viertel Stunde. Mr. Southwick, sorgen Sie bitte dafür, daß das Deck rund um die Jolle gründlich genäßt ist. Ein paar lose Körnchen Pulver genügen ...«

Edwards verschwand wieder im Dunkel seiner Pulverkammer. Dort konnte er besser denken, denn dort herrschte der gleiche Friede wie in dem Laderaum auf seines Vaters Fischerboot, während oben an Deck der Wind heulte. Die nassen Schutzvorhänge dämpften alle Geräusche. Er setzte sich auf einen Stapel Kartuschen, strich mit der Hand sacht über den rauhen Flanell der Pulverbeutel und ging dann seine Aufgabe Punkt für Punkt durch.

Als erstes nahm er das Pulver vor. Sollte er es in den üblichen Fässern lassen, oder sollte er Kartuschbeutel benutzen? Für die Pulverfässer brauchte er getrennte Lunten, und die gingen dann womöglich nicht gleichzeitig los. Also mußte er die Beutel benutzen.

Dann weiter: Wieviel Pulver brauchte er? Um eine Mauer zu sprengen, rechnete man gewöhnlich fünfzig bis hundert Pfund. Die Menge hing natürlich von der Dicke der Mauer ab, außerdem wurde das Pulver für eine solche Sprengung in der Regel mit dem zehnfachen Gewicht Erde abgedämmt. Ein Kartuschbeutel wog etwas über ein Pfund, und er entschloß sich zuletzt, hundert solcher Beutel zu nehmen. Das war natürlich nur eine Schätzung, aber er wagte es nicht, für das erste Boot mehr zu benutzen. Wenn er nämlich dann für eine zweite Sprengung mehr brauchen sollte, blieb ihm für die Geschütze nur noch eine allzu knappe Anzahl von Kartuschen übrig. Der Rest des Pulvers befand sich ja noch in den kupferbereiften Fässern.

Jetzt erhob sich Edwards und befahl seinen Leuten, hundert Kartuschen durch die Klappe hinauszugeben, die Pulverjungen draußen veranlaßte er, sie an Deck zu bringen und in der Nähe der Jolle an den Heckdavits zu stapeln. Dem Steuermann ließ er noch sagen, daß das Pulver unterwegs sei, dann setzte er sich wieder nieder. Wie sollte er die Zündlichter an dieser Ladung befestigen? Es ging nicht an, einfach ein Loch in den Flanellbeutel einer Kartusche zu machen und ein Zündlicht hineinzustecken — das wäre die beste Art gewesen, die *Kathleen* in die Luft zu jagen. Nein, dazu brauchte er zwei Fäßchen, in deren Spundlöchern die zylindrischen Röhren der Zündlichter festgeklemmt werden konnten. Diese Fäßchen mußten dann zwischen den Pulverbeuteln untergebracht werden. Nun befahl er zweien seiner Leute, ihm zwei kleine Fässer herbeizuschaffen und sie mit Pulver zu füllen. Ein dritter sollte vom Zimmermannsmaat eine Handvoll Kalfaterbaumwolle und einen Klumpen Pech besorgen, der Bootsmannsmaat sollte ihm ferner zwei Stücke Leder und ein Ende Marlleine geben. Das alles sollten sie ihm an das Großluk bringen. Dann verließ er die Pulverkammer und suchte den Kommandanten auf.

Er grüßte Ramage und sagte, als ob er Verzeihung heischte: »Ich weiß, daß wir auf Klarschiff-Stationen sind, Sir, aber ich möchte dennoch etwas Pech heiß machen.«

Ramage kannte den Mann zu gut, um auch nur einen Augenblick zu bezweifeln, daß er das Pech wirklich brauchte. Aber das Kombüsenfeuer war der Sicherheit wegen sofort gelöscht worden, als die Trommel auf die Gefechtsstationen rief. Das einzige Licht, das jetzt an Bord noch brannte, war die kleine Lampe, die die Pulverkammer erhellte. Da fiel ihm das Öllämpchen ein, das ihm sein Vorgänger auf der *Kathleen* hinterlassen hatte.

»Die Öllampe zum Erwärmen meiner Teekanne reicht

dazu sicherlich aus. Sagen Sie meinem Steward, er solle sie an Deck bringen. Haben Sie sich überlegt, wie Sie die Zündlichter befestigen wollen?«

Edwards nickte und zeigte auf das Papier und den Bleistift am Kompaßhaus. »Darf ich Ihnen zeigen, wie ich es machen will?«

Er skizzierte die Anordnung mit ein paar Strichen. Ramage nickte und sagte: »Zwängen Sie die Fäßchen ganz fest zwischen die Pulverbeutel, daß sie sich auf keinen Fall bewegen können. Und stellen Sie sicher, daß die Persenning über dem Boot die Zündlichter nicht berühren kann.«

Edwards nickte: »Ich fürchte, daß ich bei den Zündlichtern unter Umständen drei Minuten Brennzeit verliere, Sir. Der unterste Teil dieser Zündlichter ragt ja in das Faß hinein, und es ist schwer, genau zu sagen, wann die Zündflamme das Pulver erreicht. Ich kann also die Brennzeit nur ungefähr auf zwölf bis fünfzehn Minuten schätzen.«

Ramage überlegte rasch. Das Boot sollte etwa drei Minuten auf die Fregatte zutreiben. Nun ja, die erste Explosion sollte ja nur eine Demonstration sein, da machte es nicht viel aus, ob das Boot fünfzig oder hundert Meter von der Hulk entfernt hochging.

»Na schön, dazu können Sie nichts. Und jetzt machen Sie rasch weiter.«

Wenige Minuten später saß Edwards auf dem Süll an der Vorkante des Großluks und hatte eines der beiden kleinen mit Pulver gefüllten Fäßchen zwischen den Knien, so daß das Spundloch oben war. Das zweite Fäßchen stand ganz in der Nähe. Zu seiner Linken lagen zwei fünfzehn Zoll lange Zündlichter. Das waren zylindrische Röhren, angefüllt mit einem Gemisch von Salpeter, Schwefel und Schwarzpulver, das unter Zusatz von Weinsprit vermahlen war. Wenn man diese Füllung anzündete, brannte sie stetig wie eine große Kirchenkerze jede Minute einen Zoll herunter.

Zur Rechten hatte Edwards eine Schere liegen, daneben einen Messingpricker, der wie eine große Stopfnadel aussah, zwei Stücke weiches Leder, ein Knäuel Marlleine (wie seltsam ihr leiser Duft nach Teer mit dem von dem Leder herrührenden Geruch einer Schusterwerkstatt zusammenklang) und endlich einen Klumpen Pech, der offenbar von einem größeren Stück abgeschnitten war. Noch glänzte er schwarz wie ein Stück Kohle, aber er begann doch schon, in der Sonne langsam aufzuweichen und seinen Glanz einzubüßen. Ein zerbeulter Blechtopf sollte dazu dienen, das Pech zu erhitzen.

Rings um den Stückmeistersmaat hatten drei Mann mit vollen ledernen Wasserpützen Posto gefaßt. Sie hatten Befehl, die pulvergefüllten Fäßchen naß zu machen, wenn sie Edwards dazu anwies. Dieser nahm jetzt eins der Lederstücke, stellte ein Zündlicht senkrecht darauf und ritzte mit dem Messingpricker den Umriß der Röhre in das Leder. Dann schnitt er den geritzten Kreis mit der Schere aus, schob das Zündlicht durch das Loch und überzeugte sich, daß es genau in die Öffnung paßte. Dabei schien er so in sein Vorhaben versunken, wie ein Schuljunge, der mit dem Bleistift Löcher in ein Stück Papier bohrt.

Jetzt erschien ein Matrose vor ihm und meldete, daß die Öllampe des Kommandanten angezündet sei. Daraufhin entfernte er sich alsbald mit dem Stück Pech in dem Topf, um es zu erhitzen. »Nur so weit, daß es zu zerlaufen beginnt«, sagte Edwards, »es darf auf keinen Fall kochen.«

Edwards mahnte die drei Männer mit den Pützen mit einem Blick, jetzt gut aufzupassen, dann zog er sachte den Spund aus dem ersten Faß und faltete den

Lappen, der ihn umgab, sorgfältig zusammen, so daß keines der schiefergrauen Pulverkörnchen, die noch daran hafteten, an Deck fallen konnte. Den Lappen übergab er einem der Männer, damit er ihn ins Wasser warf. Dann schob er das durchlöcherte Lederstück durch das Spundloch in das Faß hinein und strich es über dem Pulver mit den Fingern glatt, so daß es mit Ausnahme des runden Loches, das er herausgeschnitten hatte, das ganze Pulver bedeckte.

Durch dieses Loch nun bohrte er seinen Zeigefinger in das Pulver hinein, bis er darin eine drei Zoll tiefe Höhlung hergestellt hatte, dann griff er zu dem Zündlicht und schob es durch das schützende Leder in das Pulver hinein, bis es wie eine Kerze auf einem Kuchen senkrecht aus dem Spundloch herausragte. Nun griff er nach der Marlleine, praktizierte ihren Tampen zwischen die Lederdecke und die Innenwand des Fasses und wikkelte sie dann fest und sorgfältig wie auf eine Garnhaspel um das untere Ende des Zündlichts. Dann und wann machte er eine Pause, um die Windungen nach unten zu schieben, bis das Zündlicht zuletzt fest und sicher in dem Spundloch stak und rings um sein Rohr nur noch eine leichte Vertiefung blieb.

Jetzt rief er nach dem heißen Pech und sogleich kam der Matrose mit dem alten Blechtopf von der Back herbeigelaufen. Edwards prüfte zunächst, ob das Pech nicht zu heiß war, dann goß er es vorsichtig und tropfenweise auf die Marlleine, die er im Spundloch um das Zündlicht gewunden hatte, und füllte damit die Vertiefung rings um das Rohr. Dann wand er weitere Törns der Marlleine darum, schob sie mit dem Pricker nach unten und goß wieder Pech darüber. Mit dem Pricker gab er der schwarzen Masse Gestalt, so daß sie auf dem Faß nach dem Erkalten eine kleine Erhebung bildete, aus der das Zündlicht als Gipfel herausragte.

Er musterte seine Arbeit kritisch und sorgfältig, während er wartete, bis das Pech erkaltet war. Dann drückte er sacht von oben auf das Zündlicht und überzeugte sich, daß es auch festsaß.

Jetzt veranlaßte er den Mann mit dem Topf, das Pech wieder zur Lampe zu bringen und es heißzuhalten. Ein anderer mußte das fertig hergerichtete Faß beaufsichtigen, während er selbst daranging, die ganze Arbeit am zweiten Faß zu wiederholen. Er war eben damit fertig, als Southwick angelaufen kam.

»Na, Edwards, hast du dein Feuerwerk hergerichtet? Die Kartuschen liegen so im Boot, wie du sagtest, die Persenning liegt schon auf dem Boot und braucht nur noch festgemacht zu werden. Wir haben nicht mehr viel Zeit. Da, schau einmal hin.«

Edwards hob den Blick und erschrak, als er sah, wie nahe sie der Fregatte schon gekommen waren. Er ließ die Fässer gleich nach achtern tragen: »Geht mir ja vorsichtig damit um«, sagte er zu den Männern, »wenn ihr mir diese Zündlichter anstoßt, dann werde ich eure Leichen persönlich an der Sonne dörren und den Dons als luftgetrocknetes Ochsenfleisch verkaufen.«

Sein Ton verriet ihnen, daß er nur scherzte, dennoch trugen sie die Fässer so vorsichtig an die Reling, als wären sie aus zerbrechlichem Glas. Dort trat Ramage herzu und unterzog sie einer genauen Prüfung.

»Das haben Sie gut gemacht, Edwards. Wir wollen hoffen, daß die Zündlichter die richtige Zeit brennen. Die Persenning liegt schon auf dem Boot. Wenn Sie die Zündlichter angesteckt haben und darunter hervorgekrochen sind, braucht man nur noch diese Leine da steifzuholen und zu belegen, dann sitzt die Persenning dicht auf dem Boot. Sie brauchen nichts zu überstürzen, wenn ich Ihnen den Befehl gebe, aber denken Sie immer daran, daß wir keinen Augenblick säumen dürfen, wenn die Zündlichter erst angesteckt sind, auch wenn sie wirklich ihre fünfzehn Minuten brennen.«

»*Aye aye*, Sir«, sagte Edwards und kletterte über die Reling in das Boot, das noch in seinen Davits hing. »Du da«, sagte er zu einem Matrosen, »komm mit und geh mir da drinnen ein wenig zur Hand.«

Die beiden Männer verschwanden unter der Persenning und nahmen das erste Faß in Empfang, als es ihnen gereicht wurde. Edwards hob einige der gestapelten Kartuschbeutel heraus und stellte zwei getrennte Vertiefungen her, in die die beiden Fässer paßten. Sobald sie auf ihren Plätzen waren, breitete er über jedes ein Stück Segeltuch mit einem Schlitz in der Mitte, durch den das Zündlicht herausragte. Das Segeltuch war stark genug, um den Flanell der Kartuschbeutel vor Funken zu schützen, die die Zündlichter unter Umständen versprühten. Er befahl dem Matrosen, wieder an Bord zu klettern, und kroch selbst zu der Öffnung in der Bootspersenning.

»Ich bin klar, Sir.«

»Danke«, sagte Ramage, »es dauert nur noch ein paar Minuten.« Damit wandte er sich ab, um nochmals einen Blick auf die Fregatte zu werfen.

Die Wasserlinie war eben noch unter der Kimm, das hieß, daß die Hulk noch mehr als vier Meilen entfernt war, aber das Schiff rollte so stark, daß er immer wieder einen Blick auf den Kupferbeschlag ihres Unterwasserschiffs erhaschte. Durch sein Glas erkannte er deutlich das rötlichgelb verfärbte Metall und bemerkte dabei, daß der übliche grünliche Streifen von Tang und die von Muscheln herrührenden dunkleren Flecken vollkommen fehlten. Das verriet ihm eine ganze Menge. Die Fregatte war erst vor einem oder zwei Monaten im Dock gewesen. Da Spanien erst seit wenigen Wochen am Krieg teilnahm, war das Schiff sicher neu in Dienst gestellt und, was das wichtigste war, mit unbefahrenen Mannschaften und wahrscheinlich sogar mit seeungewohnten Offizieren einschließlich des Kommandanten besetzt. Selbst wohlausgebildete Geschützmannschaften hatten es schwer, irgend etwas zu treffen, wenn ihr Schiff so heftig rollte — wer immer am Rohr einer Kanone entlangpeilte, sah in einem Augenblick das blaue Wasser in hundert Meter Entfernung, im nächsten wieder den strahlenden blauen Himmel. Der Horizont, die Kimm, flitzte im Bruchteil einer Sekunde durch das Gesichtsfeld.

Während einer kurzen Weile stellte er sich die *Kathleen* vor, wie sie ihren gefährlichen »Köderfisch« am Ende der schwimmenden Grasleine hinter sich herschleppte. Für den ersten Akt, die Schaustellung, war eine genaue Zeitbestimmung nicht so wichtig. Aber wenn dann aus dem Bluff Ernst wurde, wenn er den Spanier versenken wollte, dann mußte das Boot genau unter dem Heck des Spaniers sein, wenn die Zündlichter das Pulver zur Detonation brachten. Erreichte es die Stelle nur eine Minute zu früh, dann hatten die Spanier Zeit, den Boden des Bootes mit Kanonenkugeln zu durchlöchern, kam es zu spät, dann waren die Folgen nicht ganz so schlimm, die Sprengwirkung war natürlich geringer, aber wahrscheinlich doch noch groß genug, um einige Planken loszureißen. Aber mußte man nicht auch mit Gewehrfeuer rechnen? Nun, gewiß, aber es gehörte doch einiges dazu, das Boot mit Gewehren zum Sinken zu bringen oder so leckzuschießen, daß das ganze Pulver naß wurde. Was konnte man sonst noch gegen seinen Plan ins Feld führen? Es war reichlich spät, jetzt erst an das zu denken, was gegen seine Absicht sprach. Warum hatte denn bisher niemand so ein detonierendes Boot benutzt? Immerhin, Brander hatte man schon gegen die Armada eingesetzt ...

Ob Pulver, das im Freien hochging, überhaupt großen Schaden anrichten konnte? Er wußte es nicht, aber dann wußten es die Spanier wahrscheinlich auch nicht. Da ihnen das erste Boot ein prächtiges Feuerwerk vorführen sollte, waren sie bestimmt nervöser als er selbst, denn sie wußten ja, daß sie dann nur zu leicht einem zweiten Angriff dieser Art zum Opfer fallen konnten. Je lauter der Lärm einer Waffe, desto mehr Angst jagte sie dem Gegner ein, unabhängig von dem Schaden, den sie ihm zufügte. Das wußte er aus Erfahrung, darum hatte er seiner Besatzung auch beigebracht, nicht unnötig zu schreien, wenn sie die Geschütze bedienten, wohl aber wie die Irren loszubrüllen, wenn sie in die Lage kamen, ein feindliches Schiff zu entern oder Enterer abzuwehren.

Aber was er auch immer mit dem explodierenden Boot erreichte, hinterher mußte er dem Stückmeistersmaat unbedingt eine eigenhändig unterschriebene Bescheinigung für die Inspektion der Artillerie ausstellen, aus der hervorging, warum in so kurzer Zeit so viel Pulver verbraucht worden war. Das war ein in diesem Augenblick völlig abwegiger Gedanke. Und doch sah er jetzt schon den Brief vor sich, der ihm wahrscheinlich später von den Herren der Admiralität zugehen würde und in dem bestimmt die Mißbilligung ihrer Lordschaften angesichts dieser »Verschwendung« zum Ausdruck kam, die der Artillerieinspektion eines flammenden Protestes wert erschienen war. So war sie eben, die Kriegführung auf dem Bürostuhl — für diese Bürokraten verwandelte sich der Qualm der Schlacht in hunderte sauber geordnete Stapel mit Formularen und Bescheinigungen, mit eidesstattlichen Erklärungen und Briefen, alles zusammengeschnürt mit der wohlvertrauten rosa Aktenschnur. Mit Männern, die im Kampf gefallen waren, machte man kurzen Prozeß. Zwei Federstriche, und alles nötige war veranlaßt: zwei Buchstaben hinter dem Namen des Mannes, »DD«, die dienstliche Abkürzung für *Discharged Dead*, »entlassen, tot«.

Ramage wurde gewahr, daß er wieder einmal seine Stirn rieb, darum wandte er sich ab.

»Mr. Southwick, vergewissern Sie sich, ob die Jolle klar zum Fieren ist. Lassen Sie ein weißes Stück Tuch als Parlamentärflagge an eine Enterpike laschen. Ferner geben Sie bitte Befehl, alle Geschütze zu laden.«

In ein paar Minuten war die kleine *Kathleen* bereit, den Gegner zu bluffen und zu bekämpfen. Die Musterung, Giannas Preisschießen, der Tanz der Männer zu John Smith's Geigenmusik, das alles schien schon Tage zurückzuliegen. Gischtspritzer hatten seither das polierte Messing schon wieder mit getrocknetem Salz befleckt. Jetzt, dachte er mit ironischem Schmunzeln, jetzt sind die Decks wieder mit nassem Sand bestreut, die gleichen Decks, auf denen Mr. Southwick noch vor drei bis vier Stunden mit Argusaugen nach jedem trockenen Körnchen suchte.

Noch drei Minuten, dann nahm er Kurs auf die Fregatte, die bis jetzt Steuerbord voraus lag. Er warf einen heischenden Blick auf Gianna und wandte sich dann an Antonio:

»Ich wäre Ihnen verbunden, wenn Sie sich beide in wenigen Minuten unter Deck begeben würden.«

Der Italiener nickte und streckte ihm die Hand entgegen: »Gianna bat mich, Ihnen Ihren Einsatz zurückzugeben.«

Ramage nahm den Ring entgegen. Als er merkte, daß es nicht der seine war, faßte er Gianna ins Auge. Sie umfaßte mit ihrer rechten Hand instinktiv den Mittelfinger der linken, an dem sie wahrscheinlich seinen Ring trug. Jetzt sah sie aus — erschrocken entdeckte Ramage bei Antonio den gleichen Ausdruck —, als ob sie sich von einem Todeskandidaten wortlos verabschieden wollte. Da wandte er sich ab und als er den Wappenring an den kleinen Finger seiner linken Hand steckte, fühlte er, wie ihm eisige Kälte ans Herz griff, als hätte die Sonne plötzlich alle Wärme eingebüßt. Die Fregatte lag schwarz und gewaltig vor ihm, sie schien jetzt viel weniger zu schlingern, ihre Geschützpforten waren offen, die Geschütze ausgerammt.

5

Die spanische Fregatte hieß *La Sabina*. Sie lag nun
Backbord voraus von der *Kathleen* und zeigte dem Kutter fast genau ihr Heck. Ihr Name stand in kühnen
Buchstaben quer über das Heck und war mit allzuviel
Gold und roter Farbe verziert. Ramage sah ungeduldig
auf seine Uhr und nach dem Verklicker im Topp, der
ihm verraten sollte, ob der Wind stetig war. Dann warf
er einen Blick nach dem Boot, das in fünfzig Meter Abstand dem Schiff folgte. Der dünne Rauch der brennenden Zündlichter strömte unter der Persenning hervor.

Mit dem Kieker konnte er deutlich die dicken schwarzen Geschützrohre unterscheiden, die an der Steuerbordseite der Fregatte aus den offenen Pforten ragten.
Wahrscheinlich waren sie so weit wie möglich achteraus
geschwenkt und gaben ihm damit einen guten Anhalt,
wenn er näher kam. Solange er nicht in die Verlängerung dieser Rohre geriet, war er auch außerhalb ihres
Feuerbereichs.

Während die Männer noch die Logleine einholten,
meldete Southwick, daß die *Kathleen* etwas über fünf
Knoten lief. Der Ostwind kam recht von achtern, der
Großbaum war weit weggefiert und nahm dem Klüver
und dem Stagsegel allen Wind, so daß sie heftig schlugen, wenn der Kutter rollte. Wieder sah Ramage auf die
Uhr. Wenn die Zündlichter ordnungsgemäß brannten,
hatte er noch acht Minuten Zeit — kaum genug.

Die Sekunden eilten unerbittlich. Die schwarze
Außenhaut der Fregatte wirkte wie poliert, die übertrie-
bene Farbenpracht an ihrem Heck machte einen protzi-
gen Eindruck. Allein das Blattgold an den Heckgalerien

war viele Pfunde wert und zeigte, daß der Kommandant ein reicher Mann war, denn er hatte diesen Schmuck sicher aus eigener Tasche bezahlt.

Wie weit war er noch entfernt? Ohne Fernrohr konnte er gerade die Menschen ausmachen, die sich an Deck bewegten, also war sein Abstand schon weniger als eine halbe Meile — bei der augenblicklichen Fahrt der *Kathleen* etwa sechs Minuten. Nach den Zeigern seiner Uhr war es schon in fünf Minuten soweit, daß die Zündlichter das ganze Pulver in die Luft jagten. War er zu nah? War er zu weit? Jetzt ging es wirklich um Meter.

Er ließ seinen Blick über den Kutter schweifen und wunderte sich, wie kühl und unbeschwert er den ganzen Vorgang verfolgen konnte. Oder hatte er sich etwa schon mit dem Ausgang abgefunden? Wie oft hatte sein Vater zu ihm gesagt: »Wenn du einen Vorgang nicht mehr ändern kannst, dann reg' dich auch nicht mehr darüber auf.« Ein Dutzend Matrosen standen an der Heckreling und warteten darauf, den Rest der Grasleine auszustekken und so den »Affenschwanz« im letzten Augenblick zu verlängern, damit er mit seinem Anhängsel weiter reichte, wenn der Kutter aufdrehte. Southwick blickte ihn fragend an, ihm ging es vor allem darum, die *Kathleen* möglichst weit von den Pulverbeuteln in der rauchenden Jolle fernzuhalten, aber Ramage schüttelte den Kopf.

Die beiden Rudergänger hatten es schwer. Der Druck auf das mächtige Großsegel wurde auf diesem Kurs nicht durch den Gegendruck auf die Vorsegel ausgeglichen, so daß der Kutter immer wieder anzuluven suchte. Dabei drehte er jedesmal etwas nach Backbord. Jetzt gab Ramage den Männern am Ruder einen scharfen Befehl, und nach wenigen Augenblicken war die Fregatte wieder Backbord voraus, wo er sie haben wollte. Sie wurde jetzt sichtlich größer, und bald konnte er schon einzelne Gestalten an der Reling unterscheiden, der Abstand war also schätzungsweise noch etwa sechshundert Meter. Einige von den Spaniern sahen viel größer aus als die anderen. Oder nein — ein rascher Blick durch den Kieker verriet ihm, daß die kleineren mit angelegten Gewehren bäuchlings auf der Reling lagen. Das waren Scharfschützen und sie hatten natürlich Befehl, besonders die Offiziere und die Rudergänger abzuschießen ...

Ramage rief nach Jackson und befahl ihm, die Uhr in die Hand zu nehmen.

»Während der nächsten vier Minuten möchte ich laut die ganzen und die halben Minuten gemeldet haben. Beginnen Sie damit — Achtung! Jetzt!«

An Deck der *Kathleen* herrschte Schweigen, alles blickte nach dem vierkanten Heck der Fregatte. Die Rohre ihrer achtersten Breitseitsgeschütze begannen sich zu verkürzen, und jetzt konnte Ramage weiter entlang ihrer Steuerbordseite sehen. Offenbar gierte das entmastete Schiff. Wenn es Wind und See nur noch ein paar Grade weiter herumschwenkten, dann waren seine achtersten drei oder vier Geschütze in der Lage, die *Kathleen* unter Feuer zu nehmen. Aber gleich darauf drehte die Fregatte langsam wieder zurück und die Geschützrohre wurden länger.

Der Wind frischte auf — Ramage fühlte es im Gesicht — und der Kutter gewann mehr Fahrt. Er stampfte regelmäßig auf und nieder, und der Großbram wurde jedesmal etwas angehoben, wenn der Wind das Großsegel stärker blähte. Jetzt liefen sie wohl sechs Knoten, aber zum Loggen war keine Zeit mehr.

An der Reling der Fregatte zeigten sich kleine Rauchwölkchen, die der Wind sofort verwehte, dazu hörte man schwaches Geknalle — Gewehrfeuer. Auf diese Entfernung war es eine sinnlose Belästigung, weiter nichts.

»Drei Minuten und dreißig Sekunden!« meldete Jackson.

Ramage schätzte den Abstand der Fregatte auf fünfhundert Meter und gab Southwick ein Zeichen. Sofort begannen die Matrosen das restliche Stück der Schleppleine auszustecken und die Jolle sackte weiter achteraus. Die Grasleine schwamm auf dem Wasser wie eine lange dünne Schlange. Southwick fluchte, als sich eine Bucht der Leine zu einer Acht zusammenzog, weil er wußte, daß ein plötzlicher Ruck die Pulverfässer verschieben und die Zündlichter zur Wirkung bringen konnte, so daß das Pulver vorzeitig hochging. Glücklicherweise gelang es im letzten Augenblick einem Matrosen, den Knoten zu entwirren, ehe das Boot einrucken konnte.

Die Qualmwölkchen an der Reling der Fregatte häuften sich besorgniserregend.

»Drei Minuten!« sang Jackson in gleichmütigem Tone aus.

Zwei Heckgeschütze ragten wie drohende Finger zu ihren Stückpforten heraus. Wenn sie bis jetzt nicht gefeuert hatten, dann ließen sie es wohl auch weiterhin bleiben. Die Spanier mußten zu dem Schluß gekommen sein, daß man bei diesem Rollen nur Pulver vergeudete.

»Wieviel ist noch auszustecken?«

»Fast nichts mehr!« rief Southwick. »Höchstens fünf Faden. So, jetzt ist Schluß. Nur ruhig, Jungs, langsam den Zug aufnehmen. Die hundert Faden sind ausgesteckt.«

Die Jolle, der explosive Köderfisch, hing also am Tamp einer zweihundert Meter langen, schwimmenden Schleppleine.

»Noch zwei Minuten und dreißig Sekunden!« sagte Jackson. Seine Stimme verriet, daß auch ihn allmählich die Aufregung packte.

Noch etwa vierhundert Meter, schätzte Ramage.

»Mr. Southwick, lassen Sie die Großschot besetzen. Klar zum Luven. Wenn ich den Befehl gebe, darf kein Augenblick verloren gehen. Jetzt ging es um Meter. Die *Kathleen* hielt geradewegs auf das Steuerbord-Achterschiff der Fregatte zu. Sie blieb dabei nur so weit in ihrem Luv, daß der Wind die Jolle auf die Fregatte zutrieb, wenn Ramage in fünfzig Meter Entfernung mit der *Kathleen* nach Backbord aufdrehte, um sein Anhängsel auf den Spanier zuzuschlenkern. Nachher wollte er beidrehen, so daß er der Fregatte sein Heck zukehrte und die Grasleine wie ein riesiger Halbmond in ihrem Kielwasser schwamm. Wenn seine Schätzung stimmte, mußte der Wind das Boot langsam auf die Fregatte zutreiben. Wenn dann die Zündlichter richtig brannten. Ja, wenn ... wenn ... wenn ...

»Noch zwei Minuten, Sir«, sagte Jackson. Jetzt verriet seine Stimme zum erstenmal höchste Spannung.

Die spanischen Offiziere standen zwischen den Männern, die ihre Gewehre auf die Reling aufgelegt hatten, Ramage erkannte sie an ihren Uniformen. Vom Kreuzmast war nicht einmal ein Stumpf stehen geblieben. Die Bö, die die Fregatte getroffen hatte, mußte unglaublich hart gewesen sein, oder ihre Takelage war, trotz des farbenprächtigen Rumpfs, völlig verrottet gewesen.

Wieder warf Ramage einen Blick auf das geschleppte Boot. Es konnte gar nicht besser liegen, der Bug ragte hoch aus dem Wasser und doch tauchte es mit dem Heck nicht so tief ein, daß Wasser über den Spiegel hineingeschwappt wäre. Vom Rauch der Zündlichter war beim besten Willen nichts mehr zu sehen. Er stieß einen wilden Fluch aus — waren sie etwa ausgegangen? Auch ein rascher Blick durch den Kieker gab ihm keine Gewißheit. Vorn fielen immer wieder Schüsse. Da, ein Mann an der zweiten Karronade an Backbord schrie plötzlich vor Schmerz laut auf, und ein anderer sank schweigend an

Deck zusammen. Ramage starrte neugierig hin, er hätte zu gern gewußt, wer da getroffen war.

»Noch eine Minute und dreißig Sekunden«, meldete Jackson.

Ramage fuhr richtig zusammen, als er hörte, daß bis zum entscheidenden Augenblick nur noch neunzig Sekunden fehlten, und warf einen abschätzenden Blick nach der Fregatte. Die sah plötzlich riesenhaft aus, und als er Southwick schreiend anwies, Luvruder zu legen, schien es fast ausgeschlossen, daß das riesige Bugspriet der *Kathleen* frei von der Fregatte kam, wenn sie jetzt nach Backbord herumschwang.

Ramage ärgerte sich über sich selbst, weil ihn ein Verwundeter nach all den Vorbereitungen so lange von seiner Aufgabe abgelenkt hatte, daß das verdammte Manöver ums Haar gründlich daneben gegangen wäre. Er rieb die Narbe auf seiner Stirn und suchte mit aller Kraft der Panik Herr zu werden, die sich seiner zu bemächtigen drohte.

Als die Pinne hart übergelegt wurde, schien an Deck der *Kathleen* völlige Verwirrung zu herrschen. Eine Gruppe Matrosen rannte mit der Großschot längs Deck, um das Großsegel dicht zu holen, andere holten die Fockschot und die Klüverschot steif, und beide Vorsegel füllten sich mit einem Knall, als der Bug des Kutters nach Backbord herumschwang, so daß sie aus dem schützenden Lee des Großsegels freikamen. Der plötzliche Druck des Windes auf die beiden Vorsegel suchte den Bug wieder nach Steuerbord wegzudrücken, so daß der Vormann den beiden Rudergasten helfen mußte, die schwere Pinne zu halten.

»Noch eine Minute!« schrie Jackson und drängte sich durch die eifrig tätigen Männer, um in Hörweite von Ramage zu bleiben und dabei die Uhr nicht aus dem Auge zu verlieren.

Ach Gott, er hatte zu früh aufgedreht! Als während der Drehung der *Kathleen* das große, massige Heck der Fregatte blitzschnell an ihrer Steuerbordseite entlangglitt, sah Ramage, wie sich an ihrer Reling die Menschen drängten. Einige der Männer waren halb versteckt hinter ihren Gewehren, andere suchten sich mit Armen und Ellbogen Platz zum Zielen zu verschaffen. Außerdem waren da einige Offiziere zu sehen, die die Männer beiseite stießen, weil sie einen Blick auf den Kutter werfen wollten.

Jetzt blitzten Stichflammen auf, Qualmwolken pufften aus den Läufen und zugleich hörte man wieder jenes lächerliche Piffpaff. An Deck der *Kathleen* ertönten Schmerzensschreie, und Ramage gab sich Rechenschaft, daß wieder einige seiner Männer getroffen waren. Ein Blick achteraus verriet ihm, daß die Jolle wie durch ein Wunder ungefähr an der richtigen Stelle lag. Gewehrkugeln rikoschettierten heulend an ihm vorüber, jede Muskete schien auf ihn zu zielen. Die Fregatte kam immer mehr achteraus, als die *Kathleen* weiterluvte, am Ende war sie genau hinter ihrem Heck.

»Mr. Southwick, setzen Sie den Klüver back und werfen Sie die Stagsegelschot los. Ruder hart Backbord!«

Rasch holten die Männer den Klüver nach Luv, so daß er den Bug des Kutters nach Steuerbord drückte, aber diese Tendenz wurde durch das Großsegel und das Ruder aufgehoben, die ihrerseits beide das Schiff nach Backbord drehen wollten. Es war, wie wenn zwei gleichschwere Kinder einander gegenüber auf einer Wippe säßen. Die *Kathleen* verlor allmählich Fahrt. Als sie schließlich gestoppt lag, begann sie heftig zu rollen, der Lärm des vorüberrauschenden Wassers schwieg, das Geknalle der Musketen drang um so lauter herüber.

Und Jackson rief: »Noch dreißig Sekunden!«, gerade als Ramage wieder einen Blick nach der Jolle warf.

Der Wind trieb das Boot schnell nach Lee, der Zug der Grasleine drehte es quer, so daß es zuletzt etwa fünfzig Meter von der Fregatte entfernt und parallel mit ihr lag. Ramage hätte nicht sagen können, wie alles zugegangen war, aber jetzt lag das Boot genau an der richtigen Stelle, die Schleppleine, die es mit der *Kathleen* verband, stellte an der Oberfläche ihres glatten Kielwassers einen fast vollkommenen Halbmond dar.

»Null!« schrie Jackson, aber es geschah nichts.

Sekundenlang vernebelte die Hoffnung Ramages gesundes Urteil. Nach alledem, dachte er müde, sollte doch mindestens *eins* der Zündlichter noch brennen, aber die Enttäuschung machte ihn so krank, daß er es nicht über sich brachte, mit dem Kieker nach einem Rauchwölkchen Ausschau zu halten. Fünfzehn Minuten war die *längste* Brenndauer eines Zündlichts und diese fünfzehn Minuten — jetzt waren es schon ihrer sechzehn — waren inzwischen vergangen.

Southwick fluchte leise und eintönig vor sich hin, Edwards war ganz weiß im Gesicht und beobachtete unausgesetzt und wie betäubt die Jolle. Gianna stand unbekümmert an Deck und ließ die Fregatte nicht aus den Augen. Ramage hielt es angesichts des lebhaften Gewehrfeuers für das beste, Fahrt aufzunehmen und abzulaufen, ehe die Scharfschützen ihnen allen ein Ende machten.

Erst in diesem Augenblick wurde er gewahr, daß Gianna inmitten der ständig einschlagenden und vorüberpfeifenden Musketenkugeln neben ihm stand. Instinktiv versetzte er ihr einen heftigen Stoß, so daß sie dicht neben der Reling vornüber fiel. Im gleichen Augenblick griff Edwards nach seinem Arm, offenbar war er von einem Schuß getroffen. Und Ramage hörte neben seinem Bein ein seltsames Klirren.

Plötzlich sah man dort, wo die Jolle gelegen hatte,

einen blendenden Blitz aufleuchten, dem das Dröhnen einer gedämpften Explosion und ein kräftiger Luftzug folgten. Der Blitz verwandelte sich alsbald in einen wogenden Rauchpilz, zersplitterte Holztrümmer — die Reste des Bootes — kurvten in genauen Parabeln langsam durch die Luft und klatschten dann ins Wasser. Über die Windsee hin liefen für eine Weile konzentrische Wellen von der Stelle, wo das Boot gelegen hatte, nach allen Richtungen auseinander, genau als ob man einen Felsbrocken aus der Höhe in einen Teich geworfen hätte.

»Die halbe Menge Pulver hätte Ihnen den gleichen Dienst geleistet, Sir«, sagte Edwards gelassen.

»Ja. Ich hoffe vor allem, daß unsere Freunde da drüben begriffen haben, worum es geht.«

»Der Knall kam ein bißchen spät, nicht wahr, Sir?« meinte Jackson grinsend.

»Ja, ja«, sagte Edwards, »wenn du mein Freund wärest, hättest du eben das Stundenglas auf den Kopf gestellt.«

Ramage lachte über diesen Witz lauter, als es sich für einen Kommandanten geziemt hätte. »Das Glas auf den Kopf stellen« sagte man, wenn die eine halbe Stunde laufende Sanduhr ein paar Minuten eher, als sie ganz leer geworden war, umgedreht wurde. Das war ein alter Trick, um die Wache etwas abzukürzen.

»Machen Sie sich nichts draus, Edwards, es hat ausgezeichnet geklappt.«

Edwards sah Ramage an, als ob er betrunken wäre und sich vergeblich bemühte, ihn mit dem Blick festzuhalten. Er nickte nur stumm, dann brach er vor ihm ohnmächtig zusammen. Den verletzten, heftig blutenden Arm hielt er immer noch krampfhaft fest. Im nächsten Augenblick kniete Gianna neben ihm und riß ihm den Ärmel von der Wunde.

6

Ramage war eben im Begriff, über die Reling der *Kathleen* in das wartende Boot zu klettern, als Jackson auf seinen Säbel zeigte und ihm als Ersatz ein Entermesser anbot. Daraufhin zog Ramage den Säbel samt der Scheide aus dem Koppel und warf beides an Deck. Dabei klirrte die Waffe ganz ungewohnt, weil ein Musketentreffer ihre Klinge gründlich verbogen und ein Stück der Scheide abgerissen hatte. Aber war es nicht besser, einen etikettenbewußten Spanier unbewaffnet zu besuchen, als ein Entermesser zu tragen, das doch die Waffe des einfachen Matrosen war? Ramage wies also den Ersatz zurück. Wenn er unbewaffnet auf das feindliche Schiff kam, würde das seinen Eindruck auf die Spanier ganz bestimmt nicht verfehlen.

Das Boot setzte ab. Jackson saß wie ein Lanzenreiter in der Plicht, mit einer Hand hielt er die Pinne, mit der anderen eine Enterpike, an die ein Stück weißes Tuch gebunden war, so daß eine Parlamentärflagge zustande kam.

Die Männer pullten so frisch und exakt, als ob es gälte, beim eigenen Flaggschiff längsseit zu gehen, so war das Boot denn auch bald in Lee der *La Sabina* angelangt. Ramage blickte an der Bordwand in die Höhe und sagte sich, daß es alles andere als leicht sein werde, an Bord dieses Schiffes zu gelangen, weil es unerhört heftig rollte. Außerdem sah er zu seiner Überraschung, daß aus den Speigatten Wasser strömte und an der Bordwand herabrann. Wie war es zu erklären, daß dieses Schiff Wasser an Deck bekam?

Während Jackson seine Befehle gab, um das Boot

längsseit zu bringen, warf Ramage einen Blick achteraus auf seine *Kathleen* und fühlte, wie sein Selbstvertrauen dahinschwand, als er sah, wie winzig klein der Kutter von hier aus wirkte, obwohl er doch ganz in der Nähe beigedreht lag. Vom Deck der Fregatte aus nahm er sich bestimmt nicht bedrohlicher aus als irgendein Hafenbumboot.

Der Bugmann hakte seinen Bootshaken ein, Ramage setzte sich den Hut fest auf den Kopf und wartete, bis das Boot über einen Wellenkamm ritt. Dann sprang er auf eine der Bordleisten, breite, aus der Außenhaut herausragende Stufen, die eine über der anderen die Bordwand emporliefen. Die Spanier hatten ihm freundlicherweise Strecktaue herabgefiert, so daß er für die Hände gleich Halt fand.

Die ersten drei Bordleisten brachte er so schnell wie möglich hinter sich, damit er keine nassen Füße bekam, wenn die Fregatte nach Lee überholte, dann verlangsamte er sein Tempo, damit er nicht heiß und außer Atem an der Fallreepspforte ankam. Während er hinaufstieg, beschloß er, nicht zu verraten, daß er Spanisch verstand, weil er so durch unvorsichtige Bemerkungen eine Menge in Erfahrung bringen konnte. Wenn wirklich keiner der Spanier Englisch konnte, was nicht zu erwarten war, dann wollte er sich der französischen Sprache bedienen.

Von oben beobachteten ihn neugierige Gesichter an der Reling. Als Jackson nun mit dem Boot absetzte und ihn allein an Bord des Spaniers zurückließ, wurde Ramage plötzlich von einem Gefühl des Verlassenseins übermannt, das schon an Panik grenzte. Er hatte sich von dem Schiff entfernt, das ihm anvertraut worden war, er hatte — da half keine Beschönigung — den Befehl in den Wind geschlagen, der ihm gegeben worden war, und jetzt war er der Gnade der Spanier ausgeliefert.

Wenn es ihnen einfiel, die allgemeingültigen Regeln für Parlamentäre zu mißachten, dann setzten sie ihn einfach gefangen, oder benutzten ihn, wahrscheinlicher noch, als Geisel. Southwick war seiner ganzen Art nach wohl kaum imstande, ein zweites Sprengboot auszurüsten und das Heck der Fregatte in die Luft zu jagen, vorausgesetzt, daß er sich überhaupt entschließen konnte, dabei das Leben seines Kommandanten aufs Spiel zu setzen.

Aber Schluß damit! Jetzt war es zu spät, sich über eine Lage aufzuregen, an der nichts mehr zu ändern war. Aber vorher, so sagte er sich im Weitersteigen, vorher hätte er alles anders machen können.

Endlich war er mit dem Kopf in Deckshöhe angelangt und hatte die Fallreepspforte vor sich. Er schaute weder rechts noch links, als er hindurchging. Der Hut saß ihm gerade auf dem Kopf, und er fühlte sich zu seiner eigenen Überraschung plötzlich so entspannt, als ob er im Begriff sei, den Long Room in Plymouth zu betreten. Vor Sekunden noch hatte er sich über die Abmessungen seiner *Kathleen* Gedanken gemacht, jetzt stellte er leichten Herzens fest, wie lächerlich das Verlangen war, das er an die Spanier richten wollte.

Ein spanischer Offizier zu seiner Rechten richtete sich nach einer feierlichen Verbeugung wieder auf und hielt den Hut mit der Rechten vor seine linke Brust.

Ramage erwiderte diesen Gruß mit einer ebenso höflichen, aber weniger tiefen Verbeugung.

»Teniente Francisco de Pareja steht Ihnen zu Diensten«, sagte der Offizier in gutem Englisch.

»Leutnant Ramage von Seiner Britannischen Majestät Kutter *Kathleen*«, stellte sich Ramage vor. »Ich wünsche Ihren Kommandanten zu sprechen.«

»Selbstverständlich, Teniente. Bitte folgen Sie mir. Mein Kommandant hat mich gebeten, Ihnen sein Bedauern zum Ausdruck zu bringen, daß er der englischen Sprache nicht mächtig ist.«

»Wollen Sie die Güte haben zu übersetzen?« sagte Ramage höflich. »Ich bin überzeugt, daß wir einander ausgezeichnet verstehen werden.«

»Besten Dank. Ich stehe Ihnen zu Diensten.«

Ramage hütete sich, seine Blicke neugierig umherschweifen zu lassen, dennoch konnte ihm nicht entgehen, daß das Deck der Fregatte gründlich leergefegt war. Nur die Stümpfe der Masten ragten wie ungeschickt gefällte Bäume aus dem Deck und gemahnten an das schicksalsträchtige Zusammentreffen harter Sturmböen mit schlechter Seemannschaft. Aber so lange und so stark der Sturm auch geweht haben mochte, er hatte den üblichen Geruch nach gekochtem Fisch, ranzigem Öl und Knoblauch nicht verjagen können, der auf den meisten spanischen Schiffen herrschte. Außerdem aber roch es hier wie nach einem Brand, der erst vor kurzem von einem Regensturm gelöscht worden war. Aha! Plötzlich wurde ihm klar, warum aus den Speigatten der Fregatte Wasser gelaufen war. Von dem explodierenden Boot waren ein paar brennende Wrackstücke herübergeflogen und hatten kleinere Brände verursacht ... Ein paar Blaulichter und Signalraketen oben auf dem Pulver machten sich unter Umständen gut bezahlt, das mußte er sich für künftige Fälle merken.

Neben dem großen, doppelten Ruderrad stand ein stattlicher Mann von etwa vierzig Jahren, der geflissentlich wegsah. Seine Uniform war über und über mit Gold bestickt. Die dicken Backen, die über die Halsbinde quollen, verrieten den passionierten Feinschmecker. Das rote Gesicht, der schlaffe Mund, der Bauch und der unstete Blick der wäßrigen Augen, das alles gab kund, daß dieser Mann keinem Gaumenkitzel widerstehen konnte. Kurz, Ramage hatte sofort den Eindruck, daß dieser spanische Kommandant seinen Koch für den wichtigsten Mann der Besatzung hielt.

Wieder tiefe Verbeugungen und gegenseitige Vorstellung, der stattliche Mann war Don Andreas Marmion, nochmals Verbeugungen, dann wandten sich Ramage und Marmion an Pareja, und jeder wartete, daß der andere zu reden begann. Plötzlich wurde sich Ramage bewußt, daß er hier Gelegenheit fand, die Initiative zu ergreifen, darum begann er mit dem Selbstbewußtsein eines Mannes zu sprechen, der etwas ganz Selbstverständliches und Unbestreitbares feststellt.

»Ich bin gekommen, Sie in Schlepp zu nehmen.«

Pareja brauchte mehrere Sekunden, ehe er Worte fand. Dann begann er seine Übersetzung mit einer Art Entschuldigung: »Der Engländer nimmt sich heraus zu sagen . . .«

Ramage beobachtete genau, wie der Kommandant reagierte. Sein blaßrotes Gesicht wurde dunkelrot, der dicke Hals bekam sogar einen purpurnen Schimmer, dann antwortete er mit einem Strom spanischer Beleidigungen, die Pareja so taktvoll übersetzte wie ihm möglich war: »Mein Kommandant sagt, in Schlepp nehmen komme nicht in Frage, Sie seien jetzt sein Gefangener und er wolle Ihr Schiff nach Cartagena schicken, um Hilfe herbeizuholen.«

Ramage hatte alles verstanden, ehe Pareja noch sprach. Er blickte Marmion unverwandt in die Augen, seine Brauen bildeten eine gerade Linie, es fiel ihm sehr schwer, nicht an seiner Narbe herumzureiben.

»Sie gehen von falschen Voraussetzungen aus. Erstens bin ich unter der Parlamentärflagge an Bord gekommen, zweitens ist dieses Schiff unsere Prise. Sie haben unseren Befehlen zu gehorchen. Die Schlepptroß ist vorbereitet und wird herübergegeben, sobald ich auf den Kutter zurückgekehrt bin.«

Pareja zögerte, aber Ramages Ausdruck war eiskalt und sachlich, der Spanier fürchtete vor allem seine tiefliegenden, braunen Augen.

»Übersetzen Sie das! Ich bin noch nicht zu Ende, aber ich möchte nicht, daß ich mißverstanden werde.«

Wie ein Kettenhund ging Marmion sechs Schritte hin, sechs Schritte her, während Pareja übersetzte. Plötzlich blieb er stehen und sprudelte ein paar Sätze heraus. Ab und zu stampfte er dabei böse mit dem Fuß, was eher komisch wirkte. Er vermied es, Ramage anzusehen, während er sprach.

Pareja sagte achselzuckend: »Mein Kommandant sagt, das Ganze sei doch lächerlich, mit Ihrem winzigen Kutter könnten Sie unmöglich eine große Fregatte wie diese als Prise kapern. Die Parlamentärflagge wolle er anerkennen, er erlaube Ihnen daher, Ihre Reise fortzusetzen.«

Ramage straffte sich. Dieser Augenblick war der Höhepunkt. Statt einer Schlacht von Breitseiten wurde der Kampf eines Willens gegen den anderen ausgefochten. Bis jetzt war er der Angreifer gewesen, jetzt aber, angesichts des kategorischen Nein, das er eben vernommen hatte, stand er im Begriff, den Kampf zu verlieren. Aber Marmion war seinem Blick ausgewichen und Pareja gab sich alle Mühe, Ramages wie auch Marmions Ausdrücke zu mildern, als fühlte er, daß Ramage noch eine Trumpfkarte in Händen hielt. Plötzlich kam es über Ramage wie eine Erleuchtung: Er hatte den Schlüssel für Marmions Verhalten gefunden, seinen Stolz. So einfach war das, und doch zugleich so hintergründig. Marmion gab sich Rechenschaft, wie Spanien die Nachricht aufnehmen würde, daß sich seine stolze *La Sabina* einem winzigen Kutter ergeben hatte. Das mußte ihn bei allen seinen Kameraden in Mißkredit bringen, ja zur lächerlichen Figur machen. Ramage war sich darüber klar, daß er Marmion einen Ausweg aus dieser Lage zeigen mußte, indem er ihm half, sich auf elegante Weise aus der Affäre zu ziehen. Er mußte ihm eine Rechtfertigung seines Verhaltens nahelegen, die auch dem spanischen Marineministerium annehmbar schien.

»Sagen Sie Ihrem Kommandanten«, sagte er, »er sei eben in einer unglücklichen Lage. Sein Schiff ist völlig hilflos, es hat Schäden erlitten, die er nicht beheben kann. Er hat nur ein einziges Boot, das nicht einmal ausreicht, das Schiff so weit herumzuholen, daß es eine Breitseite feuern kann. Das alles werde ich in meinem Bericht betonen. Dieses Schiff ist jedem Gegner auf Gedeih und Verderb ausgeliefert. Einem Dreidecker so gut wie einem Kutter oder einem Dutzend Piratenschiffen von der Barbareskenküste. Es ist ein Spielball der vier Winde. Seine Nahrungsmittel und sein Wasser reichen nur begrenzte Zeit, auch sein Seeraum ist schon sehr beschränkt. Ein paar Tage Nordwind und sein Schiff strandet da drüben elend auf den Sänden« – er wies nach der afrikanischen Küste –, »dann werden er und seine Leute den Rest ihrer Tage als Ruderklaven auf den Räubergaleeren der Barbareskenküste verbringen.«

Pareja übersetzte, aber Marmion bestritt mit heftigen Worten alles, was er sagte. Sobald Pareja fertig war, wußte Ramage, daß jetzt der Augenblick gekommen war, dem Spanier mit einer handgreiflichen Drohung aufzuwarten. Darum sagte er mit harten Worten:

»Sagen Sie Ihrem Kommandanten, er wisse so gut wie ich, daß wir sein Schiff jederzeit zerstören und in Treibholz verwandeln können. Dann kann man aber nicht von uns erwarten, daß wir fast dreihundert Mann als Gefangene an Bord nehmen, selbst wenn sie die Explosion überleben sollten.«

»Welche Explosion?« fragte Pareja, nachdem er übersetzt hatte und Marmions Antwort wußte. »Mein Kommandant sagt, sie könnten uns nicht zerstören, und es sei nur eine Frage der Zeit, daß unsre Flotte uns findet. Wir haben eine Menge Proviant und Wasser und das Wetter ist gut.«

»Ihre Flotte«, sagte Ramage auf gut Glück, »ist weit über dreihundert Meilen entfernt und kommt bestimmt nicht in diese Gegend. Und wir *können* Sie zerstören. Sie haben doch das Boot gesehen, das hier neben Ihnen in die Luft ging?«

»Das Boot explodierte doch in fünfzig Meter Abstand. Wir haben dabei nicht den geringsten Schaden erlitten.«

»Es explodierte in fünfzig Meter Abstand, weil wir es so wollten. Sie haben doch unser Manöver gesehen. Wir haben Ihnen damit nur gezeigt, wie einfach es wäre, ein zweites Boot in Schlepp unter ihr Heck zu bringen. Sie werden mir zugeben, daß eine solche Explosion Ihr Heck zerstören würde. Oder wollen Sie das etwa gar bestreiten? Dieses zweite Boot hätte außer dem Pulver auch noch eine beträchtliche Menge von Sprengstoff aller Art mit an Bord . . .«

Kaum hatte Pareja das übersetzt, da machte Marmion auf dem Absatz kehrt und ging auf den Niedergang zu, um unter Deck zu gelangen.

Ramage lief es ob dieser Beleidigung kalt über den Rücken. Er nahm kein Blatt mehr vor den Mund: »Sagen Sie dem Mann, er soll sofort wieder herkommen. Er ist mein Gefangener und ich sehe keinen Anlaß, ihm eine andere Behandlung zuteil werden zu lassen als die, die er auf den Galeeren zu gewärtigen hat.«

Pareja hatte offenbar den Eindruck, daß dies keine leere Drohung war. Er eilte hinter Marmion her und wiederholte ihm Ramages Worte mit leiser Stimme. Dann winkte er Ramage zu kommen, aber der achtete nicht darauf. Schließlich kam Pareja zurück.

»Mein Kommandant möchte das Gespräch in seiner Kajüte fortsetzen.«

»Ihr Kommandant wird die Besprechung an Bord des Kutters fortsetzen. Ich gebe ihm fünf Minuten, um seine Sachen zu packen. Ihr Erster Offizier und ich werden inzwischen über die Einzelheiten des Schleppmanövers miteinander reden.«

Wieder ging Pareja zu Marmion und meldete ihm, was Ramage gesagt hatte. Dann ging der Kommandant in seine Kajüte, und Pareja sagte zu Ramage:

»Er erklärt sich unter Protest einverstanden, aber nur um seiner Besatzung das Leben zu retten. Die Verwendung eines Explosionsbootes ist in seinen Augen eine barbarische und ehrlose Methode der Kriegführung, die in der Geschichte nicht ihresgleichen hat. Er sagt, angesichts solcher Barbarei sei es seine Pflicht, seine Männer vor ihren Folgen zu schützen.«

»Ausgezeichnet«, sagte Ramage, »sagen Sie, sind S i e etwa der Erste Offizier? Ja? Das ist gut. Hier sind Ihre Befehle für die Schleppfahrt.«

Als Ramage mit Marmion an Bord der *Kathleen* gelangte, freute er sich zu sehen, daß Southwick in seiner Abwesenheit eifrig tätig gewesen war. Er hatte seine beste Uniform angelegt, auch die übrige Besatzung trug sauberes Zeug und war auf dem Achterdeck angetreten, eine Ausnahme bildeten nur jene, die in militärischer Haltung an ihren Karronaden standen. Von Verwundeten, von Blutspuren war nichts mehr zu sehen, jedes Ende war sauber aufgeschossen, die Baljen für Lunten und Schwämme standen in genauen Abständen an Deck, Schwämme und Ansetzer befanden sich in ihren Regalen.

Die Ordnung, die hier überall herrschte, das natürliche Selbstvertrauen und die Entschlossenheit, die in der Haltung dieser Männer zum Ausdruck kam, hoben sich so augenfällig von dem Gebaren der spanischen Besatzung ab, daß der Unterschied auch Marmion nicht entgehen konnte, zumal er sich genau an Deck umsah, während er langsam seinen Säbel abschnallte.

Als Southwick vor Ramage salutierte, wandte sich Marmion überrascht nach ihm um. Dabei entfuhr ihm unwillkürlich der Ruf: »Was, *Sie* sind hier Kommandant?«

Ramage sah keine Veranlassung weiter vorzugeben, daß er kein Spanisch verstand, darum nickte er und sagte: »Ja, ich habe hier das Kommando und bitte Sie, mir Ihren Säbel zu übergeben.«

Die Härte seines Tones ließ keinen Zweifel, daß diese Bitte in Wirklichkeit ein Befehl war. Marmion händigte ihm also seine Waffe aus, Ramage nahm sie wortlos entgegen und reichte sie Jackson weiter, als ob er sich daran beschmutzen könnte. Er verachtete diesen Spanier, weil er gar nicht erst versucht hatte, sich gegen ihn durchzusetzen, sondern auf alle seine Bedingungen eingegangen war. Dennoch war er jetzt auf seiner Hut. Konnte man denn wissen, was hinter diesen kleinen unsteten Augen vorging? Hätte er diesen Marmion nur nicht mit Pareja allein gelassen, als er vorhin die Fregatte in Augenschein nahm.

Southwick stand immer noch in dienstlicher Haltung vor ihm, aber sein fragender Ausdruck verriet, daß er noch nicht genau wußte, was vorging, darum sagte ihm Ramage:

»Dieser Herr hier ist Kommandant der Fregatte. Er ist unser Gefangener. Teilen Sie zwei Mann zu seiner Bewachung ab und lassen Sie ein paar Wände aufstellen, daß er so etwas wie eine Kammer hat. Da hinein bekommt er eine Hängematte. Alle übrigen Mannschaften und Offiziere des spanischen Schiffes sind Gefangene auf Ehrenwort. Sie haben sich durch ihr Wort verpflichtet, meine Befehle auszuführen. Das heißt fürs erste, die Schlepptrosse einzuholen und zu belegen. Weiterhin müssen sie alles tun, was in ihrer Macht liegt, um die Schleppfahrt zu sichern. Die Explosion hat ihnen großen Eindruck gemacht ...«

Ramage hielt inne, weil er sah, daß der Spanier plötzlich runde Augen bekam. Sein starrer Blick galt Gianna, die eben von unten an Deck gekommen war. Ramage fand, daß ein bißchen Geheimnistuerei nicht schaden konnte, und ließ sie darum unbeachtet.

»Nehmen Sie das Boot und bringen Sie die Schlepptrosse hinüber«, fuhr er fort. »Der Erste Offizier der Fregatte spricht sehr gut Englisch. Vergewissern Sie sich, daß die nötigen Laternen bereitgestellt sind. Nachts sollen sie drei weiße Lichter zeigen, eines an jeder Seite des Vorschiffs, das dritte mittschiffs, aber hoch oben, so daß wir immer sehen können, wie das Schiff liegt. Ist das ganz klar?«

»*Aye aye*, Sir«, sagte Southwick, dann fügte er grinsend hinzu: »Soll ich unsere Flagge mit hinübernehmen und sie über der spanischen setzen?«

Ramage lachte, er hatte das ganz vergessen. »Ja, aber da müssen Sie schon den nötigen Flaggenstock mitnehmen — drüben gibt es nichts, das länger wäre als eine Enterpike.«

Southwick wandte sich ab und begann seine Befehle zu geben.

»Durstige Arbeit«, bemerkte Jackson.

Ramage sah ihn durchdringend an: »Gewiß, für mich, ich allein habe die ganze Zeit geredet. Sagen Sie doch meinem Steward, er soll mir ein Glas Zitronenlimonade bringen.«

Jackson sah ganz sprachlos drein, als er das hörte. Da wurde Ramage weich. Die Wegnahme einer Fregatte war es in der Tat wert, daß er der Besatzung eine Extraration Rum gewährte. »Erinnern Sie mich zur Abendbrotzeit daran, wie durstig Sie sind.«

»Jawohl, Sir, Sie können sich auf mich verlassen.«

Zwei Matrosen mit Entermessern kamen von Southwick herüber und bauten sich vor Ramage auf. Dieser sagte: »Sobald die Kammer fertig ist, wird der spanische Herr unter Bewachung dort hingebracht. Fürs erste hat er sich vor dem Mast aufzuhalten.«

Während einige Matrosen den Vorläufer ins Boot fierten, die dünne Leine, mit der nachher die schwere Schlepptrosse hinübergeholt werden sollte, trat Ramage zu Gianna, die sich eben mit Antonio unterhielt.

Ihre Augen glänzten, sie vermochte ihre Erregung kaum zu meistern.

»Sag, Nico, wer ist denn dieser komische Mann?«

»Das ist der Kommandant der spanischen Fregatte.«

»Warum hast du ihn denn hierhergebracht?«

»Er ist unser Gefangener, besser gesagt unser Geisel.«

»Lassen sich denn jene Männer da drüben überhaupt beaufsichtigen?« fragte Antonio. »Es sind doch Hunderte. Mr. Southwick ließ mich durch sein Fernglas hinüberschauen.«

Ramage zuckte die Schultern: »Wir müssen weiter bluffen.«

Antonio zupfte an seinem Bart und sagte voll Eifer: »Nico, geben Sie mir ein Dutzend Männer und schicken Sie mich da hinüber. Ich sorge schon dafür, daß sie parieren.«

Ramage schüttelte den Kopf: »Das hätte ich längst getan — wenn eines nicht wäre.«

»Was ist dieses eine?«

»Antonio, Sie und Gianna sind doch der Anlaß, daß die *Kathleen* nach Gibraltar unterwegs ist. Sie beide sind mir anvertraut. Wenn Ihnen etwas zustieße...«

»Ach, Sie mit Ihren ewigen Befehlen«, sagte Antonio ärgerlich, »es lohnt sich wirklich kaum, daß wir aus Italien geflohen sind.«

»Aber Antonio«, rief da Gianna, »das sagst du nach allem, was Nico für uns getan hat!«

»Nein, nein«, sagte Antonio schnell, »so meine ich das nicht. Sie wissen doch, Nico, wie dankbar ich Ihnen für alles bin. Aber diese Spanier — sie sind viel schlimmer als die Franzosen. Sie beteiligen sich ja nur am Krieg, weil sie meinen, daß die Franzosen siegen werden.«

»Ja, ein erfolgreicher Mann hat viele Freunde«, sagte Ramage mit wissender Miene, »Mißerfolg dagegen macht einsam, sehr einsam.«

Jetzt trat Southwick herzu und salutierte: »Verzeihung Sir, es ist alles klar. Ich möchte jetzt absetzen.«

»Danke. Lassen Sie sich da drüben nur nichts gefallen. Die Kerle sollen springen, wie das auf einem Flaggschiff üblich ist.«

Ramage verfluchte insgeheim die Fregatte, die ihm nun an der Schlepptroß folgte, aber dann sagte er sich, daß das ebenso töricht war, wie Ruf und Reichtum deshalb zu verfluchen, weil sie die Gastwirte dazu verleiteten, ihre Preise zu verdoppeln. Die sinkende Sonne hatte den größeren Teil des Windes mit sich fortgenommen. Jetzt, da sich der Himmel von der Farbe der Malven allmählich zu einem kalten, unpersönlichen Dämmergrau verfärbte, lief der Kutter nur noch ganze zwei Meilen Fahrt. Ramage hatte die Pinne mit vier Mann besetzt, um das Schiff auf Kurs halten zu können, wenn sein Heck gelegentlich durch das Ausscheren der *La Sabina* nach Steuerbord oder Backbord herumgeholt wurde.

Gianna und Antonio standen bei ihm an der Reling. Gianna zog fröstelnd die Schultern ein. »Ich kann diese Tageszeit nicht leiden, wenn man Sorgen hat, ist sie doppelt schlimm, weil alles so kalt und grau ist.«

»Was macht dir denn Sorgen?« fragte Antonio.

»Ach, eigentlich nichts — nur dieses große Ding dort hinten«, sagte sie und zeigte auf die Fregatte. »Ich habe eine Art böser Vorahnung ...«

»Und die wäre?« fragte Ramage sie.

»Es klingt töricht, Nico, aber ich habe das Gefühl, daß uns dieses Schiff Unglück bringen wird.«

Ramage lachte: »Du mußt den bösen Blick eben von uns abwehren.«

»Bitte, mach' keine Witze über den bösen Blick, Nico.«

»Sei doch nicht so tierisch ernst, Gianna. Ich habe jedenfalls festgestellt, daß unser spanischer Freund seinen bösen Blick nicht von dir abwenden konnte.«

»Ich fühle mich beschmutzt, wenn er mich so anschaut.« Sie schauderte zusammen. »Ich traue ihm nicht.«

»Man kann ihm auch nicht trauen«, sagte Ramage, »der Mann ist zu allem fähig, darum lasse ich ihn auch durch zwei Matrosen bewachen. Wir dürfen nicht vergessen, daß er unser Feind ist.«

»Unser Feind?« meinte sie sinnend. »Der fette Mann dort unten?«

»Der fette Mann«, sagte Antonio kalt, »würde dich langsam erdrosseln — dich und alle anderen hier an Bord, wenn er dadurch sein Schiff wieder erlangen könnte.«

»Mir ist kalt«, sagte Gianna. »Ich will zu Bett gehen.«

Ramage und Antonio küßten ihr die Hände, sie wünschte »Mr. Souswick« gute Nacht, der sich, wie immer, respektvoll vor ihr verbeugte.

Als sie unter Deck verschwunden war, fragte Antonio: »Glauben Sie, daß es mit den Spaniern Schwierigkeiten gibt?«

»Ich wüßte nicht, was sie uns antun könnten, es sei denn, sie kappten die Schlepptrosse. Aber das nützte ihnen auch nichts, weil wir sie dann bei Hellwerden ohne Erbarmen versenken würden.«

»Haben Sie — wie sagt man doch gleich — haben Sie auch so eine böse Ahnung?«

»Ja, im gewissen Sinne schon, aber das dürfte nur eine Folge der Aufregung sein.«

»Das scheint mir auch so«, sagte Antonio. »Auch ich bin sehr müde, darum *buona notte*, Nico. Diesen Tag werde ich nicht so schnell vergessen.«

Wenige Minuten später fühlte auch Ramage, daß ihm fast die Augen zufielen und er beschloß, eine Weile zu schlafen, um frisch zu sein, wenn er während der Nacht des öfteren herausgeholt werden sollte.

»Mr. Southwick, ich gehe für ein paar Stunden unter Deck. Sorgen Sie dafür, daß die üblichen Nachtbefehle genau befolgt werden. Kommt Ihnen etwas verdächtig vor, und sei es die geringste Kleinigkeit, dann rufen Sie mich. Geben Sie an die zuverlässigsten Leute Pistolen und Musketen, an die übrigen Entermesser, Piken und Beile aus.«

Zehn Minuten später lag Ramage in voller Uniform auf seiner Koje und schlief fest. Rechts und links von ihm staken seine beiden Pistolen halb gespannt zwischen Kojenrand und Matratze.

Jackson war todmüde, aber als die Dunkelheit sich niedersenkte, vertrieb ihm eine unerklärliche Besorgnis jeden Gedanken an Schlaf. Er sah untätig zu, wie der Steuermann das Deck abschritt und sowohl mittschiffs, wie an Steuerbord und Backbord vorne mit dem Ausguckposten sprach. Der Alte nahm es sehr genau — an jeder der noch immer ausgerannten Karronaden prüfte er die Haltetaljen und das Bodenstück. Er überzeugte sich vor allem, daß das Schloß durch den Segeltuchüberzug wirksam gegen die feuchte Nachtluft geschützt war, die nicht an die Feuersteine herankommen durfte. Als Southwick wieder achteraus kam, sah er den Amerikaner.

»Na, Jackson, noch auf? Der Tag heute hat uns alle in Atem gehalten.«

»Jawohl Sir, und es könnte leicht sein, daß uns auch die Nacht zu schaffen macht.«

»Meinen Sie etwa, die Dons könnten etwas unternehmen?«

»Wir an ihrer Stelle würden es jedenfalls tun.«

»Das stimmt, aber bei denen ist es eben doch anders. Ich weiß nicht, als ich an Bord war, machten sie mir einen recht blöden Eindruck.«

»Hoffentlich haben Sie recht, Sir, aber es könnte eben doch sein . . .«

Southwick brummte nur, was offenbar hieß, daß er das kaum für möglich hielt. Dann sagte er: »Etwas anderes, Jackson: sind Sie wirklich Amerikaner?«

»Jawohl, Sir.«

»Wann sind Sie denn geboren?«

»Das genaue Datum weiß ich nicht«, sagte Jackson vorsichtig.

»Ach was, ich bin überzeugt, daß Sie als Engländer geboren sind, vor 74, ehe ihr euch gegen uns erhoben hattet.«

»Das mag schon sein, Sir, aber jetzt bin ich dessenungeachtet Amerikaner.«

»Sie haben also einen amerikanischen Paß?« fragte Southwick so beiläufig, als wollte er aus Jacksons Worten eigentlich nur die logische Folgerung ziehen. Darauf gab ihm Jackson langsam und betont zur Antwort:

»Jawohl, Sir, ich habe einen ordnungsgemäß ausgestellten gültigen Paß.«

»Warum machen Sie denn von diesem Papier keinen Gebrauch?«

Jackson trat von einem Bein auf das andere. Die hartnäckigen Fragen des Steuermannes regten ihn nicht auf. Die meisten Leute waren neugierig und das war wirklich nicht zu verwundern, denn der Paß, ausgestellt und unterschrieben von J. W. Keefe, Notar und Richter der Stadt und Grafschaft New York, bescheinigte dem Seemann Thomas Jackson seine unter Eid zu Protokoll gegebene Aussage, daß er Bürger der Vereinigten Staaten von Amerika und im Staat South Carolina geboren sei. »Er ist«, so hieß es in dem Paß weiter, »fünf Fuß zehn Zoll groß und etwa siebenunddreißig Jahre alt.«

Dann war Mr. Keefe fortgefahren: »Besagter Thomas Jackson kann als Bürger der Vereinigten Staaten jederzeit zum Wehrdienst für dieses Land einberufen werden und soll darum allezeit zur See, wie auch zu Lande, die entsprechende Achtung genießen. Daß dem so sei, wird dem Inhaber dieses Passes durch Stempel und Siegel meines Notariats in aller Form bestätigt.«

Der Kopf des Papiers zeigte den amerikanischen Adler, darunter stand in schwungvoller Schrift: »Vereinigte Staaten von Amerika«. Aus dem Dokument ging hervor, daß Jackson nicht gezwungen werden konnte, Seiner Britannischen Majestät zu dienen, und daß er wie jeder andere Inhaber eines solchen Passes entlassen werden mußte, wann immer er das wollte — oder besser gesagt, wenn er einen amerikanischen Konsul erreichte.

Dieser Paß war sogar echt, das war wohl die Hauptsache und unterschied ihn von den meisten anderen, die im Umlauf waren. Jackson versuchte sich vorzustellen, was der Steuermann wohl sagen würde, wenn er erführe, daß er *noch* einen echten Paß besaß, der auch von einem Notar gestempelt und gesiegelt war, aber bei dem der Name und die Personalien des Inhabers nicht ausgefüllt waren. Das Ding hatte ihn zehn Dollar gekostet, aber es war mindestens zwanzigmal soviel wert.

»Nun, Sir«, sagte Jackson nach einiger Überlegung, »in meinem Vaterland herrscht Frieden, aber ich gehöre dahin, wo es hart auf hart geht.«

»Und darum machen Sie sich bei uns nützlich«, sagte Southwick lachend. Jetzt war auch sein letztes Mißtrauen gegen den Amerikaner überwunden. Gewiß, er hatte nie daran gezweifelt, daß Jackson ein treuer, anhänglicher Mensch war — nach allem was man hörte, hatte er Ramage und der Lady sogar das Leben gerettet und beide waren ihm offenbar sehr zugetan —, aber Jackson war eben doch ein Jonathan und er konnte nicht vergessen, daß die amerikanischen Kaufleute und Reeder ausgerechnet durch Handel mit den Franzosen ihre riesigen Vermögen machten.

Southwicks Verhältnis zur übrigen Welt war einfach und kompromißlos. Im Krieg waren alle, die nicht offen zu ihm hielten, seine Feinde. Neutrale waren bestenfalls eine Plage, weil sie immer kleinlich auf ihre Rechte pochten. Schlimmstenfalls aber waren sie ein gewissenloses Lumpenpack, das ohne Rücksicht auf die Folgen den Meistbietenden belieferte.

Jackson merkte, daß Southwick jetzt seinen Gedanken nachhing, darum wandte er sich nach einem Wort der Entschuldigung ab und griff nach dem Nachtglas.

An der Heckreling hielt er sich gegen die unregelmäßigen Rollbewegungen der *Kathleen* im Gleichgewicht und warf einen langen sorgfältig suchenden Blick nach der im Schlepp folgenden Fregatte. Er wischte sich seine Augen aus, um sicher zu gehen, daß er sich nicht irrte, sah noch einmal durch das Glas und eilte dann zum Steuermann.

7

Southwick sprang mit einem Satz die letzten drei Stufen des Niedergangs hinunter und griff nach der Laterne des Postens. Zischend befahl er dem Mann, kein Geräusch zu machen, dann duckte er sich nieder und eilte in Ramages provisorische Kammer.

»Sir!« flüsterte er und rüttelte an der Schwingkoje. Ramage war augenblicklich hellwach. Southwicks Gesicht, das vom Licht der Laterne nicht getroffen wurde, ließ ihn sofort an Gefahr denken.

»Was ist los?«

»Die Spanier, Sir. Sie haben ihr Boot genommen und pullen zu uns herüber, dabei steuern sie dicht an der Schlepptrosse entlang.«

»Sind viele Leute im Boot?« fragte Ramage, während er aus seiner Koje kletterte.

»Es scheint voller Menschen zu sein.«

Ramage fuhr in seine Stiefel, den kurzen Riemen über der Scheide im rechten ließ er offen.

»Sie werden auf zwanzig Meter heranpullen und dann am Kabel hochturnen, um uns zu entern.«

»Das denke ich auch.«

Mit einer raschen Bewegung nahm Ramage die Pistolen an sich und steckte sie in seinen Gürtel. Dann setzte er sich eine volle Minute lang schweigend auf seine Koje. Schließlich gab er Southwick eine ganze Reihe von Befehlen.

»Wecken Sie den Grafen, und schicken Sie ihn zu mir. Sagen Sie der Marchesa, sie solle in diese Kammer ziehen, das Skylight über ihr ist mir zu gefährlich. Sagen Sie den Posten, die den spanischen Kommandanten bewachen, sie sollen ihn mit der flachen Klinge hauen, wenn er schreit. Dann wecken Sie gleich die Freiwache. Die Leute sollen am Fuß des Niedergangs warten und jeden packen und fesseln, der hinunterfliegt. Keine Pistolen- oder Gewehrschüsse, kein lautes Wort, sondern eiserne Ruhe. Haben Sie verstanden? Jedermann hat sich mäuschenstill zu verhalten.«

»*Aye aye*, Sir.«

Southwick lief nach vorn, Ramage stieg an Deck. Man sah die Sterne nur an ein paar Stellen, die meisten verbargen sich hinter hohen Wolken.

»Die Wache soll sich melden«, zischte Ramage, »aber leise.«

»Rudergänger, Jackson und zwölf Mann zur Stelle, Sir: vier Mann an der Pinne, vier Ausguckposten, drei Toppsgasten und ein Mann an der Schlepptrosse.«

»Danke. Bleiben Sie weiter leise und tun Sie, als ob Sie nichts gesehen hätten. Die Toppsgasten gehen nach vorn und bleiben fürs erste dort.«

Ramage kniete nieder und warf einen Blick durch die Heckpforte. Er konnte das Boot eben als dunkle Masse erkennen, es war noch etwa vierzig Meter entfernt und mußte noch ungefähr die Hälfte dieser Strecke zurücklegen, bis es an die Stelle gelangte, wo die Schlepptrosse aus dem Wasser kam und sich in einem flachen Bogen zur Steuerbord-Heckpforte der *Kathleen* hob. An diesem flachen Bogen konnte jeder gewandte Seemann spielend emporhangeln.

Jackson tauchte neben Ramage aus der Dunkelheit auf, hörte sich seine geflüsterten Befehle an und verschwand durch den Niedergang unter Deck.

Dann sagte Ramage dem Rudergänger und den Männern an der Pinne: »Verlassen Sie auf keinen Fall das Ruder, ganz gleich was an Deck geschieht. Halten Sie das Schiff auf Kurs, alles andere geht Sie nichts an.«

Der Mann, der die Schlepptrosse überwacht hatte, sollte den Ausguckposten und den Toppsgasten vorn den Befehl übermitteln, von sich aus nichts zu unternehmen, was immer auch geschah, sondern nur auf ausdrücklichen Befehl eingreifen.

Jackson kam zurück, mit ihm erschienen Antonio, Southwick, der Steuermannsmaat Appleby und der Bootsmannsmaat Evans. Jackson ging wieder weg, um eine Anzahl Belegnägel zu holen, Ramage hielt mit dem Nachtglas wieder Ausschau nach dem Boot.

Die Spanier hielten sich an der Schlepptrosse fest, wo sie sich schon etwa einen Meter über die Oberfläche gehoben hatte, wenn sie nicht gerade kurz in dem Kamm einer See verschwand. Wahrscheinlich machten die Leute keinen Gebrauch von Pistolen, um keine Versager zu riskieren, die nasses Zündpulver nur zu leicht verursachen konnte.

»Prima, Jackson«, flüsterte Ramage gleich darauf, »jeder bekommt seinen Nagel.«

Sie nahmen alle ihre Belegnägel in Empfang, Antonio, der noch nie so ein Ding in der Hand gehabt hatte, führte damit Lufthiebe, um zu sehen, wie man es am besten hielt. Dann gab Ramage der Gruppe noch flüsternd seine Anordnungen.

»Die Spanier kommen an der Schlepptrosse herauf und müssen hier durch die Heckpforte kriechen. Sie sehen, daß das Loch gerade groß genug ist, um einen Mann durchzulassen. Wir schlagen einen nach dem anderen bewußtlos, wenn er an Bord kommt, aber ohne daß es der nächste merkt, der hinter ihm an der Trosse hängt. Es darf also kein Geräusch geben. Ein Mann gibt ihm einen kräftigen Hieb auf den Kopf und fängt ihn auf, der nächste holt ihn aus dem Weg und befördert ihn den Niedergang hinunter. Bitte machen Sie keine Fehler — ein Hieb muß genügen. Haben Sie verstanden?«

Die Männer flüsterten alle ihr »Jawohl«.

»Antonio«, sagte Ramage dann, »Sie sprechen doch gut Spanisch?«

»Einigermaßen.«

»Nur für den Fall, daß ich nicht abkommen kann oder sonst etwas los ist. Wir müssen unbedingt herausfinden, was für ein Zeichen die Leute der Fregatte geben sollen, wenn sie unser Schiff gekapert haben. Greifen Sie sich also unter Deck baldmöglichst einen der Männer heraus und bringen Sie ihn dazu, daß er es Ihnen sagt. Ich versuche es selbst von dem letzten zu erfahren, der an Bord kommt. So, nun alles auf Station!«

Mit Ausnahme von Southwick versteckten sie sich alle kauernd hinter der Reling und zu beiden Seiten der Heckpforte.

Der Steuermann verfuhr genau nach Ramages Anordnungen. Er rief mit lauter Stimme: »Ausguckposten! Haben Sie etwas in Sicht?«

»An Backbord nichts in Sicht«, hörte man zuerst die Antwort und gleich darauf: »An Steuerbord nichts in Sicht, Sir.«

»Gut. Haltet weiter scharf Ausguck.«

»Rudergänger: was liegt an?« fragte Southwick darauf etwas leiser.

»Kurs West, Sir.«

»Danke.«

Ramage spähte durch die Heckpforte hinaus.

An der dicken Schlepptrosse hingen jetzt die Männer wie Affen an einem Baumast. Der vorderste war noch etwa fünfzehn Meter entfernt.

»Mr. Southwick«, zischte er leise, »zeigen Sie sich einmal an der Reling. Werfen Sie rasch einen Blick achteraus, aber lassen Sie die Dons unbeachtet. Sobald Sie merken, daß man Sie gesehen hat, gehen Sie wieder auf und ab, als hätten Sie nichts von ihnen bemerkt.«

Sobald Southwick nach der Ausführung dieses Befehls wieder an Deck auf und ab schritt, flüsterte Ramage: »So, jetzt fragen Sie die Ausguckposten, ob die Vorsegel ziehen.«

Der Steuermann stellte die Frage und einer der Ausguckposten meldete darauf verwundert, sie zögen gut. Dieses Hin und Her von Frage und Antwort sollte den Spaniern sagen, daß man sie noch nicht entdeckt hatte, so daß sie möglichst alle Vorsicht vergaßen.

»Rudergänger!« zischte Ramage. »Luven Sie einmal kurz an, daß die Lieken schlagen. Mr. Southwick, monieren Sie ihn gleich darauf heftig.«

Die Pinne quietschte, die Vorsegel schlugen, der Großbaum schwang einen Fuß binnenbords, als der Winddruck nachließ, und schlug mit einem Knall wieder in die alte Lage.

Southwick stauchte den Rudergänger zusammen, Ramage warf abermals einen Blick durch die Pforte. Die Spanier, die am Kabel hingen, hatten mit dem Hangeln innegehalten, aber während er noch hinsah, bewegten sie sich von neuem vorwärts. Das Schlagen der Segel und die dadurch ausgelösten Flüche des wachhabenden Offiziers waren eine Sprache, die jeder Seemann der Welt verstand.

Noch fünfzehn Fuß. Ramage entdeckte in der Dunkelheit den matten Schimmer von Metall — das war ein Dolch oder ein Entermesser. Jeder Spanier mußte einen Augenblick rittlings auf der Schlepptrosse sitzen und nach dem oberen Rand der Pforte greifen, ehe er hindurchkroch, denn die Pforte war nur um ein weniges breiter als seine Schultern. Obendrein wurde sie einmal durch die Schlepptrosse selbst und zum anderen durch die geflochtene Schamfielungsmatte verengt, mit der die Schlepptrosse in der Pforte umwickelt war, damit sie nicht scheuern konnte.

Ramage bedeutete Jackson, daß er den ersten Mann in Empfang nehmen werde, der an Bord kam, der Amerikaner sollte ihn auffangen, wenn er zusammenbrach. Southwick war gerade stehen geblieben, und Ramage flüsterte ihm zu: »Mr. Southwick, gehen Sie noch ein paar Schritte, dann bleiben Sie einige Meter vor der Pforte stehen. Sie müssen jetzt den Köder spielen, auf den der Spanier losgeht.«

Soviel Ramage jetzt erkennen konnte, war der erste Spanier ein schlanker, gewandter Bursche. Er hangelte mit Leichtigkeit an der Trosse entlang und achtete zugleich darauf, nicht außer Atem zu kommen.

Zwölf Fuß ... neun Fuß ... der Mann hielt inne, ließ eine Hand los und zog ein Dolchmesser aus der Scheide, um es zwischen die Zähne zu nehmen. Sechs Fuß ... fünf ... Ramage meinte, der Spanier müsse seine Herzschläge hören, seine Finger krampften sich fester um den Belegnagel in seiner Faust.

Noch drei Fuß ... noch einen Fuß. Der Spanier schwang sich rittlings auf die Schlepptrosse und griff mit den Händen nach den Seitenrändern der Pforte. Ramage konnte ihn eben erkennen und entdeckte plötzlich, daß es Pareja war. Hoffentlich steckte der Leutnant nicht zuerst nur den Kopf durch die Pforte herein und sah sich vorsichtig um, was rechts und links in seiner unmittelbaren Nähe los war. Er sollte vielmehr geradewegs durchkriechen und gleich auf Southwick losgehen, den seine Haltung und das schimmernde Nachtglas unter dem Arm auf den ersten Blick als wachhabenden Offizier verrieten. Die nachfolgenden Männer paßten dann sicher viel weniger auf, weil für sie alle Gefahr beseitigt war.

Pareja kam durch die Pforte hereingekrochen wie eine Schlange, so schnell und gewandt, daß Ramage mit seinem Hieb gerade noch zurechtkam. Jackson fing ihn

auf, als er zusammensackte, zerrte ihn beiseite und
überließ es Appleby, ihn zum Niedergang zu schaffen.
Dann warteten sie alle auf den nächsten Mann, der bestimmt nichts gemerkt haben konnte. Einen Augenblick
später war er binnenbords und Antonios Hieb sandte
ihn zappelnd in Evans' Arme.

Jackson hielt sich bereit, den dritten Mann aufzufan-
gen, dem nun wieder Ramage einen Hieb versetzte. Der
vierte, fünfte und sechste folgten ihm in kurzen Abständen und waren gleich bewußtlos. Man hörte sie
nicht einmal aufstöhnen, als sie der Hieb traf. Der sie-
bente Mann ließ mit lautem Geschepper seinen Dolch
fallen, aber der achte nahm keine Notiz davon.

Als der zwölfte unter dem Belegnagel Antonios zusammenbrach, warf Ramage wieder einen Blick durch
die Pforte und sah, daß sie noch drei Männer zu erwarten hatten. Er gab Antonio ein Zeichen, unter Deck
zu gehen — das erste Opfer war wohl jetzt vernehm-
mungsbereit.

Der dreizehnte und der vierzehnte wurden ebenso
niedergeschlagen wie die anderen, dann wies Ramage
Jackson an, wieder auf Station zu gehen und den letzten in Empfang zu nehmen. Dieser fünfzehnte und letzte war ein stämmig gebauter Bursche, so dick und schwerfällig, daß er sich nur mit Mühe durch die Pforte schieben konnte. Schon einen Augenblick später hatte ihn
Jackson mit beiden Händen um den Hals gepackt,
gleichzeitig mühte sich Ramage, seine Arme festzuhalten, und Evans hielt ihn mit festem Griff an den Beinen.
Aber der Mann war für Ramage einfach zu kräftig.
Dieser war sich darüber klar, daß ihn sein Gefangener
im nächsten Augenblick von sich stoßen und dann Jacksons Hände von seiner Gurgel reißen würde. Darum
stieß er dem Mann jetzt sein Knie in den Unterleib,
daß er stöhnend zusammenbrach. Dann bückte er sich

nieder, zog sein Messer aus der Scheide in seinem Stiefel und hielt es dem Mann dicht unter die Nase.

»Da, schau dir das an!« zischte er auf spanisch. »Wenn du schreist, dann stirbst du.«

Der Mann ließ jetzt während seines Gestöhns ein paar Gebetsworte hören.

»Holt ihn von der Heckpforte weg«, befahl Ramage und hielt ihm weiter das Messer unter die Nase, als ihn Evans an den Beinen beiseite zog.

»So«, fuhr Ramage dann in spanischer Sprache fort, »jetzt sagen Sie mir das Signal, das Sie machen sollten, sobald Sie dieses Schiff gekapert hatten.«

»Niemals!«

»Der andere Mann hat ebenfalls ein Messer«, sagte Ramage in bösem Ton. »Ich versichere Ihnen, er wird es gebrauchen. Wenn er fertig ist, sind Sie kein Mann mehr.«

Ramage mußte über die Dramatik seines eigenen Tonfalls fast lachen, als er jetzt Jackson sagte: »Reißen Sie ihm den Gürtel auf, ich habe ihm gedroht, ihn zu entmannen.«

Dem Spanier traten die Augen aus den Höhlen. Es war gerade hell genug, zu sehen, wie entsetzt er war, als er jetzt, nach Luft schnappend und nach Knoblauch stinkend zu Ramage aufblickte. Jackson saß rittlings auf seinem Bauch und kehrte ihm dabei den Rücken.

»Ich zähle bis zehn«, sagte Ramage auf spanisch, »wenn Sie mir bis dahin nicht gesagt haben, was ich wissen will – dann . . . Also: *uno, dos, tres . . .*«

Er zählte ganz langsam. Bei sieben begann der Spanier sich in den Hüften zu winden. Ramage tippte Jackson auf die Schulter und der Amerikaner traf Anstalten, dem Mann die Hose aufzureißen.

»*Ocho . . . nuove . . .*«

»Señor, ich will es Ihnen sagen.«

»Los, heraus mit der Sprache!«

»Wir sollten zwei Laternen zeigen — das war alles.«

»Wehe, wenn du lügst.«

»Nein, nein, Señor. So war es vereinbart, ich schwöre es. Zwei Laternen, eine an Steuerbord und eine an Backbord achtern. Dort sollten wir sie lassen.«

»Gut. Du wirst jetzt unter Deck gebracht, ohne einen Laut. Denk daran daß . . .«

»Ja, ja, Señor.«

»Los, unter Deck mit dem Kerl«, befahl Ramage und Evans zog ihn darauf an den Beinen schräg über den offenen Niedergang und ließ ihn dann los, daß er mit dem Kopf voran hinunterrutschte.

»Jackson, zwei Laternen, aber schnell! Zünden Sie neue an, daß die Leute unten nicht im Dunklen sitzen. Mr. Southwick, gehen Sie mit nach unten und sehen Sie sich die Gefangenen an.«

Plötzlich fiel ihm ein, daß vielleicht Leute im Boot zurückgeblieben waren, aber ein rascher Blick zeigte ihm, daß es leer war. Sollte er Lärm machen, um auf der Fregatte den Eindruck zu erwecken, daß es einen Kampf gab? Nein, Männer, denen man ein Messer in den Rükken stieß, starben lautlos.

Jetzt tauchte Antonio neben ihm auf:

»Zwei weiße Laternen sollen zeigen, daß das Schiff gekapert ist.«

»Gut. Das gleiche hat auch mein Mann ausgesagt.«

Antonio fuhr fort: »Sobald die Fregatte das oberste der drei weißen Lichter wegnimmt, die sie jetzt führt, heißt das, daß wir nach Nord-Westen Kurs ändern sollen.«

»Einen Punkt für Sie«, sagte Ramage kleinlaut. »Ich vergaß, danach zu fragen.«

»Mein Bursche war ja förmlich darauf versessen zu reden«, sagte Antonio.

»Was haben Sie ihm denn angetan?«

»Gar nichts. Ich drohte ihm nur mit dem.« Antonio begleitete diese Worte mit einer unmißverständlichen Geste. »Und Sie?«

»Ich machte es genauso.«

»Ja, das wirkt immer.«

»Es scheint so«, sagte Ramage trocken. »Ich habe es allerdings zum erstenmal versucht.«

»Ich auch. Aber überlegen Sie einmal, wie Ihnen zumute wäre, wenn . . .«

»Still!« fiel ihm Ramage ins Wort. »Es ist schon schlimm genug, wenn man einem anderen damit droht.«

Als die Laternen gesetzt waren, wurde auf das Signal der Fregatte Kurs geändert. Dann rutschten ein paar Matrosen an der Schlepptrosse hinunter, um das spanische Boot in Sicherheit zu bringen. Sobald das alles geschehen war, ging Ramage unter Deck, um Marmion in seiner Kammer aufzusuchen. Ohne lange Einleitung fragte er ihn: »Sie haben um diesen Anschlag gewußt, nicht wahr?«

Der Spanier blickte verlegen nach rechts und links, er vermied es offensichtlich, Ramage in die Augen zu schauen, sein fettes Gesicht glänzte von Schweiß.

»Kapitän Marmion«, sagte Ramage in täuschend ruhigem Ton, »Ihre Offiziere standen unter Ehrenwort. Sie gaben mir ihr Wort, daß sie meinen Befehlen gehorchen würden.«

»Dann sieht es wohl so aus, als hätten sie das nicht getan.«

Seine Stimme hatte plötzlich einen trotzigen Klang.

»Haben sie denn *Ihren* Befehlen gehorcht?«

»Ja, der Plan war von mir.«

Wütend packte Ramage den Türrahmen rechts und links mit solcher Kraft, daß sich das Holz zu biegen begann, aber nach einem kurzen Augenblick hatte er sich wieder in der Gewalt.

»Vor ein paar Stunden konnte ich Ihr Schiff versenken und Sie samt Ihren Männern schwimmen lassen. Dann wären Sie jetzt alle tot.«

»Und warum haben Sie es nicht getan?« höhnte Marmion. »Weil es Ihnen um den Ruhm ging, eine Fregatte zu kapern.«

Damit hatte Marmion teilweise recht.

»Was hat das mit dem Bruch des Ehrenworts zu tun, den Ihre Offiziere begangen haben?«

»Lachhaft, das Ganze!« rief Marmion. »Ein Kutter kapert eine Fregatte! Wer hätte je so etwas Absurdes gehört...«

»Aber wir haben dieses Kunststück doch fertiggebracht, mein lieber Marmion. Ein Kutter *hat* eine Fregatte gekapert. Und ich habe mich auch jetzt noch nicht anders besonnen. Wenn es hell wird, lasse ich Sie an Bord zurückschaffen, und um Sie nicht mehr schleppen zu müssen, werde ich Ihnen dann zeigen, wie ein Kutter eine Fregatte *versenken* kann. Wie stark ist Ihre Besatzung? Nehmen wir an, dreihundert Mann. Gut, stellen Sie sich diese dreihundert Mann als Überlebende vor — vorausgesetzt, daß keiner Opfer der Explosion wird, die ich in der Pulverkammer auslösen werde —, als Überlebende, die sich an die Wrackstücke klammern, während die Sonne steigt und heißer und heißer herunterbrennt, so daß sie alle mehr und mehr unter Durst zu leiden haben. Bis morgen abend sind sie dann alle wahnsinnig geworden, ausgenommen nur jene, die zu schwach waren, sich noch festzuhalten und die deshalb ertranken. Gute Nacht, Herr Kapitän. Ich wollte, ich könnte Ihnen einen Priester schicken, denn morgen früh bleibt Ihnen nicht mehr viel Zeit, Ihren Frieden mit Gott zu machen.«

8

Als Ramage eben vor Anbruch der Morgendämmerung durch den Steuermannsmaat geweckt wurde, hatte
er schon beschlossen, wie er eine Wiederholung des
Streichs vom vergangenen Abend vermeiden wollte.
Während des Rasierens malte er sich schadenfroh die
schlaflose Nacht aus, die Kapitän Marmion hinter sich
haben mochte, da er ja einem höchst unerfreulichen Tod
entgegensah. Seine Stimmung wurde nur dadurch etwas
beeinträchtigt, daß sein Steward das Rasiermesser nicht
gut abgezogen hatte und daß das Wasser fast kalt war.
Darum zuckte er jedesmal schmerzlich zusammen, wenn
er sich mit dem Messer über die Haut strich.

Oben an Deck war es kalt, die Dämmerung des neuen
Tages kündigte sich dadurch an, daß die Sterne verblaßten und daß sich eine Spur von Grau in das nächt-
liche Schwarz mischte. Appleby meldete die Fahrt der
Kathleen — es waren immer noch kaum zwei Knoten —
und daß der Wind seine Richtung und Stärke nicht geändert hatte.

Da fiel Ramage ein, daß er einen Umstand vergessen
hatte, der, abgesehen von dem versuchten Überfall, während der Nacht nur zu leicht zum Verlust der *Kathleen*
hätte führen können. Hätte der Wind abgeflaut, dann
wäre auch die Spannung der Trosse geringer geworden.
Die Trosse wäre daher gesunken und ihr großes Gewicht
hätte den Kutter und *La Sabina* zusammengeholt. Die
Fregatte wäre dann wahrscheinlich längsseit geschoren
und eine ihrer Breitseiten hätte genügt, den Kutter zu
zerstören — vielleicht hätte aber auch ein spanisches
Enterkommando seine Besatzung überwältigt. Er fühlte,

wie ihm buchstäblich übel wurde, als er sich seiner toll-kühn überschätzten Selbstsicherheit bewußt wurde. Diese Selbstsicherheit war wohl die schlimmste Gefahr, wenn man die erste Runde einer Schlacht gewonnen hatte.

Der östliche Himmel wurde jetzt merklich heller.

»Mr. Appleby, bitte lassen Sie Klarschiff anschlagen.«

Im Kriege gehörte es zur Routine, daß die Besatzung bei Tagesanbruch gefechtsklar an den Geschützen stand. Nach den Aufregungen der letzten vierundzwanzig Stunden wollte Ramage nur die eine Meldung hören, daß kein Schiff in Sicht sei. Die aber kam erst, wenn es hell genug war, daß man einen Ausguckposten in den Topp schicken konnte. Fürs erste freute er sich jetzt auf sein Frühstück. Gerade noch rechtzeitig fiel ihm ein, Appleby zu sagen, er solle die Männer leise auf Gefechtsstationen schicken. Das Rattern der Trommel hätte ja seinen Plan verraten.

In rascher Folge gesellten sich Southwick, Antonio und Jackson zu ihm. Der Italiener war mit der Routine bei Tagesanbruch schon vertraut und ließ sich daher nicht aus der Ruhe bringen.

»Guten Morgen Nico. Erwarten Sie Überraschungen?«

»Nein, zum mindesten nicht von der Fregatte, aber es könnte immerhin ein anderes Schiff in Sicht kommen.«

»Haben Sie sich überlegt, wie Sie den spanischen Ersten Offizier und die anderen Herren da drüben für den Bruch ihres Ehrenworts gebührend bestrafen könnten?«

»Nein, noch nicht. Soll ich sie etwa das Deck auf den Knien scheuern lassen?«

Antonio lachte: »Die Gefangenen, die wir an Bord haben, nehmen allein einen großen Teil unserer Besatzung als Wachen in Anspruch.«

»Ich weiß. Mit ihnen werde ich bald kurzen Prozeß machen.«

Ramage mußte lachen, als er sah, wie Antonio, Southwick und Jackson plötzlich ernste Mienen aufsetzten. Offenbar hatten sie seine Worte falsch verstanden.

»Mr. Southwick, ich werde mit ihnen kurzen Prozeß machen, indem ich sie in ihrem eigenen Boot auf die Fregatte zurückschicke.«

Der Steuermann trat von einem Bein auf das andere, dann wandte er bescheiden ein: »Bitte verzeihen Sie mir, Sir, wenn ich frage, ob das auch klug ist? Die Dons haben immerhin gesehen, wie schwach unsere Besatzung ist.«

»Das wußten sie bestimmt von vornherein. Aber stellen Sie sich die Überraschung vor, wenn ihr Enterkommando unter Führung des Ersten Offiziers mit zerbeulten Schädeln zurückgerudert kommt. In diesem Augenblick — das dürfen Sie nicht vergessen — ist an Bord der Fregatte jedermann fest davon überzeugt, daß die *Kathleen* ihre Prise ist und daß das Enterkommando die meisten von uns getötet hat.«

»Bei Gott, das hatte ich ganz vergessen«, rief Southwick und schlug sich dabei fröhlich auf den Schenkel.

»Ja, und ehe sie sich von dem Schreck erholt haben, ist unsere Gig bereits bei ihnen längsseit, um ihre gesamten Offiziere mit Ausnahme des Steuermanns von Bord zu holen.«

Antonio fuhr sich mit der Hand über die Gurgel.

»Sie schneiden also der Schlange den Kopf ab.«

»Ja, genau das habe ich vor.«

»Vorausgesetzt, daß sich die Schlange einfach den Kopf abschneiden läßt. Oder anders gesagt, daß sich die Offiziere nicht weigern, ihr Schiff zu verlassen.«

»Vergessen Sie nicht«, sagte Ramage, »wir haben doch ihren Kommandanten hier an Bord. Er dient uns als Geisel. Noch eins, Mr. Southwick, setzen Sie doch bitte die spanische Flagge über der unseren.«

Sobald der Ausguckposten die Wanten hinaufgeklettert war und die Kimm frei von Schiffen gemeldet hatte, gab Ramage Southwick den Befehl, die Gefangenen unverzüglich in ihr Boot zu schaffen. Als sie mit zerbeulten Köpfen, übernächtig, verängstigt und bestürzt auf ihren Duchten saßen, befahl ihnen Ramage, auf *La Sabina* zurückzurudern, und zeigte Pareja dadurch seine Verachtung, daß er diesen Befehl nicht ihm, sondern einem der Matrosen gab.

Fünf Minuten später reichte er dem ungeduldig wartenden Southwick das Glas. »Jetzt sind sie alle an Bord. Ich kann mir vorstellen, was dieser Teniente Pareja für ein Gesicht macht, wenn er berichten muß, was hier geschehen ist. Sobald jetzt die Gig klar ist, wird es für mich Zeit, mich drüben zu zeigen.«

»Lassen Sie mich fahren, Sir!«

»Bitte, Mr. Southwick, ersparen Sie mir wiederholen zu müssen, was Ihnen doch schon bekannt ist. Abgesehen von allem anderen sprechen Sie nicht Spanisch und würden darum bestimmt diese oder jene wichtige Bemerkung nicht verstehen.«

»*Aye aye,* Sir«, sagte der Steuermann mit aller Mißbilligung, die er zum Ausdruck zu bringen wagte.

Die Besatzung saß schon auf ihren Duchten, als Ramage in die Gig hinunterkletterte. In diesem Augenblick überkam ihn plötzlich eine bedrohliche Vorstellung. Das Boot der Spanier lag bereits längsseit der Fregatte, das einzige Boot, das der *Kathleen* noch geblieben war, ging in wenigen Minuten ebenfalls dort längsseit. Die Spanier konnten also, wenn sie daran dachten, beide Boote wegnehmen und ihn damit seiner einzigen Waffe, des Explosionsbootes, berauben. Alles hing davon ab, ob sie das Leben ihres gefangenen Kommandanten aufs Spiel setzten oder nicht.

»Mr. Southwick«, rief er, »ich brauche noch ein Dutzend Leute mehr. Ich schicke die Gig sofort zurück und bringe die spanischen Offiziere in ihrem eigenen Boot herüber.«

Am Fallreep erwartete sie schon eine Gruppe spanischer Offiziere, aber Jackson schor mit der Gig sauber bei dem anderen Boot längsseit. Mit Ramage und den zwölf überzähligen Matrosen sprang er im Vorbeischeren blitzschnell über, und die Gig ruderte sofort zur *Kathleen* zurück. Das ganze Manöver wurde so schnell und geschickt durchgeführt, daß die Spanier sich davon überraschen ließen — so schien es wenigstens Ramage —, oder aber sie waren sich über die Bedeutung der Boote nicht im klaren. Leutnant Pareja erwartete ihn, als er, gefolgt von Jackson, das Fallreep erreichte.

Als der Spanier seine lange, geschraubte Begrüßung begann, nahm er vorsichtig seinen Hut ab und gab dabei ein Pflaster den Blicken preis, das genau auf der Kuppe seines Schädels saß. Sein Gesicht war ganz weiß und er zuckte vor Schmerz zusammen, als er sich nach beendeter Verbeugung wieder aufrichtete. Trotz seiner Schmerzen entging ihm aber nicht, daß sich die Narbe über Ramages Braue jetzt wie ein weißer Strich von der dunklen Stirn abhob, als wäre seine Haut über die Maßen gespannt. Seine Augenbrauen bildeten eine gerade Linie. Endlich wagte Pareja einen Blick in die tiefliegenden Augen zu tun.

Als er jetzt ohne ersichtlichen Grund plötzlich verstummte, sagte Ramage mit eisiger Stimme: »Sie haben Ihr Ehrenwort gebrochen.«

»Aber Sir! Wie können Sie das behaupten . . .«

»Sie haben Ihr Ehrenwort gebrochen, darum kann ich mich nicht zu einer Diskussion mit Ihnen verstehen. Bitte stellen Sie mir Ihre Offiziere vor.«

Pareja zuckte die Schultern und rief eine kleine Gruppe junger Männer herbei, die zusammen am Ruder standen. Sie kamen sofort, es waren ihrer vier, ihr Alter unterschied sich höchstens um einige Jahre. Wie aufgeregte Schuljungen traten sie in Linie an, dabei wußte Ramage auf den ersten Blick, daß sie alle etwa ebenso alt waren wie er selbst. Er war darauf bedacht, einige Schritte Abstand von ihnen zu halten, damit es nicht zum Händeschütteln kam. Pareja stellte sie als Zweiten, Dritten, Vierten und den jüngsten Leutnant vor, und jeder verbeugte sich der Reihe nach vor ihm.

»Und wo ist der Steuermann?«

Pareja winkte einen fünf Fuß großen, unrasierten Mann herbei, der unwillkürlich an ein verwittertes Faß mit Beinen erinnerte. Ramage wandte sich kurz zur Seite, um einen Blick mit Jackson zu wechseln. Zuerst warf er ein Auge auf die Pistole, die im Gürtel des Amerikaners stak, und dann auf Pareja, der diese stumme Anweisung nicht bemerkte.

Während der spanische Steuermann watschelnd näher kam, verriet sein Gesichtsausdruck nichts als Haß, Widerwillen und Verachtung gegen die Briten. Jackson trat wie von ungefähr einige Schritte vor, so daß er hinter Pareja zu stehen kam.

Als der Steuermann Ramage vorgestellt wurde, war sich dieser sofort im klaren, daß er ihn nicht hier an Bord lassen konnte. Er mußte ihn mitnehmen wie die anderen Offiziere, weil er offenbar ein harter, brutaler Bursche war, ein Dickschädel, dem man jeden Verrat und jedes Verbrechen zutrauen konnte. Statt seiner beschloß Ramage den Vierten Leutnant an Bord zu lassen, einen schlanken jungen Mann mit weichen Zügen und geckenhaftem Benehmen, von dem man sicher sein durfte, daß ihn das Leben bei Hof mehr interessierte als die Seefahrt.

Ramage wandte sich an Pareja:

»Mit Ausnahme dieses Herrn hier«, sagte er auf englisch und deutete dabei auf den Vierten Leutnant, »werden Sie jetzt sofort alle in das Boot gehen.«

Pareja blieb die Sprache weg, als er diesen unerwarteten Befehl hörte. Er starrte Ramage an und stotterte: »Aber ... aber ...«

»Bitte übersetzen Sie was ich gesagt habe.«

»Nein, ich weigere mich.«

Ramage warf über die Schulter des Spaniers hinweg einen Blick auf Jackson und nickte.

Da drückte der Amerikaner die Mündung seiner Pistole Pareja von hinten in den Nacken. Der Spanier stand wie gelähmt, Jackson aber kostete die Dramatik des Augenblicks aus, indem er die Pistole jetzt erst spannte, so daß Pareja das Klicken des Schlosses sein ganzes Rückgrat entlang spüren mußte. Ramage sah, wie sich die Stirn und die Oberlippe des Mannes mit Schweißtropfen bedeckten, dennoch sah es immer noch so aus, als dächte er nicht daran zu reden. Darum erteilte Ramage jetzt den Befehl selbst in spanischer Sprache. Das bedrohliche Verhalten Jacksons und die völlig unerwartete Entdeckung, daß Ramage Spanisch konnte, veranlaßten den Zweiten, Dritten und den jüngsten Leutnant, sich zur Fallreepspforte zu begeben, nur der Steuermann blieb eisern stehen.

»Los, Sie auch!« sagte Ramage.

»Nein, ich bleibe.«

Ramage war entschlossen, sich auf keinen Wortwechsel einzulassen, aber er wollte auch kein Menschenleben ohne Not opfern. Darum wandte er sich jetzt mit einem Ausdruck an Pareja, der grausamste Härte kundtun sollte. Zugleich zog er seine Pistole und richtete sie auf den Steuermann.

Dann sagte er in eiskaltem Ton auf spanisch zu Pareja: »Herr Leutnant, bis gestern wußte ich nichts von Ihrer Existenz, heute kümmert es mich nicht, ob Sie existieren oder nicht. Das gleiche gilt auch von diesem Mann da. Wenn er nicht sofort ins Boot geht, töte ich Sie beide. Für mich und meine Absichten ist das völlig ohne Bedeutung, darum geben Sie dem Steuermann jetzt bitte unverzüglich den dienstlichen Befehl, ins Boot zu gehen. Es ist dies seine letzte Chance — und Ihre eigene nicht minder.«

Pareja sah jetzt aus, als fiele er, ehe er noch ein Wort über die Lippen brachte, in Ohnmacht. Jackson preßte ihm die Mündung seiner Pistole so kräftig in den Nakken, daß er sich mit aller Kraft dagegen stemmen mußte, um nicht in ungehöriger Weise nach vorn gedrückt zu werden. Endlich wandte er sich flüsternd an den Steuermann:

»Tun Sie, was er sagt. Gehen Sie ins Boot.«

Der Steuermann wollte allem Anschein nach zunächst nicht gehorchen, aber nach einem Blick auf Ramages Pistolenmündung und einem zweiten in seine Augen besann er sich eines Besseren und schlurfte hinter den anderen her. Jetzt wandte sich Ramage an den Vierten Leutnant, der verlassen auf seinem Platz stand und offenbar das Schlimmste erwartete, weil er ausgesondert worden war.

»Sie erhalten hiermit für begrenzte Zeit das Kommando über die Fregatte *La Sabina*. Folgen Sie Tag und Nacht im Kielwasser meines Schiffes. Des Nachts setzen Sie drei Laternen wie bisher. Sorgen Sie dafür, daß Ihre Leute sorgfältig steuern. Machen Sie vor allem keine Fehler. Der erste Fehler, den Sie begehen, bringt Ihrem Steuermann den Tod — Sie werden seinen Leichnam vorübertreiben sehen. Ihm folgen dann der Reihe nach der jüngste, der Dritte und der Zweite Leutnant dann der Erste Offizier. Ihr sechster Fehler kostet Ihrem Kommandanten das Leben. Haben Sie mich verstanden?«

Der junge Mann nickte stumm. Er brachte kein Wort mehr über die Lippen.

Ramage bedeutete Jackson, seine Pistole zu senken, und Pareja trat nun auch an die Pforte in der Reling.

»Sie sind ein Barbar«, sagte er halblaut auf englisch, »ein Seeräuber ist nichts dagegen.«

»Sie schmeicheln mir«, sagte Ramage in kaltem Ton. Er gefiel sich in seiner augenblicklichen Rolle und hatte alle Mühe, den gebührenden Ernst zu wahren. Aber er konnte sich nicht enthalten hinzuzufügen: »Mord ist nun einmal mein Zeitvertreib. Aber immer nach Recht und Gesetz, verstehen Sie? Man muß das Recht dazu haben, sonst macht das Morden nur den halben Spaß. Darum liebe ich auch den Krieg — Sie etwa nicht? Seine Allerkatholischste Majestät hat immerhin *uns* den Krieg erklärt. Wir haben nicht damit angefangen, das wissen Sie doch. Wir sind ja nur elende Ketzer. Wissen Sie noch, wie uns Ihre Priester verbrannten, um unsere Seelen zu retten? Seit sie uns die Pforten des Himmels zugeschlagen haben, sind wir verdammt in alle Ewigkeit und haben nichts zu verlieren. Sie dagegen, nun, wenn ich Sie töte, dann kommen Sie doch in den Himmel, nicht wahr?«

9

Ramage blickte mit gespieltem Gleichmut durch seinen Kieker und zwang sich, nicht an seiner Braue zu reiben, als er das Glas absetzte. Statt dessen zupfte er eine Wollfaser vom Ärmel seines Jacketts.

Die beiden Schiffe, deren Segel sich im Nordosten immer höher über die Kimm erhoben, waren Fregatten, die wahrscheinlich zur Vorhut der spanischen Flotte gehörten. Allerdings erschwerte eine Fata Morgana es ungemein, sie zu identifizieren, da sie für den Beobachter auf dem Kopf zu stehen schienen.

Schon wenige Minuten, nachdem sie von dem Ausguckposten der *Kathleen* gesichtet worden waren, hatten sie auf den Kutter zu Kurs geändert und liefen dabei in einem spitzen Winkel auseinander, so daß .hm die eine oder die andere der beiden Fregatten den Weg verlegen konnte, wenn er die Schlepptrosse loswarf und mit raumem Wind weglaufen wollte. Dort, wo sie waren, hatten sie offenbar frischere Brise, mit der sie nun auf ihn zuliefen.

Ramage hatte vor Müdigkeit eingefallene Wangen, seine blutunterlaufenen Augen wirkten jetzt eingesunken, wenn man nicht wußte, daß sie von Natur aus tief unter dem Stirnbein lagen. Er war frisch rasiert, seine Uniform war frisch aufgebügelt und wenn man sein Gesicht nicht sah, erweckte er den Eindruck eines jungen Leutnants an Bord eines Flaggschiffs, das im Spithead vor Anker lag.

Mit lautem Geräusch schob er den Kieker zusammen und rieb einen Augenblick seine Braue. Dann riß er die Hand weg und sagte sich einmal mehr, daß es jetzt seine Pflicht war, *La Sabina* zu zerstören. Dabei war er sich aber auch darüber klar, daß die spanische Besatzung seinen Männern nie erlauben würde, sie anzuzünden oder anzubohren, auch wenn das den Tod ihrer Offiziere bedeutete, die er als Geiseln auf der *Kathleen* gefangenhielt. Ein zweites Explosionsboot auszurüsten, fehlte ihm aber die Zeit.

Gianna sagte auf italienisch, was ihrer Stimme einen warmen Klang verlieh: »Jetzt schlägt bald die Stunde der Trennung, *caro mio* . . .«

Ramage erschrak, denn er hatte sie nicht kommen sehen, und sagte gedankenlos: »Ja, leider«, aber dann fügte er schnell hinzu, »mach dir darum keine Sorgen, die Unseren werden dich zurückholen, ehe die hier einen Hafen erreichen. Sie werden ganz bestimmt abgefangen.«

»Werden wir denn noch am Leben sein, so daß man uns gefangennehmen kann?«

Eigentlich war das keine Frage und sie sagte es so nüchtern, daß er nicht gleich verstand, was er davon zu halten hatte.

»Wir setzen uns nicht zur Wehr«, sagte er schließlich abweisend.

»Warum denn nicht? Wozu haben wir die Geiseln an Bord? Können wir nicht drohen, sie zu töten, wenn uns die beiden Schiffe nicht ungeschoren lassen? Außerdem könnten wir ihnen ja das Wrack der Fregatte bieten. Das wäre doch ein Preis, über den sich reden ließe.«

»Nein, mein Liebling«, sagte er, »das können wir nicht.«

»Und warum? Warum können wir das nicht?« fragte sie ungestüm.

»Weil — nun — weil wir Gefangene nicht einfach umbringen können. Das müßten wir aber tun, wenn sie uns beim Wort nehmen würden.«

»Warum können wir sie nicht umbringen? Es ist doch Krieg. Du hast mir damals des langen und breiten vorgeworfen, daß wir Toskaner Napoleon kampflos durch unser Land marschieren ließen. Und jetzt bist *du* auf einmal kleinmütig. Bitte vergiß nicht, daß die Spanier ihr Ehrenwort gebrochen haben und gestern nacht dolchbewaffnete Männer herüberschickten, um *uns* zu ermorden.«

Darauf mußte er ihr eine Antwort geben, aber er war einfach zu müde, sie sich zurechtzulegen. Als letztes fügte sie hinzu: »Wenn sie Antonio und mich fassen, dann werden wir beide hingerichtet.«

»Ach woher denn! Sie ahnen doch nicht, wer ihr seid.«

»Das werden sie leicht herausfinden. Der spanische Kommandant hörte heute morgen, wie ein Posten meinen Titel gebrauchte. Ich habe sein Gesicht gesehen, als er es hörte.«

So kommt es, dachte Ramage wütend, wenn man sich wie ein Spieler auf sein Glück verläßt. Die Wegnahme der *La Sabina* war noch kein solches Glücksspiel gewesen, er durfte sich sagen, daß die Drohung mit dem Explosionsboot ihre Wirkung nicht verfehlen würde, da er die Spanier so weit kannte, daß er des Erfolges sicher sein konnte. Dann aber hatte er nicht weiter vorausgedacht, als bis er *La Sabina* sicher im Schlepp der *Kathleen* hatte. Die späteren Folgen seines Unternehmens hatte er nicht erwogen. Indem er die Fahrt der *Kathleen* auf die Hälfte herabsetzte, hatte er die Reisedauer nach Gibraltar und damit auch die Möglichkeit, angehalten zu werden, verdoppelt. Damit wuchs natürlich die Gefahr auf das Doppelte, daß Gianna und Antonio unter einem französischen Fallbeil ihr Ende fanden.

Gianna fühlte instinktiv, was ihn quälte, und berührte leise seinen Arm.

»Hör mich an, Nico. Weder Antonio noch ich hätten etwas anderes erleben mögen, als was uns in diesen Tagen widerfuhr. Es war alles gut und richtig so. Verstehst du?«

Er war mit seinen Gedanken zu weit weg, um gleich eine Antwort bereit zu haben, darum fuhr sie leidenschaftlich fort: »Nico — ich habe mit Antonio gesprochen. Ja, du warst im Recht. Wir Toskaner haben Napoleon widerstandslos durch unser Land ziehen lassen. Du aber hast uns den Willen und die Möglichkeit gegeben, unser Selbstbewußtsein wiederzugewinnen. Jetzt sind wir wieder stolz, Nico, stolz auf die *Kathleen*, stolz auf dich, mein Nico, stolz auf alle die Männer und stolz auf uns selbst. Antonio hat nur eine Bitte: daß wir diese beiden Schiffe bekämpfen. Wahrscheinlich kommt er dabei um, aber wir haben ja ohnehin nur den Tod zu erwarten, dafür sorgen die Franzosen. Wir haben also nichts zu verlieren — es sei denn unsere gemeinsame Zukunft. Wir beide, ja, wir werden einander verlieren. Also, *caro mio*, wenn es schon unsere Pflicht ist zu kämpfen, dann . . .«

Dann, sagte sich Ramage bitter, dann wollen wir alle in dem schwimmenden Sarg unser Ende finden, den uns Leutnant Ramage so leichtfertig gezimmert hat. Sein Blick haftete an der kräftigen Metallspirale, die einer Karronade als Höhenrichtung diente. Wenn er sich kampflos ergab, dann erwartete seine Männer das Los, in einem spanischen Gefängnis zu verfaulen, Gianna und Antonio aber endeten dann bestimmt unter einer französischen Guillotine. Eine andere Möglichkeit gab es nicht. Mit einem Ruck wandte er sich nach dem Steuermann um und rief: »Mr. Southwick, Klarschiff zum Gefecht!«

Southwick rieb sich die Hände, als er den Befehl laut über das Deck rief, er wartete nicht erst, daß der Bootsmannsmaat ihn zuvor auspfiff. Nicht genug damit lief er von einem Niedergang zum anderen und brüllte überall sein Kommando hinunter.

Sobald er wieder nach achtern zurückkam, sagte Ramage: »Verdoppeln Sie die Bewachung der Gefangenen und geben Sie den Spaniern bekannt, daß sie erschossen werden, wenn sie sich auch nur einen Zoll von der Stelle rühren. Haben wir eigentlich Wallbüchsen an Bord? Wenn ja, dann sollen die Bewacher sie bekommen. Stellen Sie auf jeden Fall sicher, daß sie meinen Befehl richtig verstehen.«

»*Aye aye*, Sir!«

Antonio kam glücklich grinsend herzu und zupfte aufgeregt an seinem Bart.

»Jetzt geht's also doch los, Nico, nicht wahr?«

»Ja.«

»Das ist gut. Ich hatte schon Angst . . .« Er hielt verlegen inne. »Natürlich hatten Sie die besten Gründe, die man sich denken konnte.«

Ramage lachte: »Antonio — Ihnen ist offenbar mehr um meinen guten Ruf als um Ihren eigenen Hals zu tun.«

»Mein Hals scheint mir untrennbar mit Ihrem Ruf verquickt zu sein«, gab ihm Antonio zur Antwort, »diesmal kämpfe ich aber mit, was immer Sie dagegen einzuwenden haben.«

Die Männer liefen über Deck und legten Schwämme und Ansetzer neben den Karronaden zurecht. Sie zogen die Schutzdecken von den Schlössern und ließen sie zur Probe schnappen, um zu sehen, ob die Feuersteine Funken gaben. Andere gossen Pützen mit Wasser über das Deck aus und streuten Sand. Und jedermann wußte — das fühlte Ramage deutlich —, daß es diesmal galt, bis zum bitteren Ende zu kämpfen, und daß dies keine bloße Redensart, sondern harte, blutige Wahrheit war. Die heitere Gelassenheit, die die Männer dennoch zur

Schau trugen, beschämte ihn. Die Forderungen des Augenblicks nahmen sie so in Anspruch, daß sie einfach keine Zeit hatten nachzugrübeln, wie es hätte anders kommen können, oder krankhaften Vorstellungen nachzuhängen.

Jackson, der an der Reling stand, hüstelte so lange leise vor sich hin, bis er Ramage damit auf die Nerven ging, so daß er sich nach ihm umsah.

»Ob ich mir wohl für einen Augenblick Ihren ›Herbeiholer‹ ausleihen darf, Sir?«

Ramage gab ihm seinen Kieker, und gleich darauf kletterte der Amerikaner schnell und gewandt die Wanten hinauf.

Ramage ging unter Deck und legte die Geheimpapiere in die bleibeschwerte Kassette, deren Seiten durchlöchert waren, daß sie sofort unterging. Dann brachte er sie an Deck, setzte sie neben das Kompaßhaus und beauftragte den Gefechtsrudergänger, sie ständig im Auge zu behalten. Inzwischen kam Jackson schon wieder niedergeentert. Er grinste über das ganze hagere Gesicht. Mit einer Hand schwang er den Kieker, mit der anderen fuhr er sich durch seinen dünnen, strohblonden Haarschopf. Er kam jetzt mit ein paar großen Schritten heran.

»Verzeihung, Sir, aber ich glaube genau zu wissen, was es mit den beiden Fregatten für eine Bewandtnis hat.«

»Heraus mit der Sprache, Mann! Was sind das für Schiffe?«

»Das eine ist die *Heroine*, Sir, das weiß ich genau, denn da war ich sechs Monate lang an Bord. Höchstens daß es sich um ein Schwesterschiff handeln könnte. Das andere, das zu luward, ist die *Apollo*.«

»Wissen Sie das ganz genau?«

»Jawohl, Sir.«

Das stimmte auch mit der Tatsache überein, daß diese beiden Schiffe zu dem Geschwader gehörten, das Sir John Jervis unterstellt war. Ramage bemerkte, daß Gianna zu ihm hersah, ihr Blick drückte Neugier aus und wirkte zugleich glücklich gelöst.

Auf italienisch murmelte sie: »Also dürfen wir doch noch einen Sonnenuntergang zusammen erleben.«

Antonio hörte das und knurrte: »Deine sentimentalen Sonnenuntergänge soll der Teufel holen. Jetzt geht mir schon wieder meine höchstpersönliche Seeschlacht durch die Lappen. Nico, wenn Sie mich fragen, ob ich auf eine dieser Fregatten umsteigen möchte, dann sage ich: ja, aber nur auf die, deren Kommandant am meisten nach dem Blut der Feinde dürstet. Was soll ich denn sonst meinen Enkeln erzählen, wenn sie hören wollen, wie ich in der Royal Navy kämpfte?«

Kapitän Henry Usher, Kommandant Seiner Majestät Fregatte *Apollo*, war ein großmächtiger Mann mit gesunden roten Wangen und fröhlichem Temperament, dem das Lachen leicht in der Kehle saß. Als der ältere der beiden Kommandanten saß er jetzt in seiner Kajüte und hörte sich mit unverhohlener Bewunderung an, was ihm Ramage zu berichten hatte.

»Ein Explosionsboot! Das war weiß Gott eine glänzende Idee! Jetzt wird mir erst alles klar!«

Da Ramage fragend dreinsah, erklärte ihm Usher: »Als Sie in Sicht kamen, erkannten wir alsbald, daß die Fregatte ein spanisches Schiff war, aber wir konnten uns beim besten Willen nicht erklären, wie Sie es fertiggebracht hatten, sie zu kapern, darum vermuteten wir, daß uns die Dons irgendwie eine Falle stellen wollten. Und Ihr Schiff hat bei all dem nicht einmal einen Farbkratzer abbekommen — das ist schon allerhand! Ehe ich es vergesse, haben Sie Ihren Befehl bei sich?«

Ramage gab ihm das zusammengefaltete Papier, das die Unterschrift Kommodore Nelsons trug. Als Usher es las, verriet sein Ausdruck Neugier und Interesse.

»Diese Marchesa — ist sie alt?«

Ramage sagte zurückhaltend: »Sie ist ziemlich jung, Sir.«

»Ohne Zweifel ist sie hübsch, nicht wahr?«

»Jawohl, Sir, sie ist ganz hübsch, aber sie ist eine lästige Person — man kann ihr nichts recht machen, sie hat an allem etwas auszusetzen. Sie kennen wohl diese Art Leute . . .«

»Und Graf Pitti? Was ist mit ihm?«

»Er ist ein Vetter der Marchesa, Sir, ihr Beschützer«, fügte er voll Hoffnung hinzu, »er läßt sie nie aus den Augen.«

»Aha!« Usher gab Ramage den Befehl zurück. »Da der Kommodore so großen Wert auf die Sicherheit Ihrer Passagiere legt und da sie auf der kleinen *Kathleen* überhaupt keine Bewegungsfreiheit haben, werde ich sie auf die *Apollo* herüberholen. Hier finden sie mehr Bequemlichkeit und vor allem auch mehr Sicherheit — die Dons sind mit ihrer ganzen Flotte unterwegs.

Außerdem kann man nicht gerade sagen, daß Sie Ihrem Befehl entsprechend gehandelt haben, mein lieber Ramage. Sie haben mit der jungen Dame an Bord jedes nur denkbare Risiko auf sich genommen. Ich kann mir beim besten Willen nicht vorstellen, daß der Kommodore besonders glücklich darüber wäre. Die Marchesa muß um ihrer Sicherheit willen an Bord der *Apollo* kommen, das ist beschlossene Sache. Und ihr Vetter natürlich ebenfalls«, fügte er hastig hinzu.

»Darf ich —«

»Ich muß mit höchster Eile nach Gibraltar weiterlaufen, darum überlasse ich es Ihnen, die Fregatte in den Hafen zu bringen. Das Wie steht Ihnen natürlich frei,

Sie können sie loswerfen, wenn Sie in schlechtes Wetter geraten, niemand wird Ihnen daraus einen Vorwurf machen.«

»Vielleicht kann ich —«

»Wissen Sie was? Ich nehme Ihnen die ganze spanische Besatzung ab, auch die Offiziere, die Sie an Bord haben, und verteile sie auf die *Apollo* und die *Heroine*, dann haben Sie keine Gefangenen, die Ihnen Sorge machen. Außerdem gebe ich Ihnen zwanzig Mann, um die Fregatte zu bedienen. Das ist wohl die beste Lösung.«

Ramage war sich darüber im klaren, daß Usher recht hatte. Gianna war bei ihm in Sicherheit und wenn er selbst zwanzig britische Seeleute auf der Fregatte hatte, war auch das Schleppen viel einfacher. Usher war außerdem recht großzügig. Er hätte die Fregatte auch selbst in Schlepp nehmen oder Ramage befehlen können, sie zu versenken. Das eine hätte bedeutet, daß er das Prisengeld teilen mußte, im anderen Falle wäre es ganz verloren gewesen. Usher mußte seine Gedanken gelesen haben.

»Ich möchte Sie nicht um Ihr Prisengeld bringen, mein Lieber. Darum werde ich keinen Anspruch auf Beteiligung stellen, weil Sie Leute von mir bekommen. Nein, so etwas fällt mir nicht ein, das wäre verdammt unfair von mir. Bis die Marchesa an Bord kommt, hat mein Sekretär den Befehl für Sie ausgefertigt. Es ist wirklich ein Jammer, daß wir beide so viel um die Ohren haben, sonst hätte ich Sie gebeten, uns beim Dinner Gesellschaft zu leisten.«

Er schüttelte Ramage beide Hände: »Das war wirklich eine Glanzleistung, mein Junge. Ich werde Sie in Gibraltar zu rühmen wissen. Natürlich werde ich auch Sir John und dem Kommodore entsprechend darüber berichten. Weiterhin Glück und Erfolg!«

Als Ramage ins Boot stieg, schmollte er wie ein Schuljunge. Er wußte wohl, daß Jackson darauf brannte zu erfahren, wie alles gewesen war und wie es nun weiterging. Aber er war nicht in der Verfassung, jetzt lange Reden zu führen.

Gianna kam ihm entgegen, als er das Deck der *Kathleen* betrat.

»Ging alles nach Wunsch?« fragte sie ihn auf italienisch. »War man mit dir zufrieden?«

»Ja, sie nehmen die Spanier von Bord und schicken englische Seeleute auf die Fregatte.«

»Ausgezeichnet — dann bringen wir sie am Ende doch noch nach Gibraltar.«

»Der Kommandant der *Apollo*, er heißt Kapitän Usher, ist sehr besorgt um deine Sicherheit — und ich muß sagen, daß er recht hat.«

Gianna sah ihn mißtrauisch an. Sie kannte den etwas feierlichen Ton, den er anzuschlagen pflegte, wenn er ihr etwas sagen wollte, von dem er von vornherein wußte, daß es ihr nicht recht war.

»Das heißt?«

»Das heißt, daß du und Antonio auf der *Apollo* nach Gibraltar weitersegeln werdet.«

»Fällt uns nicht ein!« entgegnete sie ihm.

»Gianna, es hilft nichts, du mußt.«

»Nein, wir bleiben bei dir. Du hast doch den Befehl des Kommodore. Demzufolge mußt *du* uns nach Gibraltar bringen. Ich bestehe darauf. Antonio besteht auch darauf. Wir beide bestehen darauf. Das werde ich dem Kapitän Usher sagen!«

»Aber Kapitän Usher kann mir unter den gegebenen Umständen einen neuen Befehl geben. Meine Aufgabe war, euch beide sicher nach Gibraltar zu bringen. Kapitän Usher kann das jetzt viel besser. Noch eins«, fuhr er fort, weil er wußte, daß er nur so ihren Widerstand brechen konnte, »wenn er wollte, könnte er mir wegen der Fregatte auch noch allerhand Unannehmlichkeiten bereiten. Statt dessen will er in günstigem Sinne über mich berichten.«

Antonio, der den größten Teil dieses Gesprächs mitangehört hatte, nahm Gianna bei der Hand: »Es ist das beste, wir geben nach«, sagte er widerwillig. »Wir sind für Nico eine *preoccupazione*. Er muß sich jetzt ganz der Aufgabe widmen, seine Prise heil in den Hafen zu bringen, das kann er nicht, solange wir an Bord sind, weil er dann immer an unsere Sicherheit zu denken hat.«

Southwick trat grüßend herzu: »Von der *Apollo* und von der *Heroine* setzen mehrere Boote ab, Sir. Es sieht aus, als ob sie auf den Spanier zuhielten.«

Ramage unterrichtete ihn über den Befehl Kapitän Ushers.

»Ha! Endlich können wir ruhig schlafen, ohne uns sorgen zu müssen, was die Dons am anderen Ende der Schlepptrosse ausbrüten.«

Gianna sagte: »Ich gehe jetzt hinunter und packe meine Sachen.«

»Es heißt unter Deck«, verbesserte Antonio sie.

»Bitte sagt etwas, um mich aufzuheitern«, meinte sie. »Ich gebe mir wirklich alle Mühe, gehorsam zu sein, aber im Grunde steht mir der Sinn danach zu meutern.« Sie faßte Ramage ins Auge und fuhr in kühlem Ton fort: »Dieser Kapitän Ushair — ist das ein schöner Mann? Ja, ich bin überzeugt, daß er sich sehen lassen kann, und daß ich bei ihm angenehme Tage verleben werde.«

10

Die ganze Besatzung der *Kathleen* entbehrte die belebende Gegenwart der allzeit fröhlichen Gianna. Das Schiff war so tot, als läge es an einer Quarantäneboje im Nore.

Die *Apollo* und die *Heroine* waren schon im purpurnen Dunststreifen verschwunden, der am westlichen Horizont See und Himmel verband. In einer Stunde war es dunkel. Achtern im Schlepp der *Kathleen* folgte die Prise wie eine gehorsame Kuh, die hinter dem Hüterhund her dem Bauernhof zustrebt.

Zum erstenmal in seinem Leben entdeckte Ramage, daß Einsamkeit die verschiedensten Gesichter haben kann, ihre schlimmste Fratze zeigt sie wohl dann, wenn man einen Menschen ziehen lassen muß, den man — er hatte das eben herausgefunden — als Teil seiner selbst empfindet. Gianna war nun fort und er wußte, daß er ohne sie kein ganzer Mensch war. Mit wem sollte er fortan die heimlichen Freuden der herrlichen Sonnenuntergänge teilen? Wer sah wie sie, daß sich dabei der nüchterne Gischt, den der Bug des Kutters aufwirbelte, in fliegende Diamanten verwandelte, die sich der *Kathleen* wie kostbarer Schmuck um den Hals legten? Ihre nie nachlassende Begeisterung hatte ihn angesteckt, ihre Freude an all den kleinen Dingen hatte die ganze Besatzung belebt und erfrischt.

Als Ramage mit einem Blick *La Sabina* streifte, sah er, daß dort eben ein Boot absetzte und dem Kutter zustrebte. Southwick hatte also seine Aufgabe erfüllt und dem Steuermannsmaat der *Kathleen*, Appleby, sein erstes Kommando übergeben, wenn diese stolze Bezeichnung auf eine geschleppte Prise mit zwanzig Mann Besatzung zutraf.

Southwick meldete ihm alsbald, daß er entsprechend seinem Befehl alle Wein- und Schnapsfässer eingeschlagen und ihren Inhalt über Bord geschüttet hatte, damit sich die Seeleute nicht betranken. Wasser und Proviant waren reichlich vorhanden. »Aber«, sagte Southwick voll Ekel, »das Schiff sieht aus, Sir! Die Decks sind wohl seit Wochen nicht mehr gescheuert worden. An den Backen und in der Kombüse nichts als Dreck! Überall Essensreste! Wie in einem Schweinestall!«

»Ja, ja, das kenne ich zur Genüge«, unterbrach Ramage seinen Redefluß. Er hatte den Zustand lebendig vor Augen und wußte genau, wie Southwick reagierte, wenn ein Schiff nicht makellos sauber war.

Ramage suchte seine Kajüte auf (am Fuß des Niedergangs wäre er beinahe nach vorn gegangen, um sich in seine bisherige, behelfsmäßige Unterkunft zu begeben). Er sank auf seinen Stuhl und starrte in das trübe Licht der Laterne. Müdigkeit betäubte ihn, allein die Augen schienen noch Leben zu besitzen, der übrige Körper war unendlich fern und wie losgelöst. Dennoch mußte er fortan mit Southwick Wache um Wache gehen, weil Appleby auf der Prise war.

Da der Kutter rollte, schwang die Koje, die an den Decksbalken hing, von Seite zu Seite. Dabei sah er etwas Dunkles auf dem Kissen liegen. Es war ein langes, schmales Halstuch aus dunkelblauer Seide, das mit goldenen Fäden bestickt war. Das Muster wiederholte sich über die ganze Fläche, es zeigte in wunderbarer Ausführung eine gepanzerte Faust, die einen Krummsäbel schwang. Unwillkürlich berührte Ramage den schweren Goldring, den er an einem Band unter dem Hemd um den Hals trug, seitdem die beiden Fregatten in Sicht gekommen waren. Auf diesem Ring war nämlich die gleiche Darstellung zu sehen, Giannas Familienwappen. Sie hatte ihm also ein Andenken zurückgelassen, aber wenn er an ihre letzte Bemerkung und an den kühlen Abschied dachte, fragte er sich unwillkürlich, ob sie das Tuch nicht doch nur vergessen hatte. Fast beschämt ob seiner Gefühlsduselei, schlang er es sich um den Hals, lehnte sich zurück und dachte an sie. Bald darauf war er eingeschlafen.

Ramage ging auf dem Achterdeck in der Dunkelheit auf und ab, zehn Schritte nach vorn, kehrt, zehn Schritte nach achtern und wieder kehrt. Er hatte die Abend-wache von acht Uhr bis Mitternacht übernommen und fast bis vier Uhr morgens geschlafen, Southwick war Mit-telwächter gewesen, und jetzt zitterte Ramage auf der Morgenwache schon seit etwa einer Stunde vor Kälte, während die Dämmerung immer näher rückte.

Der Wind hatte geschralt, er kam jetzt querein, der Luftzug, der aus dem Großsegel herunterkam, war unfreundlich kalt. Ramages Uniform war feucht und roch schimmelig. Spritzer hatten den Stoff so oft durch-näßt, daß er mit Salz vollgesogen war und darum die feuchte Nachtluft geradezu an sich zog. Ramage nahm sich vor, seinem Steward zu sagen, er solle seine Uni-form einmal gründlich spülen, vorausgesetzt, daß es ge-nügend Wasser gab.

Er schüttelte heftig den Kopf, schlug sich mit den Knöcheln an die Stirn, aber die Müdigkeit überkam ihn immer wieder in richtigen Wellen. Als er den alten Kniff versuchte, an einem Finger zu lecken und damit die Augenlider zu netzen, um sich so zu erfrischen, fluchte er gotteslästerlich, weil ihn das Salz der Spritzer, das auf der Haut getrocknet war, schlimm in den Augen brannte.

Er mußte sich gewaltig zusammenreißen, um zu lauschen, als ihm trotz seiner Schlaftrunkenheit ferne Stimmen immer deutlicher zum Bewußtsein kamen. Ja, da waren sie wieder, diese Stimmen, kaum vernehmbar, in Luv, an Steuerbord querab.

Ein Matrose kam im Dunkeln zu ihm herangetapst.

»Herr Kapitän«, flüsterte er.

»Ja — wer ist's?«

»Casey, Sir, Ausguck in den Steuerbordrüsten. Ich glaube, ich habe eben in Luv Stimmen und quietschende Blöcke gehört, als wenn ein Schiff seine Rahen aufbraßt. Ich hielt es für besser, selbst nach achtern zu kommen, als zu rufen, Sir.«

»Das war sehr richtig von Ihnen. Ich habe die Laute eben selbst gehört. Sagen Sie den anderen Ausguckposten Bescheid und melden Sie alles, was Sie sonst noch hören, aber machen Sie keinen Lärm.«

Mein Gott, ein Schiff dicht in Luv — und die *Kathleen* verriet ihre Gegenwart mit zwei Laternen achtern, die Prise sogar mit drei Laternen.

Ramage wandte sich an den Rudergänger, der neben den beiden Leuten an der Pinne stand. »Löschen Sie die Laternen. Mr. Southwick, der Bootsmannsmaat und mein Bootssteurer sollen zu mir kommen. Schicken Sie die Leute auf Gefechtsstation, aber keinen Laut, verstanden? Wir haben ein Schiff in Luv, ganz in der Nähe. Und noch eins: Werfen Sie eine Jacke über das Kompaßhaus, um das Licht abzuschirmen.«

Er flehte zum Himmel, daß auch die Prise die Rufe hören und ihre Laternen löschen möge.

In etwa zehn Minuten mußte es beginnen zu dämmern. In diesem Augenblick hörte er wieder einen Ruf, diesmal in Lee, an Backbord querab, auch ganz in der Nähe und dann ein dumpfes Knirschen, das nur vom Ruder eines großen Schiffes herrühren konnte, das sich in den Fingerlingen drehte. Dieses Schiff mußte ganz

in der Nähe sein, weil man es so deutlich hörte. Southwick, Evans und Jackson tauchten kurz nacheinander
auf, Matrosen huschten barfuß vorüber, als sie ihre Karronaden aufsuchten, die noch immer ausgerannt waren.

Southwick entfernte sich und musterte rasch die Männer an den Geschützen. Er kam gleich wieder zurück
und meldete das Schiff gefechtsklar. Wieder rieb er sich
die Hände, und Ramage nahm an, daß sein Gesichtsausdruck wie üblich dem eines Metzgers glich, der mit
dem Fleisch eines frisch geschlachteten Tieres zufrieden
ist.

»Da wir jetzt bereit sind, sie in Empfang zu nehmen,
wird sich wahrscheinlich wieder herausstellen, daß es
Engländer sind. Meinen Sie nicht auch, Sir?«

»Nein«, sagte Ramage kurz angebunden. »Ich konnte
nicht verstehen, was da gerufen wurde, aber Englisch
war das auf keinen Fall. Sie müssen unsere Laternen
gesehen haben; keines unserer eigenen Schiffe würde solchen Lärm vollführen, wenn es die Absicht hat, bei
Tagesanbruch längsseit zu gehen.«

»Daran habe ich nicht gedacht«, gab Southwick zu.
»Welches der beiden Schiffe wollen Sie zuerst annehmen,
Sir?«

»Keines.«

»Keines?« Southwick konnte mit seiner Überraschung
nicht hinter dem Berge halten.

»Mr. Southwick«, sagte Ramage bitter, »es darf für
uns nicht zur Gewohnheit werden, mit einem kleinen
Kutter Fregatten anzugreifen. Bis jetzt hat uns das
Glück geholfen, nicht unsere Tüchtigkeit.«

»Jawohl, Sir, aber warum werfen wir dann nicht einfach los?«

Jetzt wurde Ramage fast heftig: »Denken Sie doch
nach, Mensch. Wenn wir die Schlepptrosse kappen und
achteraus sacken oder nach vorne weglaufen, dann ver-

lieren wir auf jeden Fall die Prise. Sind die anderen Engländer, dann bekommen wir keinen Penny, sind es Spanier, was ich annehme, dann ist es in« — er warf einen Blick nach Osten — »sagen wir, fünf Minuten so hell, daß sie uns sehen. Bei dieser Brise haben sie uns dann rasch eingeholt. Außerdem zweifle ich, daß die beiden die einzigen sind.«

»Was können wir also tun, Sir?«

»Wir haben keine Wahl, Mr. Southwick, wir müssen warten und das Beste hoffen. Wer es wünscht, kann auch beten.«

»Die Prise hat die Laternen gelöscht«, meldete Jackson.

Ramage meinte, er könne dort, wo die Prise lag, einen schwärzeren Schatten im nächtlichen Dunkel unterscheiden, aber er war dessen keineswegs sicher. »Schön. Halten Sie gut Ausguck. Ich gehe für einen kurzen Augenblick unter Deck.«

In seiner Kajüte schirmte der Posten die Laterne mit seiner Mütze ab, Ramage schloß die Schublade des Schreibtisches auf und legte seine geheimen Papiere abermals in die bleibeschlagene Kassette. Dabei erinnerte er sich ganz unvermittelt an ein Gespräch mit einem Fähnrich, der in Frankreich Gefangener gewesen war. Es sei sehr wichtig, hatte der gesagt, kräftige Stiefel und warme Sachen bei sich zu haben, denn die Franzosen ließen ihre Gefangenen Hunderte von Meilen nach Norden marschieren, bis sie ein Lager, wie zum Beispiel Verdun, erreichten. Wahrscheinlich machten es die Spanier ebenso. Außerdem brauche man Geld, um sich auf dem Marsch Nahrungsmittel zu kaufen.

Ramage hatte schon Stiefel und Bundhosen an. Jetzt nahm er ein paar Guineen aus einer Schublade, versteckte einige im Futter seines Hutes, die übrigen ließ er in seine Hose gleiten. Dann ließ er den Posten mit seiner

Laterne abtreten und meinte, durch das Skylight schon zu entdecken, daß der Himmel über ihm sich grau verfärbte. Während er noch einen letzten Blick in die Kajüte warf, dachte er an den Ring, den er um den Hals trug. Den würde man ihm bestimmt wegnehmen. Darum knotete er ihn in eine Ecke von Giannas Halstuch und steckte beides in die Tasche. Wenn sich jetzt herausstellte, daß die Schiffe Engländer waren, kam er sich wie ein vollendeter Narr vor — nach all der Vorsicht, die er walten ließ, konnte man eigentlich kaum etwas anderes erwarten.

Er nahm die beschwerte Kassette mit an Deck und übergab sie dem Rudergänger: »Sie wissen ja jetzt, was da drinnen ist. Lassen Sie sie nicht aus den Augen.«

Sobald ihn Southwick sah, meldete er: »Scheint eine närrische Gesellschaft zu sein, Sir. Sie machen einen Lärm, als ob sie im dicken Nebel mitten durch einen Geleitzug kreuzen wollten, der vor dem Spithead vor Anker liegt.«

Die Schreie an Steuerbord hatten einen musikalischen Klang. Ramage konnte die Worte noch nicht verstehen, aber er entdeckte doch einen ganz bestimmten Silbenfall und eine Betonung gewisser Vokale. Das Schiff war jetzt schon wesentlich näher, und aus den Rufen und den nachfolgenden Geräuschen schloß er mit Sicherheit, daß seine Segel ständig neu getrimmt wurden, um es langsam nach Lee an die *Kathleen* heranscheren zu lassen. Dann ging er nach Backbord hinüber und hörte auch dort Stimmen, die von dem zweiten Schiff kamen. Dieses schien sogar noch näher zu sein, er meinte, das Zischen und Gluckern des Wassers zu hören, das sein Steven zur Seite warf.

Jedes der beiden Schiffe wußte offenbar, daß es der *Kathleen* näher kam, aber wußte eines vom anderen? Arbeiteten sie nach einem vorgefaßten Plan zusammen, oder waren sie nur zusammen unterwegs gewesen, hatten aber die *Kathleen*, jedes für sich, in der Dunkelheit ausgemacht? Wußten sie, daß das Ziel ihrer Aktion nur ein winziger Kutter war? Das war unwahrscheinlich. Gab es darum etwa gar eine Möglichkeit, den einen der beiden Gegner gegen den anderen auszuspielen?

In einem Augenblick wilder, fast ekstatischer Erregung dachte er daran, die *Kathleen* genau in die Mitte zwischen den beiden Fregatten zu steuern. Wenn sie dann von beiden Seiten heranschlossen, wollte er alle Segel fallen lassen. Dann wirkte das Gewicht der Schlepptrosse wie ein Anker und die *Kathleen* verlor so plötzlich alle Fahrt, wie wenn sie auf eine Sandbank gelaufen wäre.

Wenn er nur ein wenig Glück hatte, schoren dann die beiden Spanier im Dunkeln krachend aneinander längsseit und jeder hielt den anderen für seinen Gegner. Dabei konnte man durchaus erwarten, daß jeder der beiden seinem Gefährten mindestens eine Breitseite in die Rippen jagte, ehe er seinen Irrtum gewahr wurde.

Aber ein Blick über das Deck der *Kathleen* und in ihre Takelage zeigte ihm alsbald, daß ein solcher Versuch hoffnungslos war, es war dafür zu spät. Die Nacht war vorbei, es herrschte schon graue Dämmerung, noch wenige Minuten und beide Spanier konnten die Umrisse seines Kutters erkennen. Das war wirklich ein Jammer. Ein bißchen Bruderkrieg zwischen zwei Schiffen Seiner Allerkatholischsten Majestät hätte ihm unbändigen Spaß gemacht, aber jetzt war es Zeitverschwendung, auch nur daran zu denken.

»Evans!«

Der Bootsmannsmaat tauchte neben ihm auf.

»Schicken Sie die Besatzung unter Deck, immer je zwei Mann von jedem Geschütz und dann reihum die nächsten. Sie sollen ihre Schuhe holen, in ein paar Hemden

übereinander schlüpfen und alle warmen Sachen mitnehmen, die sie tragen können. Die Schuhe sollen sie
noch nicht anziehen«, fügte er hastig hinzu, »wenn irgendwo Pulver verstreut ist, wäre das gefährlich.«

Evans rührte sich noch immer nicht von der Stelle. Er
hatte wohl gehört, aber er begriff das Ganze nicht.

»Gefangene müssen marschieren, Evans. Wahrscheinlich durch tiefen Schnee und über Gebirgspässe.«

»Ach so — *aye aye*, Sir.«

Jackson gab ihm seine beiden Pistolen: »Der Lärm
klingt ganz spanisch, nicht wahr, Sir?«

Ramage brummte nur, als er die Pistolen in seinen
Hosenbund steckte.

»Ihre Flotte ist doch in See, nicht wahr, Sir?«

»Ja.«

»Hm. Ich würde mich nicht wundern, wenn . . .«

»Ich mich auch nicht«, fiel ihm Ramage ins Wort,
weil er Ruhe zum Nachdenken brauchte. Aber dann fuhr
er doch fort: »Wahrscheinlich sind sie fünf Meilen hinter
uns, zwanzig Linienschiffe, und auf einem davon Admiral Don Juan de Langara, friedlich schlafend in seiner
Koje. So, jetzt gehen Sie unter Deck und versehen Sie sich
mit Schuhen, warmen Sachen und Geld für den Fall,
daß wir in Gefangenschaft geraten.«

»In Gefangenschaft, Sir?« entfuhr es Jackson. »Sind
wir denn nicht . . .?«

»Gehen Sie jetzt unter Deck, Jackson. Wir sind doch
kein Debattierclub.«

Im nächsten Augenblick schämte er sich dieser harten
Worte, aber die Männer seiner *Kathleen* schienen jeden
Maßstab verloren zu haben. Eine entmastete Fregatte
zu kapern, oder sich mit zweien auf einen Kampf einzulassen, das machte für sie keinen Unterschied.

Er malte sich aus, wie es sein würde, wenn er und
seine Männer zunächst unter brennender Sonne eine

hitzeflammende Straße entlangzogen und mühselig im Staub nach Atem rangen, der von den Scharen der Gefangenen aufgewühlt wurde, während sie von stumpfsinnig dahinschlurfenden spanischen Soldaten unbarmherzig vorangetrieben wurden. Doch das war erst der Anfang. Später ging es dann mit bleischweren Füßen über Pässe hinweg, die durch Schneeverwehungen fast unpassierbar geworden waren, über die der Wind so kalt hinpfiff, daß jeder Atemzug wie ein Messerstich in die Lunge schmerzte und selbst die wärmste Kleidung keinen Schutz mehr bot.

Jetzt gab es keinen Irrtum mehr, die Rufe waren spanisch. Ramage atmete erleichtert auf. Angst hatte man nur, wenn man nicht wußte, was einem bevorstand. Wenn man es wußte, fürchtete man sich nicht mehr — zum mindesten hatte die Furcht dann ihre Grenzen. Erst das Nichtwissen machte die Angst bodenlos.

»Es sind Dons, Sir, ich höre sie jetzt deutlich«, sagte Southwick.

»Ja, ich weiß.«

»Was machen wir mit der Prise, Sir?«

»Wir behalten sie im Schlepp, warum sollten wir sie treiben lassen? Appleby hat keine Zeit mehr, sie zu versenken.«

»Sollen wir jedem der beiden eine Breitseite ›für die Flagge‹ hinlegen?«

»Ach was«, sagte Ramage in scharfem Ton, »den Unfug überlassen wir den Franzosen.«

Pour l'honneur du pavillon hieß das französische Ritual, eine einzige Breitseite abzufeuern und dann schleunigst die Flagge niederzuholen, so daß man dem Kommandanten nicht vorwerfen konnte, er habe sich ergeben, ohne einen Schuß zu feuern. Was sollte dieses Theater? Wenn der Unterschied in der Gefechtskraft wirklich groß genug war, traf den Schwächeren ohnehin kein Vorwurf, war er dagegen nur gering, dann durfte es bei einer Breitseite nicht sein Bewenden haben. Warum sollte man um des dummen Stolzes willen eine Erwiderung dieser Breitseite in Kauf nehmen, die nur unnötige Opfer an Menschenleben kostete?

Wann würde er Gianna wiedersehen? Er verfaulte jahrelang in irgendeinem spanischen Gefängnis, sie wurde in England von allen Helden der Londoner Gesellschaft gefeiert. Nach ein paar Hofbällen in St. James, bei der Herzogin X und der Lady Y vergaß sie (wahrscheinlich sogar gern) die kurzen Tage in der übelriechenden und unbequemen, kleinen hölzernen Schachtel, die sich *Kathleen* nannte. Seltsam genug, daß ihn dabei nicht einmal ein bitteres Gefühl überkam. Gewiß, er war ärgerlich über sein Mißgeschick, aber von Bitterkeit war keine Rede. Vielleicht war das ein Zeichen vorgerückten Alters, dachte er mit verzogenem Mund, vielleicht auch nur ein Zeichen der Reife. Man muß das Unmögliche anstreben, aber das Unvermeidliche annehmen — es sei denn, man verstünde sich darauf, Wunder zu wirken. Ein Glück, daß sie jetzt nicht bei ihm war. Er malte sich aus, wie sie sich vor den Mauern eines stinkenden spanischen Gefängnisses trennen müßten, bewacht von den blutunterlaufenen Augen spanischer Wärter und von müden, kranken Hunden, die in der Sonne langsam zugrunde gingen. Er sollte sich ergeben, seine Flagge niederholen! Bei der bloßen Vorstellung überkam ihn Übelkeit. Bei allem, was er während der letzten Tage getan hatte, schien er keinen Gedanken an die Folgen vergeudet zu haben, schlimmer noch, er hatte wohl überhaupt nichts mehr bedacht und überlegt.

Das Boot der zu luward beiliegenden spanischen Fregatte war schon im Begriff abzusetzen, als Jackson zu Ramage gelaufen kam und in höchster Aufregung sagte: »Sir, ziehen Sie schnell Matrosenuniform an!«

Als Ramage ihn daraufhin nur sprachlos ansah, erklärte ihm Jackson: »Ich habe einen Plan, Sir, aber jetzt keine Zeit, Ihnen alle Einzelheiten mitzuteilen. Sie müssen sich als einfachen Matrosen ausgeben. Mr. Southwick weiß alles, er wird den Dons sagen, der Kommandant sei vor einigen Tagen gestorben, und er habe jetzt das Kommando. Bitte, Sir, gehen Sie unter Deck und ziehen Sie sich um« — er hielt ihm ein paar Kleidungsstücke hin —, »ich werde den Männern sagen, Sie seien ein einfacher Matrose.«

Das Boot, vollgepfropft mit spanischen Matrosen und einer Anzahl Soldaten, mußte gleich absetzen. Ramage konnte sich noch nicht entschließen, er hatte keine Ahnung, was Jackson mit ihm vorhatte.

»Mein Gott, Sir«, rief Jackson voll Ungeduld. »Wenn Sie einer fragt, müssen Sie sagen, Sie seien ein Amerikaner, der in die Navy gepreßt wurde. Bis es soweit ist, vergehen bestimmt noch ein paar Stunden. Sie müssen sich vor allem einen Namen ausdenken, damit ich ihn unserer Besatzung nennen und in das Musterbuch eintragen kann. Ich muß ja auch Ihren Tod dort vermerken.«

Als Ramage sich daraufhin immer noch nicht von der Stelle rührte, sagte sich Jackson, daß er ihn vollends informieren mußte: »Ich habe einen unausgefüllten Paß, Sir. Den fülle ich aus, dann können Sie den Dons beweisen, daß Sie ein Amerikaner sind. Aber welchen Namen soll ich Ihnen denn geben? Denken Sie einmal nach, Sir, wie heißt er doch, der Mann, der die verrückten Blätter zeichnet? Sie wissen es ganz bestimmt, auf seinen Zeichnungen kommen stets Seeleute vor, und den Mädchen hängt immer der Busen aus den Kleidern heraus.«

»Gilray«, sagte Ramage automatisch, er suchte in Jacksons Plan immer noch einen geheimen Haken zu entdecken.

»Ja, den meine ich. Nicholas Gilray, wie wär's damit, Sir?«

»Schluß mit ›Sir‹, Jackson. Nicholas Gilray, Vollmatrose«, sagte Ramage, der endlich die ganze Bedeutung von Jacksons Plan begriffen hatte. Es konnte sein, daß ihm auf diese Art die Schrecknisse eines spanischen Gefängnisses erspart blieben.

»Also los, beeile dich, Gilray«, sagte Jackson grinsend. Ramage griff nach den dargebotenen Sachen und lief damit in seine Kajüte. Unterwegs befahl er noch dem Rudergänger, die bleibeschwerte Kassette mit den Papieren über Bord zu werfen. Dann schlüpfte er aus seinen Sachen, wobei die Guineen klingelnd aus seiner Hose an Deck fielen. Er zog die Hose und das Hemd an, die ihm Jackson gegeben hatte. Giannas seidenes Halstuch mit dem eingeknoteten Ring benutzte er jetzt, um auch die Sovereigns unterzubringen, und band es sich unter dem Hemd um die Hüften. Seine Stiefel wollte er anbehalten, zumal sie sich zum größten Teil unter der Hose verbargen, die Uniform schob er kurzerhand in einen Schrank. Dann öffnete er die Klappe der Laterne und schmierte sich etwas Ruß ins Gesicht. Die beiden Pistolen legte er in ihr Behältnis zurück, öffnete die kleine Luke zur Brotlast und warf die Waffenschatulle samt seinen anderen Kleidungsstücken auf die Brotsäcke hinunter und machte den Deckel sofort wieder zu.

Ein dumpfes Geräusch an der Bordwand verriet ihm, daß das spanische Boot angelegt hatte, darum lief er gleich den Niedergang hoch und trat an das nächste Geschütz. Die Männer maßen ihn grinsend mit den Blicken.

Er richtete gleich an den nächsten die Frage: »Nun, wie sehe ich aus?«

»Prima, Sir — äh, prima, Nick.«

»Ja, den Sir müßt ihr belegen.«

Ramage beobachtete, wie Southwick am Fallreep den spanischen Offizier empfing. Dieser sprach Englisch und nickte voll Mitgefühl, als ihm Southwick erklärte, sein Kommandant sei nach einer schmerzhaften, aber zum Glück kurzen Krankheit gestorben. Der Steuermann machte dabei einen so traurigen und ergriffenen Eindruck, daß Ramage einen Augenblick das unbehagliche Gefühl hatte, er sei wirklich gestorben. Für Jacksons Vorhaben war der Leutnant Nicholas Ramage in der Tat nicht mehr am Leben.

Jackson trat an der Karronade an ihn heran und flüsterte ihm zu: »Sie stehen schon im Musterbuch, Sir, als letzter Name der Liste. In Bastia von der *Diadem* übernommen. Sie stammen aus New Milford, Connecticut, sind fünfundzwanzig Jahre alt und Vollmatrose. Das wär's. Und jetzt nehmen Sie dieses Papier an sich.«

Ramage nahm den Bogen entgegen und faltete ihn auseinander. In der halben Helle des beginnenden Tages erkannte er sofort, daß es sich um ein gedrucktes Formular handelte, das oben der amerikanische Adler zierte. Es war ein Paß, wie ihn die meisten amerikanischen Seeleute besaßen (aber auch viele englische, denn diese Papiere waren ohne viele Schwierigkeiten zu kaufen). Er konnte auch den handgeschriebenen Namen entziffern, der den angeblichen Inhaber des Papiers bezeichnete. Er nannte sich Nicholas Gilray. Da sagte er zu Jackson: »Sie haben doch die Feder nicht voll Tinte gelassen wie?«

»Nein — ich benutzte Mr. Southwicks Feder, und die habe ich dann sorgfältig getrocknet.«

11

Die Männer der *Kathleen* wurden auf der spanischen Fregatte unter Deck getrieben und standen dort in einer Gruppe zusammen, umringt von spanischen Matrosen und Soldaten, die mit Musketen bewaffnet waren. Man hatte sogar ein kleines Geschütz nach mittschiffs geholt und auf den Niedergang gerichtet. An seinem Bodenstück standen zwei spanische Matrosen, jeder mit einer langsam brennenden Lunte in der Hand, für den Fall, daß das Steinschloß versagte.

»Die gehen aber auch gar kein Risiko ein«, murmelte Jackson.

»Das nehme ich ihnen nicht übel, wir haben ja auch ...«, sagte Ramage, aber er ließ den Satz unvollendet, weil ihn zwei spanische Wachen mit ihren Musketen bedrohten.

Hier unter Deck war es glühend heiß und das Schiff stank: Bilgewasser, Schweiß, Knoblauch, ranziges Olivenöl, verfaulendes Gemüse und der Kot der Tiere, die im Vorschiff gehalten wurden, all das trug sein Teil zu dem unerträglichen Gesamtergebnis bei. Endlich hörten sie, wie die Rahen rundgebraßt wurden, damit das Schiff wieder Fahrt aufnahm. Die spanischen Wachen bedeuteten ihnen, daß sie sich setzen durften.

Aber schon wenige Minuten später hieß es wieder aufstehen, da ein spanischer Offizier mit dem Musterbuch der *Kathleen* in der Hand den Niedergang herunterkam. Ramage fragte sich plötzlich, ob sich Southwick wohl eine überzeugende Erzählung über seinen Tod zurechtgelegt hatte, dann ärgerte er sich über sich selbst, weil er den alten Steuermann mit diesem Schwindel belastet hatte. Jetzt nachträglich fand er sein Verhalten alles andere als fair. Wenn ihm die Spanier auf die Schliche kamen, dann hatte natürlich auch Southwick darunter zu leiden. Kurzum, Ramage schämte sich heftig, daß er sich kritiklos auf das Täuschungsmanöver eingelassen hatte, indem er alles tat, was Jackson von ihm verlangte. Gewiß, der allezeit gut gelaunte Southwick schien ohne Einwand alles mitgemacht zu haben, was man von ihm wollte, ja, Ramage hatte sogar das Gefühl, als ob Jackson seinen Plan schon eher mit ihm besprochen hätte.

Die Matrosen der *Kathleen* nahmen, so gut es ging, militärische Haltung an. Sie mußten Hals und Schultern vornüber beugen, weil das Deck nur wenig über fünf Fuß Stehhöhe bot. Am Fuß des Niedergangs hielt der spanische Offizier das Musterbuch so, daß Licht darauf fiel, und las den Namen eines Matrosen vor. Der Mann fuhr erschrocken zusammen.

»Da hinüber«, sagte der Offizier und zeigte nach einer Seite. Dann folgten weitere Namen und immer wieder die Aufforderung, die Gruppe zu verlassen. Plötzlich merkte Ramage, daß er die Ausländer aussonderte — da war ein Genuese, dann zwei Amerikaner (wenigstens gaben sie sich als solche aus, aber Ramage wußte genau, daß die beiden Engländer waren), ein Portugiese, ein Westindier und ein Däne. Jetzt rief er nach Jackson und Ramage. Sobald sie sich zu dem Häuflein gesellt hatten, bedeutete er ihnen durch einen Wink, ihm an Deck hinauf zu folgen.

Oben war inzwischen die Sonne aufgegangen. Ramage sah schon beim ersten Blick zu seiner größten Überraschung, daß sie sich inmitten einer gewaltigen Flotte befanden. Da waren sechs mächtige Dreidecker, mehr als ein paar Dutzend Zweidecker, von denen einer die entmastete Fregatte im Schlepp hatte, und fünf oder sechs

Fregatten, deren eine die *Kathleen* schleppte, die jetzt
die spanische Flagge an der Gaffel fuhr. Als Ramage
sein geliebtes Schiff als Prise sah, als er sich in seiner
Phantasie ausmalte, daß jetzt ein spanischer Offizier
in seiner, nein in Giannas Kajüte saß, da wären ihm
vor Ärger und Verzweiflung fast die Sinne geschwunden.

Als sie dann unter Leitung des spanischen Offiziers
längs der Reling Aufstellung nahmen, bemerkte er, daß
er von allen der einzige war, der sich in den letzten vierundzwanzig Stunden rasiert hatte. Darum rieb er sich
jetzt rasch noch einmal über das Gesicht, um Schmutz
und Schweiß besser zu verteilen.

Als der Offizier nun auf die Kajüte des Kommandanten zuschritt, flüsterte Jackson: »Das habe ich mir gedacht, jetzt müssen wir schwören, daß wir von neutralen Schiffen geholt und zum Dienst in der Navy gepreßt wurden.«

»Was hilft uns das schon?« sagte Ramage. »Sie pressen uns jetzt einfach in ihren eigenen Dienst.«

»Das ist nicht sicher, und wenn sie es tun, ist es immer noch leichter, von einem spanischen Schiff zu entkommen, als aus einem spanischen Gefängnis. Wir müssen nur lauthals als neutrale Staatsbürger unsere Freiheit verlangen.«

»Ja«, sagte einer der anderen. Es war Will Stafford.
Sein Cockneydialekt strafte die Eintragung »Amerika«
Lügen, die in der Spalte: »wo geboren« des Musterbuchs
geschrieben stand. Wahrscheinlich hatte er diese Ein-
tragung nur mit Hilfe seines gekauften amerikanischen
Passes erreicht.

»Ja«, sagte Stafford noch einmal. »Wir müssen unser
Recht bekommen, man hätte uns von Anfang an nicht
pressen dürfen. Wir sind freie Männer!« Er sog die Luft
durch die Zähne, als wollte er damit seine persönliche

Unabhängigkeitserklärung unterstreichen. Dann fügte er hinzu: »Für Nick hier gilt natürlich das gleiche.«

Die Männer kicherten verlegen, aber Jackson zischte sie an: »Kinder, um Gottes willen vergeßt es nicht, er *ist* für uns jetzt Nick.«

Der spanische Offizier kam mit seinem Kommandanten zurück. Der war ein großer schlanker junger Mann mit schwarzem sorgfältig frisiertem Kraushaar. Ramage hatte sofort den Eindruck, daß ihm seine Freunde ein Adlerprofil zubilligten, während die Feinde nur von messerscharfen Zügen sprachen.

Einige Schritte von den Gefangenen entfernt machte der Mann halt, sah an ihrer Reihe entlang, als ob sie Vieh auf dem Markt wären, und sagte dann in vollendetem Englisch: »Ich habe also Leute vor mir, die fünf verschiedene Länder verraten haben.«

Jackson stellte ihm blitzschnell die Frage: »Was soll das heißen, Sir?«

»Keiner von Ihnen ist doch ein Engländer.«

»Nein, Sir.«

»Indem Sie dennoch für die Engländer kämpfen, verraten Sie Ihr eigenes Vaterland.«

»Wir hatten doch keine Wahl, Sir«, sagte Jackson so ehrlich entrüstet, daß man ihm bestimmt Glauben schenkte.

»Warum hatten Sie keine Wahl?«

»Wir wurden von den Engländern von unseren eigenen Schiffen heruntergeholt und mußten in ihre Dienste treten — sie hätten uns gehenkt, wenn wir uns geweigert hätten.«

»Ist das wahr?« fragte er Ramage.

»Jawohl, Sir. Diese Engländer kommen einfach an Bord und greifen die Leute, die sie brauchen — gewöhnlich sind es die besten. Damit ist der Fall für sie ausgestanden.«

»Sind Sie Amerikaner?«

»Jawohl, Sir.«

»Haben Sie denn keinen Paß, wie?«

»Jawohl, ich habe ihn den Offizieren gezeigt, aber sie nahmen keine Notiz davon.«

»Sie konnten doch darauf bestehen, daß man Ihre Staatsangehörigkeit achtet.«

»Das hätte zu nichts geführt, Sir, wir haben es alle dann und wann versucht. Man kann nur loskommen, wenn man irgendwie von Bord gelangt und einen amerikanischen Konsul findet, der sich über diesen ungesetzlichen Zwang beschwert. Dann müssen sie einen freigeben.«

»Warum haben Sie das denn nicht getan?«

Ramage brach in ein Gelächter aus, von dem er hoffte, daß es respektvoll und zugleich zynisch klang. »Wir durften doch in einem Hafen keinen Schritt an Land, Sir. Ich bin in den letzten zwei Jahren nur zweimal an Land gekommen — zum Holzhacken und zum Wasserholen.«

»Was heißt das?«

»Jawohl, Sir. Wir holten Holz, damit der Koch seinen Kessel heizen konnte und Wasser für unsere Wasserfässer an Bord. Das geschah immer an einsamen Küsten.«

»Gewiß, ich verstehe. Aber jetzt, meine Herren, bin ich sicher, daß Sie alle den Wunsch haben, in den Dienst Seiner Allerkatholischsten Majestät zu treten.«

»Wer ist denn das?« fragte Jackson in so überraschtem Ton, daß er sich dabei bestimmt nicht verstellte.

»Es ist mein Herr, der König von Spanien.«

»Vielen Dank, Sir«, sagte Jackson, »aber uns allen wäre es doch das liebste, wenn wir die Erlaubnis bekämen, nach Hause zurückzukehren.«

»Na schön«, sagte der Spanier kurz angebunden, weil

er sich ärgerte, daß ihm auf diese Art acht erstklassige Seeleute durch die Lappen gingen. »Ich lasse Sie also auf das Flaggschiff bringen. Vielleicht tut es Ihnen eines Tages leid, daß Sie sich nicht entschließen konnten, unter mir zu dienen.«

Mit diesen Worten verschwand er unter Deck. Ramage fragte sich, ob seine letzte Bemerkung nur die Folge seiner Gereiztheit war, oder ob sich hinter seinen Worten etwas Besonderes verbarg.

Der spanische Admiral saß in seiner großen Kajüte am Schreibtisch und sah Ramage und Jackson mit durchdringenden Blicken an. Dann wandte er sich halb ab und redete schnell auf den Dolmetscher ein. Der sagte:

»Seine Exzellenz möchte wissen, wann Sie zum letzten Mal britische Schiffe gesehen haben.«

»Vor vierzehn Tagen«, sagte Ramage.

»Wo war das?«

»Vor dem Kap Corse, eine Fregatte.«

Als der Dolmetscher dies dem Admiral mitgeteilt hatte, stellte er noch einige weitere Fragen, die offenbar dazu bestimmt waren, herauszufinden, wo sich die britische Flotte befand. Die Fragen waren abwechselnd an Ramage und an Jackson gerichtet.

Plötzlich wandte sich der Admiral selbst in schlechtem Englisch an Ramage: »Sie scheinen mir der Intelligentere zu sein. Wie viele Linienschiffe und wie viele Fregatten haben die Engländer Ihrer Meinung nach im Mittelmeer stationiert?«

Ramage tat, als zählte er die Schiffe an den Fingern ab, während er in Wirklichkeit überlegte, was er antworten sollte. Ob er übertrieb, daß sich der spanische Admiral aus Angst in den Hafen zurückzog, oder ob er die Zahl der Schiffe zu niedrig angab, daß Sir John

Jervis Gelegenheit hatte, ihm einen Schlag zu versetzen? Dann sagte er sich, daß Sir John fürs erste durch die Räumung von Korsika voll in Anspruch genommen war, die die Deckung starker Geleitzüge von Handelsschiffen verlangte. Darum entschied er sich für die Übertreibung.

»Ich nehme an, daß Sie mit etwa fünfzehn Linienschiffen zu rechnen haben, Sir. Die Zahl der Fregatten kann ich nur schätzen. Es dürften an die dreißig sein.«

Die Miene des Admirals verriet Überraschung. Das war für ihn eine schlechte Nachricht.

»Fünfzehn? Wie viele Dreidecker sind darunter? Nennen Sie mir Ihre Namen.«

Ramage zählte die Schiffe auf, die seines Wissens während der letzten Monate im Mittelmeer und auf dem Tejo gewesen waren, viele von ihnen hatten das Gebiet nachträglich wieder verlassen.

»Das macht doch im ganzen nur zwölf«, sagte der Admiral.

Jackson wußte sofort drei weitere Namen zu nennen, eins der Schiffe, sagte er, habe er vor Bastia und zwei einen Monat zuvor in der Nähe von Livorno gesehen.

»Warum wußten Sie nichts von diesen dreien?« wurde Ramage gefragt.

»Weil ich auf einem anderen Schiff war. Auf den Kutter« — er brachte den Namen *Kathleen* nicht über die Lippen — »kam ich erst vor vierzehn Tagen.«

»Schön. Ihr Kutter hat an der Räumung von Korsika teilgenommen, nicht wahr?«

Ramage wäre um ein Haar in die Falle gegangen. Er antwortete, ehe Jackson reden konnte: »Nein, Sir. Wir sollten für Order nach Gibraltar segeln. Das habe ich wenigstens am Wasserfaß gehört. Aber von der Absicht, Korsika zu räumen, war nie die Rede. Warum hätten sie das auch tun sollen?«

Jackson schüttelte den Kopf, als müsse er sich darüber ebenso wundern.

»Sie können gehen«, sagte der Admiral plötzlich.

Ramage wandte sich ab, aber Jackson hatte noch eine Frage:

»Sir, wir, das heißt die von der Fregatte herübergeschickt wurden, sind alle keine Engländer. Werden wir also freigelassen, wenn wir in den Hafen kommen?«

Der Admiral sagte mit betonter Würde: »Wir sind keine Kidnapper wie die Engländer. Wenn Sie also, wie ich hörte, nicht den Wunsch haben, meinem Herrn, dem König zu dienen, so will ich Ihrem Ansuchen nähertreten. Ich kann allerdings nicht umhin, Ihr Verhalten als undankbar zu bezeichnen, denn die Diener Seiner Majestät waren schließlich Ihre Retter.«

»Vielen Dank, Sir«, sagte Ramage, »wir sind Ihnen zutiefst verpflichtet. Als Ihre Schiffe längsseit kamen, sagten wir uns alle, jetzt schlägt für uns die Stunde der Freiheit!«

Damit schmierte er dem hohen Herrn dick Honig aufs Brot, noch dazu für eine Zusage, die er noch nicht einmal erfüllt hatte — er hatte ja nur gesagt, er werde ihrem Ansuchen nähertreten. Aber Ramage sagte sich, daß sein überschwenglicher Dank das beste Mittel war, von dem eitlen Mann auch die Erfüllung seiner Zusage zu erreichen.

Der Admiral hob abwehrend die Hände:

»Das ist doch nicht der Rede wert. Meine Offiziere werden dafür sorgen, daß Sie Essen und Kleidung erhalten.«

Ramage salutierte schwerfällig, Jackson tat desgleichen, dann verließen sie beide die Kajüte. Die anderen Männer standen an der Reling und plauderten so gut es ging mit den spanischen Matrosen. Von Zucht und Ordnung war hier nicht viel zu merken, einige Männer schliefen neben den Backgeschützen, andere lagen auf den gezurrten Hängematten, die in den Finknetzen längs der Verschanzung verstaut waren.

»Was gibt's Neues, Jacko?« fragte der Cockney-Matrose.

»Der Admiral« — er sah den Dolmetscher kommen und sprach darum etwas lauter —, »der Admiral hat uns versichert, daß wir freie Männer seien. Wir können an Land gehen, sobald wir einen spanischen Hafen erreichen.«

Da schrien die Männer Hurra und Ramage vermutete, daß ihnen Jackson das Zeichen dazu gegeben hatte. Auf jeden Fall taten die Hochrufe ihre Wirkung: Der Dolmetscher, der wahrscheinlich zugleich der Sekretär des Admirals war, bedankte sich im Vorübergehen mit einem freundlichen Lächeln. Da wußte Ramage, daß Jacksons Ankündigung und das Hurra der Männer dem Admiral nicht lange verborgen blieben.

Für Ramage war es nun besonders wichtig, die Stärke der spanischen Flotte zu ermitteln und die Absichten des Admirals zu erfahren — sowohl die ursprünglichen, die er jetzt wahrscheinlich verwarf, als auch die neuen, die an ihre Stelle traten. Zeit, das Ergebnis seiner Ermittlungen nach Gibraltar zu schaffen, stand ihm genügend zu Gebote.

Ein Rundblick gab ihm Antwort auf seine erste Frage: Er zählte genau zweiunddreißig Linienschiffe — mindestens sechs von ihnen waren Dreidecker — und ein Dutzend Fregatten (drei oder vier weitere mochten hinter der Kimm liegen). Der Cockney-Matrose Will Stafford lieferte ihm einige weitere Antworten, die er brauchte. Er erzählte ihm, die Fregatte, die die *Kathleen* schleppte, habe die Flotte verlassen (um sie nicht aufzuhalten, vermutete Ramage).

»Die Dons haben uns gesagt, sie hätten auf dieser Kreuzfahrt nicht viel Glück gehabt.«

»So, so.«

»Sie hätten den alten Jarvie durch das ganze Mittelmeer gejagt, aber sie hätten ihn nie zu Gesicht bekommen. Sie meinen, er hätte Angst davor, sich zu zeigen.«

»Damit haben sie auch recht, Will«, sagte Jackson, weil er merkte, daß ein paar spanische Offiziere anscheinend zufällig in Hörweite gekommen waren. »Der alte Jarvie legt gar keinen Wert darauf, der spanischen Flotte zu begegnen.«

»Nun, wie dem auch sei, jetzt läuft der Admiral Cartagena an, um Wasser und Lebensmittel an Bord zu nehmen. Darum meine ich auch, daß man uns dort an Land setzen wird.«

»Mir ist es gleich, wo er einläuft«, sagte Ramage, »wenn ich nur ein Schiff bekomme, das mich nach Hause bringt.«

»*Aye*«, stimmte ihm Jackson bei, »die Hauptsache ist, daß wir nach Hause kommen.«

Als vier Tage später die Ankertrosse durch die Klüse rauschte, drang der Geruch nach angesengtem Hanf bis achteraus zu Ramage, der an der Steuerbordreling stand und Cartagena bewunderte. Obwohl es fast dunkel war, konnte er beurteilen, wie glücklich sich Spanien schätzen durfte, einen Kriegshafen zu besitzen, der von allen Seiten so geschützt war. Hier türmten sich allenthalben hohe Klippen und Berge, die nicht nur den Stürmen und Unwettern der Natur, sondern auch dem Angriff feindlicher Flotten wirksam Schach boten.

Ramage scheute sich wie immer davor, unter Deck zu gehen. Er wußte sehr genau, wie es auf britischen Kriegsschiffen im Hafen unter Deck aussah, und machte sich in dieser Beziehung bestimmt nichts vor. Der jedem Mann nach den Bestimmungen zustehende Raum zum Schlafen maß sechs Fuß in der Länge, und einen Fuß

zwei Zoll in der Breite. In diesem Raum mußte er seine
Hängematte aufhängen. Ein Mann hatte also nur vierzehn Zoll oder sechsunddreißig Zentimeter in der Breite
Platz. Auf See stand ihm natürlich der doppelte Platz zur
Verfügung, weil unterwegs der größte Teil der Besatzung in zwei Wachen unterteilt war, die Steuerbord-
und Backbordwache genannt wurden. Für gewöhnlich
hängte nun ein Mann der Backbordwache seine Hängematte neben die eines Mannes der Steuerbordwache und
da einer der beiden immer auf Wache war, hatte der andere rechts und links eine leere Hängematte. Im Hafen,
wenn beide Wachen schliefen, lagen die Dinge ganz anders. Da die Decks nur sehr niedrig waren — gewöhnlich
maßen sie nur fünf Fuß vier Zoll, gleich einem Meter
sechzig oder noch weniger —, war das ganze Deck richtig vollgestopft mit schlafenden, schnarchenden und
schwatzenden Männern (und — allzuoft — auch Frau-
en), die Luft war oft so schlecht, daß die Laternen der
Wachtposten trieften und daß die Männer mit einem Geschmack im Mund aufwachten, als ob sie an einer Kup-
fermünze gelutscht hätten. Viele bekamen davon Kopfschmerzen, die ihre Sehkraft beeinträchtigten. Aber auf
einem britischen Schiff waren die Decks bei alledem sauber, fleckenlos sauber, und auch die Bilgen wurden durch
häufiges Pumpen tunlichst geruchlos gehalten.

Die unteren Decks der spanischen Kriegsschiffe waren
dagegen, so fand Ramage, schlimmer als der Viehstall
eines britischen Schiffes, wenn er vollgepfropft mit
Schweinen und Rindern war. Soviel er gesehen hatte,
wurde hier nur selten geschrubbt, Gemüsereste und zähe
Fleischbrocken, die die Matrosen nicht kauen konnten,
warfen sie kurzerhand über ihre Schulter, dann verfaulten sie in irgendeiner Ecke. Dazu kam noch der unvermeidliche Geruch nach Knoblauch. Er war schon schlimm
genug, wenn man irgendwo neben einem Spanier stand,

aber er packte einen mit unsichtbaren Fangarmen, wenn man unter Deck ging.

Ramage fühlte sich darum bestätigt, als er nach der ersten Nacht an Bord die entrüsteten Klagen seiner Leute hörte: Jackson schwor, er hätte noch nie von einem so schmutzigen Schiff geträumt, und Will Stafford sagte in seinem breiten Cockneydialekt, vergleichsweise rieche der Londoner Fleetkanal wie das Boudoir einer jungen Dame, obwohl er den Schmutz und den Kot von halb London der Themse zuführe. Wenn er fortan unter Deck ging, sagte er immer, er wolle das Fleet besuchen.

Jackson kam an Deck und sagte: »Rate einmal, was es heute zum Abendbrot gibt.«

»Bohnensuppe.«

»Woher weißt du das?«

»Wir haben sie doch bis jetzt zu jeder Mahlzeit bekommen.«

Der Sekretär des Admirals rief sie zu sich, bei ihm stand der Erste Offizier des Flaggschiffs. Dieser sprach nicht Englisch.

»Der Kommandant hat befohlen«, sagte der Sekretär, »daß Sie an Land gehen können, sobald ein Boot zur Verfügung steht. Das wird der Fall sein, wenn der Admiral mit seiner Suite und eine Anzahl von Offizieren das Schiff verlassen haben.«

»Bitte übermitteln Sie dem Kommandanten — und auch dem Admiral unseren Dank.«

»Das werde ich selbstverständlich tun. Sie werden fürs erste in einem bestimmten Gasthaus untergebracht.« Er machte eine Pause: »Es ist eine Bedingung für Ihre Entlassung, daß Sie in diesem Gasthaus bleiben, bis Sie Spanien verlassen.«

»Gewiß, Sir«, sagte Ramage. »Aber wie sollen wir die Rechnung bezahlen? Wir haben doch kein Geld. Die Engländer haben uns seit Monaten nicht bezahlt.«

»Das weiß ich, ich habe die Bücher Ihres Schiffes durchgesehen. Der Admiral war so großzügig, anzuordnen, daß Sie den ganzen Ihnen zustehenden Sold bekommen sollen. Der Erste Offizier hat das Geld und ich habe eine Abschrift über die Beträge, die jedem von Ihnen zustehen. Diese Abschrift gebe ich Ihnen und Sie zahlen den Männern das Geld aus.« Zu Jackson gewandt, fügte er hinzu: »Sind Sie und die anderen damit einverstanden?«

»Durchaus, Sir«, sagte Jackson ehrerbietig. »Nick hat unser aller Vertrauen.«

»Also schön.« Er gab Ramage ein Stück Papier und wechselte ein paar Worte mit dem Ersten Offizier. Dieser händigte Ramage einen kleinen Leinenbeutel aus, der, nach seinem Gewicht zu urteilen, offenbar das Geld enthielt. Zugleich hielt er ihm einen Zettel entgegen.

»Dies ist die Quittung für das Geld. Die müssen Sie unterzeichnen«, sagte der Dolmetscher. »Kommen Sie mit in meine Kammer, dort habe ich eine Feder.«

Ramage hätte das Geld gerne gezählt, um festzustellen, wieviel an der Summe fehlte, die auf der Quittung stand, aber dann entschloß er sich, es zu unterlassen, damit sie schnellstens an Land kamen.

Eine Stunde später entstiegen die acht ehemaligen Männer der *Kathleen* im Hafen einem Boot und folgten einem spanischen Matrosen zu dem Gasthaus — einem typischen Werbelokal für Seeleute. In Portsmouth, Plymouth oder auf dem Medway hätte sich jeder Seemann, der darin einkehrte, vor dem Wirt in acht genommen. Denn dieser hätte zunächst einmal ihn und seine Gefährten sinnlos betrunken gemacht und zu Bett geschickt. Dann hätte er einen Werber herbeigeholt (wenn er nicht selbst einer war), der die Betrunkenen an den Kapitän eines Kauffahrteischiffs verkaufte, der knapp an Besatzung war. In Kriegszeiten konnte es auch sehr

leicht sein, daß sie bei diesem Handel einem Marinepreß-
kommando in die Hände fielen.

Die acht Mann bekamen zwei Zimmer, aber Ramage
holte sie zunächst einmal zusammen, um ihnen ihr Geld
auszuzahlen.

»Ich habe für einen Betrag in spanischen Dollars
quittiert, der eurem Heuerguthaben entspricht«, sagte
er. »Aber ich fürchte, in diesem Beutel sind nicht so
viele Dollars wie er enthalten sollte.«

»Nein«, sagte Stafford, »da war schon der Zahlmeister dran, dann der Mann, der dir das Geld gab, und
zuletzt der Dolmetscher, das macht allein schon drei, die
da ein Reff eingesteckt haben.«

Ramage zählte die Münzen. Es fehlte wirklich genau
ein Drittel des ganzen Betrages.

»Die sind nicht um ein Haar besser als unsre Kerle«,
sagte Stafford in bitterem Ton. »Aber auch jeder . . .
ach, Nick, bitte verzeih mir . . .«

»Machen Sie sich keine Gedanken«, sagte Ramage,
»ich bin ja nicht erst gestern auf die Welt gekommen.
Aber auf diese Art bekommt jeder einzelne ein Drittel
weniger als ihm zusteht.«

Er zahlte das Geld aus, dann wies er auf die Tür und
sagte: »Jackson schauen Sie einmal nach . . .«

Jackson riß die Tür auf, es war kein Lauscher draußen.

»Schön«, sagte Ramage, »im Augenblick bin ich wieder euer Kommandant und muß euch folgendes sagen:
Die Spanier haben euch zwar befreit, aber ihr untersteht dennoch weiter den Kriegsartikeln, ihr untersteht
auch nach wie vor meinem Kommando. Nun kann jeder
von euch ohne weiteres die spanischen Behörden aufsuchen und dort sagen, wer ich bin. Niemand kann euch
daran hindern. Mit unseren Kriegsartikeln ist hier nichts
anzufangen, darum habe ich es nur eurer anständigen

Gesinnung zu danken, wenn ihr meinen Befehlen gehorcht. Wir haben nämlich alle eine Pflicht zu erfüllen, und ich schlage vor, daß wir unser möglichstes dazu tun. Aber ich möchte beileibe keinen zwingen, mit mir zu kommen. Alles was ich verlange ist, daß mir diejenigen, die in Spanien bleiben oder anderswo hinfahren möchten, die also *nicht* bei mir bleiben möchten, jetzt offen und rundheraus erklären, was ihre Absicht ist — und daß sie nichts tun, um mich zu verraten. Sobald ich es ohne Gefahr tun kann, werde ich sie von ihrer Dienstpflicht befreien. Nun, wer von euch möchte weg? Antwort.«

Man sah dem portugiesischen Matrosen an, daß er sich schämte.

»Ich habe meine Familie seit drei Jahren nicht mehr gesehen, Sir, und die Grenze . . .«

»Gut, Sie können gehen.«

»Verstehen Sie mich auch, Sir?«

Ramage hielt ihm die rechte Hand entgegen, um damit zu sagen, daß es für ihn keinen Hintergedanken gab, und der Portugiese griff eifrig danach: »Ich verspreche Ihnen, Sir, daß ich nie ein Wort sagen werde.«

»Das weiß ich«, sagte Ramage.

»Werden Sie verpflichtet sein . . .«

»Sie als Deserteur aufzuführen? Ja, offiziell obliegt mir das, aber ich habe ein schlechtes Gedächtnis für Namen, Ferraro. Wenn es erst soweit ist, werden wir uns kaum noch erinnern, wer Gefangener war und wer auf das Flaggschiff gebracht wurde.«

Ramage sah sich um: »Sonst noch jemand?«

Keiner rührte sich. Es war verdammt schwer, sicherzugehen. War unter den übrigen sechs Männern etwa doch ein gerissener Bursche, der wußte, daß er sich nur dienstwillig zu stellen brauchte, um Ramages Plan zu erfahren und ihn den Spaniern als wichtige Nachricht gegen hohen Preis zu verkaufen? Es war bei Gott schwer, sicher zu gehen, sehr, sehr schwer.

»Also schön, jetzt geht und laßt euch das Abendbrot schmecken. Aber seid mir ja vorsichtig mit dem Wein — denkt daran, daß er die Zunge löst. Ein Liter Roter könnte jedem von uns eine spanische Schlinge um den Hals eintragen.«

Die Männer zogen mit ihren Dollars klimpernd ab, nur Jackson blieb zurück.

»Wie ist es, Jackson, können wir den Burschen allen trauen?«

»Jedem einzelnen, Sir, Ferraro eingeschlossen. Sie können ihm nicht übelnehmen, daß er nach Hause will.«

»Das tue ich ja auch nicht.«

»Wäre es unverschämt, wenn ich Sie nach Ihrem Plan fragte, Sir?«

»Selbstverständlich können Sie mich fragen, aber vorläufig gibt es noch keinen Plan. Natürlich muß ich nun Sir John alles so schnell wie möglich mitteilen, was ich über die spanische Flotte in Erfahrung bringen kann. Im Augenblick weiß ich allerdings noch nicht, wie ich das anfangen soll.«

»Bis zum Felsen von Gibraltar ist es ja nicht weit, Sir. Wir könnten uns Pferde beschaffen . . .«

»Das ist zu gefährlich und zu mühsam. Erst ein langer Ritt und dann der schwierige und nicht ungefährliche Grenzübergang zum Felsen. Wenn uns die Spanier nicht unter Feuer nehmen, dann tun es womöglich unsere eigenen Grenzwachen.«

»Bleibt also nur die See, Sir.«

»Ja«, sagte Ramage, »wir sind doch Seeleute und keine Kavalleristen. Schiffe brauchen weder Schlaf noch Futter, doch ich habe beides jetzt dringend nötig. Morgen früh schauen wir uns gleich im Hafen um und sehen zu, was er uns zu bieten hat.«

12

Der Nachtschlaf hatte Ramage nicht erfrischt, er war so lange auf See gewesen, daß ihm die Ruhe in einem Bett, das sich nicht rührte, und einem Raum, der nicht in allen Fugen knackte, unnatürlich und störend erschien. Seine Schlaflosigkeit hatte ihm obendrein zu der Erkenntnis verholfen, daß er seine Strohmatratze mit einer Anzahl kleiner Geschöpfe teilte, deren hartnäckiges und aufreizendes Wesen einen ganz und gar unspanischen Eindruck machte.

Jetzt sah er sich in dem Zimmer um, wo die sieben Männer wieder versammelt waren und nickte dem Portugiesen zu: »Sie wollen uns ja nun verlassen, Ferraro. Was ich mit den anderen noch zu besprechen habe, geht Sie also nichts an, aber Sie können uns von Nutzen sein, indem Sie sich ins Empfangzimmer setzen und die Treppe beobachten, damit niemand an dieser Tür lauschen kann.«

Sobald der Portugiese verschwunden war, faßte Ramage die verbliebenen sechs Männer ins Auge. Es war ein buntscheckiges Völkergemisch, Kosmopoliten — aber solche Worte trafen kaum das Richtige. Das beste war, er nahm sich jeden einzelnen vor, wenn sich seine Worte dabei nur nicht ausnahmen wie der Schwulst eines Geistlichen. Die Männer beobachteten ihn, aber sie sahen eigentlich nur die tiefliegenden braunen Augen, die jetzt mit scharfem Blick von einem zum anderen wanderten. Keiner der Männer schien zu bemerken, daß er diesmal nicht seine blaue, goldbestickte Leutnantsuniform trug, sondern in einer Hose und einem Hemd vor ihnen stand, die sogar noch verschlissener und abgetragener waren als ihre eigenen. So stark war die Wirkung seiner Persönlichkeit, von der er selbst keine Ahnung hatte.

»Ihr kennt ja jetzt die Lage«, begann er, »denn ich habe euch gestern darüber unterrichtet. Ihr seid alle frei, ihr braucht nie mehr in der Royal Navy zu dienen, denn ihr seid ja alle Ausländer. Wie ich« — er mußte lächeln — »so habt auch ihr Dokumente in der Hand, die euch als Bürger fremder Staaten ausweisen. Aber ungeachtet meines ausgezeichneten amerikanischen Passes bin ich doch nach wie vor ein Offizier meines Königs, mein Land ist in einen ernsten Krieg verwickelt, und ich habe daher meine Pflicht zu tun. Mit Ausnahme von Ferraro wart ihr gestern alle gewillt, mit mir weiterzudienen. Ihr hattet die Nacht zur Verfügung, um diesen Entschluß noch einmal zu überdenken. Hat einer von euch daraufhin etwa seine Absicht geändert? Wenn ja, dann möge er sich offen äußern. Ihr habt mir alle gut und treu gedient, darum verspreche ich euch, daß ich mir keine Namen merken werde, so daß keiner von euch als ›Deserteur‹ gebrandmarkt werden kann. Wenn ihr bei mir bleiben wollt, muß ich euch allerdings sagen, daß ihr dann bestimmt nicht mehr Sicherheit genießen werdet als auf der *Kathleen*.«

Keiner sagte ein Wort, es schien auch keinen zu geben, der weg wollte, sich aber vor den anderen schämte, es zu sagen. Jackson hatte also recht gehabt. Endlich sog Stafford die Luft durch die Zähne — die unvermeidliche Einleitung zu allem was er sagte — und ließ sich mit breitem Grinsen vernehmen: »Verzeihung, Sir, aber auf so leichte Art und Weise werden Sie uns nicht los.«

»Danke«, sagte Ramage fast demütig. Weil er noch jung war, meinte er, die Männer müßten verrückt sein, eine solche Gelegenheit ungenutzt zu lassen. Zum mindesten war er fair gegen sie gewesen, indem er ihnen zweimal die Freiheit angeboten hatte.

»Da ist nur eins, Sir, was noch geklärt werden müßte«, fuhr Stafford fort und sein Ton bewirkte, daß Ramage der Mut sank. Da war sie also, die Falle, die Bedingung, die Pistole, die auf seinen Kopf zielte.

»Und das wäre?« Er gab sich Mühe, seinen verbindlichen Ton beizubehalten.

»Unsere Heuer, Sir. Wie steht es denn damit? Wir haben ja ein paar Dollars erhalten, aber ich habe mir sagen lassen, daß die Zahlung der Heuer eingestellt wird, wenn einer in Gefangenschaft gerät. Das ist gewiß nicht fair gegen den, den es trifft, aber ich habe es nun einmal so gehört.«

Ramage versuchte, die Erleichterung nicht zu zeigen, die er über Staffords Einwand empfand, obwohl er nicht wußte, was er ihm darauf antworten sollte. Je mehr er aber darüber nachdachte, desto mehr gewann er die Überzeugung, daß die Heuer in der Tat gestoppt wurde. Wenn obendrein das alte Musterbuch verloren war — wie bei der *Kathleen* —, dann hatte es der einfache Matrose doppelt schwer, von den geriebenen Zahlmeistern im Marineamt die ihm zustehende Heuer herauszuschinden. Ramage hatte wenigstens noch einiges Geld in der Tasche, darum konnte er mit gutem Gewissen sagen: »Sie bekommen jeden Penny, der Ihnen zusteht, dafür werde ich sorgen. Bis heute sind Sie ja dank dem spanischen Admiral abgefunden, nur die Abzüge des spanischen Zahlmeisters mußten Sie sich gefallen lassen.«

Darüber erhob sich lautes Gelächter. Zahlmeister waren ja wegen der Spitzfindigkeiten berüchtigt, die ihnen immer wieder neue Möglichkeiten boten, die Bezüge der Männer zu kürzen.

»Die Kürzungen waren nicht so schlimm, Sir«, sagte

Stafford mit einer philosophischen Regung. »Man zieht uns ja auch den vierten Teil ab, wenn wir unsere Gutscheine verkaufen. Zuweilen ist es sogar mehr, es hängt ganz von den Umständen ab.«

Ramage wußte nur zu genau, daß er damit die volle Wahrheit sagte. Es war in der Tat ein schreiendes Unrecht im Bereich der Navy, daß der Seemann normalerweise am Ende der Indiensthaltung seines Schiffes ausbezahlt wurde und dabei für gewöhnlich Gutscheine erhielt, die er nur bei der Zahlstelle des Hafens einlösen konnte, wo das Schiff in Dienst gestellt worden war. Dieser Hafen war nur selten der gleiche wie der, in dem er seine Heuer erhielt, darum war er oft genug gezwungen, seinen Gutschein an irgendeinen Schieber zu verkaufen, der ihm nur die Hälfte oder drei Viertel des nominellen Wertes dafür zahlte. Dann legte ein solcher Schieber die Gutscheine gebündelt bei der zuständigen Zahlstelle vor und kassierte dafür — natürlich — den vollen Gegenwert.

Sechs Mann waren es also im ganzen. Drei von ihnen hatten echte Pässe, die sie als Amerikaner auswiesen, aber nur einer davon, Jackson, war wirklich einer. Es folgte ein Genuese, Bürger der Republik Genua, die allerdings inzwischen von den Franzosen überrannt worden war und, soweit Ramage wußte, erst kürzlich einen anderen Namen erhalten hatte. Der nächste war ein Däne, dessen Land sich einer vorsichtigen Neutralität befleißigte, weil es im Osten vom Zaren aller Reußen, im Süden von den Franzosen überwacht wurde. Der letzte war ein junger Mann aus Westindien. Ramage hatte vorläufig noch nicht die leiseste Ahnung, was er tun wollte, dennoch wußte er jetzt schon, daß ihrer aller Leben und der Erfolg seines Planes unter Umständen von der Tapferkeit, dem Geschick oder der Treue eines einzigen dieser Männer abhing. Es war daher von wesentlicher Bedeutung, daß er mehr über jeden einzelnen von ihnen in Erfahrung brachte — Jackson natürlich ausgenommen, denn dieser hatte sich ja längst in schwierigsten Lagen bestens bewährt.

Will Stafford, der Cockney mit dem amerikanischen Paß, war auf der *Kathleen* immer einer der Muntersten und Beliebtesten gewesen. Eine Stupsnase saß in seinem runden Gesicht, sein untersetzter Körper und sein stelzender Gang erinnerten Ramage unwillkürlich an einen Londoner Täuberich. Nur die feingeformten Hände des Mannes gaben ihm ein Rätsel auf. Er hatte die Gewohnheit, Daumen und Zeigefinger aneinander zu reiben, als ob er die Qualität eines Stückes Stoff prüfen wollte.

»Was waren Sie eigentlich, ehe Sie Seemann wurden?«

»Schlosser, Sir.«

»Haben Sie bei Nacht an den Schlössern gearbeitet, oder bei Tage?«

»Ha, ha«, lachte Stafford. »Immer bei Tage, Sir, ich habe nie etwas Unrechtes getan. Mein Vater hatte eine Schlosserei in der Bridewell Lane.«

»Sie waren also bei Ihrem Vater in der Lehre?«

»Mein Vater brachte mir das Handwerk bei, aber in der Lehre war ich nicht bei ihm. Das war mein Unglück. Das Preßkommando hätte mich nicht wegholen können, wenn wir einen Lehrvertrag unterschrieben hätten.«

So war das also, dachte Ramage. Will Stafford ist einfach deshalb Seemann geworden, weil er den Vertrag nicht unterschrieben hatte, der ihn zu einem Lehrling seines Vaters machte. Nach dem Gesetz durften nämlich Lehrlinge von den Preßkommandos nicht zum militärischen Dienst gezwungen werden. Ein Schlosser war er also, das erklärte vielleicht diese feinen Hände. Hmm.

»Sagen Sie, Stafford, könnten Sie unter Umständen ein Schloß knacken?«

»Ein Schloß knacken, Sir?« rief er fast beleidigt aus. »Herstellen, Knacken oder Reparieren, das ist für mich alles ein und dasselbe.«

Henry Fuller, der große kantige Mann, der jetzt in ungezwungener Haltung neben Stafford auf dem Boden hockte, erinnerte Ramage immer an einen Hummer, den man achtlos in die Ecke geworfen hatte. Er war ein Mann, den außer Fischen so gut wie nichts interessierte. Ein großer Fisch, der im klaren Wasser des Mittelmeers gut sichtbar um das Schiff schwamm, was für ihn verlockender als das schönste Mädchen auf der Pier oder ein Krug Ale im Wirtshaus.

Ramage wußte von Southwick, daß Fuller im Hafen jedesmal um die Erlaubnis bat, auf der Back angeln zu dürfen. Er selbst hatte oft genug gehört, wie er über die Möwen fluchte oder beim Auftauchen von Fischen begeisterte Rufe ausstieß. Fuller war ein wortkarger Mensch. Der große, hagere Mann mit dem schmalen, kantigen Gesicht, dem grauen Bürstenkopf und dem schmallippigen Mund, in dem es nur ein paar tabakbraune Zähne gab, die alle nach verschiedenen Richtungen zeigten, erinnerte unwillkürlich an die großen Staknetze längs der Küsten von Norfolk und Suffolk. Ramage konnte am Dialekt des Mannes nicht klar erkennen, aus welcher dieser beiden Grafschaften er stammte.

»Waren Sie von jeher Fischer, Fuller?«

»Jawohl, Sir.«

»Woher stammen Sie eigentlich?«

»Ich bin in Mutford geboren, Sir. Das liegt ganz dicht bei Low'stoff.«

Lowestoff war einer der größten englischen Fischereihäfen. Seine Einfahrt war von Sandbänken umgeben, die bei jedem Sturm ihre Lage veränderten. Fuller war als Fischer ebenfalls vor Preßkommandos geschützt.

»Sind Sie denn freiwillig zur Navy gekommen?«

»Jawohl, Sir. Diese verdammten Frenchies, ein Kaperschiff aus Boulogne, haben mir mein Boot gestohlen. Es war nur ein kleines Fahrzeug, aber alles was ich besaß. Ich hasse diese Burschen, Sir, sie haben mir richtig das Handwerk gelegt, denn seitdem gibt es für mich kein Fischen mehr.«

Als nächsten sah sich Ramage den blassen, schwarzhaarigen, jungen Mann aus Genua näher an, der ungefähr so alt sein mußte wie er selbst. Trotz seiner groben ungepflegten Züge war er auf seine Art hübsch zu nennen, dabei wurde er dick, was bei der Verpflegung an Bord eines Kriegsschiffs wirklich ein Kunststück war. Alberto Rossi — Ramage freute sich, daß ihm sein Name gerade noch rechtzeitig einfiel, denn an Bord hieß er immer nur »Rosey« — sprach ganz leidlich Englisch und war neben Stafford der lustigste Mann an Bord gewesen.

»Wie kommt ein Genuese dazu, in der englischen Navy zu dienen?«

»Ich war auf einem französischen Kaperschiff, Sir. Eine englische Fregatte brachte uns auf. Ihr Kommandant sagte zu mir: ›Rossi, junger Mann, auf einer Gefangenenhulk bekommen Sie sehr wenig zu essen, warum nehmen Sie also nicht das Handgeld und mustern freiwillig bei mir an?‹ Er sagte mir noch, dieses Handgeld von fünf Pfund sei ein besonderes Geschenk, das der König gestiftet habe. So kam es, daß . . .« Er zuckte die Schultern und schwieg.

»Möchten Sie Genua nicht wiedersehen?«

Rossi legte seinen Zeigefinger an die Nase, weil er wußte, daß Ramage diese Geste verstand. »Für mich, Sir, hat Genua ein ungesundes Klima.«

»Was haben Sie denn getrieben, ehe Sie auf ein Kaperschiff gerieten?«

»Mein Vater war an einem Schoner beteiligt, sein Anteil war nur klein. Meine fünf Brüder und ich waren die Besatzung, der Kapitän war ein Lump, er besaß alle übrigen Anteile.«

»Und . . .?«

»Er hat uns ständig betrogen, Sir. Eines Tages fiel er über Bord und wir segelten das Schiff nach La Spezia. Dann hörten wir, daß der Kapitän wie durch ein Wunder nicht ertrunken war, er schwamm und wurde gerettet. Darum sind wir so schnell wie möglich weitergesegelt. Den Schoner kaufte uns ein Franzose ab, der ein schnelles Kaperschiff suchte. Ich blieb bei ihm an Bord.«

»Und in Genua sind jetzt Lügen über Sie im Umlauf«, meinte Ramage ironisch, »es heißt, Sie seien ein Pirat und hätten versucht, Ihren Kapitän zu ermorden, nicht wahr?«

»Jawohl, Sir, so sind die Leute, sie zerreißen sich das Maul, wo sie können.«

Jetzt waren noch zwei Mann übrig: der eine war blond, er hatte ein leuchtendrotes Gesicht und eine Nase, deren Rücken gebrochen war und die darum senkrecht statt schräg im Gesicht saß. Der zweite war ein dunkelhäutiger Westindier. Der blonde war ein Däne, aber Ramage konnte sich nicht an seinen Namen erinnern. Darum fragte er ihn danach.

»Ich heiße Sven Jensen, Sir, aber man nennt mich Sechser.«

»Sechser? Ach ja; fünf, sechs, sieben. Woher stammen Sie eigentlich?«

»Aus Naerum, Sir. Das ist ein Dorf nördlich von Kopenhagen.«

»Und was haben Sie getan, ehe Sie zur See gingen?«

»Da war ich Preisboxer, Sir. Sie gewinnen fünf Kronen, wenn Sie mich zu Boden schlagen, ehe eine halbe Stunde um ist.«

»Haben Ihre Gegner je gewonnen?«

»Nie, Sir, nicht ein einziges Mal. Ich habe eine kräftige Linke, müssen Sie wissen. Ich nenne sie meine ›Fünf-Kronen-Linke‹.«

Abgesehen von Jackson, überlegte Ramage, habe ich also einen Schlosser, einen Fischer, einen Piraten, der auch vor einem Mord nicht zurückschreckt, einen Preisboxer und einen farbigen Seemann, der an Bord nur Max genannt wurde.

»Nun, Max, sagen Sie mir, wie Sie mit Ihrem vollen Namen heißen und woher Sie stammen.«

Max grinste ihn fröhlich an, er hatte die Frage vorausgesehen und die Antworten darauf schon bereit:

»James Maxton, Sir, einundzwanzig Jahre alt, Religion römisch-katholisch, geboren in Belmont, Freiwilliger, Dienstgrad: Matrose.«

Maxtons Litanei verriet, daß er offenbar schon an Bord verschiedener Schiffe gedient hatte und die Bezeichnungen der Spalten im Musterbuch kannte, in denen die Einzelheiten über jeden Mann neben seinem Namen verzeichnet wurden.

»Wo ist denn Belmont?«

»Auf Grenada, Sir. Gegenüber der Lagune am Kielholplatz von St. George. Es ist ein herrlicher Fleck Erde, Sir«, fügte er stolz hinzu. »Wir haben dort starke Forts, die uns beschützen!«

»Und was haben Sie getan, ehe Sie zur See gingen?«

»Da habe ich in einer Zuckerplantage gearbeitet, Sir. Wir schnitten das Zuckerrohr mit einer Machete.«

»Dann können Sie also gut mit einem Entermesser umgehen.«

Jackson pfiff leise durch die Zähne und Ramage sah ihn darum fragend an.

»Werfen Sie einen Apfel in die Luft, Sir, und er spaltet ihn in zwei Hälften und eine dieser Hälften nochmals in zwei Teile, ehe er den Boden erreicht.«

»Ich kam sozusagen mit einer Machete in der Hand auf die Welt«, sagte Maxton bescheiden.

Das sind also meine sechs Mann, überlegte Ramage. Sie sind allesamt ausgezeichnete Seeleute, aber jeder von ihnen hat — wenn das der richtige Ausdruck ist — die Finger auch noch in einer anderen Suppe.

»Gut, gehen wir zum Frühstück. Achtet mir auf eure Zungen, der Wirt versteht wahrscheinlich etwas Englisch und meldet den spanischen Behörden ganz bestimmt alles, was er herausbekommt.«

Die frostige Morgenluft erinnerte Ramage daran, daß der Dezember nahe war. Tagsüber ließ ihn jedoch die Sonne nicht vergessen, daß Cartagena in Spanien lag. Stinkende Abfallhaufen verpesteten hier überall die Straßen, willkommene Jagdgründe für Fliegen, Bettler und ganze Scharen armer, halb verhungerter Hunde. Die Glocken der Kathedrale ließen ihr schwermütiges Geläut vernehmen, als er der Plaza del Rey zustrebte. Dort führte das Haupttor durch die mächtige Mauer, die die Stadt von allen Seiten umgab. Die gelangweilten Posten, die es bewachten, fanden es nicht der Mühe wert, ihn anzuhalten.

Gleich außerhalb des Tors lag ein zweiter Platz, an seine Außenseite grenzte ein großes, rechteckiges Hafenbecken, das nur an einem Ende eine Ausfahrt zur See besaß. An einem langen niedrigen Gebäude diesseits des Beckens waren Berge von Tauwerk gestapelt. Wahrscheinlich war dies die Taklerwerkstatt, an die gleich daneben die Segelmacherei grenzte. An die Landseite des Werftbeckens grenzte ein großer Holzteich, in dem mächtige Stämme schwammen, bis sie reif zur Ver-

arbeitung waren oder weil man verhindern wollte, daß
die Sonnenhitze das Holz zerriß. Gleich daneben senk-
ten sich zwei große Slips schräg in das Becken; auf
dem einen waren Schiffbauer mit Krummäxten am Werk,
neue Planken zuzuhauen, die am Rumpf eines kleinen
Schoners die verfaulten ersetzen sollten.

Ramage wandte sich nach links und ging der See zu.
Dabei kam er an die Muralla del Mar, den langen
Kai, der sich an der Landseite des großen, von allen
Seiten geschützten Außenhafens hinzog. Als er von wei-
tem durch die schmale Einfahrt die weißen Kämme der
Wogen erspähte, wurde ihm klar, daß er immer noch
unterschätzte, wieviel Schutz die Natur allein diesem
herrlichen Hafen verschaffte.

Zu seiner Rechten erstreckte sich eine Halbinsel mit
hohen Bergen weit in die See hinaus und bildete die
Westseite der Einfahrt. Ihre beiden höchsten Gipfel
waren von kleinen Burgen gekrönt, weiter unten an den
Hängen hatte man da und dort natürliche flache Stufen benutzt, um Batterien einzubauen, die in verschiedener Höhe lagen.

Zu seiner Linken waren die Berge sogar noch höher
und ragten noch weiter in die See hinaus. Sie bildeten
die Ostseite des Hafens und waren ebenfalls da und
dort mit Batterien bestückt. Fast in Meereshöhe lag weit
draußen ein Fort, das die Einfahrt schützte.

Braungebrannt, zahnlos und runzlig wie eine Walnuß
saß ein alter, schäbig gekleideter spanischer Fischer am
Fuß der großen Mauer und flickte sein Netz. Er nickte
Ramage freundlich zu und dieser sagte sich, daß ihm
der Alte sicherlich so nützlich sein konnte wie eine Karte
des Hafens. Er erwiderte seinen Gruß ebenso freundlich und betrachtete dann die spanische Flotte, die hier
vor Anker lag. Ihre Masten waren so zahlreich, daß der
Hafen aussah wie ein Wald kahler Bäume, und der

Schiffsrümpfe waren so viele, daß sie einander überlappten.

Aufmerksam zählte er sie ... Siebenundzwanzig Linienschiffe und zwölf Fregatten, mehr waren es nicht. Ein paar Stunden vor dem Einlaufen in Cartagena, als Ramage das letzte Mal Gelegenheit hatte sie zu zählen, hatte die Flotte noch aus zweiunddreißig Linienschiffen und sechzehn Fregatten bestanden. Also hatte Jackson doch recht gehabt, als er meinte, es seien auch Franzosen dabei gewesen. Das waren wohl die fehlenden fünf Linienschiffe und drei Fregatten. Da sie so weit nach Westen mitgekommen, aber jetzt nicht mehr da waren, mußten sie durch die Straße von Gibraltar in den Atlantik hinausgesegelt sein. Waren sie dabei abgefangen worden? Das war sehr unwahrscheinlich, denn in diesem Gebiet gab es zur Zeit nur sehr wenige britische Schiffe. Wichtiger war die Frage, ob sie auf britische Geleitzüge gestoßen waren, die von Korsika oder Elba kamen.

Wie lange sollte die spanische Flotte hier im Hafen bleiben? Und was war von dieser Flotte zu halten? Die Spanier hatten als Kriegsschiffbesatzungen einen umstrittenen Ruf, aber alle waren sich darüber einig, daß sie es verstanden, großartige Kriegsschiffe zu bauen. Es hieß, viele von diesen Schiffen seien von einem irischen Renegaten namens Mullins entworfen worden, aber wie dem auch war: die Flotte, die hier vor Anker lag, hatte bestimmt kaum ihresgleichen. Ihr Prunkstück — das größte Schiff der Welt — war der Vierdecker *Santisima Trinidad*, das Flaggschiff, das abgesehen von seiner Größe durch seinen rot-weiß abgesetzten Rumpf in die Augen stach. Dieses Schiff hatte hundertdreißig Geschütze — einige sagten sogar hundertsechsunddreißig —, während die sechs in ihrer Nähe liegenden Dreidecker nur deren einhundertzwölf besaßen.

Ramage war sich darüber klar, daß er den Anblick dieser Schiffe bis an das Ende seiner Tage nicht werde vergessen können, und er fühlte, wie sich sein Herz zusammenkrampfte bei dem Gedanken, welche Vernichtungskraft ihnen innewohnte. Was hatte England ihnen entgegenzustellen? Die Navy war über die halbe Welt zerstreut — sie blockierte die französische Flotte in Brest, sie schützte den Tejo gegen spanische Angriffe auf Portugal. Sie hielt im Indischen Ozean und am Kap der Guten Hoffnung Wache zugunsten der Schiffe der ehrenwerten Ostindischen Kompanie, sie hielt von den Stationen auf den Inseln über und unter dem Winde aus ihre Hand über Westindien und Jamaica, sie hatte endlich Dutzende von Geleitzügen zu beschützen... Und hier, in diesem einzigen Hafen, lagen ein Schiff mit hundertdreißig Kanonen, dazu sechs mit je hundertzwölf, zwei mit achtzig und achtzehn mit vierundsiebzig Geschützen.

Verschiedene von den großen Schiffen und einige Fregatten zeigten Spuren der unlängst beendeten Kreuzfahrt. Viele hatten ihre Rahen an Deck geholt, einige hatten sie sogar zu Wasser gefiert, weil sie so schwer mitgenommen waren, daß sie zur Reparatur in die Werft geschleppt werden mußten. Plötzlich wurde er gewahr, daß weder die *Kathleen*, noch ihr Kaperer im Hafen zu sehen waren.

Er wandte dem Hafen den Rücken, um mit dem alten Fischer einige Worte zu wechseln. Der ließ das Netz und die lange, hölzerne Nadel sinken und fragte, da ihm anscheinend der Akzent auffiel:

»Sind Sie Franzose?«

»Nein, ich bin Amerikaner. Gestern bin ich mit der Flotte hier eingelaufen. Ich muß schon sagen, Sie haben einen wunderschönen Hafen.«

»Ja, das kann man wohl sagen!« rief der Alte begeistert. »Man kann fast bei jedem Wind einlaufen. Nur auf den Felsen von Santa Anna hat man dabei zu achten, das ist alles.«

»Wo ist denn dieser Felsen von Santa Anna?« fragte Ramage.

»Da drüben«, sagte der Alte und deutete auf das Ostende der hohen Berge und Klippen, die zu ihrer Linken weit in die See hinausragten. »Können Sie die Geschütze dort sehen? Das ist die San Leandro-Batterie. Dann kommt als zweite die Sante Florentina-Batterie. Das Fort dort, ganz unten auf der kleinen Landspitze — sehen Sie es? Das ist das Fort Santa Anna auf der Santa-Anna-Spitze. Genau querab von der Santa-Anna-Spitze ist der Santa-Anna-Felsen. Er ist sehr gefährlich. Sie können ihn von hier aus jetzt nicht sehen, weil er vom Flaggschiff verdeckt wird. Und da drüben liegt die Trinca-Botijas-Spitze, auch dort befindet sich eine Batterie. Ach diese Kanonen! Sie verderben die ganze Fischerei, verstehen Sie das? Der Lärm vertreibt die Fische. Sie behaupten zwar, das stimme nicht, aber wie kommt es dann, daß sich nach einem Übungsschießen kein Fisch mehr zeigt? Wenn der Lärm nicht daran schuld ist, was, meinen Sie, könnte sie sonst vertreiben?«

»Ohne Zweifel ist der Lärm daran schuld«, sagte Ramage sogleich. »Schießen sie denn oft?«

»Nein, Gott sei Dank nicht«, sagte der Fischer. »Haben Sie je gehört, daß eine Regierung gern Geld ausgibt? Sammeln, ja, das tun sie immerzu. Steuern, Steuern und nochmals Steuern! Aber Geld für Pulver und Kugeln ausgeben? Nein, das fällt ihnen nicht ein. Und das Pulver, das sie haben, ist auch noch hundsschlecht. Lassen Sie sich erzählen, was geschah, als die Sante-Florentina-Batterie ihre letzte Schießübung abhielt. Es war geradezu lächerlich. Alle zehn Geschütze hätten auf einen Schlag losgehen sollen, aber nur eines machte mit. Als man dann die anderen neun entlud, stellte sich heraus, daß das Pulver schlecht war. Es war erstens feucht und zweitens minderwertig. Wir Fischer können immerhin froh sein, daß es so ist, denn sonst müßten wir verhungern.«

»Schlechtes Pulver gibt guten Fang, so viel ist sicher«, stimmte ihm Ramage bei. »Aber was ist denn hier auf dieser Seite los?« Dabei zeigte er auf die Berge zur Rechten. »Gibt es auch dort Felsen, vor denen man sich in acht nehmen muß?«

»Nein, keinen einzigen«, sagte er, »nur diese nächsten Berge dort« — er zeigte auf zwei kleine Zuckerhüte mit einem steilen Berg dahinter (Ramage schätzte, daß er bis zu der Befestigung auf dem Gipfel mindestens zweihundert Meter hoch war) —, »sie machen den Wind unstet, wenn er aus nordwestlicher Richtung kommt. Ich habe schon viele Dreidecker gesehen, deren Segel hier plötzlich backschlugen und die dann fast bis Santa Anna weitersegeln mußten, ehe sie rundbrassen konnten. Dann setzten sie ausgerechnet auch noch dieses Mauerwerk obenauf, das den Wind noch mehr kreiseln läßt. Castello de Galeras nennen sie den Steinhaufen, na, ich könnte mir einen besseren Namen ausdenken. Und die Batterie dort unten, fast am Strand — wissen Sie, wie die heißt? Apostolado-Batterie — haben Sie Worte? Das ist doch einfach Gotteslästerung. Kein Apostel würde einem Fischer Böses zufügen, denken Sie nur an den heiligen Petrus. Aber diese verfluchten Artilleristen kennen da keine Rücksicht.

Sehen Sie auch den hohen Berg dahinter, an der Einfahrt? Das ist die Punta de Navidad mit — Sie werden es erraten — noch einer Batterie von Geschützen. Ich habe unserem Pfarrer immer und immer wieder gesagt, daß es eine Gotteslästerung ist, Batterien nach heiligen Menschen und Dingen zu benennen, da diese Kanonen nur die Fische vertreiben und anständige Leute wie mich zum Hungern verurteilen, nachdem sie vom Abend bis zum Morgen ihre Netze ausgelegt und eingeholt haben.«

Ramage nickte in ehrlichem Mitgefühl, zugleich aber fiel sein Blick auf einige der kleinen Küstenschiffe, die am Kai lagen und ihre Ladung löschten. Das am nächsten liegende dieser Fahrzeuge hieß *La Providencia* und war eine Schebecke. Sie konnte als erlesenes Beispiel eines der schönsten Schiffstypen der Welt gelten, der, obwohl von geringer Größe, doch erstaunlich schnell war.

Die Schebecke hatte den schlanken, glatten Rumpf einer venezianischen Galeere, nur war sie um ein weniges breiter. Ihr langgezogenes, zierliches Heck und ihr elegantes Bugspriet kamen gegenüber den plumpen pausbäckigen Linien der in der Nähe liegenden Kriegsschiffe besonders zur Geltung. Das Achterschiff verlief in einer anmutigen Kurve und wurde dabei immer schmäler, bis es am Heck seinen Abschluß fand, das ein ganzes Stück über das Wasser ragte. Aber einem Auge, dem Mittelmeerfahrzeuge nicht vertraut waren, bot die Takelage dieses Schiffes ein besonders seltsames und überraschendes Bild. Die Schebecke hatte drei Masten mit Lateinersegeln. Ihr Großmast stand auf und nieder, der Fockmast war nach vorn, der Besanmast nach hinten geneigt. Jeder dieser Masten trug längsschiffs eine lange, dünne Rah, die schräg an ihrem Fall hing und mit der vorderen Nock bis zum Deck herunterreichte. Ihr eigenes Gewicht verlieh ihr eine anmutige Krümmung. Die dreieckigen Segel waren im Augenblick festgemacht, aber alles was Ramage sah, bestätigte ihm die allgemeine Meinung, daß dies eine der einfachsten und zugleich leistungsfähigsten Besegelungen war, die es gab.

La Providencia war das einzige Fahrzeug am Kai, das keine Ladung löschte. Sie hatte an beiden Seiten Relingspforten für Geschütze und hinter jeder dieser

Pforten noch eine viel kleinere Öffnung zum Durchstecken eines Riemens. Bei Flaute konnte sie also auch gerudert werden. Ramage vermutete, daß *La Providencia* zur Zeit wahrscheinlich als Kaperschiff diente. Sie hatte neue Segel und ihre Takelage sah ebenfalls neu aus. Ihr Anstrich war für ein Fahrzeug viel zu schön, das dauernd Güter laden und löschen mußte. Er nickte dem alten Fischer zum Abschied noch einmal zu und schlenderte dann langsam den Kai entlang, um sich die Schebecke noch einmal genauer anzusehen. Ja, durch die Pforten konnte man erkennen, daß auch die Rücklaufstopper und die Richttaljen für die Geschütze alle nagelneu waren. Offenbar hatten die Eigentümer des Fahrzeugs sich gesagt, daß sie jetzt, nach dem Kriegseintritt Spaniens, als private Kaperer viel mehr Geld machen konnten als mit gewöhnlicher Handelsschifffahrt, zumal die von der Levante kommenden britischen Frachtschiffe nur wenige Meilen südlich von Cartagena passieren mußten, um durch den »Darm« zu gelangen, wie die Straße von Gibraltar seit Generationen von Seeleuten hieß. Diese Rechnung ging ganz bestimmt auf.

An Deck war nur ein einziger Mann zu sehen. Ramage setzte sich auf den nächsten Poller, rieb sich die Stirn, als ob er schwitzte, und benahm sich im übrigen ganz so, als hätte er Zeit in Fülle. Langsam und sorgfältig nahm er die Schebecke in Augenschein und machte sich dabei mit der Anordnung jeder Schot, jedes Falls und jeder Brasse vertraut. Er hatte oft genug gesehen, wie Schebecken in den Hafen kreuzten, so daß er genau wußte, wie man die großen Lateinersegel handhabte. Sobald er wieder im Gasthaus war, wollte er davon einige Zeichnungen machen, außerdem wollte er seine Männer hierherschicken, damit sie auf dem Kai spazierengingen und dabei das Schiff genau studierten.

Während Ramage auf diese Art den Hafen und die
Schebecke *La Providencia* in Augenschein nahm, hatte
Jackson das Büro des amerikanischen Konsuls ausfindig
gemacht und die vier Besitzer amerikanischer Pässe für
Nachmittag vier Uhr bei ihm angemeldet. Die Uhr der
Kathedrale erfüllte eben die ganze Stadt mit dem Dröh-
nen ihrer Schläge, als er mit den drei anderen vor dem
Konsulatsgebäude eintraf, das auf der Plaza del Rey
eben innerhalb des Haupttores lag.

Ramage war dem Konsul dankbar, daß er es nicht
wie italienische oder spanische Amtspersonen für nötig
hielt, sie eine halbe Stunde warten zu lassen, um so
seine Bedeutung darzutun. Hier wurden sie, sobald sie
die Halle betraten, von einer ruhigen Stimme gleich in
ein großes Zimmer gerufen. Ramage gab sich bewußt
alle Mühe, einen ebenso aufgeregten Eindruck zu machen wie Stafford und Fuller. Er hoffte vor allem,
daß er Jackson die Führung des Gesprächs überlassen
konnte.

Der Konsul war ein großer, grauhaariger Mann mit
ständig zwinkernden blauen Augen. Als die vier ins
Zimmer traten, schob er eine Anzahl Spielkarten zusammen, die auf dem Schreibtisch vor ihm ausgebreitet
lagen.

»Schönen guten Abend«, begrüßte er sie gutgelaunt.
»Sie haben meine Patience unterbrochen, aber glücklicherweise war ich schon so weit gekommen, daß ich
nur noch gewinnen konnte, wenn ich mogelte. Was kann
ich also für Sie tun?«

»Wir sind Seeleute«, sagte Jackson. »Wir . . .«

»Wir dachten«, sagte Ramage ebenso aufgeregt,
»daß Sie vielleicht . . .«

Der Konsul mischte die Karten und begann, sie für
ein neues Spiel aufzulegen. Ramage hatte den Eindruck, daß er das nur tat, um ihre Verlegenheit zu mil-

dern, und fuhr darum mit zögernder unsicherer Stimme
fort: »Die Spanier haben uns von einem britischen
Kriegsschiff heruntergeholt, Sir. Wir waren alle schon
vor längerer Zeit gepreßt worden. Die Spanier — nun,
denen zeigten wir unsere Pässe und sie ließen uns daraufhin frei, sobald wir hier eingelaufen waren.«

Der Konsul nahm ein Blatt Papier vom Schreibtisch:
»Nicholas Gilray, Thomas Jackson, Will Stafford und
Henry Fuller, nicht wahr?«

»Jawohl, Sir, so heißen wir.«

»Der Admiral schrieb mir über Sie. Soviel ich weiß,
ließ er Ihnen sogar die Heuer bis zum Tag der Entlassung auszahlen.«

»Jawohl, Sir, mehr oder weniger.«

»Wieviel weniger war es denn, bis das Geld in Ihre
Hände kam?« fragte der Konsul verschmitzt.

»Nur etwa um ein Drittel, Sir.«

»Da haben Sie aber Glück gehabt. Dieses Volk hat
klebrige Finger.«

Ein seltsamer Ausdruck, dachte Ramage. Mochte der
Konsul die Spanier nicht? Wenn das zutraf — und es
lag durchaus im Bereich der Möglichkeit, falls er schon
lange hier in Cartagena lebte —, dann konnte er von
einigem Nutzen sein.

»Das haben wir gemerkt, Sir. Sie wollten uns dazu
bringen, daß wir bei der spanischen Marine anmuster-
ten, aber wir bestanden auf unserem Recht.«

»Das war das einzig richtige«, sagte der Konsul trok-
ken. »Darf ich einmal Ihre Pässe sehen?«

Die vier kramten sofort eifrig in ihren Taschen.
Jackson war der erste, der den seinen fand. Er faltete
das Dokument auseinander, strich die Falten glatt und
legte es dem Konsul vor. Der las, halb zu sich selbst, den
Text laut vor: »Thomas Jackson aus Charleston, South
Carolina, fünf Fuß zehn Zoll groß.« Dann hielt er das

Papier gegen das Licht, um das Wasserzeichen zu prüfen, gab es Jackson zurück und las die anderen drei der
Reihe nach vor: »Sie sind Stafford?«

Als Stafford antwortete, zog der Konsul die Brauen
hoch: »Sind Sie wirklich in Amerika geboren?«

»Nein, Sir, ich wurde hingebracht, als ich noch ein
kleines Kind war.«

»Was Sie nicht sagen! Und Sie heißen Fuller?« fragte
er den Mann aus Suffolk, der sofort eifrig nickte. »Ohne
Zweifel sind Sie ebenfalls als kleines Kind nach Amerika ausgewandert, nicht wahr?«

»*Aye*, Sir!« sagte Fuller eifrig. »Ich war erst ein ganz
kleiner Fisch.«

Sein Akzent und der unvermeidliche Vergleich mit
einem Fisch wirkte so komisch, daß Ramage alle Mühe
hatte, nicht laut loszulachen.

»Und Sie sind also Gilray.«

Im ersten Augenblick sah Ramage den Konsul ganz
verdutzt an, dann sagte er in aller Eile und mit betont
gleichmütiger Stimme: »Jawohl, Sir, ich heiße Nicholas
Gilray.«

Der Konsul reichte ihnen die Pässe zurück und murmelte: »Bitte sagen Sie mir jetzt, was Sie sich von mir
erwarten.«

»Könnten Sie uns nicht helfen, auf einem Schiff unter-
zukommen, das nach Amerika fährt, Sir?«

»Das dürfte nicht besonders schwierig sein, aber es
könnte für Sie eine lange Wartezeit bedeuten.«

»Oh«, sagte Jackson niedergeschlagen. »Dabei ist es
schon drei Jahre her, seit ich meine Heimat zum letzten
Mal sah.«

»Haben Sie denn genug Geld, hier während der
Wartezeit leben zu können?«

»Das hängt davon ab, wie lange wir warten müssen.«

»Ich weiß, ich weiß. Für den Augenblick haben Sie

jedenfalls genug spanisches Geld. Eine Frage, Stafford: Wieviel hat Ihr Paß denn gekostet?«

»Zwei Pfund!« rief Stafford. Als er im nächsten Augenblick merkte, daß er in eine Falle geraten war, senkte er den Blick beschämt zu Boden.

»Das war nicht einmal so unverschämt«, sagte der Konsul lächelnd. »Fünf Pfund war der übliche Preis, als ich vor zwei Jahren von New York herüberkam, ich nehme an, Gilray und Fuller haben mehr dafür bezahlt.«

Ramage wußte, daß sie jetzt, Jackson ausgenommen, dem Konsul auf Gnade und Ungnade ausgeliefert waren. Aber der Mann war doch mindestens fünfzig Jahre alt, und die amerikanische Unabhängigkeit war erst vor wenig mehr als fünfundzwanzig Jahren erklärt worden. Darum konnte es immerhin sein, daß ihnen der Mann half, zumal ihm sein Akzent überraschend vertraut war. Eins war sicher: mit Lügen war jetzt nichts mehr zu gewinnen.

»Ich weiß nicht, was Fuller gezahlt hat, Sir. Der meinige hat jedenfalls mehr gekostet. Aber das soll doch nicht heißen, Sir, daß Sie jetzt . . .?«

»Keine Sorge, Sie sind nicht die einzigen Engländer mit amerikanischen Pässen. Auch ich bin in England geboren, aber ich war wenigstens darauf bedacht, auf gesetzlichem Wege amerikanischer Bürger zu werden.«

Da konnte Ramage der Versuchung nicht mehr widerstehen: »Sind Sie aus Cornwall, Sir?«

»Ja, das stimmt, ich bin aus Cornwall«, sagte der Konsul fast träumerisch. »Cornwall ist das schönste Land auf Erden, wie gerne wanderte ich wieder über das Bodmin Moor, statt dessen sitze ich hier in einem verlorenen Winkel der Erde und spiele Patience.«

Der Mann redete jetzt plötzlich mit sich selbst, er ließ alte Erinnerungen aufleben und verriet, wie sehr er sich danach sehnte, seine Geburtstätte wiederzusehen. »Ja, wer der Hitze und dem Gestank hier entfliehen könnte, um wieder über das Bodmin Moor zu wandern, wenn die Sonne hochkommt und den Nebel frißt! Und wem es gar beschieden wäre, die Kirchenglocken von St. Teath zu hören!«

Der Name des Ortes bewirkte, daß Ramage unvermittelt hochfuhr. Dadurch wurde der Konsul plötzlich aus seiner Träumerei gerissen und blickte ihn fragend an. St. Teath lag unweit von St. Kew, dessen Herrenhaus seine Eltern bewohnten. Von diesem St. Teath gehörte jeder Quadratzoll schon seit den Tagen Heinrichs VIII. den Ramages. Sein Vater war auch der Schutzherr der Kirche, die dem Konsul so lebendig vor Augen stand, und hatte wahrscheinlich sogar die Glocke bezahlt, nach deren Geläut er sich sehnte. Warum hatte der Konsul England verlassen? Hatte er etwa Schulden, vielleicht sogar bei seinem Vater? Wie er sich wohl verhielt, wenn er erfuhr, wer ihm hier auf Gnade und Ungnade ausgeliefert war, daß es sich um niemand anderen handelte als den Sohn und Erben des Gutsherrn von St. Kew und St. Teath?

Ramages erster Impuls war, dem Mann alles zu sagen, aber das gerade veranlaßte ihn, sich jetzt zurückzuhalten. Die Eröffnung konnte bis morgen warten, er wollte zunächst einmal darüber schlafen.

»Also gut«, sagte der Konsul, »ich werde mein Bestes tun, ein Schiff für Sie zu finden. Geben Sie nicht Ihr ganzes Geld für Wein und Weiber aus, ich habe nämlich keinen Fonds, aus dem ich Ihnen helfen könnte, wenn Sie in die Klemme geraten. Arbeit gibt es hier kaum genug für die Spanier, geschweige denn für Amerikaner, die nicht einmal die Landessprache verstehen. In welchem Gasthaus sind Sie denn untergebracht?«

Jackson sagte es ihm, dann grüßten die vier Männer

und verließen unter überschwenglichen Dankesbezeigungen das Zimmer.

Als sie wieder im Gasthaus waren, wartete Jackson, bis er mit Ramage allein war, dann fragte er mit offenkundiger Besorgnis: »Was war denn, Sir? Als der Konsul von jenem Dorf sprach — ich meine es hieß St. Teath —, da wurden Sie plötzlich blaß wie ein Laken.«

»St. Teath gehört meiner Familie«, sagte Ramage verdrossen, »ich selbst bin im Nachbarort zu Hause. Offenbar ist er ausgewandert, ehe ich zur Welt kam. Aber warum, frage ich, ist er weg? Die meisten Leute fliehen Hals über Kopf nach Amerika, weil sie Schulden haben oder weil sie wegen eines Verbrechens gesucht werden. Schulden sind gewöhnlich Pachtschulden, die könnten leicht bei meinem Vater entstanden sein. Allerdings . . .«

Nein, Pachtschulden bei seinem Vater hatte ganz gewiß niemand. Die niederen Pachten, die für den Boden der Familie Ramage gefordert wurden, waren den benachbarten Grundbesitzern schon von jeher ein Dorn im Auge. Aber die Ramages waren reich, und der alte Admiral sah nicht ein, warum er von seinen Pächtern mehr verlangen sollte, als zur Erhaltung der Höfe erforderlich war. Er pflegte immer zu sagen, es gebe keine schlechte Besatzung, sondern nur einen schlechten Kommandanten, und er wirtschaftete auch jetzt, als Grundbesitzer, nach dieser Regel. Für ihn gab es keine schlechten Pächter, sondern nur schlechte Grundherren.

Jackson merkte alsbald, daß Ramage den Satz nicht zu Ende sprechen wollte, und meinte: »Er schien doch nur gute Erinnerungen an diesen Ort zu haben, Sir, die Kirchenglocke, die Spaziergänge und den Morgennebel. Von bitteren Gefühlen schien da keine Rede zu sein. Wenn ich wegen eines Grundbesitzers ausgewandert wäre oder weil man etwa wegen eines Verbrechens hinter mir her war, dann könnte ich höchstens verbittert, aber nie so voll Sehnsucht an meine Heimat denken.«

Ramage wußte, daß Jackson mit seiner Auffassung völlig recht hatte. Doch der amerikanische Konsul in Cartagena war die Neutralität in Person. Man durfte von ihm erwarten, daß er vier Männern, die sich als Bürger der Vereinigten Staaten auswiesen, den gesetzlichen Beistand leistete, wenn sie den Wunsch äußerten, nach Hause zurückzukehren. Mehr konnte man nicht gut von ihm verlangen. Auch durften sie damit rechnen, daß er nichts gegen sie unternahm. Sollte er sich nun als Sohn des Earls von Blazey zu erkennen geben, um noch mehr herauszuschlagen, und dabei riskieren, alles einzubüßen, was er schon in Händen hielt?

13

Während Ramage am folgenden Tag einen Ausflug an den Bergen entlang unternahm, die die Bucht umrahmten, und die Batterien ins Auge faßte, die den Hafen beschützen sollten, saßen seine sechs Männer plaudernd am Fuß der Stadtmauer auf der Muralla del Mar und machten sich, unbemerkt von den Spaniern, ein genaues Bild von der Schebecke *La Providencia*, bis sie wußten, daß sie diese oder jede andere Schebecke auch im Dunkel der Nacht in Besitz nehmen und noch im gleichen Augenblick damit in See gehen konnten.

»Nein, diese Takelage!« mäkelte Stafford. »Für die richtige Seefahrt taugt die nicht. Für einen Haufen heidnischer Mohren mag sie ja gut sein, aber ich frage euch, was mit diesen Rahen geschieht, wenn es einmal richtig weht. Ich will es euch sagen: sie peitschen durch die Luft wie das spanische Rohr eines Wachtmeisters.«

»Aber an jeder dieser Rahen sitzt doch oben und unten eine Geer, damit man sie in der Gewalt behält«, wandte Jackson ruhig und sachlich ein.

»Stimmt«, höhnte Stafford, »die tun ihren Dienst, wenn die Spieren erst über Bord gegangen sind und wenn man sie dann zurückholen will.«

»Aber schnell sind sie, diese Schiffe«, warf Rossi ein. »Es sind immer die schnellsten. Darum sind sie auch bei den maurischen Piraten so beliebt.«

»Ja, Rosey«, sagte Jackson, »eben darum sind sie auch für Mr. Ramage interessant. Wenn wir von hier auslaufen, um nach Gibraltar zu segeln, werden wir es verdammt eilig haben.«

»Es könnte ja leicht sein, daß ein spanischer Dreidecker auf uns Jagd macht«, meinte Fuller mit verdrossener Miene.

Da mußte Stafford lachen: »Wenn es so weit ist, kannst du ja ein Boot nehmen und mit einer großen Schüssel voller Fische zu dem spanischen Admiral hinüberrudern. Sagst ihm, wir machten gerade einen hübschen Tagesausflug, um Fische zu angeln.«

Fuller knurrte darauf nur verächtlich. Warum sollte er auch nur ein Wort an einen Kerl verschwenden, der über das Angeln so dummes Zeug von sich gab.

»Ein schnelles Schiff«, sagte der Däne, »und gerade so groß, daß wir damit zurechtkommen.«

»Das ist das entscheidende, Sechser«, sagte Jackson. »Zur Not genügten sogar vier von uns, um das Schiff zu bedienen.«

»Wann wollen wir denn auslaufen, Jacko? Heute abend?«

»Nein — wenigstens glaube ich das nicht.«

»Warum machen wir eigentlich nicht, daß wir fortkommen? Es hat doch keinen Sinn, hier herumzulungern. Vierzehn Tage in dieser Kneipe kosten uns die Heuer von zwei Jahren.«

»Was zerbrecht ihr euch darüber den Kopf? Ihr sitzt hier und unterhaltet euch, ihr braucht keine Wache zu gehen, ihr schlaft auch heute wieder die Nacht durch fest in einem Bett, ohne Sorge, daß ihr herausgeschmissen werdet, um ein Reff einzustecken. Weit und breit gibt es kein Deck, das man morgen früh mit Sand und Steinen scheuern müßte. Und Mr. Ramage zahlt euch doch eure Heuer.«

»Mr. Ramage? Du meinst wohl er zahlt uns im Namen und Auftrag Seiner Majestät des Königs Georg und wie er sonst noch heißt . . .«

»Nein, Mr. Ramage zahlt uns aus seiner eigenen Tasche.«

»Aber...«

»Du hast ihn wegen der Heuer gefragt, nicht wahr?« fuhr Jackson fort. »Du sagtest doch, du hättest gehört, die Zahlung unserer Heuer würde an dem Tag eingestellt, an dem wir in Gefangenschaft geraten seien. Er überlegte einen Augenblick, ehe er dir darauf Antwort gab. Ich sah ihm an, daß er das gleiche gehört hatte, aber nicht genau wußte ob es stimmt. Dennoch sagte er dir geradeheraus: ›Sie bekommen jeden Penny, der Ihnen zusteht, ich werde mich darum kümmern‹ oder so ähnlich. Nun, ich *weiß*, daß die Zahlung deiner Heuer eingestellt worden ist. Du hast aber jetzt die persönliche Garantie von Mr. Ramage, daß er dich weiter bezahlen wird.«

»Allerhand!« rief Stafford. »Und du hast ihm mit keinem Wort gesagt, wie die Dinge liegen?«

»Das wäre sinnlos gewesen«, sagte Jackson ungeduldig, »er hätte euch allemal aus der eigenen Tasche bezahlt.«

»Woher weißt du das so genau?«

Ehe Jackson noch darauf antworten konnte, sagte Fuller geradeheraus: »Weil es Mr. Ramage ist, darum.«

»Richtig«, sagte Rossi, »wenn er sagt, er zahlt, dann zahlt er auch.«

Plötzlich richtete Jackson an Stafford die Frage: »Sag einmal, warum bist du eigentlich bei ihm geblieben? Als die Spanier die Ausländer heraussuchten, hast du doch noch nicht daran gedacht! Wie sagtest du? Du freutest dich, daß du endlich Gelegenheit hättest, Seiner Majestät König Georg Lebewohl zu sagen, nicht wahr?«

»Wie, du wolltest dich vom König persönlich verabschieden?« sagte Fuller. »Für den bist du doch Luft.«

Fuller war auch für Stafford Luft. Er mußte Jackson zugeben: »Ja, zu Beginn hatte ich wirklich die Absicht, Seine Majestät König Georg zu verlassen.«

»Aber warum hast du dann . . .?«

»Weil es mir nicht recht schien, Mr. Ramage im Stich zu lassen«, sagte Stafford herausfordernd. »Was war denn mit euch anderen? Ihr wolltet doch auch alle abhauen — du nicht Jacko«, fügte er eilig hinzu, »aber die anderen alle.«

»Nein, ich nicht«, sagte Rossi in bestimmtem Ton. »Er hat doch die Marchesa gerettet, obwohl sie für ihn eine Ausländerin ist, er war für uns immer ein guter Kommandant, da sollte ich ihn jetzt verlassen? Erst wußte ich nicht, warum mich die Spanier abseits stellten, aber als ich dann sah, daß Mr. Ramage auch mit uns kam, da hatte ich keine Angst mehr.«

»Bei mir war es genau das gleiche, du elender Schloßknacker«, sagte Fuller böse zu Stafford.

»Ich bin kein Schloßknacker, du lausiger Köderwurm!«

»Schluß jetzt«, sagte Jackson und fuhr sich mit der Hand durch seinen rötlichen Haarschopf. »Die Hauptsache ist, daß wir noch alle bei ihm sind. Und für ihn ist die Hauptsache, daß die Schiffe da draußen« — er wies mit einer Kopfbewegung auf die vor Anker liegende spanische Flotte — »großes Unheil anrichten können, wenn sie auslaufen, ohne daß Old Jarvie davon weiß.«

Jensen warf Jackson einen fragenden Blick zu: »Wollen Sie damit sagen, daß wir . . .«

»Ich will gar nichts sagen, Sechser. Ich habe euch nur erklärt, was für Mr. Ramage meiner Meinung nach im Augenblick von großer Bedeutung ist.«

Der lange Balkon mit den vielen Gewölben im ersten Stock des amerikanischen Konsulats war geräumig und bot einen herrlichen Ausblick auf die Plaza del Rey. Die Höhe der Gewölbebögen gab ein Gefühl besonders angenehmer Kühle. Ramage saß in einem bequemen Rohrstuhl neben einem Kübel, in dem eine kleine Oleanderpflanze sprießte. Er sagte sich, daß sein spontaner Abendbesuch beim Konsul zumindest interessant zu werden versprach, wenn er sich nicht sogar mehr erwarten durfte.

Der Konsul war in mitteilsamer Stimmung. Er hatte seine seidene Halsbinde gelockert und sich entschuldigt, daß er statt der korrekten Schnallenschuhe gestickte maurische Pantoffel trug. Einem guten Dinner beim leichten Fluß der Erzählungen aus schönerer Vergangenheit waren noch vier Gläser Kognak gefolgt, und jetzt galten sein Wohlwollen und seine gute Meinung fast der ganzen Welt. Die einzige Ausnahme war Frankreich, wie Ramage alsbald zu seiner Überraschung erfahren sollte.

»Sie werden mir zugeben, Mr. Gilray«, sagte er und hielt sein Kognakglas gegen das Licht des Armleuchters, »daß die Italiener zwar oberflächlich und zuweilen unaufrichtig sind, aber diese Fehler werden durch ihre künstlerische Begabung und ihre Fröhlichkeit wieder wettgemacht. Die Spanier sind nach meinen Erfahrungen auch nicht aufrichtig, aber dafür besitzen sie eine natürliche Würde und zwar kein nationales, aber doch ein persönliches Ehrgefühl, das sich in ihren kriegerischen Leistungen auswirkt. Aber die Franzosen . . .«

Der Konsul leerte sein Glas, sah, daß Ramages Glas ebenfalls leer war, und schwang eine kleine silberne Glocke, die neben ihm auf dem Tisch stand.

»Ja, die Franzosen! Ich muß sagen, daß mir ihr Verhalten Angst einflößt. Sie sind nachgerade unersättlich geworden. Erst sieben Jahre sind vergangen, seit die Bastille erstürmt wurde, und als sie im Januar vor vier Jahren ihren König hinrichteten, da hielten sie wunderbare Reden über Freiheit und Gleichheit. Dann, als sie schon mit Österreich Krieg führten, erklärten sie auch noch England, Holland und Spanien den Krieg. Dabei

haben sie ihre eigenen Leute zu Tausenden hingeschlachtet. Spanien ist ja erst in jüngster Zeit zu seinem
bisherigen Gegner übergegangen.

Zugegeben, es geht uns nichts an, was in Frankreich
vorgeht, wie man es dort anfängt, eine bessere Regierung ins Leben zu rufen und ihren Bestand zu sichern.
Das war im übrigen längst überfällig. Aber wozu soll es
denn gut sein, wenn man jetzt aller Welt den Krieg erklärt? Die Franzosen reden immer noch von Freiheit,
dabei haben sie schon halb Europa überrannt. Da diese
›Liberation‹ nur zur Folge hatte, daß die eingesessene
Mißwirtschaft durch französische Mißwirtschaft ersetzt
wurde, erlauben wir uns, an das hohe Direktorium die
Frage zu richten, ob ein Quadratmeter der von General
Bonaparte eroberten fremden Länder dazu geholfen hat,
Frankreich eine bessere Regierung zu geben und die
Speisekammern des französischen Volkes mit Brot zu
füllen, oder ob es etwa so war, daß dadurch den Völkern
jener fremden Länder zum Guten verholfen wurde?
Nach dem, was man so hört, werden diese Länder von
Bonaparte nur gründlich geschröpft.«

Ein Diener betrat die Terrasse und füllte die Gläser
wieder mit Kognak.

»Da ich hier nur der Konsul eines neutralen Landes
bin, sollte ich wohl meine Zunge besser im Zaum halten, aber ich frage mich eben immer wieder, ob Spanien
wirklich aus eigenem, freiem Entschluß in den Krieg
gegen England eingetreten ist, oder ob ihm Frankreich
keine andere Wahl ließ. Eines weiß ich jedenfalls ganz
sicher: die Franzosen verhalten sich so, als wäre die spanische Flotte praktisch bereits dem Kommando des Direktoriums unterstellt.«

Ramage war sich darüber klar, daß der Konsul gute
Gründe hatte, so etwas zu behaupten, und überlegte,
wie er diesen Gründen am besten auf die Spur kam.

»Aber Sir, der König von Spanien ist doch bestimmt zu stolz, um von Männern wie Barras und Carnot Befehle entgegenzunehmen? Er läßt sich doch nicht zum Handlanger dieses Direktoriums degradieren.«

»Er hat keine Wahl«, sagte der Konsul trocken. Als er dabei einen Blick auf die Plaza warf, nahm Ramage die Gelegenheit wahr, den größten Teil seines Kognaks in den Oleanderkübel zu schütten. »Er kann sich so wenig rühren wie Sie, wenn Ihnen ein Straßenräuber in dunkler Nacht die Pistole ins Genick setzt und Ihre Geldbörse verlangt. Mir scheint sogar, das Direktorium hatte bei der Ablösung des Admirals Langara mehr mitzureden als der König.«

»Langara ist abgelöst?« rief Ramage aus. »Davon habe ich noch nichts gehört! Er ist erst seit zwei Tagen hier im Hafen.«

»Langara selbst erfuhr es erst nach seiner Ankunft hier. Seltsam«, fügte der Konsul hinzu, weil der Kognak allmählich die Oberhand über die Diskretion gewann, »daß ich sogar eher von diesem Kommandowechsel wußte als der Admiral selbst.«

Ramage nickte verständnisinnig und sagte: »Sie haben offenbar einflußreiche Freunde in Madrid — und einen schnellen Boten.«

Ob der Konsul in die Falle ging und ihm seine Quelle verriet, indem er seine Annahme richtigstellte?

»Ja, ich habe einflußreiche Freunde in Madrid, aber ich brauche keinen eigenen Boten«, sagte er geheimnisvoll. Dann gab er dem Gespräch unvermittelt eine andere Wendung, indem er fragte: »Wollen Sie nicht wissen, wie der neue Admiral heißt und warum Langara abgelöst wurde?«

»Selbstverständlich, Sir.«

»Langara ist nach Madrid abgereist und soll Marineminister werden. Ich nehme an, er soll die Marine etwas auffrischen und beleben. Der neue Flottenchef heißt Don José de Cordoba.«

»Ist er denn schon hier?«

»Nein, ich glaube auch nicht, daß er sich sehr beeilen wird.«

»Soll denn die Flotte nicht schon bald auslaufen?«

»Nein, sie bekam mindestens vier Wochen Liegezeit zugebilligt, um sich neu auszurüsten, und wie ich höre, kann sie keine Minute davon entbehren. Außerdem wird Admiral Cordoba bestimmt nicht eintreffen, ehe sein Haus hier bezugsfertig ist.«

Der ironische Ton des Konsuls war nicht zu verkennen und Ramage lachte: »Ja, man muß natürlich seine Betten lüften, das Silber polieren und den Keller neu ausstaffieren. Wird er in Ihrer Nachbarschaft wohnen?«

»Nein, er hat ein Haus nahe dem Castillo de Despenna Perros genommen. Aber verzeihen Sie mir bitte, lieber junger Freund, Ihr Glas ist ja leer!«

Wieder wurde der Diener gerufen, wieder wurden die Gläser gefüllt. »Auf Ihr Wohl, Mr. Gilray.«

Ramage hob sein Glas.

Das Risiko, den Konsul einfach zu besuchen und ihm mehr andeutungsweise als mit offenen Worten zu sagen, daß er kein einfacher Seemann sei, hatte sich bis jetzt mehr als gelohnt. Aber er hätte noch gern gewußt, ob es richtig von ihm gewesen war, ihm seinen echten Namen nicht zu verraten. Wenn der alte Bursche den erst wußte, dann konnte es sehr wohl sein, daß er ihm noch mehr von all dem mitteilte, was er über die spanische Flotte in Erfahrung brachte, es war aber ebenso möglich, daß er Ramage dann zur Tür hinauswarf.

»Sie haben gestern von Cornwall gesprochen, Sir. Sind Sie etwa dort geboren?«

Der Konsul stellte sein Glas auf den Tisch und machte es sich in seinem Sessel bequem.

»Ja, ich habe dort die ersten zwanzig Jahre meines Lebens zugebracht, natürlich mit den üblichen Unterbrechungen. Meine Angehörigen waren Kaufleute und Reeder in Bristol, sonst lebten wir in ganz guten Verhältnissen in St. Teath. Mein Onkel, der Teilhaber meines Vaters, lebte in New York und führte dort das Geschäft. Dann kam der Krieg... Bald hatten wir alle unsere Schiffe bis auf eines verloren, und unsere ganzen Kunden in Amerika natürlich auch. Neue Geschäftsverbindungen anzuknüpfen, verbot sich damals von selbst. Natürlich wurden wir schnell arm und immer ärmer. Es war ein Glück, daß mein Onkel vorausgesehen hatte, was uns bevorstand — mein Vater wollte leider nicht auf ihn hören — und darum in Amerika geschäftliche Unternehmungen gründete, die weniger unter dem Krieg zu leiden hatten und nach der Unabhängigkeitserklärung erst richtig aufblühten. Da mein Onkel keine Kinder hatte und für mich von meinem Vater kein nennenswertes Erbe zu erwarten war, tat ich mich mit meinem Onkel in New York zusammen.«

»So sind Sie eigentlich nur zufällig amerikanischer Staatsbürger geworden?«

»Ja, aber wenn ich einem jungen Engländer wie Ihnen begegne, einem Mann mit einem Leben voller Abenteuer, dann steigt unwillkürlich der Neid in mir auf. Natürlich beneide ich Sie vor allem wegen Ihrer blühenden Jugend«, fügte er lächelnd hinzu. »Ja, wenn ich jetzt zwanzig wäre, dann hätte ich wohl Lust, wieder Engländer zu werden.«

Ramage wußte jetzt, daß er nichts gewinnen konnte, wenn er dem Konsul seinen richtigen Namen nannte. Der Mann half ihm bestimmt auch ohne diese Kenntnis, solange er ihm gewogen blieb.

Als hätte der Konsul seine Gedanken gelesen, sagte er jetzt in ruhigem Ton: »Sicher haben Sie hier noch

Aufgaben zu erfüllen, da Sie diese — hm — hübsche Maskerade gewählt haben. Sind Sie eigentlich allein?«

Ramage schüttelte den Kopf: »Gott sei Dank, nein.«

»Aber mit drei Mann kann man doch . . .«

»Ich habe sogar sechs: ein Däne, ein Genuese und ein Westindier sind auch dabei.«

Der Konsul lachte: »Die Welt als Mikrokosmos in Waffen gegen das Direktorium! Können Sie sich denn auf diese Leute verlassen? Werden sie nicht einfach davonlaufen, wenn es ernst wird? Keiner schuldet Ihnen den spanischen Behörden gegenüber irgendwelche Rücksicht. Ihre persönliche Sicherheit ist allerdings gewährleistet, solange Sie diesen — hm — diesen Paß besitzen. Ohne ihn könnte man Sie als englischen Spion kurzerhand erschießen — ist Ihnen das klar?«

»Ja, aber ich glaube, daß meine Männer anständig sind, jedenfalls hoffe ich es. Von Jackson, dem richtigen Amerikaner, weiß ich es ganz bestimmt.«

»Verzeihen Sie mir eine Frage«, sagte der Konsul und blickte in sein Glas. »Sind Sie richtig in Gefangenschaft geraten? Ich meine, geschah das bei einem Zusammenstoß mit dem Feind? Ihr Paß . . .«

». . . Oder verpflanzen die Engländer mit Vorbedacht Spione nach Cartagena?« setzte Ramage grinsend die Frage des Konsuls fort. »Nein, leider war das ganze nichts als ein böses Pech. Wir sahen uns im Morgengrauen mitten in der spanischen Flotte. Den Paß habe ich nur deshalb, weil einer meiner Männer klugerweise ein Blankoformular bei sich hatte.«

»Das war in der Tat klug gehandelt. Alle drei Pässe sind — nebenbei gesagt — echt, an Ihrem hatte ich allerdings auszusetzen, daß die Einzelheiten nicht mit der Tinte des Notars ausgefüllt waren. Ich fragte einen Ihrer Begleiter, wieviel er für den Paß bezahlt habe, nur um zu sehen, wie er darauf reagierte. Von Anfang an war mir klar, daß nur einer von Ihnen wirklich Amerikaner war.«

Ramage mußte abermals lachen, der Konsul stimmte in sein Gelächter ein und blickte dabei zur Decke hinauf. Diese Gelegenheit benutzte Ramage, um sein Glas wieder in den Kübel zu gießen. Wenn es so weiterging, konnte er den Oleander bald höher wachsen — oder schwanken sehen.

Als Ramage sich empfahl, um noch vor dem Zapfenstreich im Gasthaus zu sein, war der Konsul schon in recht gehobener Stimmung und bestand darauf, daß Ramage bald wiederkommen sollte. Die Männer schienen alle zu schlafen, aber als Ramage in sein Bett kroch, hörte er Jackson flüstern: »Ist alles in Ordnung, Sir?«

»Ja, er ist ein freundlicher Mensch.«

Die paar Gläser Kognak, die Ramage wirklich getrunken hatte, reichten nicht aus, die Matratze weicher zu machen. Er suchte aus der planlosen Unterhaltung möglichst genau auszusondern, was ihm der Konsul an wichtigen Tatsachen mitgeteilt hatte. Admiral Cordoba war zum Flottenchef ernannt worden, und hier in Cartagena wurde ein Haus für ihn hergerichtet. Das war wieder echt spanisch. Der Mann war einfach zu bequem, um ständig an Bord seines Flaggschiffs zu wohnen, obwohl dies das größte Schiff der Welt war. Nach vier Wochen Zeit zur Neuausrüstung, sollte die Flotte klar zum Auslaufen sein. Wenn man ein paar Verspätungen einrechnete, kam etwa Mitte Januar heraus. Der Admiral hatte mit der Neuausrüstung persönlich nichts zu tun, man konnte also annehmen, daß er Anfang Januar eintraf.

Offenbar stammten die Kenntnisse des Konsuls nicht aus Hofkreisen. Er hatte eine so seltsame Antwort gegeben, als Ramage den »schnellen Boten« erwähnte. Was hatte der alte Mann denn da gemeint? »Ich habe gute

Freunde in Madrid, ja, aber einen eigenen Boten habe ich nicht nötig.« Dabei hatte er das Wort »eigenen« wahrscheinlich unbewußt etwas beont, als ob er sich auf den Boten eines anderen verließe. Ein Spion im Wirkungskreis des Admirals Langara konnte es nicht gut sein, da der Konsul ja vor Langara selbst von dessen Versetzung erfahren hatte.

Ramage war sich instinktiv darüber klar, daß ihm der Konsul mehr erzählt hatte, als er selbst wollte, und mehr, als er — Ramage — selbst bis jetzt als wichtig und bemerkenswert empfand. Wenn er ein bißchen nachdachte, fand er bestimmt heraus, was es war. Nicht der Konsul selbst hatte also einen Boten, sondern ein anderer, es gab auch keinen Spion in Langaras Stab, so viel war einstweilen sicher. Wie kam also die Nachricht nach Cartagena? Fangen wir ganz von vorn an. Wahrscheinlich hatte der König die Entscheidung getroffen. Er hatte dann dem Marineminister mitgeteilt, daß Cordoba Langara ersetzen sollte. Normalerweise schrieb dann der Minister an Langara — und an Cordoba, vorausgesetzt, daß dieser nicht in Madrid war. Dieses Schreiben wurde durch einen Boten hierher, nach Cartagena, geschickt und Langara übergeben, beziehungsweise so lange aufbewahrt, bis er mit der Flotte einlief. Das war es! Das Schreiben wurde durch einen *Boten* übersandt..., »Ich brauche keinen eigenen Boten!«.

Aber ein Bote des Marineministeriums konnte wiederum nicht gut im Sold des Konsuls stehen, denn diese Boten wechselten ständig. Offensichtlich bestand ein regelmäßiger Botendienst zwischen Madrid und den Haupthäfen Cadiz, Cartagena und Barcelona, wie es ihn auch zwischen London, Chatham, Portsmouth und Plymouth gab. Die Entfernung von Cartagena nach Madrid war gut und gern dreihundertfünfzig Kilometer. Die Straße führte größtenteils durch die Provinz Murcia, die recht gebirgig war. Eine besonders hohe Bergkette zog sich an der Mittelmeerküste entlang. Der Zustand der spanischen Straßen war berüchtigt, ein Bote benutzte daher im allgemeinen lieber das Pferd als den Wagen und übernachtete wahrscheinlich mindestens zweimal in Gasthäusern am Wege. War es denkbar, daß der Konsul in einer dieser Einkehrstätten einen Vertrauensmann besaß, der dem Boten heimlich die Briefe aus dem Gepäck nahm, sie öffnete, las und neu versiegelte?

Als die Seeleute morgens auf ihren harten Bänken um den kahlen, von Fettflecken beschmutzten Tisch saßen und ihr Frühstück verzehrten, das aus hartem Brot und scharfgewürzter Blutwurst bestand, hörte Ramage zu, was Stafford in seiner munteren Art von sich selbst zu erzählen wußte.

Es war einmal ein Junge, der hatte in der Bridewell Lane das Schlosserhandwerk gelernt, aber wie es ein böser Zufall wollte, geriet er einem Preßkommando in die Fänge und wurde zur See geschickt. Jetzt saß er, bewehrt mit einem amerikanischen Paß, in einem spanischen Wirtshaus und fühlte sich hier schon zu Hause, als ob dieses Wirtshaus unmittelbar neben Vaters Laden stünde. Hätte er den Vertrag schon unterschrieben gehabt und oder wäre er an jenem Tag — oder besser in jener Nacht — zu Haus geblieben, da das Preßkommando die Stadt unsicher machte, dann wäre er wahrscheinlich als uralter Mann gestorben, ohne mehr gesehen zu haben als den Park von Vauxhall, kaum fünf Meilen von dem Haus, in dem er das Licht der Welt erblickt hatte ...

Ramage biß unterdessen wütend in sein altbackenes Stück Brot und dachte dabei an den Admiral Don José de Cordoba. Ihm würde man bestimmt besseres Brot zu essen geben, wenn er hier eintraf. Wahrscheinlich herrschte in der Nähe des Castillo de Despenna Perros schon jetzt lebhaftes Treiben, da man das Haus für seinen Empfang bereitete.

Als er sah, daß Jackson mit dem Essen fertig war, beschloß er, den Amerikaner mitzunehmen, wenn er sich auf den Weg machte, um einen Blick auf Don Josés Haus zu werfen. Zuvor fragte er die Männer noch, was sie sich über die Takelage der Schebecke angeeignet hatten, und fand zu seiner Zufriedenheit, daß sie sehr gut im Bilde waren. Darum sagte er ihnen, sie könnten den Vormittag dazu benutzen, sich in der Stadt umzusehen.

Don Josés Haus war ein prächtiges Gebäude, wie es einem Admiral zukam, der den Befehl über eine mächtige Flotte innehatte. Es war weiß getüncht und hatte ein flaches Dach, um das ganze Haus herum führte ein gedeckter zierlich gewölbter Gang, der an den Kreuzgang eines Klosters erinnerte. Das Gebäude stand auf ein paar Morgen sacht abfallenden Geländes, das zum größten Teil mit Bäumen und blühenden Büschen bestanden war. Selbst das Gärtnerhäuschen war aus Stein, aber Ramage stellte dankbar fest, daß der schöne Besitz, nicht wie sonst in Spanien üblich, mit einer hohen Mauer, sondern nur mit einer niederen Hecke umgeben war.

Nach dem, was er und Jackson bei einem wie zufälligen Bummel sehen konnten, hatten die Vorbereitungen für Don Josés Ankunft kaum begonnen. Die meisten der grünen Fensterläden waren noch geschlossen, und außer dem Gärtner, der an einer die Auffahrt säumenden Doppelreihe von Büschen herumwerkte, war weit und breit niemand zu sehen.

An vier Tagen hintereinander spazierten Ramage und Jackson an dem Haus vorüber, aber außer dem Gärtner, der langsam von einem Busch zum anderen vorrückte, gab es kaum ein Anzeichen, daß neue Bewohner in Aussicht standen. Erst am fünften Tag — er war bedeckt und trübe, dazu wehte ein eisiger Wind von den Bergen her, wie um daran zu erinnern, daß ihre Gipfel schon mit Schnee bedeckt waren — sahen die beiden Spaziergänger, daß das große eiserne Einfahrtstor offen stand. Auch die breiten Türflügel des Haupteingangs waren geöffnet, ebenso die Fensterläden und sämtliche Fenster. Das Haus war zum Leben erwacht.

Der Gärtner arbeitete noch immer an seinen Büschen und war inzwischen bis dicht an das Tor vorgerückt. Als die beiden vorüberkamen, faßte er sie ins Auge und richtete sich ächzend auf. Ein Achselzucken und ein rascher Blick zum Himmel sollte wohl bedeuten, daß er alles mißbilligte, was jetzt hier geschah. Ramage sagte zu ihm: »Es sieht ja aus, als ob Sie mit dem Unkrautjäten gerade noch rechtzeitig fertig würden.«

Der Alte lehnte seine Hacke bedächtig an einen Busch und kam auf die beiden zu. Ramage schätzte, daß er den Achtzig näher als den Siebzig sein müsse, seine Augen waren von einem so hellen Braun, daß man unwillkürlich meinte, sie seien mit den Jahren verblaßt. Sein Gesicht war wohl von Falten durchzogen, aber der Mann machte ihnen doch einen zufriedenen Eindruck. Ein langes Menschenleben, verbracht mit Säen, Aufzucht der Pflanzen, Ernten dessen, was sie ihm an Schönheit oder an Nahrung bescherten, ein Leben, das Jahr für Jahr mit der Vernichtung dessen endete, was seine Aufgabe erfüllt hatte, das also ein Ende nahm, das zugleich neuer Anfang war — dieses lange Leben hatte ihn wohl eine Philosophie gelehrt, die anderen Menschen nicht so leicht zugänglich war.

»Ja«, erklärte er, »jetzt sind die beiden Reihen fertig, ich muß sie nur noch beschneiden wie es sich gehört. Der Saft hat ja endlich aufgehört zu steigen. Man darf nämlich solche Büsche nie beschneiden, solange der Saft in ihnen aufsteigt.«

»Ja, ja, ich habe schon einmal davon gehört.«

»Man darf nie daran herumschneiden, wenn der Saft steigt. Im Winter schlafen sie, und wenn sie schlafen, bluten sie nicht, denn der Saft ist ja das Blut der Pflanzen.«

»Ist der Besitzer dieses schönen Hauses denn ein Gartenfreund?«

»Don Ricardo? O ja, er und seine Frau lieben den Garten, aber sie sind nur selten hier. Er und seine Frau bringen die meiste Zeit in Madrid zu, oder dort wo sich der Hof gerade aufhält.«

»Aber jetzt sieht es doch ganz so aus, als ob sie kommen wollten?«

»Ach nein — Don Ricardo hat sein Haus an einen anderen vermietet, es heißt, es sei ein Admiral. Ich glaube nicht, daß ein Admiral sich viel um einen Garten kümmert, für ihn gibt es doch nur das Wasser. Aber vielleicht«, fügte er hoffnungsvoll und fast verschmitzt hinzu, »vielleicht ist es für ihn eine nette Abwechslung, einmal ins Grüne zu schauen und nicht immerzu auf die langweiligen Wellen.«

Ramage konnte sich nur mit Mühe die boshafte Bemerkung verkneifen, daß sich spanische Admirale doch anscheinend mehr in Madrid als auf See aufhielten. So sagte er denn: »Hier geht es ja zu wie in einem Bienenhaus. Wird denn der Admiral schon so bald erwartet?«

»Ja, in wenigen Tagen. Julio, der Majordomus, hat eben erfahren, daß der Admiral einen Teil seiner Möbel und seines Silbers von Madrid hierher geschickt habe. Darüber ist er jetzt ganz verärgert, denn er sieht darin eine Geringschätzung Don Ricardos und seines Besitzes. Aber jeder Mann möchte eben gern seine eigenen Sachen um sich haben. Das habe ich Julio gesagt, aber ich bekam als Antwort nur gotteslästerliche Flüche zu hören.«

»Es ist doch recht riskant, wenn man um diese Jahreszeit Möbel von Madrid hierher schickt. In den Bergen gibt es immer wieder Regen und Schnee, da können die Sachen nur zu leicht Schaden nehmen.«

»Ja, das sagt Julio auch. Immerhin, die Wagen sind inzwischen schon in Murcia angekommen, sie treffen also morgen hier ein, da werden wir ja sehen, wie die Sachen die Fahrt überstanden haben. Jetzt muß ich mich wieder an die Arbeit machen, es ist höchste Zeit. Ich weiß wirklich nicht, wo all das Unkraut herkommt.«

Ramage gab ihm zum Abschied die Hand, als sie dann weiter am Haus vorübergingen, unterrichtete er Jackson über alles, was er mit dem Gärtner besprochen hatte. Jackson bemerkte schließlich: »Muß ein schönes Gefühl sein, wenn man reich ist. Ich möchte nur wissen, was er da herschickt, Sir. Mehr als seinen Lieblingslehnstuhl, so viel ist sicher.«

Ja... Ramage hatte Verständnis dafür, daß jemand sein eigenes Silber um sich haben wollte, aber Möbel? Plötzlich sah er im Geist den Admiral an seinem Schreibtisch sitzen und Dienstpost lesen sowie auch schreiben. Vor allem natürlich geheime Post. Voraussichtlich brachte er einen großen Teil des Tages mit einem Sekretär an diesem Schreibtisch zu. Auch Schreiber hatte er zur Hand, die von jedem Befehl an alle Kommandanten seiner Schiffe Dutzende von Abschriften machen mußten. Don José de Cordoba vermutete wahrscheinlich ganz richtig, daß sein Freund Don Ricardo wohl kaum einen Schreibtisch besaß, der für solche Arbeiten groß genug war und der vor allem verschließbare Schubfächer hatte.

Die zwei großen Wagen mit breitgestellten Rädern, die Don Josés Möbel brachten, ratterten und quietschten die letzten paar Meilen der staubigen und ausgefahrenen Straße nach Cartagena entlang. Ramage und Stafford saßen neben dem Kutscher des ersten Fahrzeuges, Jackson hatte auf dem zweiten Platz genommen. Ohne daß ihn Ramage aufgefordert hätte, griff Stafford nach dem Blechbecher, füllte ihn wieder einmal halb mit Kognak und reichte ihn mit einer stummen Geste dem Spanier.

Der Mann war schon so betrunken, daß er einen Augenblick zögerte, ehe er das Gefäß entgegennahm. Ramage entdeckte alsbald die Ursache: der arme Kerl war kaum noch in der Lage zu unterscheiden, welcher von den drei oder vier Bechern, die er sah, nun der richtige war. Endlich bekam er ihn mit verzweifeltem Griff zu fassen, beugte mit dankbarem Gebrumm den Kopf zurück und ließ das Getränk durch die Kehle rinnen. Sein Kopf neigte sich immer weiter nach hinten, bis er mit der Wagenwand in unsanfte Berührung kam, dann fiel er ganz unvermittelt nach einem wohligen Rülpser in Schlaf. Den Becher hielt er noch immer fest in der Hand.

»Ich wollte, wir hätten es mit dem Lenzpumpen unserer Bilgen ebenso leicht«, bemerkte Stafford, dem die Aufnahmefähigkeit des Spaniers unheimlich war.

Ramage warf einen Blick zurück auf den zweiten Wagen, von wo Jackson ihn zweimal grüßte, als Zeichen, daß auch sein Fahrer so betrunken war, daß er nicht mehr wußte, wo er sich befand. Ramage gab dem Cockney einen Rippenstoß.

»Los, Stafford, nutzen Sie die Gelegenheit, aber vergessen Sie nicht: wenn ich auf das Verdeck klopfe, dann bleiben Sie drinnen, bis ich Sie rufe.«

»*Aye aye*, Sir.«

Damit sprang Stafford leise vom Wagen, wartete, bis er neben dem Hinterrad war, und sprang wieder auf, dann kroch er sofort unter das Sonnendach. Ramage hielt unterdessen gut Ausschau nach vorn und hinten, aber in beiden Richtungen war die Straße leer. In etwa drei Minuten war Stafford wieder heraus und ging neben dem Wagen her. Er sagte: »In diesem hier ist nichts zu finden. Ich versuche es nun in Jackos Wagen.«

Ramage nickte. Bis jetzt war alles nur zu leicht gewesen: In der Morgendämmerung waren sie aufgebrochen, nach etwa fünf Meilen hatten sie die beiden Wagen getroffen, die ihnen aus Murcia entgegenkamen. Den Kutschern waren sie als Mitfahrer hochwillkommen, und die Männer waren überglücklich, daß sie auch noch Kognak bekamen. Bald waren sie nicht mehr in der Lage, nein zu sagen, wenn man ihnen nachschenken wollte. Jetzt suchte Stafford mit mehreren Stücken Seife in der Tasche nach dem Schreibtisch, und Ramage flehte zum Himmel, daß er die Schlüssel in den Schubladen finden möchte. Das einzige, was schiefgehen konnte, war, daß der Admiral womöglich kurzerhand beschlossen hatte, sich doch mit einem Tisch Don Ricardos zu begnügen...

Endlich war Stafford wieder zurück und kletterte auf den Sitz neben Ramage. Er bemerkte sogleich, daß der spanische Kutscher aufgewacht war und wie gebannt auf die Flasche starrte. Weil der Mann den Becher immer noch in der Hand hielt, goß er ihm kurzerhand von neuem ein. Ramage bebte vor Ungeduld, er war gespannt zu hören, was Stafford gefunden hatte. Dennoch schwor er sich zu warten, bis dieser selbst berichtete, und ihn nicht gleich mit Fragen zu überfallen.

Der Cockney sah staunend zu, bis der Spanier ausgetrunken hatte, dann nahm er ihm den Becher aus der Hand und blickte Ramage fragend an. Dieser nickte, obwohl er sich im Augenblick nicht im klaren war, ob Stafford selbst einen Schluck trinken oder ihm einen anbieten wollte. Schließlich goß er sich selbst ein wenig ein, leerte den Becher mit einem Zug und sog anerkennend die Luft durch die Zähne.

Das Pferd stank erbärmlich, Ramage schmerzte der Kopf von der grellen Sonne, die auf die gebleichten Felsen rechts und links der Straße niederbrannte, und von dem weißen Staub, der die Fahrbahn bedeckte. Der schwache Wind, der im Augenblick herrschte, sorgte dafür, daß die von den Hufen der Pferde aufgewirbelte Staubwolke immer genau an der Stelle mit ihnen zog, wo die drei Männer saßen.

»Das war gut, Sir, meine Kehle war wie ausgetrocknet«, verkündete Stafford.

Er warf noch einen kurzen Blick auf den Spanier, der zwar noch die Zügel hielt, aber wieder eingeschlafen war, dann zog er eine kleine Schachtel vorn aus seinem Hemd. Er zeigte Ramage zwei Stücke Seife, auf jedem waren die Abdrücke eines großen und zweier kleiner Schlüssel zu sehen.

»Der Schreibtisch ist ein wunderbares Stück, Sir, er besteht aus solidem Mahagoniholz und ist so groß, daß vier Mann darauf schlafen könnten. Er hat drei Schubfächer. Das oberste ist groß — hier ist der Abdruck des Schlüssels von beiden Seiten«, sagte er und zeigte dabei auf die oberen Vertiefungen in der Seife. »Die anderen Schubfächer sind kleiner. Ich nehme an, daß er Briefe und Geheimsachen in der oberen Lade aufbewahrt, weil sie aus viel dickerem Holz besteht. Die unteren beiden sind gerade stark genug, daß die Schlösser darin Platz finden.«

Für Ramage waren diese Schlüsselbilder auf der Seife unendlich viel schöner und wertvoller, als wenn sie silberne, in Gold gefaßte Kunstwerke gewesen wären.

»Und Sie können nach diesen Abdrücken wirklich Schlüssel machen?«

Stafford antwortete mit einer überlegenen Geste: »Ich

kann sogar genau passende Schlüssel machen, wenn ich den Schlüssel zehn Minuten lang fest in der Hand halte und dann nichts als den Abdruck auf der Handfläche habe.« Als er dies gesagt hatte, sah er rasch weg. Ramage maß ihn mit einem überraschten Blick.

»Ich dachte, Sie hätten immer nur bei Tage gearbeitet?«

»In schlechten Zeiten ging ich auch einmal nachts an die Arbeit. Es fällt ja so schwer, darauf zu verzichten, wenn man nicht einmal ein Stück trocken Brot im Hause hat.«

»Das glaube ich Ihnen«, sagte Ramage unverbindlich, wußte er doch, daß er wahrscheinlich ebenso handeln würde, wenn ihn das Schicksal vor die gleiche Wahl stellte. »Aber sind Sie auch sicher, daß Sie mit den Türschlössern zurechtkommen?«

»Wenn ich sie kurz anschauen kann, ganz bestimmt. Darüber mache ich mir keine Sorgen.«

Instinktiv wußte auch Ramage, daß er sich darüber keine Gedanken zu machen brauchte. Ein Junge, den der nackte Hunger zum Einbrechen gezwungen hatte, und aus dem dann ein Mann geworden war, der fröhlichen Sinnes in der Navy diente, nachdem ihn ein Preßkommando aufgegriffen hatte, und der sich dort zu einem der besten Toppsgasten entwickelt hatte, die Ramage je unter die Augen gekommen waren (ganz abgesehen davon, daß er jetzt seinem Kommandanten treu geblieben war, obwohl ihm die Freiheit winkte), ein solcher Mann wurde mit jeder Lage fertig, in die er durch sein Schicksal geriet.

Jetzt blieb nur noch die Frage, ob der Majordomus in Don Ricardos Haus ihr Angebot zu helfen annahm, wenn er sah, daß die Kutscher zu betrunken waren, um die Möbel zu tragen.

Stafford hatte schon nach ein paar Tagen alle Schlüssel fertig, weil der Majordomus überglücklich gewesen war, daß ihm die drei fremden Seeleute halfen. Er hatte sich bei ihnen vor allem dafür bedankt, daß sie die beiden Wagen das letzte Stück Wegs selbst kutschiert hatten, weil beide Kutscher in ihrer Trunkenheit selig entschlummert waren.

Ramage und Jackson hatten gerade ein paar Stühle hineingetragen, als Ramage merkte, daß Stafford verschwunden war. Der Cockney hatte beim ersten Betreten des Hauses etwas entdeckt, das Ramage entgangen war. Es war der Schlüssel zu einer Hintertür, der an einem Haken an der Wand hing. Fünf Minuten später hatte Stafford den Schlüssel an sich genommen, zum Wagen gebracht und die Abdrücke hergestellt. Dann brachte er die zwei Stück Seife in einer kleinen Schachtel unter und hängte den Schlüssel wieder an den Haken.

Was dann noch kam, war alles sehr einfach. Stafford hatte Ramage die wenigen Werkzeuge aufgezählt, die er brauchte, und ein Schmied hatte ihnen gern das nötige Eisen verkauft. Zwei Tage lang hatte Stafford dann in ihrem Zimmer im Gasthaus drauflosgefeilt, während einer oder zwei seiner Kameraden dem Anschein nach untätig herumlungerten, aber in Wirklichkeit Wache standen, falls der Wirt oder seine Frau das Geraspel der Feile hörten. Ramage oder Jackson schlenderten immer wieder an Don Ricardos Haus vorüber, um zu sehen, ob der Admiral angekommen war.

Eines Abends war Stafford mit seinen Schlüsseln fertig, er kam zu Ramage und sagte: »Heute abend möchte ich sie ausprobieren, Sir, nur um sicherzugehen.«

Ramage überlegte einen Augenblick. Damit in Don Ricardos Haus auch alle Dienstboten schliefen, mußte Stafford spät in der Nacht hingehen, also über den Zapfenstreich wegbleiben. Wenn er die Schlüssel ausprobierte, lief er Gefahr, als Einbrecher gefaßt zu werden, und damit war Ramages Plan natürlich erledigt. Wenn aber die Schlüssel nicht paßten, dann ließen sie ihn in der Nacht im Stich, in der er sie unbedingt brauchte, bei einer Gelegenheit, die sich bestimmt nicht zum zweiten Mal bot.

»Also schön, aber seien Sie bitte vorsichtig. Wenn man Sie faßt . . .«

Ramage suchte kurz nach Worten, um Stafford möglichst schonend beizubringen, was er sagen wollte, aber dann kam er zu dem Ergebnis, daß ihn der Mann so oder so richtig verstehen würde. »Hören Sie, Stafford«, sagte er, »wenn Sie gefaßt werden, dann müssen wir schwören, daß wir von der ganzen Sache nichts wußten.«

»In Ordnung, Sir, ich verstehe das. Aber machen Sie sich keine Sorgen. Ich werde nicht gefaßt. Und wenn mir doch etwas zustoßen sollte, dann bin ich bestens vorbereitet. Er schlug auf seinen Hosengürtel. »Da ist meine Feile und ein Stück Messing. Die Burschen halten mich nicht lange hinter Gittern. Jetzt möchte ich gehen, Sir, damit ich mich noch vor dem Zapfenstreich in der Nähe des Hauses verstecken kann.«

Ramage nickte ihm zu: »Also viel Glück!«

Stafford kam spät in der Nacht in das Gasthaus zurück. Leise schlich er zu Ramages Bett und flüsterte: »Passen großartig, Sir. Kein einziger der Schlüssel hatte auch nur einen Strich mit der Feile nötig.«

»Ausgezeichnet! Haben Sie Schwierigkeiten gehabt?«

»Nichts dergleichen, Sir. Ich hielt mich in dem Schuppen versteckt, in dem der Gärtner seine Geräte verstaut.«

»Gut. Morgen erzählen Sie mir mehr davon.«

Admiral Don José de Cordoba traf einige Tage später in Cartagena ein, er saß in der zweiten von fünf Kutschen, die hintereinander angerollt kamen, und wurde von Ramage zuerst gesehen, der an jenem Abend an der Reihe war, sich beim Haus umzusehen, und dann noch auf der Straße nach Murcia ein Stück spazierengegangen war. Die Pferde waren über und über mit Staub bedeckt, die Kutscher hatten Taschentücher über Mund und Nase gebunden. Der Admiral saß im Fond seines Wagens und machte auf Ramage, der nur einen flüchtigen Blick auf ihn werfen konnte, einen müden und erhitzten Eindruck.

Ramage machte sofort kehrt und ging zum Gasthaus zurück. Er mußte sich jetzt schlüssig werden, ob er noch in dieser Nacht in das Haus eindringen sollte oder nicht. Der Admiral, sein Stab und seine Familie — sie saß anscheinend in der vierten Kutsche — waren sicherlich erschöpft, und der Dienerschaft würde es ohne Zweifel ebenso gehen, wenn sich die Ankömmlinge erst gewaschen und zu Abend gegessen hatten, wenn ihre Sachen ausgepackt und in Schränken und Schubladen untergebracht worden waren.

Der Admiral war einige Tage eher eingetroffen, als der Konsul erwartete. Hatte er also den Befehl zum Auslaufen schon in Händen? Wahrscheinlich nicht, sagte sich Ramage nach reiflicher Überlegung. Bis Weihnachten waren es nur noch vier Tage, der Admiral wollte sich bis zum Fest schon ein bißchen eingelebt haben.

Nein, es hatte wirklich keinen Sinn, dem Arbeitszimmer des Admirals schon heute nacht einen Besuch abzustatten. Wenn das Datum des Auslaufens nicht festgesetzt worden war, ehe er vor drei oder vier Tagen Madrid verließ, konnte man auch nicht annehmen, daß die Flotte schon innerhalb der nächsten zwei bis drei Wochen in See gehen sollte. Ein plötzliches Aufleben der Arbeit in Werft und Hafen war dann das beste Zeichen, daß der Admiral den Befehl zum Inseegehen empfangen hatte.

14

Weihnachten und Neujahr gingen vorüber. Ramage und seine Männer verbrachten die Festtage in ihrem Gasthaus. Der sauertöpfische Wirt war freiem Wein so zugetan, daß er sogar seine Abneigung gegen Seeleute im allgemeinen und ausländische Seeleute im besonderen überwand und an der Weihnachtsfeier, wenn auch mit einiger Zurückhaltung, teilnahm. Bis zum Silvesterabend hatte er offenbar herausgefunden, daß die Ausländer besser zu feiern verstanden als alle anderen, und eine Stunde vor Mitternacht war er schon so betrunken, daß er überhaupt nicht mehr wußte, was gerade gefeiert wurde.

Stafford fand es recht schäbig von dem Kerl, daß er sich bei seinen Gastgebern kein einziges Mal mit einer Lage revanchierte. Als der Spanier schließlich nicht einmal eine halbe Flasche Wein ausgeben wollte, ärgerte sich der Cockney so über ihn, daß er beschloß, dem Mann persönlich zusammenzumixen, was er fortan noch zu trinken bekam. Der Bursche, meinte er zu Jackson, sollte am Neujahrsmorgen mit einem solchen Kater erwachen, daß er allen Ernstes meine, der Tambour benutze seinen Kopf, um darauf Klarschiff anzuschlagen.

Zweimal täglich ging Ramage zur Muralla del Mar, um einen Blick auf die Flotte zu werfen, aber von eiligen Vorbereitungen zum Auslaufen war noch immer nichts zu bemerken. Die großen Dreidecker hatten zusammen mindestens zwei Dutzend schwere Rahen zu Wasser gefiert und zum Kai beim Masthaus geschleppt, wo sie ausgebessert werden sollten. Dort aber waren nur so wenige Menschen mit dieser Arbeit beschäftigt, daß es fast aussah, als fehlte es der Marine an Holz oder an Geld, die Löhne zu bezahlen — oder gar an beidem.

Auch der riesige Geleitzug, der in diesen Tagen von Barcelona kommend eintraf, gab ihm Rätsel auf. Er umfaßte siebzig oder gar noch mehr Handelsschiffe, die alle schwer beladen waren. In der Stadt liefen Gerüchte um, der Geleitzug hätte große Mengen Pulver und Kugeln, Proviant, ein paar Bataillone Landtruppen und sogar ein Regiment Schweizer Söldner an Bord.

Aber bis jetzt war noch kein Stück der Ladung und kein Soldat an Land gekommen, der Geleitzug sollte also offenbar nach einem anderen Hafen weitersegeln. Da er von Barcelona im Osten Spaniens kam und in Cartagena keine Ladung löschte, konnte man schließen, daß er nach Westen, wahrscheinlich nach einem Hafen an der Atlantikküste, weiterlaufen sollte. Ob die Spanier das Wagnis auf sich nahmen, mit einer solchen Zahl von Schiffen durch die Meerenge von Gibraltar zu segeln, ohne daß ihnen ihre Flotte Schutz bot? Sicherlich nicht. Weiter fragte es sich, wohin diese Truppen und all die Munition gebracht werden sollten. Etwa nach Westindien? Oder nur nach Cadiz, weil es leichter, wenn auch gefährlicher war, solche Mengen Material über See zu transportieren als auf dem Landweg? Irgendwie schien dieser Geleitzug fast bedeutsamer zu sein als die ganze Flotte.

Der tägliche Spaziergang längs der Muralla del Mar wurde Ramage zu einer lieben Gewohnheit, der alte Mann fischte bei Nacht und flickte bei Tag an seinem Netz herum. Er begrüßte ihn jeden Tag mit der Bemerkung, die Kanonen hätten geschwiegen, darum hätte er nachts einen guten Fang gehabt.

Am Montag, dem 30. Januar, ging es dann plötzlich los. Als Ramage am Segellager vorüberkam und einen Blick über die Reeperbahn warf, sah er auf den ersten

Blick, daß mindestens zweimal so viel Leute wie sonst an den Rahen arbeiteten. Einige dieser Rundhölzer waren sogar schon zu Wasser gebracht und lagen bereit, um zu den Schiffen geschleppt zu werden. Ein Blick nach den Schiffen selbst verriet ihm sofort, daß der Admiral nunmehr seinen Befehl in Händen hatte. Ganze Scharen von Matrosen arbeiteten in den Takelagen, andere standen auf den Stellings und strichen die Bordwand. Im Hafen der Marinewerft lagen mehrere Leichter längsseit und nahmen Proviant über, andere hatten die rote Warnungsflagge gesetzt und wurden mit Pulver beladen.

Noch heute nacht mußten sie in das Haus des Admirals eindringen, da dieser ja jeden Augenblick beschließen konnte, an Bord seines Flaggschiffs überzusiedeln. Seit Stafford die Schlüssel angefertigt hatte, war sich Ramage darüber klar gewesen, daß dieser eine Umstand seinen ganzen Plan zu Fall bringen konnte.

Ursprünglich hatte er angenommen, der Admiral werde zu Hause arbeiten. Erst als Stafford das Haus aufgesucht hatte, um die neuen Schlüssel in den Schlössern auszuprobieren, hatte Ramage plötzlich die Gefahr gesehen, daß der Mann zwar in seinem Haus wohnen blieb, aber tagsüber auf seinem Flaggschiff arbeitete und erst am Abend wieder nach Hause kam. Glücklicherweise hatte aber eine genaue Überwachung ergeben, daß der Admiral am Tag nach seiner Ankunft wohl für zwei Stunden auf sein Flaggschiff hinausgefahren war, sich aber seitdem nicht mehr an Bord begeben hatte. Dem entsprach auch, daß seine Admiralstabsoffiziere samt und sonders in Hotels und Privatquartieren an Land wohnten.

Da der Admiral nun aber offenbar den Befehl gegeben hatte, die Ausrüstung seiner Flotte zu beschleunigen, konnte es leicht sein, daß er fortan mehr Zeit an Bord zubrachte und seine Unterlagen auf dem Flaggschiff unter Verschluß hielt . . . Ramage kehrte also schnell zum Gasthaus zurück, um zu hören, ob der Admiral etwa an Bord gegangen war. Traf diese Befürchtung zu, dann war sein ganzer Plan mit einem Schlag gescheitert.

In der Hütte des Gärtners herrschte Hitze und Gestank, offenbar war ein Esel hier wochenlang einquartiert gewesen. Da es kein Fenster gab, hatten sie es wenigstens nicht schwer, die flackernde Kerze abzuschirmen. Ramage merkte sehr wohl, daß sogar Jackson nervös war, als sie beide auf Staffords leises Klopfen warteten, das ihnen Kunde geben sollte, daß er von seinem Einbruch in das Haus zurück war.

Als es dann endlich pochte, fuhren beide Männer aufgeregt hoch. Gleich darauf grinsten sie einander mit beschämter Miene an, Jackson hielt sofort einen Zinnbecher über die Kerzenflamme und stellte sich mit seinem Körper so davor, daß kein noch so schwacher Lichtschein mehr nach außen dringen konnte. Ramage öffnete unterdessen eilends die Tür. Stafford schlüpfte rasch herein und mußte blinzeln, als Jackson den Becher hob und der Raum hell wurde. Er händigte Ramage ein dünnes Bündel Papiere aus.

»Es war ganz einfach, Sir, das alles lag in der obersten Lade. In den anderen fand ich nur Schreibpapier und Federn, eine Flasche Tinte, Siegelwachs, eine Kerze und Streusand.«

Eilig überflog Ramage die Briefe und achtete darauf, daß sie richtig geordnet blieben. Sie waren alle mit rotem Wachs versiegelt gewesen und verschiedene trugen die Überschrift »Marineministerium«. Die ersten beiden waren gewöhnliche Dienstschreiben an Cordobas Vorgänger Langara. In dem einen wurde sein Antrag auf mehr Tauwerk abgelehnt, weil Tauwerk im Augenblick nicht beschafft werden könne, das andere besagte, er müsse sich mit dem Pulver, das er hatte, zufrieden geben. Der Minister wisse selbst, daß seine Qualität »zu wünschen übrig lasse«, aber es sei das beste, das zur Zeit auf dem Markt zu haben sei. Der dritte Brief war an Cordoba selbst gerichtet und von Langara, dem neuen Marineminister, unterzeichnet. Er war kurz und hatte nach den üblichen höflichen Einleitungsphrasen folgenden Wortlaut:

»Seine Katholische Majestät hat dem Marineminister Ihren Königlichen Wunsch zum Ausdruck gebracht, daß die Ihrem Kommando unterstellte Flotte ihre Ausrüstungsarbeiten in tunlichster Eile beenden möge. Die Flotte soll dann unter Ihrem Kommando spätestens am 1. Februar Cartagena verlassen, um sich mit den Schiffen Seiner Katholischen Majestät zu vereinen, die sich schon jetzt in Cadiz befinden. Diese Schiffe sind mit dem Augenblick der Vereinigung ebenfalls Ihrem Kommando unterstellt. Durch Befehl wurde sichergestellt, daß dieselben bei Ihrem Eintreffen seeklar sind. Unmittelbar nach Ihrem Einlaufen in Cadiz haben Sie mich von Ihrer Ankunft zu unterrichten und fortan Ihre Flotte binnen zwölf Stunden auslaufklar zu halten. Nähere Anweisungen gehen Ihnen noch zu . . .«

Der 1. Februar war schon in zwei Tagen. Nach Cadiz sollte also der Admiral. Das war einer der größten natürlichen Häfen an der Atlantikküste und vor allem Spaniens hauptsächlicher Marinestützpunkt. Offenbar lag dort schon jetzt eine Anzahl Linienschiffe. Wenn sie erst zu Cordobas Flotte gestoßen waren, dann hatte Seine Katholische Majestät wieder so etwas wie eine Armada zur Verfügung. Welchem Zweck sollte die dienen?

War diese Flotte etwa Bestandteil eines großen französisch-spanischen Plans, in England oder — was näherlag — in Irland einzufallen? Sollten die mit Truppen vollgepackten Schiffe aus Cadiz auslaufen, das britische Blockadegeschwader vor Brest vertreiben und die französische Flotte befreien? Dann konnten die vereinigten Flotten im Kanal nach Belieben operieren und die Absicht verwirklichen helfen, über die sich Frankreich mit Spanien einig war, nämlich Großbritannien zu vernichten. Es mußte schon ein großes Ziel wie dieses sein, wenn Spanien seine ganze Flotte aufs Spiel setzte. Denn Spanien hatte bestimmt noch nicht vergessen, was sich ereignet hatte, als die erste Armada gegen England in See gegangen war.

Ramage schauderte wie im Fieber, als er sich klar machte, daß das Schicksal Englands vielleicht, ja wahrscheinlich davon abhing, wie schnell Sir John Jervis das erfuhr, was hier auf desem Blatt Papier zu lesen stand und was er in diesem stinkenden Gärtnerschuppen beim Licht einer tropfenden Kerze soeben erst selbst entziffert hatte.

Nachdem er noch schnell die übrigen Schriftsachen durchgesehen hatte, gab er Stafford den Brief zu halten. während er selbst eine winzige Tintenflasche aufschraubte, eine kurze Gänsefeder aus dem Futter seines Hutes zog und das Papier glattstrich, das er eigens für diesen Zweck mitgebracht hatte. Dann schrieb er den genauen Wortlaut der wichtigsten Sätze des Befehls nieder und faltete nach getaner Arbeit das Original wieder zusammen. Er steckte es unter die beiden Briefe, die von Tauwerk und Pulverqualität handelten, und gab Stafford den ganzen Stoß zurück.

»Vielen Dank. Wenn Sie die Sachen zurückgebracht haben, dann gehen Sie wieder ins Gasthaus. Jackson, löschen Sie jetzt die Kerze und nehmen Sie sie mit.«

Obwohl die Sperrstunde schon begonnen hatte, sah man auf den Straßen nur wenige Patrouillen, die ihre

Einhaltung überwachten. Das Tau, das einer der Seeleute in der Werft gestohlen hatte, lag klar und wurde
aus dem Fenster geworfen, als Ramage und Jackson vor
dem Gasthaus anlangten. Ein paar Minuten später
folgte ihnen Stafford.

Ramage lag im Dunkeln auf seinem Bett und war so
aufgeregt, daß er sich kaum in die Gewalt bekam. Er
schauderte immer wieder zusammen, obwohl ihm vom
Hochklettern an dem Tauende noch der Schweiß auf der
Stirne stand. Seine Absicht war in vollendeter Weise gelungen, er hatte eine Abschrift des Befehls an Cordoba
in der Tasche. Aber jetzt merkte er, daß ihm doch noch
ein Fehler unterlaufen war. Er wollte eine Schebecke
stehlen, sobald er wußte, wann die Flotte auslaufen
sollte, und mit diesem Fahrzeug nach Gibraltar segeln.
Aber er hätte sich sagen müssen, daß ein genaues Datum nicht zu erfahren war, weil in Cordobas Befehl nur
von einem spätesten Termin, aber nicht von einem genauen Auslauftag die Rede war. Was sollte er also tun?
Heute war der 30. Januar und er konnte nur die Nachricht nach Gibraltar bringen, daß die Spanier befehls-
gemäß binnen zwei Tagen auslaufen sollten. Dabei war
es im höchsten Grade zweifelhaft, ob sie bis dahin fertig
wurden. Die spanische Nationalgewohnheit des *mañana*
(morgen, morgen nur nicht heute) und die geradezu
traditionellen Verzögerungen, die sich in ihrer Marine
immer ergaben, wenn es ums Auslaufen ging, verliehen
dem Datum im Befehl des Königs eher den Charakter
einer optimistischen Hoffnung, denn einer Kalender-
größe. Außerdem wußte er ja nicht, was Cordoba seinem Marineminister auf den Befehl erwidert hatte. Daß
er wirklich auslaufen *konnte*, oder daß ihm ein späteres
Datum lieber wäre?

Mit einem Ruck setzte er sich auf, als er herausfand,

daß hier von einem Problem nicht die Rede war. Selbst wenn er ein paar Tage vor der spanischen Flotte auslief, konnte ihn diese nur zu leicht überholen, wenn er in eine Flaute geriet oder starken Gegenwind bekam. Außerdem brauchte er ohnehin mehrere Tage, um Sir John Jervis zu finden. Es war viel wichtiger, daß Sir John die Absichten der spanischen Regierung erfuhr als den genauen Termin, an dem sie ausgeführt werden sollten.

»Jackson«, flüsterte er, »ziehen Sie sich an und sagen Sie den anderen, sie sollen sich ebenfalls anziehen.«

»Ich habe mich gar nicht ausgezogen, Sir«, sagte Jackson. »Ich werde die anderen gleich herausholen.«

Dieser Amerikaner war ihm unheimlich. Er hatte keine Ahnung, was in Cordobas Befehl stand, aber sein sechster Sinn schien ihm jedesmal zu sagen, wenn es plötzlich zu handeln galt.

Die Männer waren schnell bereit und sammelten sich um Ramage.

»Wir segeln sofort nach Gibraltar. *La Providencia* liegt noch unten am Kai, es ist jetzt elf Uhr, und die Besatzung ist wahrscheinlich betrunken. Wir müssen ohne Geräusch an Bord gehen und Segel setzen. Wenn die Spanier Verdacht schöpfen, dann fliegen wir in die Luft, ehe wir noch am Fort Santa Anna vorüber sind. Benutzt eure Messer, keiner lasse sich einfallen zu rufen. Wir gehen einzeln hier weg und kommen unten am Kai wieder zusammen. Achtet mir gut auf Patrouillen. Treffpunkt ist der Pfeiler, bei dem der alte Fischer immer sein Netz flickt. Und noch eins: wir müssen über die Stadtmauer, laßt euch nicht einfallen, durch das Tor hinauszumarschieren.

Wenn ich das Zeichen gebe, gehen wir alle mittschiffs an Bord. Die Besatzung schläft wahrscheinlich achtern, wenn überhaupt jemand an Bord ist.«

Zwanzig Minuten später kauerten alle sieben neben dem riesigen Pfeiler im Schatten der Stadtmauer, die drei Masten und die langen Lateinerrahen der *La Providencia* standen ganz in der Nähe in ungewohnten Winkeln schwarz und starr vor dem südlichen Horizont. Der Wind — nur ein leichter Hauch — wehte, wie Ramage dankbar feststellte, aus nördlicher Richtung. Wenn sie erst vom Kai und von dem hohen Hinterland frei waren, wurde er bestimmt fühlbar frischer und die Berge, die den Hafen säumten, gaben ihm in der engen Ausfahrt sicher noch größere Geschwindigkeit. Zur Linken vermochte er eben noch die dunkle Masse der *Punta Santa Anna* auszumachen, zur Rechten die *Punta de Navidad*. Bis er draußen war, mußte er mindestens sechs Batterien und zwei Forts passieren. Hoffentlich paßten die Wachen nicht auf . . .

Er blickte nach beiden Richtungen den Kai entlang, nirgends war ein Mensch zu sehen. Da flüsterte er: »Jetzt«, und schon huschten die Männer barfuß über den Kai und auf die Schebecke zu. Dabei schwärmten sie seitwärts etwas aus, damit sie alle im selben Augenblick über die Reling steigen konnten. Außer dem eintönigen Quaken der Frösche, dem metallischen Gesumm der Zikaden und dem Klatschen der kleinen Wellen gegen den Kai hörte man keinen Laut. Mit seinem Wurfmesser in der Rechten stieg nun Ramage leise über die Reling, stellte seine Stiefel geräuschlos an Deck und kroch, gefolgt von den übrigen Leuten, unter dem erhöhten Achterdeck nach hinten. Jetzt überkam ihn plötzlich ein Gefühl der Angst, bisher war er zu sehr beschäftigt gewesen, um an Gefahr auch nur zu denken. Aber als er nun mit dem Dolch in der Hand wie ein Meuchelmörder über das Deck schlich, dachte er plötzlich an die ruhigen Tage im Wirtshaus. Plötzlich stand der Tod wieder mit ihm auf Wache, und das Klopfen seines Herzens schien ihm laut genug, um die Spanier aus dem Schlaf zu wecken.

Es war so gut wie unmöglich, etwas zu sehen, und darum konnte es leicht geschehen, daß seine Männer irrtümlich untereinander handgemein wurden. Als er mit dem Fuß plötzlich an etwas Weiches stieß, beugte er sich mit dem Messer blitzschnell vor und stieß zu. Aber er verspürte nur einen Ruck in seinem Arm, als das Messer durch die Matratze drang und im Deck stecken blieb. Einen Augenblick später stieß er noch zweimal zu, aber auch diesmal traf er nur eine leere Matratze. Ein ähnlicher dumpfer Schlag zu seiner Linken verriet ihm, daß dort einer der anderen das gleiche trieb wie er selbst. Langsam kroch er weiter, und als sich seine Augen allmählich an die Finsternis gewöhnt hatten, konnte er an beiden Seiten kleine, etwas hellere Quadrate ausmachen, die die Lage der Geschützpforten verrieten. Wieder stieß er mit dem Fuß an eine Matratze, wieder stieß er mit dem Messer nach unten, aber es lag niemand darauf. Er kam noch an zwei Pforten vorüber und war eben auf der Höhe der achtersten angelangt, als er von neuem gegen eine Matratze stieß. Wie zuvor sauste sein Messer nieder und begrub seine Spitze im hölzernen Deck. Seine Männer hatten sich auf gleicher Höhe mit ihm nach achtern bewegt. Einen Augenblick später stieß er mit seiner vorgestreckten Hand an den Heckbalken.

»Habt ihr jemand vorgefunden?« fragte er flüsternd.

Die Männer gaben zischend Antwort. Matratzen und wieder Matratzen, aber keinen Spanier. Beim Teufel, wo war die Gesellschaft? Bestimmt nicht unten im Laderaum oder vorn unter der Back. In aller Eile befahl er Fuller und Jensen, unter der Back Nachschau zu halten und dann beim Fockmast klarzustehen. Rossi und Stafford sollten sich im Laderaum umsehen und dann den

Großmast bedienen. Maxton und Jackson hatten die Leinen loszuwerfen. Die nördliche Brise trieb die Schebecke dann von selbst vom Kai ab.

Nun kroch Ramage unter dem Achterdeck heraus, kletterte den Niedergang hoch und eilte an die Pinne, die sich gleich hinter dem Besanmast in einem eleganten Bogen über das Deck erhob. Kurz darauf hörte er eine schwere Trosse ins Wasser klatschen und sah wie ein Mann mit einem Satz wieder an Bord sprang. »Achterleine ist los, Sir«, meldete Jackson mit leiser Stimme, nach einem zweiten Aufklatschen erschien Maxton neben ihm und meldete, daß auch die Vorderleine los war.

Das hohe Heck der Schebecke bekam den meisten Winddruck und begann abzuschwenken, während das niedrige Vorderteil des Schiffes noch immer in Lee der Kaimauer Windschutz hatte. So weit, so gut. Das Abschwenken des Hecks hatte zur Folge, daß der Bug immer mehr auf die Kaimauer zudrehte. Aber das war kein Problem.

»Maxton, gehen Sie nach vorn und sagen Sie den Männern, sie sollen die Fock setzen und die Schot gut durchholen. Jackson, nehmen Sie jetzt das Ruder. Lassen Sie den Bug ordentlich abfallen und halten Sie nach der Ostseite hinüber, daß wir Raum haben, wenn der Wind schralt. Ich möchte mit diesem Schlitten nicht in der Dunkelheit wenden oder halsen.«

Auf der Back schlug ein Segel, dann entfaltete sich am Himmel ein schwarzes Dreieck und verdeckte die Sterne. Die Fock war also gesetzt und gleich darauf verriet das Quietschen der Schot in den Blöcken, daß sie getrimmt wurde. Der Kai sackte nun schnell achteraus, und der Bug der Schebecke schwang unter dem Druck des Vorsegels nach See zu. Gleichzeitig begann sie Fahrt aufzunehmen, und damit setzte auch die Wirkung des Ruders ein.

»Stafford!« flüsterte Ramage im Kommandoton. »Das Großsegel los! Aber schnell!«

Das Großsegel war nur um ein weniges größer als die Fock. Es entfaltete sich wie ein riesiges Leintuch, das aus einem Fenster geschüttelt wurde. Wie Ramage vermutet hatte, wurde der Wind frischer, als sie aus dem Lee der Kaimauer herausgelangt waren. Während die Männer die Schot des Segels dichtholten und die Rah braßten, nahm die Schebecke immer mehr Fahrt auf. Er konnte schon deutlich sehen, wie das Wasser hinter dem Heck immer kräftiger quirlte.

Ramage eilte wieder an die Pinne: »Los, Jackson, setzen Sie jetzt den Besan! Ich übernehme solange das Ruder.«

Verglichen mit der Pinne der *Kathleen* war diese überraschend leicht zu bedienen. Als der Besan plötzlich über seinem Kopf von seiner Rah herunterfiel, erschrak er heftig, aber von Angst war jetzt keine Rede mehr, dazu gab es für ihn viel zu viel zu überlegen. An Steuerbord hob sich hoch oben das Castillo de Galeras in schwachen Umrissen gegen die Sterne ab. Es thronte mehr als zweihundert Meter über dem Hafen, aber die Apostolado-Batterie lag fast in Meereshöhe darunter. In der Batterie brannte ein Licht — hatten die Wachen aufgepaßt? Schlugen sie etwa jetzt in diesem Augenblick Alarm? Oder waren sie es so gewohnt, nur nach einlaufenden Schiffen Ausguck zu halten, daß sie gar nicht auf den Gedanken kamen, es könnte ein Schiff versuchen auszulaufen?

Drei Minuten waren vergangen, seit sie die Fockschot angeholt hatten, die Spanier hätten also reichlich Zeit gehabt, ihre Geschütze zu laden. Einen Augenblick malte er sich aus, wie ein Dutzend Geschützführer niederknieten und ihre Rohre auf das Ziel richteten, das die Schebecke war.

Als er etwas später Leeruder legte und geradewegs auf die Einfahrt zuhielt, hatte er den Wind recht von achtern. Dafür aber waren die Schoten viel zu hart angeholt, ein um ein weniges rauherer Windstoß konnte genügen, daß die Segel der Schebecke mit einem Schlag übergingen. Mein Gott, wenn dabei gar die Masten über Bord gingen — und das unter den Rohren der Landbatterien!

»Jackson! Alle Schoten und Geeren fieren! Los dafür!«

Die Apostolado-Batterie war jetzt an Steuerbord querab und in ihrer Mannschaftsbaracke sah man noch immer ein Licht. An Steuerbord voraus konnte er nun die Umrisse der Punta de Navidad ausmachen, die aus hundert Meter Höhe steil zur Küste abfiel. An Steuerbord gab es nun keine Batterien mehr, bis die Spitze gerundet war. Aber auf der anderen Seite des Hafens mußte jetzt die Batterie San Leandro querab sein, obwohl er sie nicht ausmachen konnte. Dann kam die Santa Florentina und schließlich das Fort Santa Anna.

Die Schebecke begann leicht zu stampfen, als ihr die Dünung entgegenkam, die träge von See her auf den Hafen zulief. Die drei dreieckigen Segel nahmen sich vor dem nächtlichen Himmel geradezu riesenhaft aus, sie waren so groß, daß sie ganze Sternbilder auf einmal verdeckten, und es schien geradezu ausgeschlossen, daß sie von den Wachen in den Batterien nicht gesehen wurden. Dann gab er sich aber Rechenschaft, daß sie sich gegen die schwarzen Berge auf beiden Seiten des Hafens kaum abhoben. Nur ein besonders scharfäugiger Mann, der zweihundert Meter hoch im Castillo Ausguck hielt, konnte das Schiff vielleicht als dunklen Fleck in einer flimmernden See erkennen, in der sich die Sterne spiegelten und die vom Wind geriffelt war. Vielleicht entdeckte er sogar das Kielwasser des Fahrzeugs.

Wieder quietschten Enden in den Blöcken und die

drei Dreiecke der Segel wurden breiter und bogen sich mehr aus, ihre harten Kanten wurden rund, als sich das Segeltuch bauschte. Ramage war ganz hingerissen, als er sah, wie die Schebecke jetzt plötzlich Fahrt aufnahm. Die Apostolado-Batterie peilte schon Steuerbord achteraus, und damit wußte er, daß er bereits den größten Teil der spanischen Flotte passiert hatte, die an seiner Backbordseite vor Anker lag. Er konnte die Schiffe nicht sehen, weil sie so schwarz waren wie die Schatten der Berge hinter ihnen. Ob sie Wachboote ausgesetzt hatten, die Hafenrunden machten? O Gott, betete er, gib mir noch drei Minuten, dann macht es mir nichts mehr aus, wenn sie Alarm schlagen, weil die Artilleristen in den Kasernen nicht mehr genug Zeit haben, die Geschütze zu laden und zu richten. Doch nein, bei diesem Wind könnte eine wachsame Fregatte einfach ihre Ankertrosse slipen, das Auslaufen wäre für sie wirklich kein Problem — und dann macht sie auf mich Jagd ...

Plötzlich stand der Westindier Maxton neben ihm und rief: »Kleines Boot recht voraus, vierzig, höchstens fünfzig Meter entfernt!«

Ramage lehnte sich gegen die Pinne, um es an Backbord zu lassen. Bei der brausenden Fahrt der Schebecke hob sich ihr Bug so hoch aus dem Wasser, daß es schwierig war, dicht voraus etwas zu sehen. Aber Maxton lehnte sich über die Reling und sagte: »Sie bleiben zwanzig Meter ab, Sir.«

»Wie viele Mann sind in dem Boot?«

»Nur einer, Sir — er scheint zu fischen.«

Das war bestimmt der alte Fischer! Die Kanonen hatten geschwiegen, da war er mit seinen Netzen ausgelaufen. Jetzt kam von drüben ein fröhlicher Anruf. Ramage steckte einen Finger in den Mund, daß der alte seine Stimme nicht erkannte: »Guten Fang! — Morgen komme ich! Heben Sie mir einen recht großen auf!«

»Natürlich!« rief der Alte zurück. »Heute bring' ich was nach Hause. Keine Kanonen, verstehen Sie?«

Damit war er auch schon achtern in der Dunkelheit verschwunden — ein glücklicher, ein unbeschwerter Mensch. Nein, sagte sich Ramage, Alarm hatte er wohl nicht ausgelöst. Aber die Posten mochten immerhin sein Rufen gehört haben. Und wenn sie wirklich auf ihn aufmerksam geworden waren? Wahrscheinlich gab es eine Anordnung, die es Schiffen verbot, nachts auszulaufen; aber sollten sie wirklich gleich Verbotenes argwöhnen, wenn sie hörten, wie zwischen einer Schebecke und einem alten Fischer ein paar harmlose Worte — und noch dazu auf spanisch — gewechselt wurden? Zum mindesten, hoffte er, würden sie zögern, ehe sie Alarm schlugen. Jetzt konnte er schon das Fort sehen, das am Ende der Punta Santa Anna lag, und dann die Punta Trinca Botijas jenseits der Cala Cortina, einer winzigen Bucht, die zwischen den beiden Landspitzen scharf in die Küste eingeschnitten war.

Jetzt strömten blaßgrüne Funken vom Rumpf der Schebecke nach beiden Seiten. Ramage ließ die Pinne einen Augenblick los, sprang schnell an die Reling und warf einen Blick nach achtern. Ja, das Kielwasser der Schebecke war jetzt ein blaßgrünes Band und rings um die Wasserlinie zog sich ein breiter, ebenso heller Streifen. Verdammt, das hatte noch gefehlt, daß er in dieses Meerleuchten geriet!

Das Fort war jetzt an Backbord querab, er mußte also die Punta Navidad schon passiert haben und jetzt im Feuerbereich der dortigen Batterie sein. Damit näherte er sich der Batterie auf der Punta Podadera. Diese beiden und dazu die Batterie auf der anderen Landspitze waren die einzigen, mit denen er jetzt noch zu rechnen hatte.

Jackson sagte wie zu sich selbst: »Jetzt treffen sie

uns bestimmt nicht mehr, auch wenn sie wissen, daß wir hier sind.«

Ramage ärgerte sich über sich selbst, daß er so lange an der Pinne geblieben war, obwohl Jackson längst das Ruder hätte übernehmen können. »Hier, lösen Sie mich ab.«

Er schickte Stafford unter Deck, um nach Laternen zu suchen. Bis er eine Kompaßlampe gefunden hatte, mußte Jackson wohl oder übel nach den Sternen steuern. Sobald sie die Einfahrt hinter sich hatten, war der Kurs West-Südwest quer über die riesige seichte Bucht bis zum Kap de Gata. Nach Gibraltar waren es dann noch weitere hundertfünfundsechzig Seemeilen. Sie hatten die Bucht von Almeria zu überqueren, vorbei an drei kleinen Landspitzen der Ebene von Almeria. Von dort aus konnte man im Norden die sechs hohen Gipfel der Sierra Nevada sehen. Die beiden höchsten, Pico Veleta und Cerro Mulbacen, erreichten dreitausendfünfhundert Meter über dem Meer. Das nächste Land, das dann in Sicht kam, war schon der massige Felskegel des Europa Point, der Südspitze von Gibraltar. Nördlich davon, noch im Mittelmeer, lag die sogenannte Blackstrap-Bucht, im Süden, jenseits der Meerenge, sah man die gerundeten Höhenzüge des afrikanischen Festlands.

Arme alte Blackstrap-Bucht, ging es Ramage durch den Kopf. Ihr Name wurde fast von jedem Seemann der Navy ständig mißbraucht. Als eines Tages spanischer Wein an die Stelle der gewohnten Rumrationen trat, da wurde dieses Getränk von den Männern verächtlich als »Blackstrap« bezeichnet, das ging sogar so weit, daß man von »geblackstrapped werden« sprach, wenn man ins Mittelmeer kam. Wenn ein Schiff dort in eine Flaute geriet, dann wurde es durch die ständige Oststrümung aus dem Atlantik leicht an Gibraltar vorbei bis ins Mittelmeer hinein versetzt und hatte dann oft tagelang zu schaffen, um gegen Strom und Wind wieder zurückzukreuzen, es sei denn, daß ihm ein Levanter-Wind aus dem Osten zu Hilfe kam. Auch das nannte man allgemein »geblackstrapped werden«, denn in einem solchen Falle hatte die unglückliche Besatzung ständig die Blackstrap-Bucht und den Europa Point vor Augen, nur daß sich ihre Peilung bei jedem Schlag um ein weniges verschob.

Ramage dagegen freute sich jetzt schon diebisch darauf, diese Gegend in Sicht zu bekommen. *La Providencia* hatte so wenig Tiefgang, daß er bei leichtem Wind dicht unter der Küste entlanglaufen konnte, wo die Gegenströmung viel schwächer war und wo man zuweilen sogar mitlaufenden Strom antraf.

Stafford erschien endlich mit einer Laterne, öffnete das Glasfenster des Kompaßhauses und setzte sie hinein, so daß ihr Licht die Kompaßrose erhellte.

Punta Podadera peilte jetzt Steuerbord achteraus. Als sie das hohe Kap umsegelt hatten und den Kurs nach Westen änderten, bekamen sie den Wind querein, und Ramage ließ die Schoten wieder entsprechend trimmen. Abgesehen von einer leise rollenden Dünung, war die See ruhig und *La Providencia* glitt so leicht darüber hin wie ein flacher Stein, den man über einen Teich rikoschettieren läßt. Der Unterschied zu seiner alten *Kathleen* war gewaltig. Mit ihrem ungleich größeren Tiefgang und ihrer ganz anderen Takelage hatte jene viel größere Kraft gebraucht, ihren Weg durch die See zu pflügen. Ramage warf einen Blick auf die Uhr. Vor einer Stunde noch hatte er im Gasthaus in seinem Bett gelegen und überlegt, was nun am besten zu tun sei. Jetzt tat es ihm leid, daß er ganz vergessen hatte, dem amerikanischen Konsul einen Abschiedsgruß zu hinterlassen.

15

Vom Büro des Kommissars bis zum Konvent hatte
man nur fünf Minuten zu gehen. Ramage hatte schon
die Hand gehoben, um einen Wagen anzuhalten, als
er inne wurde, daß er kein Geld hatte. Darum begann er jetzt den steilen Pflasterweg zu Fuß hinanzu-
steigen. Gereizt und aufgebracht gab er sich noch einmal Rechenschaft, wie seine erste Begegnung mit dem
Kommissar verlaufen war. Mit überschwenglichen Glück-
wünschen hatte sie begonnen, dann aber hatte das alte
Scheusal immer mehr den sturen Bürokraten herausge-
kehrt. Der Mensch hatte sich zu der Behauptung ver-
stiegen, er dürfe sein Auslaufen nicht einmal um eine
halbe Stunde verzögern, um den Konvent zu besuchen,
weil sonst Cordobas Flotte bestimmt durch die Meerenge entkäme und Napoleon ermöglichte, über den
Kanal zu setzen. Ja, er hatte sich sogar erlaubt anzu-
deuten, daß junge Offiziere nur deshalb so gern den
Konvent von Gibraltar besuchten, weil sie dort den Umgang fanden, den sie suchten.

Gereiztheit und nervöse Erwartung im Verein bewirkten, daß Ramage in grundloses Gelächter ausbrach,
das er mühsam unterdrückte, als er den entsetzten
Blick einer alten, von Runzeln gezeichneten Frau auffing, die ihm aus einem Tor entgegenstarrte. Sie bot
ihm für ein paar Pfennige klebrige Datteln aus einem
schmutzigen Weidenkorb an, der anscheinend den Fliegen der ganzen Barbareskenküste Zuflucht bot, aber sie
riß ihre Früchte wieder zurück, als sie ihm in die Augen
geblickt hatte, und bekreuzigte sich mit ihrer freien
Hand.

Als Ramage die Steigung hinter sich gebracht hatte,
wandte er sich nach links in die Hauptstraße und sah
sich sofort von einer ganzen Schar zerlumpter Hausie-
rer umringt, die mit tönenden spanischen Worten von
Hühneraugenmitteln und Kruzifixen bis zu Korbflaschen
mit Arrak alles verhökerten, was sich nur denken ließ.
Angesichts ihres glühenden Eifers und ihrer feurigen
Blicke stellte sich Ramage unwillkürlich vor, wie es wohl
einem Opfer der Inquisition zumute gewesen sein
mochte.

Als er durch die große Flügeltür des Konvents eintrat, salutierten die beiden Schildwachen fehlerfrei mit
ihren Musketen, aber irgendwie ließen sie dabei doch
unaufdringlich merken, daß Soldaten für Seeoffiziere
und vor allem für junge Leutnants nicht viel übrig
hatten.

In der Eingangshalle erhob sich ein verhutzelter kleiner Mann, dessen alte Perücke offenbar schon seit Jah-
rend zunehmend unter Haarausfall litt, und fragte behutsam, was den jungen Herrn zu seinem Besuch veranlaßt habe. Die lebenslange Ausübung dieser Tätigkeit
hatte den Mann offenbar gelehrt, nichts für bare Münze
zu nehmen, was man ihm sagte. Ein eleganter Herr
mit matter Stimme und goldenem Griff am Spazierstock mochte eine Audienz beim Gouverneur erbitten,
nur um einen gefälschten Kreditbrief loszuwerden, der
nächste konnte dann der lange erwartete Vetter des
Gouverneurs sein. Dem armen Kerl stand sein allgegen-
wärtiges Motto im Gesicht geschrieben: »Du kannst nie
vorsichtig genug sein.«

Widerstrebend nannte Ramage dem Mann seinen Namen und erklärte ihm den Zweck seines Kommens. Aber
er betonte dabei nachdrücklich immer wieder, der Name
spiele keine Rolle, da er nur eine Nachricht zu überbringen habe. Der alte Mann nickte wie eine Taube, die

auf einem frisch gemähten Getreidefeld Nachlese hält, dann bot er Ramage einen Stuhl an und ging durch einen anscheinend endlosen Gang davon.

Unterdessen gab Ramage seinen Gedanken mit Absicht freien Lauf, um seine Spannung etwas zu lösen. Warum hieß der Sitz des Gouverneurs »Konvent«? Er hätte schon immer gern jemand danach gefragt. Die Kapelle nebenan hatte ursprünglich zu einem Franziskanerkloster gehört ... In Spanien wurden in der Regel nur jene Häuser Klöster genannt, deren Insassen sie nie verließen, während jene Mönche, die auf Reisen gehen durften, wie zum Beispiel die Franziskaner, in einem Konvent lebten. Wie viele Gouverneure mochten ihre Gäste beim Dinner schon mit abgedroschenen Witzen über Nönnchen und so weiter gelangweilt haben!

Der kleine Mann winkte ihm vom Ende des Korridors her und forderte ihn mit aller Zurückhaltung, die ihm sein Amt auferlegte, auf, sich zu beeilen. Ramage gelang es gerade noch, sich so weit zu beherrschen, daß er nicht aufsprang wie ein eifriger Schuljunge. Er erhob sich mit sorgfältig beherrschten Bewegungen, verzog sein Gesicht zu einer strengen Miene, die ihm erfahrungsgemäß schon nach wenigen Minuten Schmerzen in den Kinnmuskeln bereitete, und ging mit dem Hut unter dem linken Arm und die Hand an der Säbelscheide durch den Gang. Tok, tok, tok schritt er mit schweren Schritten dahin und hoffte, daß das Pochen seiner Absätze auf dem Mosaikboden das alberne Kichern erstickte, das dicht unter seinem Adamsapfel lauerte.

Von dem Augenblick an, da er die Anspielung des Kommissars hatte anhören müssen, war Ramage bestrebt gewesen, solche Vorstellungen aus seinem Bewußtsein zu verdrängen. Während des ganzen Weges zum Konvent hatte er sich gezwungen, an anderes zu denken. Ja, selbst während des Wartens hatte er nur über den

Konvent Erwägungen angestellt. Und jetzt ... Der kleine Mann, der vor ihm hereilte, blieb alle paar Schritte
stehen und sah sich um, als wollte er sich versichern,
daß er ihm auch wirklich folgte. Man meinte fast, er
fürchtete, daß sein Schützling durch irgendeine Tür aus-
rücken könnte. Ramage hätte ihm am liebsten einen
kräftigen Schlag auf den Rücken versetzt, statt dessen
zog er seine Brauen erst richtig wild zusammen und
herrschte ihn an: »Rennen Sie doch nicht so schnell, ich
habe wirklich nur zwei Beine.«

»Natürlich, Sir, gewiß, ich bitte sehr um Entschuldigung«, sagte der Kleine so voll Mitgefühl, als hätte er
es mit einem Schwerkriegsverletzten zu tun.

Jetzt ging es ein paar Stufen hinauf, dann wurde
der Gang schmäler. Der engere Abstand der Türen verriet, daß die Zimmer hier nicht mehr so groß waren.
Ramage sagte sich, daß sie jetzt wahrscheinlich in den
Privatgemächern der Residenz des Gouverneurs angelangt waren. An einer der Türen machte der kleine
Mann halt und klopfte. Ehe ihm Ramage Einhalt gebieten konnte, betrat er das Zimmer und meldete mit
einer gleichgültigen Stimme, die verriet, daß er sich
zuvor nicht damit abgegeben hatte, den Namen zu nennen:

»Leutnant Ramage.«

Wenn man aus den düsteren Gängen kam, wirkte das
Zimmer geradezu strahlend hell, daher blieb Ramage
einen Augenblick blinzelnd stehen, während sich die Tür
sachte hinter ihm schloß.

»Du siehst ja aus wie eine Eule, die eben aus dem
Schlaf erwacht ist«, sagte sie und rannte zu ihm, um
sich in seine Arme zu werfen. Sein Hut flog in die Ecke,
der Säbel fiel klirrend zu Boden, dann sanken sie einander mit jener Heftigkeit in die Arme, die nur Lie-
bende und Ertrinkende kennen.

Stunden schienen vergangen, Stunden, in denen er sich am liebsten die Kleider vom Leibe gerissen hätte, die ihn körperlich von ihr trennten, Stunden, angefüllt mit ungezählten Küssen auf ihre Augen, ihren Mund und ihre Stirn, Stunden, in denen er sich selbst verstohlen, ihr aber offen die Tränen aus den Augen wischte. Es waren Stunden, in deren Verlauf sich die frohe Trunkenheit dieses Wiedersehens allmählich verlor, so daß sie ihn schließlich ins Auge faßte und flüsternd zu ihm sagte:

»Ach, Liebster, ich dachte, du seist längst tot — und da kam nun dieser dumme Mann ...«, sie schluchzte auf, ohne Tränen, ohne Schmerz, nur maßlos verwundert und so, als ob sie es nicht glauben könnte, »und sagte, ein Seeoffizier wolle mich sprechen. Und ich ...«

»Und du?«

»Ich bildete mir ein, der Mann sei gekommen, um mir zu sagen, man wisse jetzt, daß du tot seist. Ich sage dir, es war ein schreckliches Gefühl.«

»Und als ich dann vor dir stand, da wußtest du nichts anderes zu sagen, als ich sähe aus wie eine Eule.«

»Wie eine Eule?«

Er schob sie auf Armlänge von sich. Nein, ihr fragender Ausdruck ließ ihm keinen Zweifel. Gab es das wirklich?

Zärtlich fragte er sie: »Überlege einmal. Was hast du gesagt, als ich zur Tür hereinkam?«

»Nichts, kein Wort. Ich war so von Sinnen, so — ich konnte es einfach nicht glauben.«

»Du weißt also nicht mehr, daß du sagtest: ›Du siehst ja aus wie eine Eule, die eben erwacht ist‹?«

»Nein, das habe ich bestimmt nicht gesagt.«

Da hatte er wieder das Bild jenes Gefechts vor Augen, während dessen sich ein Matrose plötzlich um die eigene Achse drehte, weil ihm ein Geschoß die Hand vom Gelenk gerissen hatte. Aus dem Armstumpf spritzte das Blut hervor, er taumelte über Deck auf Ramage zu und sagte im gewöhnlichen Gesprächston: »Ich bin ein uneheliches Kind, Sir, man hat nie herausgefunden, wer mein Vater war . . .«

Ja, wer einen ernsten Schock erleidet, flüchtet sich anscheinend leicht in belanglose Reden. Auf diese Art wurde ihm erst vollends klar, wie groß ihre Liebe zu ihm war. Diese Erkenntnis machte ihm Angst, er kam sich dagegen so klein und unwürdig vor, weil er ganz vergaß, daß er sie doch ebenso verzehrend liebte wie sie ihn.

»Jetzt siehst du wirklich aus wie eine Eule.«

Er sah von oben auf ihren lächelnden Mund hinab -- war dies, ihr Lächeln, nicht eher frech zu nennen? In den großen braunen Augen funkelte das Glück, auch ihre zartgeröteten Wangen verrieten, wie es in ihr aussah. Ihr Übermut kam nur im Schwung ihrer Brauen und ihrer unvergleichlichen Lippen zum Ausdruck. Er hielt sie dicht an sich gepreßt, als er plötzlich über sich ein metallisches Dröhnen und zugleich ein ratterndes Geräusch in seinem Rücken hörte. Er versetzte Gianna einen heftigen Stoß, um sie aus der Gefahrenzone zu bringen, dann fuhr er herum und suchte unwillkürlich nach dem Griff seines Säbels. Aber ehe er ihn noch ziehen konnte, stand sie schon vier Schritte vor ihm, klatschte in die Hände und lachte, daß ihr die Tränen über die Wangen liefen. »Es ist ein Uhr, mein Liebling«, rief sie, »was du hörtest, ist unsere Kirchenuhr.«

»Mir scheint, ich habe meinen neuen Rock zerrissen«, meinte er kleinlaut.

Sie bewegte sich tanzend hinter seinen Rücken: »Und ob du ihn zerrissen hast! Die ganze Naht muß neu genäht werden.«

Er stimmte wohl in das Gelächter ein, aber zugleich

sagte er sich, daß er binnen einer Stunde in See gehen mußte. In zehn Minuten galt es Abschied zu nehmen.

»Meine liebe toskanische Zarin: wenn du anhand dieses Risses festgestellt hast, wie es um meine Leidenschaft für dich bestellt ist, kannst du mir dann jemand herbeischaffen, der diesen Rock wieder zusammenflickt?«

Das Kinn in die Hand gestützt, betrachtete sie ihn mit gespieltem Zweifel und staunte insgeheim, daß ihr das Gesicht und der Körper dieses Mannes — den sie doch so verzweifelt liebte, daß sie ihn in jedem wachen Augenblick vor sich sah — dennoch immer wieder neue Besonderheiten offenbarten, oft überraschende, immer aufregende und zuweilen sogar beängstigende. Seine Augen, die so tief unter den Brauen saßen, erlaubten ihr ab und an, einen Blick in seine Seele zu tun, dann wieder waren sie eine Trennwand, die ihr jeden Zugang verwehrten. Die Narbe auf seiner Stirn war wie ein Wetterhahn, der seine Stimmung anzeigte. Ärger zog die Haut zusammen und preßte das Blut heraus, dann erschien sie als scharfer, weißer Strich. Sein Mund — ob er wohl wußte, daß er durch eine bestimmte winzige Bewegung der Lippen so fern und unheimlich erscheinen konnte wie der Mond, oder aber so nahe, daß sie das Gefühl hatte, sie seien eins. Sein Gesicht war schmal, gewiß, aber wie die Narbe auf der Stirn, so konnten auch seine Kinnbacken zu einem harten blutleeren Umriß gefrieren. Wenn Zorn die Muskeln straffte und die Kanten schärfte, dann erweckte dieses Gesicht den Eindruck, als sei es aus Stahl gegossen. Es war ein Gesicht, das eine Frau nur leidenschaftlich lieben oder hassen konnte, das Gesicht eines Mannes, das niemand gleichgültig ließ.

Sie merkte, daß er ihr Schweigen nicht zu deuten wußte und eine Antwort erwartete.

»Mach dir keine Gedanken, ich liebe deine Leiden-

schaft wie sie ist, auch wenn sie Röcke zerreißt. Aber
wenn so ein Rock *wirklich* geflickt werden muß, dann
werde ich die Arbeit selbst übernehmen.«

»Gianna!«

»Nii-co-las!« mimte sie lachend seinen feierlichen
Ernst.

»Aber jetzt wollen wir uns beim Gouverneur einfinden, er besteht bei seinen Mahlzeiten auf pünktlichem
Erscheinen. Heute nachmittag bin ich dann deine Nähe-
rin. Schau doch nicht so sorgenvoll drein, es ist wirklich nur eine harmlose Stichelei.«

Er verzog den Mund zu einem nervösen Lächeln, während er nach Worten suchte, um zu erklären, was ihr
bevorstand. Zuletzt platzte er unvermittelt heraus:
»Darum geht es ja nicht. Ich muß wieder fort.«

»Mach dir keine Gedanken, heute abend ist auch
noch Zeit.«

»Ich werde mich für längere Zeit von dir trennen
müssen.«

Sie nahm seine Hände, zog ihn in einen Lehnstuhl
und kauerte sich zu seinen Füßen auf den Boden. Ihr
Kopf ruhte an seinen Knien.

»Sage mir, was geschehen ist«, sagte sie ruhig, »und
warum du so schnell wieder fort mußt.«

Er strich mit dem Finger über ihre Brauen, die kleine
römische Nase, die weichen, feuchten Lippen und die
hohen Kinnbacken. Sie griff nach seiner Hand und zog
sie an ihre Brust, als ob sie ihn zu trösten suchte.

»War es denn so schlimm, *caro mio*?«

»Nein«, sagte er schnell, da er merkte, daß sie sein
Schweigen falsch verstanden hatte. »Nein, es war alles
ganz einfach.« Er beschrieb ihr mit kurzen Worten die
Wegnahme der *Kathleen*, wie ihm Jackson geholfen
hatte, als Amerikaner aufzutreten und wie er in Cartagena deshalb freigekommen war. Den Einbruch in Cor-

dobas Haus und den Befehl, den er dort gefunden hatte, verschwieg er ihr. Er sagte ihr nur, wie sie *La Providencia* gestohlen und mit ihr nach Gibraltar gesegelt waren.

»Warum seid ihr nur so lange in Cartagena geblieben? Wochen und Wochen! Ihr hättet doch dieses Schiff bestimmt eher nehmen können.«

»Die spanische Flotte lag dort im Hafen. Ich wollte herausfinden, wann sie in See gehen soll und welches ihr Ziel ist.«

Sie merkte vor ihm, was an diesem Argument nicht stimmte. »Wie konntest du das denn, ohne zu warten, bis sie auslief, und zu sehen, welchen Kurs sie nahm? Sie war doch noch nicht ausgelaufen, als du in See gingst, oder doch?«

Ramage verfluchte seine geschwätzige Zunge, die ihn nur zu leicht in eine gefährliche Lage bringen konnte. Der einzige Mensch in Gibraltar, der um Cordobas Befehl wußte, war der Kommissar, und der hatte immer wieder betont, daß dieses Wissen strengstens geheim zu halten war. Auf Gibraltar, hatte er voll Ärger gesagt, wimmle es von Spionen, und im Freundeskreis des Gouverneurs rede man viel zu offen über geheime Dinge.

»Nun ja«, sagte er lahm, »ich habe etwas herausgefunden, das für Sir John von Interesse ist, aber das darfst du keinem Menschen verraten. Und jetzt — auch das ist strengstes Geheimnis — soll ich Sir John aufsuchen und ihn davon unterrichten.«

»Aber mein Liebling«, sagte sie darauf mit leiser Ironie, »bis jetzt hast du mir ja nur gesagt, ich solle streng geheimhalten, daß du ein Geheimnis weißt.«

»Das ist fürs erste auch vollkommen ausreichend.«

Ihre Augen glänzten unnatürlich, da sie voll Tränen waren, er aber konnte nicht übersehen, daß sie nicht nur Unglück, sondern auch Unwillen verrieten.

»Da bin ich nun Herrscherin eines Staates, der sich England als Bundesgenosse angeschlossen hat. Und doch soll es mir nicht gestattet sein, ein dummes kleines Geheimnis zu erfahren.«

Ärger, Bitterkeit, verletzter Stolz, ja, und eine Spur patriotischen Hochmuts, das alles war aus dieser Antwort herauszuhören. Noch vor wenigen Augenblicken waren sie wie eins gewesen, jetzt saß eine Fremde zu seinen Füßen.

»Ich — also der Kommissar hat mir den strengen Befehl gegeben. Auch der Gouverneur ist nicht unterrichtet.«

»Nun gut«, sagte sie kalt, »du hast diese Nachricht erkundet, also wollen wir *darüber* nicht mehr reden. Aber warum mußt ausgerechnet du den Botenjungen spielen und auslaufen, um Sir John zu finden? Soll der Kommissar doch einen anderen schicken. Du hast weiß Gott Ruhe verdient. Seit Monaten setzt du dein Leben aufs Spiel. Erst hast du mich gerettet, dann *La Sabina* gekapert und schließlich in Cartagena Spion gespielt. Mein Gott«, fügte sie schaudernd hinzu, »wenn diese Spanier herausgefunden hätten, daß du gar kein Amerikaner bist —!«

»Dann hätten sie mich erschossen, aber ich lebe ja noch. Und als ich hier ankomme, finde ich zu meiner Freude, daß eine junge Dame auf mich gewartet hat. Apropos, meine junge Dame«, er ergriff die Gelegenheit, das Thema zu wechseln, »warum sind Sie eigentlich hier und nicht in England?«

Sie zuckte graziös und dabei doch kalt und distanziert die Schultern, ihre Stimme klang matt und unbeteiligt. Sie war jetzt eine Fremde, die Herrscherin von Volterra und, so dachte er, keine Frau mehr.

»Gut, wechseln wir das Thema. Als die *Apollo* hier ankam, mußte sie vierzehn Tage warten. In dieser

Zeit hörten wir, daß die *Kathleen* gekapert worden war. Ich hatte durchaus keine Eile, nach England zu kommen, darum beschloß ich zu bleiben — nebenbei war ich neugierig zu erfahren, ob Sie, mein Herr, lebten oder umgekommen waren.«

»Neugierig.« Das Wort traf ihn wie ein Dolchstoß, gegen den es keine Abwehr gab. Was half es ihm, zu wissen, daß sie schwer gekränkt war, weil sie einfach nicht begriff, was der Dienst von ihm verlangte. Ihre gespielte Gleichgültigkeit war einer Herrscherin würdig. Obwohl sie im Augenblick zu seinen Füßen saß, hatte er den Eindruck, als verhielte es sich umgekehrt, als sei er selbst der demütige (und ungehorsame) Untertan, der vor der Herrin des Staates Volterra kniete.

»Und was wurde aus Antonio?« fragte er wie betäubt und fast ohne zu bedenken, was er sagte.

»Er fuhr auf der *Apollo* weiter. Ursprünglich wollte er bei mir bleiben, aber ich sagte ihm, er solle nach London fahren und mich als mein bevollmächtigter Botschafter bei Ihrem König vertreten. Er ist dann gleich in der Lage, den Bündnisvertrag zu formulieren.«

Das war eine stolze kleine Rede, allein die Herrscherin verwandelte sich für Ramage wieder in ein junges Mädchen, als er sich ausmalte, wie Antonio als Botschafter eines vom Feind besetzten und von ganzen zwanzigtausend Menschen bewohnten Staates Volterra die Bedingungen und den Wortlaut eines Bündnisvertrags mit Großbritannien aushandelte, das zur Zeit gegen die vereinigte Streitmacht von Frankreich und Spanien zu kämpfen hatte. Für dieses Großbritannien mit seinem ohnehin schwer überlasteten Budget stellte dieses Volterra nichts als einen zusätzlichen Debetposten dar.

»Wie hast du es denn in dieser Uniform fertiggebracht, den Spaniern weiszumachen, daß du ein Amerikaner seist?«

Sie hielt ihm damit einen winzigen, schnell welkenden Ölzweig hin, und er beeilte sich, sogleich danach zu greifen.

»Ich trug dazu eine Matrosenkluft. Die Uniform hier habe ich eben erst gekauft. Sie stammt von einem Leutnant etwa meiner Größe — er hat nur etwas schmälere Schultern —, dem sie der Schneider soeben geliefert hatte.«

»Es war schön von ihm, sie dir zu überlassen.«

»Nein, das kann man nicht sagen. Zuerst lehnte er strikt ab, aber dann befahl ihm der Kommissar, sie an mich zu verkaufen.«

»Euer Kommissar gibt wohl gern unerfreuliche Befehle . . .«

»Hm, ja«, sagte Ramage heuchlerisch. »Aber stellen wir uns einmal vor, du wärest in Volterra genötigt gewesen, Unerfreuliches anzuordnen, dann hättest du doch gewiß nicht von vornherein angenommen, daß solche Anordnungen nicht befolgt würden, auch wenn du sie vielleicht nur ungern und widerwillig erlassen hättest.«

»Das ist wahr«, gab sie zu, »in deinem Falle liegen die Dinge wohl ähnlich.«

»Gewiß, hier geht es um genau das gleiche. Die Grundlage einer Marine, eines Staates — ja sogar einer Familie ist und bleibt die Disziplin«, sagte er hochtrabend.

»Nur meine Liebe zu dir schafft eine Ausnahme.«

Aus ihrer Stimme sprach Trotz und er war sich darüber klar, daß sie um dieser Liebe willen weder Gesetze noch Hindernisse gelten ließ. Er fürchtete allen Ernstes, daß sie den Einfluß des Gouverneurs nutzen könnte, um zu erreichen, daß ein anderer Leutnant zu Sir John entsandt wurde. Darum küßte er ihr jetzt die Lippen wund, bis sie beide erschrocken zusammenfuhren, weil die Uhr aufs neue zu schlagen begann.

Großer Gott, er war schon fast eine Stunde hier. Der Kommissar achtete bestimmt auf jede Schiffsbewegung im Hafen. Er stand auf, hob sie auf die Beine und küßte sie wieder mit aller Kraft, ehe sie ein Wort sagen konnte. Dann zog er sie so an sich, daß sie außerstande war, ihm in die Augen zu sehen, und begann schnell und mit leiser, eindringlicher Stimme zu sprechen, als wollte er ein ganzes Leben in die paar Minuten hineinzwängen, die ihm noch geblieben waren.

Als er die ausgetretenen glitschigen Stufen der Ragged Staff Mole hinunterstieg, hatte er das gleiche Gefühl der Leere, das fast jeden Mann quält, der in Kriegszeiten wieder in See gehen und ein geliebtes Wesen an Land zurücklassen muß. Pflichtgefühl nennt man den geheimnisvollen inneren Zwang, der ihn dazu trieb. Das war gewiß ein prächtiges Wort für dieses Nicht-anders-Können, und doch sagte es nur ein Zehntel dessen aus, was da wirklich vorging. Jedem, der so zum Borddienst zurückkehrte, standen Wochen, ja vielleicht Monate trostloser Eintönigkeit und Langeweile bevor. Das war oft so schlimm, daß er kurze Augenblicke der Gefahr als Erlösung aus diesem ewigen Einerlei begrüßte. Auch durch einen scharfen Geschmack auf der Zunge suchte der Seemann Abwechslung von der ewig gleichen, langweiligen Salzfleischkost und begann darum Tabak zu kauen, wie es allgemein der Brauch war. So weit, so gut. Allein, es gab in jenem Augenblick weit und breit nichts, das man hätte kauen oder trinken, tun oder sagen können, um den Schmerz zu lindern, der sich aus der Erkenntnis ergab, daß dieser Abschied der letzte sein konnte. Vielleicht war es für die zurückgelassenen Frauen, die zu Hause von ihren Erinnerungen zehrten, eine noch schlimmere Prüfung, daß sie bis zum Tag der Rückkehr nicht wußten, ob ihr Liebster alle

Schlachten, Krankheiten und Unfälle unversehrt überleben würde.

Was erwartete er, Ramage, sich nun wirklich da draußen auf dem Ozean? Etwa Ehre und Ruhm? Oder war es die Macht über Menschen, die ihm mit seinem Kommando zufiel? Sehnte er sich etwa nach dem fast erotischen Schauer der Gefahr, der ihn in der Schlacht zu überrieseln pflegte? Um eine ehrliche Antwort zu finden, konzentrierte er sich so scharf auf diese Fragen, daß er mit dem Hacken seines Stiefels von einer Stufe abrutschte und um ein Haar gefallen wäre. Während er noch mühsam sein Gleichgewicht wiederzugewinnen suchte, wurde er sich darüber klar, daß die Antwort in jedem Fall nein war.

Was hielt ihn also ab, sich auf Halbsold setzen zu lassen (oder seinen Abschied zu nehmen) und nach England zurückzukehren, um dort das Leben eines Gentleman zu führen, dem Vater bei der Verwaltung seiner Besitzungen zu helfen und vielleicht sogar die Finger in die Politik zu stecken? Ein solcher Plan war aller Ehren wert (vielleicht mit Ausnahme der politischen Ambitionen, die er darum auch gleich wieder von sich wies) und auch ganz leicht zu verwirklichen. In der Navy gab es viel zu viele junge Leutnants — mindestens ein Viertel von ihnen war ständig ohne Kommando. Diese Leute belagerten die Admiralität oder machten Freunde mit »Beziehungen« mobil, damit sie dem Ersten Lord schrieben, er möge ihnen eine Stelle verschaffen. Er zuckte die Schultern und fühlte, daß an seinem Rock dabei wieder ein paar Stiche rissen. Verflucht sollte der Kerl sein, der ihm diesen Mist verkauft, und dreimal verflucht der Schneider, der ihn verbrochen hatte. Wer gar den Faden auf dem Gewissen hatte, mit dem das Ding zusammengeflickt war, der sollte in der Hölle braten! Plötzlich merkte er, daß er schon sekundenlang reglos dastand und nach einer toten Katze starrte, die im Wasser trieb. Als er wieder in die Wirklichkeit zurückfand, fiel sein Blick auf Maxton, der das wartende Boot längsseit festhielt. Er blickte ihm mit seinem glatten, braunen Gesicht fröhlich grinsend entgegen. Jackson saß an der Pinne und beobachtete ihn voll Neugier — wahrscheinlich versuchte er seine Gedanken zu erraten. Die übrigen Männer, die mit ihm in Cartagena gewesen waren, bedienten die Riemen. Sie alle trugen neue blaue Hemden und weiße Leinenhosen, außerdem waren sie alle frisch rasiert. Er kletterte in das Boot, nickte ihnen zu und wurde gleich darauf in lebhaftem Tempo durch den Hafen gerudert.

Wenn er die Antwort auf seine Fragen wußte, dann konnte er der See vielleicht Lebewohl sagen. Aber war es mit der Entdeckung dieser Antwort nicht ähnlich bestellt wie mit der Auffindung des Goldenen Vlieses? Kam es dann nicht von selbst dazu, daß man nichts mehr mit seinem Leben anzufangen wußte, daß es keinen Ansporn, kein Ziel, kein Streben mehr gab?

Er wandte sich um und warf einen letzten, langen Blick auf Gibraltar zurück. In diesem Augenblick war er wieder ein Kind, er lag an einem Strande Cornwalls auf dem Bauch im Sand und blickte an einem mächtigen Felsblock in die Höhe, der nur ein paar Meter entfernt war. Die Häuser an den steilen Hängen nahmen sich aus wie winzige Schnecken, die grauen, von Schießscharten durchbrochenen Festungsmauern waren aus der Entfernung nur Risse in den Felsen. Ob Gianna von einem Balkon des Konvents nach ihm Ausschau hielt? Er war dessen nicht allzu sicher. Als sie auseinandergingen, da liebten sie einander und da waren sie einander zugleich so schrecklich fremd — für ruhige Minuten, in denen sich die Wogen geglättet hätten, war keine Zeit gewesen.

Hundert Meter querab lag *La Providencia* vor Anker. Er hoffte, daß sie Sir John für die Marine kaufte. Auch ohne daß er auf seinen Anteil am Prisengeld verzichtete, bekamen die sechs Mann, die jetzt das Boot pullten, je einige hundert Pfund. Das war mehr, als sie als Seeleute in ihrem ganzen Leben verdienen konnten.

»Sie hat uns gute Dienste geleistet.«

»Und ob, Sir«, meinte Jackson sehnsüchtig, »ich möchte sie am liebsten sofort als Kaperschiff übernehmen.«

La Providencia hatte von Cartagena bis hierher nur drei Tage und vier Nächte gebraucht. Das war bei den herrschenden flauen Winden eine sehr schnelle Reise gewesen. Ramage und der Kommissar konnten nur darum beten, daß die spanische Flotte verspätet auslief und dann auf die gleichen unzuverlässigen Winde traf. Wenn der Geleitzug der siebzig Frachtschiffe gleichzeitig in See ging, dann konnte man nur wünschen, daß er sich für die Kriegsschiffe als Klotz am Bein erwies, indem er sich so langsam, töricht und widerspenstig anstellte, wie es bei Geleitzügen von Frachtern die Regel war.

Aber die Aussicht, daß dem Gegner eine lange Reise bevorstand, war nur gering: der Wind hatte inzwischen auf Ost gedreht und war böig geworden. Die Federwolken, die jetzt vom Felsen von Gibraltar wie Dampf aus einem kochenden Kessel nach Westen zogen, zeigten an, daß starker Ostwind — ein sogenannter Levanter — schon über das Mittelmeer im Anzug war. Er brachte heftigen Regen und schlechte Sicht, kurz, er war genau der Wind, den Cordoba brauchte, um mit seiner Flotte so schnell wie möglich durch die Meerenge in den Atlantik hinauszugelangen.

Als er mit *La Providencia* den mächtigen Felsen des Europa Point gerundet hatte und dicht unter der Küste »zum toten Mann« in die Rosia Bucht einlief, konnte er sich nicht genug wundern, daß in dieser Bucht mit einer einzigen Ausnahme kein Kriegsschiff vor Anker lag. Offenbar war zur Zeit jedes erreichbare Fahrzeug unterwegs, entweder um Commodore Nelson bei der Evakuierung des Mittelmeers zu helfen, oder um Sir John Jervis' Streitmacht zu verstärken.

Das Boot kam längsseit und die Männer grinsten mehr denn je, als Ramage zum Gezwitscher der Bootsmannsmaatenpfeife das Fallreep hochkletterte. Man konnte es nur als kindisch bezeichnen, aber für einen Kommandanten war es eben doch mit das Schönste, daß man ihn mit diesen Pfeifentönen an Bord empfing ...

Sekunden später erwiderte er Southwicks Ehrenbezeigung und schüttelte ihm die Hand, während die Besatzung in wildes, spontanes Hurrageschrei ausbrach, dem Southwick mit keinem Wort Einhalt gebot.

»Willkommen an Bord, Sir, ohne Sie hatte die alte *Kathleen* ihr Gesicht verloren.«

Ramage zwinkerte mit den Augen und dachte so nebenbei an die geplatzte Naht seines Rocks. Jackson hatte als erster die *Kathleen* vor Anker liegen sehen, als *La Providencia* den Europa Point rundete. Ramage war über den Anblick seines alten Schiffes erfreut, zugleich aber auch innerlich aufgewühlt, bis er im Büro des Kommissars in Erfahrung brachte, was gewesen war und wie es weitergehen sollte. Die Fregatte *Hotspur* hatte die *Kathleen* und die spanische Fregatte zurückerobert, sie nach Barcelona eingeschleppt und die ganze Besatzung der *Kathleen*, die sie als Gefangene auf der Fregatte vorfand, befreit. Seine Unruhe schwand vollends, als der Kommissar von dem Befehl für Cordoba erfahren hatte und ihn daraufhin anwies, die *Kathleen* sofort wieder zu übernehmen und »mit aller erdenklichen Eile« nach Sir John zu suchen.

Aber auf eine solche »Heimkehr« — denn nur so konnte man diesen Empfang auf dem Kutter bezeichnen — war er nicht gefaßt gewesen. Offenen Mundes stand er noch immer an der Fallreepspforte, als die Männer immer wieder in ihr Hurrageschrei ausbrachen. Inzwischen waren auch Jackson und die Besatzung der Gig an Bord gekommen und hielten sich zunächst etwas abseits. Aber als Ramage ihnen durch einen Wink bedeutete, daß sie nun auch wieder zur Besatzung gehörten, da gab die ganze übrige Mannschaft mit lautem Geschrei ihre Freude kund.

Southwick übertönte den Lärm und meinte: »Ich glaube, die Männer würden sich über ein paar Worte von Ihnen freuen, Sir.«

Ramage sprang auf das Bodenstück einer Karronade und gebot den Männern mit einer Handbewegung Schweigen. Er versuchte möglichst grimmig dreinzuschauen und hatte damit vollen Erfolg. Sein hageres Gesicht, die harten Augen, die schräge Narbe auf der Stirn, die sich hell von der braunen Haut abhob, die zusammengepreßten Lippen und die gespannten Muskeln um das Kinn, das alles wirkte zusammen, um ihn als grausamen, zum Letzten entschlossenen Mann erscheinen zu lassen.

Allmählich wurde es still und er begann in barschem Ton:

»Ihr seid bei Gott die dümmste Besatzung, die das Pech einem Kommandanten je in die Hand spielte.« Das Lächeln verschwand von den Gesichtern, die Männer waren alle vor den Kopf geschlagen und sahen drein wie dumme Jungen.

»Habe ich nicht schon das menschenmögliche getan, euch mit *La Sabina* umzubringen? Es wurde nichts daraus. Dann, als die beiden Fregatten auftauchten, meinte ich, es wäre wieder soweit, da stellte es sich heraus, daß es Engländer waren. Und das dritte Mal, als wir in die spanische Flotte gerieten, da konnte ich mich nicht mehr mit euch befassen. Und jetzt seid ihr so hirnverbrannt, mich mit Hurra zu begrüßen, weil ich zurückgekommen bin, das Spiel von vorn zu beginnen.«

Jetzt brüllte alles vor Lachen, die Männer traten aus dem Glied und drängten sich begeistert um ihn. Einige riefen: »Nur los, Sir! Wir wollen wieder ran!«

»Das könnt ihr haben. Aber diesmal — das ist jetzt kein Scherz — geht es wahrscheinlich um ein Wettrennen mit der *Santisima Trinidad.*« Er machte eine Pause, damit ihnen seine Worte richtig ins Bewußtsein drangen. »Für den Fall, daß ihr es vergessen habt: sie führt hundertdreißig Geschütze. Wenn wir sie kleinhaben, sind da noch sechs weitere Schiffe, jedes mit hundertzwölf Kanonen, und außerdem noch zwei mit achtzig. Habt ihr dann immer noch Feuer auf der Pfanne, so könnt ihr euch an achtzehn Stück Vierundsiebziger halten, aber glaubt mir ja nicht, daß ihr dann Zeit für einen Grog findet, denn da wimmeln immer noch ein paar Dutzend Fregatten umher, die ihr nach Gibraltar oder in den Tejo einbringen müßt.«

Wenn er meinte, er hätte die Leute durch diese Liste von Schiffen ernüchtert, dann hatte er sich gründlich getäuscht. Sie begannen sofort wieder Hurra zu schreien, und er sah, wie sich Southwick in gewohnter Weise die Hände rieb. Wenn jede spanische Besatzung nur halb so viel Kampfgeist besaß, überlegte er, dann war Cordobas mächtige Flotte in der Tat unbesiegbar. Während die Männer noch immer ihre Hurras ausbrachten, stellte er sich vor, wie Cordobas Flotte Cadiz verließ und sich vor Brest mit der französischen vereinigte, um mit ihr zusammen in England einzufallen. Er malte sich aus, wie französische Truppen plündernd und brennend durch Cornwall marschierten, wie sie seine Heimat St. Kew zerstörten und wahrscheinlich seinen Vater guillotinierten, weil er ein Earl und zugleich ein Admiral war. Unterdessen waren die Männer verstummt und er sagte sich, daß man ihm offenbar seine Gedanken ansah. Nun denn, an Land war natürlich strengste Geheimhaltung vonnöten, aber hier an Bord konnte es nicht schaden, wenn er den Männern offen sagte, um was es jetzt ging, zumal sie ja schon in einer Viertelstunde in See waren.

»So, nun einmal Spaß beiseite. Hört genau zu, was ich euch sage. Ich habe euch eben aufgezählt, wie stark die spanische Flotte ist, und Jackson und die anderen haben euch wohl schon berichtet, welchen Eindruck sie machte, als sie dort in Cartagena vor Anker lag. Aber Jackson und die anderen wissen nicht, daß diese ganze Riesenflotte Befehl hatte, vorgestern auszulaufen. Der spanische Admiral soll nach Cadiz segeln, darum kann es sein, daß wir ihn schon in der nächsten Minute am Europa Point mit Kurs auf den Darm vorüberlaufen sehen.«

Dabei wies er auf die grauen Berge von Afrika, die sich keine zwölf Meilen entfernt jenseits der Meerenge erhoben. »Wenn er hier durchkommt, ehe wir draußen sind, Sir John finden und ihm melden, was da im Gange ist, dann wissen nur die Spanier und die Franzosen, was am Ende daraus wird. Nimmt eine spanische Flotte von dieser Stärke in Cadiz Truppen an Bord und läuft sie dann nach Norden, um die Blockade von Brest zu brechen und sich mit der französischen Flotte zu vereinigen, dann hält sie so gut wie nichts mehr davon ab, in England einzufallen. Bedenkt, sie haben dann im ganzen nicht weniger als fünfzig Linienschiffe. Soweit wir wissen, hat Sir John nur elf Linienschiffe zur Verfügung, um Cordoba mit seinen siebenundzwanzig am Anlaufen von Cadiz zu hindern. So stehen also die Dinge. Unsere Aufgabe ist es, Sir John ins Bild zu setzen. Aber da wir noch nicht einmal wissen, wo er ist, haben wir keinen Augenblick zu verlieren. Mr. Southwick! Klar zum Anker lichten!«

Damit sprang er von der Karronade herunter und fühlte sich wie ein Schauspieler, der eben die Rede Heinrichs V. am Vorabend des St.-Crispin-Tages dargeboten hatte — allerdings ohne den Beginn: »Wer keinen Mut im Leibe fühlt für diese Schlacht, den lasset zieh'n . . .«

Als er unter den ständigen Hurrarufen der Männer zum Niedergang schritt, lächelte er sarkastisch, weil ihm ein anderes Wort aus dem gleichen Drama in den Sinn kam: »All meinen Ruhm gäb' ich für eine Pinte Ale — und Sicherheit.« Sein eigener Ruhm hätte ihm wohl nur ein ganz kleines Töpfchen schlechten Bieres eingebracht.

Ramage legte in der winzigen Kajüte seinen Säbel ab, und als Jackson gleich darauf seine große lederne Reisetasche herunterbrachte, schloß er sie auf und packte die Bücher und sonstigen Schriftstücke, die sie enthielt, in seinen Schreibtisch. Der Schlüssel stak noch im Schloß des Schubfachs — nur die kleine, bleibeschlagene Kassette, die er sonst darin aufbewahrt hatte, fehlte. Sie lag jetzt in tausend Faden Tiefe auf dem Meeresgrund. Er mußte sich umgehend eine neue anfertigen lassen.

Ramage sank schwer auf seinen Stuhl. Seine Müdigkeit war nicht so sehr körperlichen Ursprungs, er hatte vielmehr das deutliche Empfinden, daß sein Gehirn überanstrengt war. Wie sehnte er sich nach einer Woche Ruhe, ohne den Zwang, ständig Entscheidungen treffen zu müssen, ohne den Zwang, sich ständig antreiben zu müssen, ohne die ewige Angst, daß ein Augenblick der Entspannung der feindlichen Gewalt — gleich ob man darunter die Spanier oder Wind und Wetter verstand — Gelegenheit zu einem entscheidenden Schachzug bieten könnte. Er wollte sich endlich einmal ohne die Angst schlafen legen, daß er nur geweckt wurde, um sich mit neuen Schwierigkeiten auseinanderzusetzen.

Die Worte des Kommissars klangen ihm noch in den Ohren: »Ihr Kutter ist das einzige Fahrzeug, das wir aussenden können, um Sir John zu suchen ... Hätte ich drei Fregatten, ich würde sie alle drei dafür einspannen, aber ich habe nur Ihren Kutter. Machen Sie mir keinen Fehler, Ramage, Sie *müssen* Sir John finden. Sie wissen ja, was auf dem Spiel steht. Jagen Sie Ihr Schiff und Ihre Besatzung wie nie zuvor, wenn es sein muß, nehmen Sie jeden Tag einen Sturm in Kauf. Wenn Sie eine Fregatte sehen, dann geben Sie ihrem Kommandanten ein Exemplar des Befehls, den ich Ihnen ausfertigen lasse. Sollten Sie einem neutralen Schiff begegnen, dann versuchen Sie mit Zuckerbrot und Peitsche von seinem Kapitän zu erfahren, ob er Sir Johns Geschwader gesehen hat oder nicht. Kommen Sie mir nicht mit Entschuldigungen«, hatte er zuletzt noch drohend betont, »wenn Ihnen das Unternehmen mißlingt.«

Er sollte also Sir Johns Verband finden ... Ramage griff nach der Karte. Seine Anhaltspunkte waren mehr als dürftig. Sir John war aus Lissabon ausgelaufen. Am 18. Januar hatte er mit elf Linienschiffen den Tejo verlassen, um einige portugiesische Kriegsschiffe und einen brasilianischen Geleitzug nach Süden bis zu einem Breitengrad zu bringen, auf dem sie sicher waren. (Frage: »Auf welcher Breite war man sicher?«)

Danach hatte Sir John die Absicht, zurückzusegeln und einen Treffpunkt vor Kap St. Vincent aufzusuchen, wo alle Verstärkungen zu ihm stoßen sollten, die die Admiralität aus England zu ihm detachieren konnte. Er hatte diese Verstärkungen wirklich dringend nötig. Der Kommissar, der in einer schwierigen Lage war, weil er dienstlich keine Befehlsgewalt über Ramage besaß, erwartete nicht, daß sich Sir John an diesem Treffpunkt vor etwa dem 12. Februar einfinden werde.

Wenn man erst durch die Meerenge war und den offenen Atlantik erreicht hatte, waren bis zum Kap St. Vincent — der Südwestspitze Portugals und einem der unwirtlichsten Vorgebirge der Atlantikküste — noch hundertsiebzig Meilen in nordwestlicher Richtung zurückzulegen. Bei östlichem Wind und etwa fünf Knoten Fahrt konnte die *Kathleen* diese Strecke in etwa vierunddreißig Stunden bewältigen.

Wenn Ramage dort weder Sir John oder seine Verstärkungen noch eine Fregatte antraf, dann wollte er ohne Verzug Kurs auf die Kanarischen Inseln nehmen, denn er konnte damit rechnen, daß Sir John mit den brasilianischen Schiffen auch diesen Weg eingeschlagen hatte. Drei Tage wollte er in dieser südlichen Richtung weiterlaufen und dann zum Treffpunkt zurückkehren. Auf diese Art hatte er bessere Aussicht, Sir John schon weiter im Süden zu treffen, so daß der Admiral rascher zur Stelle war, um den Spaniern den Weg nach Cadiz zu verlegen.

Jetzt erschien Jackson am Fuß des Niedergangs: »Mr. Southwick meldet, Sir: ›Anker auf und nieder.‹«

Der Steuermann wartete an der Reling. »Danke, Mr. Southwick, Anker lichten. Denken Sie daran«, fügte er hinzu, »wir sind das einzige Schiff im Hafen, an Land sind daher alle Gläser auf uns gerichtet. Jackson, übernehmen Sie das Ruder.«

Southwick nickte, griff nach dem Sprachrohr und begann seine Befehle über Deck zu rufen. Schnell wurden die beiden Vorsegel und das mächtige Großsegel vorgeheißt, Gaffel und Baum schwangen träge von einer Seite zur anderen und die Vorsegel killten, da der Wind an ihren beiden Seiten entlangstrich und keine Gelegenheit fand, seine Kraft auszuüben.

Wieder begann das Spill zu quietschen, als die Männer seine Arme pumpend auf und nieder bewegten. (Warum, ging es Ramage durch den Kopf, gab man Kuttern kein Spill mit senkrechter Achse?) Langsam kroch die schwere Ankertrosse durch die Klüse herein, der Zug quetschte Wasser zwischen ihren Kardeelen hervor, das dann über Deck nach den Speigatten strömte. Ein Mann stand beobachtend am Bug und gab Southwick ein Zeichen. Der Anker kam an die Oberfläche.

»Mr. Southwick, ich übernehme das Kommando.«

Die *Kathleen* hatte etwas Fahrt über den Achtersteven, die Ramage jetzt benutzte, um den Bug nach Steuerbord abfallen zu lassen. Einen Befehl erhielt der Mann am Ruder, einen zweiten die Männer an den Schoten, und schon füllte der Wind das Großsegel mit einem Knall. Langsam begann das Schiff Fahrt voraus aufzunehmen.

Ramage war gerade im Begriff, Southwick zu sagen, er solle das Gaffeltoppsegel setzen, als er sah, wie ein dunkler Schatten zwischen dem Kutter und der Küste herangehuscht kam. Der Schatten auf dem Wasser bedeckte sich rasch mit kleinen, schaumgekrönten Wellen — das war eine der plötzlich einfallenden weißen Böen, derentwegen Gibraltar so berüchtigt war.

»Schoten fieren, Mr. Southwick! Los, schnell!«

Dann wandte er sich an Jackson und den zweiten Mann an der Pinne und rief: »Achtung, pariert die Bö! Kommt, ihr beiden da, schnell mit an die Pinne!«

Dann war die Bö auch schon über ihnen. Man sah nichts von ihr, und doch war sie wie eine feste Masse. Sie riß ihnen den Atem vom Mund, sie heulte schrill in der Takelage, sie riß die Schaumköpfe von den Wellen und jagte sie nach Lee wie schweren Regen. Unter dem gewaltigen Druck des Windes legte sich die *Kathleen* über, bis das Wasser durch die Geschützpforten hereinrauschte. Das Ruder lag hart in Lee, um den Kutter auf Kurs zu halten, dennoch sah Ramage, wie er unter dem Druck des Windes luvte und immer mehr auf die Küste zuhielt. Schon begannen die Vorsegel zu peitschen, wie lange noch und sie zerknallten zu lauter Streifen zerrissenen Segeltuchs?

»Mr. Southwick, fier die Großschot!«

Die Wellen, die kompakt über den Luvreling brachen, verwehten sofort zu Gischt, der in der Mittagssonne kurz wie ein Regenbogen erglühte. Nach einer Weile, die Ramage wie eine Ewigkeit vorkam, weil er jeden Augenblick darauf gefaßt war, daß die Segel in Fetzen rissen oder der Mast über Bord ging, bewegte sich endlich der schwere Großbaum nach Lee, da die Männer die Schot auffierten. Damit ließ der Druck auf das Großsegel nach, der bis jetzt den Bug des Kutters unwiderstehlich nach Luv gezogen hatte. Fast im gleichen Augenblick richtete sich die *Kathleen* etwas auf und gehorchte wieder dem Ruder, so daß die Männer an der Pinne sie wieder auf den richtigen Kurs zurückdrehen konnten. Damit hatte auch das wilde Peitschen der Vorsegel sogleich ein Ende.

Auf dem spanischen Festland lag an Steuerbord querab Algeciras, fünf Meilen jenseits der Bucht von Gibraltar, die Europaspitze lag fast an Backbord querab und man konnte an ihr vorbei ins Mittelmeer sehen. Voraus, an der afrikanischen Küste jenseits der Meerenge, strömten niedere Wolken schnell von Ost nach West. Jetzt verdeckten sie sogar die hohen Gipfel des Renegado und des Sidi Musa, die sich an der Küste hinzogen, wie Zähne in einem versteinerten Kiefer. Einen kurzen Augenblick erkannte er den einzelnstehenden Gipfel des Haffe del Benatz, der fast senkrecht fünfhundert Meter hoch anstieg, und dann, noch weiter im Westen, den Marsa.

Bald konnte der Kutter abhalten, um in den Atlantik hinauszusteuern. Bei dem achterlichen Wind rollte er so heftig, daß die Nock des Großbaums zuweilen ins Wasser tauchte. Ramage sah voraus die kleine Insel Tarifa. Ihr gegenüber lag auf dem Festland die maurische Stadt gleichen Namens. Sie hatte hohe Mauern, aus der mehrere Türme wie riesige Baumstümpfe aufragten.

Die Strömung setzte im Augenblick nach Westen und war unter Land stärker als weiter draußen. Da Ramage Wert darauf legte, keinen Meter Westlänge zu verschenken, hielt er sich so dicht unter der Festlandküste, wie man es irgend wagen konnte. Er befand sich um diese Zeit in Sicht von mindestens einem halben Dutzend spanischer Wachtürme und einiger Burgen. Wenn die Leute dort um das Stück Papier wüßten, das in seinem Schreibtisch eingeschlossen war, dann wären jetzt schon reitende Boten nach Madrid unterwegs. Das winzige Schiff, dem sie Gott sei Dank keine Beachtung schenkten, weil sie vielleicht zu träge waren oder weil sie es für nicht der Mühe wert hielten — diese Nußschale hatte es in der Hand, die strategische Absicht der vereinigten Flotten Frankreichs und Spaniens zu durchkreuzen.

An der Südseite der Meerenge bog die afrikanische Küste nach Südwesten, aber ehe sie Tanger passierten, war es schon dunkel. Tarifa war jetzt ganz nahe — Admiral Cordoba war bestimmt ebenso froh wie er, wenn er die Insel glücklich querab hatte. Von da hatte Cordoba noch vierzig Seemeilen an der Küste entlang in nordwestlicher Richtung weiterzulaufen, dann war er in Cadiz. Auf dem Wege dorthin galt es nur noch zwei Kaps, de Gracia und Trafalgar, mit den davorliegenden Untiefen zu passieren.

Die *Kathleen* dagegen hatte noch einhundertsiebzig Seemeilen vor sich, ehe sie den Treffpunkt vor Kap

St. Vincent erreichte. Sie mußte dazu vor allem eine breite Bucht überqueren, die wegen ihrer plötzlichen Südoststürme berüchtigt war. Diese Stürme konnten ein Schiff so auf Legerwall festhalten, daß es weder in Luv des Kaps St. Vincent vorüberkam, noch auf der anderen Seite Kap Trafalgar runden konnte, um in die Straße von Gibraltar einzulaufen.

Als Tarifa querab lag und die Dunkelheit anbrach, stellte Ramage fest, daß das Wetter immer schlechter wurde. Nur ein Wunder konnte sie, wenn der Morgen dämmerte, vor einem Oststurm bewahren; er mußte sich also innerhalb der nächsten Stunde entschließen, ob er Schutz suchen wollte, indem er der spanischen Küste folgte, die jetzt auf Kap Trafalgar und Cadiz zu in nördlicher Richtung abbog, oder ob er weiter direkt Kurs auf St. Vincent halten sollte, auf die Gefahr hin, daß er wegen der Gewalt des Orkans gezwungen war zu lenzen, das heißt vor dem Wind wegzulaufen, so daß er weit in den Atlantik hinausgeriet und schließlich vierzig bis fünfzig Seemeilen südlich von Kap St. Vincent stand.

Seine seemännische Klugheit empfahl ihm dringend, sich in Lee der spanischen Küste zu halten, aber das Papier in seinem Schreibtisch wollte es anders, ganz zu schweigen von dem Kommissar, der immerzu auf den Tisch gehauen hatte, um seinen Worten Nachdruck zu verleihen, als er sagte: »Jagen Sie Ihr Schiff und jagen Sie Ihre Besatzung, so wie Sie sie nie zuvor gejagt haben, selbst wenn Sie jeden Tag einen Sturm in Kauf nehmen müssen.« Nein, er hatte wirklich keine Wahl, er mußte auf dem kürzesten Wege weiter, der Sturm durfte ihn nicht aufhalten.

Bei all diesen Widrigkeiten hatte er doch einen kleinen Trost. Selbst wenn dieser gleiche Sturm Cordobas Flotte vor sich her rasch durch die Meerenge jagte, so hatten die Spanier mit ihren mächtigen Dreideckern und ihren schwerfälligen Frachtschiffen doch viel härter als er mit seinem Kutter zu kämpfen, wenn sie nach Cadiz gelangen wollten, ohne daß sie der Sturm weit in den Atlantik hinaustrieb.

Die volle Wucht des Sturmes, die selbst die übliche Stärke eines Levanters noch überschritt, traf die *Kathleen*, als sie die Meerenge hinter sich hatte und in den freien Atlantik gelangte. Kap Spartel peilte vier Strich Backbord achteraus. Das ist die Stelle, wo die afrikanische Küste scharf nach Süden schwenkt und jenen riesigen Bogen beschreibt, der erst am Golf von Guinea — also fast am Äquator — endet. An Steuerbord querab verschwanden Spaniens Berge in der Ferne, da sie immer weiter nach Norden, in Richtung auf Cadiz zurücktraten.

Southwick schwor, er habe noch nie einen so schlimmen Levanter erlebt. Auch Ramage machte sich Sorgen, aber er war zugleich von der Majestät dieser Naturgewalt tief beeindruckt, die sich augenscheinlich mühelos über ihnen entlud. Dabei sagte er sich, daß sich natürlich von der kleinen *Kathleen* aus alles doppelt schlimm ausnahm. Allerdings hätte sie dieser Sturm wohl kaum an einer schlimmeren Stelle treffen können. Der Ostwind kam an die tausend Seemeilen durch das ganze Mittelmeer herangebraust und wurde ausgerechnet hier, in der Meerenge zwischen Spanien und Afrika, von den hohen Bergen zu beiden Seiten wie durch eine Düse gepreßt. Seine wahnsinnige Gewalt wurde dadurch noch gesteigert, daß er jetzt auf die atlantische Strömung traf, die ins Mittelmeer setzte. Wind gegen Strom, das war das Schlimmste, was einem Schiff begegnen konnte.

Die riesige Kraft des Sturms türmte gewaltige Wogen auf, die gegen den Strom steil in die Höhe wuchsen und deren Schaumkronen der Wind in jagenden Gischt verwandelte und über die Berge und Täler der Wogen hin vor sich hertrieb, bis er sich wie lange, unheimliche Adern über die Seen hinzog. Ihre ganze Oberfläche glich in der Tat einem tobenden Hexenkessel aus geschmolzenem, grünweißgestreiftem Marmor.

Ramage stand neben Southwick an der Heckreling und sah, wie eine See nach der anderen von achtern auflief wie ein Berg und mit ihrer steilen Vorderseite das Schiff zu überrollen drohte. Die Brecher, die diese gewaltigen Wasserberge krönten, hatten es augenscheinlich darauf abgesehen, Menschen und Gerät über Bord zu fegen. Die beiden Männer waren von diesem Schauspiel so betäubt, daß sie sich kaum noch wunderten, wie ihre *Kathleen,* dieses schwache kleine Gefäß aus Holz, einer solchen Beanspruchung standhielt.

Eine um die andere kamen die Seen angerollt, erbarmungslos und allem Anschein nach ohne Ende. Sie wirkten deshalb um so erschreckender, weil jede einzelne ihre ganze ungeheuere Kraft in sich selbst trug. Diese Kraft kam in ihrer gewaltigen Masse nicht minder zum Ausdruck, als in der glatten, zielbewußten und kraftvollen Art heranzukommen und dabei höher und immer höher anzuwachsen. Angst, Müdigkeit und der Anblick des gewaltigen Schauspiels hatten Ramages Phantasie so angeregt, daß er im Geist die Sturzsee anrollen sah, die bestimmt war, die ganze Welt zu verschlingen. Der Kamm einer jeden Woge war ein zischender, tobender Wirbel weißen Gischts. Er wurde nur vom Kielwasser der *Kathleen* durchschnitten, das sich auf der anrollenden See als schmale Doppellinie einwärts drehender Wirbel abzeichnete, die an die Spiralfedern von Taschenuhren erinnerten.

Die Stunden verrannen, Ramage wurde kaum gewahr, daß mit dem Wachwechsel neue Männer die Pinne besetzten. Er sah nur, wie Woge um Woge in wilder Jagd den Kutter überholte. In dem Augenblick, da wieder so ein brüllender Kamm auf das Deck der *Kathleen* niederkrachen wollte, begann sich ihr Heck zu heben. (Immer, so schien es, um den Bruchteil einer Sekunde zu spät.) Der Bug senkte sich, als ob das Schiff sich zögernd verneigen wollte. Dann war der Kamm der See unter dem Heck. Da hob sich das Achterschiff noch höher, während das Vorschiff tief und immer tiefer ins Wasser gedrückt wurde. Wenn der Kamm dann weiter nach vorn glitt, ließ er das Schiff wie eine Wippe nach achtern kippen, daß sich das Heck klatschend aufs Wasser legte, während der Bug beim Weiterwandern des Wellenkamms immer höher in die Luft ragte.

So plötzlich wie die See heranrollte, war sie auch wieder weg. Dann lag die *Kathleen* ein paar Augenblicke wie tot in dem tiefen Wellental, so daß ihr winziger Sturmklüver schlug, weil er keinen Wind bekam. Aber dann kam auch schon die nächste See von achtern angejagt ...

Plötzlich zeigte Southwick nach achtern. Ein paar hundert Meter hinter ihnen kam eine überhohe See auf sie zugerollt, ihr Kamm war eine feste Wassermasse und zeigte einen keilförmigen Scheitel, der sich höher und höher türmte.

Während sie noch hinblickten, wirkte sich der Winddruck auf dieses Ungetüm aus. Der Kamm konnte seiner Gewalt nicht widerstehen, er bekam langsam das Übergewicht, kippte vornüber und zerstob zu einer zwei Fuß hohen rollenden, wirbelnden, brüllenden Gischtmasse, die an der Vorderseite der See heranglitt.

Im nächsten Augenblick sackte der Kutter in ein Wellental und jene Riesensee entschwand aus dem Gesichtsfeld. Ramage hatte sich gemerkt, daß es die drittnächste war. Als die erste vorübergeschossen war, drehte er sich um, weil er wissen wollte, ob Southwick den

Rudergänger und die Leute an der Pinne gewarnt hatte. Dann stieß er Southwick an und bedeutete ihm, sich festzuhalten. Er selbst griff nach einem Augbolzen neben der Heckgeschützpforte. Die zweite See hob den Kutter so hoch, daß Ramage das anrollende Ungetüm wieder sehen konnte. Es war inzwischen noch weiter angewachsen und ragte jetzt so hoch auf wie ein großes Haus.

Im Bruchteil einer Sekunde sagte er sich, daß sich das Heck der kleinen *Kathleen* diesmal bestimmt nicht mehr rechtzeitig heben konnte. Dann würde die See von achtern über sie hereinbrechen und nach vorn rauschen, jeden Mann über Bord spülen, die Skylights eindrücken und die Luken aufreißen, so daß das Schiff gleich Tonnen Wasser machte. Ohne Mann am Ruder würde das Schiff sofort quer schlagen und wahrscheinlich schon durch die nächste See zum Kentern übergelegt.

Da die schweren Karronaden dann ungefähr senkrecht hingen und sich von ihren Schlitten und ihren Takeln losrissen, da ferner die massigen Fässer mit Proviant und die Dutzende unter Deck verstauter Kugeln sich bestimmt mit Gewalt ihren Weg durch die Außenhaut erzwingen würden, war es so gut wie sicher, daß die *Kathleen* unterging.

Einen Augenblick ehe die See den Kutter erreichte, dachte Ramage an das Stück Papier, auf das er in aller Eile einen Teil des Befehls an Admiral Cordoba geschrieben hatte. Sir John bekam es nun nicht mehr zu sehen, die große spanische Flotte kam also unbehindert durch die Meerenge und konnte sich mit der französischen Flotte in Brest vereinigen. Gianna würde nie erfahren, was aus der *Kathleen* geworden war, alles, was er in letzter Zeit gewagt hatte, war umsonst gewesen. Welch dummes, nutzloses Ende stand ihm nun bevor . . .

Gleich darauf sah er nur noch Himmel, einen grauen,

drohenden Himmel, über den dicke, ungeschlachte Wolkengebilde rasten. Das Heck der *Kathleen* hob sich so schnell, daß Ramage meinte, er würde in die Luft geschossen, und im nächsten Augenblick sackte es ebenso schnell in die Tiefe. Die See war vorüber.

Er suchte Southwick mit dem Blick und sah, daß der alte Mann die Augen geschlossen hatte und betete — oder waren es Flüche, die seinem Mund entströmten? Offenbar hatte er noch nicht gemerkt, daß die See vorüber war. Endlich wandte er den Kopf nach Ramage und versuchte erst gar nicht zu verbergen, wie leicht ihm plötzlich ums Herz war. Er rief: »Ich dachte schon, die hätte es auf uns abgesehen.«

Ramage schüttelte grinsend den Kopf und zeigte nach außen eine Zuversicht, die er in Wirklichkeit gar nicht besaß. Er war froh, daß er rechtzeitig Segel gekürzt, die Stenge gestrichen, das Bugspriet eingerannt und die Breitfockrah an Deck genommen hatte, die das einzige Rahsegel des Kutters trug. Das alles war geschehen, um den Winddruck auf die Takelage zu mindern. Es war eine langwierige und ermüdende Arbeit gewesen, die Stunden in Anspruch nahm. Als der Wind gleich hinter Tarifa auffrischte, hatte er ein Reff ins Großsegel gesteckt und einen kleineren Klüver gesetzt. Schon eine halbe Stunde später waren zwei weitere Reffs in das Großsegel, Bergen des Stagsegels und ein noch kleinerer Klüver nötig geworden. Zuletzt hatte er dann das Großsegel ganz festgemacht und durch ein winziges Trysegel ersetzt, den kleinen Klüver geborgen und dafür einen Sturmklüver gesetzt.

Dennoch raste die *Kathleen* immer noch wie ein durchgehendes Pferd in den Atlantik hinaus. Ramage und Southwick wachten an der Heckreling und riefen den vier Mann an der Pinne und den acht anderen an den Stütztaljen zu deren beiden Seiten ihre Befehle zu, um sicherzustellen, daß jede der auflaufenden Seen die *Kathleen* genau längsschiff von achtern traf. Wenn sie eine solche See nur um einen oder zwei Strich von Steuerbord oder Backbord achtern genommen hätte, wäre sie unter den Wassermassen begraben worden.

Allmählich gestand sich Ramage selbst ein, was ihm Southwick schon eine ganze Weile nahelegte: er mutete dem Kutter mehr zu, als das kleine Fahrzeug aushalten konnte. So wie er die *Kathleen* zur Zeit behandelte, war sie in der Tat überfordert.

Widerstrebend befahl er Southwick, das Sturmtrysegel und den Sturmklüver festzumachen und an ihrer Stelle das Sturm-Stagsegel zu setzen. Kaum stand dieses Segel, da stellte sich auch schon heraus, daß das Schiff besser zu handhaben war — es lief weniger Fahrt und neigte dabei sehr viel weniger dazu, aus dem Ruder zu laufen. Aber das Aufatmen dauerte nicht lang: Mit einem Knall wie von einem Zweiunddreißigpfünder sprang das Segel aus den Lieken, Segeltuchfetzen flogen nach Lee davon, nur ein paar Streifen am Liek flatterten noch wie ausgefranste Banner im Wind.

Minutenlang stand es auf Messers Schneide, ob sie den Kutter in der Gewalt behielten oder nicht, während die Männer über Deck krochen, um den kleinsten Sturmklüver anzuschlagen und zu setzen — der maß nur ein paar Quadratfuß und war aus unglaublich starkem Segeltuch gefertigt, das aber steif und entsprechend schwer zu handhaben war.

Sooft das Schiff einsetzte, tauchte es seinen scharfen Bug tief in die See, wobei ganze Wolken von Gischt aufsprühten, die die arbeitenden Männer dem Blick verbargen. Wenn der Bug sich dann wieder hob, strömte das Wasser in kleinen Flutwellen längsdeck achteraus, während Ramage die Männer zählte, um festzustellen, daß noch alle da waren — obwohl es unmöglich gewesen wäre, irgend etwas zu unternehmen, um einen über Bord Gefallenen zu retten. Der Wind spielte voll Verachtung mit dem Segel, als sie es heißten, und peitschte es so lässig hin und her wie eine Waschfrau, die ein Hemd ausschüttelt.

Endlich waren die Männer wieder sicher von der Back zurück. Obwohl das Segel, als es gesetzt und die Schot angeholt war, lächerlich klein wirkte, stand es im Sturm so hart wie ein Brett und trieb den Kutter wieder voran. Ramage erwartete jeden Augenblick, daß es trotz seiner Stärke auch bald aus den Lieken flog.

Das alles hatte sich vor etwa fünf Stunden abgespielt, als eben der Tag angebrochen war. Jetzt aber setzten erst die wirklich schweren Seen ein, Seen, gegen die alles, was vorher gewesen war, wie Spielerei erschien. Wenn man dem Wind die Stirn bot, bekam man kaum Luft zum Atmen, und das Geheul um den Mast und in der Takelage, vereint mit dem Sausen des Windes um Gesicht und Ohren, brachte einen fast um den Verstand.

Auch Ramage konnte nicht mehr normal denken. Wenn er das Geschehen weiter in der Hand behalten wollte, blieb ihm nur der Weg des Selbstgesprächs. Indem er sich laut eine Reihe von Fragen stellte, wollte er sich vergewissern, daß er nichts vergessen oder übersehen hatte. Um die Navigation brauchte er sich keine Sorgen zu machen. Vor ihm lagen viertausend Meilen offener Atlantik, und Wind und See zwangen ihn, mit der *Kathleen* westlichen Kurs zu steuern. Segel? Der Sturmklüver hielt dem Winddruck fürs erste stand. Leckagen? Der Zimmermannsmaat hatte erst vor fünfzehn Minuten die Bilge gepeilt und dort nicht mehr als die übliche Menge Wasser gefunden. Verpflegung? Der Koch und der Kochsmaat taten im Augenblick, was sie konnten, um etwas Gutes zustande zu bringen. Scheuerndes Tauwerk? Southwick hatte jedes Ende nachgesehen, aber er mußte ihn in einer halben Stunde daran erinnern, die Prüfung zu wiederholen. War sonst noch etwas? Ach Gott, er selbst war kalt und naß und müde, so müde, daß er fast schon mit Sinnestäuschungen und Wachträumen rechnen mußte. Immerzu, hinter jeder dieser gewaltigen Seen, die sich von hinten anrollend zu Bergen türmten, sah er den riesigen plumpen Bug der *Santisima Trinidad*. Mit ihrem roten Rumpf lenzte sie unter einem dicht gerefften Vormarssegel, außerstande, aufzudrehen und Cadiz anzulaufen. Die übrige spanische Flotte folgte weiter achtern weit verstreut ihrem Beispiel.

Zwei Tage später hatte der Sturm um Mittag ein wenig an Stärke verloren, aber es gab noch kein Anzeichen, daß ein Umschwung des Wetters bevorstand. Ramage und Southwick schätzten, daß die *Kathleen* mehr als zweihundert Meilen vor dem Wind nach Westen gelaufen war. Damit lag der Treffpunkt vor Kap St. Vincent jetzt fast hundert Meilen im Nordosten. Und — was noch wichtiger war — der Kutter befand sich zur Zeit auf der westlichsten Route, die Sir John, auch unter Berücksichtigung des Sturms, wahrscheinlich einschlug, um zum Treffpunkt zurückzukommen, wo immer er sich von den brasilianischen Schiffen getrennt hatte. Ramage war sich darüber klar, daß er die Möglichkeit hatte, die Flotte auf ihrem Rückweg abzufangen, wenn es ihm gelang, ungefähr da zu bleiben, wo er jetzt stand. Das bedeutete, daß er beidrehen mußte — sofern das möglich war.

Die einzige Methode, sich dessen zu vergewissern, bestand darin, es zu versuchen. Das hieß aber, daß er darauf gefaßt sein mußte, einen Brecher von achtern an Deck zu bekommen, während er aufdrehte. Er mußte weiter darauf gefaßt sein, daß ihm der Sturmklüver und das Sturmtrysegel wegflogen, welch letzteres er zum Beidrehen setzen mußte.

Ramage gab Southwick die nötigen Befehle und hielt dann Ausschau nach achtern. Minutenlang mußte er warten, bis auf zwei große Seen eine kleinere folgte. Im Augenblick, da die zweite See unter dem Schiff durch war, rief er: »Hart Steuerbord!«

So langsam begann der Bug herumzuschwenken, daß der Kutter unmöglich weit genug geluvt haben konnte, ehe sich achtern die nächste riesige See auftürmte. In Wirklichkeit drehte er schneller, als Ramage meinte, denn die Kimm war ja nur eine rundumlaufende, graugrüne Linie ohne jeden Anhaltspunkt. Als er sich aber jetzt umsah, erblickte er gerade noch rechtzeitig eine mächtige See, die von steuerbordachtern anlief. Sie traf die *Kathleen* etwas achterlicher als querein und legte sie so entsetzlich weit über, daß sich die vier Männer an der Pinne im ersten Augenblick nur krampfhaft daran festhielten, um nicht über Bord zu fallen. Nur die Männer an den Stütztaljen, die sich gegen die Reling stemmten, hielten eisern ihren Stand. Wasser strömte hüfthoch zwischen den Geschützen herein, rauschte über das Deck und ergoß sich durch die Pforten der anderen Seite wieder nach außenbords. Dann war die *Kathleen* glücklich herum und lag auf Backbordbug bei.

Ramage wies mit dem Finger nach oben und konnte aus Southwicks Mundbewegungen schließen, daß er die Männer antrieb, das Trysegelsfall zu holen. Langsam kroch das kleine Segel am Mast empor und knallte dabei im Sturm wie eine Muskete. Die kurze Gaffel schwang wie wild hin und her. Southwick behielt ständig Ramage im Auge, der nun auf die Schot des Sturmklüvers zeigte. Ein Dutzend holten mit roher Gewalt an seiner Luvschot und sobald das Segel back stand, rief Ramage Jackson zu, Luvruder zu legen.

Wie die *Kathleen* wohl beilag? Ein Blick über den Steuerbordbug zeigte, daß für die nächsten paar Minuten keine besonders hohen Seen zu erwarten waren. Dieses Beiliegen war eine Art Balanceakt. Der Winddruck auf den backgesetzten Klüver versuchte den Bug nach Backbord herumzudrücken, das Trysegel hinter dem Mast war bemüht, ihn nach Steuerbord zu drehen. Wohl war das Trysegel größer, aber der Klüver war weiter vom Mast entfernt und hatte daher eine größere Hebelwirkung. Darum brauchte der Kutter etwas Luvruder, damit er auf Kurs blieb.

Es dauerte drei bis vier Minuten, ehe Ramage den richtigen Ruderwinkel herausgefunden hatte, dann lag die *Kathleen* ruhig in den Seen, die von Steuerbord vorn angerollt kamen. Sie hob sich gemächlich, um sie unter sich hindurchzulassen. Ihr Bug schnitt nur ab und zu durch die Schaumkrone einer See, die dann als Gischt über die Reling fegte.

»Sie liegt jetzt prima«, brüllte ihm Southwick ins Ohr. »Da hat der Koch endlich Gelegenheit, etwas Warmes zu brutzeln.«

Ramage nickte, aber er war sich bewußt, daß der Anblick von Sir Johns Flaggschiff seinen Eingeweiden mehr Wärme gespendet hätte als alles, was ihm die kundigsten und geduldigsten Köche bieten konnten.

16

Der Sturm hielt noch drei weitere Tage an. Unter
Deck gab es im ganzen Schiff jetzt kaum mehr ein trok-
kenes Fleckchen. Monate hindurch hatte die Sonne die
Planken ausgetrocknet, so daß ihre Stöße klafften, jetzt
kam dazu, daß der ganze Rumpf fortgesetzt von der
schweren See in allen Verbänden beansprucht wurde.
Beides zusammen ergab, daß das ständig über Deck flu-
tende Wasser eine Menge Stellen fand, wo es tropfend
und sickernd nach unten dringen konnte. Die Hängematten und Kleidungsstücke wurden feucht und weich-
ten immer mehr durch, in der zunehmenden Nässe
machte sich überall Schimmel und Mehltau breit wie
ein übelriechender hellgrüner Ausschlag. Unterdessen
stampfte die *Kathleen* träge weiter durch die nun von
Steuerbord vorn anrollenden Seen — Ramage fand es
unerträglich, wie langsam sie sich jetzt nach Nordosten
zu bewegten.

Am Freitag morgen begann der Wind endlich nach
Südost auszuschießen und wurde zugleich etwas flauer.
Es konnte sein, daß sich der Sturm ausgeweht hatte,
aber es konnte — nach Southwicks Meinung — auch
sein, daß sich damit ein zweiter Sturm ankündigte, der
diesmal aus dem Atlantik heranzog. Beide Männer be-
fürchteten, daß einer der in dieser Gegend so gefürchte-
ten Südoststürme die *Kathleen* in der großen Bucht zwischen Kap St. Vincent und den Riffen vor Kap Trafalgar wie in einer Falle festhalten könnte. Solche Stürme
hatten im Lauf der Zeiten schon Hunderte von Schiffen
erbarmungslos in diese Bucht hineingetrieben. Dort sahen sie sich außerstande, weiter gegen Wind und See zu

kreuzen und entweder Kap St. Vincent über Steuerbug oder Kap Trafalgar über Backbordbug zu runden. Die meisten endeten schließlich als gestrandete Wracks auf den Sänden zwischen Huelva an der Mündung des Rio Odiel (von wo Columbus Anno 1492 seine Reise nach Hispaniola antrat) und San Lucar de Barrameda, wo Magellan im Jahre 1519 seine Weltumsegelung begann. Seltsam, dachte Ramage, daß ausgerechnet innerhalb dieser vierzig Meilen zwischen den Ausgangspunkten zweier der berühmtesten Seereisen der Weltgeschichte so viele andere hoffnungsvoll begonnene Reisen ein tragisches Ende fanden ...

Eine Stunde vor Mittag begannen die Wolken sich zu lichten. Bald zeigten sich Stellen blauen Himmels, und nach einer Viertelstunde erschien Southwick mit seinem ehrwürdigen Quadranten an Deck. Fünf Minuten vor dem Ortsmittag erlaubte ihm eine größere Lücke in der Wolkendecke, Höhen zu nehmen. Gleich darauf schlug der Bootsmannsmaat acht Glasen an. Ramage warf einen fragenden Blick auf den Steuermann und Southwick meinte darauf: »Die Mittagsbreite wird ganz gut stimmen.« Damit ging er in seine Kammer, um die Beobachtung auszuwerten. Wenige Minuten später übergab Ramage dem Bootsmannsmaat die Wache und folgte Southwick unter Deck. Als sie gebückt in der kleinen stickigen Kammer standen, zeigte ihm der Steuermann die errechnete Breite und die zwei Kreuze, die er auf die feuchte, von Schimmel befleckte Karte gezeichnet hatte.

»Wir stehen ungefähr hier, Sir, vielleicht auch etwas weiter westlich«, sagte er und wies mit seinem dicken Zeigefinger selbstsicher auf das südlichere der beiden Kreuze. »Und dieses Kreuz hier wäre der Treffpunkt.«

»Dann sind wir ja schon näher heran, als ich dachte.«

»Jawohl, Sir. Allerdings setzt uns der Strom in südöstliche Richtung. Das darf man nicht außer acht lassen.«

»Gut, Mr. Southwick. Wir wollen jetzt gleich den Treffpunkt ansteuern.«

Am Sonntag, zwei Stunden nach Hellwerden, lag die *Kathleen* beigedreht nahe der *Victory* wie eine Elritze neben einem riesigen Wal. Ramage war schon an Bord des Flaggschiffs und erklärte Kapitän Robert Calder, der den Rang eines Flaggkapitäns (oder Ersten Admiralstabsoffiziers) innehatte, daß er dem Admiral eine dringende Meldung machen müsse.

Calder wollte von ihm wissen, was er denn melden wolle, ehe er ihn zu Sir John führte, aber Ramage lehnte es teils aus Dickköpfigkeit, teils aus Wichtigtuerei ab, ihm Auskunft zu geben, da Calder kein Recht hatte, ihn vorweg zu befragen. Ein junger Fähnrich machte der Auseinandersetzung ein Ende. Er meldete Calder, daß der Admiral Ramage sofort in seiner Kajüte zu sprechen wünsche. Ramage ging draufhin nach achtern und hoffte, daß Calder weiterhin auf dem blitzsauberen Deck des Flaggschiffs auf und ab spazieren würde. Der Mann war ihm zum ersten Mal im Leben begegnet, aber er war ihm sofort gründlich zuwider.

Die Admiralskajüte war ein großer Raum. Ihr Fußboden war mit Segeltuch bespannt, das mit großen weißen und schwarzen Quadraten bemalt war, so daß man ein riesiges Schachbrett vor sich zu haben glaubte. Sir John stand mit dem Rücken gegen die großen Heckfenster, sein Gesicht war darum nicht genau zu erkennen. Er hielt sich leicht vorgebeugt, wie man es bei ihm gewohnt war, sein kleiner Kopf hing etwas zur Seite, seine Stirn war gerunzelt, die Hände hielt er auf dem Rücken gefaltet. Jetzt sah er auf und blickte Ramage fest in die Augen.

»Ach, Mr. Ramage, das letzte, was ich aus Gibraltar von Ihnen hörte, war, daß Sie Ihr Schiff den Spaniern übergeben hätten und in einem spanischen Gefängnis säßen.«

Was er sagte, klang wie Hohn, aber er sah dabei aus, als ob ihn das Ganze nichts anginge. Ehe Ramage etwas sagen konnte, fuhr er fort:

»Kennen Sie Kapitän Hallowell? Er ist als mein Gast hier an Bord. Ben, dies ist der junge Mann, von dem ich dir erzählte, Leutnant Ramage, der Sohn des Earl of Blazey. Er besitzt zweifellos die Gabe, Befehle so auszulegen, wie es ihm — beinahe hätte ich gesagt — in den Kram paßt. Sofern er damit auch den Absichten seiner Vorgesetzten gerecht wird«, fügte er hinzu und wandte sich dabei wieder an Ramage, »könnte es sein, daß ihm das Glück dabei treu bleibt. Ich bin allerdings noch nie einem Glücksspieler begegnet, der als reicher Mann starb.«

Ramage konnte die Warnung des Mannes nicht überhören, der als der strengste (und gerechteste) aller Disziplinarvorgesetzten der Navy galt. Er versuchte zwar krampfhaft zu lächeln, aber er war sich dabei dennoch bewußt, daß er aussah wie ein Schuljunge, der geschwänzt hatte und nun vor seinem Lehrer stand.

»Wie ich höre, haben Sie die schöne Marchesa an die *Apollo* abgeben müssen«, fuhr Sir John fort, als wüßte er genau, daß er mit seiner Warnung ins Schwarze getroffen hatte. »Nun, Kapitän Usher war ein ausgezeichneter Gastgeber. Wenn es auch auf der *Apollo* sehr wenig Platz gab, besser als in einer spanischen Gefängniszelle war es noch immer.«

Der alte Teufel erspart mir nichts, dachte Ramage. Als er sich eben auf den nächsten Hieb gefaßt machte, ging die Tür auf und Calder betrat die Kajüte. Zu seiner Überraschung wechselte der Admiral jetzt unvermittelt seine Redeweise, als wollte er damit sagen, daß es nun (wenigstens fürs erste) mit den Zurechtweisungen sein

Bewenden habe. Er sagte im lockeren Gesprächston: »Was führt Sie denn zu mir? Haben Sie Meldungen oder Depeschen für mich?«

Ramage konnte nicht umhin, die trockene, distanziert wirkende Art nachzuahmen, in der sich der Admiral geäußert hatte:

»Ich habe eine Meldung, Sir. Admiral Cordoba hat Befehl, am 1. Februar mit der spanischen Flotte von Cartagena auszulaufen und nach Cadiz zu versegeln. Er hat siebenundzwanzig Linienschiffe, vierunddreißig Fregatten und siebzig Transporter.«

Hallowell sprang mit einem Freudenschrei von seinem Stuhl auf und zog gerade noch rechtzeitig den Kopf ein, um nicht an den Decksbalken zu stoßen. Sir John ließ sich nicht aus der Ruhe bringen.

»Sie scheinen Ihrer Sache sehr sicher zu sein, Ramage. Woher haben Sie denn diese Neuigkeit?«

»Ich habe selbst den Befehl gelesen, Sir, den Admiral Cordoba vom Marineminister erhielt.«

Ramage hatte ganz vergessen, daß Sir John von seiner Flucht aus Cartagena nichts wußte, darum war er über die Wirkung verblüfft, die er mit seiner kühnen Antwort erzielte. Calder sagte sofort und ohne den Hohn in seiner Stimme zu verbergen: »Hat Ihnen der Minister oder der Admiral diesen Befehl gezeigt?«

Ramage nahm keine Notiz von ihm. Er zog die Abschrift des Befehls aus der Tasche, die er in der Hütte des Gärtners aufgezeichnet hatte, und legte seine Übersetzung daneben.

»Wie, Sie haben eine Abschrift?« fragte Sir John ungläubig.

»Jawohl, Sir, ich habe das Original des Befehls an Admiral Cordoba abgeschrieben und auch eine Übersetzung davon gemacht. Damals hatte ich keine Zeit, die höflichen Phrasen zu Beginn und am Ende des Befehls abzuschreiben, ich beschränkte mich auf das Wesentliche.« Damit reichte er die Übersetzung Sir John, der sie ohne Eile auseinanderfaltete und ein paarmal von Anfang bis zu Ende durchlas. Dann reichte er Calder das Papier.

»Ich habe keine Ahnung, was Sie in Cartagena getrieben haben. Wann haben Sie die Stadt denn verlassen?«

»Am 30. Januar nachts.«

»Glauben Sie denn, daß die spanische Flotte schon am 1. Februar klar zum Auslaufen war?«

»Jawohl, Sir. Sie war so auslaufbereit, wie man es von einer spanischen Flotte erwarten kann.«

»Was haben Sie getan, als Sie Cartagena verlassen hatten?«

»Ich nahm Kurs auf Gibraltar und lief dort am 3. Februar ein. Die *Kathleen* war inzwischen zurückerobert worden und lag als einziges Schiff im Hafen. Der Kommissar, er war, abgesehen vom Gouverneur, der rangälteste anwesende Offizier, setzte mich wieder als Kommandanten ein und gab mir den Befehl, Sie zu suchen. Wir bekamen in der Meerenge einen Levanter und mußten vor ihm lenzen. Dann war ich noch gezwungen, eine Weile beizudrehen. Dadurch traf ich mit einiger Verspätung auf dem Treffpunkt ein.«

Sir John nickte: »Ja, der Sturm hat auch uns zu schaffen gemacht. Glauben Sie, daß die Spanier Cadiz ansteuern konnten, wenn sie der Sturm in der Meerenge traf?«

»Nein, Sir, das glaube ich auf keinen Fall.«

»Sie scheinen Ihrer Sache sehr sicher zu sein, Ramage.«

»Jawohl, Sir, aber ich weiß, was ich sage. Dieser Levanter war der schlimmste, den ich je erlebte. Gewiß, die *Kathleen* ist nur ein Kutter, aber ich bin überzeugt, daß auch ein größeres Schiff bei diesem Wetter nicht imstande gewesen wäre anzuluven und Cadiz anzusteuern.«

»Hmm«, brummte Calder, »wie wollen Sie wissen, daß dieser Befehl« — er schwenkte Ramages Übersetzung durch die Luft — »daß dieser Befehl keine Fälschung ist? Ein gerissener Versuch uns irrezuführen? Ich kann mir beim besten Willen nicht vorstellen, daß die Spanier solche Befehle herumliegen lassen, damit Sie sie lesen können.«

Ramage wußte nicht, was er von Calders offenkundiger Feindseligkeit halten sollte, und suchte Sir John mit dem Blick. Aber dieser nahm keine Stellung.

»Das weiß ich nicht, Sir. Gewiß, es könnte eine Fälschung sein, es könnte auch ein Versuch sein, uns irrezuführen.« Ramage sagte das absichtlich ohne Betonung. Er fühlte deutlich, daß Hallowell, der bedeutend jünger sein mußte als Calder, über die Fragen und den Ton dieses Mannes ebenso verwundert war wie er selbst.

»Aber Sie glauben nicht daran, daß es sich um eine faule Sache handelt?«

»Nein, Sir. Admiral Cordoba hatte seinen Vorgänger Langara abgelöst und wohnte in einem Haus in Cartagena. Der Befehl wurde aus der verschlossenen Schublade seines Schreibtisches geholt. Der Admiral hatte nicht den geringsten Anlaß zu vermuten, daß jemand in sein Haus einbrechen könnte. Da ihm der Befehl auch nicht abhanden kam, weiß er noch immer nicht, daß ihn irgendwer zu Gesicht bekam, geschweige denn, daß Sie jetzt eine Kopie davon besitzen.«

»Wer ist denn in das Haus eingebrochen?« fragte Calder.

»Einer meiner Männer, Sir.«

»Warum haben Sie es denn nicht selbst getan?«

Diese Andeutung und der Ton, in dem sie vorgebracht wurde, waren so beleidigend, daß Ramage einen roten Kopf bekam. Aber Sir John forderte ihn mit leichtem Nicken auf, zu antworten.

»Es ging darum, nachts in Admiral Cordobas Haus einzudringen und dort Schlösser zu öffnen. Mein Matrose war Schlosser von Beruf, und ich mußte annehmen, daß er auch schon gelegentlich einen Einbruch unternommen hatte. Er zog es vor, allein zu arbeiten. Es wäre auch ein zu großes Wagnis gewesen, eine Kerze anzuzünden und die ganzen Papiere im Haus durchzulesen. Darum wartete ich mit Licht, Feder und Papier in einer Hütte im Garten . . .«

Sir John unterbrach ihn: »Hören Sie, Ramage, Sie haben offenbar eine großartige Geschichte zu erzählen. Beim Abendessen könnten wir sie doppelt genießen. Kommen Sie also um fünf Uhr wieder an Bord. Außerdem bitte ich möglichst bald um einen schriftlichen Bericht.«

Als sich Ramage eben zum Gehen wandte, fragte ihn Sir John: »Haben Sie von Kommodore Nelson gehört?«

»Nein, Sir. In Gibraltar macht man sich schon um ihn Sorgen.«

»Danke«, dann fuhr er fast im Selbstgespräch fort: »Ich werde froh sein, wenn Nelson zu uns stößt. Wenn es den Dons nur nicht gelingt, seine Fregatten und Transporter abzufangen . . . Calder, machen Sie ein Signal an die *Britannia,* die *Barfleur* und die *Prince George.* Ich bin überzeugt, daß auch meine anderen Admirale gern den Bericht des jungen Ramage anhören werden.«

Als Ramage auf die *Kathleen* zurückgerudert wurde, machte er sich noch klar, daß Vizeadmiral Thompson, Vizeadmiral Waldegrave und Konteradmiral Parker zu der Tischrunde gehören würden, die sich seine Erzählung anhören sollte, wie der Einbruch in Admiral Cordobas Haus zustande gekommen war. Soweit Ramage orientiert war, hatte keiner dieser Herren irgendwie mit dem Kriegsgericht gegen seinen Vater zu tun gehabt.

Jeder von ihnen mochte seine eigene Meinung darüber haben, aber zu der eigentlichen »Vendetta« hatten sie keine Beziehung. Wahrscheinlich war dies auch der Grund, der den gerissenen Sir John dazu bestimmt hatte, sie zum Abendessen einzuladen. Sie alle waren jetzt schon mächtige Männer in der Navy und hatten das Zeug dazu, noch höher aufzusteigen. Sie sollten nun — wie übrigens Sir John selbst — heute Gelegenheit bekommen, sich über »Old Blaze-aways« Sohn ihr eigenes Urteil zu bilden. Dieses Abendbrot oder besser gesagt die Art, wie er sich während seines Verlaufs benahm, und der Inhalt dessen, was er den Herren dabei zu erzählen wußte, konnte einen Wendepunkt für seine Laufbahn bedeuten. Dabei war er so schrecklich müde und hatte daher so wenig Aussicht, in dieser illustren Gesellschaft zu glänzen, wie etwa ein Spiegel in einem Kohlenschacht.

Das Abendessen war ein voller Erfolg. Sobald das Tischtuch entfernt und der Kognak eingeschenkt war, teilte Sir John Ramage mit, daß er *La Providencia* als Depeschenboot kaufen wolle. Dann bestand er darauf, daß Ramage seine Erzählung damit begann, wie er die entmastete spanische Fregatte kaperte.

Als Ramage das Explosionsboot beschrieb, warf Calder sofort ein, daß er dieses Verfahren für barbarisch halte. Aber Sir John ließ ihn gar nicht erst ausreden, sondern hielt ihm entgegen, daß es für Leib und Leben der Betroffenen bedeutend gefährlicher sei, wenn ihr Schiff der Länge nach von einer Breitseite bestrichen werde, als wenn man ihnen mit Pulver in einem Boot nur das Heck ihres Schiffes wegsprenge.

Als er dann beschrieb, wie Jackson ein amerikanisches Paßformular zum Vorschein brachte und für Ramage ausfüllte, meinte Sir John, es sei ein Jammer, daß der amerikanische Botschafter in London diesen Paß nicht zu sehen bekomme. »Haben Sie ihn denn immer noch bei sich?«

Ramage klopfte mit der Hand auf die Brusttasche, worauf Sir John trocken bemerkte: »Heben Sie ihn gut auf, vielleicht können Sie ihn einmal wieder brauchen.«

Als dann Staffords Rolle als Einbrecher zur Sprache kam, schlug Hallowell auf den Tisch und rief: »Sir John, dieser Mann hat es wirklich verdient, daß er zum Stabsschlosser Seiner Majestät Flotte ernannt wird.«

»Sie meinen wohl ›Stabsschloßknacker‹«, verbesserte ihn Sir John. »Aber lassen wir ihn lieber bei Mr. Ramage. Wenn ich ihn an Bord meines Flaggschiffs hätte, wäre ich dauernd in Sorge um das Schloß meiner Weinlast.«

Als Ramage mit seiner Erzählung fertig war, schob der Flottenchef mit einer langsamen und bedächtigen Bewegung sein Kognakglas auf dem Tisch beiseite und Ramage fühlte sofort, daß nun plötzlich ein anderer Wind wehte.

»Eine Frage, Ramage«, begann er in trügerisch ruhigem Ton: »Als Sie sich entschlossen, es mit der entmasteten spanischen Fregatte aufzunehmen, waren Sie sich da eigentlich darüber im klaren, daß Sie damit gegen einen ausdrücklichen Befehl des Kommodore verstießen?«

»Jawohl, Sir.«

»Wollen Sie damit sagen, daß Sie sich dessen schon vorher und nicht erst nachher bewußt waren?«

»Jawohl, Sir. Das war mir von vornherein klar.«

»Bei den jungen Offizieren scheint es jetzt Mode zu sein, Befehle nicht zu befolgen und statt dessen irgend etwas anderes zu tun. Sie erwarten dann, daß sie befördert werden, wenn sie Erfolg haben, und nehmen ein Kriegsgericht in Kauf, wenn die Sache schiefgeht. Dieses Glücksspiel haben auch Sie getrieben, nicht wahr?«

»Nein, Sir«, sagte Ramage offen, »ich habe gar nicht geglaubt, daß ich Erfolg haben könnte.«

»Warum haben Sie es denn dann überhaupt versucht? Auf das Prisengeld sind Sie doch auch nicht angewiesen.«

Ramage war sich bewußt, daß die vier Admirale jedes seiner Worte auf die Waagschale legten, und kam zu dem Schluß, daß er jetzt auf keinen Fall lügen durfte. »Ich weiß es eigentlich selbst nicht, Sir. Meine ganze Besatzung, die Marchesa und der Graf Pitti, sie alle hielten es für selbstverständlich, daß ich etwas gegen die Fregatte unternehmen würde.«

»Wollen Sie mir hier allen Ernstes erzählen, daß Sie die Führung Ihres Schiffes einer Frau und einem Haufen unwissender Matrosen überließen?« brummte Sir John.

Da platzte Hallowell mit der Bemerkung heraus: »Mit Verlaub, Sir, ich meine doch, es spricht für Ramage, daß seine Leute solches Vertrauen zu ihm hatten.«

»Sprich mir nicht von Vertrauen, Ben. Der Vorgang zeigt doch nur, daß seine Leute noch dümmer waren als er selbst.«

»Ich möchte eines bemerken, Sir John«, sagte Admiral Waldegrave. »Gewiß hängt alles davon ab, wie man die Dinge betrachtet. Ramage hat sich und uns diese wertvolle Nachricht verschafft, gewiß. Aber man könnte ihm vorwerfen, daß er einen amerikanischen Paß benutzte und damit in aller Form aus dem Dienst des Königs desertierte. Die Engländer könnten ihn also auf Grund des sechzehnten Kriegsartikels zum Tode verurteilen. Hätten die Spanier zur gleichen Zeit herausgefunden, daß er in Wirklichkeit ein britischer Offizier ist, der, ausgerüstet mit einem amerikanischen Paß, Anstalten traf, in Cordobas Haus einzubrechen, dann hätten sie ihn doch todsicher als Spion erschießen lassen.«

»Das konnten sie natürlich und das hätten sie auch ganz bestimmt getan, mein lieber Waldegrave«, sagte

Sir John in strengem Ton. »Kein Mensch hätte ihnen darob einen Vorwurf machen können. Aber was hat das alles mit Mr. Ramages Ungehorsam zu tun? Er hatte doch Befehl, die Marchesa auf dem sichersten Wege nach Gibraltar zu bringen.«

»Aber ich war doch die ganze Zeit nach Gibraltar unterwegs«, sagte Ramage voll Hoffnung, daß doch noch alles ein gutes Ende nehmen würde.

»Vielleicht«, warf Admiral Parker ein, »war der Befehl des Kommodore unbestimmt formuliert.«

Der Flottenchef musterte seine Gäste mit strengem Blick: »Der erste Teil des neunzehnten Kriegsartikels kennt nur eine Strafe: den Tod. Ich rufe Ihnen seinen Wortlaut ins Gedächtnis: ›Wenn ein Angehöriger der Flotte unter irgendeinem Vorwand eine meuterische Zusammenkunft veranstaltet oder anstrebt...‹ Sagen Sie ehrlich, tun Sie das nicht alle hier unter meinen Augen unter dem Vorwand, daß der junge Ramage nicht gegen seinen Befehl verstoßen habe? Er hat gegen den Geist dieses Befehls verstoßen und das ist viel schlimmer.

Aber wie dem auch sei, statt dem jungen Ramage ein Gerichtsverfahren anzuhängen, wollen wir ihn jetzt lieber hochleben lassen: Ihm und seiner vertrauensseligen Besatzung ein dreifaches Hurra Hurra Hurra!«

Kaum hatten sie daraufhin ihre Gläser geleert, als sich Kapitän Hallowell, ein Kanadier, erhob und sagte: »Gestatten Sie mir einen weiteren Toast: ›Die pflichttreuen bereitwilligen Amerikaner in Ramages Besatzung sollen leben: Hurra hurra hurra!‹«

17

Als Ramage am nächsten Morgen erwachte, hatte er einen Geschmack im Mund, als hätte er eine Pistolenkugel gelutscht, und in seinem Kopf klopfte es wie eine Trommel, die auf Klarschiffstationen rief. Er rief nach seinem Steward und bedauerte es im nächsten Augenblick, weil er das Gefühl hatte, als habe ihn jemand mit einer scharfen Klinge in die Schläfen gestochen. Das Abendessen an Bord des Flaggschiffs war zweifellos vorzüglich gewesen, aber hatte er sich dabei auch richtig benommen? Hatte er nicht zu viel geredet? War er etwa indiskret gewesen? Hatte er zu offen kundgegeben, was er dachte? Er wußte es nicht zu sagen, er war wohl rundum betrunken gewesen, als er auf die *Kathleen* zurückkam.

Plötzlich sah er einen Brief auf seinem Schreibtisch liegen und griff ihn, als seine Koje endlich einmal weit genug ausschwang. Es war ein schriftlicher Befehl von Sir John, die *Kathleen* solle bei Hellwerden eine Stellung fünf Meilen vor der Flotte einnehmen. Ein Blick auf seine Uhr verriet ihm, daß es schon sieben Uhr vormittags war, eine Stunde oder noch mehr nach Tagesanbruch. In diesem Augenblick betrat der Steward die Kammer und wurde sofort losgeschickt, um den Steuermann zu holen.

Southwick sah wie immer fröhlich drein, aber er war offenbar sehr müde. Als er bemerkte, wie mürrisch Ramage mit dem Brief in der Hand dreinsah, sagte er: »Guten Morgen, Sir. Machen Sie sich deswegen keine Sorgen — wir sind auf Position.«

»Aber wieso ...?«

»Als Sie an Bord kamen, bemerkten Sie etwas über einen Befehl, und da Sie ein wenig — nun, müde zu sein schienen, nahm ich mir die Freiheit, diesen Brief da aus Ihrer Tasche zu ziehen und ihn zu lesen, als Sie im Bett waren.«

»Ach was, müde«, knurrte Ramage, »ich war betrunken.«

»Sie bemerkten, Sir, daß der Admiral die Dons heute oder morgen in Sicht zu bekommen hoffte.«

»Ja, heute oder morgen. Wenn die Dons rechtzeitig aus Cartagena ausgelaufen sind und dann gleich den Sturm bekommen haben, dann meint er, daß sie wahrscheinlich noch weiter in den Atlantik hinausgetrieben wurden als wir, weil sie sicherlich nicht imstande waren beizudrehen. Jetzt müßten sie also im Begriff sein, wieder nach Cadiz zurückzukreuzen, und wir liegen gerade quer zu dem Kurs, den sie dabei voraussichtlich steuern werden.«

»Wenn wir ein bißchen Glück haben, bekommen wir die Burschen als erste in Sicht!« Diese Aussicht gefiel dem Steuermann offenbar gut. Er patschte sich auf den Magen, als ob er sich auf eine gute Mahlzeit freute.

»Daß Sie sich nicht täuschen, Southwick. Geben Sie mir lieber das Papier dort auf dem Schreibtisch — besten Dank. Ich habe mir das gestern ausgerechnet. Sir John hat fünfzehn Linienschiffe, die Spanier siebenundzwanzig. Sieben dieser Schiffe haben mehr Geschütze als irgendeines von uns. Warten Sie nur, bis Sie die *Santisima Trinidad* in Sicht bekommen, sie ist wirklich gewaltig. Wenn man alles zusammenzählt, dann haben unsere fünfzehn Linienschiffe eintausendzweihundertzweiunddreißig Geschütze, die siebenundzwanzig spanischen aber zweitausenddreihundertacht. Die Dons haben also eintausendsechsundsiebzig Geschütze mehr als wir, man kann sagen fast die doppelte Zahl.«

»Schön«, sagte Southwick friedlich, »damit sind uns die Dons immer noch nicht überlegen.«

»Was sagen Sie da!« fuhr Ramage auf. »Bilden Sie sich doch nicht so viel ein.«

Southwick grinste: »Nun ja, sie müßten dreitausendsechshundertsechsundneunzig Geschütze haben. Es heißt doch immer, daß es ein Engländer mit drei Spaniern aufnehmen kann.«

»Das gilt doch nur für Männer, nicht für Geschütze«, fuhr ihn Ramage an. »Ihr Einwand ist mehr als lächerlich.«

Der Steward erschien mit der Teekanne, Ramage veranlaßte ihn, Southwick ebenfalls eine Tasse einzugießen.

»Zur Hälfte haben Sie recht«, lenkte er ein, »denn die Geschütze werden ja von den Männern bedient.«

»Ehe wir *La Sabina* kaperten, habe ich Ihnen doch vorgerechnet, daß uns die Dons um das Vierfache überlegen waren, aber das schien Sie damals nicht zu stören.«

»O doch, ich machte mir Sorgen« — er erinnerte sich an den Blick des Admirals am gestrigen Abend —, »Sir John hat sich sogar noch mehr darüber aufgeregt, offen gestanden.«

Es klopfte an der Tür, Jackson stürzte herein: »Steuerbord voraus Segel in Sicht!«

»Lassen Sie das Signal heißen: ›Unbekanntes Schiff in Sicht‹. Mr. Southwick, bitte lassen Sie Klarschiff anschlagen.«

Southwick folgte Jackson an Deck, Ramage wusch sich in aller Eile und schlüpfte in seine Uniform. Als er an Deck kam, wehte das Signal über das unbekannte Schiff und seine Kompaßpeilung im Wind und gab die Meldung an die Flotte, die achtern eben noch in Sicht war. So erfüllte die *Kathleen* ihre Aufgabe, den Gesichtskreis der Flotte um fünf Meilen zu erweitern. Sie wirkte dabei wie ein riesiges Fernrohr, ihre Flaggensignale erfüllten gewissermaßen die Aufgaben optischer Linsen.

Jackson, der im Topp neben dem Ausgucksposten saß, rief herunter: »An Deck! Das Schiff ist eine Fregatte.«

»Mr. Southwick, holen Sie das Signal ›Unbekanntes Schiff‹ nieder. Setzen Sie dafür ›Unbekanntes Schiff ist eine Fregatte‹.«

Nach einigen Minuten rief Jackson wieder: »Herr Kapitän, Sir, das Schiff könnte die *Minerva* sein.«

Das war durchaus möglich. Die *Blanche* und die *Minerva* gehörten zum Verband des Kommodore Nelson. Doch er wollte sich auf kein Risiko einlassen. Die Fregatte war noch nicht imstande, die in Lee stehende Flotte zu sehen, es konnte nur zu leicht sein, daß die Spanier sie gekapert hatten und jetzt auch noch den kleinen Kutter schnappen wollten.

Wieder dröhnte die vertraute Trommel über das Deck der *Kathleen*. Der Trommler hatte seine Schlegel eben in den Stiefelschaft geschoben und wollte den Tragriemen aushaken, während die Männer bereits an die Geschütze rannten. Da hörte man wieder die Stimme Jacksons.

»Es ist die *Minerva*, Sir. Sie führt den Breitwimpel des Kommodore.«

»Ausgezeichnet. Mr. Southwick, bitte melden Sie dies der Flotte und geben Sie der *Minerva* die Peilung des Verbandes. Ich glaube nicht, daß sie ihn schon in Sicht hat. Ich gehe jetzt unter Deck, um mich rasch zu rasieren.«

Als Ramage glatt rasiert und erfrischt wieder an Deck erschien, war die *Minerva* schon so nahe herangekommen, daß ihre Bugwelle wie ein weißer Schnurrbart anzusehen war. Während sie so auf den Kutter zulief und sich dabei in der achterlichen Dünung regelmäßig hob und senkte, mußte Ramage unwillkürlich an einen Buntspecht denken, der sich in ganz ähnlicher Weise über die

Wellen des Geländes hinwegschwang. Ihre prallstehenden Segel zeigten keine Falte, aber fast ein jedes war mit einem oder mehreren Flicken ausgebessert. Der Segelmacher und seine Maate waren bestimmt fest an der Arbeit gewesen. Ramage hätte viel darum gegeben, zu erfahren, ob der Kommodore die spanische Flotte in See gesichtet hatte . . .

Eine Stunde später drehte die *Minerva* in Lee der *Victory* auf. Jackson meldete Ramage, das Flaggschiff rufe den Kommandanten der *Kathleen*, sich an Bord zu melden. Gleich darauf stand Ramage in seiner Kajüte, der Steward bürstete ihm den Rock ab, zog ihm die Halsbinde zurecht und fuhr noch einmal sorgfältig über seinen neuen Hut; Ramage selbst aber wußte nicht, ob er sich sorgen oder freuen sollte. Entweder war der Kommodore der Meinung, daß er gegen seinen Befehl verstoßen hätte, und Sir John mochte sich daraufhin entschlossen haben, gegen ihn einzuschreiten, oder — nun, er würde früh genug erfahren, was ihm bevorstand.

Währenddessen lief die *Kathleen* raumschots auf die *Victory* zu. Dann wurde Ramage zum Flaggschiff hinübergerudert und dachte dabei absichtlich an alles mögliche, nur nicht an das, was ihm bevorstand. Seine Gedanken wanderten zu Gianna, dann beschäftigte ihn der Bericht an Sir John, den er in der Tasche trug. Stand da auch alles drin, oder hatte er Wichtiges vergessen? Schließlich tauchte in seinem Kopf die Frage auf, wo wohl Cordobas Flotte stand.

Endlich war er da. Er kletterte an der Bordwand des Dreideckers hoch und erwiderte die Ehrenbezeigung, die ihm als Kommandant eines Schiffes Seiner Majestät zustand. Eben wollte er sich nach dem Ersten Offizier umsehen, da entdeckte er zu seiner größten Überraschung Sir Gilbert Elliot. Dieser kam sogleich mit ausgestreckter Hand und breitem Grinsen auf ihn zu.

»Na, junger Mann, Sie haben wohl nicht erwartet, mich hier zu sehen, wie?«

Ramage grüßte und schüttelte die Hand des früheren Vizekönigs.

»Nein, Sir, das hätte ich kaum für möglich gehalten.«

»Um ein Haar wäre dieses Wiedersehen auch nicht mehr zustande gekommen, weiß der Himmel. Während der Nacht von vorgestern auf gestern staken wir mitten in der spanischen Flotte.«

In diesem Augenblick sah Ramage die kleine Gestalt des Kommodore Nelson, der eben aus der Kajüte des Admirals kam und nun auf sie zuging.

»Mein lieber Kommodore«, sagte Sir Gilbert, »sehen Sie, wen wir hier bei uns haben.«

»Nun, Mr. Ramage, Sie haben sich ja eifrig betätigt, seit Sie uns in Bastia verließen, nicht wahr? Wir waren aber auch nicht faul. Wir beide, der Vizekönig und ich, haben inzwischen das ganze Mittelmeer geräumt.« Dann fügte er in bitterem Ton hinzu: »Jetzt ist es ein französischer Binnensee. Sie können drauf spazierenfahren, ohne befürchten zu müssen, daß wir sie dabei stören.«

Die Stimme dieses Mannes klang noch so hoch und nasal wie immer. Und doch war mit ihm eine leichte Veränderung vorgegangen. Schon in Bastia hatte Ramage versucht, sich die seltsame Aura zu erklären, die um diesen Mann war und die man eigentlich nur mit der Glut eines Edelsteines vergleichen konnte. Aber gleichgültig, was es mit dieser Ausstrahlung für eine Bewandtnis hatte, jetzt war sie noch stärker geworden. Und mit dem einen gesunden Auge — so bemerkte Ramage fast erschrocken — hatte er den gleichen Blick wie Southwick, wenn er in den Kampf ging.

»Spielen Sie jetzt nicht den Bescheidenen«, herrschte ihn der Kommodore an. »Sir John hat mir alles erzählt. Ihm gegenüber haben Sie wenigstens zugegeben, daß

Sie gegen meinen Befehl verstießen. Sie haben Ihr Schiff aufgegeben, Sie waren Gefangener, Sie gebrauchten eine List, um zu entkommen, Sie haben Spion gespielt, sind in anständiger Leute Häuser eingebrochen und haben ihre Privatbriefe gelesen — ist das in Ihren Augen etwa keine eifrige Betätigung?«

»Ich dachte, Sie hätten dafür eine andere Bezeichnung, Sir«, sagte Ramage geradeheraus. Der hänselnde Ton, mit dem der Kommodore geendet hatte, nahm ihm eine Last von der Seele.

»Sir John hat Ihnen wohl seinen Standpunkt bereits klargemacht, darum brauchen Sie den meinen nicht auch noch anzuhören. Nur eins: Sie haben sich mit der Marchesa an Bord auf unerhörte Wagnisse eingelassen. Merken Sie sich, was ich Ihnen jetzt sage, junger Mann: bringen Sie nie, nie Menschen in Lebensgefahr, die Sie lieben oder von denen Sie geliebt werden, wenn Sie nicht durch einen schriftlichen Befehl dazu gezwungen sind.«

»Aber ich —«

»Wenn Sie diese Frau nicht lieben, sind Sie ein Dummkopf. Bilden Sie sich doch nicht ein, ein Einäugiger sei blind.«

»Nein, Sir, ich habe das nie . . .«

»Aber, aber Kommodore«, unterbrach ihn Sir Gilbert, »Sie machen dem armen Jungen ja mehr zu schaffen als die ganze spanische Flotte.«

»Hatten Sie nicht Angst, getötet zu werden, als die beiden spanischen Fregatten nachts bei Ihnen längsseit kamen?«

Der Kommodore schoß diese Frage so plötzlich heraus, daß Ramage keine Zeit fand, seine Antwort vorher zu überlegen.

»Nein, Sir«, sagte er spontan, »ich hatte keine Angst umzukommen, ich fürchtete nur falsch zu handeln.«

»Was verstehen Sie unter ›falsch handeln‹?«

»Ich fragte mich, was die Leute sagen würden, wenn ich mich dem Gegner ergebe.«

Der Kommodore griff mit einer freundlichen Geste nach Ramages Arm: »Ich bin sicher, daß Sir Gilbert mit dem einverstanden ist, was ich Ihnen jetzt sage. Erstens: tote Helden sind nur selten kluge Menschen. Es gehört nämlich Verstand dazu, ein lebendiger Held zu sein, abgesehen davon, daß lebendige Helden ihrem Lande natürlich mehr nützen als tote. Zweitens, und das ist das Wichtigste: kümmern Sie sich nie darum, was die Leute denken. Tun Sie einfach, was Sie für richtig halten und pfeifen Sie auf die Folgen. Ein Mann, der auf dem Zaun sitzt, zerreißt sich meistens die Hosen. Das müssen Sie sich immer vor Augen halten.«

Sir Gilbert nickte zustimmend. »Dabei muß man natürlich voraussetzen, daß der Mensch, dem man diesen Rat gibt, kein verantwortungsloser Narr ist. Habe ich recht Kommodore?«

»Natürlich haben Sie recht. Ich gebe diesen Rat auch nicht jedermann, aber der junge Ramage scheint mir zur Not dafür reif zu sein. Meine Herren, leider muß ich Sie jetzt bitten, mich zu entschuldigen. Ich heiße jetzt meinen Breitwimpel auf der *Captain* und bin ehrlich froh, wieder ein Vierundsiebzig-Kanonen-Schiff unter den Füßen zu haben. Da habe ich wenigstens Platz zum Auf- und Abgehen, anders als auf so einer Fregatte, wo man sich überhaupt nicht rühren kann. Sie, Sir Gilbert, haben allerdings diese Unbequemlichkeit durch Ihre geschätzte Gegenwart mehr als ausgeglichen.«

Sir Gilbert antwortete ihm auf diese Schmeichelei durch eine scherzhafte Verbeugung.

»Und Sie, Mr. Ramage, werden der neuen Marschordnung der Flotte entnehmen, daß die *Kathleen* fortan zwei Kabellängen zu luward der *Captain* ihren Platz hat. Ich werde Ihnen durch Signal befehlen, welchen Platz Sie einnehmen sollen, wenn es zum Gefecht kommt. Halten Sie scharfen Ausguck, beobachten Sie meine Manöver und wiederholen Sie alle Signale. Ich möchte, daß kein Schiff meines Verbandes behaupten kann, es hätte ein Signal nicht gesehen. Ich erwarte, daß Sie Flaggen auch durch Rauch ablesen können, der so dick ist wie diese Wolken.«

Ramage war eben auf seine *Kathleen* zurückgekehrt, und die Gig wurde gerade geheißt, als Jackson, der den Signaldienst versah, aufgeregt meldete: »Flaggschiff an Flotte: Nummer dreiundfünfzig: Klar zum Gefecht, Sir.«

»Heißen Sie ›verstanden‹. Mr. Southwick, unsere Position ist zwei Kabellängen in Luv der *Captain*, das ist das Schiff des Kommodore.«

»*Aye aye*, Sir. Sein Breitwimpel wurde dort vor einiger Zeit gesetzt.«

Ramage warf einen Blick auf seine Uhr. Sie zeigte fünf Minuten nach vier. Man schrieb den 13. Februar, morgen war der Sankt-Valentins-Tag. Wenn man das Kräfteverhältnis in Betracht zog, wäre es besser der St.-Crispins-Tag gewesen. Dann hätte er sich auf das Bugspriet gesetzt und die Rede Heinrichs V. aufgesagt.

Während der Bootsmannsmaat dann seine Pfeife trillern ließ und mit Stentorstimme über das Deck hin brüllte: »Alle Mann Achtung! Klar zum Gefecht!«, nahm die *Kathleen* wieder Fahrt auf und strebte ihrem zugewiesenen Platz in Luv der *Captain* zu.

Sobald der Kutter auf Position war und während die Männer noch die Luntenbaljen und Wasserpützen an Ort und Stelle brachten, das Deck näßten und mit Sand bestreuten, Kugeln an die Geschütze schafften, Reservestagen schoren, kurz alles taten, was für sie schon zum

Ritual geworden war, rief Ramage Southwick an die Heckreling achteraus.

»Wir sollen alle Signale wiederholen, die der Kommodore gibt. Scheren Sie also gleich Reserveflaggleinen für den Fall, daß eine weggeschossen wird. Es kann sein, daß wir Verwundete an Bord nehmen müssen — darum lassen Sie unter Deck Segel ausbreiten, daß wir sie drauflegen können. Es kann auch sein, daß ein Schiff Zimmerleute braucht. Sagen Sie darum dem Meistersmaat, daß er Taschen mit Werkzeug bereithalten soll. Lassen Sie die Gig wieder zu Wasser fieren und nehmen Sie sie in Schlepp, damit sie nicht stört. Erinnern Sie mich, wenn ich etwas vergessen haben sollte. Ja, richtig — die beiden Feuerlöschpumpen müssen an Deck.«

»*Aye aye*, Sir«, sagte Southwick. »Im Augenblick könnte ich nicht sagen, was außerdem noch zu tun wäre.«

Ramage sah, wie der Wetzstein eben an Deck gebracht wurde. Da stöhnte er: »Du lieber Himmel! Muß einem dieses verdammte Ding wieder die Ohren wundkratzen. Wir haben bald kein Entermesser, keine Pike und kein Beil mehr an Bord, an dem noch eine Spur Stahl übrig ist.«

Southwick hatte, als die *Kathleen* den Spaniern wieder abgenommen worden war, seinen geliebten Säbel wieder ergattert. Jetzt fiel ihm der Fehler ein, der ihm damals beim Schleifen unterlaufen war, als sie die Vorbereitungen zum Angriff auf *La Sabina* trafen und den er seitdem nicht ausgebessert hatte. Darum sagte er jetzt in aller Eile: »Wir wollen nur sehen, ob alles in Ordnung ist, Sir. Dem Kochsmaat müssen wir schon Gelegenheit geben, seine Hackmesser scharf zu machen.« Damit ging er nach vorn. Sein Gang und seine Haltung zeigten die Vorfreude, die ihn bei dem Gedanken an die bevorstehende Schlacht erfüllte.

Teils aus Müdigkeit, teils aus Erregung hatte Ramage

bisher verabsäumt, einmal kurz innezuhalten, um einen Blick auf die Flotte zu werfen, die jetzt in doppelter Kiellinie beigedreht lag. Während er nun das Bild in sich aufnahm, sah er, wie an einer Flaggleine der *Victory* drei kleine Bündel emporstiegen. Er wollte Jackson darauf aufmerksam machen, aber der Amerikaner wartete schon mit dem Kieker am Auge, daß die Signalgäste des Flaggschiffs das Signal mit einem Ruck an der Flaggleine ausrissen. Plötzlich breiteten sich die drei Flaggen im Wind.

»Vorbereitung — Nummer sechsundsechzig, Sir.«

Ramage nickte. »Nach dem Beiliegen Fahrt aufnehmen.« Der Befehl wurde ausgeführt, sobald das Vorbereitungssignal niedergeholt wurde. Dann nahm jedes Linienschiff Fahrt auf.

Erst »Klar zum Gefecht«, dann »Nach dem Beiliegen Fahrt aufnehmen«. Ramage fragte sich, was wohl das nächste Signal bringen würde. Es wurde jetzt rasch dunkel. Die *Victory* konnte heute abend nicht mehr viel signalisieren.

Wie viele Männer gab es an Bord dieser Schiffe — die *Kathleen* eingeschlossen —, die die Sonne auch morgen wieder untergehen sahen? Was machte Gianna in diesem Augenblick und, was noch wichtiger war, was dachte sie eben?

»Du siehst aus wie eine Eule, die eben erwacht ist... Warum bist du denn so lange in Cartagena geblieben? ... Aber Liebling, bisher habe ich von dir nur gehört, ich solle geheimhalten, daß du ein Geheimnis kennst...« Ob sie wohl je verstand, daß er ebenso seine Pflicht zu erfüllen hatte wie sie selbst gegenüber ihrem Volterra?

Und dann der Kommodore. Wie weit reichte seine Einsicht? Sah er nicht zu tief in eines Menschen Herz? »Hatten Sie nicht Angst, getötet zu werden, als die beiden spanischen Fregatten nachts bei Ihnen längsseit kamen? ... Was verstehen Sie unter falsch handeln? ... Es gehört Verstand dazu, ein lebendiger Held zu sein ... Kümmern Sie sich nicht darum, was die Leute denken, tun Sie, was Sie für richtig halten und pfeifen Sie auf die Folgen.«

Ja, der Kommodore sah *wirklich* genau so drein wie Southwick, wenn ihn nach Blut dürstete. Ob der Kommodore auch in diesem Sinne blutdürstig war? Ramage fragte sich, wie es um ihn selbst bestellt war, wenn es zu töten galt. Konnte er vor einen Mann hintreten und ihn kaltblütig niederschießen? In der Hitze des Gefechts ja, aber kalten Blutes?

Als die Nacht niedersank, kam Southwick an Deck, um frische Luft zu schnappen. Das nächste der großen Schiffe hob sich eben noch wie ein Daumenabdruck gegen den Hintergrund des Himmels ab, dessen Grau sich immer mehr verfinsterte. Er war froh, daß sein eigenes Logbuch bis zur Stunde auf dem laufenden war und hatte sich überzeugt, daß auch Jackson das Signallogbuch sauber führte. Dann hatte er ein Stündchen geschlafen. Er ärgerte sich nur über das Signal des Flottenchefs »Klar zum Gefecht«. Dieses Signal war augenscheinlich viel zu früh gegeben worden, denn es hatte die höchst unangenehme Folge, daß in der Kombüse das Feuer ausgemacht werden mußte.

Southwick liebte es vor allem, am Abend gut zu essen, und hatte schon befohlen, ihm für heute ein Huhn aus seinem Verschlag zu schlachten und zu rupfen. Sir John konnte natürlich nichts dafür, daß seine Henne elend mager war, denn fette Tiere waren in Gibraltar nicht zu haben gewesen. Dennoch war es schlimm für ihn, daß der Vogel noch lebte und nicht gebraten werden konnte, weil es in der Kombüse kein Feuer gab. Er war ja so hungrig und hatte ein leeres Gefühl im Magen.

Die paar Schnitten Roastbeef von gestern abend reichten als Abendbrot vielleicht für einen Jungen; ein Mann, so betonte Southwick immer wieder, brauche warmes Essen, das polstere den Magen für die kalte Nacht richtig aus.

Als Southwick jetzt seinen Kommandanten an der Reling lehnen und nach der Flotte Ausschau halten sah, wußte er, daß ihnen beiden eine anstrengende Nacht bevorstand. Das Einhalten der befohlenen Position wurde immer schwieriger. Schon ehe er unter Deck gegangen war, hatte er Nebel in der Luft verspürt, sein rechtes Handgelenk schmerzte, das war das sicherste Zeichen. Vor ein paar Jahren hatte er mit einem Hieb seines geliebten Säbels einem Franzosen den Arm glatt durchschlagen, dann aber war dieser Hieb so hart auf dem Rohr einer Kanone gelandet, daß durch die Erschütterung sein Handgelenk gebrochen war. Damals hatte er viel Schmerzen erdulden müssen, aber seither empfand er die Verletzung als Segen. Wenn es nämlich darum ging, das Wetter vorauszusagen, konnte er sich viel mehr auf sein Handgelenk und auf ein altes Stück getrockneten Seetang in seiner Kammer verlassen als auf alle Quecksilberbarometer, die ihm je untergekommen waren. Man lachte ihn immer wieder aus, wenn er sagte, er spüre den nächtlichen Nebel jetzt schon in seinem Handgelenk und sein Tang zeige ihm Regen und Feuchtigkeit an. Aber er lachte dann jedesmal zuletzt, wenn die Burschen klein und häßlich in einem Nebel an Deck herumhockten, der so dick war, daß ihnen förmlich die Nase tropfte.

Endlich, dachte er, soll ich einmal eine richtige Seeschlacht erleben. In all den Jahren, die er schon auf See verbracht hatte, war jede richtige Schlacht in mehr als fünfhundert Seemeilen Entfernung von ihm ausgetragen worden. Er hatte keine Angst mehr vor dem Tod — das war eine der Lichtseiten zunehmenden Alters.

Es ließ sich ja doch nicht vermeiden, daß man eines Tages über die stehende Part der Fockschot hinwegmußte. Er wußte beim besten Willen nicht mehr zu sagen, wie oft er schon dabeigestanden hatte, wenn wieder einmal der Körper eines Bordkameraden, meist eines alten, geschätzten Freundes, eingenäht in seine Hängematte, genau an der Stelle über die Reling geschoben wurde, wo die stehende Part der Fockschot an der Bordwand angeschäkelt saß.

Jetzt trat Ramage zu ihm und riß ihn aus seinen Gedanken. »Mir scheint fast, den Dons kommt der Nebel zu Hilfe. Was meinen Sie, Mr. Southwick? Eben ehe es dunkel wurde, sah ich im Südosten schon ein paar Schwaden. Jetzt flaut auch noch der Wind ab und die Luft ist plötzlich warm und feucht...«

»Jawohl, Sir. Ich spüre mein Handgelenk, das ist ein sicheres Zeichen. Es gibt eine dicke Nacht und natürlich viel Geballer. Da wird es das beste sein, wenn ich gleich die Kugeln aus den vordersten Geschützen nehmen lasse.«

Ramage stimmte ihm zu. Es war ja so gut wie sicher, daß während der Nacht immerzu Schüsse als Nebelsignale abgefeuert werden mußten. Da war es besser, sie holten die Kugeln gleich jetzt aus den Rohren, damit sie es später nicht vergaßen und das Nebelsignal nicht etwa dazu führte, daß eine Kugel durch die Heckfenster des Kommodore schlug.

Eine halbe Stunde später war es schon so dunkel, daß man die großen Schiffe nicht mehr sehen konnte. Ramage gab sich jetzt ganz der ermüdenden Aufgabe hin, sein Schiff auf Station zu halten, indem er die abgeschirmte Hecklaterne der *Namur*, die den Platz vor der *Captain* innehatte, als Anhalt benutzte. Er bemerkte alsbald, daß dieses Licht ab und zu für ein paar Minuten verschwand, wenn dünne Nebelschwaden vorübertrieben. Sooft das eintrat, rief er den Männern an der Pinne zu: »Recht so wie es geht!« Worauf der erste Rudergänger sofort den Blick auf die schwach erleuchtete Kompaßrose warf.

Die Hecklaterne der *Namur* war wieder einmal für drei bis vier Minuten außer Sicht gewesen, da hörte er plötzlich von recht voraus Kommodore Nelsons schnarrende Stimme rufen: »Ramage, Sie Trottel, fallen Sie gefälligst ab, sonst landen Sie noch in Cowleys Kneipe.«

Ramage war im ersten Augenblick vor Überraschung wie gelähmt, dann stürzte er an die Backbordreling, weil er fürchtete, daß eine Kollision unmittelbar bevorstand. Er hielt Ausschau, ob die *Captain* zu sehen war, aber sie war nicht in Sicht. Cowleys Kneipe war eine bekannte Wirtschaft im Hafen von Plymouth.

Er war eben im Begriff, die vorderen Ausguckposten zu alarmieren, da schrie der Kommodore zum zweiten Mal: »Hören Sie mich denn nicht, Ramage? Träumen Sie, oder treiben Sie schon vor Ihrem Anker ins Jenseits hinüber? Legen Sie endlich Leeruder und nehmen Sie Kurs auf die Elendsbucht. Fiert die Schoten, und dann los dafür auf die verdammten Dons.«

Ramage sprang mit einem Fluch zurück, als Southwick durch sein Megaphon ein richtiges Wutgebrüll losließ.

»Komm achteraus, besoffener Kerl!« schrie der Steuermann. »Elendsbucht, sagt der Bursche! Warte nur, ich mache dich gleich fertig!«

Auch Ramage hatte inzwischen gemerkt, was geschehen war. Ein betrunkener Matrose hatte offenbar auf der Nock des Bugspriets der *Kathleen* gesessen und die Stimme des Kommodore täuschend nachgeahmt ...

Er befahl Southwick, achtern zu bleiben und gut auf die Hecklaterne der *Namur* zu achten, dann ging er nach vorn. Der Schreck steckte ihm noch in allen Gliedern, zugleich aber kam er sich recht töricht vor und merkte nur zu gut, wie die Leute an Deck heimlich kicherten. Als er am Spill angelangt war, trat eine dunkle Gestalt auf ihn zu und sagte: »Herr Kapitän?«

»Ja, was ist?«

»Ich bitte, melden zu dürfen, daß der Ausguckposten am Steuerbord-Kattdavit betrunken ist, Sir.«

Ramage erkannte Stafford an der Stimme.

»Wer ist denn dieser Ausguckposten am Steuerbord-Kattdavit?«

»Das bin ich, Sir«, sagte Stafford mit einem ausgiebigen Rülpser.

»Machen Sie, daß Sie achteraus kommen!« herrschte ihn Ramage an. »Ich werde Ihnen Cowleys Kneipe zeigen.«

Das stieß er schnell hervor, weil er fürchtete, daß ihn das Lachen überkam. Wo hatte Stafford je den Kommodore sprechen hören? Er hatte keine Ahnung gehabt, daß der Cockney ein so guter Schauspieler war, und ging hinter ihm her, als dieser jetzt unsicheren Schritts nach achtern strebte. Zuletzt stand der Mann leicht schwankend im matten Licht der Kompaßbeleuchtung.

»Warum sind Sie eigentlich betrunken?« fragte Ramage streng.

»Das weiß ich nicht, Sir. Ich hatte nur einen Nordwester und von dem me-merke ich so-sonst überhaupt nichts.«

Er hielt inne und tat ein übriges, sich zu verbessern. Immer noch schwankend, sagte er: »Ich m-meine natürlich no-nor-normalerweise.«

»Ach was, ein Nordwester«, schimpfte Ramage, »viel eher waren das vier aus rechtweisend Nord. Mr. Southwick, lassen Sie die Deckspumpe besetzen — Stafford mag sich ernüchtern, wenn er ein paar Mucken von Cowleys Spezial-Cadizbucht-Seewasser genießt und dann eine viertel Stunde unter der Pumpe steht, bis er weiß, wieviel er wirklich getrunken hat.«

»Man bringe mir eine Muck!« brummte Southwick böse, packte Stafford an der Schulter und gab ihm einen Schubs nach vorn. »Steuerbord Deckspumpe klar!« schrie er von plötzlichem Zorn gepackt. »Unser Mr. Stafford tanzt uns heute in Cowleys Kneipe etwas vor.«

Ramage hörte die Pumpe gurgeln, als sie zu ziehen begann, dann klatschte das Wasser in rhythmischen Stößen an Deck. Wenige Minuten später war Stafford heftig seekrank. Southwick kam, immer noch mit der Muck in der Hand, achteraus. »Ich kann den Mann nicht verstehen, Sir, er hat sich seine Rumzuteilung aufgespart, aber ich glaube nicht, daß er das aus Angst vor der Schlacht getan hat. Sich mit einem Nordwester so zu betrinken!«

Ramage erinnerte sich, wie kaltblütig Stafford in Admiral Cordobas Haus eingebrochen war.

»Nein, Angst hat der Bursche bestimmt nicht. Bitte schicken Sie einen anderen Mann auf Ausguck.«

Es mutete fast komisch an, wie sich Southwick zu diesem Fall stellte. Für ihn war es schlimmer, daß Stafford nach einem einzigen Nordwester betrunken war, als daß er überhaupt auf Wache betrunken war. Aber Stafford war bescheiden. In der Seemannssprache bedeutete Nord reinen Rum und West reines Wasser. Ein Nordwester war daher eine Muck halb voll Rum und halb voll Wasser, ein Gemisch, das natürlich nicht ausreichte, einen Cockney zu den Streichen des heutigen Abends zu inspirieren.

Kurz nach neun Uhr — als ein ernüchteter, vor Kälte zitternder Stafford beschämt achteraus geschlichen war und sich bei Ramage entschuldigt hatte, worauf ihn dieser unter Deck schickte, damit er sich umzog — kurz nach neun Uhr also hörten sie erst einen, dann einen zweiten Signalschuß. Das war der Befehl der *Victory*, in Reihenfolge der taktischen Nummern zu wenden. Die Flaggoffiziere wiederholten das Signal.

»Womöglich wird die *Captain* ausgerechnet jetzt in einem Nebelschwaden verschwinden«, meinte Southwick besorgt.

»Wenn das geschieht«, sagte Ramage, »dann wird uns nicht Stafford, sondern der richtige Kommodore anschreien.«

Nach dem Befehl, in Reihenfolge der taktischen Nummern zu wenden, ergab sich, daß die Flotte in der gleichen Formation wie zuvor jetzt Südostkurs anlag.

Wenn der Verband nicht auf den Feind traf oder wenn der Wind nicht umsprang, wurde dieser Kurs wahrscheinlich bis zum nächsten Morgen weitergesteuert. Irgendwo voraus war eine zweite Flotte unterwegs, die fast das Doppelte an Linienschiffen zählte. Sie war bestrebt, Cadiz anzulaufen, wurde aber durch ständig wechselnde Winde und Nebel böse behindert. Wahrscheinlich wußten die Spanier nicht einmal genau, wo sie standen, und waren darum vor allem bestrebt, sich bei Tage eine gute Landpeilung zu verschaffen. Wenn sie wüßten, daß eine britische Flotte ganz in ihrer Nähe war, dann bekämen sie bestimmt Angst vor ihrem eigenen Schatten.

In etwa drei Stunden brach der St.-Valentins-Tag an. Ramage dachte an seine Eltern, die waren jetzt sicher in St. Kew in Cornwall. Um diese Zeit hatten sie ihr Dinner hinter sich und saßen wahrscheinlich schon beim Kartenspiel, mit dem sie sich gern die Zeit vertrieben. Wenn jenes schandbare Kriegsgericht nicht gewesen wäre, könnte jetzt auf der *Victory* statt der Flagge Sir Johns die seines Vaters wehen. Ach was, fort mit all dem sinnlosen Zeug! Southwick hatte jetzt die Wache, er aber wollte sich für ein paar Stunden aufs Ohr legen.

18

»Kurz nach Mitternacht begann es«, schrieb Ramage in aller Eile an seinen Vater. »Von da an hörten wir im Südwesten ständig die Signalgeschütze der spanischen Flotte. Die große Zahl der Schüsse verriet, daß Cordoba offenbar die größten Schwierigkeiten hatte, seinen Verband von so vielen Schiffen im Nebel zusammenzuhalten. Ohne Zweifel will er Cadiz anlaufen. Dabei kommt ihm jetzt der Südwestwind zugute, wenn ich auch zweifle, ob er ihm viel helfen wird, da die Brise so schwach ist, daß sie nicht einmal die Nebelschwaden verweht, die zwischen uns auf dem Wasser liegen. Beim ersten Hellwerden gab die *Culloden* (eines unserer Spitzenschiffe) das Signal: ›Unbekanntes Schiff in Sicht.‹ Schon kurz nach sechs meldete sie dann, daß es sich um eine spanische Fregatte handle. Der Nebel behindert die Sicht so stark, daß ich nicht weiß, ob die Spanier auch uns gesehen und dem Admiral Cordoba gemeldet haben.

Bald nach sieben Uhr meldeten zwei unserer Fregatten durch Signal, sie hätten in Süd zu West eine fremde Flotte gesichtet, und die *Victory* befahl darauf der Fregatte, die dem Verband am nächsten stand, sich ein genaues Bild zu verschaffen. Schon bald darauf entdeckten auch wir durch Lücken im Nebel eine Anzahl spanischer Linienschiffe sowohl an Backbord als auch an Steuerbord voraus, aber wenn der Wind nicht wenigstens ein bißchen auffrischt, wird es Mittag, bis wir auf Schußweite heran sind, weil wir ja nicht viel mehr laufen als etwa einen Knoten.

Um ein Viertel nach acht Uhr signalisierte Sir John

der Flotte: ›Genau Abstand halten‹, obwohl sie trotz des nächtlichen Nebels in der doppelten Kiellinie eine Ordnung hielt, die man sich kaum besser vorstellen konnte. Zwanzig Minuten nach acht kam dann das Signal, das mir das zweitliebste ist, Nummer dreiundfünfzig: ›Klarschiff zum Gefecht.‹ In Wirklichkeit war das nur eine Wiederholung des gestrigen Signals und ich bin überzeugt, daß es daraufhin in der Flotte nichts mehr zu tun gab. Jetzt erwarten wir die Nummer fünf, mein Lieblingssignal: ›Ran an den Feind.‹

Meine Männer haben längst gefrühstückt und sind hell begeistert. Ich bin wahrhaftig überzeugt, sie würden sogar Hurra schreien, wenn ich ihnen den Vorschlag machte, die *Santisima Trinidad* zu entern.

Erst zwanzig Minuten nach neun Uhr gab Sir John sein drittes Signal an alle: ›Den Gegner angreifen.‹ (Ich möchte wissen, wieviele Signale der Admiral Cordoba bis dahin schon gegeben hatte.) Wenige Minuten zuvor hatte der Wind etwas geraumt. Daraufhin hatte Sir John zwei Strich nach Steuerbord gedreht, so daß wir jetzt Kurs Süd steuerten.

Der Nebel begann sich langsam zu lichten (zumal die Sonne etwas Wärme spendete) und bald konnten wir zwanzig Linienschiffe zählen. Sie fuhren in zwei Gruppen, die man wegen ihres weiten Abstandes nicht mehr als Divisionen bezeichnen konnte. Auch diese Gruppen waren verstreut und zeigten keinerlei Ordnung. So steuerte diese Flotte quer vor unserem Bug vorüber Cadiz an. Daraus geht hervor, daß sie in der Meerenge von ›unserem‹ Sturm gefaßt und weit in den Atlantik hinausgeweht worden war.

Um zehn Uhr meldete eine unserer Fregatten durch Signal ›fünfundzwanzig Linienschiffe‹ (vergiß nicht, daß wir nur fünfzehn haben). Jetzt raumte der Wind aufs neue, und Sir John ging nun auf Süd-Südwest-Kurs.

Es ist jetzt kurz vor elf Uhr. Kap St. Vincent liegt dreiunddreißig Seemeilen nordöstlich von uns, und Southwick ist eben heruntergekommen, um mir zu melden, daß der Nebel bis auf ein paar diesige Bänke verschwunden ist.

Bis jetzt hatte ich immer die Vorstellung, daß einem die Aussicht auf eine Seeschlacht furchtbare Angst einjagen müßte, aber ich freue mich jetzt, sagen zu können, daß ich (wenigstens für den Augenblick) viel zu beschäftigt bin, als daß Angst oder böse Ahnungen aufkommen könnten. Eines nur bedauere ich aufrichtig: daß ich kein Vierundsiebziger-Linienschiff unter mir habe, das mit fünfhundert meiner *Kathleen*-Leute bemannt ist. Es dauert nicht mehr lange, dann fahren wir den Dons an die Gurgel, darum muß ich jetzt meine Feder beiseite legen. Später hoffe ich, noch ein paar Seiten beifügen zu können, die Dir von dem siegreichen Ausgang der Schlacht am St. Valentinstag berichten sollen.«

An Deck traf er auf Southwick, der übel gelaunt hin und her ging und die diesige Luft verfluchte. Die *Kathleen* war ein kleines Schiff — bei weitem das kleinste der ganzen Flotte, aber Ramage war ehrlich stolz auf den Anblick, den dieses Schiffchen bot. Sie war nicht viel mehr als ein winziger Terrier unter einer Meute von Wolfshunden. Aber das Schiff und seine Besatzung waren bereit, sich mit dem Gegner zu messen; dabei wirkten die Männer irgendwie entspannt, kein Mensch verriet etwas von der in solchen Lagen naheliegenden Nervosität.

Neben jedem Geschütz lagen ein Ansetzer und ein Schwamm, dann waren da die Luntenbalje und ein Stapel Traubenschrapnells (jede Ladung sah aus wie ein steifes Netzchen voll kleiner Zwiebeln). Die Kugeln lagen in ihren Gestellen längs der Reling, die sahen aus wie schwarze Orangen, die man auf Wandbrettern sauber gelagert hatte. Das Boot hing achtern an der Schleppleine, die Feuerlöschpumpen standen klar an Deck, der ausgestreute Sand bewirkte, daß man auf dem nassen Deck mit den Füßen Halt fand.

Der Wind war immer noch leicht und unstet. Sooft das von der Nässe des Nebels vollgesogene Großsegel einmal kräftig schlug, ging auf die Männer darunter ein Schauer winziger Tröpfchen nieder. Was sich in der übrigen Takelage an Kondenswasser angesammelt hatte, war an den Wanten heruntergelaufen und bildete an Deck dunkle Pfützen.

Die Geschützbedienungen standen oder saßen an ihren Kanonen. Sie plauderten eifrig und sahen eigentlich aus, als ob sie den Beginn eines Preisboxens erwarteten. Auch Stafford war an seinem Geschütz. Er hatte blutunterlaufene Augen und war von seinen nächtlichen Streichen noch etwas mitgenommen, aber jede seiner Bewegungen zeigte, daß er seinen überschäumenden Cockney-Humor schon wiedergefunden hatte. Dicht bei ihm sah man Maxtons braunes Gesicht mit dem immer freundlich grinsenden großen Mund. Jackson in der Rolle des Rudergängers stand am Kompaß und hielt sich bereit, jeden Befehl an die Männer an der Pinne weiterzugeben. Rossi erzählte seinem Nebenmann mit weitausholenden Gesten irgendein Erlebnis — nach der Art seiner Handbewegungen handelte es sich wohl um ein Liebesabenteuer. Die Männer, die in der Klarschiffrolle als Enterer aufgeführt waren, hatten bereits die Koppel ihrer Entermesser über die Schulter geworfen, die Entermesser selbst hingen griffbereit an der Reling.

Drüben an Backbord querab hielt die *Captain* ausgezeichnet ihren Abstand von Vorder- und Hintermann, und jenseits davon konnte Ramage die meisten Schiffe der anderen Division erkennen. Die matte Sonne verlieh den niederen Dunstschichten eine zartrosa Tönung, von der sich die Farbe der Segel großartig abhob. Der Anblick dieser stolzen Zwei- und Dreidecker, die ständig bestrebt waren, ihre Segel vollzuhalten (und doch nur ganz wenig Fahrt liefen, wie ihre winzigen weißen Bugwellen bewiesen), hätte jeden Maler begeistert. Die innen rotgemalten Geschützpforten waren jetzt offen und lagen zurückgeklappt an der Bordwand. Sie bildeten so ein Schachbrett roter Quadrate längs der weißen oder gelben Streifen, die die glänzend schwarzen Rümpfe jedes dieser Schiffe zierten. Die Mündungen der Geschütze ragten wie eine Vielzahl anklagender Finger aus den Pforten heraus.

Der Dunst verlieh den Schiffen weichere Umrisse, in den Wassertröpfchen an allen Teilen der Takelage spiegelte sich die Sonne wie im Tau auf Spinnweben. Wie hätte ein Maler die Farbe dieser Segel einfangen können? Wäre ein warmes Braun mit etwas roter Siena-Erde und vielleicht einer Spur Ockergelb wohl das richtige gewesen? (Aber kein Maler wäre gewillt gewesen, die Wirkung zu beeinträchtigen, indem er die dunklen unregelmäßigen feuchten Stellen längs der Oberlieken dieser Segel mit darstellte.)

»Für zwei Penny Bouillon mit Ochsenfleisch und für einen Penny Brot, das wäre jetzt mein höchster Wunsch«, so erklärte Stafford mit seiner Cockney-Stimme einem anderen Mann. »Früher, da gab es so etwas im Hinterstübchen von meines Vaters Laden — seit mich die Preßgang schnappte, habe ich ihn nicht mehr gesehen. O ja, ich könnte gut ein bißchen gebrauchen, aber wir haben ja den Dons zu danken, daß es heute in der Kantine nur kalte Asche gibt.«

Dann spuckte er durch die Geschützpforte über Bord und brummte: »Das ist jetzt schon die vierte Wache, in der ich das Stück Kautabak mit den Zähnen bearbeite, jetzt hat es grade noch so viel Geschmack wie ein Stück Segeltuch, das kann ich euch versichern.«

Southwick hielt in seiner ununterbrochenen Wanderung quer über Deck inne und herrschte Jackson an: »Das Flaggschiff setzt Signal.«

Jackson griff sofort nach dem Kieker. »An alle — Vorbereitungssignal — Nummer einunddreißig — dann Kurssignal, Südwest.«

Southwick blätterte eiligst im Signalbuch: »Vor und hinter dem Flaggschiff nach eigenem Ermessen Gefechtskiellinie bilden . . .«

Er blickte auf, um sich zu überzeugen, daß ihn Ramage verstanden hatte, dann brummte er: »Wenn der Wind nicht auffrischt, werden wir es noch erleben, daß diese Weinsäufer, diese Freitag-Fisch-Esser, diese von ihren Pfarrern unter Druck gehaltenen Galgenvögel wirklich nach Cadiz kommen. Dann fieren sie ihre Rahen an Deck und verschwinden zu Ostern nach Hause, ehe wir noch unsere Schlachtlinie zustande bringen. Wie kann man auch einen Gegner jagen, wenn man nur zwei Knoten läuft?«

Bei diesen Worten schlug er sich mit der Scheide seines riesigen Säbels gegen den Stiefel. Dieser Säbel erregte Ramages Neugier, vor allem seit er Zeuge gewesen war, mit welcher Liebe ihn Southwick am Abend zuvor geschliffen hatte.

»Sagen Sie, Southwick, wie sind Sie eigentlich zu diesem Schlachtermesser gekommen?«

»Mein Vater war Schlachter, Sir«, grinste er. »Aber diesen Säbel da habe ich bei dem besten Säbelschmied in ganz London gekauft, bei Mr. Prater am Charing Cross. Ich habe ihn mit dem ersten Prisengeld bezahlt, das ich mir verdiente. — Verzeihung, Sir — Jackson! Passen Sie auf!«

»Vorbereitungssignal nieder, Sir«, rief Jackson.

»Danke.«

Ramage war sich darüber klar, daß es während der nächsten Minuten ein ziemliches Durcheinander geben mußte, da die fünfzehn Schiffe, die in zwei Kolonnen gesegelt waren, nunmehr eine einzige Kiellinie bilden sollten. Dabei war natürlich jeder Kommandant bestrebt, möglichst weit an die Spitze zu gelangen, wobei er sich mit dem Signal des Admirals entschuldigen konnte, daß diese Handlungsweise »seinem Ermessen« am besten entsprach.

Trotz all des höflichen und doch entschlossenen Gedränges bot die Flotte ein Bild, als ob sie bei einer königlichen Parade in Spithead manövrierte: hier wurde ein Marssegel backgesetzt, dort wurden Unterrahen scharf angebraßt, ein drittes Schiff warf ein paar Minuten lang die Klüverschot los, dann waren die beiden Kolonnen bald zu einer einzigen, fast zwei Meilen langen Linie verschmolzen. Die *Captain* war so dicht hinter der *Namur*, daß ihr Klüverbaum fast über deren Heck ragte, und Ramage konnte sich ausmalen, wie der Kommodore Kapitän Miller, den Kommandanten, bedrängt haben mochte. Er stellte sich auch vor, was Kapitän Whitshed dachte, als er besorgt vom Achterdeck der *Namur* einen Blick achteraus warf.

»Die *Culloden* hat es geschafft«, rief Southwick, »ja, der Troubridge hat's eben in sich.«

Die *Culloden* hatte das Kunststück fertiggebracht, sich an die Spitze zu setzen. Die *Victory* lag an siebenter Stelle, ihr folgte Vizeadmiral Waldegrave mit der *Barfleur*. Vizeadmiral Thompson mit der *Britannia* war elfter, und der Kommodore mit der *Captain* dreizehnter. Hm, dachte Ramage, ob das wohl Unglück für ihn bedeutete? Fünfzehntes und letztes Schiff — »der Einpeitscher«, wie es Southwick nannte — war die *Excellent* unter Kapitän Collingwood.

Weder Ramage noch Southwick machten ein Hehl aus ihrer Erregung, als sie die fünfzehn mächtigen Schiffe in einsatzbereiter Kiellinie vor sich sahen. Sie wußten beide, daß vor ihren Augen wohl das gewaltigste Schauspiel ihres Lebens abrollte. Und doch sah es eben jeder mit seinen Augen.

Southwick prüfte mit seinem geschulten Seemannsauge, ob jedes Schiff genau Abstand von seinem Vordermann hielt und ob alle Segel zogen, wie sich's gehörte. Die Dunstbänke, in die sie von Zeit zu Zeit gerieten, erschwerten für ihn einfach das Abstandhalten, während sie für Ramage zarte Schleier waren, die den Schiffen weichere Linien gaben und sie ebenso mit einem Schimmer von Geheimnis und rätselhafter Schönheit umgaben, wie ein Spitzenschleier eine nackte Frau.

Auch war Southwick außerstande, einem Gedanken zu folgen, der Ramage eben beschäftigte. Für ihn waren diese mächtigen Zwei- und Dreidecker großartige Leistungen der wirren Zeiten, in denen sie lebten. Sie waren die größten Gebilde aus Holz, die Menschenhände je erbaut hatten, sie waren allein dazu bestimmt, gegen die Elemente zu kämpfen und die Feinde zu vernichten, dennoch gehörten sie mit zum Schönsten, was Menschen je geschaffen hatten.

Ein Schiff wie die *Captain* bestand zum Beispiel aus einigen tausend Eichbäumen, die im Lehmboden von Sussex gewachsen waren (aus Eichen, schätzte Ramage, die wahrscheinlich ihre jungen Reiser trieben, als Cromwell bei Worcester seinen Sieg über den König errang). Dreißig Tonnen Kupfernägel und -bolzen hielten ihren Rumpf zusammen, dazu kamen außerdem noch an die tausend Nägel aus Akazienholz. Die Untermasten eines solchen Schiffes stammten wahrscheinlich aus Amerika, wo es in den Wäldern von Maine oder New Hampshire noch eine Fülle von Fichten des Durchmessers gab, der dazu nötig war. Die Stengen und die Rahen wurden aus Bäumen hergestellt, die an den Küsten der Ostsee gediehen.

Die Nähte des Decks und des Rumpfes waren mit zehn Tonnen Werg und vier Tonnen Pech kalfatert und gedichtet, selbst die Farbe des Anstrichs war einige Tonnen schwer. Gut zehntausend Meter Stoff hatte man zu den Segeln verarbeitet. (Es war fast eine Ironie, daß die ganze *Kathleen* mit allem was dazugehörte viel, viel weniger wog als die Besatzung der *Captain* mit ihrem Zeug und dem stehenden und laufenden Gut samt den Blöcken.)

Dabei war die Schönheit dieser mächtigen Schiffe der Schönheit einer Frau ganz ähnlich. Wie bei der Frau waren es nicht die Einzelheiten, die den Schiffen ihre Schönheit verliehen, sondern der Gesamteindruck, der sich aus vielen einzelnen Dingen zusammensetzte. Es war wie bei winzigen Marmorstückchen, die zusammen ein Mosaik ergaben. Die Schönheit irgendeines Details war überdies schwer herauszuschälen. Die Lippen einer Frau mochten sich kaum von denen ihrer Schwester unterscheiden, der Sprung eines Schiffes war vielleicht nur um eine Winzigkeit anders als der eines anderen. Aber obwohl diese Unterschiede so klein waren, daß man sie weder beschreiben noch erklären konnte, sah man auf den ersten Blick, daß der Mund der Frau schön war, der ihrer Schwester nicht, daß das eine Schiff einen schönen Sprung besaß, das andere nicht.

Jedes Schiff lag ebenso elegant wie stabil und selbstverständlich im Wasser und zeigte dadurch, daß es der See gehörte, wie ein Landhaus aus der Zeit Elisabeths den grünen Matten und dem Buchenhain verschwistert war, in deren Mitte es stand. Jeder Schiffsrumpf besaß das Ebenmaß griechischer Bildwerke, nirgends entdeckte das Auge eine gerade Linie oder eine unschöne Biegung. Von der Nock des Klüverbaums senkte sich der Blick wie selbstverständlich bis zur Back, dann wanderte er weiter zur Schiffsmitte und hob sich schließlich wieder dem Heck zu. Dabei brauchte er nur der eleganten Linie des Sprungs zu folgen. Der Bug war breit, dennoch verlieh ihm der Vorsteven mit seinem schwungvollen Schnabel und darüber der Galionsfigur eine Anmut, die jede Plumpheit ausschloß. Der Spiegel war wohl kantig, aber der Heckbalken schwang sich so elegant von einer Seite zur anderen, daß man unwillkürlich an den Tschako eines Kavallerieoffiziers dachte.

Aus dieser Entfernung machten die kräftigsten Masten einen schlanken, biegsamen Eindruck, und man konnte kaum glauben, daß ein solcher Großmast an seinem Fuß nicht weniger als einen Meter Durchmesser besaß und daß seine Höhe von der Wasserlinie bis zum Flaggenknopf mehr als sechzig Meter betrug. Die etwa vierzig Tonnen Tauwerk der Takelage lagen in der Werft als häßlicher Berg von Enden auf der Pier, aber wenn das alles an Masten und Rahen geschoren war, glaubte man das feine Geflecht flandrischer Spitzen vor sich zu haben.

Aber so viel Schönheit und Kampfkraft diese Schiffe auch besaßen, sie taugten doch immer nur so viel wie die Männer, die sie bedienten. Heute, so sagte sich Ramage mit einem versonnenen Blick längs der Linie, lag es wohl vor allem an den Männern, sich zu bewähren, denn die meisten der Schiffe hatten ja schon seit langem gezeigt, was sie zu leisten vermochten.

Die *Culloden*, das Spitzenschiff, war unter Howe vor drei Jahren am siegreichen 1. Juni mit dabeigewesen, als sechs französische Linienschiffe gekapert und eines versenkt wurde. Das dritte Schiff, die *Prince George*, war 1778 mit dabeigewesen, als Admiral Keppel die Flotte des Comte d'Orvilliers vor Ouessant schlug, und hatte

1782 mitgewirkt, als Rodney vor den Saints fünf französische Linienschiffe kaperte. Das vierte Schiff, die *Orion*, hatte ebenfalls unter Howe am siegreichen 1. Juni mitgekämpft. Das sechste war, soviel Ramage wußte, eins der neuesten — die *Colossus*. Sie war vor noch nicht drei Jahren vom Stapel gelaufen. Ihr folgte die *Victory*, die schon weit über dreißig Jahre zählte und Keppels Flaggschiff bei Ouessant gewesen war. Die *Barfleur* war bei Rodneys Unternehmung Admiral Hoods Flaggschiff gewesen, die *Egmont* war unter Keppel bei Ouessant dabeigewesen und hatte außerdem vor einigen Jahren an Admiral Hothams Unternehmung vor Genua teilgenommen. Damals hatte Kapitän Nelson mit der *Agamemnon* bei der Kaperung der *Ça Ira* und der *Censeur* eine führende Rolle gespielt.

Dann folgte die *Britannia*, die damals Hothams Flaggschiff gewesen war, während die *Namur* Rodney unterstanden hatte. Die *Captain* war bei Hothams Unternehmung böse zugerichtet worden. Ihre Nachfolge trat die *Diadem* an, die damals auch mit dabeigewesen war. Und endlich die kleine *Kathleen!* Nun, dachte Ramage mit gemischten Gefühlen, gewagt hatte er mit dem Schiffchen in den letzten Wochen allerhand, wenn dabei auch nicht viel herausgekommen war ...

Fünfzehn Schiffe waren sie stark. Und jetzt wartete die französische Flotte in Brest schon auf die spanische, um vereint mit ihr in England einzufallen. Die Sicherheit ganz Englands hing jetzt von der Kampfkraft eines jeden dieser Schiffe ab, vor allem aber vom taktischen Können eines einzelnen Mannes — Sir John Jervis'. Wenn Sir John heute nachmittag auch nur einen einzigen bösen Fehler machte, konnte der Krieg verloren sein. Ein solcher Fehler, der seine Niederlage zur Folge hatte, öffnete den Kanal weit für eine französisch-spanische Armada. Die Admiralität war bestimmt nicht imstande,

in einem solchen Falle rechtzeitig so viele Schiffe heran-
zuholen, daß dem überlegenen Gegner daraus eine
ernstliche Gefahr erwuchs.

Ein einziger Mann, der einen einzigen Fehler beging!
Diese Verantwortung war entsetzlich schwer. Dennoch
fragte sich Ramage, ob Sir John wirklich schwer daran
trug. Der alte Mann tat in diesem Augenblick seine
ersten Schachzüge, um Cordobas Flotte zu schlagen, einfach weil das die Aufgabe war, für die man ihn sein
Leben lang ausgebildet und vorbereitet hatte. Ramage
erinnerte sich, daß sein Vater bestimmt ganz genau wissen wollte, wie sich die Schlacht in allen Einzelheiten
abgespielt hatte. Da er wußte, daß er sich dazu nicht
auf sein Gedächtnis verlassen konnte, schickte er einen
Mann nach unten, der ihm einen Schreibblock und Bleistift holen sollte. Als er eben die gegenseitige Lage der
beiden Flotten skizzierte, fragte ihn Southwick: »Welche Chancen geben Sie den Dons, Sir?«

In Luv, an Steuerbord voraus, konnte Ramage Cordobas Geschwader von neunzehn Linienschiffen sehen,
unter ihnen die *Santisima Trinidad*. Wenn sie je in einer
der üblichen Formationen gewesen waren, dann bestand
diese jetzt nur noch in der Erinnerung. Sie glichen einer
Schafherde, die zum Scheren getrieben wurde. Der Verband, wenn man ihn so nennen konnte, lief Ostkurs
und versuchte, den Kurs der britischen Linie zu kreuzen,
um sich mit der zweiten Division von sechs Linienschiffen zu vereinigen, die sich an Backbord voraus der
Kathleen befand und verzweifelt bestrebt war, den Anschluß an Cordobas Schiffe zu finden, ehe sie die britische Linie von ihnen trennte. Sie glichen wirklich zwei
Schafherden, die sich vereinigen wollten, ehe ein Rudel
Wölfe in die Lücke zwischen ihnen hineinstieß. Die
Culloden hielt als Führerschiff der britischen Linie genau
auf diese ständig schmäler werdende Lücke zu.

»Welche Chancen geben Sie den Dons, Sir?« fragte Southwick ein zweites Mal, und Ramage merkte erst jetzt, daß er, bedrängt von dem Ansturm der Gedanken, dem Mann die Antwort schuldig geblieben war.

»Sie zahlen jetzt den Preis dafür, daß sie in der Nacht so schlecht Position gehalten haben und daß sie nicht mehr aufpaßten, weil sie dachten, sie wären gleich in ihrem Heimathafen.« Ramage wollte, daß Southwick aus seinen Worten eine Lehre zog, darum sagte er das wie ein Schulmeister, aber er war sich sofort darüber klar, daß es nur großspurig geklungen hatte.

»Sie glauben also nicht, daß das Ganze eine Falle für uns ist?«

»Eine Falle? Wenn es eine sein sollte, dann hat man wohl vergessen, sie zu stellen.«

»Darf ich fragen, ob . . .«

»Natürlich, Sie haben ein Recht zu fragen, warum ich so denke. Cordoba hat wahrscheinlich mindestens siebenundzwanzig Linienschiffe gegen unsere fünfzehn, obwohl wir zur Zeit nur fünfundzwanzig in Sicht haben. Wenn er sie richtig zusammengehalten hätte, dann könnte er sie im Verhältnis von zwei zu eins gegen dreizehn unserer Linienschiffe einsetzen und hätte immer noch ein Schiff übrig, um gegen unsere verbleibenden zwei zu kämpfen. Stellen Sie sich zum Beispiel vor, die *Captain* würde in Luv von der *Santisima Trinidad* und in Lee von einem zweiten Vierundsiebzig-Kanonen-Schiff angegriffen. Das wären zweihundertvier spanische Geschütze gegen die vierundsiebzig der *Captain*.

Statt dessen können Sie nun sehen, daß Cordoba neunzehn seiner Schiffe in Luv und sechs weitere in Lee stehen hat. Mit nur ein bißchen Glück wird es uns gelingen, in die Lücke zwischen den beiden Haufen hineinzustoßen, um sie daran zu hindern, daß sie sich vereinigen.«

»Jawohl«, meinte Southwick, »die Burschen haben sich genau so getrennt, wie es uns paßt. Cordoba erlaubt uns, mit unseren fünfzehn Schiffen seine sechs zu erledigen, oder wir nehmen es mit fünfzehn Schiffen gegen neunzehn auf. In beiden Fällen haben wir leichtes Spiel.«

»So ganz stimmt das nicht — da gibt es leider noch ein dickes ›wenn‹. Wenn es den Spaniern nämlich gelingt, jene Lücke doch noch zu schließen, kann Cordoba im letzten Augenblick seine Schlachtlinie quer vor die unsere legen. Das heißt, daß die Spanier unsere Spitzenschiffe mit ihren sämtlichen Breitseiten unter Feuer nehmen könnten, während wir außerstande wären, auch nur ein einziges Geschütz zum Tragen zu bringen . . .«

»Glauben Sie, daß Cordoba das gelingen könnte?«

»Die Aussichten stehen im Augenblick etwa fünfzig zu fünfzig, man kann nicht sagen, wer dieses Rennen gewinnen wird. Wenn der Wind ein bißchen auffrischt, dann bekommt Cordoba, der in Luv steht, die Brise zuerst und bringt sie mit zu uns nach Lee. Das könnte schon genügen, um die Lage auf den Kopf zu stellen.«

Jackson meldete: »Die *Victory* hat die Flagge gesetzt, Sir.«

Ramage gab Southwick einen Wink und die Kriegsflagge der *Kathleen* stieg jetzt ebenfalls zur Gaffelpiek empor. Eines nach dem anderen folgten alle Schiffe dem Beispiel des Flaggschiffs.

Gleich darauf hörte man, wie Jackson fröhlich aussang: »Auf geht's! Nummer fünf, Sir!«

Ein paar Männer begannen Hurra zu rufen, und bald fiel die ganze Besatzung begeistert ein, denn jeder wußte, was dieses Signal bedeutete. Es hieß »Feuer eröffnen!«

Southwick kam von der Seite auf Ramage zu und sagte leise: »Ich glaube, die Leute wären für ein paar passende Worte dankbar, Sir.«

»Ein paar Worte? Was meinen Sie damit?« Southwicks Idee kam Ramage ungelegen.

»Nun Sir, eine kleine Ansprache, oder so. Das ist doch immerhin üblich, Sir.«

»Auf einem Linienschiff mag das üblich sein, aber uns steht es kaum zu Gesicht. Als ich in Gibraltar an Bord kam, habe ich doch alles gesagt, was zu sagen war.«

Aber Southwick ließ nicht locker: »Ich meine aber, sie würden gern etwas hören.«

Ramage sah, daß die Männer alle instinktiv näher an ihre Geschütze getreten waren und ihn gespannt beobachteten. Er ahnte nicht, daß er mit seinem gebräunten Gesicht und dem durchdringenden Blick aussah wie ein Anführer der Bukaniere aus früheren Zeiten. Dann hörte er sich selbst in Ruhe zu ihnen sprechen.

»Jetzt kommt es wohl gleich zur größten Seeschlacht, die ihr in eurem ganzen Leben mitmachen werdet. Unsere Rolle dabei besteht einfach darin, die Signale des Kommodore zu wiederholen. Wir gehören mit anderen Worten nur zu den Zuschauern, die Zeugen sind, wie sich die Preisboxer gegenseitig die Köpfe einschlagen.«

Das kühlt die Burschen etwas ab, dachte er. Als er aber dann ihre aufgeschlossenen, diensteifrigen Gesichter sah, schämte er sich seiner Überheblichkeit. Auch Southwick sah wieder aus wie immer, wenn ein Kampf in Aussicht stand. Er war gespannt wie eine Feder, seine Augen waren blutunterlaufen und hatten einen glasigen Blick.

Jackson ließ die *Victory* mit dem Kieker nicht aus dem Auge. Jetzt meldete er den Befehl zu einer kleinen Kursänderung, dann rief er aus: »Signal, Sir! An alle. Nummer vierzig.«

Er blätterte rasch im Signalbuch, Ramage konnte sich dieses Signals nicht entsinnen.

»Der Admiral beabsichtigt, die feindliche Linie zu durchbrechen.«

»Wie? Prüfen Sie doch noch einmal nach!« rief Southwick.

Jackson hob noch einmal den Kieker: »Es ist Nummer vierzig, Sir, ohne Zweifel.«

Southwick griff nach dem Signalbuch und sah selbst nach.

»Jawohl, Sir«, sagte er zu Ramage, »Jackson hat richtig abgelesen, es stimmt.«

»Ganz recht, Mr. Southwick. Bitte vergessen Sie nicht, daß wir nur *angenommen* haben, was der Admiral beabsichtigen könnte. Er mußte den Befehl dazu geben und das hat er für den Fall möglichst lange hinausgeschoben, daß die Dons etwas Unerwartetes unternommen hätten. Möchten Sie etwa, daß sich die *Victory* mit einem ›Widerruf des letzten Signals‹ behängt?«

Einen Augenblick später wurde er sich bewußt, daß diese Bemerkung recht unfair gewesen war. Aber Southwick war gut gelaunt und nahm seine Worte entsprechend auf. Er hatte einfach überhört, was Ramage sagte, und dachte im stillen, Sir John hat reichlich lange gebraucht, bis ihm endlich einfiel, was sich Ramage längst ausgedacht hatte.

19

Als Ramage durch sein Glas die sechs spanischen
Schiffe betrachtete, die jetzt mit allen Mitteln versuchten, die britische Spitze zu kreuzen, um sich in Luv mit
dem Verband Cordobas zu vereinigen, da mußte er unwillkürlich an zwei Postkutscher denken, die um die
Wette auf eine Wegkreuzung zujagten und von denen
der eine nach Süden, der andere nach Westen strebte.
Aus eigener bitterer Erfahrung wußte er um die fast
lähmende Spannung, die jetzt jeden der spanischen
Kommandanten beherrschte.

Vor ihnen, kaum drei Meilen entfernt, winkte die
Sicherheit, die ihnen ihr Admiral mit neunzehn ihrer
Kameraden bieten konnte, aber von Steuerbordseite her
näherte sich unheimlich rasch die britische Linie, ange-
führt von der *Culloden*, und einzig darauf bedacht,
ihnen den Weg zu verlegen.

Irgendwo, sann er, gab es dort in der Weite der See
einen Punkt, der nicht einmal durch eine Kabbelung
gekennzeichnet war. Das war jene schicksalschwere Kreuzung, der Punkt, an dem sich die Linie des britischen
Kurses mit der des spanischen Kurses kreuzte. Wer diesen Punkt zuerst erreichte, hatte das Rennen gewonnen.

Einen Augenblick empfand er sogar etwas wie Mit-
leid mit den spanischen Kommandanten. Jetzt, in dieser
Minute, beugte sich wohl jeder von ihnen über seinen
Kompaß, um die *Culloden* zu peilen, und verglich dann
das Ergebnis mit dem der letzten Peilung. Ein paar
Minuten später peilte er dann wieder. Und jede weitere
Peilung verriet den Kommandanten, wie es um die Wett-

fahrt stand, diese Wettfahrt, die für viele Männer beider Seiten Leben oder Tod bedeutete.

Es war doch alles so wunderbar und so grausam einfach. Wenn die letzte Kompaßpeilung zeigte, daß die *Culloden* weiter nördlich stand, dann wußten die Spanier, daß sie das Wettrennen nach jener ungekennzeichneten Kreuzung gewannen, war sie jedoch weiter nach Westen gerückt, dann gewannen die Briten. Blieb die Peilung unverändert, dann stießen sie auf der Kreuzung zusammen.

Während Ramage dieses Geschehen noch verfolgte, stellte er halb beschämt fest, daß er für die Spanier immer mehr Mitgefühl aufbrachte. Er konnte jetzt kaum mehr daran zweifeln, daß sie die Verlierer waren, ein bißchen später war er dessen endgültig sicher.

Da Sir John bereits das Signal Nummer fünf: »Feuer eröffnen«, gegeben hatte, stand es jedem britischen Schiff frei, zu feuern, sobald es ein Ziel vor den Rohren hatte. Jetzt, dachte Ramage, ist auf der *Culloden* jedes Geschütz geladen und jedes Geschütz an ihrer Backbordseite feuerbereit. Nach allem, was er von Kapitän Troubridge wußte, wartete der mit dem Feuern bestimmt bis zum letzten Augenblick, um gleich eine möglichst große Wirkung zu erzielen, weil er wußte, daß der Qualm seiner ersten (und zumeist am besten gezielten) Breitseite nachher seine Geschützführer dadurch behinderte, daß er nach Lee trieb und den Gegner verdeckte.

Jetzt sah man längs der Backbordseite der *Culloden* Qualmwolken herausschießen, denen bald grollender Donner folgte. Er sah sich nach Southwick um, der eben Jackson den Kieker aus der Hand riß. Die Schlacht vom St.-Valentins-Tag hatte begonnen. Der Qualm kam schnell zur Ruhe und breitete sich aus, die einzelnen Ballen verschmolzen zu einer niederen Wolke, die dicht über dem Wasser vor dem Wind dahintrieb.

Jetzt folgte ein länger ausgedehntes Donnergrollen und er sah, wie auch aus der Breitseite der *Blenheim* Rauch hervorbrach. Feuerten die beiden etwa auf ein und dasselbe spanische Schiff? Die *Prince George*, das dritte Schiff der britischen Linie, feuerte ihre erste Breitseite im gleichen Augenblick, da die *Culloden* die zweite löste. Dann gab es eine kleine Pause, während der Donner noch hallend über die See hinrollte. Dann brach wieder Qualm hervor, weil jetzt die *Blenheim* mit ihrer zweiten Breitseite folgte.

Die sechs Spanier hatten also das Rennen verloren. Dadurch, daß die britischen Schiffe jene unmarkierte Kreuzung als erste erreichten, waren sie in der Lage gewesen, ihre Gegner mit ihren Breitseiten von vorn der Länge nach zu bestreichen. Jetzt sah er durch den Qualm hindurch, daß die beiden führenden spanischen Schiffe nach Steuerbord abdrehten, um auf Gegenkurs zu der britischen Linie zu gehen. Ein ferner Donner, gefolgt von einem zweiten, verriet, daß sie das Feuer erwiderten, sobald ihre Breitseitgeschütze ein Ziel fanden.

Plötzlich brach Southwick, immer noch mit dem Kieker am Auge, in aufgeregte Rufe aus. Weiß Gott! Die beiden Spanier drehten weiter. Statt auf Gegenkurs zu bleiben, fielen sie weiter ab und die anderen vier folgten ihnen.

»Sie haben hart Leeruder gelegt, um nach Cadiz zu kommen«, schrie Southwick. »Diese sechs kann Cordoba von seiner Liste streichen.«

Die *Culloden*, die *Prince George* und die *Blenheim* feuerten abermals. Der Qualm, der sich nach Lee ausbreitete, erschwerte die Sicht so sehr, daß Ramage die Spanier aus den Augen verlor.

»Sir!« rief Southwick, was seine Lunge hergab, obwohl Ramage nur ein paar Meter von ihm entfernt war.

Er zeigte aufgeregt auf Cordobas neunzehn Schiffe an Steuerbord voraus. Auch sie hatten den Versuch aufgegeben, die Spitze der britischen Linie zu kreuzen. Ihre Spitzenschiffe drehten jetzt nach Backbord auf einen Kurs, der dem der Briten entgegengesetzt war. In wenigen Minuten mußten sie die Steuerbordseite der *Culloden* passieren und Ramage malte sich aus, wie dort die Männer von den Backbordgeschützen herübergerannt kamen, um die Geschützmannschaften der Steuerbordseite zu verstärken.

Als Ramage nun sein Glas herumschwang, um ebenfalls einen Blick auf Cordobas Verband zu werfen, war er über das verkürzte Bild überrascht, das er ihm bot und das ihm verriet, wie sehr sich die Spitzenschiffe zusammendrängten. Sie liefen in der Tat zu dreien und vieren nebeneinander her, so daß sich ihre Umrisse ineinanderschoben. Man meinte wirklich, endlos lange Reihen offener Geschützpforten zu sehen, aus denen die Rohre wie Borsten eines Schrubbers herausragten. Der rote Rumpf der *Santisima Trinidad* fiel besonders in die Augen (die weißen Streifen auf ihrer Bordwand waren in genauen Abständen durch die vier Reihen offener Geschützpforten unterbrochen). Vor ihr her liefen die *Salvador del Mundo* und die *San José*, beides Dreidecker, ferner die *San Nicolas* und noch ein Vierundsiebzig-Kanonen-Schiff, das er nicht erkannte.

Diese fünf Schiffe verdeckten viele von den anderen, aber abgesehen von dem Fehlen jeder Formation oder vielleicht gerade darum boten sie einen besonders erregenden Anblick. Ramage atmete auf, als er das Glas gesenkt hatte und sie wieder klein und aus der Ferne sah. Aber einige Eindrücke blieben eben doch haften — darunter der scharlachrot gemalte Stevenkopf der *San Nicolas*, der von der riesigen vergoldeten Galionsfigur des Heiligen gekrönt war, dessen Namen das Schiff trug.

Jetzt hörte er Staffords Stimme: »Wenn ihr ein Krachen hört, dann wißt ihr, daß uns der Kommodore als Fender zwischen der *Capting* und der *Santy Trinidaddy* benutzt.«

Es schien in der Tat, als hätte Stafford damit nicht weit am Ziel vorbeigeschossen. Noch zehn bis zwanzig Minuten, dann sah sich die *Kathleen* in der Tat zwischen zwei Mühlsteinen. Der obere war Cordobas Linie in Luv, der untere war der britische Verband in Lee. Aber wenn der Kommodore wollte, daß er sich nach Lee zurückzog, dann gab er ihm bestimmt das Signal dazu.

»Aber wir haben wenigstens den besten Platz zum Zuschauen, wenn die Guillotine ans Werk geht«, sagte Stafford anscheinend ganz zufrieden zu einem Kameraden. »Weißt du auch, wer das ist, der den besten Platz hat? Immer der, dem der Kopf abgeschlagen wird. Das heißt natürlich, wenn sie ihn nicht mit der Fresse nach unten auflegen, daß er das Messer nicht kommen sieht.«

»Möchtest du denn das Messer gern kommen sehen, Staff?« fragte ihn der andere.

»O ja, ich kann es nun einmal nicht leiden, wenn sich einer von hinten an mich heranschleicht.«

»Aber dieses Messer schleicht sich doch nicht heran. Es fällt schneller über dich her als der Wachtmeister, der entdeckt hat, daß du eine Flasche Rum an Bord schmuggeln willst.«

»Ob schnell oder langsam, ich möchte immer sehen, was auf mich zukommt«, sagte Stafford leise. »So war es auch, als ich seinerzeit von der Bramrah herunterfiel.«

»Wie? Was bist du?« Man hörte sofort, daß ihm der Mann nicht glaubte.

»Meinst du vielleicht, ich lüge dich an?« sagte Stafford zornig. »Auf der *Lively* — da drüben kannst du sie sehen — fiel ich vor drei Jahren von der Bramrah. Da war es gut, daß ich meine Augen offenhielt.«

»Warum denn? Hast du vielleicht deine Augenbrauen benutzt, um an einem unsichtbaren Haken hängenzubleiben?«

»Auf der *Lively* gab es keine unsichtbaren Haken. Nein, als ich stürzte, warf ich einen Blick hinunter und sah sofort, daß ich dem Ersten Offizier keine Scherereien bereiten würde.«

»Was heißt das, keine Scherereien für den Ersten Offizier? Was hatte der denn damit zu tun?«

»Ich schwöre euch, daß ich die Wahrheit sage«, rief Stafford. »Oder wollt ihr und euresgleichen, daß ich es euch schriftlich gebe? Wenn ich an Deck gestürzt wäre, dann hätte es eine schreckliche Schweinerei gegeben, nicht wahr? Man hätte mich wegspülen müssen, dann hätte erst das Deckschrubben angefangen, bis der Erste Offizier endlich mit dem Deck zufrieden gewesen wäre.«

»Aber konntest du denn nur durch deine offenen Augen verhindern, daß du nicht an Deck stürztest?«

»Das habe ich ja nicht verhindert, ich habe nur gesehen, daß es nicht dazu kam. Verdreh mir doch nicht das Wort im Mund. Ich meine nur, ich sah, daß ich ins Wasser fiel. Und so kam es denn auch.«

Southwick ging Staffords Gerede offenbar ebenso auf die Nerven wie Ramage, denn er herrschte ihn plötzlich an: »Jetzt aber Schluß mit diesem Geschwätz. Das hört sich ja an wie eine Schar Gänse um einen toten Wal.« Im gleichen Augenblick sah er, wie der hagere Fuller auf die Reling kletterte.

»Fuller!« schrie er ihn an. »Wohin willst du denn? Wie kommst du dazu, dein Geschütz zu verlassen?«

»Es ist wegen meiner Angelschnur, Sir. Ich wollte einmal nachsehen, ob ein Fisch gebissen hat, Sir.«

»Was heißt hier Fisch, was heißt Angelschnur? Willst

du etwa sagen, du läßt eine Angelschnur hinter dem Heck nachschleifen?«

Zweifel an dem Gehörten und Zorn darüber machten sich in Southwicks Miene den Rang streitig. Er schlug sich mit der Scheide seines Säbels gegen den Stiefel. »Wir stehen doch kurz vor einer Schlacht, Fuller, und sind nicht auf dem Fischmarkt von Billingsgate. Ist Ihnen das endlich klar? Und jetzt holen Sie —«

Er brach mitten im Satz ab, als er Ramages Blick auffing, und fuhr fort: »Na schön, meinetwegen. Schau nach, ob einer angebissen hat. Dann hol aber die Schnur ein und stau sie weg.«

»Ein Thunfisch!« rief jetzt Fuller begeistert. »Komm einer her, mir zu helfen, sonst kriege ich das Vieh unmöglich an Bord.«

Ramage wandte sich rasch um und sagte: »Mr. Southwick, geben Sie ihm gleich sechs Mann zu Hilfe.«

Southwick zog überrascht die Brauen hoch. Offenbar dachte er: Einen lass' ich mir gefallen, aber gleich sechs! Doch Ramage war sich darüber klar, daß jetzt alles willkommen war, was die Männer irgendwie in Anspruch nahm. Selbst der Stumpfsinnigste mußte nachgerade begriffen haben, daß sie bald die Mündungen von fast tausend Geschützen auf sich gerichtet sehen würden, wenn ihnen der Kommodore nicht bald einen anderen Platz anwies. Es galt zwar als allgemein anerkannte Regel, daß Linienschiffe nicht auf Fregatten und kleinere Fahrzeuge schießen sollten, aber Ramage hatte weder Vertrauen zur spanischen Schießkunst, noch zu der Fähigkeit der spanischen Offiziere, sich ihren Männern gegenüber durchzusetzen.

Für die Artillerie herrschten geradezu ideale Bedingungen. Der leichte Wind reichte gerade aus, daß die Segel genügend zogen, aber er war zu schwach, um das Schiff überzulegen. Die schwache Dünung ließ das Schiff

so langsam und gleichmäßig rollen, daß die Geschützführer dadurch nicht im mindesten gestört wurden. Nur
wenn die Spanier ihrer Gewohnheit entsprechend außer
den Besatzungen auch Soldaten an Bord hatten, mochten sich die Geschützmannschaften dadurch etwas behindert fühlen.

Ohne Hast und Eile, großartig in ihrer Exaktheit,
setzten die fünfzehn britischen Linienschiffe ihre Pro-
zession in Kiellinie fort, ein Spiel, aus dem plötzlich
Ernst werden mußte, wenn die näherkommende *San
Nicolas*, das Spitzenschiff von Cordobas Verband, von
der *Culloden* und dann weiterhin von der *Blenheim*
mit den ersten Breitseiten eingedeckt wurde.

Jeder Geschützführer dieser vordersten Schiffe ließ
sich jetzt schon gut frei von dem einrennenden Bodenstück auf ein Knie nieder. Die Abzugsleine hielt er lose
in einer Hand, den anderen Arm streckte er zur Seite,
um sich im Gleichgewicht zu halten. So peilte er durch
die offene Pforte hinaus, immer bereit, schnellstens Höhe
und Seitenrichtung zu ändern, wenn das Ziel in Sicht
kam. Vor allem aber wartete er ständig gespannt auf
das Feuerkommando des Batterieoffiziers. Die übrige
Geschützmannschaft mußte unterdessen untätig abwarten. Die Männer fluchten, beteten, scherzten oder schwie-
gen, ganz wie es ihrer Wesensart entsprach.

Wenn das Geschütz gerichtet war, wartete jeder von
ihnen darauf, daß der zweite Geschützführer den Verschluß spannte und zurücksprang, um sich vor dem
Rückstoß in Sicherheit zu bringen, weil dann der erste
den Schuß löste. Auf die erste Breitseite kam es vor
allem an. Da waren die Männer noch nicht so aufgeregt
und führten alle Handgriffe genau nach dem Exerzier-
reglement aus. Außerdem waren die Decks noch frei von
Qualm. Späterhin hatten es die Batterieoffiziere meistens
schwer, die Disziplin zu wahren. Es war fast unvermeid-

lich, daß dieser oder jener durch eine einrennende Lafette verletzt wurde, und zuweilen kam es sogar vor, daß
ein Geschützrohr auseinanderbarst, weil man es in der
Aufregung und im dicken Qualm versehentlich mit der
doppelten Menge Pulver geladen hatte . . .

Immer noch kein Signal vom Kommodore an die
Kathleen, ihre Position zu ändern! Stafford hatte also
vielleicht wirklich noch Gelegenheit, das Messer der
Guillotine fallen zu sehen.

Das Heck der *Culloden* war gerade noch zu erkennen.
Sie lag jetzt mehr als zwei Meilen voraus, ihre Masten
und die der *San Nicolas* waren von hier gesehen, gleich-
hoch, das hieß, daß sie einander querab haben mußten. Er warf einen Blick auf die Uhr. Es war genau elf
Uhr dreißig, drei Stunden, seit Sir John das Signal »Klar
zum Gefecht« gegeben hatte, und dreiunddreißig Minuten, seit er die Gefechtskiellinie formieren ließ. Vor
achtzehn Minuten hatte er »Feuer eröffnen« befohlen,
und vor fünfzehn Minuten hatte die *Culloden* die erste
Breitseite auf die Leedivision der Spanier abgefeuert.
Sechs Minuten war es endlich her, seit diese Schiffe
abgedreht hatten.

An der Steuerbordseite der *Culloden* blinkten für den
Bruchteil einer Sekunde drei Dutzend rote Augen auf.
Einen Augenblick später spieen die Mündungen der
Rohre dicken Qualm aus und dann rollte der dumpfe
Donner der ersten Breitseite, die das britische Linienschiff
gegen Cordobas Geschwader abgefeuert hatte, über die
weite Bucht von Cadiz hin.

Southwick sagte plötzlich ein paar Verse auf, die er
offenbar seit seiner Jugend kannte:
»Vor Klippen, Stürmen und Blitzen
Bewahrt mich mein guter Stern,
Doch Schutz vor Weiberklatsch und Geschützen
Erfleh ich von Gott dem Herrn.«

»Ja, vor allem vor den drohenden Geschützen«, sagte Ramage, »von dem anderen haben wir nichts zu fürchten — wenigstens im Augenblick nicht.«

Schon eine ganze Weile hatte er in der Nähe zornige Stimmen gehört. Plötzlich taumelte Stafford vor ihn hin und fiel flach auf den Rücken. Als Ramage sich überrascht umwandte, sah er, daß sich Fuller die Knöchel rieb. Im nächsten Augenblick war Stafford wieder auf den Beinen und wollte sich mit geballten Fäusten auf den Mann aus Suffolk stürzen.

»Halt!« schrie ihn Ramage an. »Was ist eigentlich hier los, Stafford?«

»Er hat mich geschlagen.«

»Fuller! Warum haben Sie den Mann geschlagen?«

»Er hat mich ausgelacht, weil sich mein Fisch losgerissen hat, Sir.«

»Ihr was?«

»Mein Fisch, Sir. Der, den ich schon an der Angel hatte, Sir. Jetzt ist er weg.«

Ramage spürte schon, wie sich vor Zorn seine eigenen Fäuste ballten, aber dann besann er sich darauf, daß diese Kerle doch eigentlich Kinder waren und daß man sie darum auch wie Kinder behandeln mußte.

»Schaut einmal dorthin, ihr Dummköpfe. Das ist die spanische Flotte. In einer halben Stunde haben wir sie querab. Ich könnte jetzt eine Gräting aufstellen lassen, an der man euch beide festzeist. Wenn ich dann jedem von euch ein Dutzend saftige Hiebe verpassen lasse und der Bootsmannsmaat die Katze nach jedem Hieb eigens aufrauht, damit sie besser zieht, dann habe ich immer noch zwanzig Minuten übrig.«

In diesem Augenblick hallte die erste Breitseite der *San Nicolas* über das Wasser. Während Ramage noch hinsah, ballte sich der Qualm zu einer Wolke, die — unheimlich — in ihrer öligen Dichte nach Lee auf die britische Linie zutrieb. Plötzlich bekam diese Wolke Leben, als die Breitseite der *Santisima Trinidad* unzählige rote Löcher hineinriß, die wie sommerliches Wetterleuchten wirkten und denen ein Lärm wie von tausend Trommeln folgte, die einen endlosen Wirbel schlugen.

»Mein Gott«, rief Southwick aus, »so hört sich also die Breitseite eines Vierdeckers an.«

Unwillkürlich blickte alles nach der *Culloden,* die das Ziel des Riesen gewesen war. Just in diesem Augenblick feuerte das Schiff des Kapitäns Troubridge seine zweite Salve, daß Stichflammen aus allen ihren Steuerbordgeschützen schossen. Und wieder verschmolzen die aus jeder Mündung quellenden Rauchballen zu einer einzigen, dicken gelblichweißen Wolke, die zur *Culloden* zurücktrieb und sie für ein paar Minuten völlig den Blicken entzog.

Dann konnte sie Ramage wieder sehen. Der Zugwind, der durch alle Öffnungen im Deck nach unten drückte, trieb den Qualm wieder zu ihren Geschützpforten hinaus, so daß es aussah, als stünde das ganze Schiff in Flammen. Sicher husteten und spuckten jetzt die Männer wie wild, während sie in aller Hast die Geschütze wieder luden und ausrannten. Aber man konnte nicht feststellen, daß die Breitseiten der *San Nicolas* und der *Santisima Trinidad* nennenswerten Schaden angerichtet hatten.

»Können Sie etwas sehen, Sir?« fragte Southwick gespannt.

»Nichts, was der Rede wert wäre — höchstens ein paar Löcher in den Marssegeln.«

»Dieser Cordoba scheint lauter scheeläugige Geschützführer zu haben. Man denke — das größte Kriegsschiff der Welt feuert eine Breitseite, und was kommt dabei heraus? So gut wie nichts.«

Ramage entdeckte plötzlich eine lange Folge von Ge-

genständen, die zwischen der *Captain* und der *Diadem* im Wasser trieben. Es waren lauter kleine Dinge, darum mußte er das Glas sehr ruhig halten, wenn er sie deutlich erkennen wollte. Hmm ... Da waren Dutzende von Fässern, dann, soweit er sehen konnte, ein paar kleine Tische, viele gebogene Bretter und eine Anzahl seltsamer weißer Rechtecke, die aussahen wie Betten aus Segeltuch. Offenbar hatten einige der Spitzenschiffe eine Menge Dinge an Deck gestapelt, die sie einfach über Bord warfen, als sie die Schiffe gefechtsklar machten.

»Was schwimmt denn da, Sir?«

»Munition für die Herren Sekretäre des Marineamts.«

Der Steuermann wußte mit dieser Antwort nichts anzufangen.

»Fässer, Tische, Dauben und was sonst nicht alles. Denken Sie an die Formulare, die ausgefüllt werden müssen, um Rechenschaft über ihren Verbleib zu geben.«

Southwick brüllte vor Lachen. »Wenn sie nur ein bißchen Grips haben, dann melden sie, daß das Zeug im Gefecht zerstört wurde. Damit kann man die verdammten Federfuchser immer schlagen. Dabei fällt mir etwas ein, Sir. Wir haben ein paar Segel, die unbedingt ersetzt werden müssen. Sie bestehen fast nur noch aus Flicken. Von dem ursprünglichen Segeltuch ist kaum noch etwas zu sehen. Wenn ich nur einen Schuß höre, der über uns hinpfeift, dann bringt uns der wenigstens ein paar neue Vorsegel ein.«

Wieder Breitseiten — diesmal feuerten die *Prince George* und die *Orion*. Mehrere spanische Schiffe erwiderten das Feuer, aber da sie in Luv standen, konnte man sie wegen des Qualms von der *Kathleen* aus nicht sehen. Als dann binnen drei oder vier Minuten immer mehr Schiffe das Feuer eröffneten, fielen die Breitseiten nicht mehr so geschlossen, sie hallten jetzt wie unaufhörlicher Donner rings um den ganzen Horizont.

Ramage konnte das spanische Gros und seine Nachhut immer nur für kurze Augenblicke sehen, wenn sie einmal aus den Qualmbänken herauskamen. Die *San Nicolas* lag immer noch an der Spitze von Cordobas Verband, sie hatte die *Santisima Trinidad* an Steuerbord achteraus und die *Salvador del Mundo* an Backbord (die letztere war, wie Ramage sofort feststellte, völlig außerstande, auch nur ein Geschütz zum Tragen zu bringen, weil sich die *Santisima Trinidad* zwischen ihr und dem Gegner befand). Dicht hinter der *Santisima Trinidad* folgte die *San Isidro* mit der *San José* an ihrer Backbordseite, so daß auch diese kein Schußfeld hatte.

Er setzte Southwick auseinander, wie Cordobas Unfähigkeit, seine Schiffe in Formation zu halten, die Hälfte der Geschütze, die er gegen die Briten zur Verfügung hatte, von vornherein lahmlegte.

»Mir scheint, als ob sie auch mit dem Rest nicht viel erreichten, Sir. Die *Culloden* ist schon von fünfen beschossen worden, einschließlich der *Santisima Trinidad*. Und doch ist es kaum der Rede wert, was sie erreicht haben.«

Vor der *Kathleen* bot die Schlacht jetzt ein wenig geschlossenes Bild. An ihrer Backbordseite segelten die mittleren und die Schlußschiffe der britischen Linie durch den Qualm ihrer Vorderleute in die Schlacht hinein, an Steuerbord voraus tauchten die spanischen Spitzenschiffe auf Gegenkurs aus den Rauchwolken auf.

»Signal vom Kommodore«, rief Jackson. »Unser Wimpel, darunter eins-eins-fünf. Es bedeutet: ›Achtern anhängen‹.«

Im ersten Augenblick fühlte sich Ramage versucht, das Signal buchstäblich aufzufassen und in das Kielwasser der *Captain* einzuscheren, also vor der *Diadem* und der *Excellent* zu bleiben. Aber was der Kommodore wirklich wollte, ließ ihm keinen Zweifel: die *Kathleen* sollte hinter der *Excellent* das Schlußschiff der Linie bilden.

»Danke, zeigen Sie ›Verstanden‹. Mr. Southwick, wir wollen gleich auf Position gehen. Unser Platz ist jetzt eine Kabellänge hinter der *Excellent*.«

Der Steuermann war offenbar ebenso abgeneigt wie Ramage, ihren jetzigen, für die Sicht so günstigen Platz aufzugeben und nahm sich reichlich Zeit, die nötigen Befehle zu geben.

Plötzlich sah Ramage, daß die *San Nicolas* nicht mehr wie bisher auf Gegenkurs zur britischen Linie auf den Kutter zukam. Sie hatte mindestens einen Strich nach Backbord Kurs geändert, und das Schiff hinter ihr schwenkte soeben in ihrem Kielwasser hinterher. Wenn die anderen das gleiche taten, dann entfernte sich die ganze spanische Flotte immer mehr von ihren Gegnern. Die Situation glich also einem großen V: die Briten strebten rechter Hand seinem Scheitelpunkt zu (wo sich die Nachhut der spanischen Flotte befand), die Spanier segelten links in Richtung auf die Öffnung. Der Abstand zwischen den spanischen Spitzenschiffen und dem britischen Schlußschiff vergrößerte sich damit von Minute zu Minute.

Ramage konnte die Kursänderung der *San Nicolas* genau beobachten, da sich die *Kathleen* noch ein ganzes Stück in Luv der britischen Linie befand. Aber die *San Nicolas* war im Augenblick schon fast querab von der *Victory*, darum konnte Sir John ihre verhältnismäßig kleine Kursänderung wohl kaum wahrnehmen. Der überall treibende Qualm bewirkte wahrscheinlich, daß die Leute auf dem Flaggschiff überhaupt nichts davon bemerkten. Er starrte eine Weile dorthin, wo die *Victory* sein mußte, und sah alsbald ein, daß man Signale der *Kathleen* dort ebensowenig sehen könnte. Da die *San Nicolas* im Augenblick noch nicht querab der *Captain* stand, mußte zum mindesten der Kommodore gesehen haben, daß sie abgedreht hatte. Mit ihrer Schwenkung kam sie zwangsläufig außer Reichweite der Geschütze der *Captain*.

Schließlich schob er das Glas mit einem heftigen Stoß zusammen. Von dem Rohr des Kiekers rochen seine Finger unangenehm nach Kupfer. Leutnants, dachte er, sollten sich über die Handlungsweise von Admiralen kein Urteil bilden. Als er deshalb versuchte, seine Bedenken zurückzustellen, sagte Southwick: »Ich kann mir nicht erklären, warum wir nicht nacheinander gewendet haben, sobald die *Culloden* die *San Nicolas* querab hatte.«

Ramage war über diese Worte richtig bestürzt und antwortete nur mit einem unverständlichen Brummen. Das harte Urteil des alten Steuermanns nahm sich aus wie ein Echo seiner eigenen Vorstellungen, die er mit einem Fragezeichen daneben am Rande eines Blattes skizziert hatte. Wenn Sir John den Befehl zum Wenden gegeben hätte, als die *Culloden* so stand, daß eine Wendung sie längsseit der *San Nicolas*, des spanischen Spitzenschiffs, gebracht hätte, dann hätte jedes weitere britische Schiff in ihrem Kielwasser gewendet. Das zweite Schiff, die *Blenheim*, wäre so neben den zweiten Spanier gelangt, die *Prince George* hätte sich den dritten vorgenommen und so wäre es weitergegangen, bis beide Linien auf Parallelkurs nebeneinander hergesegelt wären und einen Kampf Schiff gegen Schiff hätten führen können. Es gab noch eine zweite Möglichkeit...

»Wer weiß, vielleicht hat er die Absicht, uns gleichzeitig wenden zu lassen?«

Jetzt ließ Southwick ein unverständliches Gebrumm vernehmen.

»Wo die Spitzenschiffe der Spanier schon von uns abschwenken? Auf diese Art kommen wir im Leben nicht mehr an sie heran.«

Und wieder mußte Ramage einräumen, daß seine eigenen Befürchtungen doch wohl nicht aus der Luft gegriffen waren. Southwick hatte nicht umsonst genau die gleichen Sorgen.

»Das Leiden ist, daß sie auf der *Victory* vor lauter Rauch nicht sehen können, was vor sich geht. So viel steht für mich fest.«

Wenn man jetzt wartete, bis die beiden Verbände auf gleicher Höhe waren, bis also das spanische Spitzenschiff *San Nicolas* etwa querab von der *Excellent*, dem britischen Schlußschiff, stand und die *Culloden* an der Spitze der britischen Linie querab vom letzten Spanier, und wenn man dann die ganze Flotte gleichzeitig wenden ließ, so war das ein normales Manöver, um alle Schiffe gleichzeitig zum Einsatz zu bringen. Aber sein Gelingen hing von der einen wichtigen Voraussetzung ab, daß die beiden Linien bis zur Wendung parallele, aber entgegengesetzte Kurse liefen, oder, wenn das nicht der Fall war, daß auch die Schiffe, die vom Gegner am weitesten entfernt waren, noch Aussicht hatten, an ihr Gegenüber in der feindlichen Linie heranzukommen.

»Schauen Sie, Sir«, sagte Southwick, »die *San Nicolas* hat noch weiter abgedreht, und ich möchte wetten, daß ihr die *Santisima Trinidad* im Kielwasser folgen wird. Die wollen nicht kämpfen, Sir, glauben Sie mir. Die laufen ab, und wir haben das Nachsehen.«

Widerstrebend zog Ramage sein Glas wieder auseinander. Er fühlte sich wie ein Kind im Bett, das nachts ein ungewohntes Geräusch vernommen hat und nun neugierig und doch voller Angst ist. Sollte es nachforschen und seine Ängste bestätigt sehen oder sollte es lieber den Kopf unter die Decke stecken?

Jetzt gab es keinen Zweifel mehr. Die Kursänderung der *San Nicolas* entsprach einem Plan Cordobas. Sie hatte nicht etwa nur deshalb abgedreht, weil sie zu schwere Schäden erlitten hatte oder weil ihrem Kommandanten die britische Artillerie auf die Nerven ging.

Das ganze Rudel von Schiffen hinter ihr war in ihrem Kielwasser nachgeschwenkt und nun folgten auch die übrigen. Am Ort der Kursänderung sah die spanische Linie jetzt aus wie ein Halbmond. Das Schlimme war nur, daß die Schiffe erst drehten, als sie die *Victory* passiert hatten und daß sie dabei für das Flaggschiff im Qualm unsichtbar waren. Die Schlußschiffe der Spanier, die Sir John sehen konnte, hatten die Wendestelle noch nicht erreicht ...

Was konnte er nur unternehmen, um —

»Signal vom Flaggschiff«, rief Jackson, »an alle, Nummer achtzig: ›Wenden nacheinander.‹«

Nacheinander und nicht zugleich! Daraus ging hervor, daß Sir John Cordobas Vorhut nicht sehen konnte. Da die *Kathleen* noch immer in Luv der Linie stand und nur langsam abfiel, um hinter der *Excellent* einzuscheren, konnte sich Ramage noch überzeugen, daß die *Culloden* schon ein ganzes Stück am letzten Schiff der Spanier vorüber sein mußte. Nacheinander wenden bedeutete für die *Culloden*, daß sie mit etwas Glück und guter Seemannschaft diesen letzten noch vor die Rohre bekam, aber die *Blenheim* und die hinter ihr fanden nach der Wendung keinen Gegner mehr vor.

Ramage meinte, in seinen Überlegungen müsse irgendwo ein grober Fehler stecken, er zeichnete noch einmal auf, wie die Lage aussehen mußte, wenn sie nacheinander wendeten. Sicher hatte er irgendeine kleine Einzelheit übersehen, die alles entschlüsselte und die ihm Sir Johns wirkliche Absicht verriet. Dann zeichnete er eine weitere Skizze, die das gleichzeitige Wenden darstellte, und malte an den Rand ein dickes Fragezeichen.

Southwick grübelte nicht so viel über Sir Johns Absichten nach.

»Sind Sie denn sicher, daß es Nummer achtzig ist?«
herrschte er Jackson an.

Der Amerikaner nickte. Aber er spürte, daß die Frage
eine Bedeutung hatte, die ihm verborgen blieb, darum
sah er noch einmal nach: »Jawohl, Sir«, sagte er schließlich, »es ist Nummer achtzig.«

»Geben Sie mir einen Augenblick das Signalbuch«,
sagte Southwick, und als er sich selbst überzeugt hatte,
brummte er: »Passen Sie gut auf, ob das Signal nicht
widerrufen wird.«

Dann wandte er sich an Ramage und sagte: »Nummer achtzig stimmt, Sir. Aber glauben Sie nicht, daß da
ein Fehler unterlaufen sein könnte? Ich habe fest damit
gerechnet, daß eine Wendung zugleich befohlen würde.«

Ramage gab darauf keine Antwort. Er sah nur nach
der Uhr — es war acht Minuten nach zwölf. Dann warf
er einen Blick auf die spanischen Spitzenschiffe und schon
nahm in seinem Kopf eine Idee immer festere Formen
an.

»Mein Gott, Sir! Wenn wir nacheinander wenden, gehen sie uns ja alle durch die Lappen!«

»Warten Sie doch ab, ob die *Victory* das Signal nicht
doch noch annulliert.«

»Aber die *Culloden* dreht doch schon«, jammerte
Southwick. »Wenn wir Glück haben, kriegen wir gerade
noch den Schwanz der Ratte, dabei hatten wir doch
schon das ganze Vieh so gut wie in den Fingern.«

»Hören Sie doch endlich auf, Mr. Southwick«, sagte
Ramage kurz angebunden.

Es war immerhin möglich, daß Sir John noch mit
einem Trick aufwartete, aber er begann jetzt ernstlich
daran zu zweifeln. Bei einer gegebenen Windstärke und
-richtung konnte ein Schiff nur eine bestimmte Fahrt
laufen und ganz bestimmte Kurse steuern. Mehr gab es
nicht. Auch ein Kartenspiel hatte ja nur vier Asse.

20

Jetzt war die *Kathleen* auf ihrem befohlenen Platz
hinter der *Excellent* am Ende der britischen Linie angelangt und glich nun vollends einem Hündchen, das hinter einer Jagdgesellschaft herläuft. Von vorne hörte
man das ununterbrochene Dröhnen der Breitseiten. Jetzt
konnte man von der *Kathleen* aus sehen, wie die *Blenheim* ihre Rahen rundbraßte und im Kielwasser der
Culloden folgte. Es war zehn Minuten nach zwölf, die
Culloden tat das Menschenmögliche, um das letzte
Schiff der spanischen Flotte einzuholen.

Ramage stiegen in seiner Ohnmacht fast die Tränen
in die Augen, als er die ungeordnete Masse der Schiffe
vor sich sah, die die Spitze von Cordobas Geschwader
bildeten. Sie wirkten fast wie ein massiver Keil, die *San
Nicolas* hielt die Spitze, ihr folgten in einem dichten
Haufen mindestens sieben weitere Schiffe. Sie liefen zu
zweien und dreien nebeneinander her, der Rest kam
weit verstreut entlang des gebogenen Kurses hinterher.

»Ich muß schon sagen«, bemerkte Southwick, »die
Kerle segeln wie Heuschober, die nach Luv treiben.«

»Signal vom Flaggschiff, Sir«, meldete Jackson. »Nummer vierzig: ›Feindliche Linie durchbrechen‹.«

Es war jetzt fünfzehn Minuten nach zwölf. Sir John
wollte also, daß die *Culloden* Cordobas Linie durchbrach
und auf diese Art in zwei Teile zerriß.

»Daraus wird bestimmt nichts«, sagte Southwick in
aller Ruhe. »Bei diesem flauen Wind holen wir die Spanier bestimmt nicht mehr ein. Es haben ja erst die *Culloden* und die *Blenheim* gewendet, dreizehn Schiffe haben
die Wendung noch vor sich!«

Es war zum Verrücktwerden, wie langsam die *Prince George*, die *Orion* und die *Irresistible* nacheinander durch den Wind drehten. Als dann die *Colossus* als nächstes Schiff zu luven begann, bog sich ihre Bramstenge in der Mitte und begann so langsam, ja graziös, zu stürzen, daß Ramage eine Sekunde Zeit brauchte, bis er begriff, daß die Spier offenbar abgeschossen war. Die Vormarsstenge folgte. Die Fockrah und die Vormarsrah stürzten seitwärts an Deck und bildeten ein wildes Durcheinander von Holz, Tauwerk und Segeln, so daß das Schiff natürlich die Wendung versagen mußte. Der Kommandant der *Colossus* entschloß sich darum offenbar, zu halsen, um den folgenden Hinterleuten nicht im Wege zu sein, denn Ramage sah schon gleich darauf durch sein Glas, daß ihr Kreuzmarssegel zu killen begann.

»Der Wind schralt etwas, Sir«, meldete Southwick, »er ist jetzt fast westlich geworden.«

Dabei flaute er mehr und mehr ab. Ramage bezweifelte, daß die britischen Schiffe mehr als einen Knoten Fahrt liefen. Aber selbst wenn man den schwachen Wind in Betracht zog, wirkte der langsame Verlauf dieser Schlacht überraschend. Gefechte zwischen einzelnen Schiffen — nur solche hatte er bisher erlebt — nahmen einen viel schnelleren und klareren Verlauf. Es war ein Unterschied wie etwa zwischen einem Damespiel, bei dem die beiden Spieler nur in einer von zwei Richtungen ziehen können, und Schach, bei dem man sich nicht auf die diagonalen Bewegungen etwa des Läufers konzentrieren durfte, weil man sonst allzu leicht den gefährlichen Sätzen eines behenden Springers zum Opfer fiel. Im Augenblick spielte Sir John eine Partie Schach, bei der mehr als die Hälfte des Brettes dick mit Qualm bedeckt war.

Fünfzehn Minuten vor ein Uhr. Die Füße taten ihm

weh und ihm war übel vor Hunger. Und wie ein Vorbote heftiger Zahnschmerzen quälte ihn überdies ständig die Frage, warum Cordoba jetzt Nordwestkurs steuerte. Damit entfernte er sich ja von seinem nach Lee abgelaufenen Verband und vor allem auch von Cadiz. Diese Kursänderung war bestimmt eine List, daran konnte er nicht mehr zweifeln. Die *San Nicolas*, die *Santisima Trinidad* und die übrigen Schiffe der Vorhut waren nun bald querab. Aber wichtiger war, daß die *Culloden*, die *Blenheim* und die *Prince George* die spanischen Schlußschiffe noch immer nicht eingeholt hatten.

Zehn Minuten lang ging er an Steuerbord auf und ab, von Zeit zu Zeit rieb er die Narbe auf seiner Stirn. Seine Pistolen — er hatte sie in ihrem Behälter und dazu seine Kleidungsstücke in der Brotlast wiedergefunden, wo er sie schnell noch versteckt hatte, als die *Kathleen* gekapert wurde —, die Pistolen staken in seinem Hosenbund und drückten ihm schmerzhaft die Rippen. Darum zog er sie jetzt heraus und gab sie Jackson. Da ihm der Sinn nicht danach stand, sich mit Southwick zu unterhalten, schickte er ihn unter Deck, daß er sich schnell etwas zu essen geben ließ. Er selbst war froh, als ihm der Steward ein Stück kaltes Huhn heraufbrachte, das er sogleich im Gehen aus der Hand verzehrte.

Cordobas Spitzenschiffe kamen langsam querab und entfernten sich dabei immer weiter. Es war jetzt fast ein Uhr, die *Victory*, die der beschädigten *Colossus* als nächstes Schiff folgte, hatte noch immer nicht gewendet, wahrscheinlich weil ihr die *Colossus* im Wege war. Aber die *Culloden* schien den spanischen Schlußschiffen nun doch etwas aufzulaufen, sie hatte ihren Vorsprung vor der *Blenheim* um eine ganzes Stück vergrößert.

Der Steward brachte eine Schüssel mit Wasser und eine Serviette, damit Ramage seine fettigen Finger waschen konnte. Wozu eigentlich? fragte er sich, denn vielleicht war er schon ein zerfetzter, blutiger Leichnam, ehe die Zeiger der Uhr die nächste Stunde erreichten. Woher kam ihm plötzlich dieser schreckliche Gedanke? Er schauderte zusammen und versuchte zugleich, sich den wilden Einfall aus dem Kopf zu schlagen, der ihn eben richtig überfallen hatte. Zugleich suchte er sich einzureden, daß die *Kathleen* von allen Schiffen der britischen Flotte am wenigsten gefährdet war, weil es bestimmt keinem Spanier einfiel, sie anzugreifen.

Während er sich die Hände trocknete und die Serviette dem Steward zurückgab, warf er einen Blick über die Schulter des Mannes. Da krampfte sich ihm richtig der Magen zusammen.

Statt daß er die *Santisima Trinidad*, die *San Nicolas* und den Rest der Spitzenschiffe jetzt fast querab hatte und sie daher von der Seite sah, zeigten sie ihm plötzlich den Steuerbordbug. In der kurzen Spanne, die er mit dem Händewaschen befaßt war, hatten sie Leeruder gelegt und hielten nun auf die *Kathleen* zu. Offenbar hatten sie die Absicht, dicht hinter der britischen Linie deren Kurs zu kreuzen und dabei die *Excellent* (und natürlich die in der Schußlinie liegende *Kathleen)* der Länge nach zu bestreichen. Ramage kam sich vor, als blickte er von oben auf das Schachbrett und hätte das nächste halbe Dutzend Züge geradezu überdeutlich vor Augen. Wenn Sir John nicht augenblicklich den acht hintersten Schiffen der britischen Linie durch Signal den Befehl gab, gleichzeitig über Stag zu gehen und den Gegner abzudrängen, dann hinderte Cordoba nichts mehr daran, nach Lee wegzulaufen und sich mit seinen anderen sechs Schiffen zu vereinen, sobald er den Kurs der *Excellent* unter ihrem Heck gekreuzt hatte. Mit seiner wiedervereinigten Flotte konnte Cordoba dann aufs neue den Versuch machen, den sicheren Hafen Cadiz zu erreichen.

Die leidigen Qualmwolken bewirkten bestimmt, daß der *Victory* auch dieses Manöver verborgen blieb.

Ramage sagte rasch zum nächstbesten Matrosen: »Sagen Sie Mr. Southwick, ich bäte ihn, sofort an Deck zu kommen. Rudergänger, luven Sie etwas an, aber ich möchte nicht, daß es allzusehr auffällt.«

Eine Idee, ja man konnte fast sagen ein Phantasiegebilde, packte ihn immer stärker. Ob sich wohl Selbstmörder vorher in ähnlicher Weise aufzuputschen pflegten? Ihn schauderte, als ihm das durch den Kopf ging.

Jackson sah, wie er sich wieder und wieder die Stirn rieb und besorgt nach den Schiffen vor ihrem Bug Ausschau hielt. Anscheinend wartete er gespannt auf ein Signal des Kommodore oder des Admirals Thompson auf der *Britannia* oder Sir Johns auf der *Victory*. Der Amerikaner paßte mit seinem Kieker ganz genau auf. Jetzt wurde auf dem Flaggschiff ein längeres Signal geheißt.

»Anruf an *Minerva*, Sir«, rief Jackson und warf schnell einen Blick in das Signalbuch —, »und an *Colossus*. Bedeutung: in Schlepp nehmen.«

Ramage war instinktiv auf Jackson zugegangen, weil er den Befehl erwartet hatte, gleichzeitig über Stag zu gehen. Jetzt drehte er sich auf dem Absatz herum, weil er nicht wollte, daß man ihm seinen Ärger und seine Enttäuschung ansah. Dann hielt er wieder Ausschau nach den Spitzenschiffen Cordobas. Die hatten den Wind jetzt etwa drei Strich achterlicher als querein — eine Richtung, bei der ein Segelschiff annähernd die höchste Fahrt lief.

Southwick kam mit seiner Säbelscheide klappernd den Niedergang herauf. Ehe Ramage noch ein Wort herausbrachte, rief er schon: »Da! Also doch! Das habe ich kommen sehen!«

Er warf einen Blick voraus und sah, daß die *Victory* und die acht Schiffe hinter ihr noch nicht gewendet hatten. Darauf sagte er zornig: »Wenn wir nicht sofort gleichzeitig über Stag gehen, dann haben die Fischfresser freie Bahn. Gebe Gott, daß ich das Manöver noch erlebe! Man schaue sich die Kerle an. Wie eine Schafherde kommen sie daher, dabei ist nicht ein einziger Hund hinter ihnen her, der ihnen durch sein Gebell Angst einjagte. Wenn das Spitzenschiff dort nur ein paarmal etwas giert, dann scheren gleich ein halbes Dutzend dieser Kerle aneinander längsseit.«

Ramage ballte die Fäuste. Seine Idee, sein Plan, seine Phantasie, sein Traum — er wußte nicht, wie er dazu sagen sollte — nahm immer festere Formen an. Sobald er begriffen hatte, was Cordoba mit seinem Manöver bezweckte und wie gefährlich es für die britische Flotte werden konnte, gewannen seine Überlegungen ganz von selbst ein solches Tempo, daß sie dem wirklichen Geschehen weit vorauseilten. Als er sich wieder umsah, stellte er darum fast überrascht fest, daß die *Kathleen* und Cordobas Vorhut noch immer auf ihren Kursen lagen. Außer in seiner Phantasie hatte sich nichts ereignet. Auch er selbst war noch am Leben, obwohl er in seiner Vorstellung erst vor Sekunden mit der ganzen Besatzung an Bord seines Kutters umgekommen war.

Ob der Hintermann der *Victory* wohl Cordobas Kursänderung trotz des Qualms gesehen hatte? Ob Kommodore Nelson jetzt noch versuchte, die *Victory* durch ein Signal zu warnen? An der Tatsache war nicht zu deuteln: Sir John war in größter Gefahr, wegen des Qualms, wegen des flauen Windes — und wegen der allzu schnell verrinnenden Zeit. Was immer er jetzt noch befehlen mochte, die Schiffe brauchten bei diesen Windverhältnissen viel zu lange, um von einem Punkt a nach einem Punkt b zu gelangen.

Ramage wußte überdies, daß er einer anderen unerfreulichen — und für ihn selbst wahrscheinlich tödlichen

— Tatsache ins Auge sehen mußte: daß es nämlich nur eine Möglichkeit gab, Sir John Zeit zu verschaffen. Verdammt! Mit einem Ruck drehte er sich um und rannte nervös auf und ab ... Southwick und Jackson folgten ihm neugierig mit den Blicken.

Seine Haut war blutleer, sein gebräuntes Gesicht hatte sich dadurch gelb verfärbt. Das schauerliche Wissen um alles, was den Männern bevorstand, bewirkte, daß er die Zähne hart aufeinanderbiß. Dadurch bildete sich auf seinen Kinnbacken eine scharfe, weiße Linie, die Muskeln saßen wie feste Kanten unter der Haut. Seine Augen lagen nicht so tief in ihren Höhlen wie sonst, sie waren nur eingesunken wie in den letzten Stadien einer schweren Krankheit. Southwick und Jackson waren sich darüber klar, daß ihr Kommandant zur Zeit in völliger Einsamkeit eine wahre Hölle erlebte, und ärgerten sich beide furchtbar, daß sie ihm nicht helfen konnten.

Ramage meinte, die Finger seiner Rechten müßten brechen, so fest krampften sie sich um einen kleinen Gegenstand. Dann, wie aus unendlicher Ferne zurückkehrend, versuchte er schließlich, das Ding ins Auge zu fassen: es war Giannas Ring, den er noch immer an einem Band um den Hals trug. Jetzt ließ er ihn verlegen wieder unter seinem Hemd verschwinden. Es war, als ob er aus einem Traum erwachte: die Möwen schrien wie immer im Kielwasser der *Kathleen*, voraus dröhnten noch die Salven, eine matte Sonne gab sich Mühe, den Dunst zu durchdringen, die Leute der Besatzung lachten und scherzten wie immer. Southwick stand ganz aufgeregt vor ihm, sein Ausdruck verriet, daß er sich nicht mehr zurechtfand. Er deutete auf die *Captain*.

Das Schiff war nach Backbord aus der Linie ausgeschoren und hatte damit vom Gegner abgedreht. Nirgends war ein Signal zu sehen. Es sah wirklich aus, als wäre sie aus dem Ruder gelaufen, aber ihre Segel wurden richtig gebraßt und sie drehte weiter.

»Sie verläßt die Linie und halst!« rief Southwick, als ob er es nicht glauben könnte. Ramage hatte dagegen sofort begriffen, was der Kommodore wollte. Aber die *Captain* war vom Gegner eine Meile weiter entfernt als die *Kathleen*, eine Meile, für die sie mindestens zwanzig Minuten brauchte. Wenn es also nicht gelang, Cordobas Schiffe zwanzig Minuten aufzuhalten, dann kam der Kommodore zu spät.

Die Phantasie, die zur Idee geworden war, wurde nun zur Notwendigkeit, wenn der Kommodore Erfolg haben sollte. Ramage fühlte, wie ihn mit einem Mal Angst überkam. Er skizzierte die Lage rasch auf seinem Notizblock, stellte im Kopf einige Berechnungen an und wandte sich dann an Southwick. Ohne dem alten Mann in die Augen zu sehen, sagte er mit gequälter Stimme, die er kaum als seine eigene erkannte: »Mr. Southwick, bitte wenden Sie und steuern Sie einen Kurs, der der *San Nicolas* den Weg verlegt.« Er wandte sich schnell ab, weil er Southwicks Gesicht nicht sehen wollte, und warf lieber einen Blick nach der *Captain*. Nach dem Halsen hatte sie hinter der *Diadem* und vor der *Excellent* die Linie durchbrochen. Dann wollte sie wohl allein und nach seiner Meinung nicht nur ohne, sondern sogar gegen den Befehl des Flottenchefs die führenden spanischen Schiffe angreifen.

Erst als Southwick die erforderlichen Befehle gegeben hatte, um die *Kathleen* auf den anderen Bug zu bringen, wurde er sich darüber klar, was Ramage im Sinn hatte. Sobald er es begriffen hatte, fühlte er sich beschämt, daß ein Mensch, der dem Alter nach leicht sein Sohn sein konnte, anscheinend ohne Furcht oder Zweifel in der Lage war, eine solche Entscheidung zu treffen. Ramage schritt mit dem gewohnten entspannten, ja fast katzengleichen Gang an Deck auf und ab, als ob er auf Wache wäre. Nur rieb er dauernd an seiner Narbe über der rechten Braue.

Ohne zu überlegen, trat Southwick spontan auf Ramage zu und sah ihm mit seinen blutunterlaufenen Augen unverwandt an. Dann sagte er leise und mit einer Mischung von Stolz, Liebe und Bewunderung: »Wenn Sie lange genug lebten, würden Sie bestimmt ein ebenso berühmter Admiral wie Ihr Vater.«

Damit wandte er sich ab und brachte die *Kathleen* durch weitere Befehle auf einen Kurs, der den von Cordobas Spitzenschiffen kreuzte. Diese kamen jetzt an Backbord voraus schnell näher, die britische Linie entfernte sich an Backbord achtern immer weiter. Die *Captain* schlüpfte gerade eben vor dem Bug der *Excellent* durch diese Linie und hatte ganz offenbar die Absicht, aus dem Verband auszubrechen.

In den nächsten paar Minuten gab es nichts zu tun. Ramage lehnte sich gegen die Reling und hielt zum wer weiß wie vielten Male Ausschau nach Cordobas Schiffen. Jetzt malte er sich die Folgen seines Entschlusses im einzelnen aus. Dabei überkam ihn zum ersten Mal richtige Angst.

Sie wuchs so langsam wie herbstlicher Nebel, der fast unmerklich in einem Tal aufsteigt, sie durchdrang seinen Leib, wie feiner Regen ein baumwollenes Hemd durchweicht. Plötzlich wurde Ramage gewahr, daß er ein zweifaches Ich besaß. Das eine war sein physischer Körper, dem plötzlich die Kräfte geschwunden waren, dessen Hände zitterten, dessen Knie weich geworden waren. Sein Magen glich einem mit kaltem Wasser vollgesogenen Schwamm, seine Augen waren geschärft, die Farben leuchteten bunter, alle Umrisse erschienen schärfer, Einzelheiten, die er sonst nicht bemerkte, drängten sich in den Vordergrund. Das zweite Ich gehörte nicht zu diesem Körper, es war ein Wesen ganz für sich. Dieses zweite Ich war wohl entsetzt über das, was nun geschehen sollte, und entgeistert, daß dies sein eigener Plan war. Und doch war ihm bewußt, daß es jetzt kein Zurück mehr gab, weil er den Befehl gegeben hatte. So reifte in ihm denn der Entschluß, das Unvermeidliche mit kalter Überlegung voranzutreiben.

Dann erinnerte er sich daran, wie er dem Kommodore neugierig in die Augen geblickt und wie er dabei bemerkt hatte, daß der kleine Mann oft genau denselben Ausdruck zeigte wie Southwick, wenn ihn die Kampflust beherrschte. Und dabei fiel ihm ein, daß er sich unlängst gefragt hatte, ob er wohl kalten Blutes einen Mann umbringen könnte. Jetzt war die Zeit des Fragens vorüber. Jetzt wußte er, daß er imstande war, sechzig Mann kaltblütig hinzuopfern, keine Feinde, nein, sogar seine eigenen Leute. Dieser Gedanke war ihm so grauenhaft, daß er nahe daran war, sich zu übergeben.

Ohne daß er es wollte, blieb sein Blick an einem aufgeschossenen Ende haften, die Angst schärfte seinen Blick so sehr, daß ihm war, als hätte er noch nie zuvor Tauwerk gesehen. In kurzen Abständen kam da immer das gefärbte Garn zum Vorschein, das sogenannte »Spitzbubengarn«, das mit eingeschlagen wurde, wenn die Reepschläger in den königlichen Werften Tauwerk für die Marine herstellten, damit es im Falle eines Diebstahls sofort als Eigentum der Navy zu erkennen war. Hatte etwa er selbst — und Southwick und Kommodore Nelson und vielleicht die Hälfte aller Offiziere und Deckoffiziere der Navy — ein solches »Spitzbubengarn« in ihre Seele eingeflochten bekommen, so daß sie sich von anderen Menschen unterschieden, so daß sie fähig waren, Freund und Feind ohne Gewissensbisse in den Tod zu jagen?

Aber wenn er dann wieder die spanischen Schiffe musterte und sich dabei sagte, daß er kaum noch eine halbe Stunde zu leben hatte, dann verebbte die Angst wieder ebenso leise, wie sie gekommen war. Langsam wurde ihm klar, daß sich Angst nur einstellte, wenn der Tod eine Sache des Zufalls war, wenn er im Bereich des Möglichen, ja sogar des Wahrscheinlichen lag, aber eben *nicht* mit Absicht herbeigeführt wurde und darum auch nicht ganz bestimmt bevorstand. Weil Ramage jetzt sicher wußte, daß er infolge seines freigefaßten Entschlusses umkommen mußte und weil damit das Element des Zufalls ausgeschaltet war, nahm er das Unvermeidliche ohne Vorbehalt an und wurde dafür ganz unerwartet durch inneren Frieden und — was wichtiger war — durch äußere Ruhe belohnt.

Oder war es nicht doch nur sein kaltblütiges Wesen, das jetzt die Oberhand gewann? Vielleicht — aber wer hätte das schon sagen können?

Jackson hatte ihm einst das Leben gerettet — aber trotz seiner Treue und Tapferkeit mußte er jetzt sterben. Southwick, der fröhlichen Sinnes jeden Befehl eines jungen Mannes ausführte, der kaum ein Drittel seiner Jahre zählte und vielleicht nur ein Zehntel seiner Erfahrung besaß, ihm hatte er vor wenigen Minuten eröffnet, daß auch er zum Tod verurteilt war. Und was hatte der alte Mann darauf zu sagen gewußt: er hatte ehrlich bedauert, daß Leutnant Ramage diesen Tag nicht überleben sollte, weil er sonst ein ebenso großer Admiral geworden wäre wie sein Vater. Der arme Vater — John Uglow Ramage, der zehnte Earl von Blazey, Admiral der Weißen Flagge, war damit der letzte Earl seines Stammes, denn er, sein einziger Sohn, wäre auch sein einziger Erbe gewesen. So erlosch also eines der ältesten Grafengeschlechter des Königreichs. Seine Mutter war gewiß ebenso zu bedauern. Einen Augenblick nur schloß er die Augen und sah Gianna vor sich, aber dann schlug er sie sogleich wieder auf: wenn es etwas gab, das ihn jetzt, im letzten Augenblick noch umstimmen könnte...

Dann dachte er an Stafford, den Schlosser, der das Messer der Guillotine sehen und nicht blindlings geköpft werden wollte, wenn er je auf der »Witwe« festgeschnallt werden sollte. Bridewell Lane, seine Heimat, sollte ihn nicht wiedersehen. Und die übrigen, die mit ihm in Cartagena gewesen waren: Fuller, der ewige Fischer, Rossi, der junge Genuese, der fröhliche, dunkelhäutige Seemann Maxton und Sven Jensen... Endlich die *Kathleen* selbst. Auch sie lebte, sie hatte ihren Willen, hatte ihre kleinen Eigenheiten, die der Kommandant kennen und berücksichtigen mußte. Sie war mit ihrer ganzen hölzernen Seele dabei, wenn sie richtig gesegelt wurde, aber sie lag wie tot im Wasser, sobald man nur einen Augenblick die richtige Segelstellung außer acht ließ oder die Pinne mit allzu harter Hand bediente. Und dieses schöne Schiff hatte er dazu verurteilt, zu Kleinholz zu werden, zu verstreutem Treibgut, das Winde und Strömung Monat um Monat, ja vielleicht sogar Jahr um Jahr an den portugiesischen, spanischen und afrikanischen Küsten umhertrieben. Menschen verschiedenster Zunge nahmen dann und wann so ein Stück *Kathleen* an sich, um ihr Feuer damit zu heizen oder ihre Hütte auszubessern, und niemand wußte, woher das Holz kam.

Nach einer Weile merkte er, daß sein Blick auf einem winzigen Stück der Decksplanken zu seinen Füßen ruhte: da sah er, wie die harten Kämme der Holzfasern stolz über die winzigen Täler herausragten, deren weicheres Holz zahllose Matrosen im Lauf der Jahre mit ihren Besen herausgeschrubbt hatten. Er sah die Maserung, die Astknoten, die ganze Struktur des Holzes mit neuen, schärferen Augen. Ihm war, als hätte er zeit seines Lebens unbewußt durch ein angelaufenes Fenster geschaut, das ein Unbekannter plötzlich und unerwartet

blankgeputzt hatte. So sah er auch die Falten im weichen Oberleder seiner Stiefel überall dort mit weißen
Linien gezeichnet, wo Salz in den feinen Rissen des
Leders getrocknet war. Als er den Abwind aus dem
Großsegel spürte und darum einen Blick nach oben warf,
mußte er feststellen, daß er das Gewebe des Segeltuchs
noch nie richtig betrachtet hatte. Auch die wunderbar
weichen Formen der Seen entdeckte er zum ersten Mal,
als er an Backbord vorn ins Wasser blickte. Jetzt wurde
ihm so recht klar, wie mörderisch, wie tödlich diese
Gruppe von fünf oder sechs feindlichen Linienschiffen
war, unter denen sich das größte je von Menschenhand
erdachte und erbaute schwimmende Gehäuse befand, das
nur dazu dienen sollte, zu töten und zu zerstören.

Der Anblick dieser Schiffe riß ihn aus seinen Gedanken und führte ihn wieder in die Gegenwart und in die
nächste Zukunft zurück. Die *Kathleen* war Cordobas
Schiffen jetzt schon nahe genug, daß ihre Rümpfe
ganz über der Kimm zu sehen waren. Ihre Größe und
ihre geringe Fahrt gemahnten Ramage an ein frühes
Kindheitserlebnis. Schmutzig und aufgeregt hatte er
eines Tages am Ufer eines Sees im Schilf gelegen und
hatte, die Augen nur ein paar Handbreit über dem Wasser, Schwänen zugesehen, die, begleitet von den Jungen,
ihren Nestern zustrebten. Mit ihren eleganten Bewegungen wirkten sie majestätisch und wunderbar vollkommen, nur hatte ein jedes dieser Tiere harte, böse, gehäs-
sige Augen. Man sah ihnen an, daß sie bereit waren,
alles grausam zu vernichten, was ihnen in den Weg kam
— besonders einen kleinen Jungen, der sich herausnahm,
ihnen im Schilf aufzulauern.

Die *San Nicolas* führte nach wie vor und stellte sozusagen die Schneide eines Keils dar. Backbord achteraus
von ihr segelte die *Salvador del Mundo* und hinter dieser
die *San José*. Diesseits der Schneide des Keils und an

Steuerbord achteraus der *San Nicolas* hatte die *Santisima Trinidad* ihren Platz und hinter ihr die *San Isidro*. Die *San Nicolas* hatte also die Schlüsselstellung inne. Darüber war Ramage sehr froh, denn wenn sie auch vierundachtzig Geschütze besaß, war sie doch das zweitkleinste Schiff von den fünfen.

Er tastete unter seinem Hemd nach Giannas Ring, riß ihn von dem Band, an dem er hing, und streifte ihn über den kleinen Finger der linken Hand. Er paßte ihm vollkommen, da er für eine Männerhand bestimmt war. Gianna hatte ihn an ihrem Mittelfinger getragen. Wie seltsam, dachte er, daß dieses Familienerbstück der Volterras, das bisher von einer Generation auf die andere gekommen war, nun plötzlich seine toskanische Heimat verlassen sollte, um den Rest der Ewigkeit dreißig Meilen südwestlich vom Kap St. Vincent mit ihm auf dem Grund der See zu verbringen. Gianna war im Geiste bei ihm und würde es allezeit bleiben. Ein Glück, daß sie jetzt nicht im Fleisch bei ihm war.

Das waren alles düstere, krankhafte Gedanken, aber sie waren immerhin zu entschuldigen. Er hätte beinahe laut gelacht, als er sich Rechenschaft gab, daß er sich damit in aller Form vor sich selbst zu rechtfertigen suchte.

Ehe Southwick vorhin von Ramage weggegangen war, hätte er ihm am liebsten die Hand geschüttelt, aber er konnte das nicht tun, weil es die Besatzung gesehen hätte. Die Männer wären natürlich sofort auf den Gedanken gekommen, daß es sich um einen Abschied handelte. Nicht daß sie darum ihre Pflichten nur noch widerstrebend erfüllt hätten, nein — aber Southwick hatte in seiner langen Dienstzeit auf See gelernt, daß die Leute so lange wie Dämonen kämpften, als noch eine Aussicht bestand, daß sie den Kampf überlebten. Dagegen kam es höchst selten, wenn überhaupt jemals vor, daß ein zum Tode verurteilter Mann alle Kraft einsetzte, sich vom Schafott zu befreien. Ein Mensch neigt eben immer dazu, sich in das Unvermeidliche zu fügen — das war, er lachte leise vor sich hin, nun einmal unvermeidlich.

Der Steuermann betete gewohnheitsmäßig seine Befehle herunter und hatte darum reichlich Zeit zum Nachdenken. Er hatte schon immer mit Schrecken daran gedacht, was werden sollte, wenn er einmal zu alt war, um zur See zu fahren. Häuser und Gärten waren ihm ein Greuel, noch schlimmer war für ihn die Vorstellung, daß er eines Tages in einem bestimmten Haus mit einem bestimmten Garten vor Anker gehen sollte, um dort seine Tage zu vollenden. Als letztes stand ihm dann bevor, daß man ihn in einer einfachen Kiste aus Kiefernholz zu den anderen Toten hinaustrug. (Er hatte in seinem Testament ausdrücklich dieses einfache Behältnis für seine Leiche gefordert, der übliche teuere Sarg mit Bronzebeschlägen war in seinen Augen eine sündhafte Verschwendung von gutem Holz, Metall und Geld.)

Nachdem er einige Peilungen der *San Nicolas* genommen hatte, blieb er absichtlich am Mast stehen. Mr. Ramage lehnte mit dem Rücken an der Heckreling und hatte um die Augen jenen Ausdruck, der Southwick verriet, daß er einen letzten Blick in eine Welt jenseits des Horizontes warf, die ganz sein eigen war. Wahrscheinlich dachte er eben an die Marchesa. Ja, dachte er betrübt, die beiden hätten ein schönes Paar abgegeben, jetzt aber fiel sie wahrscheinlich irgendeinem jungen Gecken in die Hände und ließ sich von ihm zum Altar führen.

Dieser Junge — Southwick fand es nie schwer, seinen Befehlen zu gehorchen, obwohl er in seinen Augen eben doch ein Junge war — dieser Junge war schon bei seiner Geburt aller denkbaren Vorteile teilhaftig geworden. Er war der Sohn eines Admirals und der Erbe gräflicher Besitzungen, er war ein fähiger Bursche (außer in Mathematik, was er ehrlich eingestand), er hatte Humor und besaß vor allem die seltene, nicht zu erklärende Gabe, Menschen zu führen. Nach nur wenigen Jahren Seedienstzeit und bald nach seinem einundzwanzigsten Geburtstag (wenn er überhaupt schon so alt war) hatte er seines Vaters Feinde in der Navy übernommen und war bis jetzt in diesem Kampf der Stärkere geblieben.

Bis jetzt — nun aber wurde es erst richtig ernst. Er wollte sein Leben opfern, indem er ein Manöver unternahm, das wahrscheinlich — wenn auch ohne seine Schuld — nicht gelang und das ganz bestimmt nur von seinem Vater und dem Kommodore, sonst aber von niemand gebührend gewürdigt wurde. Mut, dachte Southwick, während er mit seinem schwarzlackierten Megaphon einen Matrosen anbrüllte, der irgendwelchen Unfug trieb, Mut ist auf alle Fälle nicht das richtige Wort, um zu beschreiben, was man für eine Eigenschaft haben muß, wenn man vermag, sich selbst zum Tod zu verurteilen.

Jackson tändelte mit den zwei Pistolen, die ihm Ramage gegeben hatte, und fragte sich, ob er sie weiter in den Händen halten oder irgendwohin legen sollte. Daß Mr. Ramage sie jetzt nicht brauchte, hatte er gewußt, ehe dieser sie aus dem Hosenbund zog und auf dem Fetzen Papier zu zeichnen begann.

Der Amerikaner hatte schon begonnen, sich vorzustellen, wie die ganze Sache enden würde, als Mr. Ramage Southwick vom Essen wegholte, und war sich endgültig darüber klar geworden, als der Rudergänger den Befehl erhielt, langsam anzuluven. Jackson war überrascht, wie lange der alte Southwick brauchte, bis er endlich verstand, was Mr. Ramage plante. Er meinte, das komme wohl daher, daß Southwick eben wirklich schon ein alter Mann mit starren Anschauungen war, der einfach nicht mehr begriff, wenn jemand ungewöhnliche Wege ging. Damit erklärte sich wahrscheinlich auch, daß er noch immer Steuermann eines so kleinen Schiffes wie der *Kathleen* war. Jackson erinnerte sich, daß er von Mr. Ramage folgende Lehre erhalten hatte: »Überraschung, Jackson«, hatte er einmal gesagt, »damit gewinnt man Schlachten. Wenn man den Gegner nicht durch eine List überraschen kann, dann gelingt einem das immer noch unter seinen Augen, indem man etwas tut, was er ganz und gar nicht erwartet.«

Nun, der Sohn des alten Blaze-away setzte wenigstens in die Tat um, was er zu predigen pflegte, wenn es diesmal auch endgültig aus war. Jackson bereute nichts, als er den Blick auf Cordobas Schiffen ruhen ließ und dabei wußte, daß sie ihn und alle anderen Männer der *Kathleen* wohl noch in dieser Stunde umbringen würden. Er hatte auch den Tag nie bereut, an dem er als Junge auf einem Schoner aus Charleston ausgelaufen war, der mit Westindien Handel trieb, er hatte nie bereut, daß eines Tages die Küste von South Carolina endgültig hinter der Kimm verschwand. Das war nun schon fast fünfundzwanzig Jahre her, dennoch konnte er sich dessen noch immer mit allen Einzelheiten entsinnen. Er hatte ebensowenig bedauert, daß er eines Tages trotz seiner amerikanischen Staatsbürgerschaft in die Royal Navy gepreßt worden war. Heute wußte er ganz genau, daß er bestimmt keine andere Wahl treffen würde, wenn er die Gelegenheit hätte, die Uhr zurückzustellen und einen anderen Kurs zu steuern, der ihm den Tod an diesem St. Valentinstag erspart hätte.

Ramage taten die Füße so weh, daß das Blut darin pochte und daß er das Gefühl hatte, als seien seine Stiefel um eine Nummer zu klein. Er war müde von der nebligen Nacht, seine Augen waren überanstrengt und brannten, als wären die Lider mit feinem Sand eingestäubt. Auf See ergaben sich schwierige Lagen immer dann, wenn man körperlich ohnehin am Ende seiner Kräfte war, kaum je, wenn man ihnen frisch und ausgeruht begegnen konnte. Er war so müde, daß ihm alles um ihn her seltsam unwirklich dünkte. Er stellte sich vor, daß ihm die *Kathleen* als abschreckende Maske dienen sollte, um den Spaniern Angst einzujagen. Diese Vorstellung brachte ihn fast zum Lachen, glich er dabei doch einem verängstigten kleinen Männchen, das Stelzen anschnallte, um zehn Fuß groß zu werden. Groß werden... Dabei fiel ihm ein, wie unheimlich groß die Felsblöcke in den Mooren Cornwalls im dicken Morgendunst wirkten. Später, wenn die Sonne schien, waren sie wieder rund und zierlich. Dunst — unheimlich groß... Die Worte schienen widerzuhallen, als er sie im Geist wiederholte. Dunst... Nebel... Rauch... Auch die Linienschiffe nahmen sich seltsam und unheimlich aus, wenn die Qualmwolken der Geschütze über sie hinzogen. Das war besonders bei der *Culloden* der Fall gewesen, wenn der Wind den Rauch ihrer eigenen Geschütze an Bord zurückdrückte, bis die Luft, die durch die Luken nach unten strömte, ihn wieder zu den Geschützpforten hinaustrieb. Aber die Geschütze der *Kathleen* gaben einfach nicht genug Qualm her.

Plötzlich sah er sich selbst als jungen Fähnrich wieder, wie er zusammen mit seinen Kameraden heimlich genäßtes Pulver verbrannte, um Ratten und Kakerlaken aus ihrer Unterkunft zu vertreiben. (Die Geschichte war damals schiefgegangen und sie mußten alle in die Toppen entern, weil sie vergessen hatten, daß sich der Gestank ihres Unternehmens durch das ganze Schiff hinziehen würde. Ein Seesoldat, der Posten stand, hatte darum prompt Feueralarm geschlagen.) Die Idee nahm in seinem Kopf immer festere Formen an. Wie konnte er einen Rauchschirm zustande bringen, der groß genug war, die ganze *Kathleen* den Blicken zu entziehen, wenn er dazu nasses Pulver benutzte? Vielleicht konnten ihm dabei die Kohlenpfannen gute Dienste leisten, die man benutzte, um die Räume unter Deck zu trocknen und zu lüften. Wenn man sie anzündete, ein paar Klumpen Pech hineinwarf und dann das nasse Pulver darüberstreute? Das konnte gehen, wenn man die Pfanne in Luv aufstellte, so daß der Wind über das Schiff blies. Vielleicht gab dieses Verfahren den Spaniern lang genug Rätsel auf, so daß sie das Feuer für ein paar Minuten einstellten. Das allein machte den Versuch der Mühe wert.

Mußten denn wirklich alle Mann sterben? Einem Teil konnte es sicher gelingen, heil davonzukommen. Wenn an Deck Stapel gezurrter Hängematten bereitlagen — die schwammen und trugen jeden, der sich daran festhielt. Den gleichen Dienst leistete das Holz, das der Zimmermannsmaat in seinem Hellegatt gelagert hatte. Die Laschings der Reservegaffel, die neben dem Mast lag, mußten durchgeschnitten werden, so daß die Spiere aufschwamm, wenn das Schiff sank. Er rief nach Southwick und Edwards, dem Feuerwerksmaaten, und unterrichtete sie über seine Absichten. Als die Einzelheiten seines Plans auf diese Art immer mehr Form gewannen, fiel ihm ein, daß er ein Dutzend Leute brauchte, die körperlich gewandt waren und gut mit Entermessern umzugehen wußten. Die sollten kämpfen, bis sie erstochen oder niedergeschossen wurden. Wen sollte er dazu erwählen? Eigentlich brauchte er von der ganzen Besatzung nur die weniger Gewandten auszusondern, da sonst alle dem gerecht wurden, was er von ihnen verlangte. Am Ende kristallisierte sich das ganze Problem zu der Aufgabe, ein Dutzend Männer auszusuchen, die bereit waren, mit ihm zu sterben. Da fiel seine Wahl sofort auf Jackson und die anderen fünf, die mit ihm in Cartagena gewesen waren.

Er sagte Jackson, er solle die fünf mit dem Megaphon herbeirufen und suchte sich noch ein halbes Dutzend anderer Leute von den Geschützmannschaften aus. Sobald sie sich alle um ihn versammelt hatten, gab er ihnen seine Befehle.

»Ihr fallt dabei aus der Bratpfanne ins Feuer«, schloß er, als er sie entließ, aber dann sah er, daß sie dennoch fröhlich lachend auseinandergingen. Offenbar waren sie stolz und glücklich, daß sie zu den Auserwählten gehörten. Diese armen Narren, dachte er, ach nein, vielleicht waren sie doch nicht so töricht — er war ehrlich genug, sich einzugestehen, daß er sich darauf freute, sie anzuführen, weil er bei Gott keine Lust hatte, in der Bratpfanne zurückzubleiben.

»Wie steht es um unsere Aussichten, Sir?« fragte Jackson gelassen.

»Meinen Sie die Aussicht, Ihren Enkeln davon zu erzählen? Da kann ich Ihnen wenig Hoffnung machen. Daß das Unternehmen gelingt? Diese Aussicht haben wir — wenigstens zu fünfzig Prozent.«

Jackson nickte: »Um ihretwillen bin ich froh, daß die Marchesa nicht hier ist, aber ich bin überzeugt, daß sie alles darum gäbe, dabei zu sein — und Graf Pitti nicht minder.«

»Ja«, sagte Ramage kurz angebunden und tastete unwillkürlich mit dem Daumen nach dem Wappenring. Er mußte es jemandem sagen, wenn auch nur diesem hier — das schlechte Gewissen gegenüber seinen Männern schmerzte ihn einfach zu sehr.

»Jackson, wenn ich irgendeine andere Möglichkeit hätte, würde ich es damit versuchen, aber offenbar gibt es keine . . .« Dabei blickte er auf die britische Linie in seinem Rücken. Außer der *Captain*, die jetzt auf die *Kathleen* zuhielt, entfernte sie sich immer weiter, wenn auch inzwischen einige Spitzenschiffe mehr gewendet hatten.

»Das wissen wir, Sir. Dennoch möchte keiner unserer Burschen seinen Platz mit den Brüdern tauschen, die jetzt im St.-James-Park spazierengehen.«

Ramage warf einen Blick auf die Uhr. Sie waren erst vor wenigen Minuten über Stag gegangen und doch schien es schon eine Stunde her zu sein. Sein Verstand arbeitete wie rasend und auch die Männer arbeiteten so schnell sie konnten. Eben wurden die Kohlenpfannen an Deck gebracht, und rings um das Vorluk lag bereits ein ganzer Berg Hängematten. Weitere wurden längs der Mittschiffslinie in sauberen Stapeln zurechtgelegt.

Halt, die Geheimpapiere! Er hatte vergessen, eine bleibeschwerte Kassette machen zu lassen, darum mußte er jetzt einen Leinenbeutel benutzen und ihn mit einer kleinen Kugel beschweren. Jackson sollte im letzten Augenblick das Signalbuch hineintun und den Beutel dann über Bord werfen. Er ging in seine Kajüte und sah sich um. Es gab wohl kaum ein Kriegsschiff, dessen Kajüte für den Kommandanten so voller Erinnerungen war. Er schloß das oberste Schubfach und öffnete das zweite. Da lag Giannas Halstuch, sauber gefaltet, wie er es hineingelegt hatte, als er wieder an Bord kam. Er nahm es an sich und wollte es wieder um die Hüften binden, aber dann sagte er sich, daß jetzt sowohl elegantes Auftreten als auch die Anzugsvorschriften alle Bedeutung verloren hatten. Also band er sich das Tuch einfach um den Hals und die Enden verstaute er unter seiner Halsbinde. Hatte er Gianna bisher vielleicht Glück geschenkt, so war er jetzt im Begriff, ihr ebenso viel Leid zu bereiten.

Gleich darauf war er wieder an Deck und faßte die *San Nicolas* ins Auge. Als sie, gefolgt von der übrigen Vorhut, näher kam, wurde er gewahr, daß ihre Abstände untereinander größer waren, als er anfänglich vermutet hatte.

»Die Führung hat genau das richtige Schiff, Sir«, bemerkte Jackson, als Ramage wieder eine Skizze mit den Positionen der Schiffe zeichnete, weil er mit ihrer Hilfe den Winkel ermitteln wollte, in dem er am besten anlief.

»Das richtige Schiff? Was soll das heißen?«

»Haben Sie denn nicht darauf geachtet, Sir? Es trägt doch den Namen des gleichen Heiligen wie Sie.«

Richtig, die *San Nicolas.* Das hatte er bis jetzt in der Tat ganz übersehen. Lachend sagte er: »Ausgerechnet die hält jetzt die Spitze bei dem nicht sehr heldenhaften Versuch, nach Cadiz in Sicherheit zu gelangen. Bitte, Jackson, reden Sie nicht mehr davon.«

Jetzt lachte Jackson: »Wir wollen doch hoffen, Sir, daß der Heilige Sie und nicht die Dons in Schutz nehmen wird.«

Ramage überlegte: die *San Nicolas* war ein Schiff mit vierundachtzig Geschützen und verdrängte etwa zweitausend Tonnen, die *Kathleen* nur ganze hundertsechzig. Allein die Masten und die Rahen des spanischen Schiffes wogen schon so viel wie die ganze *Kathleen.* Die Nase der Galionsfigur des heiligen Nicolas war schätzungsweise zehn Meter über Wasser, die Nock des Klüverbaums ragte mindestens zwanzig Meter hoch, das war die Höhe des Mastes der *Kathleen* ... Eine Skizze führte ihm das alles vor Augen. Ach was, der Teufel hole diese ganze Rechnerei, sagte er sich ärgerlich. Man konnte die Maße vergleichen soviel man wollte, dadurch wurde die *San Nicolas* um keinen Zoll kleiner und die *Kathleen* um keinen Zoll größer.

»Jackson«, sagte Ramage, »haben Sie gesehen, ob die *Victory* ein Signal an die *Captain* gegeben hat?«

»Ich kann die *Victory* wegen des Qualms nicht sehen, Sir. Die *Captain* hat jedenfalls kein Signal bestätigt. Sie führt nur ihre Flagge.«

Southwick sagte: »Kapitän Collingwood wird dem Kommodore bald zu Hilfe kommen, ob mit oder ohne Befehl. Wir werden sehr bald sehen, daß die *Excellent* der *Captain* folgt.«

»Das hoffe ich sehr.«

»Eine Frage, Sir. Haben Sie eigentlich erwartet, daß die *Captain* aus der Linie ausscheren würde?«

»Ja, zum mindesten hoffte ich es.«

»Aber er entschloß sich ein bißchen spät, finden Sie nicht auch?« ließ sich Southwick aus.

Ramage zuckte mit gespielter Gleichgültigkeit die Schultern.

»Für uns kam sein Manöver etwas spät, aber wohl gerade zur rechten Zeit, um die Spanier abzudrängen, besonders wenn wir auch noch eine Verzögerung zustande bringen. Aber er wird wohl keine Zeit mehr haben, zwischen die Spitzenschiffe einzudringen.«

»Meinen Sie nicht, daß er die *Santisima Trinidad* angreifen wird?«

Ramage nickte. Er war sich instinktiv darüber klar, daß der Kommodore sich selbstverständlich auf das größte Schiff der Welt stürzen würde, wenn ihm die Wahl blieb. Im Augenblick lag die *Santisima Trinidad* in Lee der anderen und war der *Captain* darum am nächsten.

Jetzt warf Ramage abermals einen Blick auf die Spanier, auf die *Captain*, auf die britische Linie und zuletzt auf die Skizzen auf seinem Block. Da sah er plötzlich ein, daß sein Vorhaben nicht nur vergeblich, sondern geradezu absurd war. Trotz dem, was er Southwick eben gesagt hatte, konnte er sich ausrechnen, daß die *Captain* kaum eine Aussicht hatte, noch heranzukommen, auch wenn es ihm mit seiner *Kathleen* gelang, die spanische Vorhut fünfzehn bis zwanzig Minuten aufzuhalten. Aber was noch wichtiger war: selbst wenn sie wirklich herankam, gelang es ihr bestimmt nicht, alle diese Schiffe abzudrängen, da doch jedes von ihnen eine schwerere Breitseite hatte als die *Captain*. Die Spanier würden sie ein um das andere Mal der Länge nach bestreichen, ehe ihre eigenen Breitseiten zum Tragen kamen.

Er war sich durchaus darüber klar, daß er die *Kathleen* unter irgendeinem Vorwand auch jetzt noch herumwerfen konnte, um auf seinen zugewiesenen Platz hinter der *Excellent* zurückzukehren. Aber er starrte nur weiter auf seine vergleichende Skizze der *Kathleen* und der *San Nicolas*. Trotz allem, was die Bleistiftstriche verrieten — er mußte jetzt weiter, denn wenn er im letzten Augenblick aufgab, dann war er dazu verurteilt, sein Leben lang zu rätseln, ob ihn seine Logik oder nur die nackte Angst zum Aufgeben veranlaßt hatte.

Nachdem er sich entschlossen hatte weiterzulaufen, ärgerte er sich heftig über sich selbst wegen des ständigen Auf und Ab seiner seelischen Verfassung. Angst wechselte mit Gleichmut ab, Selbstvertrauen mit Unsicherheit. Dann stellte er sich vor, daß wohl auch der Kommodore von ähnlichen Zweifeln (wenn auch nicht Ängsten) bedrängt worden war. Dennoch war er aus der Linie ausgeschoren und hatte den Versuch gewagt. Darauf allein aber kam es an. Wenn ihm die *Kathleen* zusätzlich fünfzehn bis zwanzig Minuten schenkte, dann konnte sich dadurch ein völliger Fehlschlag womöglich doch noch in einen Teilerfolg verwandeln ...

Er mußte mit seinen müßigen Gedanken und Tagträumen endgültig Schluß machen. Die *San Nicolas* kam rasch näher, es kam jetzt vor allem darauf an, daß ihm kein Fehler unterlief. Edwards hatte die Kohlenpfannen bereitgestellt, Laschings hielten die Beine einer jeden, damit sie beim Schlingern nicht rutschten. Sie waren halb gefüllt mit Sägespänen und Abfallholz, dazu kamen noch ein paar Klumpen Pech. Zu unterst steckten in jeder, klar zum Anzünden, einige papierene Fidibusse.

Ramages zwölf Mann rüsteten sich mit den verschiedensten Waffen aus. Jackson hatte ein Entermesser in der Hand, von seinem Koppel pendelte an einer Schnur, die durch den hölzernen Stiel gezogen war, ein Hackbeil, das er entweder vom Kochsmaat geliehen oder aus der Kombüse gestohlen hatte. Stafford hatte den Schaft einer Enterpike abgeschnitten, so daß er jetzt ein dreikantiges Dolchblatt an einem drei Fuß langen Griff in der Hand hielt. Er übte sich darin, mit der Rechten das Entermesser zu schwingen und zugleich links mit der Pike zuzustoßen. Damit hatte er das alte *main-gauche* wiederentdeckt, ohne daß er je einem ritterlichen Zweikampf beigewohnt hätte. Maxton, der farbige Seemann, hatte in jeder Hand ein Entermesser und führte gerade so blitzschnelle Einwärtshiebe gegen einen imaginären Gegner, daß Southwick zu Ramage sagte: »Er könnte einen Mann in vier Scheiben schneiden, ehe irgend jemand sähe, daß er sich überhaupt bewegt.«

»Er ist eben mit einer Machete in der Hand auf die Welt gekommen«, gab ihm Ramage zur Antwort, weil er sich an Maxtons Auskünfte in Cartagena erinnerte.

Die *San Nicolas* pflügte weiter durch die See. Je näher sie kam, desto mehr verlor ihre Erscheinung an Anmut. Der Vorsteven konnte das plumpe Vorschiff nicht schlanker machen, die Bugwelle glich nicht mehr einer schmalen weißen Feder, sie war eine Masse schäumenden Wassers, die von dem fülligen Rumpf mit brutaler Gewalt vor sich hergeschoben wurde. Die Segel waren keine wohlgestalteten Schwingen mehr, sondern ausgereckte, von Flicken bedeckte, schlecht stehende Leinwandfetzen. Kurzum, die von weitem so schöne Dame entpuppte sich aus der Nähe gesehen als schlecht geschminkte Straßendirne.

Aber geschminkt oder nicht, die *San Nicolas* hatte Zähne. Die Mündungen ihrer Geschütze lugten wie Dutzende dicker Fingerspitzen aus den Pforten.

In wenigen Minuten war es möglich, die vergoldeten Schnitzereien an ihrem Bug und an ihrer Galionsfigur zu bewundern.

Stafford machte sich über Fuller lustig: »Was willst du eigentlich mit dieser Pike. Nimm doch eine Angelrute und einen Haken. Ich sage dir, du brauchst nicht einmal einen Köder. Wirf nur den Haken aus, dann faßt du von selbst in ihre weiten Hosen.«

Fuller fluchte darauf nur brummig vor sich hin und machte den Schaft der Pike noch um ein Stück kürzer.

»Von den Fischen«, sagte er, »könntest du einiges lernen.«

»Ja, bestimmt, die haben etwas im Köpfchen, deine Fische. Sie sind so gescheit, daß sie bei dir anbeißen. Dazu braucht man sicher Verstand.«

»Ein Dorsch hat mehr Grütze im Kopf als du im ganzen Körper, du lumpiger Schloßknacker.«

»Schluß jetzt!« fuhr Southwick dazwischen. »Hebt eure Reden für die Dons auf.«

Dann ging er zu Ramage und hielt ihm seinen Säbel entgegen: »Wie wäre es mit diesem Säbel, Sir? Mir hat er immer gute Dienste getan.«

Die Waffe war gewaltig. Ramage konnte sich vorstellen, daß sie ein bärtiger Wikinger beidhändig über dem Kopf schwang, wenn er von seinem Langboot an Land sprang. Aber als er den Säbel dann aus der Scheide zog, wurde er sofort gewahr, daß er wunderbar ausgewogen war.

»Ich nehme den Säbel mit bestem Dank an«, sagte er zu Southwick, »und ich hoffe, daß er mir gute Dienste leistet.«

Der Steuermann strahlte und streifte Ramage den Schulterriemen über den Kopf.

Als die *San Nicolas* näher kam, stellte Ramage dankbar fest, daß die übrigen Schiffe der Vorhut instinktiv näher an sie heranschlossen. Sie benahmen sich wie Rinder, die sich hinter ihrem Leittier zusammendrängen, wenn sie durch ein Gatter sollen. Damit wuchsen seine Aussichten, den Verband in Verwirrung zu bringen.

»Mr. Southwick, bitte lassen Sie loggen. Jackson, geben Sie mir meine Pistolen. Rudergänger, was liegt an?«

Ramage wollte genau wissen, welchen Kurs die *Kathleen* anlag und welche Fahrt sie lief. Er warf noch einen Blick auf die *Captain* und überprüfte dann seine Skizze. Southwick stand neben ihm, studierte die Bleistiftzeichnung und schüttelte den Kopf.

»Ich glaube nicht, daß die *Captain* herankommt.«

Ramage zuckte die Achseln und zeigte auf die britische Linie. Die *Excellent* war bereits ausgeschoren und folgte der *Captain*.

»Kann sein, daß Sie recht haben. Aber ich habe den Eindruck, daß unser Ausguck zu wünschen übrig läßt. Mr. Southwick, wissen Sie auch bestimmt, daß wir kein Signal übersehen haben?«

»Man weiß ja nicht, wo man zuerst hinschauen soll«, sagte Southwick gekränkt. »Es ist ja überall so viel los.«

»Sie haben doch nur aufzupassen, ich aber muß zugleich denken und planen«, fuhr ihn Ramage an.

»Ich bitte um Entschuldigung, Sir.«

»Ich auch«, sagte Ramage schnell. »Wir sind alle ein bißchen nervös. Ich möchte jetzt der Besatzung noch ein paar Worte sagen. Die Zeit wird schon knapp. Bitte, Mr. Southwick, lassen Sie die Leute antreten.«

21

Ramage hielt sich auf einer Karronade im Gleichgewicht und wartete, bis sich die Männer herumgeschlossen hatten. Dabei fragte er sich, wieviel ihnen wohl seine Miene während der letzten halben Stunde verraten hatte. Etwa die leisen Zweifel, die sich allmählich zu einer fast lähmenden Angst gesteigert hatten? Oder gab sie jetzt das kribbelnde Lustgefühl preis, das ihn wie Trunkenheit überkam?

Er war umringt von einer Masse gespannter, aufgeregter, unrasierter Gesichter, die Männer waren bis zu den Hüften nackt, die meisten hatten einen Fetzen um den Kopf gebunden, damit ihnen der Schweiß nicht in die Augen lief. Trotz ihres wilden Aussehens machten sie jedoch einen willigen und zuversichtlichen Eindruck. Im Augenblick waren sie mäuschenstill. Außer dem gelegentlichen Knarren der Pinne und dem Klatschen der Seen unter dem Heck des leicht stampfenden Kutters hörte man keinen Laut. Achtern kreisten schreiend ein paar Möwen, als wollten sie den Koch auf sich aufmerksam machen und ihm sagen, daß es an der Zeit sei, einen Eimer mit Speiseresten über Bord zu leeren.

»Vor kurzem habt ihr von mir gehört«, begann er, »daß wir heute die Rolle von Zuschauern am Rande des Boxrings zu spielen hätten. Ich gebe zu, ich habe mich geirrt, jetzt ist die Reihe doch an uns, den Ring zu betreten und mitzukämpfen. Jetzt —«

Er hielt überrascht inne, als die Männer in Hurrageschrei ausbrachen. Da ihnen der Vergleich mit einem Boxkampf offenbar gut gefiel, stellte er sich in seiner weiteren Ausdrucksweise darauf ein.

»Jetzt möchte ich euch vor allem sagen, wo wir unseren ersten Kinnhaken landen wollen. Ihr seht doch, daß die Dons versuchen, einen Vorstoß um das Ende unserer Linie zu unternehmen. Sir John kann das wegen des Qualms wahrscheinlich nicht sehen. Aber es blieb wohl keinem von euch verborgen, daß der Kommodore aus der Linie ausschor, um die Gegner abzudrängen. Jetzt kommt alles darauf an, daß er die spanischen Spitzenschiffe noch erreicht, die Aussichten stehen nur etwa fünfzig zu fünfzig.

Das nun ist für uns der Anlaß einzugreifen. Dort seht ihr die Dons ankommen, alle auf einem Haufen, die *San Nicolas* an der Spitze.« Er zeigte nach vorn und sah zugleich, wie wenig Zeit ihm noch blieb.

»Wenn wir erreichen können, daß diese *San Nicolas* aus der Fahrt kommt oder Kurs ändern muß, dann dreht der blöde Haufen hinter ihr so durch, daß einer dem anderen in die Quere kommt. Wenn wir nur so viel Verwirrung stiften, daß sie zehn bis fünfzehn Minuten aufgehalten werden, dann reicht das für den Kommodore und Kapitän Collingwood aus.

So, nun wißt ihr, was wir zu tun haben. Die meisten von euch haben doch auf einem Linienschiff Dienst getan. Dann wißt ihr wohl auch um die schwache Stelle dieser Schiffe. Es ist der Klüverbaum und das Bugspriet. Wenn man die abbricht, dann kommt in neun von zehn Fällen der Fockmast nach.

Wir haben nur einen Hieb und wissen jetzt, wo wir ihn landen müssen. Wie ihr seht, haben wir schon Kurs auf die *San Nicolas*. Die kann nur mit ihren Buggeschützen auf uns feuern, aber das kann mich, offen gesagt, nicht schrecken. Im letzten Augenblick drehe ich etwas nach Backbord — wie ein Boxer, der vor seinem Hieb einen Schritt rückwärts macht — und dann plötzlich mit Hartruder nach Steuerbord — und krach! vor ihren

Bug. Wenn ich das Manöver richtig leite, sollte unser Mast ihren Klüverbaum abbrechen und wenn wir nur ein bißchen Glück haben, müßte sich ihr Bugspriet in unserer Takelage verfangen.

Wie es dann weitergeht, mag sich jedermann selbst ausmalen. Ich sehe folgendes kommen: kurz bevor der Steven der *San Nicolas* auf unseren Rumpf trifft, hängen wir mit unserem ganzen Gewicht an ihrem Bugspriet, und sie beginnt uns so durchs Wasser zu drücken. Sobald uns ihr Steven aber dann wirklich rammt, werden wir von dem großen Schiff überrollt und zerren dann noch mehr als zuvor an seinem Bugspriet. Ob wir sinken werden, ehe das Bugspriet nachgibt oder umgekehrt, das kann ich euch jetzt wirklich noch nicht sagen.«

Wieder schrien alle Hurra. Ein Blick nach vorn zeigte Ramage, daß ihm nur noch zwei Minuten blieben, um zu erklären, was er sonst noch wollte.

»Wie der Verlauf auch immer sein wird, eins ist vor allem nötig: sobald wir der *San Nicolas* vor den Bug gelaufen sind, werden einige Augenblicke vergehen, ehe etwas geschieht. In dieser Schreckpause sollen die zwölf Mann, die ich ausgesucht habe, mit allen Mitteln versuchen an Bord zu kommen und jede Schot, jedes Fall und jede Brasse kappen, die sie erreichen können. Das wird nicht einfach sein, aber es müßte sich dennoch erreichen lassen, weil bei den Dons natürlich niemand erwartet, daß wir sie entern. Die hoffen nur, daß sie uns neben ihrem Schiff ersaufen sehen.

Jackson, treten Sie vor und die anderen elf stellen sich neben ihn. Schaut euch die Leute an, das sind die zwölf, von denen ich sprach, sie haben beim Entern unter allen Umständen den Vortritt. Wenn es nötig ist, gebt ihnen dabei Hilfestellung. Nachher seid ihr natürlich alle bei unserer Party willkommen.«

Jetzt lachte alles und einige riefen im Chor: »Sie können sich auf uns verlassen, Sir.«

»Ausgezeichnet. Aber setzt euer Leben nicht sinnlos aufs Spiel. Wenn ihr die *San Nicolas* nicht entern könnt, dann versucht ihr am besten, euer Leben zu retten. Die Haufen von Hängematten hier werden aufschwimmen, und außerdem ist da noch eine ganze Menge Treibholz. Haltet euch an dem Stück fest, das ihr durch Zufall zu fassen bekommt. So lange ihr auch aushalten müßt, gebt mir nie die Hoffnung auf!

Bei dem Unternehmen gibt es eine Menge Qualm und eine Menge Lärm, darum besteht die Gefahr, daß einer den anderen aus Versehen für einen Don hält. Darum« — Ramage war froh, daß es ihm im letzten Augenblick einfiel — »darum soll eure Losung ›Kathleen‹ und die Antwort . . .« Verdammt, nun fiel ihm beim besten Willen nichts ein.

»Nick!« rief da ein Matrose.

»Gut, einverstanden«, grinste Ramage. »Also die Antwort ist ›Nick‹, aber bitte nicht ›Old Nick‹!«

»Kathleen!« brüllte einer der Männer.

»Nick!« schrien die anderen im Chor.

Ramage hob die Hand:

»Treffpunkt: das Achterdeck der *San Nicolas!*«

Wieder gaben die Männer schreiend ihre Zustimmung kund.

»Noch einmal. Denkt daran: jedes Fall, jede Brasse, jede Schot, die euch vor Augen kommt: kappt sie! Geht nicht zuerst auf die Dons los, sondern auf ihr laufendes Gut. Wenn das gekappt ist, dann ist ihr Schiff hilflos, dann könnt ihr euch die Dons selbst vornehmen. Und macht vor allem Lärm! Damit jagt ihr ihnen Angst ein. Schreit und schlagt drein! — Und denkt an die Losung!«

»Schreit und schlagt drein!« brüllten die Männer. »Kathleen — Nick! Schreit und schlagt drein!«

Wieder hob Ramage die Hand und gebot ihnen Schweigen.

»Die Zeit wird knapp, Männer.« Er warf einen Blick nach der *San Nicolas* und rief dann zur allgemeinen Freude: »Es ist so weit, das Ende steht bevor! Also Schluß jetzt mit dem Palaver!«

Damit sprang er von dem Geschütz herunter und winkte Edwards herbei.

»Zünden Sie jetzt die Feuerpfannen an. Sind die Pulverbeutel richtig angefeuchtet?«

»*Aye*, Sir. Ihrem Befehl entsprechend habe ich ein paar Proben über eine Kerzenflamme gehalten. Meiner Meinung nach hat das Pulver jetzt gerade die richtige Feuchtigkeit.«

»Gut, dann machen Sie jetzt weiter.«

Die *San Nicolas* lag an Steuerbord voraus und nahm sich aus wie die Seitenfront eines großen Hauses aus etwa hundert Meter Entfernung. Ramage griff zum Glas und nahm das Bugspriet und den Klüverbaum des Spaniers genau in Augenschein. Sie waren zusammen an die dreißig Meter lang und ragten wie eine riesige Angelrute schräg nach oben. Das Bugspriet allein maß schätzungsweise zwanzig Meter in der Länge und war wohl fast einen Meter dick. Ein großer Teil seiner Länge war binnenbords, es wies in einem steilen Winkel über den Steven hinaus und fand mit seinem inneren Ende dicht vor dem Fockmast Halt zwischen zwei schweren Betingen, die von unten durch das Deck heraufragten. Die dünnere Fortsetzung des Bugspriets, der Klüverbaum, war etwa zwölf Meter lang und hatte ungefähr dreißig Zentimeter Durchmesser.

Ramages ganzer Plan beruhte auf einer wesentlichen Besonderheit der Kriegsschiffskonstruktion: der Fockmast eines Linienschiffs, der aus vier Teilen, dem Untermast und drei Stengen, übereinander bestand, hatte seinen

Platz so weit vorn, daß er seinen Halt vor allem durch die Stagen fand, die unten am Bugspriet und am Klüverbaum befestigt waren. Wenn man daher die Nock des Klüverbaums abbrach, dann konnte man ziemlich sicher erwarten, daß der Ruck am Vorroyalstag die oberste oder Vorroyalstenge herunterholte. Riß man den ganzen Klüverbaum in Stücke, dann kam wahrscheinlich auch die Bramstenge von oben. Brach man endlich das Bugspriet an der Stelle ab, wo es über die Galionsfigur herausragte, dann rissen dabei auch die Stagen, die den Fockmast und die Vormarsstenge hielten, das hieß, daß dann unter Umständen der ganze Mast über Bord ging.

Diese Konstruktionsschwäche war daran schuld, daß ein Kommandant nichts mehr fürchtete als mit einem anderen Schiff zu kollidieren. Besonders in Kiellinie riskierte man nachts und bei Nebel immer, dem Vordermann so nah auf den Leib zu rücken, daß der eigene Klüverbaum oder das Bugspriet mit seiner Heckreling in unsanfte Berührung kam.

Das Ganze war natürlich ein reines Glücksspiel, und Ramage wußte wohl, daß es vielleicht sinnlos war, durch Berechnung ermitteln zu wollen, ob die winzige *Kathleen* dieser Aufgabe gewachsen war oder nicht. Darum hatte er sich seine zwölf Mann ausgesucht. Aber die gewaltigen Abmessungen des spanischen Schiffs, die Höhe, die zu überwinden war, wenn man es entern wollte, stellte auch den Erfolg dieser zwölf Mann in Frage. Die Reling der *Kathleen* war vorn an ihrer höchsten Stelle etwas über drei Meter und mittschiffs gar nur zwei Meter über der Wasserlinie. Ramage hatte schon wieder Anlaß, sich zu verwünschen. Zu gewissen Zeiten verschwendete man mit Denken wirklich nur wertvolle Minuten, dann wirkten die Gedanken wie ein lebendiges Vergrößerungsglas, das der eigenen Unsicherheit phantastische Dimensionen verlieh. Es gab in der Tat Situationen — und die seine gehörte dazu —, in denen man gut daran tat, nicht den gerissenen Matador, sondern den Stier zu spielen. Man senkte den Kopf und griff an.

Als die Späne in den Pfannen Feuer fingen, loderten sie auf einmal auf, so daß die Männer in Lee husten und spucken mußten.

Ramages zwölf Mann waren unter Jacksons Führung an den Backbordwanten versammelt und hielten ihre seltsame Sammlung von Entermessern, abgesägten Piken, Tomahawks und Fleischermessern bereit.

Die *San Nicolas* war jetzt recht voraus und machte einen so gewaltigen Eindruck, daß sich Ramage zwang wegzuschauen.

»Mr. Southwick, ich luve einen Augenblick an, dann drehe ich nach Steuerbord. Sobald ich es sage, lassen Sie alle Schoten und Fallen loswerfen. Sehen Sie zu, daß sie überholt und klar zum Auslaufen sind.« Zum Rudergänger sagte er: »Nehmen Sie jetzt direkt Kurs auf die *San Nicolas.*«

Er steckte seinen Schreibblock ins Hemd, zog die Pistolen heraus und prüfte, ob sie genug Pulver auf der Pfanne hatten. Dann steckte er sie wieder in den Hosenbund zurück. Zuletzt bückte er sich, um an seinem Stiefel die Schnalle über der Scheide des Wurfmessers zu lösen.

Als er dann wieder einen Blick nach der *San Nicolas* warf, war sie nur noch etwa achthundert Meter entfernt.

»Edwards, bitte Rauch!«

Edwards rief den Niedergang hinunter, darauf erschien eine Anzahl Männer mit hölzernen Kartuschbehältern. Jeder von ihnen ging zu einer Feuerpfanne. An der vordersten nahm Edwards den Pulverbeutel aus dem Behälter, schlitzte ihn an einer Ecke auf und schüttelte vorsichtig etwas von dem feuchten, zusammengebackenen Pulver in die brennende Pfanne. Sofort quollen dicke Wolken öligen, gelben Qualms auf.

Edwards erschien in Luv, blickte achteraus und fragte: »Ist es so recht, Sir?«

»Ausgezeichnet, Edwards, stecken sie die anderen Pfannen auch an.«

Die Männer zogen sofort die Pulverbeutel aus den Behältern, schlitzten sie am Ende auf und begannen, das Pulver in die Pfannen zu schütten. Innerhalb einer Minute war das ganze Schiff von Rauch so eingehüllt, daß Ramage nach Luv laufen mußte, um einige Sicht zu bekommen. Der beißende Rauch bewirkte, daß die Leute husten und nach Luft schnappen mußten.

»Rudergänger, kommen Sie hierher und geben Sie meine Befehle weiter. Die Männer an der Pinne müssen die Husterei leider ertragen.«

Am Bug der *San Nicolas* blinkte ein rotes Auge auf und gleich darauf folgte ein zweites. Ihre beiden Buggeschütze hatten gefeuert und die Qualmwolken trieben dem großen Schiff voraus. Man hörte ein Geräusch wie von zerreißender Leinwand — das waren Geschosse, die dicht über die Köpfe hinwegsausten. Ramage zählte die Sekunden — jetzt mußten die Spanier wieder geladen haben, aber sie schossen nicht. Vielleicht wußten sie nicht, was sie von dem Kutter halten sollten. Dort wo er stand, verbarg der aus der Pfanne aufsteigende Rauch das Großsegel seinen Blicken, und er konnte sich denken, daß dieser Rauch hoch genug reichte, um auch das Toppsegel zuzudecken. Die gelbliche Rauchmasse, die mit dem Wind davonzog, begann in Lee bereits die Kimm einzutrüben.

Aus dem Rauch tauchte jetzt Southwick auf. Er hatte ein Taschentuch um Mund und Nase gebunden, seine

Augen waren röter als sonst und er hustete ununterbrochen.

»Wir müssen einen tollen Anblick bieten, Sir. Ich wette, die Dons zerbrechen sich die Köpfe, was bei uns Schlimmes passiert sein kann. Eben habe ich ein paar Schüsse gehört. Die Kugeln flogen über unsere Köpfe weg, aber das war auch alles.«

»Ein zweites Mal haben sie nicht geschossen.«

Southwick warf einen Blick voraus und meinte: »Der Schlitten kann sich sehen lassen.«

Statt einer Antwort ließ Ramage nur ein Gebrumm vernehmen. Jetzt zeigte Southwick nach Backbord achteraus. Die *Captain* hatte, mit vollen Segeln, schon über den halben Weg zwischen der britischen Linie und der *Santisima Trinidad* zurückgelegt. Während sie sie noch beobachteten, entfaltete sich an einer ihrer Flaggleinen ein Signal.

»Jackson, das Signalbuch!« rief Ramage und zog sein Glas aus.

»Schnell! Anruf an uns, Signal Nummer dreiundzwanzig! Mr. Southwick, lassen Sie ›Verstanden‹ heißen. Nun, Jackson, was ist? Mach zu, Mensch, Beeilung!«

»Nummer dreiundzwanzig, Sir, heißt: ›Gekaperte feindliche Schiffe in Besitz nehmen.‹«

Ramage lachte: Der Kommodore behielt immer sein kaltes Blut und hatte daher auch noch Zeit für Scherze. Ja, entdeckte er plötzlich, seine Kaltblütigkeit schenkte ihm wohl auch die Erkenntnis, daß dieses Signal für die Männer der *Kathleen* ein kräftiger Ansporn war.

»Mr. Southwick, geben Sie dieses Signal des Kommodore der Besatzung bekannt.«

Leider hatte er keine Zeit mehr, das Signalbuch auf der Suche nach einer witzigen Antwort zu durchblättern. Im übrigen hätten sowohl das Buch als auch die anderen Papiere in dem beschwerten Beutel jetzt schon versenkt gehört.

»Jackson, stecken Sie das Buch mit in den Beutel und werfen Sie ihn über Bord.«

»Alles herhören«, rief Southwick durch sein Megaphon. (Mußte er wirklich so laut brüllen, ging es Ramage durch den Kopf, daß sie ihn auf der *San Nicolas* hörten?) »Ein Befehl von Kommodore Nelson an die *Kathleen:* ›Wir sollen alle feindlichen Schiffe *in Besitz nehmen*, die wir kapern.‹ Daß sich also ja keiner mehr in die Rumlast verdrückt und sich dort vollaufen läßt, nur weil wir einen Zweidecker gekapert haben. Da gibt es nur eins: übergebt ein paar Männern das Kommando, stürzt euch in die Boote des Schiffes und kapert damit einen Dreidecker. Die *Santisima Trinidad* überlaßt ihr am besten mir persönlich.«

Nur wenige Männer konnten Southwick sehen, aber durch den Rauch erschollen Lachsalven und Hurras, untermischt mit dem fröhlichen Geschrei: »Kathleen — Nick!«

Southwick grinste Ramage an, aber dessen Antwort war nur ein stummes Nicken. Während seine Männer Hurra riefen, hatte er die *San Nicolas* nicht aus den Augen gelassen. Kein Verurteilter begrüßte seinen Henker mit einem Hurra, wenn er ihn erkannte. Ein Glück, daß ihn seine Männer nicht durchschauten, darum konnten sie unbeschwert Hurra rufen.

Die Spanier hatten sich wohl allzusehr darauf verlassen, daß ihr Plan gelingen würde: die Ankertrossen der *San Nicolas* waren bereits durch die Klüsen gefiert und an die Anker geschäkelt, eine Arbeit, die in der Regel erst dann verrichtet wurde, wenn der Hafen schon in Sicht war. In See lagen die Ankertrossen immer im Kabelgatt. Die Galionsfigur des heiligen Nicolas war wunderbar geschnitzt. Ihre reiche Vergoldung und kunstvolle Bemalung stachen auffallend von dem heruntergekommenen Aussehen des übrigen Schiffes ab.

Die letzten fünfhundert Meter.

»Jackson, seid ihr alle bereit?«

»*Aye aye*, Sir.«

»Mr. Southwick, klar bei Schoten und Fallen!«

»*Aye aye*, Sir.«

Jetzt ging es ums Ganze. Die Zeit verran nicht mehr so schnell wie sonst. Ruhe, Ruhe, langsam und deutlich sprechen.

»Rudergänger, einen halben Strich Backbord«, sagte er mit gedehnter Stimme.

»Einen halben Strich Backbord, Sir.«

Die kleine Kursänderung bewirkte, daß die *San Nicolas* jetzt gut an Steuerbord voraus des Kutters lag und ihm das gewünschte Ziel für seinen Rammstoß bot. Ramage mußte im Laufschritt auf die Back eilen, um den Gegner nicht aus dem Auge zu verlieren, weil ihm der Rauch aus den Pfannen die Sicht nahm. Die beiden Schiffe liefen jetzt fast auf Gegenkurs, und die Spanier mußten sich sagen, daß sie in ungefähr fünfzig Meter Abstand einander an Steuerbord passieren würden.

Und der Rauch, der vom Bug bis zum Heck der *Kathleen* aus den Pfannen strömte, trieb in einer riesigen Masse immer weiter nach Lee, so daß das spanische Schiff darin untertauchen mußte. Von der *San Nicolas* gesehen, nahm es sich bestimmt aus, als ob der Kutter vom Bug bis zum Heck in Flammen stünde.

Noch vierhundert Meter. Mit einem Fuß auf dem Rücklaufschlitten der vorderen Karronade beobachtete Ramage, wie der mächtige Zweidecker durch die Seen pflügte: riesig, erbarmungslos und — allem Anschein nach unverletzlich. Die See, die sich um seinen Bug kräuselte, war von blaßgrüner Farbe. Auf der Back standen Gruppen von Männern und blickten auf ihn herunter. Beide Buggeschütze blitzten wieder rot auf und spieen Qualm. Irgendwo über seinem Kopf hörte er das Splittern von Holz.

So mußte ein Fisch einen dicken Angler am Flußufer sehen. Das Bugspriet und der Klüverbaum ragten in die Luft wie die Angelrute in seiner Hand. Die Galionsreling war reich vergoldet und mit blauer und roter Farbe bemalt. Knallten da etwa Sektkorken? Nein, das waren spanische Soldaten. Sie knieten und legten ihre Gewehre beim Zielen auf die Reling. Die *San Nicolas* stampfte leicht in der Dünung, gerade genug, um das Zielen zu erschweren. Außerdem konnten die Schützen wegen des Rauchs kaum sehen, wohin sie zielen sollten. Ihn allein hatten sie in voller Lebensgröße vor Augen. Das entdeckte er plötzlich erschrocken, alle anderen hielten sich weiter achtern auf. Die Back war sonst völlig verlassen.

Noch dreihundert Meter. Das stehende und laufende Gut der *San Nicolas* hob sich wie ein verwickeltes Spinnennetz gegen die Segel und gegen den Himmel ab. Jetzt konnte er schon die Gesichtszüge des Heiligen unterscheiden. Er sah nicht gerade nach einem Heiligen aus, seine rosa Wangen ließen eher darauf schließen, daß er allzu gern Wein trank. Trauben für den Heiligen, Traubenkartätschen für ihn, für Nicholas.

Wieder der doppelte Blitz aus den Buggeschützen: der Drache zwinkerte mit seinen blutunterlaufenen Augen. Jetzt konnte er schon die Nähte der Außenhaut erkennen. Die grauschimmernden Flecken auf der schwarzen Farbe waren getrocknetes Salz. Entweder schützten sie ihre Galionsfigur für gewöhnlich durch eine Persenning, oder sie mußten sie jede Woche einmal neu streichen.

Noch zweihundert Meter. Jetzt krachten eine Menge Musketen, aber er hörte nichts von rikoschettierenden Kugeln. Wieder der doppelte Knall der Buggeschütze — sie konnten die Mündungen nicht mehr weit genug senken, um den Rumpf der *Kathleen* zu treffen. Gebe Gott, daß sie nicht ihren Mast erwischten!

Ein spanischer Offizier schwang drüben wie ein Verrückter seinen Säbel. Erst ließ er ihn zweimal über seinem Kopf kreisen, dann zielte er damit auf die *Kathleen*. Und wieder wirbelte er die Waffe über seinem Kopf. Ein seltsamer Bursche, wahrscheinlich stachelte er damit seine Männer auf. Die großen geblähten Segel waren sehr mangelhaft ausgebessert. Die Nähte saßen viel zu straff und ungleichmäßig, so daß das Segeltuch Falten warf.

Noch hundert Meter. Nein, es gelang ihm im Leben nicht, diesen Klüverbaum abzusprengen. Der war ja so stark wie eine große Kiefer, die über einen Abgrund ragte.

Nun ja, der Klüverbaum gab vielleicht nach, aber niemals das Bugspriet.

»Mr. Southwick, klar bei Fallen und Schoten!«

Der Steuermann zeigte klar, da fiel Ramage erst ein, daß er den Befehl schon einmal gegeben hatte. Noch zehn Sekunden. Erinnerungen jagten einander. Gianna, die Mutter, der Vater. Der Turm von Buranaccio im Mondlicht, so wie er vor ihm stand, als er Gianna rettete, Southwicks aufgeregte, blutunterlaufene Augen, Jacksons grinsendes Gesicht und Staffords Nachahmung des Kommodore.

Jetzt beidrehen, aber ruhig. Das Kommando so laut, daß es der Mann bestimmt hörte. »Rudergänger! Ruder hart Steuerbord!«

Das Bugspriet der *Kathleen* begann nach Steuerbord auf die *San Nicolas* zu herumzuschwingen. Langsam, ach so langsam. Das war zu langsam! Nein, vielleicht doch nicht. Aber jetzt hatte es keinen Sinn mehr, sich Gedanken zu machen.

Nein — er hatte es genau richtig getroffen! Das

Stengestag der *Kathleen* traf genau auf die Nock des Bugspriets der *San Nicolas*.

»Mr. Southwick, Fallen und Schoten los!«

Neben ihm tönte es wie die Schläge eines Schmiedehammers auf einem Amboß. Die Musketenkugeln knallten auf den Lauf der Karronade. Die Schützen taugten offenbar keinen Pfifferling.

Ohne zu der *San Nicolas* noch aufzuschauen, wandte er sich um und rannte durch den Qualm achteraus, um sich der Entermannschaft an den Wanten anzuschließen. Einige Männer, darunter Jackson, warteten schon auf halber Höhe. Sie blickten gespannt nach vorn, als die *Kathleen* hart zu drehen begann, so daß sie die *San Nicolas* zu Gesicht bekamen, und hielten sich in Bereitschaft, mit einem verzweifelten Satz an Bord des Gegners zu landen. Ramage betete, daß keiner zu früh sprang und zwischen den beiden Schiffen ins Wasser fiel. Jetzt spritzte es auf, das war die Bugwelle der *San Nicolas*.

Ramage riß sein Koppel herum, damit ihm Southwicks Säbel nicht mehr im Wege war. Das Ding klapperte jetzt hinter ihm drein wie ein verrückter Schwanz. Als er seinen Hut eben fest ins Gesicht zog, hörte er ein Knacken und Krachen splitternden Holzes, und ein Stoß erschütterte plötzlich den Kutter. Welches Glück! Die *Kathleen* war näher herangekommen, als er erwartet hatte, ehe ihr Stengestag auf das Bugspriet der *San Nicolas* traf. Ein Krach hoch oben — er nahm sich nicht einmal die Mühe, einen Blick nach oben zu werfen: das Stag hatte die Stenge heruntergerissen.

Plötzlich fuhr ihm die Angst in die Glieder, daß der Mast der *Kathleen* brechen könnte, so daß die Wanten samt den Webeleinen von oben kamen, auf denen jetzt noch die Enterer hockten. Die Wanten zitterten und klangen von der Spannung wie Saiten, ein Matrose verlor den Halt und stürzte mit Armen und Beinen zappelnd dicht vor Ramage an Deck. Der grunzende Ton, den er dabei ausstieß, konnte entweder bedeuten, daß er das Bewußtsein verlor oder nur, daß er sich ärgerte.

Dann brach das Chaos herein. Im Qualm tauchte über ihm plötzlich ein gewaltiger dunkler Schatten drohend auf, das war der Bug der *San Nicolas*. Einen Augenblick war noch alles ruhig, dann krachte ihr Steven dicht vor dem Mast in die Seite der *Kathleen* und fraß sich ein ganzes Stück in die Beplankung hinein. Dabei gab es einen Ruck, der ihn beinahe zu Fall gebracht hätte. Zugleich erhob sich ein unheimlicher Lärm — Holz krachte und knirschte, Enden peitschten durch die Luft, wenn sie unter der Gewalt der Spannung brachen, Wasser spritzte, rauschte, gurgelte, Männer schrien wie die Irren immerzu »Kathleen, Kathleen, Kathleen«, und plötzlich — und fast nicht zu glauben — tönten auch Schreie von oben herab, von der *San Nicolas*.

Langsam legte sich die *Kathleen* auf die Seite, der Bug der *San Nicolas* drang immer tiefer in ihren Rumpf ein, und ihr schwerer, gebogener Steven drückte das kleine Schiff unter Wasser.

Ein Tauende schwang an Ramage vorüber. Ohne recht zu wissen, was er tat, sprang er hoch, um es zu packen. Mit verzweifelter Anstrengung gelang es ihm, sich daran festzuhalten. Wie ein Pendel schwang er nun über dem Wasser und dem Wrack des Kutters hin und her.

Bei einem Schwung nach oben entdeckte er für einen Augenblick Jackson und mehrere andere Enterer, die soeben im Begriff waren, durch das untere Relingsgeländer zu kriechen. Als er dann wieder abwärts ging, sah er unter sich den eingedrückten Rumpf der *Kathleen*, die vom Steven der *San Nicolas* sozusagen gepfählt worden war.

Indem er seine Beine anzog und wieder streckte, suchte er so viel Schwung zu erreichen, daß er die Ankertrosse zu fassen bekam, aber als er eben zum letzten Mal ausholte, löste sich der Anker und stürzte klatschend und unter dem Lärm splitternden Holzes ins Wasser. Er brachte es gerade noch fertig, sich zu drehen und ein Bein über die untere Reling zu schlagen. Das gab einen Ruck, der ihm förmlich den Atem raubte. Eine kurze Weile saß er hilflos da, schnappte mühsam nach Luft und zitterte vor Erregung. Dabei beobachtete er Jackson und Stafford, wie sie sich seitwärts durch die Hauptreling quetschten.

Dann begann er ihnen nachzuklettern. Unter sich sah er den Klüverbaum der *San Nicolas,* der in drei Stücke zerbrochen war und herabhing. Seltsam unbeteiligt stellte er fest, daß er genau das erreicht hatte, was seine Absicht gewesen war. Er warf einen Blick auf seine *Kathleen.* Wie ein gestrandeter Wal lag sie auf der Seite, ihr Unterwasserschiff war dunkelgrün von Schlamm und Tang und gefleckt von anhängenden Muscheln. Eine der Flunken des gefallenen Ankers der *San Nicolas* hatte ihre Außenhaut durchschlagen, der Zug der Trosse half den Kutter halten, so daß er sich nicht vollständig auf den Kopf stellen konnte.

Seine Gedanken rasten weiter. Während des Kletterns rechnete er sich aus, daß die *Kathleen* in wenigen Minuten vollaufen mußte und dann mit ihrem ganzen Gewicht am Bugspriet der *San Nicolas* hing. Wenn dann ihre Wanten hielten, mußte dieses Bugspriet weit hinten abbrechen und den Fockmast mitnehmen. Dann ... Aber Schluß mit Überlegungen: Jackson und Stafford schrien und zeigten aufgeregt gestikulierend nach oben.

Die Royalstenge und die Bramstenge der *San Nicolas* hingen schon in Splittern von oben und jetzt bog sich auch schon die Marsstenge wie eine Feder. Während er sie noch beobachtete, zersprang sie plötzlich der Länge nach wie ein Bambusstock und kam samt Rah und Marssegel von oben. Im ersten Augenblick meinte er, sie würde auf ihn niedersausen, aber das Gewicht der Rah zog sie in letzter Sekunde herum, so daß sie nach der Backbordseite ins Wasser stürzte.

Das Wrack der *Kathleen* wurde auch jetzt noch von der Masse der *San Nicolas* durchs Wasser gedrückt. Ein paar Mann der Besatzung standen auf der Seite des Rumpfes, der im Augenblick fast waagrecht im Wasser lag. Sie griffen — ganz ohne Eile, meinte Ramage — nach abgerissenen Enden des spanischen Schiffs und kletterten daran Hand über Hand hinauf, um an Bord zu gelangen.

Ramage kletterte rasch vollends auf die Plattform und langte gleich darauf bei Jackson, Stafford und einigen anderen an, die sich gegen das Schott hinter dem Stevenkopf drückten, weil sie jeden Augenblick einen Hagel von Musketenkugeln der spanischen Soldaten erwarteten, die sie vor der Kollision vom darüberliegenden Deck aus beschossen hatten. Aber dort war seltsamerweise nicht einmal ein Gesicht zu sehen. Der Rauch, der ihn in der Lunge stach und die Nase reizte, trieb immer noch von der *Kathleen* herüber, und als sich Ramage vorsichtig über die Galionsreling beugte und nach achtern blickte, sah er nur auf der Back ein paar Spanier, die sich neugierig über das Schanzkleid lehnten und festzustellen suchten, was sich unter ihrem Vorsteven abspielte.

Jetzt erkannte er auch, daß das Schott hinter dem Stevenkopf den Männern der *Kathleen* ein ausgezeichnetes Versteck bot: kein Mensch ahnte überhaupt, daß sie an Bord waren. Mindestens während der nächsten fünf Minuten mußte den Spaniern alles daran gelegen sein, die gebrochenen Stengen und Rahen zu beseitigen — außerdem konnte die *Kathleen* jeden Augenblick sinken. Wenn dabei das Bugspriet abknickte, dann war seine Aufgabe bis zum Letzten erfüllt. Für seine Leute — so stellte er dankbar fest — gab es also im Augenblick nichts zu tun. Daher blieben sie am besten versteckt auf der Plattform hinter dem Stevenkopf. Die Spanier waren offenbar bereits vollkommen durchgedreht. Wenn sie allmählich wieder zur Besinnung kamen, dann konnten ihnen seine Leute erneut Kopfschmerzen bereiten, zumal sie dann alle Vorteile der Überraschung genossen.

Er gab Jackson und Stafford eine Reihe von Befehlen. Der Cockney winkte sich drei Mann heran, kletterte zur unteren Reling hinunter und begann, ungesehen von den Spaniern, weitere Männer der *Kathleen* an Bord zu holen, die an den verschiedenen losen Enden des Wrackguts hochgeklettert kamen. Jeder einzelne von ihnen war naß bis auf die Haut und zitterte vor Kälte. Sie alle stießen zu der Gruppe, die sich vor der Schottwand versteckt hielt.

Ängstlich zählte Ramage seine Leute. Von seinem Sextett aus Cartagena fehlte Rossi. Vor allem aber hatte er noch kein Lebenszeichen von Southwick. Schließlich hielt er es nicht mehr aus, länger zu warten.

»Jackson, steigen Sie auch hinunter und helfen Sie Stafford. Sehen Sie vor allem zu, ob Sie etwas über den Verbleib Mr. Southwicks herausfinden können.«

Wieviel Zeit wohl noch verging, bis die Spanier sich über den Laufsteg zum Bugspriet — ›Wandelpfad der Seesoldaten‹ nannte man ihn in der Navy — vorwagten und sie dabei selbstverständlich entdecken würden? Ramage teilte zwei Männer mit Kurzpiken als Wachtposten an diesen Laufsteg ab und befahl ihnen, jeden, der den Fuß darauf setzte, rasch und leise mit einem Stoß nach oben niederzumachen.

Achtern brüllte eine ganze Anzahl Spanier, wie wenn sie den Verstand verloren hätten. Energische Befehle der Vorgesetzten gingen im allgemeinen Geschrei einer von Panik und Verwirrung geschlagenen Menge unter. Die Seen klatschten unter dem Bug, sie spielten mit den über Bord gefallenen Rahen und Stengen und rammten sie immer wieder gegen die Bordwand. Während Ramage das alles in sich aufnahm, spürte er plötzlich, daß das Schiff langsam nach Backbord in den Wind aufdrehte. Ganz benommen stellte er fest: die *San Nicolas,* das spanische Spitzenschiff, lief aus dem Ruder!

Die *Kathleen* lag quer vor ihrem Bug, Stengen und Rahen lagen längsseit im Wasser und zogen das Schiff ebenso herum wie ein Anker. Der Wind füllte nach wie vor die Segel an den beiden achteren Masten, aber seinem Druck wirkte vorn nur das einzige Segel entgegen, das noch am verbliebenen Untermast des Fockmastes stand. Darum wurde das Heck jetzt herumgedrückt und der Bug in den Wind gezwungen. Wenn die Spanier nicht schnellstens die Rahen hart anbraßten, um zu verhindern, daß der Wind zu weit von vorn einfiel, dann standen bald alle Segel back. Ein normales Maß von Wirrwarr vorausgesetzt, nahm die *San Nicolas* dann schnell Fahrt über den Achtersteven auf und trieb so von vorn zwischen die übrigen Schiffe Cordobas, die dicht in ihrem Kielwasser folgten. Ramage konnte kaum glauben, daß die kleine *Kathleen* so viel erreicht hatte.

Da, plötzlich Geschützfeuer! Und das auch noch dicht achteraus. Ramage peilte zwischen den Stangen der Galionsreling hindurch und sah, daß die *Captain* herankam. Sie war höchstens noch sechshundert Meter entfernt, der Rauch ihrer Geschütze strömte nach Lee. Fast zur gleichen Zeit donnerte eine andere Breitseite über die See, die nach ihrem Lärm zu urteilen nur von der *Santisima Trinidad* herrühren konnte.

Jemand zupfte ihn am Ärmel. Als er sich umdrehte, stand Southwick grinsend vor ihm. Sein weißes Haar klebte ihm auf der Stirn und über den Ohren fest am Schädel und bewirkte, daß er aussah wie ein völlig durchnäßter, aber glücklicher alter englischer Schäferhund, der eben aus dem Dorfteich auftauchte.

Ramage packte ihn an den Schultern: »Sind Sie verletzt?«

»Nein, Sir! Es war nur die Großschot. Sie legte sich mit einem Törn um mein Bein und ich konnte mich nicht davon befreien.«

»Mein Gott, Mr. Southwick«, warf ihm Ramage grinsend vor, »ausgerechnet Sie verfangen sich in der Bucht eines Endes. Ich möchte nicht wissen, wieviele Männer Sie schon wegen der gleichen Unachtsamkeit zusammengestaucht haben.«

»*Aye*«, gab ihm Southwick zu, »und ich wäre noch immer dort unten, wenn mich Stafford und Jackson nicht herausgeholt hätten.«

»Wie haben sie das denn gemacht?«

»Sie kamen wieder herunter und schnitten mich los. Ich war sogar nicht sehr freundlich gegen sie, weil ich dachte, die beiden hätten Sie im Stich gelassen.«

Ramage lachte. »Ach nein, wir lassen uns jetzt Zeit. Die Dons scheinen uns noch nicht entdeckt zu haben. Fürs erste machen sie ihre Sache auch von sich aus tadellos, wir brauchen nicht einmal einzugreifen.«

Achtern klang jetzt der Geschützdonner lauter und näher. Die *San Nicolas* schwang unterdessen langsam weiter nach Backbord herum. Einen Augenblick später klang es, als schlüge ein Riese mit nassen Tüchern um sich, das Zeichen, daß ihre Segel backschlugen.

Southwick grinste Ramage fröhlich an: »Nein, die haben es wirklich nicht nötig, daß wir ihnen helfen.«

Auf der Plattform erschienen immer mehr Leute der

Kathleen. Der Kutter lag nach wie vor auf der Seite, aber er war jetzt schon fast ganz unter Wasser. Die Luft pfiff und zischte sprudelnd und in blubbernden Blasen durch die Öffnungen im Deck, man konnte meinen, daß hier ein Seeungeheuer in seinem Todeskampf nach Atem rang.

Southwick zeigte auf die Wanten der *Kathleen,* die sich am Bugspriet der *San Nicolas* festgehakt hatten. »Ich begreife nicht, wie die den Zug aushalten. Wenn ich es nicht mit eigenen Augen sähe, würde ich es nicht glauben.«

Plötzlich fuhren sie beide vor Schreck zusammen: ganz unvermittelt war das riesige Bugspriet nur ein paar Fuß außerhalb der Galionsfigur wie ein Holzspan einfach abgebrochen. Ramage erholte sich gerade schnell genug von seinem Schreck, daß er »Deckung« schreien konnte.

Dann folgte gleich das Knistern und Stöhnen einer mächtigen Spiere, die splitterte wie ein Baum, der unter der Axt des Waldarbeiters sein Leben aushaucht. Der ganze Fockmast und die Fockrah fielen langsam über die Steuerbordreling, nur ein Teil der Fock legte sich über das Mannschaftslogis, der Rest hing ins Wasser und deckte das Wrack der *Kathleen* wie mit einem Leichentuch zu.

»Ist jemand verletzt?« fragte Ramage.

Er erhielt keine Antwort.

Das Geschützfeuer kam jetzt ganz aus der Nähe. Ramage zweifelte jetzt keinen Augenblick mehr, daß ein britisches Schiff die *San Nicolas* vom Heck her angriff, weil das Geschrei der Spanier ausschließlich von achtern kam.

Jetzt erschütterte eine volle Breitseite das Schiff.

»Mein Gott!« sagte Southwick. »Die werden ja richtig der Länge nach bestrichen.«

»Schauen Sie, schauen Sie!« rief Jackson.

Die *Salvador del Mundo* hatte Leeruder gelegt und kam an der Backbordseite der *San Nicolas* vorüber. Als sie dieses Schauspiel noch verfolgten, hörten sie Stafford von der anderen Seite rufen: »Die *Excellent,* schauen Sie nur, Donnerwetter! Genau wie im Spithead!«

Kapitän Collingwoods Schiff passierte dicht an der anderen Seite der *San Nicolas.* Die roten Blitze aus ihren Pforten veranlaßten die Leute der *Kathleen* erneut, neben- und übereinander an der Schottwand Deckung zu suchen, denn gleich darauf schlug eine volle Breitseite der *Excellent* auf der *San Nicolas* ein. Das ganze Schiff schien sich zu schütteln, als die schweren Kugeln in ihre Planken krachten. Die kleinen eisernen Eierchen der Traubenkartätschen gaben ein Geräusch wie metallener Regen, wenn sie da und dort von anderen Metallteilen abprallten.

Dann war die *Excellent* vorüber. Die *San Nicolas* hatte die Salve nicht beantwortet, aber die Männer der *Kathleen* konnten hinter ihrer Schottwand schwerverwundete Männer so entsetzlich schreien hören, daß es sie kalt überlief.

An der Backbordseite kam jetzt im Kielwasser der *Salvador del Mundo* noch ein zweites spanisches Schiff vorüber. Die *Excellent* begann ihre Rahen aufzubrassen. Offenbar wollte sie vor dem Bug der *San Nicolas* passieren, um die beiden anderen spanischen Schiffe anzugreifen.

Plötzlich ging ein Stoß durch die *San Nicolas,* als ob sie auf einen Felsen gelaufen wäre. Ramage und Southwick blickten einander an, sie standen beide vor einem Rätsel. Dann trat plötzlich Stille ein, selbst die Verwundeten waren verstummt, aber alsbald begann von neuem ein vielstimmiges Geschrei, das fast an Panik grenzte. Ramage warf einen Blick nach unten: die *Kathleen* war verschwunden — offenbar war sie gesunken, als ihre

Wanten das Bugspriet der *San Nicolas* absprengten. Dann kletterte er hoch, um einen Blick über die Schottwand hinweg auf die Back zu werfen. Erst jetzt sah er, warum die Spanier die *Kathleen*-Besatzung nicht entdeckt oder doch in Frieden gelassen hatten: die verschiedenen Teile des Fockmastes hatten beim Niederstürzen auf der Back wüste Zerstörungen angerichtet, sie hatten Geschütze aus ihren Lafetten gerissen oder umgeworfen, sie hatten die Verschanzung eingedrückt, Spill und Beting in Stücke geschlagen und stellenweise sogar die Decksplanken eingedrückt. Zerrissene Segel, die teilweise über Bord hingen, verbargen dem Blick weitere Schäden. Dann entdeckte er die Ursache des Stoßes von vorhin. Das massive Heck der *San José* hatte sich fest in die Backbordseite der *San Nicolas* verhängt, die riesige rot-gold-rote Flagge der *San José* flabbte träge gegen ihre Großwanten.

Ramage ließ sich wieder auf die Plattform herunter.

»Was haben Sie gesehen?« fragte Southwick aufgeregt. »Was war denn das?«

»Irgendwie haben wir die *San José* gerammt oder umgekehrt. Jedenfalls hat sie sich mit dem Heck fest in die Großrüsten verhakt. Die *Captain* hat ihre Vorstenge verloren, aber sie nähert sich von Steuerbord achtern, es sieht aus, als ob der Kommodore bei uns längsseit gehen wollte.«

Die Männer begannen jetzt sich immer lebhafter zu unterhalten.

»Ruhe, ihr Dummköpfe!« zischte Southwick. »An Bord dieses Schiffes sind immer noch fünfhundert Dons.«

Wenn der Kommodore wirklich längsseit kommen sollte, sah Ramage voraus, daß die *San José* Unterstützung herüberschickte. Das war ja ganz einfach, die Männer brauchten nur herüberzuspringen.

»Hört einmal her, Männer«, sagte er. »Wir sind nicht

genug an der Zahl, um den Enterern der *Captain* wirksam helfen zu können. Ich weiß, die meisten von euch sind nicht bewaffnet, darum wollen wir uns in zwei Gruppen teilen. Meine ursprünglichen Enterer gehen gleich los und dringen zum Achterdeck vor. Mr. Southwick führt alle, die nicht dazu gehören. Ihr findet sicher eine Menge Musketen und Piken der Dons, die an Deck herumliegen. Wenn ihr dann achteraus kommt, müßt ihr immerzu ›Kathleen hier‹ rufen, sonst kann es euch passieren, daß ihr von den Leuten der *Captain* erschossen oder erstochen werdet.

Mr. Southwick, während meine Gruppe gleich zum Achterdeck vordringt, möchte ich, daß Sie an der Backbordseite bleiben, um die *San José* abzuwehren. Wenn sie Leute herüberschickt, ist es an Ihnen sie aufzuhalten.«

Dann kletterte Ramage zum zweiten Mal auf das Schott, um sich noch einmal umzusehen. Die *San José* hing nach wie vor an der *San Nicolas*, die *Captain* war noch vierhundert Meter ab und hielt auf das Achterschiff der *San Nicolas* zu.

Als er wieder heruntergesprungen war, fiel ihm ein, daß er ja noch immer Southwicks Säbel trug. Er wollte ihn abschnallen, aber der Steuermann wehrte ab.

»Sie haben doch die Führung, Sir. Ich finde schon ein Entermesser, das mir paßt.«

Ramage wollte zunächst nichts davon wissen, aber schließlich gab er nach, weil ihm Southwick den Säbel offenbar wirklich überlassen wollte.

»Meine Männer hierher«, befahl er.

Jackson, Stafford und die anderen drängten sich zu ihm durch.

»Schön. Ihr stellt euch jetzt gleich an das Schott, die anderen machen uns Platz und helfen uns hinauf. Wir wollen die Burschen überraschen. Niemand gibt einen

Laut von sich, bis ich ›Kathleen‹ rufe, dann erst schreit ihr los. Wenn wir es richtig machen, kommen wir ein ganzes Stück nach achtern, ehe sie uns bemerken.«

Wieder bumste es so heftig, daß das ganze Schiff erbebte. Einer der Matrosen bot Ramage die verschränkten Hände, um ihm hochzuhelfen. Die *Captain* hatte mit dem Bug das Achterschiff der *San Nicolas* gerammt, ihr Bugspriet ragte quer über das Heck des spanischen Schiffes, die unter dem Bugspriet hängende Rah ihres Sprietsegels hatte sich in dessen Kreuzwanten verhakt. Die Entermannschaften der *Captain* standen schon sprungbereit an der Reling angetreten. Er sah darunter Landsoldaten — soviel er wußte, war eine Abteilung des 69. Infanterieregiments an Bord. Ramage rief Southwick hinunter, er solle seine Männer von der Anwesenheit der Soldaten in Kenntnis setzen. Im gleichen Augenblick krachten achtern die Musketen der spanischen Soldaten auf der *San Nicolas,* und Ramage sah, daß auf der *Captain* mehrere Männer zusammenbrachen.

»So, Leute, jetzt ist es Zeit, hoch mit euch. Los, schiebt noch einmal fest nach, daß ich über das Schott komme!«

Der Mann meinte es so gut, daß Ramage richtig über die Wand hinwegflog und auf der Back auf den Rücken fiel, weil er das Gleichgewicht verloren hatte. Dabei stürzte er so hart auf den Griff von Southwicks Säbel, daß es ihm den Atem verschlug. Immer mehr Leute der *Kathleen* kamen über das Schott; Jackson kniete neben ihm nieder.

»Sind Sie getroffen, Sir?«

»Nein, ich bin nur gefallen. Los! Vorwärts!«

Im nächsten Augenblick war Ramage wieder auf den Beinen und führte seine Leute in Windeseile über die Back nach achtern. Sie kletterten über die dicken Falten der Fock, über Stücke von Masten und Rahen und über ein wirres Durcheinander von Tauwerk. Achtern konnten sie schon von weitem die Entermesser britischer Matrosen blinken sehen, die auf dem beschwerlichen Weg über die Sprietsegelrah der *Captain* zu den Kreuzwanten der *San Nicolas* gelangt waren. Ab und zu schossen spanische Soldaten auf sie, und die Matrosen standen mit ihren Enterpiken bereit, sie zu empfangen. Dann streckte ratterndes Musketenfeuer von Bord der *Captain* eine Anzahl Spanier nieder.

Inzwischen schwang der Bug der *San José* langsam herum, und schließlich lag sie richtig längsseit der *San Nicolas*.

Plötzlich wurde sich Ramage bewußt, daß seine Hände leer waren. Southwicks Säbel schlug ihm hinten um die Beine, weil er das Koppel nicht wieder in die richtige Lage geholt hatte. Jetzt riß er im Laufen immer wieder daran, bis er endlich den Griff zu fassen bekam. Aber er mußte den Säbel über den Kopf hinwegziehen, um ihn aus der Scheide zu bekommen. Dann holte er eine Pistole aus seinem Hosenbund und spannte sie mit dem linken Daumen.

Plötzlich kamen drei Spanier hinter einem Geschütz hervor — offenbar hatten sie sich hier versteckt, um nicht kämpfen zu müssen — und rannten schreiend achteraus, um Lärm zu schlagen. Jackson schleuderte ihnen seine verkürzte Pike nach und streckte damit den vordersten nieder. Als er wie eine Stoffpuppe zusammensackte, kehrten die beiden anderen um.

Einer von diesen hatte eine Pistole in der Hand. Er war nur noch ein paar Meter von Ramage entfernt und zielte auf sein Gesicht. Da vergaß Ramage ganz, daß er selbst eine Pistole trug, und schwang in wilder Verzweiflung Southwicks Säbel. Der Zeigefinger des Mannes wurde ganz weiß, als er mit aller Kraft am Drücker zog.

Der Säbelhieb traf den Mann in die Schulter, Ramage aber wartete immer noch auf die Stichflamme aus der

Pistole, der er hätte zum Opfer fallen sollen. Dann sah er, daß der Spanier vergessen hatte, den Hahn zu spannen. Der Verletzte griff nach der getroffenen Schulter und drehte sich um sich selbst. Als er niederstürzte, brach auch der dritte, von Stafford getroffen, neben ihm zusammen. Stafford bückte sich, um die Pistole aufzuheben, dann folgte er Ramage.

Dieser war inzwischen am Großmast angelangt. Treibender Qualm verbarg das Schiff zum großen Teil den Blicken. Eine Anzahl Spanier standen noch an ihren Geschützen und starrten fassungslos auf die *Captain*. Darum sahen sie nicht, daß die Männer der *Kathleen* an ihnen vorbeirannten.

Weiter! Ramage war bei den Booten angelangt, die mittschiffs in ihren Klampen standen. Auf einem schmalen Laufsteg rannte er daran vorüber und wich abermals spanischen Mannschaften aus, die immer noch wie gebannt auf die *Captain* starrten, obwohl das Schiff so weit achtern lag, daß sie ihre Geschütze längst nicht mehr darauf richten konnten.

Da, ein britischer Offizier! Das war Edward Berry, eben zum Leutnant befördert und Freiwilliger auf der *Captain*. Ramage sah ihn, wie er, gefolgt von einigen Dutzend Matrosen, aus den Kreuzwanten auf das Achterdeck der *San Nicolas* sprang. Im gleichen Augenblick stürzte eine Welle von Spaniern plötzlich von Backbord her über das Achterdeck und hätte Berry und seine Enterer um ein Haar überwältigt.

Man vernahm das scharfe Klicken von Klinge gegen Klinge und das Geknalle von Pistolen und Musketen, der Qualm wurde immer dichter. Man hörte von allen Ecken und Enden wildes Geschrei — Ramage vernahm seine eigene Stimme wie die eines Fremden. Vor ihm ein spanisches Gesicht! Ein schwingender Schlag mit dem großen Säbel, das Gesicht war verschwunden. Aber ehe er sich von dem Hieb wieder gefangen hatte, stürmte schon ein anderer mit einem Entermesser auf ihn los. Fast ohne zu zielen, feuerte Ramage seine Pistole ab, der Mann schrie auf und fiel zur Seite. Einen dritten, der mit der Pike auf ihn losging, versuchte Ramage mit dem Säbel abzuwehren, aber schon traf Stafford den Mann mit dem Entermesser in die Seite.

Ramage war vor Erregung halb blind, aber er sah doch, daß immer mehr Männer von der *Captain* herübersprangen. Jetzt war er an der Treppe zum Achterdeck. Ein spanischer Offizier wollte rückwärts heruntersteigen, während ihm ein britischer Matrose von oben zu Leibe rückte. Zuletzt drehte er sich um, sprang und stürzte in Jacksons Entermesser.

»Kathleen hier!« brüllte Ramage über das Achterdeck. »Wir sind von der *Kathleen*!«

»Wird Zeit, daß ihr kommt!« schrie der Matrose als Antwort und stieg die Treppe wieder hinauf, um sich von neuem in den Kampf zu stürzen.

Jetzt ertönten aus der Kajüte des Kommandanten Pistolenschüsse, darum stieg Ramage die Treppe nicht hinauf, sondern lief unter das Halbdeck. Dort sah er sich einem Dutzend Spanier gegenüber, die unablässig durch die geschlossene Tür in die Kajüte hineinschossen.

Jackson, Stafford und mehrere andere waren ihm gefolgt. Als Ramage jetzt brüllte: »Kathleen! Los, Kathleen!«, da drehten sich die Spanier um, warfen ihre Pistolen weg und schwangen Entermesser und Säbel. Hier gab es keine Gedanken mehr, hier war alles Instinkt: eine zustechende Klinge parieren, einen schreienden Spanier zusammenschlagen, einen Sprung rückwärts tun, um dem Stoß eines spitzen Entermessers zu entgehen, dann blitzschnell ein Ausfall zur Seite, um mit schmerzendem Handgelenk einen schweren Hieb abzufangen, der Jackson den Schädel gespaltet hätte! Ein Mann in goldstrotzender Uniform und mit knoblauchduftendem Atem stürzte sich mit seinem Säbel auf ihn, aber ehe Ramage noch seinen Hieb parieren konnte, blitzte neben ihm eine Klinge, und Ramage fand wieder so weit zu sich, daß er sah, wie Jackson grinste und wie seine Männer inmitten eines Haufens Toter und Verwundeter standen. Plötzlich flog die von Pistolenschüssen durchsiebte Tür der Kajüte auf, und ein wild dreinschauender, rauchgeschwärzter Matrose stürzte mit gezücktem Entermesser heraus. Ehe er angriff, hielt er einen Augenblick betroffen inne.

»Wir sind Engländer!« schrie Stafford. »Mach die Augen auf, verrückter Trottel!«

Die schneidende Cockney-Stimme gebot dem Mann genauso wirksam Einhalt wie eine Kugel, aber er wurde von anderen beiseite gestoßen, darum wiederholte Stafford seine Warnung noch mehrfach.

Dann stand plötzlich der Kommodore vor ihnen, ohne Hut, mit dem Säbel in der einen, der Pistole in der anderen Hand.

Einen Augenblick starrte er Ramage an, dann erkannte er ihn plötzlich wieder und sagte grinsend: »Sieh da, der junge Ramage! Wenigstens haben Sie sich herbeigelassen, *jetzt* meinem Befehl zu gehorchen.« Damit rannte er an ihm vorbei, um zur Treppe auf das Achterdeck zu gelangen.

Ramage folgte ihm, aber er sah sogleich, daß der Kampf dort oben beendet war. Berry und seine Männer trieben bereits die restlichen Spanier nach der Steuerbordseite hinüber, wo sie von der *Captain* aus durch Musketen in Schach gehalten werden konnten.

Kommodore Nelson sprach kurz mit Berry und deutete dabei auf die *San José*, die jetzt längsseit der *San Nicolas* lag, und Berry rief nach seinen Männern.

»Mr. Ramage!« rief Nelson. »Wir nehmen uns jetzt auch diesen Burschen vor!« Damit eilte er auch schon zur *San José*.

Ohne noch auf einen Befehl zu warten, stürzten Berrys Männer zusammen mit den Leuten der *Kathleen* über das Achterdeck, der geschmeidige kleine Kommodore war unter den ersten. Die Reling der *San José* war wesentlich höher als die der *San Nicolas*, Ramage und Nelson sprangen daher zusammen auf ihre Großrüsten hinüber. Nelson rutschte aus, und Ramage hielt ihn im Arm, bis er wieder Halt gefunden hatte. Als sie weiterzuklettern begannen, tauchte über ihnen auf dem Achterdeck ein spanischer Offizier auf und rief herunter, daß sich das Schiff ergeben habe. Nelson stieß darob einen Freudenschrei aus, und Ramage fühlte, daß ihm eine Last von der Seele genommen wurde. Dann blitzte aus der Geschützpforte in der Batterie plötzlich ein Schuß auf, und Ramage hatte die Empfindung, daß er sich langsam im Kreis drehte und dabei tiefer und immer tiefer in einen schwarzen Brunnen des Schweigens niedersank.

22

Die Trommel schlug im Gleichtakt mit seinem Herzen, die Trommel hörte niemals auf zu schlagen, in alle Ewigkeit rief sie die Mannschaft auf Gefechtsstationen und in den Tod. Hart wie Eichen sind unsere Männer ... Ra-ta-ta-ta-ta, ra-ta-ta-ta-ta. Ramage wollte den Trommler anschreien, er solle endlich aufhören, aber es wurden keine Worte daraus. Die Schläge waren regelmäßig und laut, sie pochten in seinen Ohren, den Schläfen, der Brust, und als er seinen Kopf drehte, um ihnen zu entgehen, da fühlte er, wie er sich in Spiralen nach oben bewegte, gewichtlos, schwindelig und voll Angst. Er öffnete die Augen, sah vor sich ein verschwommenes Gesicht. Das war Southwick, der mit Sorgenfalten auf der Stirn auf ihn herabsah. Langsam begann das Gesicht im Kreis zu schwingen wie der Topp eines Mastes, und Ramage schloß wieder die Augen.

»Mr. Ramage!«

»Was 'n los, Southwe.«

»Wie fühlen Sie sich, Sir?«

»Was ist eigentlich gewesen?«

»Man hat aus einer Geschützpforte auf Sie geschossen, obwohl sich die *San José* schon ergeben hatte.«

Bum bum, tok tok. Die Binde um seine Stirn war zu eng, und Southwicks Gesicht begann sich wieder zu drehen. Ramage tastete mit beiden Händen nach seinem Kopf und fühlte nur Stoff, Streifen Stoff, die seinen ganzen Kopf einhüllten wie der Turban eines Inders.

Southwick schien aus weiter Ferne zu flüstern. Da öffnete Ramage die Augen abermals und sah Southwicks Gesicht ganz dicht vor sich. Schweißtropfen perlten zwischen seinen Bartstoppeln. Southwick unrasiert? Das war alles rätselhaft. Nein, er war nicht in seiner Kajüte auf der *Kathleen*. Plötzlich traf er Anstalten, sich aufzusetzen, aber Southwicks Gesicht über ihm drehte sich wieder.

»Ruhe, Sir, immer Ruhe. Sie sind an Bord der *Irresistible*. Der Kommodore hat auf ihr seinen Breitwimpel gesetzt.«

»Aber warum bin ich nicht —«

»Sie wissen doch noch, Sir«, sagte Southwick in beruhigendem Ton, »wir enterten erst die *San Nicolas* und dann die *San José* —«

»Ja, das weiß ich noch.«

Langsam zuerst, dann immer schneller und deutlicher kam wieder zurück, was gewesen war, nicht als Tatsachen, sondern in Bildern: da war die *Kathleen*, die auf das große Ungetüm zusteuerte, das *San Nicolas* hieß, dann kam der Zusammenstoß, und er sah den Kutter quer vor dem Steven des Spaniers, der ihn in dieser Lage durchs Wasser schob, es folgte der wilde Vorstoß über das Deck der *San Nicolas* und endlich das Bild des Kommodore, wie sie zusammen die Großrüsten der *San José* erkletterten und wie ein spanischer Offizier von oben rief, daß sich das Schiff ergeben habe. Dann war plötzlich mit den Bildern Schluß.

»Und was geschah dann?«

»Wie meinen Sie das, Sir?« fragte Southwick verwundert.

»Nun, nachdem der verfluchte Spanier gesagt hatte, das Schiff habe sich ergeben?«

»Da wurde aus einer der Geschützpforten auf Sie geschossen. Unter Deck wußten sie noch nicht, daß das Schiff seine Flagge niedergeholt hatte. Wollen Sie mich einen Augenblick entschuldigen, Sir.« Er rief nach dem Posten vor der Tür.

Ramage fuhr erschrocken zusammen. Der Schmerz, der ihn plötzlich befiel, löschte Southwicks Worte aus seinem Gedächtnis.

»Sie sind gefallen, Sir«, fuhr Southwick fort.

»Das wundert mich nicht.«

»Nein, ich meine, Sie sind zwischen den beiden Schiffen ins Wasser gefallen.«

»Wieso bin ich dann nicht ertrunken oder zerquetscht worden?«

»Das lag wieder an den beiden, ich meine Jackson und Stafford. Die sind Ihnen nachgesprungen.«

»Die sind doch verrückt. Kein Wunder, daß mir so übel ist. Da habe ich wohl die halbe Bucht von Cadiz geschluckt.«

»Es sah auch ganz danach aus, Sir. Ich warf den beiden ein Tauende zu, aber es dauerte eine Weile, bis sie den Palstek unter ihren Armen hindurch fertig hatten. Als wir Sie glücklich an Deck hatten, dachten wir schon, es sei zu spät. Ich habe noch nie einen Toten zu Gesicht bekommen, der so tot aussah wie Sie.«

»Lassen Sie doch die beiden zu mir kommen.«

»Wollen Sie sich bitte noch einen Augenblick gedulden, Sir.«

Ramage fühlte sich noch zu schwach, um seinem Wunsch Nachdruck zu verleihen.

Jetzt klopfte es an der Tür, doch der Ankömmling wartete keine Antwort ab. Ramage versuchte, sich zur Seite zu drehen, weil er wissen wollte, wer da kam, aber schon drehte sich wieder alles um ihn.

»Na, Mr. Ramage«, hörte er eine wohlbekannte scharfe Nasalstimme sagen. Der Kommodore stand am Fußende seiner Koje. »Sie haben einen dicken Schädel — das war Ihr Glück.«

»Im Augenblick kommt er mir — wenigstens stellenweise — reichlich dünn vor, Sir.«

»Das ist er auch, leider. Fortan haben Sie auf Ihrem Steuerbordstevenkopf sogar zwei Narben, zu dem Säbelhieb kommt nun noch eine Schußverletzung. Das ist gar nicht so übel, die Damen wissen so etwas zu schätzen. Glauben Sie, was ich sage: jeder, der in die Lage kommt, verwundet zu werden, sollte sich das merken: eine hübsche Narbe, die die Damen bewundern können, ist mehr wert als die eleganteste Erscheinung im ganzen Salon. Mit meinem eigenen kleinen Andenken an diese Schlacht könnte ich nicht viel Staat machen: ich habe mir nur eine höchst unromantische Magenquetschung zugezogen.«

Ramage mußte lachen und hatte dabei das Gefühl, als ob er eben wieder einen Säbelhieb auf den Kopf bekäme.

»Aber im Ernst, Ramage, was Sie mit Ihrer *Kathleen* unternommen haben, war im Grunde der Streich eines kriminellen Idioten. Ein Glück für mich, daß böse Buben wie Sie manchmal Erfolg haben. Sie haben alles erreicht, was zu erreichen war, und ich bin etwas bekannter geworden dadurch, daß ich zwei von den vier Prisen der Flotte kapern konnte.«

»Das freut mich ungemein, Sir.«

»Das weiß ich«, sagte Nelson freundschaftlich, »aber ich sagte mit Absicht nur, ich sei *etwas* bekannter geworden. Ob unsere Leistung anerkannt wird, steht auf einem anderen Blatt. Den Flottenchef habe ich noch nicht gesehen, und da ich für meine Handlungsweise so wenig ermächtigt war wie Sie für Ihre, könnten wir beide leicht in die Klemme geraten. Aber was auch immer geschehen mag, Mr. Ramage, wenn es in meiner Macht liegt, Ihnen einen Dienst zu erweisen ...«

Ramage rang noch um eine passende Antwort, da fügte Nelson hinzu: »Jedenfalls freue ich mich, Ihnen heute schon mitteilen zu können, daß Sie mit Sir Gilbert

Elliot auf der Fregatte *Lively* nach Haus geschickt werden sollen.«

»Nein«, rief da Ramage, »ich meine, ich möchte bitten, Sir, bei der Flotte bleiben zu dürfen.«

»Warum denn das?«

»Ich — nun, Sir, mit kurzen Worten gesagt: ich möchte dafür sorgen, daß meiner Besatzung nichts fehlt.«

»Mr. Ramage«, sagte Nelson freundlich und so sanft wie möglich, »Sie haben doch kein Schiff und darum auch keine Besatzung mehr. Und die Navy ist doch wohl imstande, sich der Überlebenden anzunehmen.«

Ramage fühlte sich zu schwach für nähere Erklärungen, er wußte nur, daß der Kommodore im Recht war, darum schloß er müde und von Schmerzen gequält die Augen.

»Ich besuche Sie bald wieder«, sagte Nelson voller Mitgefühl und verließ die Kammer.

»Wie viele Opfer hat eigentlich unser Unternehmen gekostet?« fragte Ramage kurz darauf Southwick.

»Erstaunlich wenige, Sir. Edwards, der Feuerwerksmaat, wurde nicht mehr gesehen, seit wir die *San Nicolas* rammten. Ich nehme an, daß er von einem der Buggeschütze getroffen wurde. Außerdem noch elf Matrosen. Sechs von ihnen kamen nicht mehr an Bord der *San Nicolas*, und die fünf anderen fielen bei dem Gefecht an Bord. Unter ihnen war Jensen, der Däne, der mit Ihnen in Cartagena war, er wurde von einem der Scharfschützen der *San José* getötet. Nur vier wurden verwundet: Sie selbst, Fuller und zwei Matrosen.«

»Wir haben Glück gehabt«, sagte Ramage nüchtern, »weiß Gott, wir haben Glück gehabt.«

»Sie waren aber auch vorsichtig, Sir«, sagte Southwick.

»Ich, *vorsichtig*?«

»Ich — nun, Sir, ich weiß wohl, es ist etwas ungewöhnlich, aber die Besatzung bat mich, Ihnen — so taktvoll wie möglich, Sir — zum Ausdruck zu bringen, daß
sie die Vorsicht hoch zu schätzen wissen, die Sie sich zur
Pflicht machten, um die Verluste an Menschenleben
möglichst niedrig zu halten.«

»Ach, wenn Sie nur —«, wollte er ausrufen, aber dann
sagte er: »Nein, danken Sie ihnen, Southwick. Aber ehrlich gesagt: als wir gewendet hatten und auf die *San
Nicolas* zuhielten, habe ich nicht erwartet, daß auch nur
einer von uns überleben würde.« Er tat einen tiefen
Atemzug. »Das war die ganze Vorsicht, die ich walten
ließ«, fuhr er in bitterem Tone fort. »Statt mehr als
sechzig Mann habe ich ganze zwölf umgebracht.«

»Nein, Sir, so dürfen Sie das nicht sehen, Sie sind
nicht gerecht gegen sich selbst. In der Navy sind wir
doch zum Kämpfen da, dabei erwischt es den einen oder
anderen immer. Das wissen die Leute doch. Seit wir
wendeten, waren sich eigentlich alle darüber klar, daß
es nun bald aus sein sollte. Sie wußten wohl, daß Sie
ihnen diese Voraussicht nicht zutrauten, aber sie waren
sich völlig darüber im klaren, was ihnen bevorstand, und
gaben sich Ihnen zuliebe fröhlich und unbeschwert. Und
jetzt ist es nur billig, wenn sie Ihnen danken.«

»Ja, ja«, sagte Ramage, »Sie mögen recht haben. Aber
ich bin noch viel zu wirr im Kopf . . .«

Jetzt ging die Tür auf, und der rundliche, bebrillte
Schiffsarzt kam herein. »Um Gottes willen, Mr. Southwick, ich muß Sie bitten, sofort zu gehen. Unser Patient
sieht ja völlig überanstrengt aus. O Gott, o Gott!
Meine ganze Arbeit wird hier durch fünfzehn Minuten
dummen Palavers zunichte gemacht.«

Southwick sah besorgt drein und erhob sich, um zu
gehen. Ramage blinzelte dem Steuermann zu, als er zur
Tür ging.

Während Ramage sich am nächsten Tag in seiner Koje herumwälzte, weil ihn der Arzt mit seinen ständigen Ermahnungen nicht in Ruhe ließ (dem war nämlich das Interesse des Kommodore an diesem Patienten nicht entgangen), lagen bei Windstille die Schiffe von Sir John Jervis noch in Sichtweite der spanischen Flotte. »Die Spanier treiben wild durcheinander«, berichtete Southwick schadenfroh.

Tags darauf versuchte die britische Flotte stundenlang, Kap St. Vincent trotz Gegenwind zu runden, zuletzt entschied sich Sir John dafür, die Lagos-Bucht, dicht östlich vom Kap St. Vincent, anzusteuern. Dort ging die Flotte samt ihren Prisen am Abend zu Anker.

Ramage durfte schon auf einem Stuhl sitzen. Er hatte eben angefangen, seinem Vater wieder einen Brief zu schreiben, wobei es ihm schwerfiel zu lesen, was er in dem ersten Brief geschrieben hatte, weil dieser von Seewasser völlig durchweicht war. Da kam Southwick eilig in die Kammer.

»Vom Flottenchef«, sagte er und übergab Ramage einen versiegelten Brief, der an *Leutnant Lord Ramage, früher Kommandant Seiner Majestät Kutter »Kathleen«* adressiert war. »Ich habe dafür quittiert. Jeder Kommandant hat einen solchen Brief erhalten.«

Das Datum: Victory, Lagos-Bucht, den 16. Februar 1797. In dem Brief stand:

»Sir, mir fehlen die Worte, um die Hochachtung gebührend zum Ausdruck zu bringen, die mir das mustergültige Verhalten der Flaggoffiziere, Kommandanten, Offiziere, Matrosen, Seesoldaten und Armeeangehörigen abnötigt. Jeder Mann an Bord eines der Schiffe des Geschwaders, das ich die Ehre habe zu befehligen und das am 14. dieses Monats den erfolgreichen Angriff auf die Flotte Spaniens führte, hat Anteil an diesem Lob. Die offenkundige Überlegenheit, die Seiner Majestät Streitmacht an jenem Tag erringen konnte, ist ausschließlich auf den Mut und die Disziplin ihrer Angehörigen zurückzuführen. Ich bitte Sie, diesen meinen Dank und meine Anerkennung sowohl selbst entgegenzunehmen und auch denen bekanntzugeben, die dem Schiff unter Ihrem Befehl als Besatzung angehören.

Ihr untertänigster Diener

John Jervis«

Southwick beobachtete ihn genau, während er das Schreiben las, dann sagte er: »Das gibt noch Verdruß, Sir.«

»Woher wissen Sie das? Haben Sie den Brief gelesen?«

»Nein, Sir, den Ihrigen nicht, aber Kapitän Martin hat mir seinen zu lesen gegeben, ehe er ihn der Besatzung bekanntgab. Er hat sich nicht schlecht geärgert, er sagt, es sei eine Beleidigung des Kommodore.«

»Nun, es stehen doch keine Namen drinnen, also kann auch nicht von Bevorzugung die Rede sein.«

»Das nicht, aber ein Wind von der *Victory* hat mir zugetragen, daß auch in dem offiziellen Bericht Sir Johns an die Admiralität kein Kommandant und kein Schiff besonders erwähnt ist.«

Das kam Ramage so unwahrscheinlich vor, daß er seinen Zweifel zu erkennen gab.

»Doch, es ist so, Sir. Heute weiß es schon die ganze Flotte. Sir John schrieb einen Brief, den bekam Kapitän Calder zu lesen. Da der den Kommodore nicht leiden kann, sagte er, wenn man dem jetzt für seinen Ungehorsam Lob spende, würde das auch andere dazu reizen, sich über Befehle hinwegzusetzen. Daraufhin schrieb Sir John einen zweiten Brief, in dem überhaupt keine Namen erwähnt sind.«

Calder! Das erklärte alles. Ramage zweifelte nicht

mehr, daß Southwicks Darstellung stimmte. Es war ja allgemein bekannt, daß Kapitän Calder mehr als eifersüchtig auf den Kommodore war. (Dabei fiel ihm plötzlich ein, daß dieser Umstand vielleicht auch Calders Feindseligkeit ihm gegenüber erklärte, da er ihn wahrscheinlich für eines von Nelsons Protektionskindern hielt.) Erstaunlich war nur, daß Sir John diese Gehässigkeit nicht durchschaute.

Es klopfte an der Tür, der Kommodore selbst kam herein.

»Sie sitzen schon auf dem Stuhl und genießen eine nahrhafte Speise, wie?«

»Da steht wenig Bekömmliches drin, Sir«, sagte Ramage und schwenkte Nelson den Brief entgegen.

»Geschriebene Worte zählen immer noch weniger als Taten, Mr. Ramage«, sagte Nelson scherzend. »In dieser Schlacht hat die *Prince George* einhundertsiebenundneunzig Fässer Pulver verschossen, die *Blenheim* einhundertachtzig, die *Culloden* einhundertsiebzig und die *Captain* einhundertsechsundvierzig Fässer. Die *Captain* hat sogar mehr Kugeln verschossen, als sie nach den Papieren an Bord haben konnte — nun, als wir für unsere Zweiunddreißigpfünder keine Kugeln und keine Kartätschen mehr hatten, griffen meine Männer einfach zu Neun-Pfund-Kugeln. Aber wenn nun der offizielle Bericht veröffentlicht wird, dann wird darin wohl keines dieser vier Schiffe mit Namen erwähnt sein. Aber wie, spielt denn das wirklich eine Rolle? Jene Männer, auf deren Urteil wir Wert legen, werden ohnehin bald erfahren, was wirklich war — und die anderen? Was kümmern uns die? Merken Sie sich eins: wenn Sie nicht dauernd nörgeln und nach Gerechtigkeit schreien, dann werden Sie wahrscheinlich um so eher Ihre Flagge setzen können und ein schönes Alter genießen.«

»Können Sie mir das schriftlich geben, Sir?«

»Habe ich Ihnen nicht eben gesagt, daß Sie keine Gerechtigkeit erwarten dürfen? Aber im Ernst, Ramage, es ist viel wichtiger, nach einer Schlacht nicht nur die Gewinn-und-Verlust-Rechnung aufzumachen, sondern die Gesamtwirkung des Ereignisses auf den Feind in Erwägung zu ziehen.«

»Ich sehe da keinen Unterschied, Sir.«

»Auf Sir Johns Depesche hin wird die ganze Presse in Jubel ausbrechen, die Politiker werden dem Parlament beglückt verkünden, daß eine britische Flotte von fünfzehn Linienschiffen auf eine spanische Flotte von siebenundzwanzig Linienschiffen gestoßen sei und diesen Verband nicht nur gründlich geschlagen, sondern darüber hinaus sogar vier seiner Schiffe gekapert habe und — dies ist die Hauptsache — daß dieser Erfolg ohne eigene Verluste erzielt wurde. Aber das Wertvollste, das eigentlich Bedeutsame an diesem Sieg werden sie nicht aufzeigen, ja, sie werden es nicht einmal bemerken.«

»Aber —«

»Allein auf die Männer kommt es an, mein lieber Ramage, nicht auf die Schiffe. Das vollkommenste und größte Kriegsschiff der Welt ist nutzlos, wenn sein Kommandant und seine Besatzung den Gegner fürchten. Das kleinste und schwächste Kriegsschiff ist von unschätzbarem Wert, wenn sein Kommandant und seine Mannschaft fest an ihren Sieg glauben. Herrgott, Mann, Sie haben doch mit Ihrer kleinen *Kathleen* der mächtigen *San Nicolas* eine Abfuhr erteilt, oder etwa nicht?

Denken Sie daran, wie das war, und dann schauen Sie einmal über Ihren engen Horizont hinaus. Dies war die erste Schlacht, die die Spanier in diesem Kriege mit uns durchkämpften. Zahlenmäßig hatten sie fast doppelt so viele Schiffe und Geschütze wie wir, ganz abgesehen von der Tatsache, daß sie meist größer waren als die unseren. Sie hatten die günstige Luvstellung inne und kämpften in dem Bewußtsein, daß in ihrem Lee Cadiz als Zuflucht zur Behebung von Havarien lag. Dennoch erlitten sie eine entscheidende Niederlage.«

»Ja«, sagte Ramage, »die Niederlage zeigte ihnen, daß ihr Admiral nichts taugte, daß sie mit ihren Breitseiten wenig ausrichteten und daß ein einziges britisches Vierundsiebzig-Kanonen-Schiff eines ihrer Vierundachtzig-Kanonen-Schiffe kaperte und dann obendrein noch ein Einhundertzwölf-Kanonen-Schiff wegnehmen konnte.«

»Ja, genau so war es«, sagte Nelson. »Wenn die Einzelheiten dieser Schlacht in der spanischen Marine bekanntwerden, dann wird es dort — vom Kochsmaat bis zum Admiral — wohl kaum noch einen Mann geben, der nicht insgeheim, im Innersten seines Herzens, dort, wo letzten Endes alle Schlachten verloren oder gewonnen werden, der Überzeugung wäre, daß ein britisches Schiff zwei spanischen gewachsen sei. Die erste Seeschlacht des Krieges hat ihnen dafür den unwiderlegbaren Beweis geliefert.«

»Fortan«, sagte Ramage, »werden sich die Dons also schon als geschlagen betrachten, ehe sie Segel setzen.«

»Das hoffe ich sehr«, sagte Nelson sachlich. »Ja, ich hoffe, daß es sich jedermann, angefangen vom König und seinem Marineminister, zweimal überlegen wird, ehe er die spanische Flotte in See schickt, und daß sie darum den Befehl erhält, im Hafen zu bleiben. Und das gibt uns die Möglichkeit, ungestört mit den Franzosen abzurechnen. Die spanischen Schiffe dürfen derweil im Hafen verfaulen.«

Der Kommodore zog einen Umschlag aus der Tasche, gab ihn Ramage und sagte ihm, er werde später wiederkommen.

Ramage nahm den Umschlag entgegen, aber Nelsons Worte beschäftigten ihn so, daß er ihn nicht gleich öffnete. Wenn die spanische Flotte Cadiz sicher erreicht hätte (und sie wäre in diesen Hafen gelangt, wenn der Sturm nicht gekommen wäre, der sie in den Atlantik hinaustrieb und Sir John die Möglichkeit gab, sie abzufangen, als sie mühsam zurückkreuzte), dann wäre sie wohl weiter nach Brest gelaufen. Dort hätte sie das britische Geschwader vertrieben, das die französische Flotte in Brest blockierte. Im Bunde mit ihr hätte sich dann der Vorstoß zur englischen Küste verwirklicht . . .

Aber sie geriet in jenen Sturm, und dann begegnete sie der Flotte Sir Johns. Und dabei verlor sie vier gute Schiffe. Ramage schrak richtig zusammen, als er sich darüber klarwurde, daß der Kommodore zwei dieser Schiffe niemals hätte kapern können, wenn seine *Kathleen* die spanische Vorhut nicht aufgehalten hätte, indem sie die *San Nicolas* rammte . . .

So lange hatte er gebraucht, um sich dessen bewußt zu werden. Southwick war sich längst darüber im klaren und die Männer der *Kathleen* nicht minder — er hatte ja nicht vergessen, was sie ihm durch Southwick sagen ließen. Nur Leutnant Nicholas Ramage hatte dieses Geflecht von Ursachen und Wirkungen nicht durchschaut. In gewissem Sinne hatte er wohl gesehen, wie eines aus dem anderen hervorging, aber er konnte darin nicht eine abgerundete Folge von Ereignissen erblicken. Als er die *Kathleen* vor den Bug der *San Nicolas* steuerte, hatte er nicht das Ziel, eine franko-spanische Armada zu schlagen, die einen Einfall in England plante. Seine Absicht war nur, Cordobas Vorhut aufzuhalten. Aber so war es nun einmal: auch der größte Bogen, der je gebaut wurde, bestand aus kleinen Ziegeln und Steinbrokken, jeder hing von allen anderen ab, und die Festigkeit des Ganzen beruhte nur auf einem einzigen, dem Schlußstein.

Jetzt erbrach er endlich das Siegel des Briefes. Dieser

kam von einem Offizier aus dem Stab des Admirals. Die Fregatte *Lively*, hieß es darin, segle dieser Tage nach England, um die Depeschen des Flottenchefs an die Admiralität zu befördern. Leutnant Ramage könne mit ihr als Passagier die Heimreise antreten, wenn er gesundheitlich dazu in der Lage sei. In Anbetracht der Tatsache, daß die Fregatte stark unterbesetzt sei, solle Leutnant Ramage fünfundzwanzig der besten Leute seiner früheren Besatzung namhaft machen und sie mit seinem Steuermann an Bord der *Lively* schicken. Zur persönlichen Information des Leutnants Ramage sei noch mitgeteilt — so hieß es in dem Schreiben weiter —, daß eine andere Fregatte in Kürze die Flotte verlassen werde, um zunächst nach Gibraltar und von dort mit der Marchesa di Volterra nach England zu segeln. Wenn Leutnant Ramage sie noch benachrichtigen wolle, so ...

Da überkam ihn ein Freudentaumel, der jeden Gedanken an Kopfschmerzen verschwinden ließ. Denn das hieß ja, daß er das Glück haben sollte, seine geliebte Gianna auf englischem Boden willkommen zu heißen. Wenn dann der Frühling in St. Kew einzog, ehe ihn ein Schreiben der Admiralität zu neuem Dienst abrief, dann konnten sie zusammen unter blühenden Bäumen auf jungem Rasen lustwandeln, dann waren sie zum ersten Mal allein, dann gab es für sie kein drohendes Kriegsgeschehen mehr, das ihnen als allgegenwärtiger Mahner ihr Tun und Lassen diktierte.

Dudley Pope

Die Ramage-Romane

Leutnant Ramage
(22268)

Die Trommel schlug zum Streite
Die Seefahrten des
Leutnant Ramage (22308)

Ramage und die Freibeuter
(22496)

Kommandant Ramage
Leutnant der Royal Navy
(22538)

Ramage in geheimer Mission
(22760)

Ramage – Lord Nelsons Spion
(22794)

Ramage und das Diamantenriff
(22861)

Ramage und die Meuterei
(22917)

Ullstein